Peter Grandl

Turmgold

PETER GRANDL

TURM GOLD

Thriller

PIPER

Mehr über unsere Autorinnen, Autoren und Bücher:
www.piper.de

Wenn Ihnen dieser Thriller gefallen hat, schreiben Sie uns unter Nennung des Titels »Turmgold« an *empfehlungen@piper.de*, und wir empfehlen Ihnen gerne vergleichbare Bücher.

Von Peter Grandl liegen im Piper Verlag vor:
Die Turm-Reihe:
Band 1: Turmschatten
Band 2: Turmgold

Originalausgabe
ISBN 978-3-492-06322-7

Redaktion: Lars Zwickies
Satz: Satz für Satz, Wangen im Allgäu
Gesetzt aus der Swift
Druck und Bindung: CPI Books GmbH, Leck
Printed in the EU

DIE MASKE DES BÖSEN

An meiner Wand hängt ein japanisches Holzwerk
Maske eines bösen Dämons, bemalt mit Goldlack.
Mitfühlend sehe ich
Die geschwollenen Stirnadern, andeutend
Wie anstrengend es ist, böse zu sein.

Bertolt Brecht, September 1942

PROLOG – DER TURM I

Sonntag, 4. Januar 1942

Der Himmel war wolkenverhangen. Das Dorf in der Nähe der Großstadt lag gespenstisch im Dunkeln. Obwohl es erst auf 19 Uhr zuging, drang aus keinem der Häuser auch nur ein einziger Lichtstrahl.

Wolfgang Danner, der gut beleibte Ortsgruppenleiter der NSDAP, fand trotzdem mit einer kleinen Taschenlampe seinen Weg durch die vertrauten Gassen der eingeschneiten Häuser.

Danner drehte Abend für Abend pflichtbesessen seine Runde, um die Verdunklungsvorschriften zu überwachen und gegebenenfalls Verstöße zu ahnden. Für ihn war es die einzige Möglichkeit, dem Großdeutschen Reich zu dienen. Er hatte sich erst vor einigen Wochen selbst zum örtlichen Luftschutzleiter ernannt, nachdem sein Vorgänger an die Ostfront berufen worden war. Die Eroberung Russlands war vor Moskau ins Stocken geraten, aber in seinen Augen war das nur eine Verschnaufpause für die tapfere Allianz aus brüderlichen Nationen, die im Frühjahr die bolschewistischen Horden sicher endgültig besiegen würden. Er bedauerte zutiefst, dass er nicht mit ihnen gegen die Feinde des Reiches marschieren durfte.

Mit knapp vierzig Jahren hätte auch Danner für Volk und Vaterland lieber an der Front gekämpft, um für den Führer die Stellung Deutschlands als Großmacht – nein, als Weltmacht – wiederherzustellen.

Nach den überraschenden Siegen der glorreichen Wehrmacht in Polen, Norwegen, Holland, Belgien, Frankreich und am Balkan stellte er sich den Krieg des überlegenen deutschen Landsers wie einen Wochenschaubeitrag vor, in dem sich der Feind schon beim Anblick der schneidigen deutschen Kameraden aus dem Staub machte und schleunigst das Weite suchte. Ein Abenteuer, das ihm leider verwehrt blieb – und das alles nur wegen seines eingedrehten linken Fußes, den sein Arzt auch abfällig als Klumpfuß bezeichnete. Seiner Ansicht nach war die Behinderung aber kaum zu bemerken, zumindest nicht so deutlich wie bei Reichsminister Goebbels, der für jeden sichtbar humpelte. Und trotzdem hatte man Danner als »arbeitsverwendungsfähig« der Fehlergruppe U zugeordnet, was so viel bedeutete wie: Heimatschutz statt Front.

Bald würde der Krieg vorbei sein, und er ahnte schon, wie er schließlich zur Zielscheibe für den Spott der heimkehrenden Helden werden würde. Er konnte in Gedanken bereits hören, wie sie witzelten: *Der fette Wolfi war das Bollwerk an der Heimatfront.*

Er hasste seinen Fuß.

Genau wie viele seiner Landsleute glaubte Danner bedingungslos an die Doktrin von der arischen Rasse, die allen anderen weit überlegen sei. Aber darin lag ein Problem, denn Danners Großmutter mütterlicherseits war Jüdin gewesen – was ihn nach den Nürnberger Rassegesetzen von 1935 zum »Mischling zweiten Grades« machte oder, wie der Volksmund sagte, zum Vierteljuden.

Der Klumpfuß war sicher ein Erbe aus dieser absonderlichen Linie, dachte er oft und stellte sich dabei die Frage, ob er wohl ein reinrassiger Arier wäre, wenn er sich den Fuß einfach abhacken würde. Und obwohl er sich dessen ziemlich sicher war, fehlte ihm der Mut zu einer solchen Tat, die noch dazu im Reich als Selbstverstümmelung einen Strafbestand darstellte; seine Arbeitskraft, ja, selbst sein Leben gehörten schließlich Adolf Hitler. Also war es nur gut, dass außer ihm, dem Dorfpfarrer und einem tattrigen Standesbeamten niemand von seiner jüdischen Großmutter wusste. Damit das auch so blieb, hatte er den beiden Mitwissern je eine Sau zukommen lassen, woraufhin man die entsprechenden Einträge in den vergilbten Dokumenten schwärzte.

Danner hatte seine Runde fast beendet und sehnte sich nach der warmen Stube und Musik aus seinem nagelneuen Volksempfänger. Doch eines galt es am Ende jedes Kontrollgangs noch zu befriedigen: seine Neugier. Auch die eisige Kälte von minus zwölf Grad konnte ihn nicht davon abhalten, wie üblich einen Blick auf die Baustelle zu werfen, wo seit geraumer Zeit auch nachts rege Betriebsamkeit herrschte.

Danners Schäferhund Prinz war bereits vorausgeeilt und wartete am Dorfausgang auf sein Herrchen. Danner warf ihm wie gewohnt an dieser Stelle ein paar Stücke von einem abgehackten Schweineschwanz in den Schnee, die Prinz sofort gierig verschlang. Danner hingegen hatte nur Augen für den mächtigen Hügel vor sich. Er spürte Vibrationen unter seinen Füßen, als würde Luzifer sich persönlich aus der Hölle nach oben graben.

Wie auf ein geheimes Zeichen riss die Wolkendecke auf, und der Mond tauchte den Hügel in blaues Licht. Seit über einem Jahr wurde dort oben an einem Turm gebaut – oder besser gesagt an einem achteckigen Hochbunker, der eher einem mittelalterlichen Wehrturm ähnelte als einem Bollwerk zum Schutz der Zivilisten vor feindlichen Luftangriffen. Bereits kurz nach Kriegsbeginn hatte Danner den Bau eines ähnlichen Hochbunkers in einer angrenzenden Gemeinde miterlebt. Erstaunlicherweise war jener Turm innerhalb von sechs Monaten fertiggestellt worden. Die Baustelle war damals frei zugänglich gewesen, während der Bau dieses Bunkers unter höchsten Sicherheitsvorkehrungen stattfand. Man hatte den gesamten Hügel mit einem meterhohen Sichtschutz eingezäunt, der am oberen Ende mit Stacheldraht abschloss. Vier Wachtürme, die durchgehend besetzt und mit jeweils einem Scheinwerfer bestückt waren, überragten den Zaun rund um die Baustelle. Am Zaun befanden sich zudem zahlreiche Schilder, die neugierige Zivilisten auf Abstand halten sollten.

MILITÄRISCHES SPERRGEBIET
UNBEFUGTES BETRETEN STRENGSTENS VERBOTEN
FOTOGRAFIEREN STRENGSTENS VERBOTEN
PAUSIEREN UND AUFENTHALT AM ZAUN VERBOTEN
WACHPERSONAL MACHT GEBRAUCH VON
DER SCHUSSWAFFE

All das hatte ihn stutzig gemacht, und so hatte er vor Monaten begonnen, insgeheim Nachforschungen anzustellen. Er bestach Parteifreunde und erhielt dadurch Einsicht in Materiallisten der durchführenden Baufirma, deren bestellte Betonmenge sicher auch für zwei Türme ausgereicht hätte.

Am auffälligsten an den Listen waren aber Gerätschaften, die vor allem im Tiefbau Verwendung fanden, wie ihm ein greiser Mann aus dem Dorf bestätigte, der früher in einem Bergwerk gearbeitet hatte. Und schließlich wunderte ihn die nächtliche Festtagsbeleuchtung, die seine pflichtbewussten Kontrollgänge zur Einhaltung der Luftschutzbestimmungen geradezu verhöhnte. Zwar waren englische Bombardements auf deutsche Städte eher eine Seltenheit, aber es gab überall Spione, die nur darauf warteten, Informationen über lohnenswerte Ziele an den Feind zu übermitteln. Und wer solch ein Tamtam um einen Bunkerbau machte, der war für den Feind sicherlich von Interesse.

Ungeachtet der Verbotsschilder steckte Danner seine Taschenlampe in die Manteltasche und holte einen Cordonar-Feldstecher aus seiner ledernen Umhängetasche, den er einem Offizier beim Kartenspiel abgeluchst hatte. Von seinem Standpunkt aus konnte er damit nur in einem steilen Winkel über die Sichtschutzwände spähen, um das zuletzt gebaute Stockwerk des Turms zu erblicken, das seit Monaten im Rohbau die Baustelle überragte. Im Herbst hatte er sogar einen Jägerstand am angrenzenden Wald bestiegen, um erstaunt festzustellen, dass von dem Turm gerade mal zwei Stockwerke gebaut worden waren. Kurz darauf wäre er beinahe einer bewaffneten Streife in die Hände gelaufen, die regelmäßig auf dem Hügel patrouillierte. Einen Tag später war der Jägerstand demontiert worden.

Der leuchtende Mond verschwand wieder hinter der dichten Wolkendecke, da spitzte Prinz die Ohren, richtete sich auf und knurrte leise. Sofort hatte er Danners volle Aufmerksamkeit.

»Was ist, mein Guter?«

Prinz verharrte regungslos, aber angespannt. Er blickte den Zaun entlang, der sich schon nach wenigen Metern in der Dunkelheit verlor. Danner ging in die Hocke und steckte den Feldstecher zurück in die Ledertasche. Vergeblich folgte er dem Blick seines langjährigen Gefährten. Er konnte nichts Verdächtiges sehen oder hören.

Zeit zu verschwinden, dachte sich Danner, aber zu spät. Wie von einer Tarantel gestochen hetzte Prinz plötzlich auf und davon, bis er nicht mehr zu sehen war.

»Prinz?«, rief ihm Danner leise nach. Innerlich fluchte er. Hatte der Hund eine Streife gehört? Danners Puls ging schneller. So ein verdammter Mist!

»Prinz?«, rief er wagemutig ein wenig lauter, aber es kam nichts zurück. Trotz der eisigen Kälte begannen seine Hände zu schwitzen. Prinz war sein Ein und Alles, sein bester Freund, einen anderen hatte er nicht.

Vielleicht ein Reh oder ein Fuchs? Aber Prinz war ein ausgebildeter Jagdhund, der selbst bei der Witterung von Wild folgsam an der Seite seines Herrchens blieb.

Danner legte die Finger an den Mund und stieß einen durchdringenden Pfiff aus, der sicher meilenweit zu hören war. Der

Pfiff verhallte in der Nacht und verschwand mit dem aufkommenden Wind irgendwo zwischen den Bäumen. Kein Zeichen von Prinz – und das war mehr als ungewöhnlich.

Danner rechnete fest damit, dass jeden Moment aus der Dunkelheit die Stimme einer Patrouille ertönen und er vom Lichtkegel eines Scheinwerfers erfasst werden würde, aber es passierte nichts. Was sollten sie ihm auch vorwerfen? Er machte lediglich seinen dienstlichen Rundgang und war nur kurz am Waldrand ausgetreten, um seine Blase zu entleeren.

Mach dich nicht verrückt, Prinz wird jeden Augenblick wiederauftauchen, beruhigte ihn seine innere Stimme. Aber Prinz blieb verschwunden. Mit etwas wackeligen Beinen richtete sich Danner auf. Die sollen von mir aus bauen, was sie wollen, ich will nur meinen Hund finden, dachte er.

Dann folgte er mit der Taschenlampe entschlossen den frischen Hundespuren im knirschenden Schnee.

Nach etwa zweihundert Metern am Sichtschutz entlang endete die Fährte an einer leichten Erhebung, auf der zwei Elemente des Zauns unsauber miteinander verbunden worden waren. Genau hier hatte Prinz sich ganz offensichtlich darunter durchgegraben. Die Schürfspuren seiner Vorderläufe reichten bis ins gefrorene Erdreich. Der weiße Schnee war ringsherum mit brauner Erde bedeckt. Aber das Loch unter dem Zaun war für Danners kräftige Figur viel zu klein.

Was zum Teufel ist bloß in den Hund gefahren?, fragte er sich erneut.

Verzweifelt blickte er sich um. Der nächste Wachturm war noch ein gutes Stück entfernt und in der Dunkelheit nicht zu sehen, aber wie sollte er dem Hund nur folgen? Er ging auf die Knie und versuchte, durch die Mulde, die Prinz hinterlassen hatte, einen Blick auf die andere Seite zu werfen. Es fiel ihm schwer, sich so weit hinabzubeugen, also legte er sich auf den Bauch und schob den Kopf stöhnend unter dem Zaun hindurch. Vielleicht konnte er auf diese Weise Prinz entdecken und ihn wieder zu sich rufen, aber alles, was er zu sehen bekam, war ein Paar blank gewichste schwarze Militärstiefel.

Der Unteroffizier, der ihn in Gewahrsam genommen und ihm eine Binde über die Augen gezogen hatte, führte ihn den Hügel hinauf. Danner vernahm slawische Sprachfetzen von murrenden Arbeitern und scharfe Befehle von deutschen Vorarbeitern – und immer wieder die Geräusche von Spitzhacken, Maschinen und Waggons aus Metall, die auf Schienen geschoben wurden. Einmal stolperte er sogar fast über eine der Schienen am Boden, doch der Unteroffizier an seiner Seite hatte seinen Oberarm fest im Griff und verhinderte den Sturz. Nach einigen Minuten erreichten sie das Plateau des Hügels und blieben stehen. Der Unteroffizier erstattete Meldung.

»Obersturmbannführer Ollenhauer, wir haben diesen Mann in flagranti dabei ertappt, wie er durch die Absperrung kriechen wollte.«

Danner fuhr bei der Nennung des militärischen Rangs ein Schrecken in die Knochen. Die SS ... Hier, bei einem Bunkerbau?

»Das muss aber ein sehr großes Loch gewesen sein«, antwortete der andere sarkastisch.

»Sein Kopf hat hindurchgepasst ...«, versuchte sich der Unteroffizier zu rechtfertigen.

»Nehmen Sie ihm die Binde ab, Unteroffizier Raabe«, unterbrach ihn der SS-Mann.

Der Unteroffizier folgte dem Befehl, aber Danner zögerte, die Augen zu öffnen.

»Nur zu, wir werden Sie nicht gleich erschießen.«

Danner vernahm, wie Unteroffizier Raabe bei dieser Bemerkung kichern musste, konnte aber nichts Belustigendes an der Situation finden. Dann öffnete er zaghaft die Augen. Was er zu sehen bekam, raubte ihm den Atem.

»Ich wollte wirklich nur meinen Hund ...«, stammelte er, wobei er den Blick nicht von dem regen Treiben um ihn herum abwenden konnte.

»Wie heißen Sie?«

»Danner, Wolfgang Danner.« Er blickte dem SS-Offizier, der in seiner schwarzen Uniform mit Schirmmütze und Totenkopfabzeichen ebenso eindrucksvoll wie beängstigend wirkte, in die Augen.

»Sind Sie ein Spion, Wolfgang Danner?« Der Mann verzog seine schmalen Lippen zu einem grässlichen Lächeln.

»Ich ... Ich bin der Ortsgruppenleiter der Partei.« Danner steckte die Hand in die Innentasche seines Mantels, um seine Brieftasche hervorzuholen, aber noch bevor ihm das gelang, hatte der Unteroffizier schon die Mündung einer Pistole an seine Stirn gesetzt. Danners Augenlider zuckten panisch. Der SS-Mann hingegen lächelte und sagte mit beruhigender Stimme: »Das werden wir nicht brauchen, Unteroffizier Raabe.«

Daraufhin senkte Raabe die Waffe, steckte sie aber nicht zurück in das Halfter an seinem Gurt.

»Der Mann hier ist einer von uns. Korrekt, Herr Danner?«

Danner nickte, zog seine Brieftasche hervor und entnahm ihr seinen Mitgliedsausweis, den der SS-Mann sehr aufmerksam betrachtete und ihm dann wieder aushändigte. Sein Lächeln verschwand.

»Woher sollen wir wissen, dass der Ausweis nicht gefälscht ist? Vielleicht sind Sie ja nur ein dreckiger Jude, der hier spioniert.«

»Ich hasse Juden«, platzte es aus Danner heraus. »Ich war nur hier wegen der Verdunkelung, ich ... Ich bin auch der verantwortliche Luftschutzleiter hier im Ort, und dann ist mir mein Hund ...«

»Sie hassen also Juden?«

Danner nickte, aber die plötzliche Kehrtwende in der Fragestellung machte ihm noch mehr Angst, und so brachte er kein Wort mehr heraus.

»Beweisen Sie es«, befahl der Obersturmbannführer mit bedrohlicher Stimme.

»Kommen Sie, beweisen Sie es«, wiederholte er, blickte dabei kurz zu Unteroffizier Raabe und neigte den Kopf in Richtung einer Gruppe von Arbeitern, die gerade einen Lastwagen entluden. Raabe verstand sofort. Er wandte sich ab, verschwand für einen kurzen Augenblick aus Danners Blickfeld und kam kurz darauf mit einem ausgemergelten Mann in verschmutzter, blau-weiß gestreifter Häftlingskleidung zurück. Nun war es der SS-Mann, der seine Pistole aus dem Halfter zog. Sofort warf sich der Gefangene panisch vor ihm auf die Knie und flehte: »Prosse nje ... prosse nje ... prosse nje!«

Der Obersturmbannführer packte Danners Arm und drückte ihm die Luger in die zitternde Hand.

»Nur ein polnischer Jude. Ungeziefer. Na los!«

Danner schüttelte den Kopf. Die Waffe fühlte sich schwer an, so schwer, dass er keine Kraft fand, sie hochzuheben und damit auf den armen Mann zu zielen.

»Und Sie wollen einer von uns sein?«, blaffte ihn der SS-Mann an. »Na los, erledigen Sie die Kakerlake, wir haben Tausende davon.«

In dem Moment hörte Danner ein vertrautes Kläffen.

»Prinz?«, rief er laut, als er den Schäferhund sah, den ein Soldat an die Leine genommen hatte. Mann und Hund kamen nun direkt auf sie zu.

Es war tatsächlich sein Hund. Als Prinz Danner erblickte, riss er sich samt Leine los und rannte zu seinem Herrchen, das ihn schluchzend in die Arme nahm, während Prinz ihm hektisch das Gesicht abschleckte. Der Soldat eilte dazu und erstattete Meldung.

»Der Rüde hat sich über eine unserer läufigen Hündinnen hergemacht. Konnte die beiden kaum auseinanderbringen.«

Obersturmbannführer Ollenhauer verstand sich selbst als gerechter Mensch. Ganz offensichtlich hatte der dickliche Ortsgruppenleiter die Wahrheit gesagt. Ollenhauer griff nach seiner Luger und steckte sie wieder in das Halfter. Dem Juden gab er nur einen Wink. Sofort kroch der verängstigte Mann davon, stand dann nach einigen Metern auf und rannte zu seiner Arbeitsgruppe, die die Szene verängstigt beobachtet hatte.

»Nur noch eines, Parteigenosse Danner.«

Danner stand erleichtert auf, während Prinz sich fest an ihn drückte.

»Sie haben hier nichts gesehen und nichts gehört.«

Danner konnte sich zwar sowieso keinen Reim auf die Vorgänge auf dem Hügel machen, trotzdem wiederholte er unterwürfig: »Ich habe nichts gesehen und nichts gehört.«

»Schwören Sie auf unseren Führer, dass Sie nie, niemals, zu irgendeiner Menschenseele auch nur ein Wort darüber verlieren werden, was Sie heute hier gesehen haben. Und gnade Ihnen Gott, wenn Sie es doch tun sollten, denn ich werde Sie finden und töten, Ortsvorstand Danner. Haben wir uns verstanden?«

Danner starrte in die stechenden Augen des SS-Mannes und wusste, dass dieser es todernst meinte. Er nickte mehrmals.

»Schwören Sie es, und heben Sie dabei die Hand«, forderte Ollenhauer ihn erneut auf.

Danner erhob zitternd die rechte Hand und sagte: »Ich schwöre bei Adolf Hitler, dass ich niemandem von dem, was ich hier gesehen habe, jemals berichten werde.«

***

Wolfgang Danner nahm sein Geheimnis 1975 mit ins Grab. Seinen Schwur hatte er nicht gebrochen – nur seinem Tagebuch hatte er sich anvertraut, das erst viele Jahre später, 2012 bei einer Nachlassversteigerung, den Besitzer wechselte.

MARIE I

Freitag, 16. Oktober 2020

Das Fadenkreuz des Zielfernrohrs schwenkte behutsam von Kopf zu Kopf der Gäste, die schwer atmend mit Mundschutz oben am Plateau des Hügels eintrafen, auf dem ein achteckiger Wehrturm stand.

Seit gut einer Stunde harrte der kräftige Mann mit dem Scharfschützengewehr an seiner Position aus. Eine kühle Brise wehte um seinen Kopf und linderte die Hitze, trotzdem musste er immer wieder kurz die Waffe absetzen, um zu verhindern, dass Schweißtropfen in die Optik liefen. Eine Augenbraue, die den Schweiß abgehalten hätte, besaß der Mann nicht.

Der Kiesweg vom provisorisch angelegten Parkplatz am Fuße des Hügels bis hinauf zum Plateau war relativ steil, was es ihm ermöglichte, jeden einzelnen Gast ausgiebig ins Visier zu nehmen. Von seiner Position aus könnte er mindestens ein Dutzend Personen niederstrecken, bis er selbst zur Zielscheibe werden würde, doch er zwang sich zur Geduld.

Die Sonne stand an ihrem höchsten Punkt, und so spendete das vierstöckige Bauwerk nur wenig Schatten, in dem sich trotz der Corona-Pandemie die ersten Besucher drängten und Erfrischungsgetränke reichen ließen. Für einen Herbsttag war es ungewöhnlich heiß geworden.

Zwar wirkte der beeindruckende Turm wie ein Bauwerk aus dem Mittelalter, doch hinter der historisch anmutenden achteckigen Fassade verbarg sich ein massiver Hochbunker aus dem Zweiten Weltkrieg, der vor genau zehn Jahren Schauplatz einer schrecklichen Geiselnahme und eines unfassbaren Medienspektakels geworden war.

Die Gemeinde hatte lange diskutiert, ob der monströse Turm oder die neu erbaute Synagoge am Marktplatz der geeignetere Ort für den geplanten Gedenktag sein würde. Die Turmgegner im Komitee führten vor allem einen Grund an, der mit rationalen Argumenten nur schwer zu entkräften war; sie meinten, der Turm sei »ein böser Ort«.

Ungeachtet der Tatsache, dass das Gebäude inzwischen seit vielen Jahren einen jüdischen Kindergarten beherbergte und die spielenden Kinder dem Hügel eine lebendige Wärme verliehen, hatten viele sensationslüsterne Touristen, die den Hochbunker nach dem Geiseldrama besuchten, den Eindruck, dass von dem Turm eine unerklärliche Kälte ausging. Es gab sogar eine Website namens thetowerofevil.net, die abenteuerlustigen Usern empfahl, unbedingt eine Nacht in der Nähe zu verbringen, da man dort besonders grauenvolle Albträume haben würde. Die Jugendlichen, die hier wild campten, hatte die Gemeinde zunächst noch zähneknirschend hingenommen; nachdem aber eines Nachts die Polizei ein Treffen von Satanisten, deren brennendes Holzkreuz weithin zu sehen war, auflösen musste, wurde rund um den Hügel eine hohe Hecke errichtet. Sie verbarg einen massiven Doppelstabmattenzaun, der nur schwer zu überwinden war. Doch die unerklärliche Kälte, die von dem Turm ausging, war in den Köpfen vieler Bürger bis heute präsent.

Den Ausschlag zugunsten des Turms als Veranstaltungsort hatte schließlich der Spezialist einer Sicherheitsfirma gegeben, mit der Information, dass für die Überwachung des Marktplatzes im Ortskern doppelt so viel Personal notwendig werden würde als zur Sicherung des Plateaus. Die Kostenaufstellung hatte dann auch die letzten Zweifler im Gemeinderat zum Schweigen gebracht.

Im Fadenkreuz des Scharfschützen tauchte soeben eine hochgewachsene schlanke Frau auf, deren lange, dunkle Haare im Nacken lieblos von einem Haargummi zusammengehalten wurden. Marie Stresemann. Der Schütze erkannte die ehemalige Bewährungshelferin sofort. Wut stieg in ihm hoch, zusammen mit dem gnadenlosen Verlangen, jetzt den Abzug zu betätigen. Es wäre ihm eine Genugtuung, zu sehen, wie sie nach seinem gezielten Kopfschuss tot zwischen den Gästen zusammenbrechen würde. Aber noch hatte er sich unter Kontrolle.

Marie steuerte geradewegs auf Rabbi Shlomo Moshe zu, der in einem Rollstuhl saß und mit der ehemaligen Stadträtin Seligmann in ein Gespräch vertieft war. Sie lauschte seinen Worten und nickte sanft.

Ein Kellner in blau-weißer Livree und Atemmaske bot Marie auf einem Silbertablett Sekt und Orangensaft an, aber sie wich aus, ohne den jungen Mann eines Blickes zu würdigen.

Aus den Augenwinkeln entdeckte der greise Rabbi die Frau in den ausgewaschenen Jeans, unterbrach seinen Monolog und setzte ein breites Lächeln auf.

»Liebe Frau Seligmann, darf ich Ihnen Marie Stresemann vorstellen?«

Die Frau im dunklen Kostüm drehte sich zu Marie um und prüfte sie mit strengem Blick und einem angedeuteten Lächeln.

»Angenehm, Seligmann«, stellte sie sich vor.

Einem Reflex folgend, bot ihr Marie die rechte Hand an.

»Oh, lieber nicht, am besten, wir befolgen die AHA-Regeln«, erwiderte die Frau und wich einen Schritt zurück.

Marie hätte am liebsten die Augen verdreht, beherrschte sich aber. Dann wandte sie sich Rabbi Moshe zu und beugte sich zu ihm hinunter. Der Rabbi schloss sie in seine Arme und küsste sie auf die Wange, woraufhin die ehemalige Politikerin sich empört abwandte und auf die Suche nach einem neuen Gesprächspartner machte.

»Wie geht es Ihnen, meine Liebe?«, wollte der Rabbi von Marie wissen. »Gehört habe ich seit Jahren nichts mehr von Ihnen, und die schöne neue Synagoge haben Sie noch kein einziges Mal gesehen«, setzte er ein wenig vorwurfsvoll nach.

Marie hatte ein schlechtes Gewissen wegen des Rabbis. Nach den dramatischen Ereignissen vor zehn Jahren waren Michael Koch und der vollbärtige Rabbiner die einzigen beiden Menschen gewesen, die ihr Halt gegeben hatten. Der Kommissar, weil er annähernd dieselben schrecklichen Dinge durchlebt hatte, und der Rabbi, weil sie sich ihm geöffnet hatte, als sie Beistand suchte.

Marie war nie ein aktives Mitglied der jüdischen Gemeinde gewesen. Die Begriffe Glaube und Gott hatten für sie keine tiefere Bedeutung. Eine anständige Therapie war ihrer Meinung nach der einzige Weg, mit den traumatischen Erlebnissen des Geiseldramas fertigzuwerden, aber der gewünschte Erfolg blieb aus. Schuld daran waren vor allem ihre Ungeduld und der Ehrgeiz, mit dem sie einen spürbaren Therapieerfolg förmlich erzwingen wollte. Wie schon so oft in ihrem Leben führte dieser Eifer jedoch zum Misserfolg. Einmal mehr resignierte sie, weil sie die selbst gesteckten Ziele nicht erreicht hatte.

Es waren die immer wiederkehrenden Belehrungen ihrer Mutter gewesen, die sie schließlich dazu brachten, an einem Sabbat die alte Synagoge zu besuchen.

»Was du brauchst, ist kein Psychiater, Mädchen. Geh, sprich mit dem Rabbi. Ein Rabbi ist besser als ein Psychiater. Glaub deiner alten Mutter mal was ... Geh zum Rabbi, er wird dir helfen.«

Und tatsächlich, es funktionierte. Marie hatte jedoch nicht den geringsten Zweifel daran, dass Glaube und Religion keinen

Einfluss auf den Erfolg gehabt hatten. Vielmehr war es der Umstand gewesen, dass sie den Rabbi ohne irgendeine Erwartungshaltung besucht hatte.

Nach dem grauenvollen Mord an Esther Goldstein, der ehemaligen Haushälterin von Ephraim Zamir, empfand Shlomo Moshe seinerseits den Besuch von Marie wie eine Herausforderung Gottes. Aus dieser Aufgabe schöpfte er neue Kraft; sie brachte ihn zurück ins Leben.

Anfangs saß Marie nur schweigend bei ihm und hörte sich seine zweideutigen Geschichten an, die er mit blumigen Worten und tiefer Stimme vortrug. Sie waren wie Rätsel, die sie mit nach Hause nahm und deren Entschlüsselung sie bis in ihre Träume begleitete. Und je mehr sie verstanden zu haben glaubte, umso mehr neue Fragen taten sich auf.

Eines Tages begann sie schließlich zögerlich, eigene Geschichten beizutragen, erst von anderen, dann von sich selbst. Dabei schilderte sie die Erlebnisse oft in Form von Gleichnissen, selten aber so, wie sie sich tatsächlich zugetragen hatten. Es war wie ein Spiel zwischen ihr und dem Rabbi, das sich nach und nach wie ein kühler Verband über die geschundenen Seelen der beiden legte.

»Mein lieber Rabbi Moshe, Sie haben recht, es ist unverzeihlich, dass ich mich nicht früher gemeldet habe«, gestand sie jetzt mit aufrichtiger Reue. »Sie haben mir so sehr geholfen, und dann ...«

»Ach was«, unterbrach sie der Rabbi. »Das ist der Lauf der Dinge. Sie haben sich nichts vorzuwerfen. Ich habe unsere gemeinsame Zeit sehr genossen, aber sosehr wir es auch versuchen würden, eine Wiederholung wäre heute nur noch ein blasser Hauch aus Erinnerungen und Sentimentalität.«

Bei seinen Worten musste Marie lächeln; sie weckten in ihr den Wunsch, die Zeit zurückzudrehen. Doch das Lächeln war nur von kurzer Dauer, denn im Schatten des Turms, der mächtig über ihnen in den Himmel ragte, hatte die bittere Realität sie sofort wieder eingeholt. Nichts hatte sich geändert und schon gar nicht verbessert. Die Welt war zu einem noch schrecklicheren Ort verkommen, als sie immer befürchtet hatte. Der Rabbi erkannte, wie sich ein Schleier von Bitterkeit über ihre Augen legte, und nahm ihre Hand.

»Meine liebe Marie, was auch immer Sie bedrückt, es gibt Hoffnung. Gott ist stets bei uns.«

Marie zog bei dem Wort »Gott« instinktiv ihre Hand zurück und setzte ein künstliches Lächeln auf, da sie den alten Mann nicht verletzen wollte.

Gott ist tot, zitierte sie stumm Nietzsche.

»Nein«, sagte der Rabbi, als hätte er ihre Gedanken gelesen.

Eine schwarze Limousine hielt auf dem Parkplatz. Mehrere Leibwächter stiegen aus und sicherten die Umgebung, dann stieg Dr. Spaenle, der Antisemitismusbeauftragte der Bayerischen Staatsregierung, aus dem Wagen und trat den Weg nach oben an.

Der verborgene Schütze nahm den bekannten Politiker ins Visier. Wieder rann ein Schweißtropfen über sein vernarbtes Gesicht, doch diesmal ließ es der kahlköpfige Mann geschehen, denn eine weitere Person tauchte oben auf dem Plateau auf und gab seinem Hass neue Nahrung.

Michael Koch war in seinem maßgeschneiderten Anzug eine stattliche Erscheinung, nur das Sakko spannte ein wenig um seine muskulösen Oberarme. Immer wieder drehten sich Anwesende nach dem gut aussehenden Mann um, dessen grau melierte Haare einen starken Kontrast zu seiner dunklen Hautfarbe bildeten. Doch seine unnahbare Aura hielt die anderen Gäste davon ab, den ehemaligen Kriminalhauptkommissar zu begrüßen, während er gedankenverloren den Turm hinaufblickte.

Michael Koch hatte lange gezögert, die Einladung zur Gedenkfeier anzunehmen. Er war vor zehn Jahren eine der Schlüsselfiguren bei der Befreiung der Geiseln gewesen. Zwar hatte er die Geiseln retten können und war von der Presse als Held gefeiert worden; aufgrund verschiedener Verfehlungen, die mit der Geiselnahme einhergingen, war ihm jedoch von der Polizeidirektion nahegelegt worden, in den Vorruhestand zu gehen. Ein Angebot, das er nicht ablehnen konnte, selbst wenn er gewollt hätte.

Kochs Augen ruhten auf dem Dach des Turms. Der Anblick von Ephraim Zamirs Festung schnürte ihm die Kehle zu. Zamir war damals von drei Neonazis in seinem Turm überfallen worden – und hatte diese seinerseits in Geiselhaft genommen, um ein Millionenpublikum im Internet über Leben oder Tod der drei Männer abstimmen zu lassen. Nach den spektakulären Ereignissen jener Nacht vor zehn Jahren war Zamir, der sich als ehemaliger Mossad-Agent entpuppt hatte, spurlos verschwunden.

Schon als Michael Koch den Turm bei seiner Anreise zum ersten Mal aus der Ferne wahrgenommen hatte, weckte dessen Anblick bittere Erinnerungen. Jetzt, in unmittelbarer Nähe des Bauwerks, konnte er förmlich einen physischen Schmerz spüren, der durch den Bunker ausgelöst wurde. Eine vertraute Stimme rief seinen Namen und brachte ihn zurück in die Gegenwart.

»Michael«, wiederholte sie etwas leiser.

Maries Stimme vertrieb augenblicklich alle düsteren Gedanken und erfüllte sein Herz mit Wärme. Ohne zu zögern oder eine Begrüßung abzuwarten, wandte er sich Marie zu und schloss sie fest in seine Arme.

Seit ihrer letzten Begegnung waren Jahre vergangen, aber einen Moment lang hatten beide das Gefühl, es wäre erst gestern gewesen. Der Streit, die Tränen, die unüberwindbaren Gegensätze, alles war vergessen – zumindest für einen Augenblick.

Sie lösten sich voneinander und sahen sich ein wenig wehmütig in die Augen.

»Ich bin froh, dass du es dir anders überlegt hast«, begann Marie zaghaft.

»Du siehst gut aus«, log er, denn ihre Augen waren dunkel umrandet, und ihre sowieso schon blasse Haut wirkte fahl.

»Danke«, gab sie zurück, denn weder wollte sie die Lüge entlarven noch war ihr zum Kokettieren zumute.

»Hey ... Kein Wort über mich?«, versuchte er sie aufzuheitern, stemmte dabei die Hände in die Hüfte und lächelte, woraufhin auch Maries Gesicht kurz strahlte.

»Du ... Du siehst toll aus, alter Mann!«

»Alt? Mit knapp sechzig? Zamir war zweiundsiebzig, als er die drei Neonazis in seine Gewalt brachte.«

Maries Züge nahmen wieder einen niedergeschlagenen Ausdruck an. Die Erinnerung an Ephraim Zamir schmerzte. Ob er noch lebte? Selbst bei einer internationalen Fahndung hatte man keine einzige Spur von Zamir gefunden.

»Ich ... Sorry. Ich weiß nicht, wieso ich das jetzt erwähnt habe ... Es tut mir leid«, sagte Michael.

Marie schüttelte den Kopf. »Kein Ding, alles gut.«

»Wirklich?«

»Wirklich«, antwortete sie, denn sie wollte nicht, dass Michael sich ihretwegen schlecht fühlte.

Dr. Spaenle und seine Sicherheitsbeamten hatten das Plateau erreicht. Ein zuvorkommender Kellner reichte Spaenle eine weiße Serviette, mit der er sich den Schweiß von der Stirn tupfte. Dann begrüßte er zunächst die ehemalige Stadträtin Seligmann und schließlich Rabbi Shlomo Moshe, während sich die anderen Gäste langsam um das Grüppchen scharten.

Ohne das Gewehr abzusetzen, griff der Scharfschütze zu seinem Handy und wählte. Er musste sich jetzt entscheiden.

Durch das Zielfernrohr waren sie alle zum Greifen nahe. Leben und Tod lagen in seinen verschwitzten Händen, aber der eine, der, auf den er es eigentlich abgesehen hatte, war nicht gekommen. Seine Wut und Enttäuschung waren unermesslich. Er schmeckte Blut auf seiner wund gebissenen Zunge.

»Und?«, meldete sich eine Stimme am Telefon.

»Karl ist nicht gekommen ... Dieser scheiß Hurensohn ist nicht gekommen«, antwortete er zornig.

»Habe ich dir gleich gesagt.«

Der Mann mit der vernarbten Gesichtshälfte nahm das Gewehr aus der Sonne und legte es im Schatten ab, wobei sich für den Bruchteil einer Sekunde das Sonnenlicht im Objektiv des Zielfernrohrs spiegelte.

Kochs geübtes Auge nahm eine kurze Lichtreflexion auf dem Kirchturm im Ort wahr. Sie kam direkt von dem überdachten, offenen Glockenturm – von einer Stelle, wo es keine Spiegelung geben durfte. Michael Koch zögerte nicht und nahm einen der Sicherheitsmänner auf die Seite, der dem überraschenden Griff des großen Mannes nichts entgegenzusetzen hatte.

»Haben Sie einen Ihrer Männer in dem Kirchturm platziert?« Koch gab dem Mann keine Gelegenheit zu antworten. »Denn wenn nicht, sitzen wir hier auf dem Präsentierteller.«

Koch lockerte den Griff.

»Wie kommen Sie darauf?«, fragte der Beamte.

»Eine winzige Spiegelung.«

Der Sicherheitsmann hatte sofort ein Dutzend Erklärungen im Kopf, was eine solche Reflexion ausgelöst haben könnte – und sei es nur die Uhr des Pfarrers, der vom Kirchturm aus seine Gemeinde betrachtete. Trotzdem reagierte er sofort, denn jedem Hinweis einer Bedrohung musste unverzüglich nachgegangen werden, war sie auch noch so unwahrscheinlich. Mit der Hand führte er das Mikrofon an seinem Revers zum Mund.

»Code Red. Verdächtige Spiegelung in der Spitze des Kirchturms wahrgenommen.«

»Code Red bestätigt«, kam es aus dem kleinen Kopfhörer.

Zwei der Leibwächter nahmen Spaenle in die Mitte und drückten seinen Oberkörper nach unten. Dann verschwanden sie mit ihm im Eingang des Turms, während vom Fuße des Hügels aus zwei Sicherheitsbeamte mit gezogenen Waffen auf die Kirche im Dorfzentrum zurannten.

Erschöpft lehnte sich der Mann mit dem Gewehr an die steinerne Wand des Glockenturms.

Lutz' Stimme meldete sich wieder. »Knall einfach den Judenfreund ab, diesen Wichser ...«

»Wen meinst du? Der ganze Haufen da oben, das sind doch alles Judenfreunde«, knurrte Gottfried Wegener, den seine Kameraden nur Steiner nannten.

»Na, diesen Politiker, der die Rede halten soll«, ergänzte Lutz.

»Scheiß drauf. Aus dem Winkel – auf diese Distanz, das wird nicht klappen.«

»Dann leg sie einfach alle um, ist scheißegal. Das sind alles Fotzen. Wenigstens vier oder fünf, bis die was checken, bist du längst über alle Berge«, stachelte Lutz ihn auf.

»Halt die Fresse, Lutz. Das ist nur Kinderkacke im Vergleich zu dem, was wir geplant haben.«

»Echt jetzt? Willst du das wirklich durchziehen?« Die Stimme am anderen Ende der Leitung klang verunsichert, was Steiner wütend machte.

»Pisst du mich gerade an? Wir haben alles geplant, alles ist ... Hey, Mann. Was ist los mit dir?«

»Passt schon, Mann. Und was ist mit Karl ... Vielleicht kommt er noch?«

»Karl?« Steiner spuckte den Namen des ehemaligen Kameraden, der sie verraten hatte, förmlich aus.

»Scheiß auf Karl. Diese Ratte hat sich in irgendeinem dunklen Loch verkrochen und soll in der Hölle schmoren. Aber ich schwöre dir, eines Tages krieg ich ihn an den Eiern und nehm ihn aus wie ein geschlachtetes Schwein.«

Lutz lachte kreischend auf. Ihm gefiel die Vorstellung.

Inzwischen warf Steiner nochmals einen Blick über die gemauerte Brüstung des Glockenturms und sah auch ohne Zielfernrohr, wie mehrere Männer den Weg hinunter auf die Kirche zugerannt kamen.

»Scheiße, ich muss mich verpissen. Wir reden nachher, Lutz!«

Ohne eine Antwort abzuwarten, legte er auf, packte das Scharfschützengewehr und hastete die steile Treppe des Kirchturms hinunter.

Als kurz darauf die beiden Sicherheitsmänner bei der Kirche eintrafen, fanden sie nur einen toten Ministranten, der sich beim Sturz im Glockenturm das Genick gebrochen hatte. Von einem potenziellen Attentäter aber fehlte jede Spur.

***

Marie steuerte ihr offenes Mini-Cabriolet mit erhöhter Geschwindigkeit eine Landstraße entlang, die sie an grünen Hügeln und Wäldern in leuchtenden Herbstfarben vorbeiführte. Michael saß neben ihr und betrachtete heimlich ihre langen Haare, die der Wind verwirbelte.

Die Veranstaltung hatte länger gedauert als erwartet, da die Ansprache von Dr. Spaenle durch den Zwischenfall später begonnen hatte als ursprünglich geplant. Einige der Gäste hatten zwischenzeitlich aus Angst vor einem Attentat die Gedenkfeier überstürzt verlassen. Nur die Ruhe des Rabbis und seine Weigerung, die Veranstaltung abzubrechen, hatten schließlich doch noch dazu geführt, dass der Opfer gedacht werden konnte.

Als man sich verabschiedete, stand die Sonne bereits tief am Horizont, und Marie bot Michael an, ihn zu seinem Hotel in die

Stadt zu fahren. Michael hatte insgeheim darauf gehofft und den Vorschlag erfreut angenommen, da sie während der Feierlichkeit kaum Gelegenheit gehabt hatten, sich auszutauschen. Nun saßen sie seit einer Viertelstunde nebeneinander in dem Wagen und wechselten kein Wort.

»Was ist aus Paris geworden?«, versuchte er ein Gespräch zu beginnen.

»Paris ist gestorben.«

Paris war Maries Labrador gewesen, den sie sich kurz nach dem Geiseldrama zugelegt hatte. Ein unkomplizierter, liebenswerter Hund, der selbst bei den Treffen mit dem Rabbi immer an ihrer Seite gewesen war.

»Paris ist tot?«, fragte er, ohne eine Antwort zu erwarten.

»Krebs«, sagte sie kurz angebunden und überholte vor einer engen Kurve einen Wohnwagen. Michael hielt kurz die Luft an.

»Wovon lebst du jetzt?«

»Von den Tantiemen meiner drei Bücher. Von Lesungen. Zumindest war das vor der Corona-Krise so. Und von meinem Ersparten. Ich brauch nicht viel.«

Vor zehn Jahren hätte Marie als Bewährungshelferin die Möglichkeit gehabt, das Geiseldrama zu verhindern – wenn sie zugelassen hätte, dass ihr Schützling, der Neonazi Karl Rieger, sich ihr rechtzeitig anvertraute. Doch das hatte sie nicht getan. All die Menschen, die verletzt oder getötet worden waren, auch unbeteiligte Menschen, all das Leid, das dieses Drama ausgelöst hatte – für all das gab Marie sich selbst die Schuld. Danach hatte sie ihren Job hingeschmissen und ihren ganzen Schmerz beim Schreiben eines Online-Blogs ausgelebt, der sich zu einem großen Erfolg entwickelte und schließlich auch in gedruckter Form bei einem großen Verlag als Buch erschien. Es folgten Auftritte in TV-Shows, die ihre Popularität noch steigerten, sodass ihr Buch zum Bestseller avancierte. Die Zuschauer liebten ihre ungeschminkte und offene Art, in Talkshows mit anderen Gästen oder den Moderatoren umzugehen. In einer

Sendung schüttete sie einem AfD-Mitglied mit den Worten »Die Farbe steht Ihnen gut« Kaffee ins Gesicht. In einer anderen Show zeigte sie dem Moderator nach der Frage »Verstehen Sie sich als linke Feministin?« den Mittelfinger und verließ das Studio. Das Verrückte dabei: Je mehr sie diese Talkshows und das lachende Publikum verachtete, desto beliebter wurde sie. Bekannte aus der Branche erzählten ihr von Gesprächen, die zu dieser Zeit in den Fernsehredaktionen immer nach einem ähnlichen Schema abliefen: »Holen Sie mir die Stresemann in die Show«, sagte ein Programmdirektor.

»Marie Stresemann? Die ist unberechenbar!«, antwortete der Redakteur.

»Na hoffentlich, genau deshalb will ich sie ja haben. Und laden Sie ein paar Rechte dazu ein, damit die Fetzen fliegen!«

Es dauerte eine Weile, bis Marie das Prinzip durchschaute. Sie kehrte schließlich dem Fernsehen den Rücken. Noch Monate später hagelte es Angebote von Agenten, die sie unter Vertrag nehmen wollten. Man bot ihr eine eigene Sendung oder die Mitarbeit an einer Serie über das Geiseldrama an, doch Marie lehnte alles rigoros ab, verkroch sich mit Paris in ihrer kleinen Dachwohnung im Osten Berlins und brach alle Kontakte ab, auch die zu Michael Koch und dem Rabbi. Und irgendwann war Marie Stresemann auch für die Medien nur noch Schnee von gestern.

Michael startete einen neuen Versuch, ein Gespräch zu beginnen.

»Ich hab gehört, du lebst jetzt in Berlin?«

»Ich bin vor zwei Jahren hierher zurückgekommen, kurz nachdem ich Paris einschläfern lassen musste.«

Marie drosselte die Geschwindigkeit, denn die Landstraße führte nun direkt in die Großstadt auf den Stadtring, vorbei an Reihenhäusern und beeindruckenden Firmengebäuden, in deren Glasfassaden sich die Abendsonne spiegelte.

»Hatte sie Schmerzen?«, hakte Michael nach.

»Was glaubst du? Natürlich hatte sie Schmerzen.« Marie reagierte heftiger, als sie eigentlich wollte. »Ihr Därme waren voller Geschwüre, im ganzen Körper hatten sich Metastasen breit gemacht, sie ging elendig zugrunde, und ich konnte nichts tun, nichts.«

Marie biss sich auf die Unterlippe und kämpfte gegen die Tränen an. Ihre Wangen bebten, aber ihre Augen blieben trocken. Michael rückte ein wenig von ihr ab und richtete den Blick auf die Straße. Bis sie schließlich sein Hotel erreichten, sagte er kein Wort mehr.

Die Sonne war schnell untergegangen. Soeben hatten sich die Laternen über den Straßen automatisch angeschaltet und tauchten das Cabriolet am Straßenrand in kaltes, blaues Licht.

»Ist es das?«, fragte Marie und zeigte auf ein nobles Fünfsternehotel auf der anderen Straßenseite. Michael nickte nur.

Einen Moment lang saßen sie regungslos da und blickten hinüber zu der überdachten Einfahrt, die von einem Kronleuchter erhellt wurde. Zwei Pagen entluden gerade Koffer aus einer Luxuslimousine und packten sie auf einen goldenen Rollwagen.

»Du scheinst ja gut zu verdienen.«

Ihr Tonfall klang vorwurfsvoll, und Michael hatte das Gefühl, sich rechtfertigen zu müssen.

»Ich ... Also, seit ich nicht mehr bei der Polizei bin, arbeite ich für ein großes Sicherheitsunternehmen. Ich ...«

Doch weiter kam er nicht.

»Soll ich noch mit hochkommen?«, unterbrach ihn Marie. Ihr Tonfall ließ keinen Zweifel daran, wie das Angebot gemeint war. Michael schluckte. Damals, nach den schrecklichen Ereignissen, war er oft mit zu ihr gegangen. Sie hatten stundenlang geredet oder einfach nur dagesessen und geschwiegen, während er sie schützend im Arm gehalten hatte. Aber damals waren sie einander als Freunde vertraut gewesen wie Seelenverwandte. Nun war sie ihm fremd. Fremd und begehrenswert. Als Michael heute darauf gehofft hatte, Marie wiederzusehen, hatte er nicht nach Sex gesucht. Er wollte nur seine Freundin wiederhaben, die ihm geholfen hatte, die schlimmste Zeit seines Lebens zu überwinden. Und damit war nicht das Geiseldrama gemeint, sondern der vorangegangene Verlust seiner Familie und vor allem der Tod seines Sohnes. Diese Freundin war ihm genommen worden. Als ihm das jetzt klar wurde, klammerte er sich an die kargen Überreste ihrer Beziehung und nickte Marie zu.

***

Über dem Schirm der Nachttischlampe hing Maries schwarzes T-Shirt. Nur spärlich beleuchtete die Lampe den abgedunkelten Raum. Während der langen, schlaflosen Nacht hatten sich Kondenstropfen an den Fensterscheiben gebildet. Michael lag nackt auf dem Rücken und atmete schwer. Sein Gefühl für Zeit hatte sich im Auf und Ab der Wogen von Sinnlichkeit und Ekstase verflüchtigt wie ein Wassertropfen im Ozean. Noch nie zuvor hatte er körperliche Lust so exzessiv und leidenschaftlich erlebt wie in dieser Nacht. Tausend Gedanken gingen ihm gleichzeitig durch den Kopf. Je mehr er versuchte, die Bilder zu ordnen, umso verschwommener wurden sie. Begierde, Verweigerung, Betörung, Erfüllung und auch Gewalt waren fließend ineinander übergegangen, bis zur körperlichen Erschöpfung, wenn beide Körper schlaff und in Schweiß gebadet zurück in die Laken sanken, bevor der Rausch der Sinne erneut von ihnen Besitz ergriff.

Jetzt fühlte er sich leer. Nur langsam senkte sich sein Puls, aber noch immer pochte ein dumpfer Rhythmus in seinen Ohren. Er spürte die Nähe von Marie, die neben ihm lag. Nur wenige Zentimeter würden ausreichen, um ihre nackte Haut zu berühren, ihren Körper zu liebkosen, bis die Lust von Neuem entfacht würde. Und so allumfassend und berauschend diese Nacht auch gewesen war, so sehr schmerzte ihn das Gefühl, dass nichts davon mit Liebe zu tun hatte.

Marie setzte sich wortlos auf die Bettkante. Ihre langen, schwarzen Haare klebten auf ihrem Rücken und auf der Brust, wo sie das feine Narbengewebe verdeckten, das den Verlauf ihrer Kindheit und Jugend entscheidend geprägt hatte. Achtlos wischte sie einige Strähnen aus dem Gesicht, stand auf und betätigte einen Schalter an der Wand. Mit einem leisen Summen glitten die Jalousien langsam nach oben und tauchten ihren Körper in warmes Licht.

Michael kniff die Augen zusammen, als die grellen Sonnenstrahlen unbarmherzig die Erinnerungen an die Nacht wegfegten.

»Ich brauch jetzt einen Kaffee. Gibt es Kaffee in dieser Luxushütte?« Marie warf die Frage achtlos in den Raum, dann ging sie am Bett vorbei, ohne Michael eines Blickes zu würdigen, und verschwand unter der Dusche.

Michael griff schwerfällig zum Telefon, um eine Kanne Kaffee zu ordern. Eine Servicekraft meldete sich mit greller Stimme und versuchte ihm das »Morning de luxe«-Frühstück schmackhaft zu machen. Kraftlos stimmte er zu und legte wieder auf.

Marie stand regungslos unter der Dusche und weinte. Der Zwang, Dinge kaputt zu machen, die sie liebte, war stärker als die Vernunft, die dazu führte, dass sie dieselbe Tat bereute. Michael war ihr vor Jahren ein echter Freund gewesen. Indessen war ihr alles, was sie je geliebt hatte, auf brutale Weise immer wieder entrissen worden.

Sie drehte die Dusche ab, atmete tief durch und stellte sich vor das Designerwaschbecken. Schwüler Wasserdampf hing in dem kleinen Raum. Mit der flachen Hand wischte sie eine Stelle auf dem beschlagenen Spiegel frei und betrachtete ihr Abbild. Die Narben auf ihrer rechten Brust waren durch das heiße Wasser rot angeschwollen. Vorsichtig berührte sie sie mit den Fingerspitzen. Sie waren ein vertrauter Teil von ihr geworden, die sie wie einen Schutzschild vor sich hertrug – vor allem, wenn sie nackt war, und vor allem, wenn andere sie sehen konnten. Die Zeit, als sie sich dafür geschämt hatte, war längst vergangen. Die Narben waren Teil ihres provokativen Selbstverständnisses geworden. Entfernt hörte sie ein Klopfen an der Hotelzimmertür. Sie band eines der Handtücher wie einen Turban um ihre Haare, wickelte sich ein weiteres um den Körper und verließ das Bad.

Der Page, der gerade eine Etagère voller Köstlichkeiten und zwei Cappuccini gebracht hatte, verließ soeben die Suite, ließ es sich aber nicht nehmen, einen frivolen Blick auf Maries Körper zu werfen. Michael, der inzwischen eine Jogginghose trug, warf daraufhin wütend die Tür hinter ihm zu.

»Was soll das werden?«, fauchte er Marie vorwurfsvoll an und wusste im selben Moment, dass es darauf keine Antwort geben konnte.

»Hat es dir nicht gefallen?«, antwortete sie fast beiläufig, während sie das Handtuch um den Körper fallen ließ und in ihre Jeans schlüpfte.

»Hast du dich verändert, oder ist mir früher nur nicht aufgefallen, wie ... wie kalt du bist?«

»Ich habe mich nicht verändert. Ich bin immer noch derselbe Freak, der ich immer war. Du wolltest das nur nie wahrhaben«, sagte Marie ruhig und streifte sich das schwarze T-Shirt über.

Maries Eingeständnis raubte ihm jede Angriffsfläche. Er ging auf sie zu und umfasste vorsichtig ihre Schultern.

»Wir sind alle Freaks, Marie. Nur manche können das besser verbergen.«

Sie drehte sich aus seinen Armen, obwohl sie sich innerlich

danach sehnte, dass er sie fest an sich drückte. Dabei fiel ihr Blick auf den kleinen Schreibtisch, auf dem ein Pass mit einem Flugticket lag.

»Du verreist?«

»Mein Flieger geht heute Abend. Wir könnten noch ...«

»Wohin?«, unterbrach sie ihn, und es klang so, als wäre die Antwort von Bedeutung.

»Wie meinst du das?«

»Was ist denn daran so schwer zu verstehen?«

Sie zog das Ticket aus dem Pass und warf einen Blick darauf.

»First Class, Washington?«, fragte sie irritiert.

»Wird wohl stimmen, wenn es auf dem Ticket steht.«

Sie sah ihm in die Augen und wartete. Er zögerte kurz, entschloss sich dann aber, ihr die unausgesprochene Frage zu beantworten.

»Ich habe vor einiger Zeit ein Angebot von einer amerikanischen Security-Firma bekommen, das habe ich angenommen.«

»Um was zu tun?«, hakte sie nach.

»Ich ... Ich bin Sicherheitsberater von Trumps Wahlkampfteam ... Also einer davon.«

Marie lachte laut auf. Es war das erste Mal seit ihrem Wiedersehen gestern Nachmittag, dass er sie lachen sah, aber es war kein fröhliches Lachen.

»Du arbeitest für Trump?« Ihre Stimme überschlug sich.

»Nicht für ihn direkt, für sein Wahlkampfteam«, versuchte er sich zu rechtfertigen.

»Wie kannst du dich nur so weit herablassen und für diesen Narzissten, für diesen krankhaften Egomanen ... Wie kannst du für diesen Wahnsinnigen auch nur einen Finger krümmen? Es sei denn, den Finger am Abzug einer Waffe, um die Menschheit ein für alle Mal von dieser Geißel zu befreien?«

Michael traute seinen Ohren nicht.

»Es ist ein Job.«

»Ein Blowjob, mein Lieber! Und du bist die Hure dabei!«

Michael kochte innerlich. Noch nie hatte jemand so schonungslos mit ihm gesprochen. Er war kurz davor, sie anzuschreien, behielt aber die Nerven.

»Es ist besser …«, hob er an, und wieder unterbrach sie ihn.

»… wenn ich jetzt gehe?«

Ein letztes Mal hielten die beiden inne und sahen sich tief in die Augen, als suchten sie nach einem Rest Zuneigung füreinander. Dann löste sich Marie, schlüpfte in ihre Schuhe, griff nach ihrer grauen Umhängetasche und warf das Handtuch, das gerade noch um ihre Haare gewickelt war, wütend durch die offene Badezimmertür.

»Männer wie Trump machen diese Welt kaputt, und ich werde dabei nicht tatenlos zusehen. Vergiss meine Nummer, vergiss, wer ich bin oder wer ich irgendwann einmal für dich war. Und komm mir bloß nie wieder in die Quere.«

Mit diesen Worten stürmte sie aus der Suite und ließ die Tür dabei weit offen stehen. Er zögerte eine Weile, dann eilte er ihr ein paar Schritte nach, konnte aber nur noch sehen, wie sich im Hotelflur die Aufzugtüren schlossen.

Er fragte sich, ob er Marie jemals wiedersehen würde – und sei es nur auf den Titelseiten der Boulevardpresse.

Zu diesem Zeitpunkt konnte Michael Koch noch nicht wissen, wie richtig er mit seinem Gedanken lag.

LUTZ I

Köln-Seeberg, 2007

Ich hab die Schnauze voll«, begann Jana Funk gerne ihre Hasstiraden gegen Geflüchtete im Speziellen und Ausländer im Allgemeinen. Wenn sie besonders in Rage war, ergänzte sie im typisch rheinländischen Dialekt gerne noch: »Und zwar so was von!«

Die alleinerziehende Mutter lebte mit ihrem siebenjährigen Sohn Lutz im Stadtteil Köln-Seeberg in einer Sozialwohnung. Sie finanzierte ihren Lebensunterhalt durch Hartz 4. Der Vater ihres Kindes, eine Karnevalsbekanntschaft, hatte sich noch vor der Geburt aus dem Staub gemacht. Nachforschungen waren erfolglos geblieben.

»Wenn ich den Scheißkerl wiedersehe, schieß ich ihm in die Eier und lass ihn dann langsam verrecken«, war ein weiterer Satz aus Janas umfangreichem Repertoire an Wutparolen. Inzwischen konnte sie sich nicht mal mehr an das Gesicht des Mannes erinnern. Den Job als Kassiererin in einem Supermarkt hatte sie verloren, weil sich irgendwann ihre Wut auch gegen ihre Vorgesetzte wendete, die afghanischer Herkunft war.

»Du hast mir hier gar nichts zu sagen«, schrie sie die Frau eines Tages an und fuchtelte dabei mit ihrem Zeigefinger vor deren Gesicht herum. »Du bist hier in meinem Land. Verstehst du? Ich zahl hier Steuern, damit du mit deiner Sippe in Deutschland leben kannst – und nun kommst du und machst mich an. Was glaubst du eigentlich, wer du bist, du blöde Asylantin?«

Zunächst versuchte das Personalbüro das Problem durch eine Versetzung zu lösen, aber Jana Funk bestand darauf, dass nicht sie versetzt werden sollte, sondern ihre Vorgesetzte. Da die Personalleitung in diesem Punkt nicht einsichtig war, nahm Jana die Sache selbst in die Hand und bat den grobschlächtigen Sohn ihres verstorbenen Schwagers um Hilfe. Zu zweit passten sie die zierliche Filialleiterin auf dem Heimweg ab und drohten damit, ihr und ihrer Familie »die Hölle auf Erden« zu bereiten, sollte sie nicht freiwillig die Filiale wechseln.

Es war das erste Mal, dass der kleine Lutz seinem glatzköpfigen Cousin Gottfried Wegener begegnete, der mit seinen Muskeln wie die Superhelden aus dem Fernsehen mächtig Eindruck auf ihn machte.

Drei Tage lang genoss Jana ihren vermeintlichen Triumph, denn ihre Filialleiterin war nicht mehr zur Arbeit erschienen und hatte sich überraschend krankgemeldet. Als am Nachmittag des dritten Tages zwei Polizeibeamte im Supermarkt erschienen und Jana vor allen Augen abführten, war dies jedoch der beschämendste Tag ihres Lebens. Die Filialleiterin hatte die Drohungen heimlich mit ihrem Handy aufgezeichnet, dann allerdings zwei Tage lang mit sich gerungen, Anzeige zu erstatten, da sie das Leben der jungen Mutter Jana Funk nicht zerstören wollte. Am Ende ging schließlich ihr Mann mit der Audioaufnahme zur Polizei.

Fristlose Kündigung, drei Monate auf Bewährung, Übernahme aller Gerichtskosten sowie eine Geldstrafe: Das war die Folge des Überfalls auf die Filialleiterin. Jana blieb indessen unbelehrbar.

»Mir doch scheißegal. Tut mir nur leid, dass wir der Schlampe nicht gleich die Fresse eingeschlagen haben.«

Je mehr sich Jana von der Welt da draußen missverstanden und betrogen fühlte, desto stärker klammerte sie sich an ihren kleinen Engel Lutz. Als Kind hatte der Junge sehr schnell begriffen, dass Liebe und Zuneigung von Mama nur einen zeitlich begrenzten Rahmen hatten und dass sie nahtlos in Wut und Zorn übergehen konnten. Meist folgten danach Tränen, die Bitte um Vergebung und leere Versprechen. Trotz aller Gefühlsschwankungen war Jana Funk bemüht, ihrem Sohn ein behütetes Zuhause zu geben. Selbst in der größten Wut hätte sie es nie übers Herz gebracht, ihr Kind zu schlagen. Fast Food war tabu, die Fernsehzeiten streng geregelt, und Lutz' regelmäßigem Training in einem Fußballverein ordnete sie alles andere unter. Im Herbst 2009 lernte sie schließlich bei einem Trainingsspiel Melanie kennen, eine athletische Frau in ihrem Alter und Mutter von zwei Jungs. Da sich die Söhne gut verstanden und die zwei Frauen gern gemeinsam über ihre Ex-Männer schimpften, wurden beide enge Freundinnen. Dies führte dazu, dass Melanie ihr schließlich einen Job als Empfangsdame in dem Fitnessstudio vermittelte, in dem sie selbst als Trainerin arbeitete. Für geraume Zeit sorgten das feste Einkommen, die Bestätigung im Job, Melanies Freundschaft und die Routine in ihrem Alltag für so etwas wie Glück in Janas Leben, auch wenn sie sich das selbst nur schwer eingestehen konnte.

Im Frühjahr 2011 erhielt ihr zerbrechliches Vertrauen in die Welt dann wieder einen herben Rückschlag. Lutz ging in die fünfte Klasse der Gustav-Heinemann-Mittelschule in Köln-Seeberg. Er war gerade zehn Jahre alt, hatte an der Schule einen kleinen Freundeskreis und gehörte zu den ruhigen Jungs, die kaum auffielen. Angesichts der vorherrschenden Gewalt an »der Heinemann« war dies ein probates Mittel, um Ärger aus dem Weg zu gehen. Schlägereien und Mobbing auf dem Schulhof gehörten zum Alltag. Das Kollegium stand dieser Situation ohnmächtig gegenüber und verschloss davor eher die Augen, als tatkräftig nach Lösungen und Auswegen zu suchen.

Am 26. Mai eskalierte diese Nachlässigkeit in einem tragischen Vorfall, der es den Verantwortlichen unmöglich machte, einfach wegzusehen.

Der vierzehnjährige Hassan hatte bei Fahrversuchen mit einem Waveboard seinen Mitschüler Murat angerempelt. Die beiden waren schon öfter aneinandergeraten. Nur diesmal wollte Murat ein Exempel statuieren, um Hassan in seine Schranken zu weisen und von seinen Kumpels »gefeiert« zu werden. In der großen Pause entdeckte er auf dem Schulhof Hassan, der seine Kopfhörer trug und laut Musik hörte, weshalb ihn der brutale Angriff von hinten vollkommen überraschte. Der erste Schlag traf ihn im Nacken, dann wirbelte Murat seinen Rivalen herum und schlug ihm mehrmals mit der Faust ins Gesicht, bis Hassan blutend torkelte und zu Boden ging. Umstehende Schüler schrien auf Murat ein, er solle aufhören, doch Murat kannte keine Gnade und blendete jegliche Konsequenzen seiner Tat aus.

Er packte den bewusstlos am Boden liegenden Jungen an den Haaren, hob seinen Kopf gewaltsam einen halben Meter hoch und schlug ihm mit voller Wucht noch zweimal das Knie ins Gesicht. Erst dann ließ er von Hassan ab, dessen Kopf hart auf den Teerboden knallte. Von alldem bekam Hassan nichts mehr mit, denn zu diesem Zeitpunkt hing sein Leben nur noch an einem seidenen Faden.

Im nahe gelegenen Krankenhaus versuchten die Ärzte den Jungen zu retten. Seine Familie betete für ein Wunder, auch wenn man ihnen keine Hoffnung machte. Nach einer Woche versagten Hassans Organe, und sein Herz hörte auf zu schlagen. Der Junge, der laut Presseberichten ein guter Schüler gewesen war, hatte sich kurz zuvor in der Schule zum »Streitschlichter« ernennen lassen und dafür Kurse besucht.

Es hatte ihm nicht geholfen.

Jana verfolgte besorgt die Zeitungsberichte, Fernseh- und Radiosendungen, die täglich von der Tragödie berichteten. Doch nicht weil sie Mitleid mit dem toten Jungen hatte, sondern weil sie sich Sorgen um ihren Sohn machte.

Sie war fest davon überzeugt, dass die Gewalt an der Schule allein von den ausländischen Kindern ausging. Die kurdische und türkische Abstammung der beiden Kontrahenten bestätigte ihre Vorurteile. Je mehr Details zur Tat bekannt wurden, desto größer wurden ihre Angst und der erneut anschwellende Hass gegen alles, was für Jana ausländisch anmutete.

Als die Stadt Köln trotz der Tragödie zwei Monate später auch noch die Gemeinschaftshauptschule am Holzheimer Weg auflöste und in die Gustav-Heinemann-Mittelschule integrierte, wandte Jana sich in ihrer Verzweiflung erneut an Gottfried. Sie schluchzte dabei so laut ins Telefon, dass er kaum ein Wort verstand.

»Noch mehr Ausländer, noch mehr brutale Schläger, du musst mir helfen, Gottfried. Die gehen immer als Erstes auf die deutschen Kinder los. Du weißt, dass es so ist, du weißt es! Sie werden Lutz etwas antun. Ich weiß nicht, was ich machen soll. Was ... Was mach ich bloß, wenn sie ihm wehtun? Wenn sie ihn auch umbringen?«

Gottfrieds tiefe Stimme klang überlegt und ließ keinen Zweifel daran, dass er die richtige Lösung für das Problem hatte.

»Dem Kleinen wird nichts passieren. Du musst dir keine Sorgen machen. Ich bring ihm bei, wie man sich behauptet. Ich bring ihm bei, wie man sich zur Wehr setzt, wie man kämpft. Jana, vertrau mir, ich bringe ihm bei, ein Mann zu sein.«

Für Jana klang das schlüssig. Warum sollte sie ihren Sohn in einer Welt aus Gewalt und voller gefährlicher Ausländer zu einem Duckmäuser erziehen?

»Lieber erschlägt er einen von diesen Kanaken, als selbst erschlagen zu werden«, erklärte sie zornig Melanie, die ihre Freundin noch nie so erlebt hatte.

»Ich weiß nicht, ob das so gut ist, Jana. Gewalt wird immer Gewalt erzeugen. Das ist keine Lösung, glaub mir.«

»Doch, Melanie, das ist die einzige Lösung!«

Gottfried besuchte die Funks einmal pro Woche und brachte dem Jungen Kämpfen bei. Die Trainingsstunden beim Fußballverein wichen Übungen mit dem Schlagring, dem Stockkampf und dem Umgang mit einem Kampfmesser. Jana sah es gern, wenn der Kleine begeistert mit Gottfried übte und selbst dann die Zähne zusammenbiss, wenn der große Mann ihm ab und zu einen harten Schlag versetzte, der ihn unsanft zu Boden warf.

»Der Kleine hat's drauf, ist wie ein Stehaufmännchen, kommt immer wieder hoch. Kannst stolz sein auf deinen Sohn, Jana.«

Jana war tatsächlich stolz auf ihn und merkte dabei nicht, wie sich Melanie immer mehr zurückzog und ihre Jungs von Lutz und ihr fernhielt.

Aus Lutz, dem unscheinbaren, stillen Schüler, wurde in den Folgejahren Lutz, der Schläger mit der frechen Schnauze. Kaum einer kassierte so viel Prügel wie der kleine Lutz, und kaum einer stand so oft wieder auf wie er, um am Ende einen Kampf doch noch für sich zu entscheiden. Dabei achtete er stets darauf, nicht zu weit zu gehen, auch wenn ihm das zunehmend schwerfiel. Gottfried hatte ihm eingebläut, im Kampf nie die Beherrschung zu verlieren und seine Gegner niemals krankenhausreif zu schlagen.

»Wenn du von dieser Schule fliegst, Kleiner«, drohte ihm Gottfried einmal, »dann brech ich dir beide Arme, das schwör ich.« Lutz wusste, dass Gottfried nicht scherzte.

Im September 2015 besuchte Lutz die neunte Klasse, er war inzwischen fast sechzehn Jahre alt. Zwar hatte er sich wortwörtlich den Respekt seiner Mitschüler erkämpft, die lieber einen großen Bogen um ihn machten, aber seine Noten erlaubten kein Vorrücken in die nächste Jahrgangsstufe.

Vierundfünfzig Flüchtlingskinder aus achtunddreißig Nationen waren mittlerweile zusätzlich an die Schule gekommen, für Jana Funk ein klares Anzeichen dafür, dass deutsche

Kinder nicht mehr genug Aufmerksamkeit bekamen. Nur deshalb schrieb der Junge so schlechte Noten. Ein bulliger Kollege im Fitnessstudio erzählte ihr von der bevorstehenden Oberbürgermeisterwahl in Köln und davon, dass danach alles noch schlimmer werden würde. Sie schnappte Begriffe auf wie »Flüchtlingspolitik« und hörte erstmals von einer Partei, die dazu eine Alternative versprach. Das klang gut in ihren Ohren, und zum ersten Mal in ihrem Leben besuchte sie eine Wahlkampfveranstaltung. Der Redner war Hendrik Rottmann von der AfD, ein strammer Bundeswehrhauptmann, der für das Amt des Bürgermeisters von Köln kandidierte. Jana verstand nicht viel von dem, was der Mann in abgehackten Sätzen von sich gab, aber einige Phrasen brannten sich fest in ihr Gedächtnis ein.

»Was wir da unseren Urenkeln aufbürden, ist absolut unerträglich. Im gleichen Atemzug bekommen unsere Rentner, die Deutschland nach dem Krieg aufgebaut haben und denen Dank und Anerkennung gebührt, eine Rentenerhöhung von einem Viertelprozent.«

Alles schien so einleuchtend, ja, geradezu einfach zu sein.

»Es ist aber auch ein anderes Szenario denkbar. Deutschland scheidet aus dem Euro aus, und wir führen die D-Mark wieder ein!«

Jana war begeistert. Der Mann sollte nicht nur Oberbürgermeister von Köln werden, er sollte am besten gleich als Bundeskanzler kandidieren. Mit einem wie ihm würde es Deutschland und den wahren Deutschen sicher in kurzer Zeit viel besser gehen. Vor allem wollte sie aber seinem Aufruf folgen, der konkurrierenden Kandidatin Henriette Reker mit ihrer haarsträubenden Einwanderungspolitik mal richtig die Meinung zu geigen. Beseelt von den vielen Versprechungen und der Hoffnung auf eine bessere Zukunft beschloss sie, am folgenden Samstag, einen Tag vor der Wahl, mit Lutz die parteilose Spitzenkandidatin während einer Wahlkampfveranstaltung persönlich zur Rede zu stellen und ihren ganzen Frust an der Politikerin auszulassen.

Samstag, 17. Oktober 2015

Der Himmel war wolkenverhangen, und Herbstlaub wirbelte über die Straßen, als Jana um kurz vor neun mit Lutz den Bus an der Haltestelle Clarenbachstift verließ. Eine Stunde waren sie von Seeberg unterwegs gewesen, und Jana hatte sich immer wieder überlegt, was sie der Politikerin alles vorwerfen würde. Sie hatte vor, »richtig Rambazamba zu machen«, laut zu werden, und hoffte darauf, dass irgendjemand die Standpauke auf Video aufzeichnen und ins Netz stellen würde. Sicher würde der Hauptmann das Video sehen und stolz auf sie sein. Vielleicht, so hoffte sie, könnte das sogar die Wahl zugunsten der AfD entscheiden.

Die Händler hatten bereits ihre Stände mit Gemüse, Obst, Fleisch und Käse in der Fußgängerzone aufgebaut, die sich zwischen der Klarenbach-Buchhandlung und der Bento-Box nach Norden erstreckte. Genau am Eingang zum Wochenmarkt, direkt an der Aachener Straße, stach Jana ein aufgespannter orange-weißer Sonnenschirm mit dem roten Logo der CDU ins Auge, der mit orangefarbenen Luftballons verziert war. Die ersten Menschentrauben hatten sich bereits dort gebildet, wo Wahlkampfhelfer Flugblätter verteilten und eifrig Gespräche führten. Und mitten in diesem morgendlichen Trubel verteilte eine stattliche Frau mit Kurzhaarschnitt Rosen. Obwohl Jana die Frau noch nie in ihrem Leben gesehen hatte, war ihr aufgrund der vielen Wahlkampfplakate mit ihrem Konterfei klar, dass es sich um Henriette Reker handeln musste. Beim Anblick der Politikerin auf der gegenüberliegenden Straßenseite begann Janas Puls zu rasen. Sollte sie nicht vielleicht wieder nach Hause fahren?

Was kann ich schon ausrichten? Die wird mich doch nicht mal zur Kenntnis nehmen, dachte sie in dem Augenblick, in dem Lutz, der fast genau so groß war wie sie, den Arm um sie legte und meinte: »Kneifst du jetzt etwa, Mama?«

Sie schüttelte trotzig den Kopf. »Nä, wir machen das jetzt. Die wird mich gleich mal richtig kennenlernen.«

Entschlossen überquerten die beiden die nur spärlich befahrene Hauptstraße und näherten sich den Wahlkampfhelfern, die sie freundlich begrüßten. Eine junge Frau kam auf sie zu und hielt ihnen eine Werbebroschüre mit Rekers strahlend weißem Lächeln entgegen.

VOM VEEDEL BIS ZUR METROPOLE – KÖLN GEMEINSAM PLANEN, versprach die Headline auf dem Pamphlet. Unbewusst wich Jana ein wenig zurück. Eine Geste, die bei der jungen Wahlkampfhelferin nicht unbemerkt blieb.

Jeder unentschlossene Wähler könnte ein Wähler für uns werden, es liegt nur an euch, erinnerte sie sich an die Ansprache des Wahlkampfleiters.

»Es ist toll, dass Sie heute bei uns vorbeischauen. Kommen Sie aus der Ecke hier?«, versuchte die junge Frau das Eis zu brechen.

»Nä, aus Seeberg«, antworte Jana nervös.

»So weit? Dann sind Sie sicher nicht wegen des Wochenmarkts gekommen, sondern um Frau Reker persönlich kennenzulernen, richtig?«

»Kann man wohl sagen!«

»Gut, dass Sie so früh dran sind, später wird hier ...«

Ohne die junge Frau weiter zu beachten, ging Jana zielstrebig mit Lutz im Schlepptau auf die ansehnliche Politikerin zu, die gerade einer alten Frau eine Rose überreichte. Jana stand nun fast direkt vor Reker, während die alte Dame ihre Trophäe vorsichtig in einer Plastiktüte verstaute. Nur noch ein Schritt, und Jana wäre die Nächste, der Frau Reker eine Rose überreichen würde. Der Kloß in ihrem Hals ließ sie kurz zögern, als sich ein kräftiger Mann mit Spitzbart und Glatze zwischen sie und die Politikerin drängte und freundlich ebenfalls um eine Rose bat. Selbstsicher überreichte die Kandidatin ihm die Blume und sah dabei zu ihm auf. Plötzlich hatte der Mann ein Messer in der Hand, holte damit aus und stach es Henriette Reker gezielt in den Hals.

Alles ging so schnell, dass weder Jana noch die umstehenden Menschen begriffen, was geschehen war. Für den Bruchteil einer Sekunde blieb die Welt stehen. Erst als der Mann das Messer mit der dreißig Zentimeter langen Klinge wieder aus ihrem Hals zog und die Politikern blutend zu Boden ging, schrie jemand auf und Panik brach aus. Während die meisten Besucher instinktiv vor dem Attentäter zurückwichen, eilte eine junge Frau hinzu, um Henriette Reker Hilfe zu leisten. Indessen zog der schwarz gekleidete Mann mit der linken Hand ein weiteres, kleineres Messer aus seiner Tasche und rammte es der Helferin mit voller Kraft in die Lende.

Jana stand immer noch wie angewurzelt hinter dem Mann und schrie nun ebenfalls auf. Sofort drehte sich der Mann um, erhob seine Waffen, setzte sie aber nicht ein. Denn er blickte in das Gesicht von Lutz, in dessen funkelnden Augen er so etwas wie Zustimmung zu erkennen glaubte. Inzwischen hatten zwei weitere Frauen Mut gefasst und versuchten, die erste Helferin, die sich mit schmerzverzerrtem Gesicht die Stichwunde hielt, aus der Gefahrenzone zu bringen, aber zu spät. Der Mann hatte sich wieder umgedreht und stach erneut zu. Einer der beiden Frauen durchbohrte er die linke Wange, der anderen versetzte er wahllos zwei Stiche in den Körper. Aus den Augenwinkeln nahm der Attentäter daraufhin wahr, wie ein Mann versuchte, Reker zu helfen. In einer weit ausholenden Bewegung hieb er mit dem langen Kampfmesser nach dem couragierten Mann, der reflexartig den rechten Arm hochriss, um den Schlag abzuwehren. Die Klinge durchtrennte seine Kleidung und fügte ihm eine tiefe Schnittwunde zu. Blutend wich der Mann zurück, um einer weiteren Attacke zu entgehen. Auch Jana und Lutz hatten sich inzwischen in Sicherheit gebracht, und so stand der heftig atmende Attentäter ganz allein neben der schwer verletzten Politikerin, die vor seinen Füßen um ihr Leben kämpfte.

Einer der Augenzeugen berichtete später: »Es war unglaublich, keiner wagte sich mehr in die Nähe des Messerstechers. Und doch behielt Frau Reker die Nerven, presste sich mit beiden Händen die Stichwunde zu und brachte sich in eine stabile Seitenlage. Verstehen Sie? Sie blieb ganz ruhig, achtete überhaupt nicht auf den Mann, sondern war vollkommen darauf konzentriert, am Leben zu bleiben.«

Ein zufällig anwesender Bundespolizist in Zivil packte schließlich eine der Metallstangen, an denen Parteifahnen hingen, und ging damit gezielt auf den Attentäter los. Kurz schien es so, als würde der Polizist das nächste Opfer des Attentäters werden, aber dessen Stiche gingen ins Leere, während die Stange des Polizisten ihn mehrmals schmerzhaft an Kopf und Körper traf. Schließlich gab der glatzköpfige Mann auf und ließ die Messer fallen. Der Polizist trieb ihn noch einige Meter bis zur Hauptstraße vor sich her, dann blieb auch er in sicherer Entfernung stehen und wartete auf das Eintreffen von Polizei und Feuerwehr, deren Sirenen schon von Weitem zu hören waren. Der Attentäter nutzte diese Zeit, um sich lautstark für seine Tat zu rechtfertigen. Er betonte, man dürfe Deutschland nicht solchen Menschen überlassen, und zeigte dabei immer wieder auf die Verletzten seiner Messerattacke. Man müsse ihm dafür dankbar sein.

Henriette Reker wurde neun Minuten nach der Stichverletzung von einem Krankenwagen in die Notaufnahme gebracht. Der Stich hatte ihre Luftröhre durchtrennt und einen Halswirbel gespalten, aber sie hatte Glück im Unglück. Die Klinge hatte Rückenmark und Schlagader nur knapp verfehlt. Noch während die Politikerin im Koma lag, gewann sie am Tag darauf die Wahl zur Oberbürgermeisterin im ersten Anlauf mit deutlicher Mehrheit.

Für Jana Funk war es der sichere Beweis dafür, dass in diesem Land etwas schieflief. Wenn ein bis dahin vollkommen unbescholtener Lackierer aus Köln-Nippes zu einer solchen Gewalttat bereit war, musste das ein Zeichen sein. Jana erschien daraufhin eine Woche lang nicht zur Arbeit und setzte erst wieder einen Fuß vor die Tür, um in der Parteizentrale der AfD in Köln einen Mitgliedsantrag auszufüllen.

Lutz' Reaktion erfolgte hingegen deutlich schneller. Bereits am Montag nach dem Attentat fuhr er euphorisch in ein Waffengeschäft und kaufte sich ein Kampfmesser mit einer dreißig Zentimeter langen Klinge.

FÜNF JAHRE SPÄTER

Samstag, 17. Oktober 2020

Lutz saß in Jeans und schwarzem Fred-Perry-Shirt auf einer von zwei Matratzen. Er mochte das Logo mit dem Lorbeerkranz, es war vor Jahren bei Hooligans und gewaltbereiten Ultras zu einem Erkennungszeichen geworden. Außer der Liegestätte bestand die Einrichtung des Zimmers nur noch aus einem Klapptisch mit zwei Stühlen und einem Kühlschrank. Leere Bier- und Coladosen lagen verstreut auf dem Boden. Es roch nach Pommes frites und Burgern, deren Reste in einer roten Pappschachtel auf dem Klapptisch vergammelten. Vor Lutz stand auf dem Boden ein Flachbildschirm, aus dem die blecherne Stimme eines Nachrichtensprechers tönte.

Gelangweilt lehnte Lutz mit dem Rücken an der kalten Wand und wollte schon wegzappen, als der Beitrag über ein Attentat in Paris seine Aufmerksamkeit weckte. Fasziniert richtete er sich ein wenig auf, stellte den Ton lauter und fuhr gedankenverloren mit dem Daumen über die Klinge seines Bowiemessers.

»Der Vorfall hat sich gestern im Pariser Vorort Conflans-Sainte-Honorine ereignet. Berichten zufolge wurde ein Lehrer auf offener Straße angegriffen und enthauptet. Die Anti-Terror-Staatsanwaltschaft hat die Ermittlungen übernommen. Das Opfer soll Berichten nach Mitte vierzig gewesen sein und vor Kurzem Mohammed-Karikaturen im Unterricht gezeigt haben, als das Thema Meinungsfreiheit behandelt wurde. Daraufhin soll es in der Schule zu Ärger und Drohungen gekommen sein ...«

Die Aufnahmen im Fernsehen zeigten nur eine Absperrung auf einer öffentlichen Straße, dazu zahlreiche Einsatzwagen und Polizisten. Doch in Lutz' Kopf spielte sich das grausame Attentat bildlich ab, während er sich vor Erregung tief in den Daumen schnitt. Genüsslich leckte er das Blut von seinem Finger und erinnerte sich an den Amokläufer, der heute vor fünf Jahren das Messer in den Hals der Politikerin gestochen hatte. Der Geschmack des Blutes in seinem Mund verschmolz Vergangenheit und Gegenwart miteinander.

Immer wieder hatte er die Kölner Messerattacke im Traum erlebt und war erregt und schweißgebadet aufgewacht. Mit jedem Mal war der Kick schwächer geworden, doch jetzt spürte er einen Adrenalinrausch, wie er ihn noch nie zuvor erlebt hatte.

***

Lutz war inzwischen zwanzig Jahre alt, im November würde er einundzwanzig werden. Den Hauptschulabschluss an der Gustav Heinemann hatte er vor vier Jahren gerade so geschafft. Aber den Gedanken, eine Lehrstelle anzunehmen, fand er zum Kotzen. Stattdessen war ihm der Anschluss an eine Rockerbande gelungen, die in Köln Schutzgelder von Clubs und Diskotheken erpresste, indem sie den Besitzern einen Türsteher aus der eigenen Bande aufs Auge drückten. Lutz war einer davon. Was er im Vergleich zu den anderen Bandenmitgliedern nicht an Muskeln hatte, konnte er mit Schnelligkeit und Brutalität ausgleichen. Damit verdiente er sich in der Szene schnell einen guten Namen sowie eine goldene Nase. Also kehrte er seiner Mutter und der Sozialwohnung, in der er aufgewachsen war, bald endgültig den Rücken.

Es dauerte nur knapp ein Jahr, da geriet der »schnelle Lutz« ins Visier der Kölner Polizei. Die Beweislage war zwar dünn, doch die Ermittler zogen Lutz wegen Erpressung und schwerer Körperverletzung für einige Tage aus dem Verkehr und steckten ihn in Untersuchungshaft. Im selben Zeitraum fand gegen die organisierten Rockerbanden in Köln eine erfolgreiche Großrazzia statt, mit mehr als achthundert Polizisten, darunter nahezu sämtlichen Spezialeinheiten aus Nordrhein-Westfalen. Für die Köpfe des Syndikats stand zweifelsfrei fest, dass der »schnelle Lutz« sie an die Ermittler verpfiffen hatte, da er kurz nach der Razzia wieder auf freien Fuß gesetzt wurde. Von da an war Lutz auf der Flucht vor seinen ehemaligen Arbeitgebern und konnte den Todesengeln, wie sich die Killer der Organisation nannten, zweimal nur mit knapper Not entkommen. Sein Leben war keinen Pfifferling mehr wert. Nach seiner eigenen Einschätzung war es nur noch eine Frage der Zeit, bis man seine verstümmelte Leiche aus dem Rhein fischen würde. Mit den Nerven vollkommen am Ende, nahm er Kontakt zu seinem Cousin Gottfried Wegener auf und flehte ihn heulend an, ihm zu helfen. Gottfried war durch die Geiselnahme im Oktober 2010 in der Szene unter dem Namen Steiner zu einer Legende geworden und gehörte nach drei Jahren Haft zu den VIPs der Rockerszene. Dank seiner markanten Verbrennungen im Gesicht, die ihm der Geiselnehmer Ephraim Zamir zugefügt hatte, erkannten ihn auf Anhieb selbst die Neulinge im Milieu und erwiesen ihm ihren Respekt.

Als sich der legendäre Steiner schließlich beim Boss der Rockerbande für seinen Cousin verbürgte, musste sich Lutz der Gang freiwillig stellen. Das Treffen fand im Hinterzimmer eines noblen Restaurants statt, das der Besitzer vor einem Jahr unfreiwillig an die Gang abgetreten hatte. Zwei bullige Rocker in Ledermontur brachten Lutz zu einem runden Tisch, an dem Steiner und der Anführer saßen. Der bärtige Mann, dessen Gesicht fast vollständig mit Tattoos überzogen war, hatte einen Berg kleiner Bratwürste auf seinem Teller. Vor Steiner hingegen stand nur ein Glas Bier. Der Bärtige nahm eine der fettig glänzenden Würste und schob sie sich genussvoll in den Rachen, dann drehte er sich zu Lutz und leckte sich die Finger ab.

»Bist noch am Leben, Lutz. Hast Glück gehabt. Hast deinem Cousin dein Leben zu verdanken.«

Lutz antwortete nervös: »Ich war's nicht. Ich war's ehrlich nicht, ich schwör's dir ...«

»Halt's Maul, Lutz«, unterbrach ihn der Bärtige und griff nach der nächsten Bratwurst. »Wär kein schöner Tod gewesen, Lutz. Hätte lang gedauert.«

In der anderen Hand des Mannes schnappte ein Messer auf. Langsam schlitzte er die Bratwurst der Länge nach auf.

»Kennst doch die Geschichte von der Schnecke, die man über eine Rasierklinge gleiten lässt, bis sie sich selbst halbiert hat ... ganz langsam ...«

Die Bratwurst klappte in zwei Hälften auseinander, dann schob sich der Rocker genüsslich eine davon in den Mund.

»Weißt du, was Blutschuld ist?«

Lutz wagte es nicht mehr zu antworten, sondern schüttelte nur den Kopf. Der Mann verschlang nun auch die zweite Hälfte.

»Dein Leben gehört jetzt ihm.« Dabei zeigte er mit dem Messer auf Steiner.

»Und sein Leben gehört jetzt mir. Hast du kapiert?«

Lutz hatte kapiert. Steiner konnte jederzeit von der Gang in die Pflicht genommen werden, einen Auftrag zu erfüllen, völlig egal, welche Konsequenzen sich daraus ergaben. Und dasselbe galt nun auch für ihn. Nur so konnte er seine Schuld begleichen.

Überraschend schob der Gangchef mit seiner kräftigen Pranke den schweren Holztisch zur Seite. Der Griff der beiden Rocker an seiner Seite wurde fester. Der Bärtige stand nun vor ihm und lächelte ihn an, dann rammte er ihm ohne Vorwarnung seine Faust in den Magen. Lutz blieb die Luft weg, er hatte das Gefühl zu ersticken. Die beiden Rocker lockerten ihren Griff und sahen zu, wie er japsend zu Boden sackte. Sein Gesicht lief blau an, noch immer bekam er keine Luft. Der Anführer beugte sich bedrohlich zu ihm herunter. Sein Klappmesser war nur einen Zentimeter von Lutz' Augapfel entfernt.

»Wenn du noch einmal in unserem Gebiet hier auftauchst, ist die Abmachung null und nichtig. Dann machen wir dich kalt und verfüttern den Rest, der von dir übrig bleibt, an die Fische. Wenn Steiner sich bei dir meldet, und du tust nicht, was er dir sagt, passiert dasselbe. Wenn du noch einmal auch nur in die Nähe eines Bullen kommst, und sei es bei einer Polizeistreife oder weil du bei Rot über die Ampel gefahren bist, dann machen wir dich auch alle. Hast du das kapiert, Lutz? Hast du das kapiert?«

Lutz spürte, wie sich seine Lunge langsam wieder mit Luft füllte. Ja, er hatte es kapiert. Er nickte zaghaft, um der Klinge nicht zu nahe zu kommen.

Der Bärtige setzte sich daraufhin wieder an den Tisch mit den Bratwürsten und schenkte Lutz keine Aufmerksamkeit mehr. Die beiden bulligen Typen hakten ihn unter, schleppten ihn nach draußen und warfen ihn auf die Straße.

In den nächsten Monaten rechnete Lutz jeden Tag mit Steiners Anruf. Er hatte im Süden der Republik eine Anstellung als Türsteher in einem Bordell gefunden und führte ein karges, eintöniges Leben. Nach und nach vergaß er die Blutschuld und Steiner, bis der Mann mit dem vernarbten Gesicht im September 2020, kurz nachdem Sexarbeit wegen sinkender Corona-Infektionszahlen wieder erlaubt war, am Eingang des Bordells vor ihm stand.

»Bist du bereit, Lutz? Ich brauche deine Hilfe. Und es wird verdammt schmutzig werden.«

Samstag, 17. Oktober 2020

Steiner kam soeben zurück in die Wohnung und stellte eine prall gefüllte Plastiktüte in die Ecke. Als er seine Lederjacke auf den Boden warf und zum Pinkeln ins Bad ging, bemerkte er sofort Lutz' blutenden Daumen. Er ließ die Tür offen, um Lutz mit lauter Stimme zu ermahnen.

»Was machst du wieder für einen Bockmist? In so 'nem Tropfen Blut ist verdammt viel DNA drin. Kapierst du das? Ist nicht gut, DNA zu hinterlassen, wo wir jetzt hingehen, alles klar?«

Lutz ging nicht darauf ein, sondern zeigte mit dem Messer auf den Flachbildschirm, obwohl Steiner die Geste vom Klo aus nicht sehen konnte.

»Hast du das mit Paris mitgekriegt? Meine Fresse ...«

»Von was sprichst du?«, fragte Steiner, schüttelte kräftig ab und besudelte dabei die ohnehin schon gelb schimmernde Oberfläche der Klobrille.

»Na, von dem Moslem, der dem Lehrer den Kopf abgeschnitten hat ...«

Steiner packte sein Ding im Gehen weg und zog den Reißverschluss erst zu, als er wieder vor Lutz stand.

»Was, heute?«

»Nein, gestern ... In Paris, voll krass. Auf offener Straße, dann kamen die Bullen und haben ihn abgeknallt ... voll krass ...«

»Okay, ich hab's kapiert. Aber wir haben noch jede Menge zu tun, bis wir losfahren.«

»Hey, noch fünf Minuten ... Vielleicht zeigen sie ja noch Bilder von dem abgeschnittenen ...«

Steiner verpasste dem Flachbildschirm einen Tritt, der darauf laut krachend an die Wand flog und verstummte.

»Hey, spinnst du? Ich bin doch nicht deine Nutte, die immer tut, was du sagst. Ich hab Respekt verdient ... Hörst du, Mann? Respekt«, wetterte Lutz.

Steiner rollte mit den Augen und kam bedrohlich einen Schritt näher.

»Mach bloß das Maul nicht so weit auf, Lutz!«

Lutz wich dem Blick aus und schmollte.

Steiner nahm die Plastiktüte und leerte sie auf dem Bett aus. Ein halbes Dutzend Plastikflaschen landete auf der Matratze.

»Desinfektionsreiniger – richtig geiler Scheiß. Haben sie jetzt wegen Corona und so. Das Zeug verteilen wir jetzt in der ganzen Wohnung, verstehst du?«

»Du meinst, einfach so ausschütten?«

»Genau so ... Brennt übrigens auch höllisch gut, hab ich mir sagen lassen.«

»Und dann hauen wir ab. Das lange Warten hat jetzt ein Ende«

Lutz' Gesicht hellte sich bei dem Gedanken an das, was nun alles folgen würde, ein wenig auf. Steiner grinste und legte ihm väterlich die Hand auf die Schulter.

»Alles wieder grün?«, fragte er ihn aufmunternd. »Du wirst sehen, der Überraschungsbesuch heute Nacht wird dir Spaß machen.«

BEHRENS I

September 2008

Jonas Behrens hielt sich selbst für einen Mann von Welt mit gutem Geschmack und hervorragenden Manieren – nach Meinung der Menschen, die ihn kannten, war er allerdings ein Zyniker und Exzentriker. Zwei Eigenschaften, die dazu führten, dass ihm wahre Freundschaften fremd waren und man ihn bei Feierlichkeiten als Gast duldete, aber niemals schätzte.

Jonas Behrens jedoch fühlte sich wohl in seiner Haut, genoss das Dasein eines Einzelgängers und schöpfte Kraft und Befriedigung aus seinen beiden Leidenschaften, der Architektur und der Philatelie. Im Zirkel angesehener Briefmarkensammler gelang es ihm bisweilen, sich zurückzunehmen und Fachgespräche zu führen, ohne sein Gegenüber in Rage zu bringen. Behrens besaß eine beachtliche Sammlung an Briefmarken, darunter eine violette Sechs-Pfennig-Marke mit dem Kopf von Heinrich Himmler im Wert von zwanzigtausend Euro. Es war eine der seltenen Propagandafälschungen, die die Amerikaner 1944 hergestellt und über Österreich und Bayern abgeworfen hatten. Dass die gefälschte US-Marke mit dem entstellten Totenkopf-Konterfei von Adolf Hitler bei Auktionen nur zweitausend Euro einbrachte, empfand er als wunderbaren Treppenwitz der Geschichte.

Jonas Behrens hatte durchaus Sympathien für rechtes Gedankengut, sah sich aber weiß Gott nicht als Anhänger der rechten Szene. Im Gegenteil, er machte gerne zynische Bemerkungen über Menschen, die für Hitler und seine Schergen ein gewisses »Verständnis« zeigten, wobei sein Spott nicht der menschenverachtenden Politik der Nazis galt, sondern der Dummheit, mit der sie »einen furiosen Start in ein katastrophales Debakel« verwandelt hatten.

»Angenommen, Sie nehmen die dümmsten Staatenlenker der Gegenwart und setzen sie an die Stelle von Hitler, Göring und Himmler im Frühjahr 1941: Sie würden es nicht schaffen, dieses Reich dermaßen schnell zugrunde zu richten«, brachte er seine Meinung gerne in größerer Runde auf den Punkt und erntete meist Zustimmung.

Als Architekt hatte er ein Faible für die Bauwerke, die, von Hitler initiiert, im Dritten Reich entstanden waren. Am beeindruckendsten war für ihn ohne Zweifel der monumentale neoklassizistische Stil, der in Repräsentationsbauten wie dem Reichstagsgelände in Nürnberg, dem Olympiastadion in Berlin, dem Führerbau sowie dem Haus der Kunst in München zum Ausdruck kam.

»Wenn Völker innerlich große Zeiten erleben, so gestalten sie diese Zeiten auch äußerlich. Es ist das Wort aus Stein«, zitierte er gelegentlich Hitler, womit der Architekt vor allem die Zeit des Aufschwungs vor dem Krieg meinte.

In seinem tiefsten Inneren war Behrens aber vor allem eines: ein Opportunist. Für ihn war der persönliche Nutzen, den er aus einer Sache zog, wichtiger als seine persönliche Einstellung.

Obwohl er »Abrahams Kinder«, wie er das Volk der Juden gerne zynisch betitelte, nicht besonders schätzte, hatte er sich vor gut zwei Jahren dazu entschlossen, unter jüdischen potenziellen Kunden eine Lüge zu verbreiten, um seine Auftragslage zu verbessern.

Er behauptete, er sei ein Adoptivkind, und nach jahrelanger verzweifelter Recherche habe er schließlich das Grab seiner leiblichen Mutter Amiel Zuckerberg auf einem jüdischen Friedhof ausfindig machen können. Ergänzend fügte er seiner erfundenen Geschichte dann immer noch hinzu: »Sie war es auch, die mir den Namen Jonas gab – der auf Hebräisch so viel bedeutet wie ›Taube‹.«

Damit nicht genug, besuchte der hagere große Mann von da an regelmäßig die Synagoge und wurde ein Mitglied der jüdischen Gemeinde. Und auch wenn man ihm zunächst eher skeptisch gegenüberstand und seine Mär von der Adoption eher belächelte, kam es dennoch dank seiner Hartnäckigkeit zu einigen kleinen Aufträgen durch jüdische Bekannte.

Im Februar 2008 vermittelte schließlich die Jüdische Gemeinde einen ersten Auftrag an Jonas Behrens.

Ein neues Gemeindemitglied, das erst kürzlich nach Deutschland zurückgekehrt war, suchte einen Architekten für den Umbau eines alten Turms. Sein Name war Ephraim Zamir. Die Renovierung eines mittelalterlichen Wehrturms versprach ein lukratives und vor allem interessantes Projekt zu werden. Bereits bei seinen ersten Recherchen musste er jedoch feststellen, dass es sich lediglich um einen Hochbunker aus dem Zweiten Weltkrieg handelte.

Eigentlich hatte er daraufhin den Auftrag ablehnen wollen, da das Objekt zwar für den Laien die Anmutung eines mittelalterlichen Turms besaß, in seinen Augen aber nur ein hässlicher Betonkoloss war. Trotzdem stimmte er einem Treffen mit Zamir aus Neugierde zu und besuchte ihn an einem eiskalten Tag im März.

Zamir war groß, hatte breite Schultern und volles graues Haar, das nahtlos in einen wilden Vollbart überging.

Tiefe Furchen im Gesicht verrieten sein Alter, doch Ephraim Zamir wirkte alles andere als gebrechlich oder senil, und so begegnete ihm Jonas Behrens mit mehr Respekt, als er das sonst bei neuen Kunden tat.

»Ich will, dass es wohnlich wird, dass es hell wird, dass es einen unscheinbaren Eindruck macht«, erklärte ihm Zamir, der ohne Umschweife zum Thema kam. »Und ich will, dass es eine Festung wird«, ergänzte er mit energischer Stimme, die keine Widerrede zuließ.

Behrens konnte sich einer gewissen Faszination für diesen Mann nicht erwehren. Er war schon oft mit Umbauplänen von überdrehten Hausbesitzern konfrontiert worden, die in Verkennung ihrer eigenen Kompetenzen haarsträubende Pläne und Ideen für ihr Eigenheim vorgebracht hatten. Meistens waren diese entweder schlecht durchdacht, hässlich oder schlichtweg bautechnisch unmöglich.

Bei Zamir war das anders. Seine Angaben und Wünsche waren präzise und gut überlegt. Sein Gefühl für architektonische Anmutung zeugte von einem ausgeprägten Ästhetik- und Stilempfinden. Dazu machte der Mann nicht viele Worte und erwähnte kein einziges Mal das Thema Geld. Aber das Wichtigste: Ephraim Zamir war scheinbar ein Experte für seltene Briefmarken. So kam es, dass sich diese beiden ungleichen Männer behutsam annäherten.

Im Juni 2008 begann eine Baufirma, mit Spezialgeräten metergroße Fenster aus dem Stahlbeton zu schneiden. Der Aufwand und die Kosten dafür waren immens. Ein mit Diamanten besetztes Stahlseil wurde über eine komplizierte Vorrichtung durch die Betonwand geführt und rotierte mit hoher Geschwindigkeit um zwei Keilriemenscheiben. Millimeter für Millimeter fraß sich das Seil unter ohrenbetäubendem Lärm durch die Mauer. Bei jedem Fensterausschnitt dauerten die Arbeiten länger als eine Woche. Dabei entstanden tonnenschwere Betonblöcke, deren Entfernung aus dem Turm ebenso aufwendig wie gefährlich war.

Behrens war zu dieser Zeit fast täglich auf der Baustelle und fand Gefallen an der Aufgabe. Die technischen Herausforderungen stachelten seinen Ehrgeiz an wie kaum ein anderer Umbau zuvor. Die Wasser- und Stromversorgung in einem Betonbau zu gewährleisten war in einem üblichen Bürogebäude eine Standardaufgabe, in Zamirs Turm hingegen ein architektonischer Kraftakt.

Als Ende September alle Mauerdurchbrüche für die neuen Fenster vollendet waren, lagen meterhohe Betonquader wie gigantische Spielzeugklötze rund um den Turm verteilt. Manche von ihnen flach auf dem Boden, andere ragten in die Höhe und waren tief ins Erdreich eingesunken.

Inmitten dieser bizarren Kulisse kam Zamir auf Behrens zu und legte ihm seine kräftige Hand auf die schmale Schulter. Diese Geste berührte ihn mehr als jedes Kompliment.

»Wir sollten feiern, Herr Behrens. Was meinen Sie?«

Behrens nickte gerührt. »Es ... Es wäre mir eine wahre Freude, Herr Zamir«, antwortete er mit leichtem Hamburger Zungenschlag und trockener Kehle.

»Ephraim. Von nun an Ephraim.«

Dabei streckte er dem knochigen Mann die rechte Hand entgegen, ohne eine Miene zu verziehen. Behrens schlug freudestrahlend ein.

»Jonas, ich bin Jonas.«

Im nächsten Moment schon hatte Zamir einen Holztisch aus dem Erdgeschoss des Turms ins Freie getragen und setzte das schwere Möbelstück mit erstaunlicher Kraft zwischen zwei Betonquadern ab, die bereits lange Schatten warfen. Es war kühl geworden. Jonas fröstelte ein wenig in seinem maßgeschneiderten Anzug. Auf ein abendliches Beisammensein im Freien war er nicht vorbereitet gewesen, aber um nichts in der Welt hätte er das zugegeben. Ein wenig hilflos beobachtete er Ephraim, der nun auch Stühle, Gläser und zwei Flaschen Rotwein aus dem Turm brachte sowie einen dicken blauen Pullover, den er unter den Arm geklemmt hatte.

»Wird vermutlich noch deutlich kälter werden.«

Mit diesen Worten reichte er den Pullover Jonas, der einen halben Schritt zurückwich und ablehnend beide Hände hob.

»Sehr zuvorkommend, wirklich sehr freundlich, aber mir ist nicht kalt, danke.«

Ephraim hielt ihm weiterhin den Pullover hin.

»Wir werden sitzen, uns kaum bewegen und dafür umso mehr trinken. Die Temperatur wird sinken, und du wirst frieren. Der Pullover mag etwas verschwitzt sein …«, dabei hielt er ihn sich unter die Nase, »… aber bei dem leichten Wind heute wirst du es kaum merken. Er ist warm, und das ist das Einzige, was zählt.«

Erneut streckte er den Arm aus. Jonas wagte nicht zu widersprechen und nahm zögerlich den Pullover entgegen.

»Vielleicht hast du recht.«

»Das gute Stück hat schon einiges erlebt.« Dabei zwinkerte Zamir ihm zu, ohne zu lächeln. Jonas war nun erst recht verunsichert, denn er konnte diese Geste nicht einordnen. Die letzten Sonnenstrahlen verschwanden am Horizont, und plötzlich fühlte er sich unbehaglich. Es war wie mit dem Pullover selbst, der zunächst flauschig erschien, sich nun in seiner Hand aber schwer und borstig anfühlte.

»Er ist groß genug, zieh ihn einfach über das Jackett, dann schützt er dich auch vor Rotweinflecken. Die bekommt man fast so schlecht wieder raus wie eingetrocknetes Blut.«

Mit diesen Worten wandte Ephraim sich ab und suchte etwas in den Taschen seiner weiten Hose, während Jonas sich den Pullover überzog. Ephraim hatte recht, der Pullover stank nach eingetrocknetem Schweiß, passte aber problemlos über das Jackett und wärmte ihn, wie er es kaum für möglich gehalten hätte.

Ephraim zündete eine Handvoll Teelichter an und stellte sie auf den Tisch, dann setzte er sich.

»Steh doch nicht da wie angewurzelt, lass uns trinken.«

Und wieder war es, als würde er wie eine Marionette auf Ephraims Worte reagieren, also setzte er sich. Mit einem einfachen Korkenzieher entkorkte der alte Mann beide Flaschen

Wein nacheinander, ohne sich sonderlich anstrengen zu müssen.

»Das ist ein wunderbarer Cabernet Sauvignon von den Golanhöhen«, erklärte er, während er zwei einfache Wassergläser randvoll goss. »Ursprünglich hat die Gegend Syrien gehört, nur haben die von dort oben immer wieder Raketen auf Israel geschossen, also haben wir die Golanhöhen erobert, damit das ein Ende hat. Aber wenn du mich fragst, war der eigentliche Grund der Wein. Verstehst du ... der Wein!« Dann lachte Zamir laut auf und griff nach seinem Glas. Jonas tat es ihm gleich und lächelte, auch wenn er nicht verstand, was so lustig war.

»L'Chaim, mein Freund«, prostete Ephraim ihm zu und leerte mit einem kräftigen Schluck sein halbes Glas. Jonas nahm hingegen nur einen kleinen Schluck, musste sich aber eingestehen, dass der Wein über ein außergewöhnlich gutes Bouquet verfügte, und so setzte er ein zweites Mal an und nahm einen größeren Schluck.

»Habe ich nicht gesagt, dass er gut ist?«

Jonas nickte und sah förmlich ein wildes Lodern in den Augen seines Gegenübers.

»Was bedeutet ›L'Chaim‹, Ephraim?«

»Es bedeutet ›Auf das Leben‹ ... Damit ist nicht die Zukunft gemeint, mein Freund. Wer weiß schon, was die Zukunft bringt. Nein, Jonas, es ist der Augenblick, der zählt. Das Hier und Jetzt, verstehst du?«

Jonas dachte nach. Ihm gefiel die Bedeutung. Erneut hob er sein Glas und sagte: »L'Chaim, Ephraim.« Dann trank er sein Glas in einem Zug leer und spürte, wie die Beklemmung von ihm abfiel und er sich langsam entspannte.

Mit zunehmender Dunkelheit lösten sich ihre Zungen mehr und mehr. Sie sprachen, worüber einsame Männer so sprechen, wenn sie trinken, über die größten Fehler in ihrem Leben und verflossene Liebschaften, die man nicht hätte ziehen lassen sollen. Doch bei alldem vermieden es beide, einen tieferen Einblick in ihre Vergangenheit zu geben. Weil auch keiner der beiden den anderen dazu aufforderte, war es fast so, als hätten sie einen geheimen Pakt geschlossen.

Eine Zeit lang saßen sie schweigend zusammen und blickten in die kreisrunden Windlichter, deren flackernder Schein kaum ausreichte, um ihre Gesichter zu erhellen. Die zweite Weinflasche war längst geöffnet und zur Hälfte geleert.

»Seit wann sammelst du Briefmarken, Ephraim?«, sprach Jonas das Thema an, das ihn am meisten interessierte.

»Ich sammle keine Briefmarken«, antwortete Zamir mit sachlichem Unterton.

»Aber ich dachte ...«

»Was dachtest du?«

»Dein ganzes Wissen über seltene Briefmarken ist so erstaunlich umfangreich, dass ich dachte ...«

»Du dachtest falsch, Jonas«, unterbrach ihn Ephraim. Er setzte sein Glas an, leerte es und fuhr sich über den Bart, auf dem das Licht der Kerzen tanzte. »Ich erzähle dir eine Geschichte.«

Ephraims Stimme klang tiefer und eindringlicher als zuvor. Fast ein wenig bedrohlich. Jonas war gespannt, was nun kommen würde, und wagte kaum, laut zu atmen.

»Es ist die Geschichte von John Boker, einem hoch dekorierten Offizier der US-Infanterie, der am Ende des Zweiten Weltkriegs für den Geheimdienst arbeitete. Ein Krieg war zu Ende, aber die westlichen Alliierten hatten eine Scheißangst, dass ein weiterer Krieg unvermeidbar wäre, und zwar gegen die Russen. Wusstest du, dass Churchill höchstpersönlich einen Angriffsplan ausarbeiten ließ, um die Russen anzugreifen? Das Ganze lief unter dem Tarnnamen ›Operation Unthinkable‹ – irgendwie zynisch, oder? Der fertig ausgearbeitete Plan für Unthinkable lag bereits zwei Wochen nach der Kapitulation Deutschlands auf Churchills Tisch. Der Angriff sollte am 1. Juli

1945 beginnen, und zwar gemeinsam mit – und das ist verdammt noch mal kein Witz, Jonas – hunderttausend wiederbewaffneten Nazis der Wehrmacht. Aber das ist nicht alles, denn die Russen ihrerseits hatten Ähnliches vor, aber schon seit 1944. Sie wollten nach dem Sieg über Hitlerdeutschland weitermarschieren bis nach Frankreich und Italien und dabei gleich auch noch Norwegen und Dänemark erobern. Und weißt du, was sie davon abgehalten hat?«

Er goss sich Wein nach und nahm einen großen Schluck aus seinem Glas.

»Die Bombe, Jonas. Die scheiß Atombombe. Sie war es, die die Russen stoppte, und sie war auch der Grund dafür, dass Truman damals die Pläne von Churchill durchkreuzte. Die Sache hatte nur einen Haken. Für den Augenblick war der Frieden gewahrt, aber was, wenn auch die Russen die Bombe hätten? Dass das eines Tages passieren würde, war so sicher wie der Tod und die Steuern.«

Jonas war verwirrt.

»Was hat das alles mit Briefmarken zu tun?«, fragte er forsch, denn der Wein hatte seine Zunge gelöst.

Ephraim beschwichtigte ihn. »A seyfer on a hakdome iz vi a guf on a neshome«, sagte er auf Jiddisch. »Hab ein wenig Geduld.« Erneut führte er das Glas zu seinen Lippen und trank es leer.

»Da war dieser Nazi, dieser Generalmajor der Wehrmacht, Reinhard Gehlen. Ende des Krieges leitete er die ›Abteilung Fremde Heere Ost‹ – oder anders gesagt, Gehlen und seine Jungs spionierten die russischen Truppen aus, indem sie zum Beispiel Massenbefragungen von russischen Kriegsgefangenen durchführten. Das machten sie sehr gründlich und äußerst brutal. Und alles, was die Dienststelle so an geheimen Informationen über die Russen herausfinden konnte, wurde nach Kriegsende in der Erde verbuddelt. Dann stellte sich Gehlen den Amerikanern und bot ihnen die Kisten im Tausch für seine

Freiheit an. Und weißt du, was die Amerikaner mit diesem Schwein gemacht haben? Sie haben ihn nicht nur freigelassen, sondern zum Chef des deutschen Geheimdienstes gemacht.«

»Vom Bundesnachrichtendienst?«, hakte Jonas ungläubig ein.

»BND hieß das Ding erst ab 1956, vorher lief es unter dem Namen Gehlen, also Organisation Gehlen. Aber ja, Gehlen war auch der erste Präsident des BND. Aber das alleine reichte dem gottverdammten Nazi noch nicht, er brachte auch alle seine Geheimdienstkameraden von früher in leitenden Positionen unter. Und da kommt nun unser US-Major ins Spiel, John Broker. Er sollte die Nazis nämlich durchleuchten und beurteilen, ob sie für den westlichen Geheimdienst tragbar waren oder vielleicht doch bis zu ihrem Lebensende ins Gefängnis gehörten. Erstaunlicherweise stellte der gute John Broker aber fest, dass viele der Männer, die Gehlen anforderte, eigentlich ganz ›harmlose‹ Nazis gewesen waren.

Selbst jene, bei denen handfeste Beweise über schlimmste Verbrechen vorlagen, rutschten bei ihm ganz locker in die Kartei der Unbedenklichen und kamen dadurch in Toppositionen beim BND, mit fetten Gehältern und Dienstwagen. Dass der gute Major geschmiert wurde, liegt auf der Hand. Nur wie? Die Nazis rannten ja nicht mit Bargeld rum und machten Geldüberweisungen auf Brokers Konto, das wäre wohl auf Dauer aufgefallen. Aber da gab es ja noch die verschwundenen Kunstschätze der Nazis ... Gemälde und dergleichen, von denen Gehlens Männer sicher einiges zu berichten hatten. Aber was sollte ein US-Offizier schon anfangen mit einem da Vinci, einem van Gogh oder Bellini? Also hat sich der gute Broker wahrscheinlich mit etwas bezahlen lassen, was deutlich handlicher war.«

Jonas schüttelte den Kopf und beantwortete die ungestellte Frage. »Briefmarken.«

»Voilà. Ganz genau, Briefmarken! Der liebe Major Broker war Philatelist, genau wie du. Nur dürfte seine Sammlung ungleich wertvoller gewesen sein als deine – andernfalls würde ich annehmen, du hättest ebenfalls Dreck am Stecken. Major Broker hatte sich spezialisiert, aber nicht auf irgendwelche amerikanischen Seltenheiten, sondern auf Briefmarken altdeutscher Staaten. Und obwohl er ja so ein großer Sammler war, begann er 1985 damit, seine gesamte Sammlung nach und nach aufzulösen. Seine wertvollste Marke, ein Baden-Fehldruck auf blaugrünem Papier ...«

Jonas' Augen begannen zu leuchten. »Davon gibt es weltweit nur vier Stück.«

»Das gute Stück brachte 1,5 Millionen Deutsche Mark. Das war 1985, da waren Millionen noch richtige Millionen.«

»Was wurde aus Gehlen?«, wollte Jonas wissen.

»Gehlen ist überraschend mit siebenundsiebzig Jahren gestorben, Todesursache unbekannt.« Ein grausames Lächeln huschte über Ephraims Gesicht.

»Und woher hast du all dein Wissen über Briefmarken und ... Geheimdienste und ...«

»Das möchtest du nicht wissen, Jonas.«

»Und warum erzählst du mir dann das alles?«

»Denk nach, Jonas, denk einfach nach und sei ehrlich zu mir. Du bist auf etwas gestoßen, was uns für immer verbindet.«

Augenblicklich kroch die Kälte in Jonas' Körper zurück. Ephraims Einladung an diesen Abend war keiner spontanen Eingebung entsprungen, sondern eine ganz gezielte und wohlüberlegte Aktion gewesen. Noch bevor er selbst seine Frage an Ephraim gestellt hatte, wusste er schon die Antwort darauf. Ephraim fuhr fort:

»Als ich jemanden suchte, der den Turm nach meinen Vorstellungen umbaut, war mir bewusst, dass derjenige bereit sein musste, ein Geheimnis zu hüten. Ein großes Geheimnis ...« Ephraim beugte sich ein wenig vor und blickte Jonas tief in die Augen. »Mir war klar, er würde unweigerlich eine Entdeckung machen, die er nur schwer für sich behalten könnte.«

Jonas nickte, denn er wusste, auf was Ephraim anspielte.

»Kannst du ein Geheimnis hüten, Jonas?«

Ephraim zog eine lange Nadel mit einem Holzgriff aus einer seiner Taschen und legte sie neben die Weinflaschen.

»Sieht aus wie ein Korkenzieher ohne Gewinde, nicht wahr? Ist aber eine hundsgemeine Waffe. Mit so einer Waffe wurde Elisabeth von Österreich-Ungarn ermordet – du weißt schon, Sisi, die aus den Filmen. Und das am helllichten Tag, ohne dass es jemand merkte. Ja, nicht einmal die Prinzessin selbst merkte es. Die Wunde beim Stich ins Herz war so klein, dass nur wenige Tropfen Blut flossen. Danach bestieg sie einen Dampfer auf dem Genfersee. Und erst als dieser ablegte, brach sie überraschend zusammen und verstarb.«

Jonas starrte auf das unscheinbare Mordwerkzeug und konnte keinen Ton mehr hervorbringen. Seine Finger waren eiskalt, und seine Wangen begannen leicht zu zittern.

»Bewahre das Geheimnis, mein kleiner Architekt, und dir wird nichts geschehen. Wir leben in einer gefährlichen Zeit. Hinter jeder Ecke kann es zu einem tragischen Unfall kommen, also enttäusche mich nicht. Das ist eigentlich alles, was ich dir heute Abend sagen wollte.«

Sein Tonfall klang wieder unbeschwert, und obwohl sein Gesicht kaum zu erkennen war, hatte Behrens den Eindruck, als würde Ephraim lächeln.

»Lass uns auf unser Geheimnis trinken, Jonas.«

Ephraim verteilte den restlichen Inhalt der Weinflasche auf die zwei Gläser und forderte Jonas auf, mit ihm anzustoßen. Zitternd ergriff Jonas das Glas, neben dem noch immer die Waffe mit der langen Nadel lag. Er spürte einen Stich in der Brust, dann riss er sich von dem Anblick los und stieß widerwillig mit Ephraim an.

»L'Chaim, mein Freund«, sagte Ephraim und trank das Glas in einem Zug leer.

PAUL I

Samstag, 17. Oktober 2020

Paul Trautmann erinnerte sich oft an Karl Rieger, den bekennenden Neonazi, der vor einer gefühlten Ewigkeit sein Leben bestimmt hatte. Manchmal begegnete er ihm noch, flüchtig – bei einem Blick in den Badezimmerspiegel, wenn seine nassen Haare glatt am Kopf anlagen oder wenn er das vernarbte Gewebe auf seinem Handgelenk rieb, wo einst die Zahl 88 tätowiert gewesen war, die er in Untersuchungshaft mit einem stumpfen Nagel schreiend aus der Haut geschabt hatte. Das Bewusstsein, einst Karl Rieger gewesen zu sein, hatte sich in all den Jahren nach und nach verflüchtigt und kam nur dann zum Vorschein, wenn das Schicksal ihn damit konfrontierte. Wie an diesem Morgen, als er in der *Badischen Zeitung* über einen kleinen Beitrag stolperte, eine Randnotiz zur gestrigen Gedenkfeier des Geiseldramas am Turm. Es war vor allem das Foto von Marie Stresemann, das ihm seine letzten Augenblicke im Turm in Erinnerung rief, die Dunkelheit, die Schreie und die schmerzhafte Erkenntnis, sich selbst belogen zu haben. Ohne Marie, glaubte er, wäre er dieser Hölle nie entkommen – aber viel entscheidender für ihn war die Tatsache, dass sie ihr Leben riskiert hatte, um seinen dreizehnjährigen Freund Thomas Worch aus den Flammen seiner Wohnung zu retten, wie er aus den Medien erfahren hatte.

Dezember 2010

Die ersten Wochen nach dem Geiseldrama verbrachte Karl isoliert im Sicherheitsbereich eines Krankenhauses. Während dieser Zeit war er zu der festen Überzeugung gelangt, dass er und Marie gute Freunde werden könnten. Ein wenig hatte er sogar gehofft, von ihr besucht zu werden oder einen Anruf zu erhalten, aber sein Wunsch erfüllte sich nicht. Und auch sonst erkundigte sich niemand nach seinem Befinden, nicht seine Eltern und noch nicht einmal Thomas, der für ihn wie ein leiblicher Sohn gewesen war.

Erst lange nach seiner Genesung und drei Monate nach Prozessbeginn kam es zu einem Wiedersehen mit Marie. Sie war während der endlos erscheinenden Gerichtsverhandlungen als Zeugin vorgeladen worden. An jenem Tag hatte Karl kein Ohr für die Expertisen des selbstverliebten Sachverständigen, der den Hochbunker für Zamir umgebaut hatte und sich mit monotoner Stimme in unzähligen Details verlor. Er wartete nur nervös auf den Augenblick, an dem Marie Stresemann den Gerichtssaal betreten würde. Als es endlich so weit war, versuchte er verzweifelt Blickkontakt mit ihr aufzunehmen, aber vergeblich. Alles in ihm sehnte sich danach, ihr zu danken und Absolution zu erhalten – und sei es nur durch ein mildes Lächeln. Stattdessen strafte sie ihn mit kalter Missachtung. Selbst als der Staatsanwalt sie während der Vernehmung aufforderte, Karl Rieger zu identifizieren, richtete sie zwar den Finger auf ihn, doch ihr Blick ging durch ihn hindurch, als wäre er ein Geist. In diesem Augenblick wurde ihm bewusst, dass Marie Stresemann ihn wortlos auf dieselbe Weise verachtete, wie es einst seine große Liebe Shalhevet getan hatte.

Er spürte augenblicklich den kalten Lauf der Pistole, die er sich im Turm aus lauter Verzweiflung an die Stirn gehalten hatte, hörte das Klicken, als der Bolzen nur auf eine leere Kammer traf, und wünschte sich abermals, der alte Jude hätte ihn sterben lassen.

Schmerzhaft wurde ihm klar, dass er offensichtlich das kaltblütige Monster war, das andere in ihm sahen. Langsam stand er auf und sah dabei sein Spiegelbild in der Panzerglasscheibe, die ihn vom Rest der Menschen im Gerichtssaal abschirmte. Die Scheibe diente zu seinem Schutz, hatte man ihm erklärt, aber das war gelogen. Denn er war es, vor dem man sich schützen musste.

Mit einem lauten Schrei schlug er ungestüm mit der Faust auf sein Ebenbild, wobei er sich zwei Handwurzelknochen brach. Alle Blicke im Gerichtssaal richteten sich erschrocken auf ihn, auch der von Marie.

»Es tut mit leid!«, flehte er sie schreiend an, während ihr hasserfüllter Blick ihn durchbohrte und keinerlei Mitgefühl zeigte.

»Es tut mir leid!«, schluchzte er immer wieder, presste dabei seine Hände und sein Gesicht gegen die Glasscheibe, an der sein Speichel hinablief und die durch seinen Atem langsam milchig wurde.

Der Richter sah sich gezwungen, die Verhandlung abzubrechen. Karl wurde daraufhin mühsam von zwei Sicherheitsbeamten aus der Glaskabine gezerrt. Mit seinen getrübten Augen konnte er noch verschwommen erkennen, wie Marie fluchtartig den Gerichtssaal verließ. Für ihn stand fest, er würde Marie nie wiedersehen. Doch er lag falsch.

Die Verhandlungen wurden für drei Wochen ausgesetzt, bis Karls Hand operiert worden war und ein Gutachter die Verhandlungsfähigkeit des Angeklagten erneut bestätigte. Der Gutachter wies jedoch auf die labile Verfassung hin, in der sich der Angeklagte aktuell befand.

Ein Umstand, den die Staatsanwaltschaft freudig zur Kenntnis nahm und der sie umgehend dazu veranlasste, Riegers

Strafverteidiger Dennis Herzog ein Angebot in Aussicht zu stellen. Oder wie sie es salopp bei einem Telefonat ausdrückten, einen »Deal«.

Isoliert von anderen Gefangenen und unter ständiger Beobachtung, begann Karl Rieger nach dem Nervenzusammenbruch, sich mit seinen menschenverachtenden Abgründen auseinanderzusetzen. Stück für Stück quälte er sich mühsam durch seine Erinnerungen und stellte sich den Dämonen, die er selbst erschaffen hatte. Es war ein erbitterter Kampf, von dem seine Betreuer und Wärter aber nicht das Geringste mitbekamen. Regungslos lag er dabei auf seinem Bett, während in ihm ein kraftraubendes Ringen um seine Seele stattfand. Nur hin und wieder zuckten seine Mundwinkel, oder ihm rann lautlos eine Träne über das Gesicht.

Als Dennis Herzog ihn im Oktober 2011 besuchte, um ihm das Angebot der Anklage vorzutragen, erschrak er beim Anblick seines Schützlings. Karl Rieger hatte stark an Gewicht verloren, seine Wangen wirkten eingefallen, und seine Augen waren dunkel umrandet.

Er zweifelte ernsthaft daran, dass Karl Rieger in der Lage war, den Umfang und die Tragweite des Deals objektiv beurteilen zu können. Es ging immerhin um eine Entscheidung, die sein gesamtes Leben verändern und weitreichende Konsequenzen mit sich bringen würde. Und so schlug er vor, das geplante Gespräch auf unbestimmte Zeit zu verschieben. Karl bestand trotzdem darauf, den Grund seines Besuches zu erfahren, und drängte ihn entschlossen dazu, keine Rücksicht auf ihn zu nehmen. Der junge Anwalt dachte an die zusätzliche Arbeit, die eine Verzögerung mit sich bringen würde, und gab dem Drängen schließlich nach.

Erschöpft, aber geduldig folgte Karl daraufhin seinen Ausführungen.

»Man erwartet von Ihnen nicht nur ein vollkommenes Geständnis, sondern konkrete Aussagen zu allen Straftaten, die

Sie begangen haben oder von denen Sie Kenntnis erlangten. Es geht um nicht mehr und nicht weniger als die kompromisslose Zusammenarbeit mit den Behörden. Ziel ist die lückenlose Aufklärung vergangener Delikte sowie die Vereitelung künftiger und geplanter Straftaten. So ungefähr wird das schriftlich fixiert werden, aber nach meiner Einschätzung gibt es da einen Aspekt, der – lassen Sie es mich so ausdrücken – zwischen den Zeilen steht und ganz sicher von entscheidender Bedeutung sein wird, damit dieser ... Vorschlag ... rechtskräftig wird.«

»Und der wäre?«, hakte Karl nach.

»Die Staatsanwaltschaft wird den Erfolg der ...« Herzog hob die manikürten Hände und versuchte, ein passendes Wort zu finden. »... Kooperation daran bemessen, zu wie vielen Verhaftungen und Verurteilungen von Mitgliedern der rechten Szene es infolge Ihrer Aussagen kommen könnte.«

Karl sah die Gesichter von Steiner, SS-Rudi, Pocke und vielen anderen Kameraden vor sich. Erst lächelten sie wie alte Freunde, dann schrien sie ihn hasserfüllt an und bespuckten ihn.

»Wie viele?«, fragte Karl seinen Strafverteidiger.

Der Anwalt verstand die Frage nicht und sah Karl nur an.

»Wie viele Jahre bekomm ich, wenn ich bei dem Scheiß mitmache?«

Dennis Herzog fuhr sich mit der Hand über seinen perfekt getrimmten Schnäuzer.

»Sie haben das nicht richtig verstanden. Sie ... Es wird keine Haftstrafe geben, also gesetzt den Fall, die Staatsanwaltschaft glaubt an das Potenzial Ihrer ...«

»Wieso redet ihr Anwälte eigentlich immer so geschwollen?«, unterbrach ihn Karl.

Herzog schwieg, er hatte darauf keine Antwort. Dann räusperte er sich und setzte erneut an.

»Vorausgesetzt, es kommen bei Ihrem Geständnis keine vorsätzlichen Morde ans Tageslicht, werden alle Ihre zu erwartenden Strafen auf Bewährung ausgesetzt ... und zu Ihrem eigenen

Schutz wird man Sie in ein Zeugenschutzprogramm aufnehmen.«

»Zeugenschutzprogramm«, wiederholte er langsam und fast unhörbar. »So wie in den Filmen?«, sagte er deutlicher, ließ dem jungen Strafverteidiger aber keine Zeit, um zu antworten. »Ich brauche das nicht!«, ergänzte er kurz entschlossen und fügte hinzu: »Ich kann auf mich selbst aufpassen, und außerdem ist es mir scheißegal, ob die mich kriegen. Mit einer Kugel im Kopf wäre der Mist wenigstens zu Ende.«

Wieder räusperte sich Herzog, und erneut folgte darauf die Geste am Schnäuzer.

»Ich fürchte, das ist keine Option. Wir werden den Deal nur bekommen, wenn Sie auch Ihre Einwilligung geben, das Zeugenschutzprogramm vollumfänglich zu akzeptieren.«

Man gab ihm zwei Tage Bedenkzeit. Am Ende der Frist meldete sich sein Strafverteidiger nur telefonisch. Er war kurz angebunden. Ganz offensichtlich maß er Karls Entscheidung keine große Bedeutung bei. Ganz im Gegenteil, er hoffte sogar, der Neonazi, der ihm zutiefst unangenehm war, würde das Angebot ablehnen und stattdessen die nächsten Jahre im Gefängnis verbringen.

»Und?«, kam er knapp auf den Punkt.

»Ich mach's«, antwortete Karl.

Eine Woche später, noch bevor die Verhandlung fortgesetzt wurde, brachte man Karl Rieger unter strengen Sicherheitsmaßnahmen und in Handschellen zu einem städtischen Verwaltungsgebäude, wo ihm drei Staatsbeamte unter Beisein von zwei schwer bewaffneten Polizisten und Dennis Herzog die Tragweite seiner Entscheidung und die damit verbundenen Auflagen noch einmal darlegen sollten. Dabei wollte man vor allem auch beurteilen, ob Karl Rieger seinen Teil der Vereinbarung erfüllen würde.

Der Parkettboden knarzte laut, als die drei Männer der Behörde mit klackenden Schuhsohlen den geräumigen Sitzungssaal betraten und die vorbereiteten Plätze an einem wuchtigen Besprechungstisch einnahmen, der für dreißig Personen ausgelegt war.

Vor ihnen lagen bereits fein säuberlich aufgereiht drei Blöcke und drei Stifte. In der Mitte des Tisches befanden sich zwei Inseln mit diversen Kaltgetränken in kleinen Flaschen, die aber niemand anrührte, ebenso wenig wie die silbernen Thermoskannen, die nach frisch gebrühtem Kaffee rochen. Der Älteste der drei Staatsbeamten kam nach Prüfung von Karls Personalien ohne große Umschweife zur Sache, klappte eine Mappe auf, in der sich ein Dokument befand, und begann es mit monotoner Stimme vorzulesen.

»Dem Angeklagten Karl Rieger, geboren am 20. September 1976 in Anklam, wird auf Grundlage des Zeugenschutz-Harmonisierungsgesetzes, Klammer auf, ZSHG vom 31. Dezember 2001, Klammer zu, in Aussicht gestellt, bei vollkommener Kooperation mit den Strafverfolgungsbehörden ...« Er unterbrach sich, blickte über den Rand seiner Lesebrille zu Karl und Herzog. »Was das genau bedeutet, darüber hat Sie der werte Kollege bereits umfassend aufgeklärt«, sagte er und setzte dann die Lesung fort. »... statt einer Sicherheitsverwahrung in ein Zeugenschutzprogramm aufgenommen zu werden. Geschützt werden können Personen, ohne deren Angaben in einem Strafverfahren die Erforschung des Sachverhaltes aussichtslos oder wesentlich erschwert wäre, wenn eine konkrete Gefahr für deren Leib oder Leben besteht. Die Schutzmaßnahmen setzen das Einverständnis der zu schützenden Person und deren Eignung voraus. An der Eignung kann es etwa fehlen, wenn die zu schützende Person falsche Angaben macht, Zusagen nicht einhält oder hierzu nicht die Fähigkeit besitzt, zur Geheimhaltung nicht bereit ist oder Straftaten begeht ...«

Karl ließ das vorgeschriebene Prozedere klaglos, aber auch

ohne große Anteilnahme über sich ergehen, überstand überzeugend die darauffolgende Befragung und wurde bereits eine Woche später aus dem laufenden Prozess genommen und in ein abgelegenes Safe House in der Nähe von Nürnberg gebracht, wo man ihn die erste Zeit täglich vier Stunden verhörte. Im Hintergrund begann ein Team der Kriminalpolizei seine Aussagen mit Querverweisen zu anderen Akten und Zeugenaussagen zu prüfen. Die Erwartungen der Kriminalpolizei an Riegers Geständnisse waren hoch, wurden aber schließlich bei Weitem von seinem detaillierten Insiderwissen übertroffen, das zu unzähligen Haftbefehlen und Hausdurchsuchungen führte. Als »Rieger-Protokolle« erlangten seine Aussagen in Behördenkreisen sogar eine gewisse Berühmtheit.

Karl Rieger war damit nicht nur zu einer unschätzbaren Quelle für die Staatsanwaltschaft geworden, sondern auch zum meistgesuchten Überläufer der rechten Szene. Fünfhunderttausend Euro betrug das Kopfgeld in einschlägigen Neonazi-Netzwerken, das ein anonymer Spender in Aussicht gestellt hatte. »Tot oder lebendig«, war in dem Aufruf als Zusatz vermerkt, wobei man das Wort »lebendig« durchgestrichen hatte.

Die Polizei hatte allen Grund, anzunehmen, dass Karl Rieger in ernster Lebensgefahr schwebte. Die rechte Szene hatte immer wieder unter Beweis gestellt, wie ihr Netzwerk auch in Polizeikreisen über zahlreiche Kontakte verfügte.

Skrupellose Buchmacher nahmen deshalb sogar Wetten darauf an, wie lange es dauern würde, bis Riegers Leiche gefunden würde.

Von all diesen Informationen hielt die Kriminalpolizei ihren wertvollen Kronzeugen fern, um die psychische Belastung, die das Zeugenschutzprogramm ohnehin schon mit sich brachte, nicht noch weiter zu verschärfen.

Jeglicher Außenkontakt war Karl strikt untersagt. Die Fenster des Safe House blieben Tag und Nacht verdunkelt. Ebenso war es ihm nicht gestattet, im Garten frische Luft zu schnappen oder ein Fenster zu öffnen. Das Internet war tabu, Smartphones oder Computer erst gar nicht vorhanden, nicht einmal für seine zwei Leibwächter, den Psychiater oder den Koch, die sich zeitweise mit ihm das Haus teilten. Sie alle waren zuvor gründlich überprüft und für genau diese Einsätze geschult worden.

Weiterhin war er gezwungen, den Kontakt zu seinen Eltern, Freunden und Verwandten abzubrechen – und das nicht nur für die nächsten Wochen, sondern wie man ihm eindringlich und wiederholt erklärte, für immer.

Karl Rieger war zu diesem Zeitpunkt fünfunddreißig Jahre alt. Er war es gewohnt gewesen, sein Leben selbst zu bestimmen, ein Anführer zu sein und Entscheidungen für andere zu treffen. Er hatte nicht im Geringsten erwartet, wie umfassend und gründlich die Eingliederung ins Zeugenschutzprogramm sein würde. Selbst die Gefängnisstrafe, die er kurz vor dem Geiseldrama abgesessen hatte, kam ihm im Vergleich dazu geradezu paradiesisch vor. Im Gefängnis hatten Mitgefangene zu ihm aufgesehen, er war akzeptiert worden und galt unter seinesgleichen als Vorbild – und die Aussicht auf das Ende der Strafzeit sowie die Aufgaben, die danach auf ihn warten würden, waren wie ein Lichtblick in einem dunklen Tunnel gewesen. Doch dieses neue Szenario traf ihn mit voller Vehemenz und erzeugte bei ihm das Gefühl gänzlicher Ohnmacht und Hilflosigkeit. Der begleitende Psychiater diagnostizierte deshalb bereits nach zwei Monaten, Karl sei hochgradig suizidgefährdet, was zu weiteren Vorsichtsmaßnahmen und Einschränkungen führte.

Mit den ersten warmen Tagen im Frühjahr 2012 setzte die nächste Stufe des Zeugenschutzprogramms ein. In einem streng vertraulichen Dokument wurde ihm mitgeteilt, dass ein gewisser Regierungsinspektor Bernhard Trinkel von nun an seine Vertrauensperson sein würde. In einer mehrseitigen beigefügten Anlage wurde das Aufgabenfeld des Regierungsinspektors erläutert. Karl blätterte die Seiten kurz durch, dann entsorgte er den blauen Umschlag weitgehend ungelesen im Müll. Am nächsten Morgen lag er wieder auf seinem Frühstücksteller.

Jan Horton, einer seiner beiden Leibwächter, setzte sich mit einer Tasse Kaffee zu ihm. Er beugte sich dabei weit nach vorne und sah Karl tief in die Augen. Dann zeigte er mit dem Zeigefinger auf den Umschlag.

»Für diesen Wisch habe ich bis nach Frankfurt fahren müssen. Hab eine Stunde darauf gewartet, obwohl ich pissen musste. Dann kam so eine zickige alte Tante und hat mir einen Vortrag gehalten, wie enorm wichtig dieser Umschlag ist und dass ich dafür sorgen soll, dass du ihn persönlich und ungeöffnet in die Hände bekommst. Ich hab's ihr versprochen. Hat ihr aber nicht gereicht, wollte das schriftlich. Hab ich auch gemacht. Hat mir eine Bestätigung hingelegt, hab's gelesen ... Man soll ja nichts unterschreiben, was man nicht gelesen hat. Da stand drin, dass ich meinen Job verlier, wenn das Ding in fremde Hände gerät. Das war alles okay für mich, die Tante, die volle Blase ... Alles okay, Job ist nun mal Job.«

Jans Zeigefinger richtete sich auf Karls Gesicht.

»Hab dir dann gestern den Schrieb in die Hand gedrückt und dir klipp und klar gesagt, wie sensibel ... das war genau das, was sie gesagt hat, sensibel ... das dass sensibel ist, was da drin steht. Und weißt du, was? Heute Morgen finde ich das Scheißding im Müll.«

Karl sah durch Jan hindurch. Er hatte Erfahrung mit solchen Typen und musste unweigerlich an Steiner denken. Muskelprotze wie Jan hatten früher einmal zu seinen willigen Vollstreckern gehört, auch wenn Jan wahrscheinlich kein Nazi war, aber wer konnte sich da schon ganz sicher sein?

»Jan ... Stimmt doch, Jan, oder?«, begann Karl.

Wütend ließ der Leibwächter die Faust auf den Tisch krachen.

»Fick dich! Seit Wochen sind wir hier eingepfercht, und du kennst meinen Namen nicht?«

Seine Halsschlagadern traten hervor.

»Hey, bleib cool, Jan. Ich les den Scheiß. Jetzt sofort«, antwortete Karl mit ruhiger Stimme und fuhr fort: »Ich bin durch, Mann, echt am Arsch. Tut mir leid für dich, dass du Stress mit dem Schreiben hattest, ehrlich, aber du hast keinen blassen Schimmer, wie ich mich gerade fühle. Du kannst hier jederzeit raus, fährst abends zu deiner Freundin, vielleicht hast du Kinder ...«

»Vier!«, antwortete Jan stolz.

»O Mann ... Siehst du? Du hast da draußen ein Leben. Mein Leben ist diese Hütte hier und deine Hackfresse.« Dabei lachte er Jan an, dessen Gesichtszüge sich entspannten.

»Ich habe keinen blassen Schimmer, wer du bist oder wem du auf die Füße getreten bist, aber wir hängen hier sicher noch ein paar Wochen gemeinsam rum«, erwiderte der Leibwächter. »Es gibt Regeln, Mann, und ich halte mich dran – und wenn du das auch tust, werden wir prima miteinander auskommen. Also lies den Wisch – und danach steck ihn zu deinen Sachen oder verbrenn ihn, aber ich will das Ding nicht mehr sehen. Okay?«

Karl nickte zustimmend. »Okay.«

Jan stand auf und verließ wortlos den Frühstücksraum. Karl holte widerwillig die mehrseitige Anlage aus dem Umschlag und begann zu lesen. Schon bei den ersten Zeilen bereute er es.

Die Vertrauensperson soll zur verantwortungsvollen Zusammenarbeit zwischen Ihrer zugeteilten Behörde und den verantwortlichen Dienststellen sowie zur Festigung des Vertrauens beitragen. Die Vertrauensperson ist gleichzeitig Ihr direkter Disziplinarvorgesetzter/in, die im Interesse Ihrer Wiedereingliederung in ein geregeltes Leben und zur Erfüllung Ihrer vereinbarten Kooperation, mit dem Ziel der positiven Verständigung,

Führungsaufgaben übernimmt. Ihren Anweisungen ist daher uneingeschränkt Folge zu leisten.

An einem Tag im Februar 2012 stattete Regierungsinspektor Bernhard Trinkel seinem Kronzeugen einen Besuch ab. Die Temperaturen waren überraschend auf bis zu minus zwanzig Grad gesunken, und es wehte ein eisiger Wind. Trinkel parkte trotz der Kälte einige Straßen entfernt und ging dann auf Umwegen in gebückter Haltung zum Zielort.

Der Wind warf die Haustür krachend hinter Trinkel ins Schloss, und die Brillengläser des untersetzten Mannes beschlugen in Windeseile. Kaum fähig, etwas zu erkennen, tapste der Regierungsinspektor dem Leibwächter in einen kleinen Gemeinschaftsraum hinterher und ließ sich erleichtert und geräuschvoll auf einem Sessel nieder.

Karl Rieger, der ihm bereits gegenübersaß, nahm er erst wahr, nachdem er seine Brille penibel vom Kondenswasser befreit hatte.

»Sie sind also Karl Rieger«, stellte er leicht nervös fest und drehte sich dabei sicherheitshalber zur Tür um.

»Richtig, der bin ich«, antwortete Rieger und ergänzte: »Keine Bange, wir sind allein.«

»Ist dieser Raum denn abhörsicher?«

»Ich war nicht dabei, als sie ihn gebaut haben, aber da die Türstöcke ungewöhnlich dick sind und die Wände hohl klingen, wenn man an ihnen klopft, scheint er wohl isoliert worden zu sein«, erklärte er gereizt.

Bernhard Trinkel nickte mehrmals.

»Das ist gut, das ist ... perfekt.« Dabei trocknete er sich mit dem Brillenputztuch Stirn und Wangen.

»Sind Sie hier ... Also, fühlen Sie sich wohl hier?«, unternahm er den Versuch, eine belanglose Konversation anzustoßen.

Karl entfuhr ein impulsives Lachen, ansonsten blieb er aber schweigsam. Irritiert hakte Trinkel nach.

»Wie bitte darf ich das deuten? Behandelt man Sie schlecht, fehlt es Ihnen an irgendetwas ...«

Karl schloss kurz die Augen, entschied sich aber dagegen, dem dicken Mann sein Leid zu klagen. Was hätte das schon gebracht?

»Alles gut hier, mir fehlt es an nichts. Die Typen sind okay, das Essen ist auch okay. Eigentlich will ich nur wissen, wann ich hier rauskomme.«

Erleichterung machte sich auf Trinkels Gesicht breit.

»Das ist gut, dass ist perfekt«, wiederholte er sich. »Weil ich hier bin, um mit Ihnen Ihre Zukunft zu besprechen.«

Wieder schwieg Karl, aber Trinkel schien auf eine Reaktion zu warten, um fortfahren zu können. Karl tat ihm den Gefallen.

»Und?«

»Herr Rieger, die Unterbringung von gefährdeten Zeugen an einem anderen Ort stellt eine Kernmaßnahme im Zeugenschutzkonzept dar. Und damit ist nicht dieses Safe House gemeint, sondern ein neuer Wohnort ... ein neues Zuhause. Also, um Ihre Frage zu beantworten, wir sind bereits auf der Suche nach einer neuen Unterkunft für Sie.«

»Die ich dann wieder nicht verlassen darf?«

»Nicht sofort. Erst wenn wir für Sie eine belastbare Identität fertiggestellt haben, mit der Sie leben können.«

»Was soll das heißen, mit der ich leben kann ... Haare habe ich schon, einen Bart kann ich mir auch wachsen lassen, und von mir aus laufe ich nur noch mit Sonnenbrille rum. Hauptsache, ich kann raus aus diesem Loch!«

Trinkel gab ein gekünsteltes Lachen von sich.

»Nein, nein ... Das ist damit nicht gemeint, wenn auch dienlich. Uns schwebt da deutlich mehr vor, zum Beispiel ein geregelter Beruf, neue Kontakte ... All so was.«

»All so was?« Karl runzelte die Stirn.

»Ja, äh ... Also, auf den Punkt gebracht, die komplette Eingliederung in ein neues, soziales Umfeld ... Ach, und natürlich auch ein neuer Name.«

»Ein neuer Name?«

Wieder blickte sich Trinkel zur Tür um und sprach dann leiser.

»Paul Trautmann.«

Karl verstand nicht sofort.

»Paul wer?«

Der Regierungsinspektor zog ein Blatt Papier aus einer Aktenmappe und zeigte mit einem Finger auf den fett gedruckten Namen.

»Trautmann, Paul Trautmann.«

»Fuck, ich will nicht Paul Trautmann heißen«, gab Karl entsetzt zurück.

»Hören Sie ...« Trinkels Stimme verlor ihren freundlichen Unterton.

»Sie haben ja keine Ahnung, was es für ein Aufwand ist, eine neue Identität zu erschaffen. Paul Trautmann ist nicht nur ein Name. An diesem Namen hängt eine Vergangenheit, eine Steuernummer, Schulabschlüsse, Krankenakten, polizeiliche Vermerke und so weiter ...« Er hob beide Hände, um seine große Mühe noch zu betonen.

»Vier – mit unserer neuen Praktikantin sogar fünf – Personen haben über drei Monate lang daran gearbeitet, Paul Trautmann zum Leben zu erwecken und seine Identität absolut wasserfest zu machen. Selbst wenn Sie heute eine neue Stelle antreten, nur mal angenommen ... oder das Finanzamt unterzieht Sie einer Steuerprüfung ... Dann wird man lückenlose und tadellos geführte Einträge finden. Oder sagen wir mal, Sie wollen heiraten und gehen aufs Standesamt ...«

»Ich will nicht heiraten!«

»Aber wenn, immer nur wenn ... Es ist alles vorhanden. Ob es Ihnen passt oder nicht – ab sofort sind Sie Paul Trautmann.«

Karl erhob sich und ging zu einem der abgedunkelten Fenster. Er schob den Vorhang zur Seite und blickte hinaus. Ein verschneiter Baum im Garten trotzte dem Wind.

Paul Trautmann ... Paul Trautmann ...

Der Name fühlte sich fremd an. Er kannte zum Glück keinen einzigen Paul, das machte es leichter.

Zaghaft versuchte Bernhard Trinkel wieder seine Aufmerksamkeit zu gewinnen.

»Ich denke, das ist nur eine Frage der Zeit, Sie werden sich daran gewöhnen. Lassen Sie den Namen einfach mal sacken ... Das wird schon. Bei der Wahl des Namens gab es wirklich keine Möglichkeit, Ihnen ein Mitspracherecht ... Also, das alles ist kompliziert und ...«

»Warum nicht? Wieso kann ich mir nicht einfach selbst einen neuen Namen aussuchen?«, fragte Karl irritiert und drehte sich um.

»Machen Sie es uns bitte nicht so schwer. Der Drops ist gelutscht. Da beißt die Maus keinen Schwanz ab«, feixte der Beamte, um seine Unsicherheit zu überspielen.

»Faden«, korrigierte ihn Karl. »Es heißt: Da beißt die Maus keinen Faden ab.«

»Faden, von mir aus.« Trinkel holte tief Luft und machte ein erfreutes Gesicht.

»Aber es gibt zwei andere, entscheidende Punkte, bei denen wir möchten, dass Sie mitreden ... und eine Empfehlung geben ...«

»Und die wären?«

»Die Wahl Ihres neuen Wohnorts und vor allem Ihr künftiger Beruf.«

Trinkels übliche Klienten hatten in der Regel einen Beruf erlernt, waren nicht selten Steuerprüfer oder Buchhalter und hatten Clans oder Syndikaten dabei geholfen, ihr Geld zu waschen, was einer Eingliederung sehr entgegenkam, aber Karls berufliche Chancen glichen einem Scherbenhaufen, der tief in der Scheiße steckt, wie er es seinen Kollegen gegenüber ausgedrückt hatte.

»Was labern Sie? Denken Sie, ich geh putzen oder setz mich an die Kasse von irgend 'nem bekackten Discounter? Mir ging's gut bisher, hab mir meinen Lebensunterhalt verdient.«

»Ja, mit Organisierter Kriminalität ...«, hakte Trinkel ein und spürte, wie seine Hände wieder feucht wurden.

»Na und ... Meinst du, das kann jeder?« Karls Ton wurde schärfer.

»Irgendeiner muss doch die Nutten organisieren, damit Typen wie du ihren Spaß haben. Ist auch 'n Job, Mann, 'n harter Job, härter als das, was du machst, das kannst du mir glauben!«

Er blickte auf den Boden und versuchte sich zu beruhigen. Trinkel wartete schweigend ab. Dann fuhr Karl mit gedämpfter Stimme fort: »Das hier ist alles grün für mich, echt alles grün, aber entweder ihr zahlt die Zeche für diesen Paul, oder ihr habt irgend 'ne coole Alternative. Aber ich bin ganz sicher nicht euer Bückling, da geh ich lieber in den Knast. Ihr seid doch die Profis, also sag schon!«

Trinkel entspannte sich und richtete sich wieder ein wenig auf.

»Wird Ihnen vielleicht nicht gefallen, aber sehen Sie es als einen echten Start in ein neues Leben ...«

»Was denn? Raus mit der Sprache!«

»Wir wollen, dass Sie eine Lehre machen. Wir werden alles tun, um Sie dabei zu unterstützen. Ihr neuer Lebenslauf ist ...« Er führte Daumen und Zeigefinger an die Lippen und schmatzte ein wenig. »... exzellent ... und anpassungsfähig. Horchen Sie in sich hinein. Sie bekommen eine zweite Chance im Leben, wer kann das schon von sich behaupten?«

Zwei Stunden später hatte Regierungsinspektor Bernhard Trinkel das Safe House erleichtert wieder verlassen. Die verschlossenen Fenster, die beengten Räume und der Geruch von Schweiß hatten ihm zugesetzt. Er hoffte, dass sich der persönliche Kontakt mit Karl Rieger in den nächsten Wochen auf ein Minimum beschränken würde.

Am ersten Tag nach Trinkels Besuch kreisten Karls Gedanken nur um seinen neuen Namen.

»Paul Trautmann« fühlte sich für ihn fremd an. Er war Karl Rieger. Aber gleichzeitig stellte er sich die Frage, ob er wirklich – oder besser gesagt, immer noch – Karl Rieger war. Die Einbuße der eigenen Identität hatte ihn in den letzten Wochen fast um den Verstand gebracht. Zeitweise wünschte er sich sein altes Leben zurück, nur um dann festzustellen, dass das Fundament der Ansichten und Werte, denen Karl Rieger sein ganzes Dasein verschrieben hatte, von Tag zu Tag mehr Risse bekam.

In der darauffolgenden Nacht quälte ihn ein Albtraum. Er stürzte im freien Fall ins Bodenlose. Doch sosehr er auch versuchte, Halt zu finden, er stürzte weiter und immer weiter, bis er schwer atmend in der Dunkelheit erwachte. Die Scheinwerfer eines vorbeifahrenden Autos warfen für einen kurzen Moment wandernde Schatten von Ästen an seine Zimmerwand. Ganz deutlich bildete einer der Schatten den Buchstaben P und löste sich dann in der Finsternis wieder auf.

Paul Trautmann, wiederholte er in Gedanken wie ein Mantra.

Entgegen seiner Gewohnheit blieb er am Morgen lange im Bett liegen und starrte regungslos an die Decke, bis Jan an seine Zimmertür klopfte.

»Karl, alles klar? Keine Lust auf Frühstück?«

Karl reagierte nicht. Ohne zu zögern, öffnete der Leibwächter mit entsicherter Pistole die Tür. Sein Blick glitt prüfend durch den Raum, dann entspannte er sich und senkte die Waffe.

»Alles okay mit dir?«

Karl nickte und setzte sich langsam auf.

»Ron hat Eier mit Speck gebraten. Echt lecker. Das Zeug schmeckt echt eklig, wenn es mal kalt ist. Also komm schon, Karl, hoch mit dir.«

»Paul«, erwiderte er mit trockener Kehle.

Jan, der sich bereits abgewandt hatte, drehte sich nochmals zu Karl um.

»Paul? Wer ist Paul?«

»Ich bin Paul.«

Der Leibwächter verstand nicht ganz und runzelte die Stirn.

»ICH BIN PAUL«, wiederholte er nun lauter und mit fester Stimme. »Ist mein neuer Name. Gehört wohl jetzt zu meiner neuen Identität. Hat mir gestern der Schlipsträger mitgeteilt. Spazierte einfach so rein, zog ein Blatt Papier aus einer Akte und meinte, ich bin jetzt fucking Paul.«

»Hey ...«, grinste ihn Jan an. »Scheiß drauf, Paul ist gar nicht so übel. Ist doch nur ein Name, oder? Die Eier mit Speck werden auch kalt, wenn du Heiner oder Ibrahim heißt ... Also schwing deinen Hintern hoch und komm in die Küche ... PAUL!«

Der Leibwächter lachte auf und ging aus dem Zimmer.

Du hast keine Ahnung, Mann, dachte Karl, schlüpfte in eine Trainingshose und folgte dem Geruch von frisch gebratenem Speck in die Küche.

In den folgenden Tagen spürte Karl förmlich die Transformation, die der neue Name auslöste. Am Anfang wollte er es nicht wahrhaben und wehrte sich instinktiv gegen diese Wandlung, doch der Name legte sich nach und nach unaufhaltsam wie eine zweite Haut um sein altes Ich. Der Mann im Spiegel mit den kurzen Haaren war Paul. Die Stimme, die er hörte, gehörte Paul, und selbst der Schweiß nach seinem täglichen Fitnesstraining roch nach Paul. Ohne es bewusst wahrzunehmen, vollzog Karl auch eine innere Verwandlung. Paul fluchte weniger, Paul legte Wert auf Tischmanieren, und Paul war gesprächiger als sein Alter Ego Karl.

Hatten seine Leibwächter und der Koch im Safe House ihren Schützling bislang nur als wortkargen Eigenbrötler mit Hang zum Selbstmitleid gekannt, waren sie nun überrascht, wie viel er ihnen mitzuteilen hatte. Paul erklärte, belehrte und mahnte so viel, dass sie sich schon bald den verschwiegenen Karl zurückwünschten. Und noch etwas änderte sich. Paul begann zu lesen. In einem verstaubten Bücherregal des Safe House standen knapp fünfzig Bücher, deren Seiten bereits vergilbt waren und modrig rochen. Von ernster Literatur bis zu banalen Groschenromanen war alles dabei. Tat er sich am Anfang noch etwas schwer, den Faden nicht zu verlieren und vor allem bei dicken Wälzern nicht mit dem Ende zu beginnen, verschlang er die meisten Werke mit zunehmender Übung in wenigen Tagen.

Als der Vorrat an Romanen zur Neige ging, widmete er sich einer zwanzig Bände umfassenden Sachbuch-Edition mit Klassikern aus den Themenbereichen Politik, Gesellschaft, Wissenschaft und Psychologie.

Zunächst in Ermangelung weiterer Prosa, begann er die Lektüre eher aus Langeweile statt aus ernsthaftem Interesse, doch schließlich entfachten die Bücher einen Wissensdurst, den er kaum für möglich gehalten hatte. Es schien fast so, als wäre sein Intellekt viel zu lange mit Literatur aus dem rechten Spektrum vollgestopft worden. Mit jedem Buch eröffneten sich neue Welten, neue Perspektiven und der Drang, noch mehr wissen zu wollen. Er begann Notizen und Anmerkungen auf die Seiten zu schreiben; manchmal wurden daraus auch kurze Zusammenfassungen, die er in einem kleinen Büchlein vermerkte, welches er hütete wie einen wertvollen Schatz. Ein paar wenige Bücher las er sogar mehrmals, andere warf er wütend in die Ecke, weil er sie nicht verstand oder eine andere Sicht auf deren Kernthemen hatte. Und auch wenn Bernhard Trinkel seine neue Leidenschaft mit immer neuen Werken unterstützte, so änderte das am Ende nichts daran, dass Paul

Trautmann der Antwort auf die Frage nicht näher kam, was er nun mit seinem neuen Leben anfangen sollte. Bis er durch Zufall in einer Schublade unter alten Kabeln, ausgetrockneten Filzstiften und anderem Gerümpel ein weiteres Buch fand.

Auf der Suche nach einem Kugelschreiber hatte er es beinahe nicht bemerkt. Doch an einer Stelle blitzte eine golden schimmernde Druckveredelung durch das Gewirr alter Kabel, die seine Aufmerksamkeit auf sich zog und ihn neugierig machte. Es war allerdings nicht so leicht, an das Buch heranzukommen, denn es war größer und schwerer, als es zunächst den Anschein hatte. Noch dazu klemmte die Schublade und ließ sich nur zur Hälfte öffnen. Stück für Stück entfernte er deshalb den gesamten Ramsch, der ihm den Weg versperrte, bis sich die Schublade schließlich zur Gänze herausziehen ließ und ein beeindruckender Bildband zum Vorschein kam. Während er mit einer Hand den Wälzer umfasste, wischte er vorsichtig mit der anderen Hand über den Einband und befreite das Cover von einer dicken Staubschicht. Dabei spürte er mit den Fingerkuppen die erhabenen Buchstaben des Buchtitels, der in glänzendem Gold geprägt war.

DIE KUNST DES VERGOLDENS IM SPIEGEL DER ZEIT

Ehrfürchtig klappte er das Werk auf und blätterte vorsichtig durch die übergroßen Bildseiten. Fasziniert betrachtete er die vergoldeten Turmspitzen einer russisch-orthodoxen Kirche in Jerusalem, die lebensgroße Skulptur Ludwigs II. oder kunstvoll vergoldete Stuckteile aus den berühmtesten Schlössern Europas. Von barocker Brokatmalerei über Freskomalerei mit Ölvergoldung bis hin zu vergoldetem Fassadenstuck exklusiver Herrenhäuser führte ihn das Buch durch die goldenen Epochen europäischer Geschichte, stellte dabei die berühmtesten Vergolder vor, die verschiedensten Techniken, derer sie sich bedienten und die auch heute noch bei Restaurierungen Anwendung fanden, um die Kunstwerke in ihrer ursprünglichen Pracht zu erhalten und vor dem Verfall zu schützen.

Wenn Paul Trautmann später an diese Entdeckung dachte, die sein Leben grundlegend änderte, stellte er sich gerne vor, dass der Bildband nicht zufällig dort gelandet war, sondern aus vorbestimmten, schicksalhaften Gründen.

Als er dem Regierungsinspektor Bernhard Trinkel bei seinem nächsten Besuch mitteilte, er wolle das Handwerk des Vergoldens erlernen, war dieser nicht wenig verwundert und hielt das zunächst für eine Laune oder einen dummen Scherz. Erst als ihm Paul das Buch zeigte und vehement auf seinem Entschluss beharrte, respektierte der Beamte seine Entscheidung und versprach ihm, alles in seiner Macht Stehende zu unternehmen, um ihm diesen Wunsch zu erfüllen. Gleichzeitig bat er ihn aber auch, sich keine falschen Hoffnungen zu machen, da der Beruf des Vergolders kaum noch existierte. Doch es lag nicht in Pauls Natur, Dinge aufzugeben. So schmetterte er Trinkels Einwand mit einem Sprichwort ab, mit dem er früher gerne seine Nazikameraden beeindruckt hatte, wenn ein neuer Gewaltakt bevorstand: »Fortes fortuna adiuvat – den Tapferen hilft das Glück.«

In Straßburg lebte ein in die Jahre gekommener Vergolder, der das Handwerk noch in seiner ursprünglichen Form beherrschte, Luc Ravell Bernegger. Ihm gehörte eine kleine Werkstatt am Rande der Stadt, die den Eindruck erweckte, als wäre hier die Zeit vor hundert Jahren stehen geblieben. Sein fachliches Können und seine exzellenten Arbeiten waren weit über die Landesgrenzen hinaus bekannt. Doch vor allem in seiner französischen Heimat schätzte man die Fertigkeit des Künstlers und verließ sich im Zweifelsfall auch auf seine Expertise. An Berneggers vierundsiebzigstem Geburtstag hatte ihm der Erzbischof von Straßburg Jean-Pierre Grallet seine persönliche Aufwartung gemacht und seine treuen Dienste gelobt, aber auch seine Sorge zum Ausdruck gebracht, dass nach Berneggers Übertritt ins Himmelreich kein Nachfolger da sein würde, um seine Arbeit fortzuführen.

In den Wochen darauf dachte Bernegger oft an die Worte des Erzbischofs und fasste den Entschluss, einen geeigneten Kandidaten für seine Nachfolge zu finden. Es gab nur ein Problem: Bernegger war ein kauziger, alleinstehender Eigenbrötler, der noch nie einen Lehrling ausgebildet hatte, da er Menschen im Allgemeinen und junge Männer im Besonderen nicht sehr schätzte. Er hatte keine Kinder und auch keine Frau, und alle ihm bekannten Verwandten waren längst gestorben – zum Glück, wie er gerne erklärte.

Trotzdem überwand er sich und schaltete eine kleine Anzeige in der *Badischen Zeitung*. Die Annonce war so klein und unscheinbar, dass, so hoffte er, sie nur ernsthafte Interessenten entdecken würden – oder, noch besser, dass es zu überhaupt keiner Bewerbung kommen würde. Doch seine Hoffnungen wurden enttäuscht. Zum einen waren die Lehrstellen für Vergolder eine wahre Seltenheit, zum anderen machte die Kunde von seiner Suche nach einem Nachfolger in einschlägigen Kreisen schnell die Runde. Der Erzbischof sorgte dafür, dass die Anzeige in Kirchenblättern abgedruckt wurde und somit weitere Verbreitung in ganz Europa fand.

Hatte Bernegger in der ersten Woche nach der Veröffentlichung seiner Anzeige noch keine einzige Rückmeldung erhalten, wofür er Gott persönlich dankte, trudelten in der Woche darauf die ersten drei Bewerbungen per Post bei ihm ein.

Zwei davon warf er mürrisch in den Müll, da sie von Frauen kamen, den dritten Bewerber kontaktierte er telefonisch. Es war ein junger Pole, der nur gebrochen Deutsch und ein wenig Französisch sprach. Bernegger machte sich einen Spaß daraus, zwischen beiden Sprachen zu wechseln, bis der Mann kaum noch einen vernünftigen Satz von sich geben konnte und zu stottern begann. Dann legte Bernegger auf und schaltete sein Telefon aus. Die Bewerbungen in der Woche darauf öffnete er nicht mal mehr, sondern sammelte sie auf einem großen Stapel neben seinem Kaminofen in der Werkstatt.

An einem verregneten Nachmittag im Mai 2014 betrat ein großer Kerl mit kurzen Haaren und markanten Wangenknochen seinen Laden. Er trug weder einen Regenschirm noch eine Kopfbedeckung, und so lief das Wasser an seinen Wangen herab, als käme er soeben aus der Dusche.

»Sind Sie Luc Ravell Bernegger?«

»Wer will das wissen?«, entgegnete er dem ungebetenen Besucher, während er damit fortfuhr, seine Pinsel zu reinigen.

»Mein Name ist ... Paul Trautmann, und ich bin wegen der Lehrstelle hier.«

»Für Ihren Sohn?«

»Nein, für mich selbst«, antwortete Paul mit fester Stimme.

Bernegger legte den Pinsel weg, den er gerade bearbeitet hatte, stand auf und musterte den Kandidaten argwöhnisch, der breitbeinig vor ihm stand und seinen Holzboden volltropfte.

Er war sicher weit über dreißig und damit eigentlich zu alt, um erst jetzt in diesen Beruf einzusteigen. Bernegger stand auf, um seiner Autorität mehr Gewicht zu verleihen.

»Irgendwelche handwerklichen Erfahrungen?«, grollte er vorwurfsvoll, in der festen Annahme, die Antwort schon zu kennen.

Paul hätte antworten können, dass er alles über den Bau von Bomben und Sprengsätzen wusste und dabei großes Geschick bewiesen hatte, aber er unterließ es. Stattdessen nutzte er seine Gabe, Menschen zu lesen wie ein Buch. Mit sachlichen Argumenten konnte er diesen Mann ebenso wenig für sich gewinnen wie mit fachlicher Kompetenz. Ganz ruhig ging Paul zu einem Schemel, der am Fenster stand, setzte sich und wischte sich mit der flachen Hand die Regentropfen aus dem Gesicht. Dann zog er ein Schweizer Taschenmesser aus seiner Jackentasche und pulte mit den Fingernägeln eine lange, silber glitzernde Nadel aus dem Reservoir hervor. Dabei durchbohrte er den weißhaarigen Mann mit seinen Blicken. Er war nun keine zwei Meter mehr von Bernegger entfernt, der es ein wenig mit der Angst zu tun bekam.

»Nun ... ich ... Also, was können Sie mir über sich erzählen ...?«, brachte Bernegger stockend hervor. Dabei blickte er sich nervös nach seinem Werkzeug um. In Reichweite befanden sich aber nur die soeben gereinigten Pinsel.

Paul öffnete den Mund und fuhr sich mit der silbernen Nadel zwischen die Zähne, danach schmatzte er laut und klappte das Messer wieder zusammen. Kaum war es in seiner Jackentasche verschwunden, begann er, ohne auch nur eine Miene zu verziehen, eine Geschichte zu erzählen: »Ein Handwerker räsoniert im Himmel mit Petrus: ›Ich finde es nicht in Ordnung, dass ich schon mit vierzig von der Welt gehen musste.‹ Petrus sieht den Vergolder erstaunt an und runzelt überrascht die Stirn. Dann erwidert er: ›Nach all den Überstunden, die du deiner Kundschaft aufgeschrieben hast, bist du gut und gerne zweihundert Jahre alt.‹«

Paul lächelte fröhlich, und es war, als würde an diesem regnerischen, kalten Tag in der Werkstatt die Sonne scheinen.

Bernegger konnte es nicht fassen. Er war so erleichtert über die glückliche Wendung, dass er schallend über den Witz lachen musste. Er brauchte einige Zeit, bis er sich beruhigt hatte und immer noch ein wenig nervös auf seinem Stuhl Platz nahm.

Es war der Beginn einer echten Freundschaft und einer dreijährigen Ausbildung zum Vergolder, die Paul Trautmann mit Bravour abschloss. Die beiden Männer teilten nicht nur die Leidenschaft für das Handwerk, sondern auch für Geschichte, und so verbrachten sie viel von ihrer Freizeit miteinander. Luc Ravell Bernegger machte Paul Trautmann mit seiner eigenen Vergangenheit vertraut und mit der seiner Familie, die im Lauf der Jahrhunderte mal deutsch, mal französisch gewesen war. Er erzählte ihm von seinem französischen Großvater, der

1940 nach dem Einmarsch der Wehrmacht gezwungen worden war, in der deutschen Armee zu dienen und 1944 nach der Befreiung durch die Alliierten als Kollaborateur von hitzigen Männern der Résistance gefoltert und schließlich ermordet worden war. Diese und viele weitere Geschichten, die Bernegger ihm über das Elsass erzählte, waren für Paul ein weiterer Anstoß, über den Unsinn seiner ehemals nationalsozialistischen Gesinnung nachzudenken und diese am Ende sogar zu verteufeln. Er ließ sich für die Ausbildung in Kehl nieder. Die kleine deutsche Stadt war zwar durch den Rhein von Straßburg getrennt, doch für die Bewohner beider Städte fühlte es sich so an, als würden sie gemeinsam in einer leben. Täglich pendelte er von seinem neuen Zuhause in Deutschland zu seinem Arbeitsplatz in Frankreich. Sein Leben hatte eine vollkommen unerwartete Wendung genommen. Die düstere Vergangenheit verblasste zunehmend, und alles, was noch zählte, war das Hier und Heute. Durch Bernegger machte er während seiner Lehrjahre die Bekanntschaft zu einer lebenslustigen Französin namens Fabienne Florin, die an der Straßburger Universität Geschichte unterrichtete. Die beiden wurden schon bald ein Paar und heirateten schließlich 2016. Für Bernegger war diese Hochzeit nach eigenem Bekunden der schönste Moment in seinem ganzen Leben. Kurz darauf starb er im Alter von achtzig Jahren und machte Paul Trautmann zu seinem Alleinerben.

Den Bildband aus dem Safe House über die Kunst des Vergoldens, der ihm einst neue Hoffnung gegeben hatte, hielt Paul sein Leben lang in Ehren.

Samstag, 17. Oktober 2020

Nur mit Slip und T-Shirt bekleidet, kam Fabienne herein. Sie setzte sich zu Paul an den frisch gedeckten Frühstückstisch. Paul klappte die Zeitung zu, um das Bild von Marie Stresemann nicht mehr sehen zu müssen.

»Wer macht denn da so ein düsteres Gesicht – und das an einem so wunderschönen Vormittag?«, fragte sie mit leichtem französischem Akzent, während sie seinen Rücken massierte. Paul genoss es, wenn sie genau die Stelle berührte, an der Karl ein breites tätowiertes Hakenkreuz getragen hatte.

Die Hauttransplantation war Trinkels symbolisches Abschiedsgeschenk gewesen. Nach der Operation hatte ihn der Mann, dem er letztendlich alles zu verdanken hatte, im Aufwachraum empfangen und erklärt, dass die Transplantation sowie all ihre Mühen, ihm ein neues Leben zu ermöglichen, bedeutungslos seien – und das nur eines wirklich zählte. Dann zitierte er Albert Schweitzer: »Die größte Entscheidung deines Lebens liegt darin, dass du dein Leben ändern kannst, indem du deine Geisteshaltung änderst.«

Bis heute musste er immer genau dann an dieses Zitat denken, wenn Fabienne seinen nackten Rücken berührte. Doch angesichts der Zeitungsreportage über das zehnjährige Jubiläum der Geiselnahme im Turm fühlte er sich ertappt, und so wechselte er instinktiv das Thema.

»Kommen die Kinder heute Abend oder erst morgen?«

Fabienne beugte sich nach vorne und gab ihm einen Kuss auf die Wange. Ihre dunklen Locken strichen dabei über seine Schulter.

»Morgen, mein Lieber, und das weißt du ganz genau.« Dabei lächelte sie vielversprechend.

»Du weißt, ich muss morgen Abend nach Augsburg fahren, am Montag schließe ich die Ausbesserungen in der Herz-Jesu-Kirche ab.«

Fabienne legte die Stirn besorgt in Falten.

»An der Decke der Apsis?«

»Du musst dir keine Sorgen machen.«

»Natürlich mache ich mir Sorgen, wenn du in sechzehn Metern Höhe kopfüber an der Decke hängst und arbeitest.«

Paul stand auf und nahm sie in den Arm.

»Seit zwei Monaten arbeiten wir an dieser kunstvollen Decke, und nichts ist passiert, also mach dir keine Sorgen. Du wirst sehen, am Dienstagabend bin ich wieder bei dir und den Mädchen.«

Zärtlich küsste er sie auf die Stirn.

»Non, non, chérie, so leicht kommst du mir nicht davon.« Damit wand sie sich aus seiner Umarmung, packte ihn bei den Händen und zog ihn auf die Couch.

BEHRENS II

Samstag, 10. September 2011

Jonas Behrens hatte umgehend nach seiner Befragung als Sachverständiger zum Geiseldrama am Turm das Gerichtsgebäude verlassen. Von Karl Riegers Nervenzusammenbruch bei der Zeugenbefragung von Marie Stresemann hatte er erst am nächsten Tag aus der Presse erfahren. Wütend hatte er feststellen müssen, dass seiner genialen Ausführung über den Umbau des Bunkers keine einzige Nachricht gewidmet worden war; jeder Artikel, und war er auch noch so klein, drehte sich ausschließlich um Karl Riegers Entgleisung.

Was für eine Posse, hatte er beim Anblick der Aufmacherbilder gedacht, die Karls Gesicht zeigten, das rotzverschmiert an der Schutzglasscheibe klebte wie die Saugnäpfe eines Tintenfisches im Aquarium.

Vor allem aber ärgerte er sich über die Tatsache, ein Geheimnis bewahren zu müssen, das bei seiner Enthüllung für weitaus mehr Wirbel gesorgt hätte als die Tränen eines Neonazis. Er verheimlichte es jedoch nicht aus Furcht vor Zamirs düsterer Drohung, die nach all den Jahren und seinem plötzlichen Verschwinden an Kraft deutlich verloren hatte, sondern weil die Verlockung zu groß war, sich selbst in einem Maße bereichern zu können, das jenseits jeglicher Vorstellung lag.

Schon vor drei Jahren, als er das Fundament des Turms bestimmen und vermessen musste, hatte es erste Verdachtsmomente gegeben. Irgendetwas stimmte damit nicht; der massive Betonuntergrund schien sich deutlich über den Grundriss des Turms auszudehnen. Wie weit und wie tief, konnte er nur vermuten. Um eine stichhaltige Analyse durchführen zu können, hätte er professionelles Equipment für Geomagnetik oder Bodenradar benötigt, aber vor allem viel Zeit – und die Genehmigung seines Bauherrn. Mit der Zeit schwand sein Interesse an dem Fundament, und hätte Zamir bei seiner nächtlichen Einladung nicht diese unheilvollen Andeutungen gemacht, hätte er die Sache wohl schließlich sogar vergessen. So aber quälte ihn die Neugierde wie ein endlos tropfender Wasserhahn.

Einige Wochen nach Beendigung des Geiseldramas war Behrens als Sachverständiger beauftragt worden, den Turm zu inspizieren. Er sollte in einem Gutachten feststellen, wie es dem Geiselnehmer gelungen war, aus dem Turm zu entkommen, obwohl der Bunker von Hundertschaften der Polizei umstellt war. Die Lösung war einfach. Ein unterirdischer Schacht, der vom Turm zu einer im Wald gelegenen Holzhütte führte, bot die Erklärung. Eine Erklärung, die dem Staatsanwalt genügte, nicht aber Jonas Behrens. Denn die Entdeckung des Schachts, den nicht einmal er gekannt hatte, mochte erklären, wie Zamir die Flucht gelungen war. Der Grund für dessen Existenz blieb jedoch unklar. Gleich mehrere Dinge machten Behrens stutzig.

Erstens, wieso endete der Schacht im Betonfundament des Turms? Der Bunker aus dem Zweiten Weltkrieg besaß keinen Keller. Zweitens, die Verbindung des Schachts zum Turm war ein enges, steil nach oben führendes Loch von etwa drei Metern Höhe, aus dessen grob gehauenen Wänden eiserne Steigbügel ragten. Und drittens, der Schacht selbst war mindestens fünf Meter breit und zwei Meter hoch. Deutlich mehr, als für einen reinen Fluchtweg nötig gewesen wäre. Am Boden konnte man außerdem noch die parallel laufenden Furchen erkennen, wo früher sicher einmal Gleise gelegen hatten. Behrens schlussfolgerte daraus, dass der Turm einst einem anderen Zweck als dem Schutz vor Luftangriffen gedient hatte. Der Schacht führte nicht zum Turm selbst, er führte zu Hohlräumen, die darunterlagen!

Ein Indiz dafür war die minimale Neigung des Schachts, die ihm erst nach einer elektronischen Messung aufgefallen war. Der Schacht fiel mit abnehmender Distanz zum Turm leicht ab. Am Turm endete er abrupt an einer glatten Betonwand. Und genau an dieser Stelle klaffte an der Decke ein schwarzes Loch, das direkt in den Bunker führte. Die provisorische Verbindung zwischen Turm und Stollen war sicher nachträglich angelegt worden, lange nachdem der Stollen seinen ursprünglichen Zweck erfüllt hatte. Und noch etwas stellte Jonas Behrens bei seiner akribischen Begehung fest. In Ermangelung von Strom und Abluft lag für ihn die Vermutung nahe, dass hier einmal Förderwagen von Hand geschoben worden waren. Die Erbauer hatten also entweder keine Zeit gehabt, eine motorbetriebene Förderung zu installieren, oder der Aufwand hatte sich nicht gelohnt. Das wiederum sprach dafür, dass der Zeitraum für den Transport nur von kurzer Dauer war. Die wichtigste Frage lautete jedoch: Was war so schwer gewesen, dass es nicht einfach getragen werden konnte?

Noch am selben Abend recherchierte Jonas Behrens stundenlang im Internet, las Zeile um Zeile, notierte und suchte nach Querverweisen, verglich und reduzierte mögliche Theorien nach dem Ausschlussverfahren. Gegen zwei Uhr morgens beendete er seine Recherche. Seine Augen funkelten, Schweiß tropfte ihm von der Stirn, seine Hände waren feucht. Er leckte sich das salzige Nass von seinen Lippen, dann köpfte er eine Sektflasche und schüttete sich den perlenden Schaumwein über den Kopf, während er wie ein Wahnsinniger tanzte und lachte.

Ein anfänglicher Funke Hoffnung hatte sich zu einem emotionalen Flächenbrand ausgeweitet. Noch nie im Leben hatte er einen solchen Glücksrausch verspürt, denn er war felsenfest davon überzeugt, dass er das verschollene Nazigold gefunden hatte.

Behrens erwachte am nächsten Morgen mit einem heftigen Kater. Auf die Euphorie der vergangenen Nacht folgte der bittere Nachgeschmack sachlicher Erkenntnis. Bei Tageslicht betrachtet, schwand die Hoffnung auf spektakulären Reichtum von Minute zu Minute. Seit sechsundsechzig Jahren waren Schatzsucher aus aller Welt auf der Suche nach dem legendären Nazigold. Der sagenhafte Schatz lockte einfache Glücksritter ebenso an wie finanzstarke Investoren, selbst Regierungen hatten bei groß angelegten Grabungen nach dem Gold suchen lassen – bislang vergeblich. Wie wahrscheinlich war es da, dass ausgerechnet er, Jonas Behrens, auf die Stecknadel im Heuhaufen gestoßen war? Noch dazu vermuteten namhafte Forscher aufgrund von erhaltenen Dokumenten und Zeugenaussagen das Gold in vollkommen anderen Gebieten als dort, wo der Turm lag.

Da gab es zum Beispiel die Geschichte des SS-Panzerzugs von Wałbrzych, der angeblich Ende des Krieges mit dreihundert Tonnen Gold in einem unterirdischen Tunnel in Polen verschüttet worden war. Oder den glaubwürdigen Hinweis auf zwei deutsche U-Boote, die Anfang Mai 1945 voll beladen mit Gold Richtung Argentinien geflohen waren, am Zielort aber leer ankamen. Dann gab es da das Tagebuch des SS-Offiziers Egon Ollenhauer, in dem von dreihundert Tonnen Gold und Gemälden von unschätzbarem Wert die Rede war, die in Niederschlesien vergraben sein sollten, bislang aber nicht gefunden worden waren. Und die verbürgte Erzählung von Hermann Steiger, einem österreichischen Bauern, der in der Nacht zum 29. April 1945 mit seinem Ochsenkarren unzählige Kisten von zwei Wehrmachtslastwagen zum Toplitzsee befördern musste. Zwölfmal legte er die Strecke zurück, um schließlich mit anzusehen, wie die schweren Kisten von einem Ruderboot aus nach und nach in dem schwarzen See versenkt wurden. Der angebliche Inhalt der Kisten – geheime Dokumente und Gold.

All das geschah am Kriegsende, zu einer Zeit, in der Deutschland im Chaos versank. Sosehr Behrens es sich auch wünschte, es war vollkommen unglaubwürdig, dass ein Teil dieser Schätze erst in den letzten Kriegstagen zu diesem Bunker gebracht worden war. Je öfter er darüber nachdachte, desto absurder klang das Ganze. Aber selbst wenn es dafür eine Erklärung gab und sich irgendwo im Fundament ein Goldschatz verbarg, wie sollte man diesen Schatz unbemerkt bergen? Und was noch komplizierter erschien: Wie konnte man das Gold letztendlich zu Geld machen?

Niedergeschlagen und verkatert schleppte er sich im Bademantel durch seinen sommerlichen Vorgarten und zog seine Tageszeitung aus dem Briefkasten. Einer täglichen Routine folgend, warf er bereits auf dem Rückweg einen Blick auf die Schlagzeilen der Titelseite. Eine der fett gedruckten Überschriften ließ ihn augenblicklich innehalten:

GOLDPREIS AUF ALLZEITHOCH

Behrens war kein abergläubischer Mensch, aber trotzdem schien ihm dies ein Wink des Schicksals zu sein.

Er dachte an den Adrenalinschub der vergangenen Nacht. Was hatte er schon zu verlieren?

Es schadete sicher nicht, der Spur des Nazigoldes ein wenig zu folgen. Es könnte zu meinem Hobby werden, dachte er. Ganz unverbindlich und ohne Druck. Der Turm lief schließlich nicht weg – und sollte eine der Spuren zum Turm führen, dann würde sich alles Weitere schon ergeben.

Zufrieden mit sich und der Welt, schloss Jonas Behrens die Haustür hinter sich und studierte eifrig den Artikel über die steigenden Goldpreise.

MARIE II

Samstag, 17. Oktober 2020

Marie war nach dem nächtlichen Intermezzo mit Michael direkt nach Hause gefahren. Ihr Unmut über den Ausgang des Treffens richtete sich abwechselnd gegen ihn und gegen sich selbst. Sie war so vertieft in ihre Gedanken, dass sie auf der Heimfahrt, entgegen ihrer Gewohnheit, nicht mal das Radio in ihrem Cabriolet anschaltete. Die Nacht hatte Erinnerungen hochgespült, an denen sie nun kratzte wie an eitrigem Schorf auf einer Wunde. Sie wusste, es war falsch, aber sie konnte nicht davon ablassen.

Das Bild von Karl Rieger kam ihr in den Sinn, der sie im Gerichtssaal anschrie und verzweifelt darum bettelte, dass sie ihm Beachtung schenkte. Sie hatte damals alles unternommen, um Unrecht zu verhindern, aber in den Tagen nach der Befreiung kam sie durch die lückenlose Berichterstattung der Medien zu der schmerzhaften Erkenntnis, dass ihr das nicht gelungen war. Voller Wucht trafen sie die unzähligen Details der vielen Verbrechen, die Karl Rieger begangen oder geplant hatte. Die Vorwürfe reichten von Raub, Erpressung und schwerer Körperverletzung bis hin zu einem geplanten Bombenanschlag bei der Grundsteinlegung für die Münchner Synagoge im Jahr 2003, der im letzten Moment durch die Polizei vereitelt werden konnte. Rieger stand außerdem im Verdacht, mehrere Morde begangen oder beauftragt zu haben. Die Opfer waren allesamt Emigranten oder jüdische Mitbürger gewesen. Sie hatte wahrlich einen Unmenschen gerettet, hatte sich für ihn eingesetzt ... und was ihr besonders zusetzte, beschützend in den Armen gehalten. Als sie all das erfuhr, fühlte sie sich betrogen und beschmutzt – und die einzige Erkenntnis, zu der sie am Ende gelangte, lautete, dass Menschen wie Karl Rieger kein Recht hatten, weiterzuleben. In ihren Augen waren die Gerichtsverhandlungen, in denen man Karl Rieger als geläuterten Neonazi inszenieren wollte, eine reine Farce, die lediglich sein Strafmaß mildern sollte.

Einen Tag vor der Verhandlung nahm sie den Anruf einer jüdischen Frau names Shalhevet Ehrenberg entgegen. Der Rabbi hatte sie zuvor um Erlaubnis gebeten, ihre Telefonnummer an Shalhevet weitergeben zu dürfen. Sie kannte den Namen, konnte ihn aber zunächst nicht zuordnen. So hatte sie aus Neugierde der Bitte des Rabbis nachgegeben. Shalhevets Stimme klang sanft, und unter anderen Umständen hätte sie der Bitte der Frau um ein persönliches Treffen auch zugestimmt, doch als Shalhevet auf Karl Rieger zu sprechen kam, fiel ihr sofort wieder ein, woher sie den Namen kannte. Rieger selbst hatte ihn immer und immer wieder geflüstert, als er kurz vor Beendigung der Geiselnahme im Turm seinen bevorstehenden Tod erwartete.

»Sie sind Shalhevet?«, unterbrach sie daraufhin forsch die Frau am anderen Ende der Leitung.

»Hat er von mir gesprochen?« Shalhevets Stimme nahm einen nervösen Unterton an.

Marie brauchte nicht viel Menschenkenntnis, um aus den wenigen Worten die Geschichte dahinter zu erfassen. Was auch immer Karl und Shalhevet verband, das jüdische Mädchen hatte offensichtlich Mitleid mit ihm oder liebte ihn sogar ... und sicher diente der Anruf dazu, an Maries Mitgefühl zu appellieren, um sie zu einer möglichst wohlwollenden Zeugenaussage zugunsten von Karl Rieger zu bewegen.

Doch das Gegenteil war der Fall. Marie legte auf, noch bevor

Shalhevet ihr Anliegen vortragen konnte. Für Marie war die Liebe eines jüdischen Mädchens zu einem verkommenen Neonazi nur ein weiterer Beweis dafür, wie geschickt Karl Rieger Menschen manipulieren konnte.

Noch während Marie die knarzende Treppe zu ihrer Wohnung hinaufstieg, kreisten ihre Gedanken um Karl, Shalhevet und Michael. Sie wünschte sich, es gäbe einen Knopf zum Löschen von Daten wie bei einer Festplatte. Sie hatte geglaubt, die ganze Sache nach all den Jahren längst überwunden zu haben. Doch nun brach alles wieder über sie herein, als wenn es erst gestern passiert wäre.

Fahrig holte sie ihren Schlüsselbund aus der Tasche und sperrte die Wohnungstür auf. Wie gewohnt warf sie die Tür hinter sich zu, legte Schlüssel und Geldbeutel in eine Holzschale auf einer Ablage im Flur und hängte ihre schwarze Windjacke an einen Haken an der Wand, aber dann hielt sie inne. Sie blickte auf den Schlüssel und nahm ihn erneut zur Hand.

Sie versuchte sich zu erinnern. War die Tür abgeschlossen gewesen?

Marie rekapitulierte noch einmal die letzte Minute. Sie hatte den Schlüssel ins Schloss gesteckt, umgedreht – und es hatte nur einmal klick gemacht. Die Tür war nicht abgesperrt gewesen, dessen war sie sich nun sicher. Noch war Zeit, die Polizei zu rufen. Aber um dann der Peinlichkeit ausgesetzt zu sein, mit den Beamten eine vollkommen leere Wohnung vorzufinden? Hatte sie vielleicht nur vergessen abzusperren, als sie gestern gegangen war? Leise öffnete sie die Tür, um notfalls einen schnellen Fluchtweg parat zu haben. Sie hatte bisher noch nie vergessen, die Wohnungstür zu verriegeln, und doch war es angesichts der emotionalen Lage, in der sie sich befand, nicht ganz unwahrscheinlich. Noch bevor Marie sich die Gefahr richtig bewusst machte, setzte sie bereits vorsichtig einen Fuß vor den anderen. Die Distanz zum Ausgang wurde mit jedem Schritt größer, und die Möglichkeit, unbehelligt flüchten zu können, immer unwahrscheinlicher. Aus einem Becher mit Stiften nahm sie sich einen blauen Plastikkugelschreiber und hielt ihn wie ein Messer stoßbereit vor sich. Auf Höhe der geschlossenen Badezimmertür blieb sie stehen. Ihr Puls wurde nochmals deutlich schneller, als sie aus dem Bad ein kaum wahrnehmbares Geräusch hörte, das jede Hoffnung zunichtemachte, sie könnte sich irren.

Ich bin nicht allein!

In schlechten Horrorfilmen wartete das Opfer nun so lange, bis seine Peiniger es in ihrer Gewalt hatten, aber so weit wollte Marie es nicht kommen lassen.

Sie spürte einen kalten Windhauch im Gesicht, gefolgt vom lauten Knall der Wohnungstür, die ins Schloss fiel. Marie unterdrückte den Impuls aufzuschreien und rannte durch den Flur zurück, als eine Gestalt aus dem Badezimmer trat und ihr etwas zurief.

Verzweifelt riss sie die Wohnungstür auf, als sie die Stimme erneut hörte.

»Marie!?«

Sie kannte die Stimme. Sie drehte sich zitternd um und erblickte Astride.

»Was tust du hier?«, schrie sie wütend und schnappte nach Luft. »Was tust du hier?«, wiederholte sie. »Wie bist du hier reingekommen?« Die Erleichterung über den Anblick ihrer Freundin wich blanker Wut.

Bedrohlich ging sie mit dem Kugelschreiber auf Astride zu, die ängstlich zurückwich.

»Hey, hey ... Beruhig dich ...«

»Ich soll mich beruhigen? Du hast mir einen Riesenschreck eingejagt ...« Der blaue Kugelschreiber war nun direkt auf Astrides Gesicht gerichtet. Maries Stimme überschlug sich. »Spinnst du eigentlich? Ich hätte dich verletzen können!«

Astride blickte auf den Stift in Maries zitternder Faust. »Mit dem Ding da?«, erwiderte sie und nahm beruhigend Maries Hände in ihre.

Heißer Tee dampfte in zwei pechschwarzen Tassen und verströmte den Duft von Kräutern. Marie saß mit angezogenen Beinen auf einer Couch und war in eine warme Decke eingewickelt, während Astride ihr gegenüber entspannt auf einem Sessel saß. Die geräumige Wohnküche war spartanisch eingerichtet. Persönliche Gegenstände gab es kaum, nur zwei ungerahmte Bilder von ihren verstorbenen Hunden, die lieblos mit zwei Magneten am Kühlschrank befestigt waren.

Marie beugte sich vor, nahm die Tasse Tee mit beiden Händen und nippte daran. Ihre Stimme klang wieder gefestigt.

»Erklär mir bitte noch mal, wie du hier reingekommen bist.«

Ohne eine Miene zu verziehen, antwortete ihre Freundin: »Die Tür muss noch erfunden werden, die ich nicht aufkriege.«

In aller Ruhe zündete sie sich dabei eine Zigarette an und nahm einen tiefen Zug. Marie versuchte sie nicht daran zu hindern, denn es wäre zwecklos gewesen.

Dr. Astride Laue war Psychiaterin, spezialisiert auf Jugendliche und Kinder. Aber vor allem war sie eine politische Kämpfernatur und in Maries Augen quasi eine linke Berufsdemonstrantin, die selbst mit über fünfzig Jahren noch nicht müde wurde, für ihre Ansichten auf die Straße zu gehen. Kennengelernt hatten sie sich bei der Gegendemonstration zur Pegida-Kundgebung in Dresden am 12. Januar 2015, bei der fünfundzwanzigtausend Teilnehmer ihrem Unmut über Merkels Flüchtlingspolitik freien Lauf ließen. Die Menschenmassen skandierten voller Zorn Parolen wie »Sachsen bleibt deutsch« und »Merkel muss weg«. Zu den Teilnehmern gehörten die Bürgerrechtsbewegung Solidarität, Identitäre Bewegung, die Reichsbürgerbewegung, Rechtsradikale und weitere Gruppen, die Verschwörungstheorien vertraten und Antiamerikanismus propagierten, indem sie die Vereinigten Staaten für die Flüchtlingsströme der Welt verantwortlich machten.

Einige Neonazis versuchten mit Rufen wie »Zecken klatschen!« gewaltsam die Polizeikette zu durchbrechen, um die Gegenkundgebung zu erreichen, in der auch Marie und Astride sich die Kehlen heiser schrien, um aller Welt zu zeigen, dass Deutschland nicht im rechten Populismus versank. Dabei kam es zu zahlreichen brenzligen Situationen, denn nicht überall konnte die Polizei präsent sein. Selbst die Ordner der Veranstaltung waren mehrheitlich aufseiten der Pegida-Demonstranten, Journalisten berichteten von Übergriffen und Beschimpfungen durch Sicherheitskräfte. Nach der Demo war die Gefahr für die Gegendemonstranten groß, auf dem Heimweg von Hooligans verfolgt und verprügelt zu werden – und so fanden sich Marie und Astride nach einer dramatischen Flucht mit anderen Gleichgesinnten in einer kleinen Kneipe wieder, überglücklich, der Meute entkommen zu sein. Es war der Beginn einer merkwürdigen Freundschaft, deren einziger gemeinsamer Nenner ihre politischen Ansichten sowie die Überzeugung waren, dass man dafür seine Stimme erheben musste, auch wenn man dabei die eigene Unversehrtheit aufs Spiel setzte.

»Was willst du?«

Marie bereute die Frage bereits in der Sekunde, in der sie sie ausgesprochen hatte.

»Dass eine islam- und fremdenfeindliche, völkische, rassistische und rechtspopulistische Organisation wie die AfD und all ihre Anhänger von dieser Erde getilgt werden. Dass man Höcke, Gauland, Storch und Kalbitz einem hungrigen Rudel Wölfe zum Fraß vorwirft. Dass Trump an seinen Lügen erstickt. Dass Erdoğan, Rohani und Orbán öffentlich kastriert werden. Dass Winterkorn an den Abgasen seiner Autos erstickt und Marsalek Lepra bekommt und …«

»Das reicht!«, unterbrach Marie sie energisch.

»Du hast gefragt, ich hab geantwortet«, entgegnete Astride forsch. Nach einem weiteren Zug an ihrer Zigarette setzte sie erneut an, diesmal aber weniger theatralisch, eher in sich gekehrt, mit gesenktem Blick.

»Paris ... das mit Paris! Ich bin ... Ich bin am Boden. Ich glaube, das trifft es ganz gut, ich bin wirklich am Boden. Du warst nicht erreichbar, und ich brauchte jemanden zum Reden, also habe ich hier auf dich gewartet.«

Jetzt erst bemerkte Marie die für Astride ungewöhnliche Körperhaltung, die eng anliegenden Arme, die übereinandergeschlagenen Beine, die gekrümmte Sitzhaltung.

»Was meinst du mit Paris?«

Sofort erwachte das Feuer wieder in ihren Augen.

»Du machst Witze, oder? Auf welchem Planeten lebst du denn gerade?«

Marie fühlte sich ertappt. Wegen all der Ereignisse der vergangenen Nacht hatte sie versäumt, Radio zu hören oder einen Blick in die Zeitung zu werfen. Sich zu rechtfertigen, widersprach aber ihrem Naturell, also zuckte sie nur ein wenig mit den Schultern und hob das Kinn leicht an.

»In einem Vorort von Paris wurde ein Lehrer von einem jugendlichen Islamisten erstochen, weil er es gewagt hatte, seinen Schülern die Mohammed-Karikaturen zu zeigen. Danach hat er dem Toten mit dem Messer den Kopf vom Rumpf getrennt.«

Marie war entsetzt, stellte den Tee ab, stand wortlos auf, ging ans Fenster und blickte hinaus. Für Astride war das ein sicheres Zeichen, dass Marie diese Nachricht sehr naheging. Auf Emotionen reagierte sie immer mit Distanz. Mehr Reaktionen würde sie wohl von Marie vorerst nicht bekommen, deshalb fuhr sie fort:

»Der Islamist – der junge Mann – war kein Wahnsinniger, nur ein williger Vollstrecker. Geblendet und manipuliert von den Stimmen seiner … sagen wir … Leitbilder. Er ist nur das letzte Glied in der Kette. Ein Instrument, das von anderen erschaffen wurde, um deren Willen auszuüben.«

Marie blickte weiterhin stumm und regungslos aus dem Fenster.

»Wir stecken fest, Marie … ganz am Ende in einer Sackgasse, wo es kein Licht mehr gibt. Heute ist es ein Islamist in Paris, morgen sind es wieder rechte Attentäter irgendwo in Deutschland. Egal, auf wie viele Demos wir noch gehen, egal, wie viele Petitionen wir schreiben und wie viele Lichterketten wir noch inszenieren, wir werden immer scheitern. Ich habe es satt, Marie, ich habe es so satt.«

»Du willst aufgeben?«, fragte Marie leise, ohne sich ihr zuzuwenden.

»Ich weiß nicht, was ich will …«

Marie ging in die offene Küche, holte sich eine Flasche Bier aus dem Kühlschrank und öffnete sie.

»Du lügst«, sagte sie und nahm einen langen Zug aus der grünen Flasche.

»Ich lüge?«

»Okay, ich sag dir, was ich denke. Du bist hier eingebrochen, weil du es nicht mehr ausgehalten hast, weil die Welt da draußen so scheiße ist – und weil du frustriert bist, dass du sie im Alleingang nicht retten kannst. Aber das war nicht der einzige Grund.«

Maries Tonfall wurde mit jedem Wort schärfer.

»Die Welt ist nämlich nicht erst seit heute so elend und grausam – und bislang hast du dich damit begnügt, mir stundenlange Reden am Telefon zu halten. Aber nun sitzt du hier. Das Telefon hat dir diesmal offensichtlich nicht gereicht. Also tu mir den Gefallen, und lass es raus, sag mir, was dir im Kopf rumgeht und was dich dazu gebracht hat, mich fast zu Tode zu erschrecken, aber erzähl mir keinen Bockmist, von wegen du weißt nicht, was du hier willst!«

Astride nahm einen letzten Zug von ihrer Zigarette und drückte sie dann auf dem Unterteller der Teetasse aus. Sie tat sich ganz offensichtlich schwer damit, ihr Anliegen auszusprechen.

»Die kleinen Soldaten waren in der Geschichte noch nie das wahre Problem. Sie waren die stinkende Brut, die ...«

»Astride«, unterbrach Marie sie. »Lass jetzt bitte einmal deine Geschichten sein und komm zum Punkt.«

»Wenn man eine Schlange töten will, muss man ihr nur den Kopf abschlagen.«

Fast hätte Marie gelacht, schüttelte stattdessen aber den Kopf und trank erneut aus der Flasche. »Du willst jemanden umbringen?«, fragte sie ungläubig.

Astride antwortete nicht.

»Du willst also jemanden umbringen.«

Marie drückte sich die kühle Flasche an die Schläfe. Ihr war heiß geworden.

»Wen willst du umbringen? Oder besser gesagt, bei wem willst du anfangen? Gibt ja genügend Arschlöcher da draußen. Vielleicht solltest du es auswürfeln.«

»Marie, hör auf damit!« Der Satz kam Astride lauter über die Lippen, als sie beabsichtigt hatte, erreichte aber seinen Zweck. Marie schwieg.

»Ja, du hast recht. Ich bin nicht hergekommen, um zu jammern, aber ich habe auch keinen konkreten Plan in der Tasche. Ich will nur nicht mehr tatenlos abwarten, bis hier der nächste Wahnsinnige mit einem Auto durch eine Einkaufsstraße rast oder ein Killer auf einer Insel unzählige Kinder erschießt. Da draußen hetzen selbst ernannte Führer wie Höcke und Kalbitz die Bevölkerung auf, halten Brandreden und freuen sich insgeheim, wenn wieder einer im Namen des Volkes vor einer Synagoge ein Massaker begeht oder bei einer Corona-Demo der rechtsextreme Mob den Reichstag stürmt.«

Astride zitterte am ganzen Leib. Marie stellte die Flasche weg und tat etwas für sie gänzlich Ungewöhnliches. Sie kniete sich vor Astride auf den Boden und nahm ihre Hände.

»Du weißt, dass ich dir in allen Punkten zustimme, aber Gewalt ist keine Lösung.«

»Ist das so?«, gab Astride zu bedenken. »Als Ephraim Zamir die drei Neonazis hinrichten wollte, löste das weltweit eine Zustimmung aus, die ... die niemand für möglich gehalten hatte. Zum ersten Mal wurde sichtbar, wie viele Menschen diesen rechten Terror verurteilen. Wie viele dagegen ihre Stimme erheben würden. Das waren Millionen, Marie, Millionen!«

»Aber er hat sie nicht umgebracht.«

»Weil er genau wusste, dass es nichts gebracht hätte. Was zählte, war einzig und allein die Aktion selbst.«

»Ist es das, was dir vorschwebt?«

»Vielleicht.«

»Vielleicht?«

Marie erhob sich und zog sich auf ihre Couch zurück. Sie nahm die Knie vor die Brust und umschloss sie mit ihren Armen.

»Ich kenne da jemanden«, begann Astride von Neuem. »Jemand, der auch der Meinung ist, dass etwas geschehen muss. Vielleicht nicht in der Art, wie Zamir es getan hat, aber nicht weniger ... nachhaltig.«

»Wen?«

»Er ist untergetaucht. Ich kann dir nicht sagen, wer es ist. Er entscheidet selbst, wem er vertraut und wer ihn persönlich treffen darf. So lange bleibt er erst einmal B. Traven.«

Marie senkte die Stirn. Das alles klang so ... lächerlich. Und doch saß Astride mit versteinerter Miene vor ihr und schien es todernst zu meinen. Marie erinnerte sich daran, wie ihr als junger Studentin eine Freundin zum ersten Mal von der Wannseekonferenz am 20. Januar 1942 erzählt hatte, bei der die Nationalsozialisten die systematische Ermordung der Juden besprochen hatten. Diese Geschichte fand sie damals ebenfalls so absurd, dass sie zunächst deren Wahrheitsgehalt anzweifelte.

Vielleicht war es einfach eine Schutzreaktion, derart unvorstellbare Dinge zunächst zu belächeln und als unsinnig abzutun.

Marie sah ihrer Freundin wieder in die Augen und wiederholte den Namen: »B. Traven ... War das nicht der Name eines Autors ...«

»Nicht direkt der Name, sondern das Pseudonym eines Autors, dessen Identität bis heute nicht geklärt wurde. Er schrieb auch *Die weiße Rose*.«

Maries Mundwinkel zuckten. Kurz hatte es den Anschein, als würde sie lachen müssen. In Wirklichkeit war es eine unkontrollierte Reaktion auf die Schlussfolgerungen, die sich plötzlich wie ein Puzzle zusammenfügten.

»Reden wir hier jetzt wirklich über so etwas wie die Gründung einer ... Widerstandsbewegung? Was habt ihr vor? Wollt ihr Flugblätter von der Balustrade der Universitäten regnen lassen, oder sind Autobomben eher nach eurem Geschmack?«

»Über Flugblätter sind wir jedenfalls längst hinaus. Du machst doch selbst täglich Erfahrungen, bei denen dir die Galle hochkommt. Glaubst du wirklich, mit Spruchbändern und Sprechchören werden wir irgendetwas erreichen?«

»Astride, hörst du dir eigentlich selbst zu? Du redest allen Ernstes von Terroraktionen. Das ist ... Wahnsinn!«

»Wahnsinn ist, tatenlos zuzusehen, wie da draußen der rechte Jargon wieder Einzug hält. Wie Corona-Leugner vom Ermächtigungsgesetz sprechen und kleine Mädchen sich mit Anne Frank vergleichen, nur weil sie eine Stoffmaske tragen müssen. Und wie Menschen anfangen, wieder an Verschwörungstheorien zu glauben, in denen das Weltjudentum eine maßgebliche Rolle spielt und die oberen Zehntausend angeblich das Blut von ermordeten Kindern trinken, um ewig jung zu bleiben. Das ist Wahnsinn, Marie. Und wenn es nur die geringste Chance gibt, daran etwas zu ändern, dann will ich ganz vorne dabei sein.«

Marie zog die Knie noch ein wenig enger an die Brust. Astride machte ihr Angst, aber was noch schlimmer war, sie hatte recht.

SHALHEVET I

Sonntag, 18. Oktober 2020

Der Friedhof lag in einem Tannenwald am Rand der Stadt. Er war das ganze Jahr grün und duftete selbst im Winter nach Tannennadeln. Shalhevet stand vor dem Familiengrab ihrer Eltern und Großeltern. Unter ihrer Strickmütze quoll dichtes, schwarzes Haar hervor, das sich ungezügelt über ihre schmalen Schultern legte. Nur selten knirschten in der Ferne Schritte auf den Kieswegen, da die Corona-Pandemie vor allem die älteren Menschen hemmte, ihr Zuhause zu verlassen, aus Furcht vor Ansteckung und Tod.

Shalhevet war allein. Nicht nur allein auf dem Friedhof, sie fühlte sich auch allein im Leben. Ihre Mutter war 2011 an einem Tumor gestorben, ihr Vater folgte ihr wenige Jahre später, vermutlich aus Kummer über seinen Verlust. An diesem Sonntag war sie jedoch vor allem zum Familiengrab gekommen, um mit ihrer verstorbenen Großmutter Ava zu sprechen, zu der sie zeitlebens ein sehr inniges Verhältnis gehabt und die sie liebevoll auf Hebräisch »Savta« genannt hatte. In ihrem blauen Steppmantel fröstelte Shalhevet ein wenig, obwohl es eher ein milder Herbsttag war. Behutsam zündete sie eine kleine rote Kerze an und stellte sie auf den verwitterten Grabstein, in den die Namen ihrer Familie eingraviert waren. Andächtig trat sie einen Schritt zurück und begann leise zu sprechen.

»Liebe Savta, ich habe dir so viel zu verdanken … und du fehlst mir so sehr …«

Shalhevets Stimme war kaum zu hören. Sie drehte sich um und warf einen Blick hinter sich zu den anderen Gräbern, die im sanften Schatten der Tannen lagen. Es war niemand zu sehen, und so fuhr sie schließlich fort:

»Vorgestern ... vorgestern war der zehnte Jahrestag der Geiselnahme.« Sie machte eine lange Pause und biss sich vorsichtig auf die Unterlippe. »Die ganze Woche waren schon Sicherheitsbeamte beim Kindergarten und haben mich wahnsinnig gemacht ... haben mich an Dinge erinnert, an die ich nicht erinnert werden wollte.«

Sie senkte den Blick wie ein kleines Kind, das für ein Vergehen gerügt wurde. In Gedanken hörte sie wieder die heftigen Vorwürfe ihres verstorbenen Vaters, der nicht verstehen konnte, wieso sie einst einen Neonazi gedeckt hatte, der die Grundsteinlegung der jüdischen Synagoge in München in ein flammendes Inferno verwandeln wollte. Savta hingegen blieb stumm.

»Ohne dich hätte ich das damals nicht überstanden. Ich musste einfach vorbeikommen, um dir das zu sagen«, flüsterte Shalhevet.

Sie sah ihre Großmutter Ava nun direkt vor sich, wie sie ihre Wange streichelte, milde lächelte und Verständnis für ihre Gefühle zeigte. Sie erschien ihr so lebendig wie bei ihrem letzten Zusammentreffen, wenige Monate vor ihrem Tod.

Donnerstag, 26. September 2013

Der bunt angemalte Kombi stand auf einem großen Parkplatz zwischen Dutzenden schwarzen Edelkarossen. Er hatte bereits die Aufmerksamkeit einzelner Pressefotografen erregt, die sich zwar unsicher waren, ob dieses Motiv in die heutige Berichterstattung passen würde, der Verlockung aber nicht widerstehen konnten, den farbenfrohen Pkw zu verewigen.

Shalhevet Ehrenberg hatte den Wagen vor einigen Wochen mit Kindern bemalt, nachdem ihre Großmutter beim Anblick des Autos nur den Kopf geschüttelt hatte. Die alte Dame war neunundachtzig Jahre alt und zeitlebens wortkarg gewesen. Shalhevet konnte sich die ablehnende Haltung ihrer Großmutter zunächst nicht erklären.

»Savta, ich habe leider kein anderes Auto. Was stimmt denn damit nicht?«

Ava Kenigswein drehte dem schwarzen Kombi den Rücken zu und blickte zu ihrer Enkelin auf.

»Sieht aus wie von der Gestapo oder von der SS. Ich steig da nicht ein!«

Shalhevet machte sich augenblicklich stumme Vorwürfe, beim Kauf des Gebrauchtwagens nicht daran gedacht zu haben. Die Geschichten, die ihr einst ihr verstorbener Großvater Yoram Kenigswein über die Jugendjahre von Ava erzählt hatte, waren immer schmerzvoll gewesen. Vor allem, wenn sie Savta in die feuchten Augen sah, die zwischen den tiefen Falten in ihrem Gesicht wirkten wie zwei kleine Fenster zu einer erloschenen Seele. Sie musste dann immer daran denken, welche schrecklichen Dinge diese Augen gesehen hatten, Dinge, die kein Mensch je sehen sollte.

SIEBZIG JAHRE ZUVOR, 1943, BORYSLAW, POLEN

Seit vier Jahren hatte die deutsche Wehrmacht Polen fest im Würgegriff, um die Vision Adolf Hitlers vom Lebensraum für das deutsche Volk im Osten zu realisieren. Aber der Krieg gegen Russland stockte. Vor zwei Wochen hatte der halb erfrorene Rest der 6. Armee in Stalingrad kapituliert – gegen den Willen ihres obersten Anführers, der von seinen Soldaten einen heroischen Kampf bis zur letzten Kugel eingefordert hatte.

Sechshundertfünfzigtausend Soldaten und unzählige Zivilisten hatte dieser blutige Albtraum auf beiden Seiten das Leben gekostet. Während die Anti-Hitler-Koalition Stalingrad als die Wende des Krieges feierte, war von Hoffnung in dem kleinen polnischen Ort Boryslaw nichts zu spüren. Eine Befreiung durch russische Truppen war völlig illusorisch, denn noch immer war die Front über tausend Kilometer weit von diesem Ort entfernt.

Vor Kurzem hatte das Reichssicherheitshauptamt der Region um Boryslaw erhöhte Aufmerksamkeit geschenkt und beschlossen, den hier lebenden Juden eine »Sonderbehandlung« zuteilwerden zu lassen, wie es in der Amtssprache der deutschen Behörden hieß. Anfang 1943 verschärften die SS-Einsatztruppen also auch in Boryslaw die Durchführung der »Endlösung der Judenfrage«. Ein weiterer zynischer Begriff, der nichts anderes bedeutete als die skrupellose Ermordung von Millionen Menschen. Das grausame Schicksal, das bereits zahlreiche Dörfer seit Beginn des Russlandfeldzuges ereilt hatte, erreichte nun auch Boryslaw mit voller Wucht. Lange Zeit hatte es dort nur selektive Maßnahmen gegen die jüdische Bevölkerung gegeben, da Boryslaw den Verwaltungssitz der KARPATHEN ÖL AG beheimatete, die für das Deutsche Reich die Rohölvorkommen Galiziens ausbeutete und zum Großteil auf Zwangsarbeiter angewiesen war. Doch nun war die Schonfrist für die Aktiengesellschaft mit dreiunddreißigtausend Mitarbeitern zu Ende. Letztendlich wog die Ideologie in Hitlers Imperium stärker als die Ökonomie. Der Untergang des »Tausendjährigen Reichs« sollte in den letzten Jahren seiner Existenz nicht nur seine Feinde in einen tiefen Schlund reißen, sondern auch seine teuflischen Erbauer.

Der 17. Februar war ein kalter Wintertag. Seit Sonnenaufgang trieben die SS-Sonderkommandos erbarmungslos Hunderte von Juden in dem einzigen Kino des Ortes zusammen, um sie nach und nach mit Lastern zum nahe gelegenen Schlachthof zu transportieren. Dort angekommen, zwang man sie, in dem gefrorenen Boden auf den Feldern vor dem Schlachthof tiefe Gruben auszuheben. Währenddessen sahen die Vollstrecker des Einsatzkommandos dem Martyrium ihrer Opfer gelangweilt zu, rauchten oder machten Witze über sie. Es war nicht ihr erster Einsatz, sondern eine alltäglich wiederkehrende Routine, der sie psychisch nur gewachsen waren, indem sie fest daran glaubten, hier keine Menschen zu ermorden, sondern Ungeziefer zu beseitigen.

Schließlich befahl man den erschöpften Männern und Frauen, sich in der Eiseskälte auszuziehen. Danach wurden sie einzeln auf eine Rampe aus Holz getrieben, die weit über eine der Gruben reichte. Dort warteten ihre Henker mit gezogenen Pistolen auf sie. Am Ende der Rampe blickten sie hinunter auf einen Berg nackter Leichen. Manche weinten, aber die meisten warteten stumm auf ihren Tod.

Die Vollstrecker machten sich einen Spaß daraus, ihre Opfer nicht sofort zu liquidieren, sondern warteten, bis sie sich von selbst kopfüber in die Gruben fallen ließen, und schossen erst dann, wodurch viele der Menschen nicht tödlich getroffen wurden. Augenzeugen berichteten, dass sich am Abend nach den Massakern noch immer die Erde bewegte, mit der man die Gruben wieder bedeckt hatte. Einer der Augenzeugen an diesem Tag war Berthold Beitz, der kaufmännische Leiter der KARPATHEN ÖL AG. Er war seit Juli 1941 in Boryslaw stationiert und von Anfang an mit den Gräueltaten der Sonderkommandos konfrontiert worden. Bereits im August 1942 musste er machtlos mit ansehen, wie die SS das jüdische Waisenhaus im Ort mit unbeschreiblicher Brutalität räumte und Kleinkinder aus den Fenstern warf. Von da an entschloss er sich, nicht mehr tatenlos zuzusehen, sondern alles nur Erdenkliche zu unternehmen, um Juden vor dem Zugriff der SS zu bewahren. Als einer der wichtigsten Angestellten des Konzerns besaß er gute Beziehungen zu den bedeutendsten Nazifunktionären der

Gegend. Da die Ölgesellschaft militärisch unverzichtbar war, wurde er von nun an zeitnah von bevorstehenden »Aktionen« informiert.

Auf sein erbittertes Drängen hin erhielt er außerdem das Recht, in Ausnahmefällen die zusammengetriebenen Juden in Augenschein zu nehmen, um qualifizierte Arbeiter auszuwählen und sicherzustellen, dass keine seiner eigenen Arbeitskräfte versehentlich den Transporten in die Vernichtungslager zugeführt wurden. Auf diese Weise rettete Berthold Beitz zwischen 1942 und 1944 mindestens tausendfünfhundert Menschen das Leben, indem er sie trotz besserem Wissen als wichtige »Rüstungsarbeiter« oder »Arbeitsjuden« deklarierte und sie im Konzern Hilfsarbeiten ausführen ließ oder in seinem Privathaus versteckte.

Auch am 17. Februar war er bemüht, dem Sondereinsatzkommando so viele Gefangene wie möglich zu entreißen. Die Schwester einer jüdischen Mitarbeiterin war bereits auf einen der Lkw verladen und abtransportiert worden. Und so flehte ihn seine junge Angestellte an, etwas zu unternehmen, woraufhin Berthold Beitz beschloss, selbst zum Schlachthof zu fahren. Dort angekommen, hatte er eine mühsame Konfrontation mit dem leitenden SS-Standartenführer des Einsatzkommandos, während gleichzeitig das Töten unablässig weiterging. Der Standartenführer erklärte seelenruhig, dass er nicht vorhabe, seinen Zeitplan wegen einer verirrten Jüdin in Gefahr zu bringen, während die knallenden Schüsse Beitz im Minutentakt durch Mark und Bein fuhren. Erst als er damit drohte, seinen Bekannten, den SS-Oberführer Achamer-Pifrader, zu informieren, lenkte der Mann ein. Ein lauter Pfiff hinüber zur Rampe, auf der gerade ein alter, nackter Mann stand, brachte den SS-Mann hinter ihm dazu, die Pistole zu senken. Dann wandte er sich wieder Beitz zu.

»Welche ist es?«

Beitz wandte sich zu der zitternden Menge aus nackten

Menschen, die man in der Nähe der Grube zusammengedrängt hatte.

»Jetzt machen Sie schon, welche ist es? Sie müssen doch wissen, wie sie aussieht, wenn sie so wichtig für den Betrieb ist, oder?«, ergänzte er zynisch. In der ganzen Aufregung hatte Beitz den Namen der Frau vergessen; der Zettel mit ihrem Namen lag noch in seinem Wagen. Wenn die Lüge nicht auffliegen sollte, hatte er nur einen Versuch. Langsam schritt er auf die Menschen zu und kämpfte gegen das Bedürfnis an, vor Scham seinen Blick zu senken. All diese Gesichter, all dieses unendliche Leid. Dann entdeckte er ein junges Mädchen, das seiner Schwester täuschend ähnlich sah. Er zeigte mit dem Finger auf das Mädchen, das verzweifelt versuchte, mit den Händen ihre Scham und ihre Brust zu verdecken. Er spürte, wie ihm Tränen in die Augen stiegen, und schloss sie hastig. Dann öffnete er sie wieder und atmete tief durch.

»Sie ... sie ist es.«

»Und wie heißt sie?«, hakte der SS-Standartenführer nach.

Beitz war verzweifelt, der Name fiel ihm nicht ein. Er blickte dem Mädchen tief in die Augen. »Der Name des Mädchens ist ...«, sagte er laut, woraufhin sie plötzlich den Wink verstand und den Satz mit bebender Stimme ergänzte.

»Ava Karelitz!«

Donnerstag, 26. September 2013

Der Himmel über Essen war stark bewölkt. Der September war dieses Jahr so trüb wie seit Jahrzehnten nicht mehr. Shalhevet sah ihre Großmutter Ava an und nahm ihre Hand

»Savta, wir sollten nun langsam aussteigen, sonst fängt die Trauerfeier ohne uns an.«

Ava Kenigswein, geborene Karelitz, lächelte ihre Enkelin liebevoll an, dann sah sie für einen Augenblick hinüber zu dem stetig größer werdenden Strom an Trauergästen, die alle zum Haupteingang der Villa Hügel gingen.

Berthold Beitz wäre heute hundert Jahre alt geworden, doch tragischerweise war er am 30. Juli dieses Jahres verstorben. Nun war aus der geplanten Geburtstagsfeier eine Trauerfeier geworden, der hochrangige Vertreter aus Politik, Kirche, Wirtschaft und Kultur beiwohnten. Tausend Ehrengäste waren eingeladen worden, um die großen Taten des Mannes zu würdigen, der ohne Furcht um sein eigenes Leben das Leben anderer immer und immer wieder zu schützen vermocht und sich selbstlos dafür in höchste Gefahr begeben hatte.

Noch immer machte Ava keine Anstalten auszusteigen.

»Du musst deinen Vater verstehen, Shala. Was die Nazis uns angetan haben, hat tiefe Wunden hinterlassen, die niemals heilen können. Dass du einen von ihnen gedeckt hast, damit er seiner gerechten Strafe entgeht, hat er niemals verstanden.«

Shalhevet war überrascht, dass Savta dieses Thema jetzt erwähnte, so kurz vor der für sie wichtigen Zeremonie. In einer kurzen Randnotiz der *Süddeutschen Zeitung* war vor zwei Wochen an den zehnten Jahrestag der Grundsteinlegung der Münchner Synagoge erinnert worden und daran, dass in letzter Minute ein fürchterlicher Bombenanschlag auf diese Feier verhindert werden konnte.

Ihr Vater hatte den Artikel rot umrandet und ihr wortlos auf den Tisch gelegt.

»Savta, das ist zehn Jahre her ... zehn Jahre, und er sieht noch immer durch mich hindurch, als hätte er damals seine einzige Tochter verloren. Ich verstehe es nicht. Warum kann er das nicht einfach hinter sich lassen? Du hast die wirklich schlimmen Dinge erlebt und mich trotzdem immer verstanden.«

Savta schloss die Augen für einen Moment und öffnete sie dann wieder.

»Nein, Shala, ich habe es nicht verstanden, aber ich habe es akzeptiert. Ich habe akzeptiert, dass Liebe blind macht. Aber ich habe es nicht verstanden.«

Shalhevet spürte, wie das Gewicht der Schuld sie förmlich unter sich begrub. Niemand hatte von dem Meineid gewusst, mit dem sie Karl Rieger einst vor dem Gefängnis bewahrt hatte, bis vor drei Jahren er selbst anlässlich des Prozesses zum Geiseldrama am Turm ihr wohlgehütetes Geheimnis lüftete. Die Schmach, mit der Menahem Ehrenberg und seine Tochter danach von der Jüdischen Gemeinde betrachtet wurden, bildete seitdem einen tiefen Riss zwischen den beiden. Menahem sprach nicht offen darüber, dennoch konnte er seine Verachtung für die schändliche Tat seiner Tochter nicht verbergen. Nur eins wiederholte er wie ein Mantra immer und immer wieder: »Ich bin froh, dass deine verstorbene Mutter das nicht mehr erleben muss.«

Wortlos stieg Ava aus dem bunten Kombi und wartete, bis Shalhevet um den Wagen kam und sich bei ihr unterhakte. Sie wollte nicht am Stock gehen. Sie wollte ihrem Retter die letzte Ehre aufrecht erweisen und nicht gebeugt.

»Wenn wir zurück sind, werde ich mit Menahem sprechen«, sagte sie entschlossen.

»Er wird dir nicht zuhören«, gab Shalhevet zu bedenken.

»Du wirst sehen, er wird zuhören. Ich habe nicht mehr lange zu leben, und dann hat er nur noch dich! Glaube mir, Shala, er wird zuhören.«

Zu den Ehrengästen gehörte auch Jurek Rotenberg, genau wie Ava einer jener tausendfünfhundert Menschen, die Berthold Beitz vor dem sicheren Tod bewahrt hatte. Er war der letzte Redner der Trauerfeier, und seine abschließenden Worte behielt Shalhevet für immer im Herzen: »Alles Große in unserer Welt geschieht nur, weil jemand mehr tut, als er muss.«

Ava machte ihr Versprechen wahr und vollbrachte ein kleines Wunder. Menahem söhnte sich mit seiner Tochter aus und vergab ihr. Wenige Monate später verstarb Ava. Zu ihrer Beerdigung kamen überraschend viele Gäste. Menahem sprach in seiner Trauerrede von Schuld, Sühne und Vergebung, danach umarmte er seine Tochter und küsste sie weinend auf die Stirn. Für die Jüdische Gemeinde und Rabbi Moshe war das der Weckruf zur Versöhnung. Wenige Wochen später bot man Shalhevet die Leitung des neu gegründeten jüdischen Kindergartens an, der in Zamirs Turm seine Heimat fand.

Sonntag, 18. Oktober 2020

Ein Windstoß wehte die Kerze auf Avas Grabstein aus. Shalhevet schützte sie mit ihrer Handfläche und zündete sie erneut an.

»Savta, ich liebe dich. Papa, Mama – ich liebe euch auch und vermisse euch so sehr. Aber ihr müsst euch nicht sorgen, der Kindergarten schenkt mir ein erfülltes Leben. Vielleicht dient alles einem tieferen Sinn. Und vielleicht ist es meine Bestimmung, für diese Kinder da zu sein, was immer auch geschehen mag.«

STEINER I

Sonntag, 18. Oktober 2020

Es dämmerte bereits, als der verbeulte VW Fox in das Industriegebiet abbog und langsamer wurde. Die Straßen waren wie ausgestorben. Steiner und Lutz hatten auf der Fahrt kaum miteinander gesprochen. Die Kapuzen ihrer schwarzen Hoodies hingen den beiden tief ins Gesicht. Schlaflose Nächte lagen hinter ihnen. Immer und immer wieder waren sie den Plan durchgegangen und hatten ihr gepeinigtes Gewissen mit Drogen und Alkohol betäubt. Vor drei Monaten hatten sie den Kontakt zur Außenwelt abgebrochen, auch zu den Kameraden. Niemand wusste von ihrem Vorhaben. Nichts sollte die geplante Aktion gefährden. Für die rechte Szene waren sie verschwunden, abgetaucht oder vielleicht von den Bullen in Haft genommen worden. Es gab zahlreiche Gerüchte, aber keine konkreten Hinweise zu ihrem Aufenthaltsort. Steiner hatte eiserne Regeln aufgestellt. Keine Telefonate, kein WhatsApp, keine Mails, keine Onlineverbindungen mit festen IP-Adressen. Mussten sie sich trennen, nutzten sie Prepaid-Karten in den Smartphones für ihre Kommunikation. Einkäufe erledigte nur Lutz. Immer mit Kappe und in unauffälligen Klamotten, die seine Tattoos verdeckten. Dabei achtete er penibel darauf, dass er niemals am selben Ort zweimal einkaufte. Unterkünfte organisierten sie sich unter falschen Namen über einen Fake-Account auf Airbnb. Jedes Mal ohne persönlichen Kontakt zu den Vermietern und immer nur für maximal vierzehn Tage. Die Bezahlung erfolgte über Amazon-Einkaufsgutscheine.

»Keine Konten, kein Bargeld, keine Rückverfolgung«, brachte Steiner es auf den Punkt. Die Vermieter machte das zwar manchmal stutzig, aber eine glaubwürdige Geschichte und ein deutlich erhöhter Tagessatz ließen die Fragen stets verstummen.

Die Besorgung von nicht registrierten Schnellfeuerwaffen war dagegen das reinste Kinderspiel gewesen. Über einen Mittelsmann hatte sich Steiner schon vor einem halben Jahr im Darknet umfangreich eingedeckt. Die Lieferung ging zunächst nach Polen und dann in einem Tiefkühllaster nach Deutschland. Die Übergabe von drei Polykarbon-Koffern fand kurz vor Prenzlau auf einer Autobahnraststätte am helllichten Tag statt, zwischen Familien mit spielenden Kindern und hektisch telefonierenden Geschäftsreisenden.

Gut drei Jahre nach dem Geiseldrama am Turm war Gottfried Wegener Anfang 2014 auf Bewährung aus der Haft entlassen worden. Von da an stand er beim Verfassungsschutz auf der Liste der potenziellen Gefährder. Im achtstufigen Prognosemodell des Bundeskriminalamts – bei Stufe 1 ist mit dem Eintritt eines gefährdenden Ereignisses zu rechnen, während dieses bei Stufe 8 ausgeschlossen werden kann – wurde er seit einigen Jahren nur noch mit Stufe 5 geführt. Oder in der Amtssprache ausgedrückt: »Der Eintritt eines gefährdenden Ereignisses wird als eher unwahrscheinlich angesehen.«

Gottfried Wegener hatte nach seiner Haftentlassung für einen privaten Sicherheitsdienst gearbeitet und wurde vor allem zur Bewachung von Flüchtlingsheimen in der Nähe von Köln eingesetzt. Da die meisten seiner Kollegen kaum Deutsch sprachen und über keinerlei Ausbildung verfügten, stieg Wegener in der dubiosen Organisation schnell zum Teamleiter auf. 2016 prangerte die Presse das brutale Vorgehen der Wachmannschaften in Flüchtlingsheimen erstmals öffentlich an. Die eklatanten Defizite der privaten Security-Firmen bei der Wahl ihres Personals und die schweren Misshandlungen in Flüchtlingsheimen wurden am Ende den Behörden und der Politik als Versagen vorgeworfen und führten zu umfangreichen Änderungen des Systems. Ermittlungen wurden angestellt, Wachfirmen ausgetauscht und Personal entlassen, doch Wegener, der sich in den Flüchtlingslagern ein grausames Regime aufgebaut hatte, glitt wie ein Aal durch die Fangnetze der Ermittlung. Bei seiner Entlassung erhielt er ein ausgezeichnetes Zeugnis, eine dicke Abfindung und vom Bundeskriminalamt eine verbesserte Einstufung in der Gefährderliste.

Gottfried Wegener verschwand schließlich Mitte 2020 aus dem Visier des BKA, was man dort zunächst aber überhaupt nicht bemerkte. Die zuständige Behörde hatte coronabedingt enorme Personalprobleme und litt an chronischer Überlastung. Als Anfang September sein Verschwinden schließlich registriert wurde, entschied ein überforderter Beamter, Wegener von der Gefährderliste zu streichen und seine Akte zu schließen.

»Hier wohnen die Schwuchteln?«, fragte Steiner ungläubig Lutz, der am Steuer saß.

»Das war die Adresse, die du mir gegeben hast, Mann«, rechtfertigte sich der Jüngere und spielte auf eine Information an, die sich Steiner vor Monaten von einem Informanten bei der Polizei besorgt hatte.

»Hier wohnt doch keine Sau. Das is'n Industriegebiet.« Steiner gestikulierte, um seinen Worten mehr Gewicht zu verleihen, während Lutz ganz ruhig blieb.

»Es gibt auch Leute, die in Industriegebieten leben.«

»Scheiße, Asis vielleicht, aber sicher keine ...«

»Hinterlader?«, beendete Lutz den Satz und lachte. Nun musste auch Steiner lachen. Sein einseitig entstelltes Gesicht wurde dabei zur Furcht einflößenden Fratze.

»Okay, der war gut, der geht an dich.«

Das Navi des VW meldete sich: *Sie haben das Ziel erreicht, das Ziel liegt auf der rechten Seite.*

Der silbergraue Kleinwagen hielt am rechten Straßenrand.

»Never!« Steiner schüttelte den Kopf.

»Bist du blind? Sperr mal deine Augen auf, Pizzaface.«

Steiner drehte sich wütend zu Lutz.

»Was? Bist du jetzt 'ne Pussy? Schau dich mal im Spiegel an!«

Steiner überlegte kurz, ob er Lutz den Ellenbogen ins Gesicht rammen sollte, aber er brauchte ihn unversehrt.

»Du bist jung, sollst deinen Spaß haben – von mir aus auch auf meine Kosten ...«

»Aber?«, hakte Lutz ein.

»Aber meine Gutmütigkeit kennt Grenzen, und dann ...«

»Hörst du jetzt auf, mich vollzulabern, und schaust einfach mal nach vorne?!« Lutz zeigte auf einen Lieferwagen, der in zehn Metern Entfernung auf der anderen Straßenseite stand.

Steiner war einmal mehr irritiert, wie wenig Respekt der Junge ihm entgegenbrachte. Trotzdem folgte sein Blick Lutz' Hinweis. *PRIEN – KOSCHERES CATERING* prangte in großen Lettern auf den seitlichen Schiebetüren des weißen Transporters.

»Adresse stimmt, Name stimmt, dann wird auch der Rest passen«, schlussfolgerte Lutz. »Soll ich hier parken?«

Steiner schüttelte den Kopf.

»Die gestohlene Karre muss ja morgen nicht gleich jedem ins Auge springen, fahr noch um die Ecke – und dann hoffen wir mal, dass die Turteltäubchen nicht ausgeflogen sind.«

Als die zwei Männer kurz darauf vor der Tür des Cateringservices stehen blieben, schaltete sich automatisch eine Lampe an und beleuchtete den Eingang. Gleichzeitig erfasste sie die Sicherheitskamera eines angrenzenden Gebäudes und filmte den Vorgang.

»Alarmanlage?«, flüsterte Lutz.

»Nein, Mann. Jetzt mach dir nicht in die Hosen!«

Mit einer einfachen Brechstange und roher Gewalt hebelte Steiner das Schloss der Aluminiumtür fast geräuschlos aus seiner Verankerung und verschwand gemeinsam mit Lutz im Gebäude.

Die Lichtkegel ihrer Taschenlampen führten sie einen schmalen Gang entlang, der an einer schweren Feuertür endete.

»Das Ding kriegen wir niemals auf«, stöhnte Lutz.

Steiner drückte die Klinke und öffnete die Tür, die nicht verschlossen war. »Hältst du jetzt einfach mal die Schnauze?«

Ein Bewegungsmelder erfasste sie. Neonlampen summten an der hoch gelegenen Decke, während sie sich nacheinander einschalteten. Sie standen mitten in einer weiß gefliesten Industrieküche mit Kochfeldern und Arbeitsplatten aus Edelstahl.

»Scheiße – und was machen wir jetzt? Ich hab's dir gesagt, in einem Industriegebiet wohnt keiner!«

Noch bevor Lutz antworten konnte, hörten sie Schüsse und gingen automatisch in Deckung. Es folgten Schreie, eine Explosion – dann war es wieder still. Lutz' Puls raste.

»Was war das?«

Steiner richtete sich auf. Er zeigte grinsend auf die gegenüberliegende Wand, wo eine Metalltreppe mit Gitterstufen zu einer höher gelegenen Tür führte.

»Geile Anlage!«

Lutz verstand nicht und zuckte mit den Schultern. Steiner verdrehte die Augen.

»Surround, Subwoofer ... auf jeden Fall fett. Da oben, die ziehen sich gerade einen Film rein.«

Weitere Schüsse und Schreie ertönten. Erleichtert stand nun auch Lutz auf.

»Na, dann wollen wir mal.«

Geron und Elia Prien saßen mit einer Tüte Chips auf einer gemütlichen Couch, die mitten im Wohnzimmer stand. Sie starrten gebannt auf den großen Flachbildschirm an der Wand, als plötzlich die Tür aufging und zwei schwarz gekleidete Männer mit Handschuhen ihr Heim betraten. Während Geron noch hoffte, das Ganze wäre ein Missverständnis, war Elia beim Anblick des vernarbten Glatzkopfs sofort bewusst, dass sie sich in Lebensgefahr befanden. Panisch griff er nach dem Smartphone, das vor ihm auf dem Tisch lag, um den Notruf zu wählen. Aus dem Fernseher tönte zeitgleich eine Polizeisirene, und erneut fielen Schüsse.

»Leg das Ding weg, oder dein Freund hat in fünf Sekunden keine Zähne mehr«, übertönte Steiner den Filmton, ohne aber zu schreien. Dabei zielte er mit der Brechstange auf das Gesicht des hageren Mannes, der links vor ihm saß.

Zitternd legte Elia das Telefon zurück auf den Glastisch, direkt neben die Fernbedienung.

»Würdest du bitte ...?«, forderte ihn Steiner übertrieben freundlich auf.

»Was?! Was?«, fragte Elia, der aus Angst kaum noch einen klaren Gedanken fassen konnte. Augenblicklich traf die Brechstange Geron mit aller Härte und brach ihm den Oberarm. Er schrie auf und krümmte sich vor Schmerz.

»Würdest du bitte ...?«, wiederholte Steiner ruhig.

»Ich ... nein«, stammelte Elia. Und schon holte Steiner erneut aus. »Nein, bitte ... nein!« Panisch griff er nach der Fernbedienung und schaltete den Film ab. Steiner ließ die Brechstange wieder sinken. Bis auf das bitterliche Wimmern von Geron war es totenstill in dem Apartment.

»Siehst du, geht doch. Du wirst sehen, wir werden uns gut verstehen.«

Steiner lächelte sadistisch und setzte sich den beiden gegenüber auf einen dunkelbraunen Ledersessel. Lutz ging währenddessen gelangweilt durch das geschmackvoll eingerichtete

Wohnzimmer, das mindestens dreißig Quadratmeter maß. Er betrachtete die Actionfiguren in einer Glasvitrine und ein großes *Der Herr der Ringe*-Poster an der Wand.

»Ihr versteht sicher was von Tee«, sagte Steiner.

»Von Tee?«, wiederholte Elia, der mittlerweile eine Hand nach seinem Mann ausgestreckt hatte, um ihn zu trösten. Schlagartig krachte die Brechstange auf den Glastisch vor ihm, der splitternd in sich zusammenbrach.

»Spreche ich wirklich so undeutlich, dass ich alles wiederholen muss?!«

»Wir haben Tee, wir haben Tee ...«

»Welchen Tee?«

»Wel...?«

Steiner hob mahnend den Zeigefinger.

»Wir haben japanischen Sencha, Darjeeling und Grünen Tee und Masala Chai ... und ... und ...«

»Dann habt ihr auch einen Wasserkocher?«

Elia nickte mehrmals und schnappte nach Luft. Alles erschien ihm so unwirklich. Zum ersten Mal nahm er die tätowierten Schlangenköpfe wahr, die den Hals des vernarbten Neonazis zierten.

»Wo?«, wollte Steiner wissen.

»In der Küche ... auf der Platte ... auf der Arbeitsplatte.«

Geron begann zu weinen. Elia rückte ein wenig näher, um ihn in den Arm nehmen zu können. Die Chipstüte zwischen ihnen gab ein knisterndes Geräusch von sich.

»Siehst du was?«, rief Steiner Lutz zu, der inzwischen in der offenen Küche vor einer frei stehenden Kochinsel stand, über der eine Abzugshaube hing.

»Jup. Hier steht so ein Ding.«

»Mach uns mal Wasser heiß.«

Lutz nahm den Wasserkocher und füllte ihn am Becken gegenüber, während sich Steiner wieder Geron und Elia zuwandte. Überraschend reichte er Elia die Brechstange.

»Hältst du mal ... Aber nicht fallen lassen.«

Widerwillig nahm Elia die schwere Stange entgegen und legte sie auf seinen Knien ab. Steiner kramte eine Packung Kabelbinder aus seiner Tasche und riss sie mit den Zähnen auf, dabei sagte er: »Zieh die Hose aus!«

Elia wagte es nicht, nach dem Grund zu fragen, zögerte aber.

»Na, worauf wartest du noch? Ich will nur wissen, ob du beschnitten bist, nicht dass ich mich hier noch an einem Arier vergehe.«

Noch immer zögerte Elia. In der Küche rauschte der Wasserkocher lauter.

»Wenn du nicht tust, was ich sage, wird das Konsequenzen haben. Willst du das wirklich?« Dabei warf er Geron blitzschnell die Tüte mit den Kabelbindern an die Brust, sodass er erschrocken zusammenfuhr.

»Die Stange, wenn ich bitten darf.«

Geron schluckte die letzten Tränen hinunter. Die Demütigung, die sie erlebten, und die Ohnmacht, mit der sie diesen Wilden ausgeliefert waren, waren stärker als der Schmerz.

Elia reichte Steiner die Stange. Der laut zischende Wasserboiler hatte inzwischen den Siedepunkt erreicht und wurde wieder leiser.

»Na los«, forderte Steiner Elia erneut auf.

Elia öffnete seinen Gürtel und schob sich im Sitzen die Hose bis zu den Knien.

»Alles!«, befahl ihm Steiner. Lutz war aus der Küche zurückgekehrt und stellte sich mit dem Behälter voll kochendem Wasser hinter die Couch.

Elia zog nun auch die Unterhose aus. Geron drehte sich aus Scham weg und begann wieder zu weinen.

»Na, siehst du! Hier sind wir richtig!«, bestätigte Steiner beim Anblick von Elias Genitalien.

»Jetzt steh auf und gib meinem Freund die Kabelbinder.«

Mit heruntergelassener Hose und zittrigen Knien folgte Geron Steiners Befehl und reichte Lutz die Tüte mit den Kabelbindern, ohne ihn dabei anzusehen. Lutz stellte den Wasserkocher auf der breiten Rückenlehne des Sofas ab, packte Elia bei den Armen und band sie mit den Kabelbindern im Rücken zusammen, bis sie sich tief in die Haut schnitten. Dann drückte er ihn an den Schultern wieder auf die Couch.

»Du da …«, sprach Steiner jetzt Geron an. Dabei drückte er ihm das Ende der Brechstange gegen die Brust.

»Wie heißt du?« Geron drehte sich Steiner zu, konnte ihm aber nicht in die Augen blicken.

»Sein Name ist Geron«, antwortete Elia fahrig.

Die Brechstange schnellte für einen kurzen Moment zwischen Elias Beine, der vor Schmerz aufschrie und sich krümmte.

»Wer hat dich denn gefragt?!«, erklärte Steiner.

»Geron, ich heiße Geron!«, schrie ihm der Hagere entgegen. Seine aufgequollenen Augen starrten Steiner an.

»Also gut, Geron, wir spielen jetzt ein Spielchen. Siehst du meinen Freund da?«

Geron bewegte sich nicht. Die Worte hatte er wohl verstanden, aber nichts ergab mehr einen Sinn. Er hatte das Gefühl, ersticken zu müssen. Keuchend öffnete er den Mund. Speichel tropfte auf seine Knie.

»Du musst dich schon ein wenig umdrehen, sonst siehst du ihn ja gar nicht.« Steiners Stimme klang nun sehr freundlich. Wieder hob er die Brechstange an und führte sie langsam zu Gerons linker Wange. Dann übte er gerade so viel Druck aus, dass sich Gerons Kopf drehte. Aus den Augenwinkeln nahm Geron wahr, wie der junge Neonazi hinter Elia den Behälter mit dem kochenden Wasser hochnahm.

Steiner legte die Stange wieder ab.

»Geron …«, sagte Steiner mit sanfter Stimme, aber Geron reagierte nicht.

»Geron!«, schrie Steiner nun aus voller Kehle, sodass Geron

sich ruckartig zu ihm umdrehte und wieder zu weinen begann. Dabei entleerte sich auch seine Blase.

Steiner verdrehte die Augen.

»Das darf doch jetzt nicht wahr sein, oder? Hast du so was schon mal gesehen, Lutz?«

»Was für ein Schwein, richtig ekelhaft.«

»Hör mal zu, Geron. Ich stell dir jetzt ein paar Fragen über euren Job morgen beim Kindergarten.« Dabei zog Steiner ein Smartphone aus der Tasche und schaltete es auf Aufnahme.

»Und wehe, du schwafelst oder du antwortest zu langsam ... oder erzählst mir irgendeinen Scheiß, den ich dir nicht glaube. Dann macht mein Freund hier einen Aufguss mit dem Schwanz und den Eiern von deiner Schwuchtel hier. Hast du verstanden, was ich gesagt habe, Geron?«

Geron hatte sich wieder im Griff. Diesmal hatte er auch den Sinn hinter den Worten begriffen. Er nickte, schloss den Mund und wischte sich mit dem gesunden Arm den Speichel vom Gesicht.

»Ich will, dass du es sagst – laut und deutlich, Geron!«

»Ja ... ja! Ich habe es verstanden. Es geht um den ... um den jüdischen Kindergarten.«

»Na, siehst du, Geron, das klappt ja schon ganz gut.«

Steiner drehte sich wieder zu Elia.

»Und nach dem Quiz bist du dran, Elia. Ich diktiere dir dann einen wunderschönen Brief, den du Wort für Wort auf irgendein schwules rosa Briefpapier schreiben wirst. Hast du schwules rosa Briefpapier, Elia?«, fragte Steiner mit sanfter Stimme.

Elia schüttelte den Kopf, unfähig, auch nur ein Wort sagen zu können.

»Aber du hast doch sicher irgendein tuntiges Papier, auf das du für mich den Brief schreiben kannst, Elia, richtig?«

Elia nickte zustimmend.

»Na, seht ihr, langsam werden wir hier richtig gute Freunde!«

MARIE III

Sonntag, 18. Oktober 2020

Marie hatte Stunde um Stunde zu Hause darauf gewartet, dass das Telefon läutete. Die Nacht hatte sich längst über die Stadt gelegt. Das Licht einer animierten Neonreklame tauchte die Zimmerdecke des dunklen Raums abwechselnd in Blau und Rot. Auf dem Küchentisch stand noch immer ein Teller mit einer angebissenen Toastscheibe, daneben ein Glas Marmelade sowie eine offene Schale mit Butter, die mittlerweile goldgelb glänzte. Zeitzeugen eines sinnlos verstrichenen Tages.

Marie hockte mit angezogenen Beinen im schwachen Lichtkegel einer Stehlampe und wartete auf einen Anruf. Ihre Gedanken griffen weit hinaus, um die mögliche Zukunft zu ertasten, die sich immer wieder geschickt ihrem Zugriff entzog. War sie bereit, sich einer Gruppe anzuschließen, die radikale Maßnahmen als probates Mittel ansah, um der Neonaziszene Gleiches mit Gleichem zu vergelten? War sie wirklich bereit, den Terror der Rechtsextremen mit derselben Härte und Entschlossenheit zu erwidern? Sie dachte an die Anschläge in Halle, Hanau und Kassel, das Massaker auf der norwegischen Insel Utøya und unzählige andere rassistisch und ideologisch motivierte Gewalttaten, die seit 2010 nach Zamirs Geiselnahme ganz Europa in Angst und Schrecken versetzt hatten.

Der Bundesinnenminister Horst Seehofer hatte im Juli 2020 verkündet: »Rechtsextremismus, Rassismus und Antisemitismus sind die größten Bedrohungen für die Sicherheit in Deutschland.«

Die Zahlen, die er in diesem Zusammenhang veröffentlichte, hatte Marie nicht in dieser Höhe erwartet. Über zweiundzwanzigtausend Straftaten mit rechtsextremistischem Hintergrund waren 2019 gezählt worden, im selben Jahr war die Zahl der Rechtsextremisten auf ein Rekordniveau von 33 430 Personen angestiegen.

Trotzdem fragte sie sich, ob radikale Gegenaktionen nicht in einer Spirale aus Gewalt münden würden, die alles noch viel schlimmer machte. Auf der anderen Seite war sie es leid, tatenlos zuzusehen, wie die Hetze rechter Bewegungen von NPD bis AfD, von Identitären bis Pegida, immer mehr Wirkung zeigte und wie ein Lauffeuer um sich griff. Zehn Jahre lang hatte sie gehofft, dass Politik und Staat wirksame Maßnahmen ergreifen würden, um dem Rechtsruck etwas entgegenzusetzen. Spätestens seit den fahrlässigen Pannen bei der Aufklärung der NSU-Mordserie, bei der zwischen 2000 und 2007 mindestens zehn Menschen in Deutschland von Neonazis ermordet worden waren, hatte sie den Glauben daran verloren. Der Staat hatte ihrer Meinung nach ein Armutszeugnis im Kampf gegen den rechten Terror abgelegt. Mehr noch, als 2018 eine der Anwältinnen der NSU-Anklage ein Drohfax mit dem Absender NSU 2.0 erhielt, entwickelte sich daraus der größte Polizeiskandal der deutschen Geschichte. Offensichtlich reichten die rechten Netzwerke bis zu Ermittlern der Polizei. Das Fax an die Anwältin Başay-Yıldız enthielt nicht nur die Drohung »miese Türkensau wir schlachten deine Tochter«, sondern auch den Namen der Tochter sowie die Privatanschrift der Familie.

Sechsundneunzig weitere Drohschreiben folgten an Menschen aus Politik, Kunst, Medien und Justiz, die meisten davon Frauen, die sich öffentlich gegen Rassismus und Antisemitismus sowie für Flüchtlinge und Migranten engagierten. Viele dieser Drohschreiben enthielten persönliche Daten der Adressaten, die nicht öffentlich bekannt und zugänglich waren. Die Spuren führten unter anderem zu Polizeicomputern in Hessen, Berlin und Hamburg. Ermittlungen dazu ergaben daraufhin mindestens siebzig Verdachtsfälle von rechtsradikalen Polizisten.

All diese Tatsachen hatten Maries Vertrauen in die Staatsmacht bis ins Mark erschüttert. Wenn die rechte Szene bereits den Polizeiapparat unterwandert hatte, wer sollte dann die braune Gewalt noch stoppen können?

Der aufwühlende innere Diskurs, der Marie seit Stunden in vollkommene Apathie versetzte, wurde jäh durch das schrille Läuten des Telefons unterbrochen, das der erdrückenden Stille im Raum ein Ende setzte.

Marie ließ es mehrmals klingeln, bevor sie sich aus ihrem Sessel erhob und das Gespräch annahm.

»Ja?«, meldete sie sich mit trockenem Mund.

»Wollen wir uns sehen?«, antwortete eine männliche Stimme, die irgendwie künstlich verfremdet klang.

Marie zögerte.

»Bitte antworten Sie zügig, sonst wird das Gespräch unterbrochen«, forderte die mechanische Stimme.

»Ja ... ja, wir können uns sehen. Wo soll ich hinkommen?«

»Danke für die positive Antwort. Sie finden eine Wegbeschreibung direkt vor Ihrem Hauseingang. Achten Sie auf einen gelben Zettel.« Daraufhin wurde die Verbindung abrupt unterbrochen.

Marie legte das abgegriffene Festnetztelefon weit von sich auf den Tisch und starrte es an wie eine totgeschlagene Spinne. Dann löste sie sich aus ihrer Starre. Noch während sie sich anzog und in einen dunklen Mantel schlüpfte, hatte sie ständig das Gefühl, als würde sie sich selbst dabei beobachten. Wie ein zweites Ich stand sie neben sich und sah tatenlos zu, wie Marie die Wohnung verließ und auf die dunkle Straße hinaustrat.

Achten Sie auf einen gelben Zettel.

Marie spürte ihren pochenden Puls. Es war kalt, die zweispurige Straße lag wie ausgestorben vor ihr. Die blau-rot pulsierende Neonreklame an der gegenüberliegenden Häuserfront lockte mit *Cocktails & Dreams*, doch die Bar unter der Werbung war wegen der Corona-Pandemie geschlossen. Von einem gelben Zettel war hingegen nichts zu sehen. Marie ging langsam einige Schritte auf und ab, dann blieb ihr Blick an einem Laternenpfahl hängen, auf dem jemand mit einem gelben Zettel nach seiner entlaufenen Katze suchte. Entschlossen riss sie den Zettel ab. Auf der Rückseite waren handschriftlich der Name einer Straße sowie eine Hausnummer vermerkt.

Der Uber-Wagen blieb am Rande des ehemaligen Fabrikgeländes stehen, das von einem hohen Bauzaun umgeben war, an dem Dutzende zerfledderte Eventplakate hingen.

»Die letzten Meter müssen Sie zu Fuß gehen, da komme ich mit dem Wagen nicht hin«, merkte der junge Fahrer an.

Skeptisch blickte Marie von der Rückbank auf das Gelände mit den baufälligen Hallen. Der junge Mann drehte sich zu ihr um und setzte eine besorgte Miene auf.

»Wollen Sie da wirklich rein?«

Stumm verneinte sie die Frage, nickte dem Fahrer aber nur zu.

»Bis Corona war hier echt viel los, aber wenn Sie mich fragen, finden da jetzt nicht mal mehr irgendwelche illegalen Partys statt. Also wenn Sie deshalb hier sind, war der Weg ziemlich umsonst.«

Marie gab dem Fahrer auf ihrem Handy fünf Sterne und ein Trinkgeld. Ein Ping auf dem Smartphone des Fahrers bestätigte die Bewertung und den Geldeingang. Der junge Mann grinste über das ganze Gesicht.

»Wow, zehn Euro. Echt cool, danke.«

Marie stieg aus, beugte sich dann aber nochmals in den Wagen hinein.

»Könnten Sie mir einen Gefallen tun und hier warten? Ich zahl die Zeit auch.«

»Kein Problem, heute ist eh nichts los. Ich bleib genau hier stehen, versprochen!«

Marie schlug die Wagentür zu und stieg dann über eine schwere Kette, die halbherzig den Zugang zum Gelände sicherte. Die Betonfassaden der Hallen waren mit bunten Graffiti übersät. Die riesigen, kaum lesbaren Schriften und hässlichen Comicfratzen wirkten im schwachen Neonlicht wie eine abschreckende Warnung. Irgendwo über ihr gab eine Plastikplane vor einer zerbrochenen Glasscheibe ein flappendes Geräusch von sich. Der Wind hatte zugenommen. Marie schlug den Mantel noch enger um ihren Körper. Mit großen Schritten erreichte sie eine der schwarz bemalten Eingangstüren zur Halle, an der ein weiterer gelber Zettel wie der klebte, den ihre klammen Finger in der Tasche festhielten. Auf diesem neuen Zettel jedoch hatte jemand dem Katzenkopf die Augen ausgestochen.

Marie betrat das Gebäude, und die schwere Metalltür schnappte laut hinter ihr ins Schloss. Die vollkommene Dunkelheit, die sie jetzt umgab, schüchterte sie mehr ein als das verunstaltete Katzenbild. Sie atmete tief durch, um nicht in Panik zu geraten, und tastete konzentriert nach dem Telefon in ihrer Manteltasche. Fast rechnete sie damit, aus der Dunkelheit angesprochen zu werden, aber es blieb totenstill. Nervös schaltete sie das Licht ihres Handys an. Im schwachen Schein der LED-Leuchte zeichnete sich eine leere Halle ab. Langsam schwenkte Marie das Smartphone, um sich zu orientieren. Viereckige Pfeiler ragten hoch hinauf und verschwanden in der Finsternis. Der wandernde Lichtkegel des Handys erfasste am Rand der Halle einen Treppenabgang mit einem hell leuchtenden, quadratischen Post-it. Vorsichtig ging sie darauf zu. Ein schwarzer Pfeil auf dem Klebezettel zeigte die Treppenstufen hinab. Marie schüttelte den Kopf, ihre Angst verwandelte sich langsam in Wut. Sie war kurz davor, den Rückweg anzutreten, als aus dem Keller eine Stimme ertönte.

»Du hast es gleich geschafft.«

»Was soll dieser Blödsinn?«, entgegnete sie so laut, dass die Halle den Satz in ein lang gezogenes Echo verwandelte.

»Wir mussten sicher sein, dass dir niemand gefolgt ist«, erklärte die Stimme. Marie blieb stumm. Frust und Neugierde hatten sie bis hierher gebracht, aber was nun folgen würde, war ein Spiel mit dem Feuer. Der Hallenausgang lag nur wenige Meter entfernt. Dahinter wartete ihr altes Leben, während die Stufen vor ihr vielleicht zu Tränen und Gewalt hinabführten. Marie legte den Kopf in den Nacken und atmete tief durch. Dann folgte sie der Stimme aus dem Keller.

Marie saß in einem Kellerraum.

Zwei vermummte Gestalten hatten sie am Ende eines langen Ganges in dieses Zimmer dirigiert, in dem nur ein kleiner Holztisch und ein Hocker standen. An der niedrigen Zimmerdecke baumelte eine grell leuchtende Glühbirne. Einer der beiden Vermummten hatte sie angewiesen, sich zu setzen, und einen geöffneten Laptop vor ihr auf dem Tisch platziert. Dann waren die beiden wieder verschwunden und hatten die Tür hinter sich geschlossen.

Auf dem Bildschirm vor ihr erschien jetzt eine weitere vermummte Gestalt mit einer roten Sturmhaube.

»Ich bin B. Traven.« Es war dieselbe verfremdete Stimme, die sie auch angerufen hatte.

»Warum so?«, wollte Marie wissen.

Der Unbekannte auf dem Bildschirm dachte scheinbar kurz über die Frage nach, ging dann aber nicht darauf ein.

»Die VAO-20 ist dezentral gesteuert und bildet ein Netzwerk aus ...«

»Ist das Euer Name? VAO-20?«

Ihr Gegenüber musterte sie eingehend.

»Vereinigung Anthropoid Offensive 2020«, führte er schließlich aus.

Sie versuchte sich einen Reim auf den Namen zu machen. Anthropologie war die Wissenschaft vom Menschen, seinem Wesen und seiner Entwicklung.

»Klingt nach einem akademischen Lesezirkel.«

»Glaubst du, das hier ist ein Scherz?«

Wieder hatte Marie das Gefühl, als würde sie sich selbst beobachten. Alles wirkte so surreal.

War sie wirklich hier und unterhielt sich gerade mit dem Mitglied einer Terror-Organisation?

Fahrig wischte sie sich Schweißperlen von der Stirn.

»Nein«, antwortete sie aufrichtig.

»Wir fühlen uns verantwortlich, eine Organisation aufzubauen, die das Bewusstsein für die Pflicht zum Widerstand öffnet und Worte in Taten verwandelt. Bist du bereit, dich darauf einzulassen?«

Marie wartete auf einen inneren Aufschrei der Vernunft. Doch die Stimme der Vernunft schwieg. Stattdessen hing die Frage über ihr wie das Schwert des Damokles. Doch statt einer Antwort gingen ihr tausend Fragen durch den Kopf.

»Was wollt ihr jetzt hören? Ich weiß weder, wer genau ihr seid, noch was genau ihr mit ›Worte in Taten verwandeln‹ meint.«

Der maskierte Mann beugte sich der Kamera entgegen.

»Die Marie Stresemann, von der wir gehört haben, ist weder naiv noch dumm. Wir geben dir die Wahl, tatenlos zuzusehen, wie Rechtspopulismus und Faschismus erneut Deutschland und ganz Europa unterjochen, oder aktiv etwas dagegen zu tun. Entscheidungen müssen getroffen werden – bevor sie einen selbst treffen.«

Marie fühlte sich, als würde am Bahngleis ein Zug ohne sie abfahren. Sie war gezwungen, ihn einfach ziehen zu lassen oder im letzten Augenblick aufzuspringen, um eine Reise in eine unheilvolle Zukunft anzutreten.

»Ich … ich kann mich nicht leichtfertig einer Gruppe anschließen, von der ich nicht das Geringste weiß. Mir stinkt vieles gewaltig, sonst wäre ich nicht hier. Aber ihr wollt ganz sicher auch keine dumpfe Mitläuferin, die einfach blind Befehle ausführt. Denn wenn doch, dann könnt ihr nicht auf mich zählen.«

Der Bildschirm verdunkelte sich. Die Kamera des Laptops schien aber noch aktiv zu sein. Man beobachtete sie.

Kurz darauf tauchte der Vermummte wieder auf.

»Das Gegengewicht zu rechts muss nicht unweigerlich links sein. Wir vertreten weder die marxistischen Ideale, noch befürworten wir den Kapitalismus oder den Imperialismus. Wir nennen unsere Anhänger weder Genossen noch Kameraden, sondern Partner. Denn genau das sind sie, trotz unterschiedlicher religiöser oder ethnischer Herkunft – sie sind unsere Partner. Was uns eint, ist der gemeinsame Entschluss, radikalen rechten Netzwerken, Kameradschaften und Parteien den Kopf abzuschlagen. Anders als die Antifa wollen wir nicht den glatzköpfigen Fußtruppen der braunen Pest im Kampf auf der Straße entgegentreten, sondern werden der Schlange den Kopf abschlagen. Wann und wo immer es geht, denn diese Schlange hat viele Köpfe.«

Marie erinnerte sich daran, dass Astride eine ähnliche Metapher verwendet hatte. Sie hatte nicht viel damit anfangen können, aber in diesem Kontext ergab es nun Sinn. All die Gegendemos gegen Aufmärsche von Faschisten, die unverhohlen Fremdenfeindlichkeit und Rassismus predigten, waren nutzlos, wenn die Drahtzieher im Hintergrund immer mächtiger wurden. Gerade jetzt, begünstigt durch die Corona-Krise, wagten sich selbst prominente Unterstützer aus der Deckung und gaben ihre menschenverachtende Gesinnung preis. Nicht die braunen Schlägertruppen, sondern die Anheizer und Führer musste man ins Visier nehmen.

Die künstlich klingende Stimme setzte wieder an.

»Morgen beginnt der achtzehnte Verhandlungstag in Frankfurt zum Fall Walter Lübcke. Wie gut bist du über die Hintergründe informiert?«

Marie ließ den Vorfall vor ihrem geistigen Auge Revue passieren.

SECHZEHN MONATE ZUVOR

Juni 2019

Der sechsundvierzigjährige Stephan Ernst war in den vergangenen Jahren öfters zum Grundstück des Regierungspräsidenten von Kassel, Walter Lübcke im hessischen Wolfhagen gefahren. Manchmal auch mit seiner Frau, mit der er zwei gemeinsame Kinder hatte. Sie machte dann Videoaufnahmen von Lübckes Anwesen, während Ernst nach einer Möglichkeit suchte, Walter Lübcke zu töten.

2015 war der damals zweiundsechzig Jahre alte Politiker erstmals ins Visier des kräftig gebauten Neonazis geraten. Bei einer Bürgerversammlung in einem Gartencenter informierte Lübcke die Besucher über eine geplante Erstaufnahmeunterkunft für Flüchtlinge in Lohfelden. Anhänger des Kasseler Ablegers von Pegida hatten sich im Saal verteilt, um Lübcke zu beschimpfen. Auf die Pöbelei »Scheißstaat« ging Lübcke schließlich ein.

»Es lohnt sich, in unserem Land zu leben. Da muss man für Werte eintreten, und wer diese Werte nicht vertritt, der kann jederzeit dieses Land verlassen, wenn er nicht einverstanden ist. Das ist die Freiheit eines jeden Deutschen.«

Stephan Ernst schmetterte ihm daraufhin laut entgegen, ein Volksverräter zu sein, und beschloss an diesem Abend, den Politiker eines Tages zu ermorden.

Ernst war für den Verfassungsschutz kein Unbekannter. Bereits im Alter von fünfzehn Jahren hatte er seinen ersten rassistisch motivierten Anschlag begangen. Er schüttete Benzin in den Flur eines Wohnhauses, in dem viele Türken lebten. Drei Jahre später griff er in einer öffentlichen Toilette im Wiesbadener Hauptbahnhof einen Imam mit einem Messer an. 1993 deponierte er eine Rohrbombe in einem Auto zwischen den Wohncontainern einer Flüchtlingsunterkunft, die aber zum Glück nicht detonierte. Sechs Jahre musste Stephan Ernst dafür in einer Jugendstrafanstalt absitzen, wo er zum ersten Mal Kontakt zu gewaltbereiten Gesinnungsgenossen hatte. Kaum war er aus der Strafanstalt entlassen worden, schloss er sich der nordhessischen Neonaziszene an und wurde Mitglied der NPD. Akribisch erstellte er für die rechte Szene eine Sammlung von sechzig Dossiers für mögliche Anschlagsziele, darunter auch die Jüdische Gemeinde in Kassel. 2003 wurde auf einen Kasseler Lehrer geschossen, der wegen seiner linken Haltung auf eine schwarze Liste der Neonazis gelangt war. Der Lehrer überlebte. Der Anschlag wurde Stephan Ernst zugeschrieben, konnte ihm aber nie zweifelsfrei nachgewiesen werden. Nach einem Angriff auf eine Demonstration des Deutschen Gewerkschaftsbundes im Jahr 2009 wurde Ernst wegen Landfriedensbruch verurteilt – das neununddreißigste Ermittlungsverfahren gegen ihn, wie der *Spiegel* feststellte. Auf seiner Akte vermerkte daraufhin ein Verfassungsschützer handschriftlich: *Stephan Ernst ist als brandgefährlich einzustufen!*

Erstaunlicherweise hatten die Sicherheitsbehörden ihn kurze Zeit später aber nicht mehr auf dem Radar und begründeten dies damit, dass Ernst seit 2009 unauffällig gewesen sei. Tatsächlich jedoch schloss sich Ernst immer mehr rechten Bewegungen an, wie der »Artgemeinschaft – Germanische Glaubens-Gemeinschaft wesensgemäßer Lebensgestaltung« oder der Neonazigruppe »Freier Widerstand Kassel« und einigen anderen. 2013 lernte er als Leiharbeiter bei einer Bahntechnikfirma in Kassel schließlich einen Mann kennen, der ihm Maschinenpistolen, Handfeuerwaffen, eine Schrotflinte und ein Kleinkalibergewehr besorgte. Der Komplize, den die Presse später nur Markus H. nannte, hatte sich den Großteil des Waffenarsenals vollkommen legal in Deutschland besorgt. Der Verfassungsschutz hatte es zuvor versäumt, der zuständigen Waffenbehörde Informationen über seine Aktivitäten in der rechten Szene weiterzugeben. Den Umgang mit den Waffen probten die beiden nicht nur in einem Schützenverein, sondern auch in einem angrenzenden Wald. Schon damals soll Markus H. gewusst haben, dass sein Freund »aus seiner rechtsextremistischen Weltanschauung heraus einen politischen Entscheidungsträger töten« würde.

2016 gab es einen weiteren brutalen Anschlag, der nach Ansicht der Bundesanwaltschaft von Ernst verübt wurde. *Spiegel*-Journalisten erzählte er, seine Wut gegen Flüchtlinge war so groß, dass er am Abend des 6. Januar 2016 draußen unterwegs war, um Ausländer »anzublaffen«. Dabei soll Ernst dem irakischen Flüchtling Ahmed I. ein Messer in den Rücken gerammt haben.

Vor der hessischen Landtagswahl 2018 schloss er sich der AfD an, besuchte deren Stammtisch und die Parteiveranstaltungen. Sowohl die AfD als auch die identitäre Bewegung erhielten Geldspenden von ihm. Als Verwendungszweck stand auf den Überweisungsbelegen: *BRD-Hurensöhne*, *Volksverräter-Behörde*, *BRD-Zwangsabgabe* oder *An die Wand mit Euch*.

Am Abend des 1. Juni 2019 war Stephan Ernst bereit, seinen schon vor langer Zeit getroffenen Entschluss, Walter Lübcke zu töten, in die Tat umzusetzen. Er befestigte am Auto seines Schwiegervaters falsche Kennzeichen, bewaffnete sich mit einem Revolver und parkte unweit von Lübckes Haus am Waldrand. Dort wartete er den Einbruch der Nacht ab. Als es dunkel geworden war, hängte er sich einen Rucksack mit der Waffe um und ging zu einer Pferdeweide, von der aus er das Anwesen zwanzig Minuten lang heimlich beobachtete.

Es war eine laue Sommernacht, und Walter Lübcke beschloss, den Abend auf der Terrasse zu verbringen. Vertieft in sein iPad und eine Zigarette rauchend, plante er den nächsten Urlaub, betrachtete Ferienunterkünfte und studierte die Angebote verschiedener Reiseanbieter. Er war vollkommen überrascht, als gegen halb elf ein fremder Mann aus Richtung der Pferdeweide auf sein Grundstück trat und aus kürzester Distanz mit einer Pistole auf ihn zielte. Lübcke redete noch auf den Mann ein, um ihn von seinem Vorhaben abzubringen, aber Stephan Ernst war zu allem entschlossen und schoss Lübcke direkt in den Kopf. Die Kugel traf den Politiker über dem rechten Ohr und tötete ihn.

Stephan Ernst war zufrieden mit sich. Einen Moment lang betrachtete er sein Werk, dann verschwand er unerkannt wieder in die Richtung, aus der er gekommen war.

»Ich würde nicht hier sitzen, wenn mir der Mord an Lübcke nichts sagen würde«, antwortete Marie dem maskierten Mann auf dem Bildschirm. »Ist Ernst euer Ziel?«, wollte sie wissen.

»Du hast nicht zugehört. Wir wollen keine Rache an denen, die den Abzug drückten. Was würde es nützen, die Attentäter von München, Halle oder Hanau zu liquidieren? Das wäre Zeitverschwendung, und zudem würde es auch das Leben Unschuldiger gefährden.«

»Wer ist dann das Ziel?«

»Es gab Pannen. Es gibt immer Pannen, wenn Verbrecher wie Ernst gefasst werden«, erklärte die mechanische Stimme, ohne direkt auf die Frage einzugehen. »Das Blut am Tatort wurde von einem Sanitäter aufgewischt, noch bevor die Spurensicherung eintraf. Das Hemd, das Lübcke trug, wurde im Krankenhaus im Müll entsorgt, obwohl es DNA-Spuren des Täters enthielt, bevor es später wieder geborgen werden konnte. Dazu gesellten sich Verfahrensfehler, illegale Beweismittel, falsche Zeugenaussagen und ...«

Der Vermummte legte eine dramatische Pause ein und hob die Hände wie ein Prediger.

»Und dann ... dann braucht es nur einen fähigen Anwalt, der aus all diesen Pannen und Fehlern ein völlig neues Bild zusammensetzt, damit der Täter ein mildes Urteil erhält. Das Ganze gleicht dem infamen Ritual einer zahnlosen Rechtsprechung.«

»Das ist also euer Ziel? Der Anwalt?«, schlussfolgerte Marie.

Der Kopf ihres Gegenübers neigte sich leicht zur Seite.

»Nicht irgendein Anwalt, sondern ein Anwalt des Bösen, Marie. Der Anwalt von Stephan Ernst hat viele Rechtsextreme vertreten, war zeitweise sogar Vizechef der NPD in Hessen, dann Zeugenbegleiter im NSU-Prozess, er ...«

Marie hielt es nicht mehr länger auf dem Stuhl aus und stand auf.

Während des Gesprächs hatte sie etwas bemerkt: Der Raum, in dem der Maskierte saß, glich dem Raum, in dem sie saß, wie ein Ei dem anderen.

Es wird Zeit, dass wir uns persönlich gegenüberstehen, dachte sie, riss die Tür auf und eilte auf den langen Gang hinaus. Von den Wachen, die sie in den Raum gebracht hatten, war nichts zu sehen. Sie blickte den Gang entlang und registrierte nur wenige Schritte entfernt eine Tür. Entschlossen ging sie darauf zu und öffnete sie schwungvoll.

Keine zwei Meter vor ihr saß der Maskierte an einem Holztisch mit einem Laptop. Offenbar hatte er mit Maries Erscheinen nicht gerechnet. Erschrocken fuhr er auf.

»Sie ist hier!«, sagte er laut ins Mikrofon, das unter dem Bildschirm stand. Seine Stimme klang nun nicht mehr elektronisch verfremdet. Irgendwo entfernt hörte sie Schritte, die schnell näher kamen. Ohne weiter zu überlegen, hob sie ihren Arm und zog dem Mann die Maske vom Kopf.

Was sie dann zu Gesicht bekam, bestätigte ihren nach und nach gewachsenen Verdacht, überraschte sie aber dennoch.

Vor ihr stand ein junger Mann von etwa zwanzig Jahren mit

hoher Stirn und eng beieinanderliegenden Augen. Im selben Augenblick stürzten geräuschvoll eine junge Frau mit kurzen dunklen Haaren und ein breitschultriger Kerl in den kleinen Raum.

»So eine Scheiße«, schrie die Dunkelhaarige beim Anblick ihres demaskierten Anführers und richtete eine Pistole auf Marie. »Was machen wir jetzt mit ihr?«

Die Pistole zitterte leicht in der Hand der Frau, deren Arme mit düsteren Tattoos übersät waren.

Der Kräftige hingegen blieb stumm. Er hatte ein Messer in der Hand, dessen Klinge aber unmotiviert zu Boden zeigte.

»Wir kommen jetzt alle erst mal wieder runter«, versuchte der Anführer seine Mitverschwörer zu beruhigen.

»Gott, wie alt seid ihr?«, entfuhr es Marie, obwohl ihr die Pistole eine Höllenangst einjagte.

Noch bevor einer der beiden Männer antwortete, schlug die junge Frau Marie den Pistolenknauf gegen den Kopf und schrie sie an, während Marie mit schmerzverzerrtem Gesicht auf die Knie sank.

»Scheiß die Wand an, du Schlampe, Sophie Scholl war zweiundzwanzig, als sie in den Widerstand ging.«

Ein blutiges Rinnsal lief Marie über die Stirn. Ihr Kopf pochte wild, aber sie schenkte dem Schmerz keine Aufmerksamkeit. Stattdessen richtete sie sich mühsam auf und wandte sich widerspenstig ihrer Peinigerin zu.

»Vielleicht seid ihr alt genug, um euch Fridays for Future anzuschließen. Aber auch alt genug, um euch mit Neonazis anzulegen und einen Anwalt zu töten?«

Zornig setzte ihr die Frau den Lauf der Pistole an die blutende Schläfe. Eine Art Drache mit weit aufgerissenem Schlund glotzte Marie von ihrem Unterarm aus an, da erhob der Anführer die Hand und herrschte sie an:

»Gudrun, hast du den Verstand verloren?«

»Was wollen wir mit der? Die wird uns nie unterstützen, eher verpfeift sie uns. Schön, dass die Schnalle jetzt auch noch meinen Namen weiß, Barak.«

B. Travens wahren Namen spuckte sie aus wie eine Ohrfeige. Der Anführer biss sich auf die Lippe. Gudrun hatte recht, aber sie mussten jetzt Ruhe bewahren. Er machte einen Schritt nach vorne und legte Gudrun seine Hand auf den Waffenarm.

»Wir haben unsere Ziele gemeinsam festgelegt, erinnerst du dich?« Er zeigte auf Marie. »Sie ist keins davon.«

Noch immer richtete Gudrun die Waffe auf Marie, die ihr nach wie vor starr in die Augen blickte, aber stumm blieb.

»Nur zu ...«, ergänzte Barak. »Drück ab, aber dann sind wir keinen Deut besser als die Verbrecher, die wir auslöschen wollen.«

Traven wartete noch einen kurzen Augenblick, dann drückte er sanft Gudruns Arm nach unten, weg von Maries Stirn. Schließlich steckte sie die Waffe in den Hosenbund, gab ein lautes »Fuck you!« von sich und verließ wütend den Raum.

Traven zuckte nur kurz mit den Augen, als die Tür laut hinter ihr zuknallte, dann reichte er Marie ein Taschentuch und half ihr auf die Beine.

»Du hast recht ... Du hast vollkommen recht, wir haben Fridays for Future tatsächlich sehr ernst genommen, sind demonstrieren gegangen, haben Hoffnung geschöpft, als aus Wenigen Tausende wurden. Wir haben uns erhoben gegen AfD, gegen Pegida, gegen Trump und gegen Querdenker ... immer friedlich, mit immer mehr Bürgern, die genauso empfanden wie wir. Aber was, frage ich dich, hat das alles am Ende gebracht?«

Er streckte ihr arrogant das Kinn entgegen, während sie mit weichen Knien das Taschentuch gegen die Kopfwunde drückte.

»Du kennst die Antwort. NICHTS.« Er schnippte mit den Fingern und machte mit dem Handgelenk eine seitliche Bewegung. »Denn Worte haben keine Relevanz mehr. Und das, Marie Stresemann, sagt alles aus über die Bedeutung der Politik.«

Langsam kam Traven um den Tisch herum. Erst jetzt fiel Marie auf, dass er einen anthrazitfarbenen Anzug trug.

»Deine Wahrnehmung ist falsch, weil du uns nach unserem Alter beurteilst. Was du nicht siehst, ist unsere Entschlossenheit. Wir werden den unzähligen Lemmingen, die bedingungslos den falschen Predigern in den Abgrund folgen, beweisen, dass diese Generation nicht einfach tatenlos zusieht, wie unsere Demokratie von innen ausgehöhlt wird, bis sie wie ein Kartenhaus zusammenfällt. Und mit ›wir‹ meine ich diesen inneren Zirkel derer, die kein Risiko mehr scheuen und keine Angst vor Repressalien haben. Wir werden den Funken zünden, der einen Flächenbrand auslösen wird. Manchmal muss erst ein Feuer alles zerstören, damit eine bessere Zukunft entstehen kann.«

Der Breitschultrige packte Marie auf einen Wink von Traven mit der freien Hand brutal am Nacken. Mit beiden Händen griff sie nach dem kräftigen Unterarm des Mannes. Dabei entglitt ihr das blutbefleckte Taschentuch, während Traven seinen Monolog fortsetzte.

»Wir ignorieren nicht länger die Unfähigkeit der Regierung und der Behörden, die ein Ungeheuer füttert, das dieses Land verschlingen wird.«

Vergeblich versuchte sich Marie aus dem schmerzenden Griff zu winden.

»Du wirst verstehen, dass es dafür kontraproduktiv ist, wenn uns irgendjemand identifizieren könnte. Das wiederum bringt uns hier in eine missliche Lage ... Oder nein, du selbst hast dich durch dein dummes, impulsives Verhalten in diese Lage gebracht. Die ganze Technik hier war nämlich nicht nur da, um uns zu schützen, sondern auch dich.«

Marie beendete erschöpft ihren Widerstand gegen den Griff, der immer noch wie ein Schraubstock ihren Hals umklammerte. Sie verstand, dass Traven an einem Punkt war, an dem er eine Entscheidung fällen würde. Unweigerlich musste sie an ihre Begegnung mit Zamir im Turm denken. Mühsam begann sie zu sprechen.

»Ich kannte mal einen Mann, Ephraim Zamir ...«

»Der alte jüdische Mann, der die drei Neonazis vor zehn Jahren als Geiseln genommen hat«, ergänzte Traven neugierig.

»Genau der. Er war auch bereit, für seine Überzeugung zu töten und zu sterben – aber er verlor dabei alles, wofür er gekämpft hatte. Hätte er die Ereignisse zurückdrehen können, er hätte es getan.«

Traven runzelte die Stirn, dann gab er dem Kräftigen ein Zeichen, der daraufhin von Marie abließ. Das Verlangen, wieder erschöpft auf die Knie zu sinken, war groß, aber mit aller Kraft widerstand sie dem Drang und hielt sich wackelig auf den Beinen.

Mit einem lauten Schlag ging die Tür wieder auf, und Gudrun kehrte zurück. Marie musste nun umso mehr versuchen, die Rolle des Opfers abzulegen und auf Augenhöhe mit den drei Entführern zu gelangen.

»Wie viele seid ihr?«, brachte sie mit trockener Kehle hervor.

»Was geht das dich an, du Schlampe? Du wirst nie eine von uns sein!«, blaffte Gudrun sie an.

»Es reicht, Gudrun!«, fuhr Traven laut dazwischen. »Wenn Marie Stresemann sich unserer Vereinigung anschließen würde, wäre sie ein wertvolles Mitglied.«

»Und ... wenn ... nicht?«, hakte Gudrun nach und zog dabei die Worte in die Länge.

Marie wartete die Antwort erst gar nicht ab, sondern versuchte das Gespräch wieder an sich zu reißen.

»Wie viele Mitglieder hat eure Organisation denn nun? Das ist doch eine ganz legitime Frage, um ...«

»Genug«, unterbrach sie Traven. »Genug, um demnächst die rechte Szene das Fürchten zu lehren.«

Traven sagte das mit einem so sachlichen Ton, dass Marie keinen Zweifel mehr an der Wahrheit seiner Aussage hegte.

»Wir organisieren uns dezentral in kleinen Zellen. Einige von uns sind Coder, Programmierer ... Wir haben unsere Finger im Darknet, können Waffen besorgen, uns in die Computer von Behörden hacken. Aber es fällt uns schwer, nah genug an die Zielpersonen ranzukommen, um sie auszuschalten.«

»An den Anwalt?«, fragte Marie.

»Egal an wen. Also beschränken wir uns bislang auf Cyberattacken, legen Webseiten von Kameradschaften lahm oder leaken Spenderlisten von AfD-Sympathisanten. Aber mit jemanden wie dir, mit deiner Bekanntheit, mit deinen Kontakten ... mit so jemandem könnten wir das erste Kommando bilden, um unsere Vision Wahrheit werden zu lassen.«

Marie dachte nach, doch ihr schmerzender Kopf ließ keine klaren Gedankengänge mehr zu. Sie drückte sich die Hände gegen die Schläfen, in der Hoffnung, die Schmerzen damit lindern zu können.

»Kommando? Was versteht ihr unter ... Kommando?«

Doch noch bevor der Anführer antworten konnte, winkte Marie ab, denn sie kannte die Antwort.

Ende der Sechzigerjahre hatte sich aus einer schnell wachsenden Studentenbewegung, die sich mit der nationalsozialistischen Vergangenheit ihrer Eltern kritisch auseinandersetzte und den Kapitalismus infrage stellte sowie den Imperialismus der USA als Gefahr für den Frieden betrachtete, eine selbst ernannte »außerparlamentarische Opposition« – kurz APO – entwickelt. Der damalige Bundeskanzler Kurt Kiesinger, der selbst ab 1933 NSDAP-Mitglied gewesen war und am Ende des Krieges als stellvertretender Leiter des Rundfunks die Durchhaltepropaganda der Nazis verbreitet hatte, bildete für sie nur die Spitze des Eisbergs in einem Staat, der durchzogen war von Netzwerken aus alten Naziparteigenossen. Vor allem die Pläne zur Einführung eines Notstandsgesetzes sowie die Einführung des Gesetzes zur Verjährung von NS-Kriegsverbrechen führten zu massiven Protesten. In der damaligen Bundeshauptstadt

Bonn demonstrierten am 30. Mai 1968 mehr als vierzigtausend Menschen gegen die Pläne der Regierung – aber nicht nur dort, sondern fast überall in der Bundesrepublik. Doch je mehr Menschen sich den Aufmärschen anschlossen, desto härter und entschlossener gingen die Behörden gegen die Demonstranten vor.

Als bei einer Demonstration am 2. Juni 1967 der Student Benno Ohnesorg – mutmaßlich vorsätzlich – von dem Polizisten Karl-Heinz Kurras durch einen Schuss in den Hinterkopf getötet wurde und am 11. April 1968 der Wortführer der APO Rudi Dutschke ein Attentat nur schwer verletzt überlebte, bildete sich aus der APO heraus eine militante Splittergruppe, die sich selbst RAF, Rote Armee Fraktion, nannte. Mindestens dreiunddreißig Morde an Führungskräften aus Politik und Wirtschaft sowie deren Bediensteten gingen in den Folgejahren auf das Konto der terroristischen Vereinigung. Vierundzwanzig der Mitglieder kamen dabei ums Leben, teils durch Suizid. Die Einheiten, die die Anschläge verübten, nannte die RAF »Kommandos«, und diese wiederum waren nach Toten aus den eigenen Reihen benannt, um diese als Märtyrer zu ehren.

Wie unbedarft dieses konspirative Treffen anfänglich auch auf Marie gewirkt haben mochte – ihr Unverständnis für den zunächst naiv wirkenden Fanatismus der jungen Leute war jetzt einem gewissen Respekt gewichen. War der fanatische Wille, etwas zu unternehmen, in letzter Konsequenz nicht das, wonach sie selbst eigentlich auch gesucht hatte – ohne es sich selber aber einzugestehen?

»Wie stellt ihr euch das überhaupt vor?«

Travens Augen begannen zu funkeln. Gerade war er noch bereit gewesen, dieses Treffen als absoluten Reinfall zu werten, doch nun hatte sich das Blatt offensichtlich gewendet.

»›Freunde‹ von uns …«, dabei hob er die Hände und zeichnete Gänsefüßchen in die Luft, »… sind Herausgeber eines politischen Onlinemagazins. Wir werden dich als Mitarbeiterin des Magazins ausgeben und dir einen Presseausweis organisieren.

Danach versuchst du, bei den Zielpersonen Termine für Interviews zu bekommen. Wir gehen davon aus, dass der eine oder andere einem Termin zustimmen wird, weil sie neugierig auf dich sein werden. Googelt man deinen Namen, kommt da lauter heißer Scheiß raus.«

Marie war nicht stolz darauf, aber der Suchbegriff »Marie Stresemann« füllte einige Seiten an Videos, Gerüchten und Skandalen, über die sie nicht immer glücklich war.

»Und dann hinterlasse ich eine Rohrbombe auf der Toilette oder erschieße die Zielperson?«, fragte sie.

Traven deutete mit ernstem Blick ein leichtes Kopfschütteln an.

»Nein, du bist lediglich unser Spion. Die Rohrbomben legen wir selbst.«

Reflexartig entwich ihr ein kurzes, hysterisches Lachen, bis wieder eisige Stille einkehrte und keinen Platz mehr ließ für Interpretationen. Dann wurde ihr klar, dass Traven nicht scherzte. Rohrbomben waren dreckige Waffen. Dreckig, weil sie nicht nur die Zielpersonen liquidierten, sondern oft auch Unschuldige mit in den Tod rissen. War sie bereit, Unschuldige zu opfern? Ganz gewiss nicht!

Ihr Kopf dröhnte. Sie hatte das Gefühl, in diesem vermoderten Keller zu ersticken. Ihre Agoraphobie packte sie unvermittelt mit voller Wucht. Mit einem panischen Ausdruck in den Augen machte sie einen Schritt auf Gudrun zu, die den Weg zur Tür versperrte.

»Ich muss raus – jetzt!«, schrie sie die Frau an, die mit dieser Reaktion nicht gerechnet hatte und tatsächlich ein wenig zurückwich. Auch die beiden Männer irritierte die Heftigkeit von Maries plötzlicher Verwandlung.

»Lass sie gehen«, befahl Traven, der ebenfalls Abstand brauchte, um sich Gedanken über Marie machen zu können.

»Echt jetzt, Barak?«, blaffte Gudrun ihn an und versperrte Marie starrköpfig den Weg.

»Gudrun, bitte!«, ermahnte er sie in strengem Ton, woraufhin Gudrun widerwillig einen Schritt zu Seite machte und Marie vorbeiließ, die panisch auf den Gang hinaus wankte und mit schnellen Schritten verschwand.

Gudrun knallte die Tür hinter ihr zu.

»Und was jetzt? Sie kennt unsere Gesichter, weiß, was wir vorhaben, und im Nullkommanichts identifiziert sie uns bei den Bullen. Das wars dann mit der VAO!«

Traven blieb stumm. Da erhob der Kräftige das Wort.

»Barak, die Frau stellt ein extrem hohes Risiko dar. Wir können sie doch jetzt nicht einfach so gehen lassen!«

»Ich muss nachdenken … Ich muss nachdenken«, erwiderte Traven unsicher.

»Dann denk bitte schnell nach«, forderte ihn Gudrun auf.

Marie verließ angeschlagen und mit hämmernden Kopfschmerzen die verrotteten Partyhallen. Mit offenem Mund stolperte sie ins Freie, und augenblicklich verschwand das beklemmende Gefühl, das ihre Phobie in dem engen Keller ausgelöst hatte.

Der Wind war stärker geworden und blies eine leere Plastiktüte über das matschige Gelände. Marie war dankbar für die frische Luft, die sanft ihren gepeinigten Leib kühlte. Beklommen überquerte sie den im Dunkeln liegenden Platz und erreichte schließlich die beleuchtete Straße. Von dem Uber-Fahrer war weit und breit nichts zu sehen. Der Wind, der sich gerade noch so erholsam angefühlt hatte, trieb ihr nun die Kälte in die Glieder. Nervös bestellte sie mit ihrem Smartphone einen neuen Uber. Die App meldete daraufhin: *Ankunftszeit in 17 Minuten*.

Es war kurz nach zwei Uhr, Sonntag, Corona. Dass um diese Uhrzeit überhaupt noch ein Uber unterwegs war, wertete sie als Glücksfall. Aber siebzehn Minuten hier frierend in der Kälte verbringen? Einen kurzen Moment lang zog sie es sogar in Betracht, zu Fuß zu gehen, als ein Kleinwagen mit überhöhter Geschwindigkeit die Zufahrtsstraße entlangjagte und genau auf sie zuhielt. Die Aufblendlichter flammten auf und blendeten sie.

Unfähig zu fliehen, starrte sie gebannt in das grelle Licht und rechnete jeden Moment damit, von der Motorhaube erfasst und durch die Luft geschleudert zu werden. Doch der Pkw bremste mit quietschenden Reifen ab und kam knapp neben ihr zum Stehen.

Die Scheibe der Beifahrertür glitt automatisch hinab.

»O Gott, ich hab mir solche Sorgen gemacht!«, sagte Astride, die wild fuchtelnd hinter dem Steuer saß. »Los, steig ein, du holst dir da draußen noch den Tod!«

Marie wurde plötzlich bewusst, wie umfassend Astride involviert sein musste, da sie ausgerechnet jetzt hier aufgetaucht war. Andererseits war sie auch zu erschöpft, um sich jetzt darüber Gedanken zu machen.

Erleichtert schlüpfte sie in den Wagen und spürte, wie die Sitzheizung ihren Körper wärmte. Im schwachen Licht der Innenbeleuchtung bemerkte Astride erschrocken das eingetrocknete Blut auf dem Gesicht ihrer Freundin.

»Was haben die mit dir gemacht?«, fragte sie besorgt nach. Doch Marie wehrte Astrides Hand ab, die ihre Wange berühren wollte.

»Fahr mich einfach nur nach Hause ... bitte!«

Astride starrte sie noch eine Weile an, bis das Licht im Inneren erlosch und Maries geschundenes Gesicht im Dunkeln lag. Dann startete sie den Motor und lenkte den Wagen stumm durch die menschenleeren Straßen.

»Wie tief steckst du da mit drin?«, wollte Marie plötzlich wissen.

»Ich ... ich bin eingeweiht, kenne aber selbst nur ein paar Mitglieder einer Zelle.«

»Diesen Traven?«

»Du hast Traven getroffen?«

Astride fuhr rechts ran und schaltete den Motor aus.

»Du hast keine Ahnung! Keiner, den ich kenne, hat Traven je zu Gesicht bekommen. Nur der engste Kreis der VAO-20 hat Zugang zu ihm. Wer war noch alles dabei?«

»Dieser Traven, eine dunkelhaarige Frau, die Gudrun hieß – von ihr habe ich den Schlag auf den Kopf bekommen –, und da war noch so ein bulliger Kerl. Aber ich denke, das waren nicht alle. Diese Gudrun … die war mal eine Zeit lang verschwunden und kam dann wieder …« Marie verstummte und öffnete die Scheibe der Beifahrertür. »Bleiben wir jetzt hier die ganze Nacht stehen?«

Astride legte die Arme um Maries Hals. Diesmal ließ sie es geschehen.

»Was genau haben die denn gesagt? Bist du jetzt Teil des Netzwerks? Was … was …«

Marie schüttelte den Kopf und löste sich aus der Umarmung. Sie überlegte, ob sie Astride von den genauen Umständen des Treffens erzählen sollte, entschied sich aber dagegen. Sie wollte keine Fragen beantworten, nicht jetzt, denn sie selbst musste die Dinge in ihrem Kopf erst einmal ordnen.

Astride lehnte sich zurück und zündete sich eine Zigarette an. »Liebes, die haben dir sicher eine Höllenangst gemacht. Aber ich muss wissen, wie das Gespräch ausgegangen ist. Marie, die … die sind richtig gefährlich. Ich will dich ja nicht zusätzlich beunruhigen, aber mit denen ist nicht zu spaßen. Ich weiß Sachen von der VAO, da würde dir schlecht werden. Du musst mir sagen, was genau sie zu dir gesagt haben!«

Marie ging nicht darauf ein, sondern sog nur tief die kühle Nachtluft ein und starrte aus dem Fenster.

»Was hat es mit diesem Anthropoid-Namen der Vereinigung auf sich?«

Astride zog erneut an ihrer Zigarette. Aus einer dunklen Gasse bogen zwei Männer in dunklen Regenjacken in die Straße.

»Sagt dir der Name Heydrich was? Reinhard Heydrich?«

Marie dachte nach, so gut das mit den Kopfschmerzen ging. »Der SS-Mann, der im Krieg den Holocaust an den Juden organisierte?«

»Genau der. 1942 verübten zwei tschechische Widerstandskämpfer in Prag einen Anschlag auf dieses Schwein – er krepierte ein paar Tage später an seinen Verletzungen.«

»Und?«

»Der Codename für den Anschlag lautete ›Operation Anthropoid‹. Reicht dir das?«

Marie nickte. Sie erinnerte sich nun. Die beiden Tschechen hatten Heydrich zwar erledigt, aber der Holocaust hatte sich dadurch nicht verhindern lassen. Letztendlich wurden die Attentäter verraten. Einer der beiden wurde im Kampf verwundet und starb, der andere nahm sich das Leben. War ihr Tod sinnlos gewesen? War ein Anschlag auf führende Neonazis nicht ebenfalls sinnlos? Sie waren am Ende alle ersetzbar. Jemand anders würde ihren Platz einnehmen – und dann?

Die beiden Männer wechselten die Straßenseite und kamen nun direkt auf sie zu. Einer der beiden öffnete die Druckknöpfe an seiner Regenjacke.

»Marie, ich muss jetzt wissen, wie du mit denen verblieben bist. Bitte!«, drängte Astride mit Blick auf die beiden Männer, die nur noch wenige Schritte entfernt waren.

Marie senkte den Kopf.

»Ich werde mich euch anschließen.«

Astride atmete erleichtert auf und schaltete heimlich ihr Telefon aus. Die beiden Männer gingen achtlos an dem parkenden Wagen vorbei.

HESSEL I

Sonntag, 18. Oktober 2020

Bernd Hessel war ein überzeugter Nationalsozialist, nur leider durfte er das nicht so ohne Weiteres zugeben. Der Zeitgeist hatte sich geändert, seiner Meinung nach zum Nachteil eines sich gesund entwickelnden deutschen Volkskörpers. Aber vor allem fühlte sich Bernd Hessel auch als einer der letzten wahren Nachfahren des Königreichs Preußen. Er spürte förmlich das Blut seiner Vorfahren in seinen Adern und propagierte die von der protestantisch-calvinistischen Moral geprägten Tugenden, die seit Friedrich Wilhelm I. vom preußischen Staat gefördert worden waren. Seinen engsten Getreuen predigte er sie wie ein Mantra.

»Wer mir dient, für den müssen Treue, Tapferkeit, Mut und Gehorsam an oberster Stelle stehen!«

Ostpreußen, die Gegend, aus der seine Großeltern stammten, war nach dem Zweiten Weltkrieg zum Großteil an Polen abgetreten worden, und diese traurige Tatsache versetzte ihm jedes Mal erneut ein Stechen in der Brust, wenn er auf eine aktuelle Landkarte der Bundesrepublik Deutschland blickte. Aus diesem Grund hing über dem Schreibtisch in seinem privaten Büro eine Karte des Deutschen Reiches mit den Grenzen von 1938, nach dem Anschluss Österreichs.

Sein preußischer Großvater war es auch gewesen, der ihm alles beigebracht hatte, was ein guter Nationalsozialist wissen musste. Vor allem aber, wie man seine wahre Gesinnung verbarg und sich im Deckmantel demokratischer Ansichten unbemerkt bewegte und dabei Gleichgesinnte fand. Nach dreizehnjähriger Studienzeit, unter anderem in Geschichtswissenschaft und Lehramt für Gymnasien, unterrichtete er schließlich Sport und Geschichte, bis er sich 2014 gänzlich der Politik verschrieb.

Doch schon von 2011 an trieb ihn die aufgezwungene Maskerade, mit der er einen überzeugten demokratischen Bürger spielen musste, dazu, unter dem Pseudonym Landolf Landig Artikel zu publizieren. Die Beiträge erschienen in diversen NPD-Publikationen wie *Volk in Bewegung* oder *Der Reichsbürger*. Seine wahre Gesinnung lebte er darin unverblümt aus.

Selbst sein Pseudonym offenbarte seine nationalsozialistischen Überzeugungen – der Name Landolf Ladig war ein leicht zu entschlüsselndes Akronym und stand für *»Landser Adolf Adlig«*.

»Ein Jammer, dass Adolf Hitler keinem preußischen Adelsgeschlecht entstammte«, hatte er einem seiner Mitstreiter einmal anvertraut. Umso mehr versuchte er nun selbst, mit seinem Pseudonym die Brücke zu schlagen zwischen dem tapferen deutschen Soldaten, den rechte Kameraden heroisch »Landser« nannten, dem nationalsozialistischen Propheten Adolf Hitler und den Tugenden des preußischen Adels.

Öffentlich äußerte er sich zurückhaltender und hielt es wie Höcke, der in der *Thüringer Allgemeinen forderte*, dass es möglich sein müsse, unorthodoxe Meinungen zum »Dritten Reich« äußern zu dürfen. Und auch Hessel betonte mehrmals, dass es einen neuen Politikertypus geben müsse, der mit der Liebe zum Vaterland die Anlagen des Volkes entfalten werde. Womit er vor allem sich selbst meinte. Hessel und Höcke waren sich auch sonst sehr ähnlich, dass Insider gerne witzelten, sie wären wie eineiige Zwillinge.

Hessel war von seiner Mission überzeugt, und mit Gründung der Partei Alternative für Deutschland, die er gerne auch »Alle für Deutschland« nannte, hatte er das Vehikel gefunden, mit dem er an die Spitze der Macht gelangen wollte. Noch agierte er im Hintergrund, aus dem Schatten der Macht heraus, aber das sollte sich bald ändern.

Er wurde nicht müde, dem mächtigsten Zirkel der Partei immer wieder zu erklären: »Wie schon Hitler gesagt hat, die Demokratie stürzt man nicht, die Demokratie schlägt man mit ihren eigenen Mitteln.«

Tatsächlich gab ihm der Erfolg der AfD recht. 2014 gelang der jungen Partei bei der Europawahl erstmals der Einzug in ein überregionales Parlament. In der Folge zog sie in alle deutschen Landesparlamente ein. Im März 2015 sammelten die Hardliner der Partei daraufhin ihre engsten Anhänger hinter sich und nannte diese Gruppierung Der Flügel, der eine deutlich konservativere, sprich, radikalere Ausrichtung der AfD forderte.

Nach der Bundestagswahl 2017 zog die AfD schließlich auch in den Bundestag ein – und das mit 12,6 Prozent der Stimmen. Die Partei hatte mittlerweile nahezu vierzigtausend Mitglieder und stellte nun als drittstärkste Kraft die größte Oppositionsfraktion. Der Flügel konnte bereits zu dieser Zeit vierzig Prozent aller AfD-Mitglieder hinter sich vereinen. 2019 waren es in Sachsen nach Schätzungen bereits siebzig Prozent.

Die extrem rechte Ausrichtung der Flügel-Getreuen gehörte von nun an zur Tagesordnung bei politischen Debatten und Kundgebungen.

Als persönliche Auszeichnung wertete Hessel schließlich den Erfolg bei den Landtagswahlen in Thüringen 2019. Mit knapp vierundzwanzig Prozent wurde die AfD mit Björn Höcke als Spitzenkandidat die zweiterfolgreichste Partei und ließ sogar die *CDU* hinter sich.

Er verglich das alles gerne mit Hitlers »Kampfzeit«. Von ihrer Gründung im Jahr 1920 an hatten der *NSDAP* gerade mal dreizehn Jahre gereicht, um mit populistischen Parolen, großspurigen Versprechungen und rücksichtsloser Ausnutzung der Not des Volkes im Jahr 1933 schließlich die Macht zu ergreifen und die junge Republik zu Fall zu bringen. Für Hessel ergab sich daraus eine einfache Folgerung: Er hatte die Hälfte der Zeit aufgebraucht, um seinem Vorbild erfolgreich nachzueifern oder es sogar zu übertrumpfen.

Hessel sah sich im selben Maße als Messias von der Vorsehung auserkoren wie der einfache Gefreite aus Braunau. Die Flüchtlingsströme, der Brexit und Corona ergossen sich über ihn wie aus dem Füllhorn der griechischen Mythologie, und aus derselben Quelle erwartete er für die nächsten Jahre eine Wirtschaftskrise, die der von 1929 in nichts nachstehen sollte – zumindest wenn es nach ihm ging. Unternehmenszusammenbrüche, Massenarbeitslosigkeit und Inflation, das waren die Dinge, die ihm den Weg an die Macht ebnen sollten.

Er wusste aber auch, dass das Europa des 21. Jahrhunderts auf deutlich massiveren Beinen stand als die Weimarer Republik. Allein hetzerische Propaganda würde wohl nicht ausreichen, um bundesweit die größte und mächtigste Partei zu werden. Eine entscheidende Zutat fehlte: Kapital.

Natürlich hatte die Partei seit ihrer Gründung finanzstarke Gönner, die ihre teils illegalen Spenden stückelten und damit trickreich der AfD unter die Arme griffen. Aber es waren bei Weitem nicht die benötigten Beträge, um den etablierten Parteien in künftigen Wahlkämpfen Paroli zu bieten oder, noch besser, sie ins Abseits zu stellen. 2018 erwirtschaftete die AfD über Mitgliedsbeiträge immerhin 3,66 Millionen Euro – nur dass sich Hessel eher einen Wahlkampf in der Größenordnung der amerikanischen Präsidentschaftswahlen wünschte. Mit 177 Millionen Dollar stiegen die Demokraten in diesem Sommer in den US-Wahlkampf ein. Das war natürlich unerreichbar; aber mit 20 Millionen Euro läge man wenigstens auf dem Niveau des Wahlkampfbudgets der *CDU* im kommenden Jahr.

Insgeheim hoffte er deshalb auf ein Wunder – und wieder einmal zeigte sich das Schicksal ihm gegenüber wohlgesonnen und war ihm im Januar 2019 in Form eines groß gewachsenen Architekten mit streng gekämmtem Mittelscheitel erschienen.

Behrens war auf einer Parteiveranstaltung des rechten AfD-Flügels am Kyffhäuser-Denkmal in Thüringen an ihn herangetreten und hatte ihm mit vorgehaltener Hand von einem verborgenen Nazischatz erzählt. Dergleichen hatte er schon öfters gehört, jedoch nie einen ernsthaften Gedanken daran verschwendet. Zwei Dinge machten Hessel bei den Ausführungen des Architekten jedoch stutzig. Wenn sonst von Nazischätzen die Rede war, dann fast immer in Bezug auf geraubte Kunst, wie im Fall Cornelius Gurlitt, in dessen Münchner Wohnung 2011 unzählige Kunstwerke im Gesamtwert von einer Milliarde Euro entdeckt wurden. Das Problem mit geraubten Kunstwerken war aber, dass sie sich nur schwer zu Geld machen ließen. Behrens indes sprach nicht von Kunst, er sprach von Gold. Außerdem bat ihn der Mann nicht um Hilfe bei der Bergung des Goldschatzes; vielmehr suchte er jemanden, der ihm dabei half, das Gold zu »waschen« und in Umlauf zu bringen.

Beide Punkte für sich waren bereits außergewöhnlich, aber noch etwas fiel ihm an Behrens auf: Der Mann war keiner seiner üblichen Anhänger, die er sonst bei Treffen des rechten Flügels traf. Keiner von denen, die ihn geradezu anhimmelten und frenetisch feierten. Behrens war sachlich, redegewandt und ausschließlich auf die Schatzthese fokussiert, ohne jegliche emotionale Regung.

Die Sache ließ Hessel keine Ruhe, und so traf er sich mit Behrens Ende Januar 2019 spätnachts im Hinterzimmer einer Autobahnraststätte, die ein befreundetes Parteimitglied gepachtet hatte. Eigentlich sollte es nur ein kurzes Treffen werden, bei dem sich Hessel davon überzeugen wollte, dass Behrens doch nur ein weiterer Eiferer war, der irgendeiner vollkommen unhaltbaren Geschichte nachjagte. Denn Hessel hatte schon alles Mögliche gehört – von Hitlers versteckter Atombombe bis zu einer geheimen Nazistation in der Antarktis, von der aus das neue Dritte Reich die Welt erobern würde.

Die Präsentation des Architekten begann zäh und mit einer penibel ausgearbeiteten Liste der Goldreserven des Dritten Reiches, die in fünf Bereiche gegliedert war.

Erstens: Gold, das mit staatlichen Zwangsmitteln in die Gewalt der Reichsbank gekommen war. Vorbesitzer waren vor allem Deutsche jüdischer Herkunft.

Zweitens: konfisziertes und geplündertes Gold, das man im Rahmen der NS-Rassengesetzgebung seit 1938 der jüdischen Bevölkerung geraubt hatte.

Drittens: Opfergold. Darunter fiel all das Gold, das das Regime den ermordeten Juden in den Konzentrationslagern abnahm. Darunter auch sogenanntes Zahngold, das man den toten Juden aus dem Gebiss brach, sammelte und zu Goldbarren goss.

Viertens: das Gold aus den Währungsreserven von Zentralbanken anderer Länder. Schon vor dem Krieg hatte sich das Dritte Reich durch territoriale Expansion Goldreserven anderer Staaten, wie zum Beispiel Österreich, aneignen können.

In der Phase der Eroberungen im Frühjahr/Sommer 1940 gerieten weitere große Goldbestände in den Besitz des NS-Staates. Auch in den darauffolgenden Jahren der Besetzung durch die deutsche Wehrmacht hielt dieser Zustrom von Gold aus den Währungsreserven europäischer Banken in die Tresore der Reichsbank an. Im Fachjargon bezeichnete man diese Kategorie als Raubgold; sie dürfte den größten Anteil der Goldreserven des Dritten Reiches ausgemacht haben.

Und fünftens: Gold aus Beständen, die bereits vor 1933 im Besitz der Reichsbank gewesen waren.

Danach listete Behrens auf, in welchem Umfang diese Goldreserven geschmolzen waren, um die immensen Kriegsausgaben zu finanzieren. Um Rohstoffe im neutralen Ausland kaufen zu können, musste das Gold zunächst in Devisen umgewandelt werden, denn Gold war und ist keine Währung. Dieser Umtausch war nicht so leicht, wie man zunächst glauben mochte, daher konnte nur ein Teil der immensen Goldvorräte in Devisen umgewandelt werden. Dabei half dem NS-Regime vor allem die neutrale Schweiz, die auch die Goldreserven der Amerikaner während dieser Zeit ankaufte und so zu Geld machte.

Laut Anschuldigungen der Siegermächte erhielt Nazi-Deutschland 75 Prozent der zur Finanzierung der Kriegsindustrie erforderlichen Devisen durch Goldtransaktionen der Reichsbank mit Schweizer Banken. Nach neuen Erkenntnissen wäre ohne dieses Geld die Rüstungsindustrie im Dritten Reich Jahre vor dem Kriegsende zusammengebrochen, was zum Kollaps des Systems geführt hätte.

Aber selbst die Warnungen der Alliierten ab Anfang 1943 wegen der Herkunft des Nazigoldes erzielten keineswegs die Einstellung der Geschäftsbeziehungen; vielmehr führte die Schweiz bis April 1945 den Goldhandel rege weiter.

Nach dem Krieg tauchten Hunderte Tonnen Gold in geheimen Verstecken auf. Der größte Fund lag in einer Kaligrube in Thüringen, aber auch verschiedene Verstecke in Bayern enthielten große Goldbestände. Dennoch waren es insgesamt nur zwei Drittel der Menge, die eigentlich in der Nationalbank des deutschen Reiches hätten vorhanden sein müssen.

Zuletzt zog Behrens vor Hessels leuchtenden Augen eine Bilanz aus all den Spalten und kam zu einem Ergebnis, das dem AfD-Politiker den Atem raubte. Tonnen von Gold waren bis heute unentdeckt geblieben, vom Erdboden regelrecht verschwunden.

Anschließend erklärte Behrens, dass Gold in dieser Größenordnung auch nicht ohne Weiteres transportiert werden könne, da das spezifische Gewicht des Edelmetalls fast dreimal höher ist als das von Eisen. Er unterstrich damit seine These, dass das Gold am Kriegsende in Deutschland geblieben war.

»Sie können mir glauben ...« Er zeigte aus dem einzigen Fenster im Raum. »Irgendwo da draußen liegt das Gold der Reichsbank, das man lange vor Kriegsende fest deponiert hat. Alles, was die Nazis 1945 noch bei überhasteten Aktionen in Sicherheit bringen wollten, wurde längst entdeckt. Na ja, sagen wir, fast alles. Bis auf einen angeblich verschütteten Panzerzug mit Tonnen von Gold, nach dem heute noch in Polen gegraben wird.«

Behrens machte eine bewusste Pause und fuhr dann fort:

»Es stellt sich also die Frage: Was ist aus all den Tonnen von Gold geworden? Ein bis heute unbekannter Transport in den letzten Kriegstagen ist unwahrscheinlich. Was, wenn das Gold aber gar nicht bewegt werden musste?«

Hessel hatte inzwischen richtig Spaß gefunden an dem Mann und seiner wahnwitzigen Geschichte. Er glaubte zwar nicht, dass Behrens auch nur den blassesten Schimmer hatte, wo sich das Gold befand. Aber so gut hatte er sich schon lange nicht mehr unterhalten gefühlt.

Deshalb spielte er mit und gab dem Architekten das offensichtlich gewünschte Stichwort.

»Sie meinen, das Gold lagert irgendwo in Deutschland?«, sagte er amüsiert.

»Genau!«, gab ihm Behrens recht und machte dabei große Augen.

»Es ist dort geblieben, wo man es kurz nach Kriegsbeginn verstaut hatte, weit weg von den Safes der Zentralbank. Meinen Recherchen nach passierte das im April 1942 und umfasste genau zehn Prozent aller Goldreserven, die das Reich bis Januar 1942 angehäuft hatte.«

Hessel wusste plötzlich nicht mehr, ob er lachen oder wirklich erstaunt sein sollte. So wie Behrens die Fakten präsentierte, schien er wahrlich zu glauben, dass er wisse, wovon er sprach.

»Hören Sie mal, Behrens. Das war wirklich ein gelungener Abend, und ich habe die letzten zwei Stunden sehr genossen, aber ich möchte ehrlich zu Ihnen sein. Ich bin sehr, sehr skeptisch. Wenn Sie also stichhaltige Beweise haben, dann wäre jetzt der Zeitpunkt dafür, sie zu präsentieren.«

Behrens zögerte.

»Es gibt da etwas, das ich Ihnen zeigen könnte, aber erst brauche ich die Gewissheit, dass wir einander vertrauen können ... das verstehen Sie doch, oder?«

Der Politiker wertete die Zurückhaltung des Architekten als gutes Zeichen. Ein Spinner hätte spätestens jetzt seine Karten offen auf den Tisch gelegt. Entspannt lehnte Hessel sich zurück und antwortete:

»Sie haben Recht, Behrens, lassen wir es langsam angehen.«

Hoch motiviert und beseelt von Gedanken an den größten Goldschatz aller Zeiten, umarmte Hessel den schmächtigen Architekten bei der Verabschiedung und ließ sich daraufhin von seinem Chauffeur nach Hause fahren.

Am nächsten Morgen haderte Hessel jedoch damit, das Wunder anzuerkennen: Reichtum in Hülle und Fülle, und das in Form von Gold, der beständigsten Währung der Welt. Während wegen der Corona-Krise die Aktienkurse an den Börsen in den Keller stürzten, legte der Wert des Goldes im selben Zeitraum um dreißig Prozent zu. Und so beauftragte Hessel eine Detektei damit, alles über den Architekten in Erfahrung zu bringen. Dergleichen tat er öfters. In seinem Safe lagen ausführliche Dossiers über alle mächtigen Parteikollegen, Freunde wie Feinde, die weit mehr enthielten als die Fakten, die der Presse bekannt waren, denn jeder hatte irgendein dunkles Geheimnis, nur Behrens offensichtlich nicht. Zu Hessels Überraschung war die Kladde, die ihm die Detektei letztlich übergab, nur mit wenigen Blättern gefüllt.

Jonas Behrens hatte zweifelsfrei deutsche Vorfahren, ein Umstand, auf den Hessel großen Wert legte. Seine Mutter war kurz nach seiner Geburt gestorben, er war ihr einziges Kind geblieben. Großgezogen hatten ihn sein strenger Vater und seine Tante. Mit Beginn des Architekturstudiums zog er nach München. Der Kontakt zu seinem Vater brach zu diesem Zeitpunkt fast gänzlich ab, nur seine Tante besuchte er gelegentlich in Hamburg. Nach dem Tod des Vaters erbte er die Familienvilla in Blankenese, deren Mieteinnahmen heute einen Großteil seiner monatlichen Einkünfte ausmachten. Das Begräbnis des Vaters fiel trotzdem sehr karg aus. Auf eine Zeremonie verzichtete er und reiste auch nicht zur Beisetzung der Urne an.

Der Absatz über Familie und Beziehungen fiel ebenfalls kurz aus, da Behrens ledig und kinderlos war. Hessel hatte an diesem Punkt der Akte schon das Schlimmste befürchtet, doch eine Seite weiter waren Fotos von seinen regelmäßigen Besuchen in einem stadtbekannten Bordell eingefügt. Nach Aussagen der dort arbeitenden Liebesdienerinnen war der Architekt zweifelsfrei heterosexuell. Politisch war Behrens ein unbeschriebenes Blatt. Seine Leidenschaft gehörte der Philatelie, und hin und wieder stand er hierfür als Gutachter dem Gericht zur Verfügung.

Sehr viel mehr hatte die Detektei über den Mann nicht herausfinden können.

Was Hessel kaum zu hoffen gewagt hatte, wurde nun langsam zur Gewissheit. Behrens war kein Fantast, Behrens war Realist.

Im Februar 2019 begann Hessel mit Behrens eine Online-Korrespondenz über den Rechner eines Internetcafés. Er erschien dort mit angeklebtem Bart und Sonnenbrille. Der Besitzer des Cafés musste jedes Mal schmunzeln, wenn er den Mann mit der schlechten Verkleidung kommen sah. Unter dem Pseudonym Odin_1933 kommunizierte Hessel mit Behrens über einen GMX-Account, der sich nicht zu ihm zurückverfolgen ließ. Zusätzlich vermieden die beiden in ihrer Korrespondenz jegliche Schlüsselwörter. So bezeichneten sie den Goldschatz nur als »die Sache« oder »die Angelegenheit«. Getrieben von ständiger Paranoia, hielt Hessel außerdem »die Angelegenheit« geheim. Nicht einmal seine engsten Vertrauten wussten davon.

Hessel war fest davon überzeugt, dass seine Internetanschlüsse zu Hause und im Büro sowie sein Mobiltelefon überwacht wurden. Was Hessel zu diesem Zeitpunkt nicht wissen konnte: Seine Befürchtungen waren völlig begründet.

Sein Smartphone war mit der Spyware Pegasus infiziert, die lückenlose Lauschangriffe ermöglichte, ohne dass es die Zielperson bemerkte. Die Software von NSO Group Technologies aus Israel ermöglichte es nicht nur, Anrufe mitzuhören und Nachrichten zu lesen, sondern auch Kamera und Mikrofon unbemerkt einzuschalten und die Bild- und Textdateien auf dem Handy zu analysieren.

Was immer Hessel mit seinem Smartphone auch tat, die Überwachung durch den Verfassungsschutz war nahezu lückenlos.

Die Kommunikation mit Behrens über die IP-Adresse des Internetcafés blieb den Spionen jedoch verborgen.

Anfang März hatte Hessel ausreichend Vertrauen aufgebaut und genug Fakten gesammelt, um einem zweiten konspirativen Treffen mit Behrens zuzustimmen. Erneut musste das Hinterzimmer der Autobahnraststätte zu nächtlicher Stunde dafür herhalten.

Vor allem ging es Hessel nun darum, endlich zu erfahren, wo genau sich das geheimnisvolle Goldversteck befand. Behrens hatte ein altes Buch mitgebracht, dass er sorgsam mit beiden Händen auf den Tisch zwischen ihnen legte. Dabei atmete er schwer, blickte Hessel tief in die Augen und nahm dann erst seine Hände von dem Buch.

Hessel schmunzelte und deutete mit dem Finger auf das zerfledderte Werk mit dem Ledereinband.

»Und sicher ist darin eine geheime Karte enthalten, die vage Hinweise darauf enthält, wo der ominöse Goldschatz nun verborgen liegt, stimmt's?«

Behrens schüttelte den Kopf.

»Nein, da liegen Sie falsch. Ich weiß, wo der Goldschatz verborgen liegt. Zumindest theoretisch.«

Hessel lachte auf und klatschte sich auf den Schenkel. Behrens ließ sich davon nicht irritieren. Er legte behutsam seine Hand auf das Buch.

»Dieses alte Tagebuch half mir nur dabei, zu verifizieren, dass ich in all den Jahren meiner Recherche keinem Hirngespinst nachgejagt bin. Denn dieses Tagebuch ist das Fundament meiner Beweiskette!«

Behrens schob es Hessel zu, der es aufmerksam betrachtete, aber nicht berührte. Fast so, als wolle er nicht ungewollt den Zauber zerstören, der ihm anhaftete. Schließlich fuhr er andächtig mit zwei Fingern über den Namen, der in den Einband geprägt war.

WOLFGANG DANNER

»Wolfgang Danner beschreibt in seinem Tagebuch, wie er 1942 beim Bau eines Hochbunkers ein ... nennen wir es, ein einschneidendes Erlebnis hatte.«

»Welcher Hochbunker?«, hakte Hessel nach.

»Sie kennen den alten Turm in Westberg auf dem Hügel? Den Hochbunker, wo vor fast neun Jahren Ephraim Zamir drei Neonazis als Geiseln hielt?«, begann Behrens das Geheimnis zu lüften.

»Natürlich.« Vor Hessels' geistigem Auge sah er den Turm und Dutzende Kinder, die davor spielten.

»Wenn ich mich recht erinnere, ist in dem Hochbunker heute ein Kindergarten ... und die haben jetzt Bauklötzchen aus Gold, richtig?«

Behrens überspielte die dumme Bemerkung geflissentlich.

»Nein, weil sich das Gold nicht im, sondern unter dem Turm befindet«, erklärte Behrens.

»Und da führt kein Weg oder irgendeine Treppe hinunter?«

»Es gibt keine Verbindung zwischen Bunker und – nennen wir es beim Namen – der Schatzkammer. Zumindest keine Verbindung, die mir bekannt ist.«

Hessel versuchte die unzähligen Fragen in seinem Kopf zu ordnen, doch es gelang ihm nicht.

»Wieso sollen die Nazis zehn Prozent ihrer Goldvorräte 1942 ausgerechnet in einer geheimen Kammer unter ...«

Behrens unterbrach ihn: »Schatzkammer. Das macht es irgendwie mystischer.«

»Kammer, Schatzkammer – was macht das für einen Unterschied? Also, wieso soll es unter diesem Hochbunker liegen? Es könnte doch genauso gut irgendwo anders vergraben sein.«

Behrens erzeugte mit seinen Fingernägeln einen leisen Trommelwirbel auf der Tischplatte und zog die Augenbrauen hoch. Er war bester Laune, denn endlich konnte er seine streng gehüteten Erkenntnisse preisgeben.

»Manfred Danner erwähnt in seinem Tagebuch Ausgrabungen, deren Zeuge er wurde. Ausgrabungen am Hügel, die stattgefunden haben, bevor der Turm errichtet wurde. Ich konnte in den Archiven des Bauamtes authentische Unterlagen einsehen, zum Beispiel Lieferscheine für Rohstoffe, Baumaterial und Maschinen, die man für dieses Bauvorhaben geliefert hatte. Dabei handelte es sich teilweise um Maschinen für den Tiefbau, wie man sie für Tunnel und Schächte braucht, und mit den angeforderten Betonmengen hätte man leicht zwei Hochbunker bauen können.«

»Vielleicht hat sich irgendein korrupter Bauherr Material für andere Baustellen abgezweigt?«, gab Hessel zu bedenken. Behrens ging nicht darauf ein.

»Und auch der Zeitraum der Herstellung sprengte den üblichen Rahmen um das Dreifache.«

»Vielleicht gab es Probleme bei der Materialbeschaffung. Immerhin war Krieg, und ...«

»Nein!«, unterbrach ihn Behrens. »Wie ich schon erwähnte, das Material war komplett und in ausreichendem Maße geliefert worden. Aber bei allen möglichen alternativen Erklärungen gab es dennoch zwei Aspekte, die mich letztendlich überzeugten. Zum einen die fachliche Qualifikation der Zwangsarbeiter und zum anderen deren Menge.«

»Inwiefern?«, unterbrach ihn Hessel erneut.

Behrens holte mit den Händen aus, um seinen Ausführungen mehr Gewicht zu verleihen.

»1942 hatte man im Reich noch genügend deutsche Fachkräfte, um so ein Gebäude zu planen und zu bauen. Sie wissen sicher selbst, wie viele verschiedene Gewerke schon nötig sind, um ein normales Haus zu errichten. Bei einem Bunkerbau sind es ungleich mehr, weil Entlüftung, Wasserinstallation, Strom, Statik und Fundament viel komplizierter sind.«

»Ja und?« Hessel verstand nicht ganz und zuckte mit den Schultern.

»Die leitenden Funktionen wurden damals immer von deutschen Fachleuten übernommen. Für die niederen Arbeiten verpflichtete man Zwangsarbeiter. Nach mir vorliegenden Papieren war das bei diesem Bunkerbau aber anders, man hatte ausschließlich Zwangsarbeiter verpflichtet, darunter viele hoch qualifizierte Bauleute aus Polen. Oder anders gesagt, ich habe keinen einzigen Hinweis oder irgendeine Rechnung von einem deutschen Handwerksbetrieb gefunden! Keine einzige!«, betonte Behrens und sah Hessel dabei mit großen Augen an.

»Ebenfalls ungewöhnlich: Die Durchführung dieses Baus wurde von der SS geleitet und überwacht – was sonst nur beim Bau von Konzentrationslagern üblich war.«

»Wenn das Projekt so geheim war, wieso machte man dann Zwangsarbeiter zu Mitwissern?«, dachte Hessel laut. Dann dämmerte es ihm, und er gab sich selbst leise die Antwort: »Weil sie ihr Geheimnis mit ins Grab genommen haben.«

Behrens sah ihn betreten an. Über den moralischen Aspekt seiner Schatzsuche wollte er auf keinen Fall sprechen, deshalb schwieg er. Er lehnte sich zurück und wartete.

Auch Hessel wischte den Gedanken beiseite und dachte lieber wieder an das viele Gold, bis er über das ganze Gesicht strahlte.

»Und dieser Jude, der damals den Bunker gekauft hat, der wusste von dem Gold, richtig?«

»Ephraim Zamir. Ja, da bin ich mir sicher. Der Mann war ein ...« Behrens lächelte bei dem Gedanken an den Mann, den er insgeheim bewundert hatte. »Er war ein kaltblütiger Irrer. Er drohte mir damit, mich zu beseitigen. Ich weiß den genauen Wortlaut nicht mehr, aber so in etwa hat er sich ausgedrückt, sollte ich jemals unser Geheimnis – so nannte er es – verraten. Erstaunlicherweise hat er mich mit dieser Drohung erst auf die Fährte gebracht.«

»Und haben Sie keine Angst, er könnte seine Drohung noch wahr machen?«

Behrens lachte auf.

»Zamir? Nein, nein. Sollte er überhaupt noch leben, ist er sicher keine Gefahr mehr. Auf YouTube gibt es die letzten Liveaufnahmen von ihm, die gemacht wurden, kurz nachdem das Dachgeschoss explodierte. Eine Gruppe junger französischer Ärzte, die wohl zu viel Zeit hatten, haben anhand der Filmaufnahmen Befunde erstellt. Sowohl über seinen physischen als auch seinen psychischen Status zum Zeitpunkt des Verschwindens. Glaubt man diesen Diagnosen, dann hat er sich bei der

Gasexplosion einen schweren Lungenschaden zugezogen. Also nein, Zamir ist ganz sicher keine Gefahr mehr«, schloss Behrens, aber das Lachen war ihm vergangen.

»Und warum hat Zamir sich das Gold nicht selbst unter den Nagel gerissen? Er hätte doch nur einen Zugang unter den Turm graben müssen!«

Behrens verdrehte die Augen.

»Lieber Herr Hessel«, begann er herablassend. »Das Fundament des Bunkers besteht aus vier Meter dickem Stahlbeton, der nicht nur direkt unter dem Turm verbaut wurde, sondern das gesamte Plateau des Hügels einnimmt. Da gräbt man nicht so eben mal ein Loch in den Boden. Was glauben Sie, warum ich Ihre Hilfe benötige?«

Ein drittes Treffen zwischen den beiden Männern sollte erst zehn Monate später stattfinden. In der Zwischenzeit stattete Hessel regelmäßig dem Internetcafé einen Besuch ab. Vor allem galt es drei Punkte zu klären, bei denen er äußerst sensibel und geschickt vorgehen musste, um auch in seiner Partei keinen Verdacht zu wecken.

Punkt eins galt der Finanzierung der Bergung.

Fachkräfte kosteten Geld, verschwiegene Fachkräfte kosteten noch mehr Geld. Behrens hatte einen Projektplan ausgearbeitet, mit dem zunächst die genaue Lage der Schatzkammer bestimmt werden sollte. Danach musste ein Zugang gelegt werden, der eine skalierbare Fördermenge erlaubte. Gold war schwer. Die Barren durch eine vier Meter lange Röhre zu transportieren, zu verladen und abzutransportieren, bedurfte einer aufwendigen Vorrichtung.

Punkt zwei, die Umwandlung von Gold in Euro. Eine seriöse Bank würde niemals Gold unbekannten Ursprungs annehmen, noch dazu, wenn es vermutlich mit einem Reichsadler geprägt war.

Erstaunlicherweise gelang es Hessel dank seiner weitreichenden Kontakte und seinem Talent, andere für seine Ideen zu begeistern, sowohl die Finanzierung zu sichern, als auch einen Partner für die illegalen Goldtransaktionen zu finden.

Das weitaus größte Problem stellte aber der dritte Punkt dar: der Kindergartenbetrieb im Turm. Während von September bis Dezember 2019 die Vorbereitungen für die »Operation Nibelungenhort« – den Tarnnamen hatte sich Hessel ausgedacht – vielversprechend vorangingen, kam man mit dem Problem Kindergarten keinen Schritt weiter. Rein theoretisch wäre man zwar an den Wochenenden ungestört gewesen, nur würde ein Wochenende zur Lokalisierung und Hebung des Goldes nicht ausreichen. Vielmehr ging Behrens' detailliert ausgearbeiteter Bau- und Projektplan von vier bis sechs Wochen aus. Dies war vor allem dem Umstand geschuldet, dass die Arbeiten verdeckt im Inneren des Turms durchgeführt werden müssten, um von außen keinen Verdacht zu wecken.

Über eine Strohfirma hatte man der jüdischen Gemeinde viel Geld geboten, um unter dem Deckmantel einer geschichtlichen Forschungsarbeit den Turm für sechs Wochen ungestört nutzen zu können, doch die Gemeinde wollte den genauen Zweck der Forschung wissen und bestand darauf, während der gesamten Zeit freien Zugang zum Objekt zu haben.

Eine zweite Idee, nämlich das Gebäude als asbestverseucht zu deklarieren, ließ man schon in der Planungsphase wieder fallen.

Ende des Jahres 2019 beschlossen Hessel und Behrens schließlich schweren Herzens, die Operation Nibelungenhort wieder einzustellen. Der Traum von einem Goldschatz ungeahnten Ausmaßes war wie eine Luftblase zerplatzt.

Behrens spülte seinen Frust tagelang mit Alkohol herunter, während Hessel sich in Arbeit stürzte, um mit einer Klage den Verfassungsschutz daran zu hindern, den rechten Flügel der AfD als Verdachtsfall einer Organisation mit extremistischen

Bestrebungen einzustufen. Doch dann besuchte ihn Behrens am 28. Januar 2020 und berichtete vom ersten Corona-Fall in Deutschland. Fast auf den Tag genau zwei Monate danach wurden die Kindergärten in Deutschland im Zuge des ersten Lockdowns geschlossen.

Hessel konnte sein Glück kaum fassen. Wieder hatte sich das Füllhorn des Schicksals gütig gezeigt.

Pünktlich einen Tag nach Beginn des Lockdowns, am 22. März 2020, lief die Operation Nibelungenhort an.

DER TURM II

Montag, 19. Oktober 2020, 6:45 Uhr

Es war kurz vor sieben, als Shalhevet mit ihrem orangefarbenen Kleinwagen über die gepflasterte Straße auf die Absperrung zufuhr, die den Hügel umgab. Das knallige Elektroauto hatte sie sich Anfang des Jahres zugelegt. Seitdem war der Inhalt ihres Sparkontos auf wenige Hundert Euro geschrumpft, doch für den Schutz der Umwelt hatte sie das gern getan. Das war vor Corona gewesen, vor dem Lockdown, der ab März für knapp vier Monate ihr Leben in vielen Bereichen eingeschränkt und den neu angeschafften Wagen völlig überflüssig gemacht hatte. Dabei waren es weniger die täglichen Begleitumstände des Lockdowns, die Shalhevet zermürbten, als vielmehr die Trennung von den Kindern des Kindergartens.

Als am 1. Juli der Kindergarten endlich wieder seine Tore öffnen durfte, war sie so aufgeregt gewesen wie schon lange nicht mehr. Voller Freude nahm sie an jedem einzelnen Kind jede noch so kleine Veränderung wahr. Vor allem bei den Kleinsten, den Dreijährigen, konnte sie beeindruckende Entwicklungen entdecken. Manche Gesichter waren ein wenig schmaler geworden, manche Kinder waren deutlich gewachsen, und manche brachten sie durch unerwartete neue Wortschöpfungen zum Lachen.

»Tante Shala soll keine Atemschutzmaske tragen.«

Tatsächlich fiel es selbst den größeren Kindern schwer, die Betreuerinnen mit ihren Atemschutzmasken zu akzeptieren.

Natürlich waren ihnen diese Masken nicht fremd, aber zu Hause im engsten Familienkreis trug niemand eine. Die lieb gewonnenen Frauen des Kindergartens nun maskiert ansehen zu müssen, war deshalb für viele irritierend.

Zuneigung, Bestätigung und Kritik nehmen Kleinkinder vor allem über die Mimik auf. In Sekundenbruchteilen entsteht durch die Bewegungen der Gesichtsmuskulatur ein Gesamteindruck aus einzelnen mimischen Facetten. Eine Form der nonverbalen Kommunikation, die den Betreuerinnen schmerzlich fehlte. Shalhevet war nur froh gewesen, dass zumindest den Kindern bis jetzt die Maskenpflicht erspart geblieben war.

Bis zu dreißig jüdische Kinder im Alter zwischen drei und sechs Jahren betreute sie mit ihren Kolleginnen im vollkommen renovierten und kindgerecht umgestalteten Turm. Das lichtdurchflutete Dachgeschoss, das Ephraim Zamir einst als luxuriösen Wohnraum mit integrierter Küche genutzt hatte, war zum Gemeinschaftsraum geworden, in dem alle Kinder gleichzeitig ihr Mittagessen bekamen oder wo ihnen Geschichten vorgelesen wurden. In den beiden darunterliegenden Stockwerken hatte man die geräumigen Arbeits- und Gästezimmer neu gestaltet und ihnen Themennamen gegeben wie »Walfischzimmer«. Von den blauen Wänden des Raums guckte ein lustiges Walgesicht die Kinder mit großen Kulleraugen an.

Der Aufenthaltsraum des Personals lag im ersten Stock und führte direkt ins geräumige Treppenhaus. Hier befand sich auch der Haupteingang, den man über zwei geschwungene steinerne Außentreppen erreichte.

Die fensterlosen Kellerräume, die im Erdgeschoss lagen, wo einst Zamir seine Geiseln festgehalten hatte, waren kaum verändert worden. Sie dienten als Vorrats- und Lagerräume für Spielzeug, Gartenmöbel und Ähnliches. Mit ihren unverputzten Betonmauern wirkten sie selbst im spärlichen Kunstlicht der Energiesparlampen immer noch kalt und unheimlich. Kaum ein Kind hatte je einen Fuß in diesen Teil des Turms gesetzt, und diejenigen, die es versehentlich dennoch getan hatten, fürchteten sich seitdem und erzählten den anderen Kindern, dort unten würden böse Geister umgehen. Selbst die jüngeren Betreuerinnen stiegen nur sehr ungern die steinernen Stufen hinab, um von dort Vorräte oder Spielsachen heraufzuholen.

Gerade sprach die vertraute Stimme des Wetteransagers aus dem Autoradio zu Shalhevet: »Nach frühmorgendlicher Nebelauflösung kommt heute im Tagesverlauf über dem Süden, Westen und Osten häufiger die Sonne zum Vorschein ...«

Shalhevet freute sich über diese Nachricht, denn noch waren die Tage warm genug, um mit den Kindern in den angrenzenden Wald gehen zu können. Sie selbst hatte deshalb nur Jeans, eine kurzärmelige Bluse und darüber eine praktische Weste mit vielen Taschen angezogen. Die Kinder kannten sie eigentlich nur in dieser Weste, aus der erstaunliche Sachen zum Vorschein kamen, wenn sie gebraucht wurden. Vom Pflaster bis zum Schraubenzieher schien sie alles zu enthalten, was Shalhevet für ihren Job benötigte. Der Kindergarten und vor allem die Kinder waren für sie alles, was zählte – und soweit es ihr möglich war, versuchte sie auch ihre Kolleginnen und selbst die Eltern zur Mitarbeit bei allen möglichen Projekten zu bewegen.

Auf einer nahen Lichtung im Wald hatte sie zum Beispiel gemeinsam mit den Eltern ein »Räuberlager« aus einfachen Holzhütten und einem kleinen Baumhaus gebaut. Ihr Einsatz und ihre Fähigkeit, andere Menschen für ihre Ideen zu begeistern, fanden immer großen Anklang in der Jüdischen Gemeinde, nur über den Namen dieses Abenteuerlagers hatte es einen Disput gegeben. »Räuberlager« schien manchen Eltern pädagogisch fragwürdig. Sie plädierten für »Feenlichtung« oder »Nimmerland«, doch Shalhevet blieb als Leiterin des Kindergartens stur. Woraufhin man sie bedrängte, es zumindest »Räuber- und Räuberinnenlager« zu nennen, was Shalhevet aber noch wütender machte. Letztendlich blieb alles, wie es war, denn keiner wagte es, sich mit der resoluten und redegewandten Frau anzulegen, nicht einmal der Rabbi selbst.

Vor Shalhevet öffnete sich das automatische Tor in der dichten Hecke und machte den Weg frei, der den Hügel zum Turm hinaufführte. Langsam gab die eiserne Barriere den Blick auf den imposanten Bau preis, dessen beigefarbene Mauern Shalhevet im Licht der Morgensonne entgegenleuchteten. Für sie war der Augenblick, in dem sich ihr das Gebäude am Morgen zeigte, jedes Mal ein erhabenes Erlebnis. Es schien ihr dann fast so, als würde sie der Turm willkommen heißen.

Was für ein Unfug, wies sie sich selbst zurecht, schüttelte den Kopf und passierte langsam das Tor, das sich langsam hinter ihr wieder schloss. Bald würden die ersten Mütter und Väter kommen, die ihre Kinder brachten, üblicherweise mit dem Auto. Zwei schwer bewaffnete Männer einer Security-Firma regelten dann die Zufahrt und konnten bei einem Notfall im Boden eingelassene Nagelstreifen emporschnellen lassen, welche die Autoreifen zerfetzten.

Ab 8:30 Uhr wurde das massive Tor dann wieder geschlossen, und die Wachleute bezogen Posten oben am Turm. Eltern, die zu spät kamen, oder der Cateringservice, der regelmäßig um 12 Uhr eintraf, wurden dann per Video-Fernüberwachung kontrolliert und gegebenenfalls eingelassen.

Um 10:30 Uhr verließ ein weißer Lieferwagen mit der Beschriftung »PRIEN – KOSCHERES CATERING« die Schnellstraße und näherte sich dem Kern des weit östlich gelegenen Stadtviertels. Hätten Geron und Elia Prien am Steuer des Lieferwagens gesessen, dann hätte das Innere bereits nach Strudel, Lokschenkigel oder Blintz geduftet, so aber war die Luft stickig und roch nach Schweiß und Nikotin. Die leeren Warmhalteschalen steckten in ihren Verankerungen und dienten nur dem Zweck der Täuschung, genau wie die weißen Kittel und Kappen mit dem roten »PRIEN CATERING«-Logo, die Steiner und Lutz trugen. Ihre Hände steckten in Latexhandschuhen, wie sie von Chirurgen verwendet wurden. Dank Corona würden die Atemschutzmasken ihre Tarnung vollenden.

Lutz wirkte entspannt. Er lümmelte auf dem Beifahrersitz herum. Seine Knie stemmte er gegen die Armaturen und schnippte die Asche seiner Zigarette aus dem Fenster, das nur einen Spalt weit geöffnet war.

»Schau dir die Schwuchteln an ...«, sagte er anerkennend beim Blick auf das gepflegte Innere der Fahrerkabine.

»Kein Staubkörnchen ... Und von den Fußmatten könntest du glatt essen, oder? Und hier.« Er zeigte auf die Mittelkonsole, in der eine kleine Plastikdose mit Kaugummis sowie zwei Brillenetuis nebeneinanderlagen. »Fein säuberlich aufgereiht, als wenn's die Theke von 'nem Laden wäre.« Er nahm einen letzten kräftigen Zug, dann drückte er die Zigarette auf der Armlehne aus. Die Glut brannte sich durch die schwarze Kunststoffhülle und legte weißen Schaumstoff frei. Für einen kurzen Augenblick wandte Steiner sich ihm zu und schüttelte den Kopf.

»Mensch, spinnst du? Das stinkt. Ich hasse den Geruch von verbranntem Plastik.«

»Ich mag's ... Ich mag's total, wenn so piekfeine Sachen 'ne Macke bekommen. Weißt du, nichts im Leben ist perfekt. So 'n feiner Kratzer mit einem Schlüssel in 'ner Luxuskarosse oder ein Zigarettenloch im Polster von der U-Bahn, das lässt die Dinge gleich viel echter wirken, viel natürlicher. Verstehste?«

Steiner verstand. Er machte selbst gerne Dinge kaputt, aber aus anderen Gründen, meist aus Wut. Und auch nur dann, wenn niemand in der Nähe war, an dem er seine Wut auslassen konnte – und Steiner war oft wütend. Im Augenblick fragte er sich aber nur, ob Lutz die Sache nicht zu locker nahm. Er sah sich selbst als harter Knochen, als jemanden, der richtig abgebrüht war und den alles kaltließ. Doch Lutz war anders, Lutz schien sich richtig auf die Aktion zu freuen, gerade so, als würden sie zu einer Party mit heißen Mädchen und viel Alkohol fahren.

»Bist du cool?«, fragte er ihn.

»Mann, na klar bin ich cool«, antwortete Lutz und lachte dabei fast.

»Du klingst, als wenn du bekifft wärst.«

»Hab nicht gekifft, ich schwör's.« Dabei legte er die rechte Hand aufs Herz und machte mit der anderen Hand feierlich das Victoryzeichen.

»Wird schmutzig werden.«

Lutz verging das Grinsen. Er nickte zustimmend. Steiner nahm die Reaktion wohlwollend zur Kenntnis. Es beruhigte ihn, zu wissen, dass Lutz die Sache doch nicht so auf die leichte Schulter nahm, wie er die ganze Zeit vorgab.

»Ist nicht leicht, ein Kind zu erschießen.«

Wieder nickte Lutz und starrte auf die Straße vor sich. Am Horizont tauchte der Hügel mit dem achteckigen Turm auf.

»Ist er das?«

Diesmal war es Steiner, der nur nickte.

»Da drin hat er dich gefoltert?«, wollte Lutz wissen, aber Steiner blieb stumm.

»Hast nie darüber geredet ... Wie war das damals?«, hakte Lutz nach.

»Kannst du einfach mal deine Fresse halten?«

Die Erinnerungen peinigten ihn noch immer. Es waren nicht die Schmerzen, die ihm Zamir zugefügt hatte, und auch nicht sein Nahtoderlebnis. Es war einzig und allein die Erinnerung daran, dem alten Juden auf Gedeih und Verderb ausgeliefert gewesen zu sein.

Der kleine Jakob war mit seinen fünf Jahren und den blonden Naturlocken ein echter Engel, wenn er wollte. Doch gerade wollte er mal wieder nicht, und das brachte seine Betreuerin Yasir zur Weißglut. Er stand am Fuße einer mächtigen Rotbuche und blickte zornig hinauf zu dem kleinen Baumhaus. Durch die Baumwipfel schimmerte der Turm, der nur wenige Minuten entfernt lag.

Jakob wusste genau, dass das Baumhaus den Sechsjährigen vorbehalten war. Eine Regelung, auf die sich der besorgte Elternbeirat beim Bau geeinigt hatte. Eine Regelung, die Jakob nicht verstehen wollte. Seine beiden besten Freunde saßen oben in dem Haus. Doch sie waren bereits sechs Jahre alt, während sein sechster Geburtstag noch einen Monat auf sich warten lassen würde.

Seit geraumer Zeit redete Yasir mit Engelszungen auf Jakob ein, obwohl sie den kleinen Blondschopf am liebsten an den Marterpfahl gebunden hätte, der bunt bemalt neben der Rotbuche stand. Indessen starrte Jakob weiterhin zornig mit zusammengekniffenen Augen und geballten Fäusten den Baum hinauf, während die anderen Kinder zwischen den Bäumen spielten und ihre kreischenden Stimmen durch den Wald hallten.

Yasirs Familie stammte aus dem Iran, bezeichnete sich selbst aber als persisch. Vor zwei Generationen waren sie vor den Ajatollahs geflohen und hatten in Deutschland eine neue Heimat gefunden. Aus Liebe zu einem jüdischen Lehrer war Yasir zum Judentum konvertiert und hatte gegen den Willen ihrer Familie den Lehrer schließlich geheiratet. Er war es auch gewesen, der ihr die Stelle im jüdischen Kindergarten verschafft hatte. Er hoffte, dass sie dadurch lernen würde, wie jüdische Kinder erzogen werden sollten.

Der Kindergarten legte großen Wert auf die Einhaltung der jüdischen Feiertage und Bräuche. Yasir erschien das zunächst auch nachvollziehbar und schlüssig, doch mit der Zeit erinnerten sie all die jüdischen Kinder tagtäglich daran, welche Schwierigkeiten sich aus den konträren Erwartungen ihrer Familien ergeben würden, sollten sie erst einmal eigene Kinder haben. Die teils unüberwindbaren Gräben zwischen der persischen und jüdischen Tradition würden dann noch größer werden. Erst heute Morgen hatte es deshalb wieder Streit gegeben. Diesmal ging es darum, ob ihre Kinder neben Deutsch und Hebräisch auch Persisch lernen würden. Kinder, die noch nicht einmal geboren waren, obwohl die beiden seit Monaten fleißig daran »arbeiteten«. Denn zumindest in diesem Punkt waren sich die gegensätzlichen Familien einig, oder wie es Yasirs Mutter ausdrückte: »Gesunde und hübsche Kinder kann eine Frau nur unter fünfundzwanzig bekommen.«

Immer öfter ertappte sie sich dabei, ihre Ehe infrage zu stellen. Manchmal zog sie sogar in Erwägung, alles hinzuwerfen und weit fortzugehen von ihrem Mann, ihren Familien und dem jüdischen Kindergarten. Eine Rückkehr zu ihren Eltern und ihren strenggläubigen Brüdern zog sie jedoch nie in Betracht. Die Gräben innerhalb der Familie waren zu tief geworden. Als Yasir sich bei ihrer letzten Begegnung von ihrem Vater verabschieden wollte, hatte er ihr Gesicht und Rücken zugewandt, das Fenster des Wohnzimmers geöffnet, in dem sie so wunderbare Feste gefeiert hatten, und leise auf Persisch in den Wind geflüstert: »Allah weiß, ich habe keine Tochter mehr.«

Der kleine Junge vor ihr beobachtete eines der Mädchen auf dem Baum, das ihm gerade die Zunge rausstreckte. Wütend stampfte er mit einem Bein auf den Boden und riss Yasir aus ihren Gedanken.

»Jakob, weißt du, was ...«

Yasir beugte sich zu dem blonden Jungen hinab und schaute ihm tief in die Augen.

»Du gehst jetzt auf der Stelle zurück und meldest dich bei Tante Shala. Das Räuberlager ist für dich die ganze Woche gestrichen.«

Der zornige Ausdruck in Jakobs Gesicht wich blankem Entsetzen.

»Auch heute Nachmittag?«, fragte er kleinlaut.

»Heute Nachmittag?« Für einen flüchtigen Augenblick wurde ihr bewusst, dass sie einen Konflikt mit einem fünfjährigen Jungen hatte. Innerlich musste sie fast lachen.

»Natürlich auch heute Nachmittag! Also los, worauf wartest du noch?«

Der gerade noch so standhafte, trotzige Junge drehte sich um und tapste mit hängenden Schultern einen schmalen Trampelpfad entlang, der direkt zurück zum Turm führte.

Yasir sah ihm aufmerksam nach und griff zu ihrem Smartphone. Shalhevet meldete sich.

»Wieder Jakob?«

»Ja, tut mir leid. Wieder Jakob«, antwortete Yasir.

»Du musst Geduld haben, es gibt nicht nur pflegeleichte Kinder. Jakob mag ein Dickkopf sein, aber im Herzen ist er ein guter Junge.«

»Das sagst du bei jedem Kind. Du bist immer so ...«, Yasir suchte nach dem richtigen Wort, »... verständnisvoll. Das macht mich verrückt. Kannst du nicht einfach mal sagen, dass dir die Gören auch auf die Nerven gehen?«

Shalhevet dachte nach, beschloss aber, die Frage unbeantwortet zu lassen.

»Ich sehe ihn, du kannst jetzt auflegen.«

Yasir hatte keine Antwort erwartet, war aber froh, zu hören, dass Jakob nun in der Obhut von Shalhevet war. Irgendwie hing sie ja doch an dem kleinen Kerl und freute sich darüber, dass ihre Absprachen zur lückenlosen Betreuung der Kinder so reibungslos funktionierten.

Shalhevet stand an einem der Erkerfenster im Dachstuhl in ihrem Büro und beobachtete, wie Jakob langsam aus dem Wald den Hügel hinaufschlurfte, der auf dieser Seite deutlich niedriger war als auf der dem Ort zugewandten Seite. Obwohl er noch ein gutes Stück entfernt war, öffnete sie die schwere Gittertür in der mannshohen Hecke mit ihrer Fernbedienung. Dabei fiel ihr Blick auf einen Überwachungsmonitor an der Wand, ein Überbleibsel von Zamirs Sicherheitsanlage. Ein weißer Lieferwagen näherte sich dem Zufahrtstor am Fuße des Hügels. Mehr als die Hälfte der Kinder befand sich im Wald, zehn weitere wurden gerade in den Spielräumen von ihren Kolleginnen Tuğba Bekele und Esra Friedmann betreut. Lebhaftes Geschrei drang über die Wendeltreppe zu ihr hoch. Nach dem Mittagessen war ein Wechsel geplant; dann würden diese Kinder zum Räuberlager in den Wald dürfen.

Mit großen Schritten eilte sie auf die andere Seite des Dachgeschosses und blickte aus dem Fenster. Kein Zweifel: Es war der Lieferwagen der Priens. Irritiert sah sie auf die Uhr. Es war genau elf.

So früh heute? Das war unüblich für die beiden.

Steiner bremste den Lieferwagen ab und blieb vor der verschlossenen Zufahrt stehen. Alles hing nun davon ab, dass sie diese vorletzte Hürde passierten, ohne Verdacht zu erwecken. Die automatische Kamera, die in einem hohen Edelstahlpoller neben dem Tor installiert war, erfasste die maskierten Gesichter und übertrug die Aufnahmen in den Turm. Steiner winkte mechanisch in die Kamera, um mit der Handbewegung sein Gesicht zu verbergen. Tuğba Bekele, die im Aufenthaltsraum des Personals im ersten Stock gerade einem kleinen Mädchen ein Dinopflaster auf eine winzige Schürfwunde klebte, warf nur einen flüchtigen Blick auf den Monitor. Andernfalls hätte sie erkannt, dass die beiden Insassen wegen ihrer Atemschutzmasken nicht zweifelsfrei identifiziert werden konnten. Für diesen Fall war dem Personal des Kindergartens ein striktes Protokoll eingeschärft worden.

Schritt eins: Ablegen jeglicher Gesichtsbedeckung. Würde sich dabei herausstellen, dass es sich um »der Institution fremde Personen« handelte, verwies das Protokoll auf Schritt zwei: Erfassung der Ausweise und Gesichter durch den integrierten Scanner am Tor. Die Daten wurden dann automatisch an eine Überwachungsfirma übermittelt, die gegebenenfalls eine Freigabe für die Zufahrt zum Gelände erteilte. Aber nichts dergleichen passierte, denn für die neunundzwanzigjährige Pädagogin war der Besuch der beiden Männer zur Routine geworden. Genau wie das Öffnen der Zufahrt, deren zwei stählerne Elemente nun gemächlich wie Schleusentore links und rechts in der Hecke verschwanden.

Steiner drückte sanft das Gaspedal durch und fuhr los.

»Kannst du sie schon sehen?«, wollte Lutz von ihm wissen und richtete sich auf. Dabei entsicherte er eine Kleinkaliberpistole und steckte sie in den Hosenbund.

»Nein, aber sie sind da ... Ich weiß es ...«

»Und sie sind bewaffnet?«

»O ja – und nach meinen Infos sogar ziemlich gut. Halte dich einfach haargenau an den Plan, den ich dir eingebläut habe, dann wird alles glattgehen.«

Der weiße Lieferwagen holperte über das Kopfsteinpflaster, mit dem man den einstigen Kiesweg befestigt hatte.

O ja, der Plan, dachte Lutz sarkastisch, sagte jedoch laut: »Wir legen die Wachen um, stürmen den Turm, ich mache Jagd auf die Ratten, und du kümmerst dich um den Rest. Korrekt?«

Steiner nickte. »Ich hab mir wochenlang den Arsch aufgerissen, damit wir da heil wieder rauskommen – und danach nicht in den Knast wandern. Also scheiß mich nicht an, halt dich an den Plan, und alles wird gut!«

Schon bei den Vorbereitungen des Anschlags hatte das Vorhaben durch die zahlreichen Diskussionen der beiden nach und nach seinen Schrecken verloren. Je öfter sie über die Details sprachen, desto weniger menschlich erschienen die Leben, die sie auszulöschen gedachten. In ihrer Diktion war dann nur noch von Ratten, Abschüssen oder Zahlen die Rede.

Die ursprüngliche Idee war von Lutz gekommen. Seiner Meinung nach würde ein glorreicher Anschlag, bei dem sie gnadenlos ein paar Ratten ermordeten – so bezeichnete er die jüdischen Kinder –, weltweit für Wochen die Medien dominieren. Als Beispiel führte er die beispiellose Heldentat von Anders Behring Breivik an, der im Juli 2011 auf der norwegischen Insel Utøya siebenundsiebzig Menschen hingerichtet hatte. Zweiunddreißig von ihnen waren noch keine achtzehn Jahre alt gewesen. Der Rechtsextremist galt in ihren Kreisen als gefeierter Held. Lutz lobte gern die geniale Idee, als Ort des Geschehens eine kleine Insel gewählt zu haben, von der es für niemanden ein Entrinnen gab. Neunzig Minuten lang hatte Breivik dadurch die Gelegenheit gehabt, ungehindert Jagd auf Menschen zu machen. Für Lutz war der Turm ein ebenso geniales Areal wie für Breivik die Insel, vielleicht sogar genialer. Hatte man einmal die Pforte im ersten Stock gesichert, war der Betonkoloss eine unausweichliche Falle. Steiner hatte sich nach und nach mit der Idee angefreundet, wollte aber auf keinen Fall nach dem Anschlag in Gefangenschaft gehen. Lutz hingegen nahm diese Möglichkeit schulterzuckend in Kauf.

»Hey, Steiner, wir sind in Deutschland«, hatte er gesagt. »Wenn sie uns kriegen, kommen wir nur in den Knast und werden weltberühmt!«

»Fick dich, Lutz, mich sieht der Knast nicht mehr«, hatte Steiner erwidert. »Wenn sie uns kriegen sollten, jag ich mir vorher eine Kugel in den Kopf. Aber wir sind schlauer als Breivik, denn wir kommen da raus, das schwör ich dir!«

Von da an hatte Steiner die Planung des Anschlags übernommen und konfrontierte Lutz eines Tages mit einem Zeitlimit.

»Zehn Minuten?«, reagierte Lutz wütend. »Zehn Minuten für den größten Terrorakt, den Deutschland je erlebt hat? Scheiße, Mann, die kleinen Ratten sind verdammt schnell, die werden rennen wie der Teufel, wenn die Schießerei erst mal losgeht.«

»Du hast keine Ahnung, wie lang zehn Minuten sein können, oder?«, hielt ihm Steiner entgegen und nahm Lutz zwei Tage später zu einer Paintballhalle mit, in der man mit Farbkugeln auf Gegenspieler oder Attrappen schoss. Steiner hatte die große Halle von einem Kumpel aus der Szene an diesem Nachmittag ganz für die beiden allein bekommen. Zwischen all den Hindernissen und künstlichen Wänden setzte er in Ermangelung von Ratten dreißig weiße Mäuse aus, beschallte die Halle mit ohrenbetäubender Metalmusik und forderte dann Lutz auf, die verängstigten Nager zu jagen, die panisch quer durch den Parcours flitzten.

Lutz kannte kein Halten mehr. Jedes Mal, wenn auf einer der Mäuse eine rote Farbkugel aus seiner Paintballwaffe zerplatze, schrie er jubelnd seine Abschussquote in die Halle. Genau nach zehn Minuten stoppte Steiner die kreischenden Gitarren und pfiff Lutz zurück, um das Massaker zu beenden. Schweißüberströmt und glückselig lächelnd, krakeelte Lutz die Zahl Vierundzwanzig heraus und zerquetschte dabei eine letzte Maus mit seinem Stiefelabsatz.

Keuchend ging er in die Knie, um wieder zu Atem zu kommen. Steiner lief auf ihn zu, blieb vor ihm stehen und belehrte ihn.

»Zehn Minuten sind eine verdammt lange Zeit, Lutz – und du bekommst keine Minute mehr.«

In den Wochen vor dem Anschlag hatte Steiner in der Isolation seinen Plan, der für einen reibungslosen Ablauf sorgen sollte, bis ins kleinste Detail verfeinert. Immer wieder dachte er dabei an all die schlauen Köpfe wie Zamir, Karl Rieger oder seinen ehemaligen NPD-Anführer Thielen, die in ihm stets nur einen skrupellosen Vollstrecker gesehen hatten. Ihnen allen wollte er beweisen, dass er zu Größerem fähig war, dass sie ihn letztendlich alle immer unterschätzt hatten. Mehrmals verschob er deshalb den Tag X, weil er sich mit immer neuen Hindernissen konfrontiert sah, je tiefer er ins Detail ging und je mehr er über den Turm, seine Bewacher und das ausgeklügelte Sicherheitssystem in Erfahrung brachte.

Am Ende seiner Bemühungen war ihm klar geworden, dass

er für alles eine Lösung gefunden hatte, nur nicht für die Vermeidung eines Notrufs an die nächstgelegene Dienststelle, da es in jedem Stockwerk des Turms eine Notruftaste gab. Selbst wenn sie mit Schalldämpfern vorgehen würden, so wäre es kaum zu vermeiden, dass eine Horde schreiender Kinder die Betreuerinnen im Turm in Panik versetzten. Die Aktivierung des Notrufs war deshalb eine Konsequenz, die zu einem Teil des Plans wurde. Anders als Breivik auf der Insel Utøya, für den Zeit kaum eine Rolle gespielt hatte, hing das Gelingen ihres Vorhabens vor allem vom Timing ab. Verfügbarkeit und Entfernung der nächstgelegenen Polizeistreife, die die Zentrale nach Eingang des Notrufs in Bewegung setzen könnte, waren die unbekannten Variablen. Durch eine Quelle innerhalb der Polizei gelangte er an die Einsatzpläne der hiesigen Polizeiinspektion sowie an Statistiken über die Häufigkeit von Vorkommnissen in dieser Gegend, denn darauf stützten sich die Einsatzpläne. Aufgrund der Jahreszeit und wegen der Corona-Krise waren die Polizeikräfte in diesem ruhigen Stadtviertel am Rand der Stadt fast halbiert worden. Zudem zeigten die Pläne für den Montag nach dem Berufsverkehr ein regelrechtes Einsatzloch zwischen 10:45 Uhr und 11:45 Uhr. Gerade mal zwei Streifenwagen hatten während dieser Zeitspanne ein Gebiet von fünfundzwanzig Quadratkilometern zu patrouillieren und bei Notfällen einzugreifen. Und genau so ein Notfall war essenzieller Bestandteil von Steiners Gesamtplan.

Vor einer Viertelstunde sollte sich ein Audioplayer in ihrer Wohnung eingeschaltet haben, der den Nachbarn einen lautstarken Streit vorgaukelte, an dessen Höhepunkt es zu einer Schießerei und Schmerzensschreien kam. Dank Homeoffice und Quarantäne waren die Wohnungen rundherum voll besetzt. Es war nur eine Frage der Zeit, bis die Polizei gerufen wurde. Die Eskalationsstufe, die sich Steiner für die eintreffenden Beamten ausgedacht hatte, würde schließlich die volle

Aufmerksamkeit der gesamten Polizei der Stadt auf sich ziehen.

Steiner blickte auf die Uhr. Es war zwei Minuten nach elf. Er glaubte fest an das Gelingen seines Plans, und demnach blieben ihnen von nun an exakt fünfundzwanzig Minuten.

Der Lieferwagen hatte das Plateau erreicht und parkte direkt vor den steinernen Treppenaufgängen, die hoch zum Haupteingang führten. Die dort postierten Wachmänner mit umgehängten Maschinenpistolen schenkten dem Cateringservice nur beiläufig ihre Aufmerksamkeit. Wachmann Kühnert erzählte soeben seinem Kollegen inbrünstig von der missglückten Anmache bei einem nächtlichen Barbesuch, woraufhin Nazan in lautes Gelächter ausbrach.

Auch ihnen wurden die tägliche Routine und der gewohnte Anblick der beiden Cateringmitarbeiter, die gerade den Lieferwagen verließen, zum Verhängnis. Der Kräftigere von beiden ging um den Transporter herum, während der andere die seitliche Schiebetür aufzog. Gemeinsam hoben sie einen länglichen Rollcontainer aus Edelstahl aus seiner Arretierung und setzten ihn auf den Boden. In dem Container wurden für gewöhnlich die Speisen warm gehalten. Laut ratternd schoben sie das Gefährt über das Kopfsteinpflaster bis zum Fuß der Steintreppe. Zuvorkommend öffneten die Wachmänner oben die schweren Eingangstüren der Pforte, die automatisch nach innen aufschwangen. Sie gaben den Blick frei auf Tuğba Bekele mit ihren lila gefärbten Haaren, die gerade mit dem kleinen Mädchen mit dem Dinopflaster ins Treppenhaus gegangen war und es nun nach oben in das Spielzimmer schickte. Ganz automatisch blickte sie danach aus der geöffneten Tür und sah in die Augen der beiden weiß gekleideten Männer, die bereits mit ihrem tragbaren Rollcontainer oben an der gewundenen Außentreppe angekommen waren.

Das sind nicht Geron und Elia, begriff die Neunundzwanzigjährige in diesem Moment, ohne die Tragweite ihrer Erkenntnis zu verstehen. Freundlich lächelte sie den beiden entgegen, die den silbernen Wagen zwischen den Wachmännern abstellten und hastig in ihre Taschen griffen. Die schnellen Bewegungen schienen ihr unangebracht – sie passten ganz und gar nicht zu dem Bild der lachenden Wachmänner und dem sonnigen Tag, genauso wenig wie die beiden Pistolen, die plötzlich auf die Köpfe der Wachen gerichtet waren.

Tuğba sah bereits voraus, was nun geschehen würde, aber sie war nicht in der Lage, es zu begreifen. In ihrem Kopf herrschte vollkommene Leere – so lange, bis es mehrmals leise »flup« machte und Blut aus den Köpfen von Kühnert und Nazan quoll. Tuğba konnte nicht einmal schreien, sondern sah nur zu, wie die leblosen Körper der Wachmänner zu Boden sackten.

Erst jetzt wurde ihr bewusst, dass sie in Lebensgefahr schwebte. Zu ihrem Glück hatten Steiner und Lutz aber in dieser Sekunde andere Sorgen. Die stählernen Türen schlossen sich langsam. Panisch senkten sie ihre Waffen und stemmten sich gegen die Flügeltüren, die sich bereits fast gänzlich geschlossen hatten. Alles hing davon ab, dass es ihnen gelang, in den Turm zu kommen. Laut stöhnend boten sie all ihre Kraft auf, um ein Schließen der Pforte zu verhindern. Doch die elektrischen Motoren wurden nicht einmal langsamer. Verzweifelt versuchte Steiner noch, seine Pistole in den Spalt zwischen den Türen zu stecken, doch es war zu spät. Sie passte nicht mehr hindurch, und das Schloss der Pforte schnappte laut klickend in seine Arretierung.

Tuğba zog zitternd ihre Hand von dem Notverschluss neben der Flügeltür zurück und begann zu schreien. Sie hatte ihn nicht bewusst ausgelöst, es war ein purer Reflex gewesen, der ihr soeben das Leben gerettet hatte.

In diesem Moment kam Esra die Treppe herunter, gefolgt von einigen verstörten Kindern. Sie waren durch die Schreie angelockt worden. Von ganz oben hörte man Shalhevet, die ebenfalls die Stufen hinuntereilte.

Esra nahm Tuğba in den Arm, die schluchzend zu Boden ging. Immer mehr Kinder kamen aus den Zimmern die Treppe hinunter, hielten aber Abstand zu den beiden Frauen.

»Sie haben sie umgebracht ...«, konnte man undeutlich von Tuğba vernehmen, die um Atem rang und am ganzen Leib zitterte.

»Sie haben sie umgebracht ...«, wiederholte sie immer wieder. Shalhevet drängte sich durch die Kinder, kniete sich vor ihre Kolleginnen und nahm Tuğbas Gesicht in ihre Hände.

»Tuğba«, sagte sie streng. »Du musst mir genau erzählen, was passiert ist. Hörst du mich, Tuğba?«

Aber Tuğba schluchzte noch immer und war völlig sprachlos. Unter den Flügeltüren kam eine dunkle Flüssigkeit zum Vorschein, die sich langsam ausbreitete. Es war ohne Zweifel Blut. Shalhevet wartete keine Antwort mehr ab, sondern stürzte in den Aufenthaltsraum.

Der Alarm, wir müssen den Alarm auslösen.

Sie verschwendete keinen Gedanken mehr an die Kinder, die verstört auf die schluchzende Tante Tuğba schauten. Ein kleines Mädchen begann leise zu weinen.

Shalhevet riss den Handapparat aus seiner Ladestation und wählte den Notfallcode, der auf der Rückseite des Telefons stand. Eine mechanische Stimme meldete sich.

»Ihr Notruf wurde entgegengenommen. Hilfe ist unterwegs. Begeben Sie sich in das Erdgeschoss, schließen Sie sich dort ein, und warten Sie auf das Eintreffen der Polizei.«

Der Notruf des jüdischen Kindergartens wurde nicht persönlich angenommen, sondern löste in der Polizeizentrale ein Signal aus, das automatisch mit höchster Priorität behandelt wurde. Überrascht stellte die zuständige Beamtin fest, dass in unmittelbarer Nähe des Bezirks kein Streifenwagen verfügbar war. Alle Einsatzkräfte waren vor zehn Minuten abgezogen worden, weil es in einem Mietshaus im Westen der Stadt zu einer heftigen Explosion gekommen war, bei der sich zwei Polizisten schwer verletzt hatten.

So kam es, dass Polizeiobermeister Kucera als einer der wenigen verbliebenen Beamten in seiner Polzeiinspektion um 11:07 Uhr den Auftrag erhielt, dem Notruf nachzugehen. Der als besonders impulsiv geltende Beamte verstand die ganze Aufregung nicht, da der Kindergarten von einer privaten Sicherheitsfirma bestens geschützt wurde. Erst der energische Befehlston, der ihm aus dem Hörer entgegenschlug, brachte ihn dazu, sich widerwillig auf den Weg zu machen. Dabei malte er sich aus, wie er die Kindergärtnerin, die ziemlich sicher versehentlich den Notruf gewählt hatte, zur Minna machen würde.

Nachdem die Beamtin in der Notrufzentrale das Gespräch mit Kucera beendet hatte, nahm sie das Headset ab und wandte sich kopfschüttelnd an ihre Kollegin.

»Du wirst nicht glauben, wer gerade in der Leitung war.«

Die sichtlich gestresste Beamtin, die einen Tisch weiter saß, warf ihr nur einen fragenden Blick zu, da die Notrufleitung der Polizei seit der Explosion im Dauereinsatz war.

»Sagt dir der Name Kucera was? Torsten Kucera?«

Sofort hatte sie die ungeteilte Aufmerksamkeit der Frau, die ihr mit erhobenem Zeigefinger andeutete, kurz zu warten.

»Bitte, bleiben Sie in Ihrer Wohnung, und bewahren Sie Ruhe. Ja ... ganz sicher, die Kollegen müssten jeden Moment eintreffen und kümmern sich dann auch um Sie. Bitte öffnen Sie so lange nicht die Tür, gehen Sie nicht hinaus auf den Gang, und verhalten Sie sich ruhig. Ja, genau, vielen Dank ... danke. Nein, es besteht keine akute Gefahr, aber bleiben Sie bitte in Ihrer Wohnung, vielen Dank. Gott schütze Sie auch.«

Sie loggte sich aus der Anrufliste, legte das Headset ab und drehte sich wissbegierig zu ihr um.

»Kucera ... Du meinst Obermeister Torsten Kucera?«

»Genau den!«

»Wenn du mich fragst, es erwischt immer die Falschen. Hätte ich die Wahl gehabt, ich hätte lieber dieses Arschloch zu der Wohnung geschickt als Prem und Fischer.«

Ohne ein weiteres Wort über Kucera zu verlieren, loggten sich die beiden Frauen wieder in die Notrufannahme ein, wo Dutzende von verängstigten Bürgern auf sie warteten.

***

Shalhevets Stimme überschlug sich.

»Esra, zähl die Kinder durch. Wir müssen sie in den Schutzraum runterbringen.«

Inzwischen hatten fast alle Kinder zu weinen begonnen. Shalhevets kreischende Stimme hatte ihre Angst noch weiter geschürt. Sie trat hinaus aus dem Aufenthaltsraum ins Treppenhaus, wo Esra zählend zwischen den kleinen Kindern stand.

»Es sind neun ... Es sind nur neun ... Diese Männer können hier niemals rein, oder? Die können uns nichts tun, die schaffen es doch niemals durch die Türen ...«

»Wer fehlt?«, stieß Shalhevet aus.

»Ich ... ich weiß es nicht«, bekam sie von Esra mit dünner Stimme zu hören.

Ein kleines blondes Mädchen antwortete leise.

»Vincent, Vincent fehlt, er hat sich oben unter der Rutsche versteckt.«

»Das ist toll, Maja ... Danke, Maja«, antwortete ihr Shalhevet mit einem erzwungenen Lächeln, auch wenn Maja nicht verstand, was daran toll war.

Shalhevet mahnte sich, nicht in Panik zu verfallen.

»Esra, es wird alles gut, aber wir müssen jetzt für die Sicherheit der Kinder sorgen. Kein Mensch kann diese Türen oder Fenster überwinden. Aber du nimmst jetzt trotzdem die Kinder und gehst hinunter in den Schutzraum, dann schließt du ab, bis wir kommen ...«

»Und was ist mit Tuğba?«, stammelte Esra und blickte hinüber zu der großen Pforte, unter der Tuğba noch immer kauerte.

Die junge Frau hatte aufgehört zu schluchzen. Sie hatte eine Hand in die Blutlache gelegt, die sie nun betrachtete. Für einen Moment verstummten die Kinder, als sie sahen, wie das Blut an Tuğbas Händen und ihrem Unterarm herunterlief.

Shalhevet hatte das Gefühl, an verschiedenen Orten gleichzeitig sein zu müssen. Erst mussten sie die Kinder retten, dann würde sie sich um Tuğba kümmern.

»Bitte, Esra«, fauchte sie die Kollegin laut an. »Geh jetzt mit den Kindern runter in den Schutzraum. Um Tuğba kümmere ich mich.«

Esra hatte ihre Chefin noch nie so erlebt. Eingeschüchtert scheuchte sie die Kinder wie eine Horde Schafe mit weit ausgebreiteten Händen auf den Treppenabgang zu, während Shalhevet nach oben hastete, um Vincent zu finden. Irgendetwas pochte dabei in ihrem Hinterkopf. Irgendetwas hatte sie übersehen oder vergessen, aber sie kam nicht darauf, was es war.

Der kleine Jakob war erstaunt, als er den Cateringwagen vor der Pforte stehen sah. Ein wenig besserte der Anblick seine Laune, denn vielleicht hatten die Kinder im Wald nun das Nachsehen und würden zu spät zum Essen kommen. Er beschleunigte seine Schritte und sah die steinernen Treppen hinauf, wo bereits die beiden Männer mit den weißen Kappen standen, die immer das Mittagessen brachten. Freudig lief er auf die beiden zu.

Tuğba wischte sich ihre blutige Hand an der Jeans ab. Langsam konnte sie wieder klare Gedanken fassen. Etwas entfernt hörte sie, wie Esra die Kinder in das Erdgeschoss führte und sie zu beruhigen versuchte.

Ich muss ihr helfen.

Sie tadelte sich dafür, dass sie in dieser schrecklichen Situation Esra und Shalhevet im Stich gelassen hatte.

»Esra, ich komme«, sagte sie erst so leise, dass sie es selbst kaum hören konnte, dann raffte sie sich auf und wiederholte den Satz lauter. Gerade als sie sich auf den Weg machen wollte, hörte sie von der Tür ein leises Klopfen und dumpf die Stimme eines Kindes.

»Hallo, ich bin es, Jakob. Macht ihr bitte auf?«

Tuğba erstarrte zu Stein.

Das konnte nicht sein!

»Ihr da drin, ihr solltet besser aufmachen. Der kleine Jakob will zu euch.«

Es war eine männliche Stimme. Esra dachte fieberhaft nach, dann rannte sie in den Aufenthaltsraum des Personals, bewaffnete sich mit einem langen spitzen Brieföffner und kam zurück.

Shalhevet fand Vincent im dritten Stock im Spielzimmer unter der Plastikrutsche, an die seitlich ein bunter Vorhang angebracht war. Die Kinder nannten das Versteck »Rutschenhöhle«. Sie zog den Vorhang beiseite und blickte in das grinsende Gesicht eines rothaarigen Jungen.

»Tante Shala hat mich gefunden«, erklärte er freudestrahlend.

Beim Anblick dieses glücklichen, unschuldigen Jungen schossen Shalhevet augenblicklich Tränen in die Augen. Die grausame Bedrohung, die außerhalb des Turms lauerte, schnürte ihr die Kehle zu. Mit großer Mühe unterdrückte sie weitere Tränen und lächelte mit ihren nassen Augen.

»Du musst jetzt mit Tante Shala mitkommen. Wir spielen Huckepack, in Ordnung?«

Vincent riss strahlend den Mund auf und entblößte dabei seine großen Zahnlücken. Die fehlenden Schneidezähne bildeten ein klaffendes Loch, genau wie bei Jakob.

Jakob!

Shalhevet sah durch das Fenster, wie er trotzig durch das Tor in der Hecke geschritten kam und über den Rasen schlurfte. Sie packte Vincent, zerrte ihn unter der Rutsche hervor und rannte mit ihm zurück zum Treppenhaus.

Steiner blickte wütend auf die Uhr. Ihr ganzer Zeitplan löste sich in Luft auf. Alles, was sie hatten, war dieser eine Junge, der ihnen wie durch ein Wunder in die Hände gefallen war. Die Gesichtsmasken hatten sie inzwischen abgelegt. Noch bestand eine winzige Chance, die Aktion erfolgreich zu Ende zu bringen.

»Hör zu«, rief er laut in die winzige Dichtungsfuge, die sich zwischen den beiden Türflügeln gebildet hatte. »Wir wollen nichts von den Kindern. Wir lassen sie gehen, mein Wort. Wir wollen nur eine von euch als Geisel, damit wir hier abhauen können. Den Kindern wird nichts geschehen, aber wenn ihr nicht rauskommt, wird dieser kleine Junge unsere Geisel sein – und ich schwör dir, das wird er nicht überleben.«

Drinnen rührte sich nichts.

Wütend hämmerte er mit der Faust gegen die Stahltür.

»So eine Scheiße!«

»Soll ich ihn kaltmachen?«, fragte Lutz, der neben ihm stand und den verängstigten Jungen an seiner Jacke festhielt.

Shalhevet stolperte das Treppenhaus hinunter. Den weinenden Vincent hatte sie dabei fest an sich gepresst, doch sie nahm ihn kaum noch wahr. Die Wände des Treppenhauses schienen immer näher zu kommen, je tiefer sie hinabstieg, fast so, als würde sich der Weg vor ihr langsam verjüngen und schließlich in einer Sackgasse münden. Tuğba stand am Ende dieses unwirklichen Korridors. Ihr Gesicht drückte blankes Entsetzen aus. Sie schrie und weinte, aber alles, was Shalhevet verstand, war: »Du musst hinter mir die Tür wieder schließen.« Dann öffnete sich ein gleißender Lichtspalt in der Wand, und Tuğba verstummte.

Steiner traute seinen Ohren nicht. Die Motoren der Flügeltüren gaben ein lautes Surren von sich, dann schwangen sie gemächlich auseinander. Lutz konnte ihr Glück kaum fassen und lockerte seinen Griff an Jakobs Jacke. Steiner sah ihm tief in die Augen.

»Zehn Minuten – hörst du mich, zehn Minuten. Also mach was draus. Denk an die Halle ...«

Lutz spürte den Adrenalinausstoß in seinem Körper. Gleich würde die Jagd beginnen. Er legte den Kopf nach links, dann nach rechts und in den Nacken, sodass sein Genick laut knackte. Dabei fiel seine weiße Kappe zu Boden und gab den Blick auf seinen kahl rasierten Kopf frei. Die Tür war nun so weit offen, dass ein Körper hindurchpasste.

»Auf zur Rattenjagd«, sagte er laut.

Mit einem lauten Schrei stürmte plötzlich Tuğba wie eine Furie durch die Pforte. Der Angriff überraschte die beiden vollkommen unvorbereitet. Tuğba versuchte mit voller Wucht, den Brieföffner in Lutz' Brust zu rammen, doch seine schnellen Reflexe retteten ihn vor einer tiefen Stichwunde. Der Hieb mit der Klinge ging ins Leere. Sofort holte Tuğba erneut aus, wurde jedoch von Lutz blitzschnell an beiden Handgelenken gepackt, wofür er seine Waffen fallen ließ.

»Jakob, lauf! Lauf!«, schrie sie den kleinen Jungen verzweifelt an, wohl wissend, dass sie diesen Kampf nicht überleben würde. Jakob drehte sich um und rannte die Stufen hinab.

»Schieß die Ratte ab!«, schrie Lutz Steiner an. Der kleine Junge blieb am Fuß der Treppen stehen und sah hinauf, dann weinte er. Für Steiner war er nun ein einfaches Ziel. Entschlossen richtete er seine Pistole auf das Kind. Ein letztes Mal bäumte sich Tuğba auf, schrie laut und versuchte Lutz zwischen die

Beine zu treten. Aber auch dieser Tritt ging ins Leere. Lutz öffnete seine Hände, griff nach ihrem Kopf und brach ihr das Genick.

Hilflos sah Shalhevet Tuğba in den Armen des kahlköpfigen Monsters zusammensacken. Der weinende Junge in ihrem Arm gewann wieder an Präsenz, und so schaffte es Shalhevet, sich von dem schaurigen Anblick loszureißen und den Türschalter zu betätigen. Noch hatten die beiden Männer vor dem Tor sie nicht entdeckt, noch war deren ganze Aufmerksamkeit in die Ferne gerichtet. Shalhevet wandte sich ab und rannte auf die Stufen zu, die hinunter in den Keller führten.

»Schieß endlich!«, blaffte Lutz Steiner laut an, während Tuğbas Körper schlaff wurde.

Jakob drehte sich um und rannte, rannte so schnell, wie er noch nie gerannt war. Weg von diesen Männern, weg von diesem grauenvollen Ort.

Steiner schoss.

Die Kugel verfehlte deutlich ihr Ziel. Der Junge blickte nicht mehr zurück, sondern rannte weiter. Fast war er am Ende des Plateaus angelangt, wo es steil hinabging.

Lutz bückte sich nach seiner Waffe, schob Steiner auf die Seite, zielte und schoss dreimal in kurzem Abstand auf den kleinen Jungen. Die dritte Kugel traf seinen Rücken. Jakobs Beine stolperten unkoordiniert übereinander und brachten ihn zu Fall. Leblos stürzte er zu Boden.

Das Summen der Elektromotoren war erneut zu hören. Steiner und Lutz drehten sich um, die Türen schlossen sich wieder. Mit einem großen Satz sprang Steiner in die Öffnung. Diesmal waren die Türen noch weit genug geöffnet, dass er von einem Infrarotsensor erfasst wurde, der das Schließen der Türen abrupt unterbrach. Lutz hingegen blieb wie angewurzelt stehen und blickte zu dem Jungen hinüber, der fünfzig Meter entfernt regungslos im Gras lag. Der Schatten einer Wolke erreichte den kleinen Körper und hüllte ihn behutsam ein.

Der Nachhall der Schüsse wurde von den Wänden des Treppenhauses zurückgeworfen. Hatten die Schüsse ihr gegolten? Shalhevet war endlich unten angekommen. Beinahe stürzte sie, konnte sich aber mit einer Hand am Treppengeländer wieder fangen. Dabei umklammerte ihr linker Arm eisern Vincent, der nun ganz leise geworden war.

Schweißgebadet wankte sie den unverputzten Gang entlang bis zu den Schutzräumen. Ihre Faust hämmerte gegen das graue Holz der Tür. Sie schnappte nach Luft. Die Tür öffnete sich. Esra zog sie mit beiden Händen in den Raum, dann drehte sie den Knauf für das Riegelschloss zweimal gegen den Uhrzeigersinn, bis ein massiver Stahlstab, der über die volle Breite der Tür reichte, links und rechts in zwei Scharniere einschnappte.

Kinderaugen sahen sie an. Manche umklammerten ihre Beine, eines der Kinder nahm ihre freie Hand. Langsam setzte sie Vincent auf den Boden. Die kleine Maja umarmte ihn. Shalhevet drehte sich nach Esra um, die verzweifelt versuchte, eins der Regale vor die Tür zu schieben. Shalhevet packte mit an, trotzdem bewegte sich das prall gefüllte Regal keinen Millimeter. Ohne auch nur ein Wort miteinander zu sprechen, fielen ihre Blicke gleichzeitig auf die übergroße Tiefkühltruhe in der Ecke. Mit ausgestreckten Armen schoben sie die Kinder auf die Seite, dann packten sie die Truhe an beiden Enden und hievten sie mit aller Kraft vor die Tür.

Kurzatmig ergriff Esra als Erste das Wort.

»Was ist mit …?«

Shalhevet schüttelte unmissverständlich den Kopf. Esra blickte hinab auf die Kinder, die sich auch an ihre Beine drängten. Sie ging in die Hocke und nahm so viele wie möglich von ihnen in den Arm. Keins der Kinder weinte mehr laut, als würden sie spüren, dass das Böse sie nicht finden durfte, aber alle wimmerten leise. Sie kniffen die Augen zusammen, und Tränen glitzerten wie winzige Perlen auf ihren Wangen. Mit ihren Ärmchen und kurzen Fingern klammerten sie sich verzweifelt aneinander oder versuchten, Halt an den Hosenbeinen der erwachsenen Frauen zu finden. Die panische Flucht in den Keller, die Schreie, die Schüsse – all das hatte sie vollkommen überfordert und brutal aus ihrer behüteten Welt gerissen. Dem Chaos folgte nun Totenstille. Die Welt war stehen geblieben und hielt die Luft an. Selbst die Gedanken hielten inne. Shalhevet wehrte sich gegen die Lethargie der Angst. Ganz langsam begann das Räderwerk in ihrem Kopf wieder zu arbeiten.

Ich habe den Notruf ausgelöst – jemand wird kommen, um uns zu retten – wir müssen Zeit gewinnen – die Männer werden versuchen, die Tür aufzubrechen …

Shalhevet zwängte sich behutsam durch die eng aneinandergedrückten Leiber, beugte sich über die Gefriertruhe und legte ihren Kopf an die Holztür. Alles, was sie hörte, war das knurrende Geräusch des Gasbrenners, der sich automatisch an- und wieder abschaltete.

Vielleicht sind sie fort – ich könnte nachsehen.

Fassungslos verfolgte Esra, wie sich Shalhevets Hand langsam zum Türschloss bewegte.

»Shalhevet, tu das nicht«, stieß sie mit leiser Stimme hervor.

Flüsternd antwortete Shalhevet: »Was, wenn sie es gar nicht bis in den Turm geschafft haben? Die Türen gingen zu, ich …« Sie schloss die Augen und erinnerte sich. »Ich habe den Schalter betätigt … Die Türen gingen zu, ich bin mir sicher.« Zögernd umfasste sie den Schlüssel im Schloss und war bereit, ihn umzudrehen.

LUTZ II

Montag, 19. Oktober 2020, 11:12 Uhr

Ich ... Ich hab die Ratte erwischt«, stammelte Lutz, aber Steiner hörte ihn kaum. Selbst auf diese Distanz konnte er erkennen, wie der Wind mit dem lockigen Haar des Kindes spielte.

Steiner schritt durch die weit geöffneten Türen über die Leichen der Wachmänner hinweg und packte Lutz an der Schulter, der sich vom Anblick des Jungen nicht losreißen konnte.

»Wir haben Zeit verloren, du musst jetzt da rein und deinen Job erledigen.«

Lutz nickte mechanisch und wiederholte leise Steiners letzte Worte: »Job erledigen.«

»Bist du okay? Wir müssen uns an den Plan halten, hörst du? Wir haben Zeit verloren!«

Steiner befürchtete, dass er Lutz zu viel zugemutet hatte, doch der drehte sich mit einem teuflischen Grinsen im Gesicht zu ihm um.

»Wie viel Zeit habe ich noch?«

Steiner hatte keine Ahnung, wie viel Zeit sie verloren hatten, aber wenn sie das Ding zu Ende bringen wollten, mussten sie jetzt auf Risiko gehen.

»Fuck, mach einfach so schnell, wie du kannst, wir werden jetzt ganz sicher nicht den Schwanz einziehen. Ich gebe dir zehn Minuten, bis dahin bin ich auch fertig, und dann machen wir die Fliege.«

Lutz drängte sich an ihm vorbei und verschwand im Turm.

Steiner lief die Treppen hinab zum Lieferwagen und öffnete die hinteren Türen. Die beiden leblosen Körper im Stauraum beachtete er kaum, sondern griff nach einem kastenförmigen Lasthebemagneten und knallte die Türen dann wieder zu. Im Eingangsbereich des Turms machte er halt und versuchte sich zu orientieren. Im Geiste hörte er die Stimme seines Informanten.

Wenn du durch den Haupteingang kommst, siehst du links die Tür zum Aufenthaltsraum der Erzieherinnen. Direkt vor dir siehst du die Treppe zu den anderen Stockwerken, und genau dazwischen gibt es eine kleine Nische.

Steiner entdeckte die Nische, während er von irgendwo im Turm Lutz schreien hörte.

»Scheiße, Steiner, hier ist keine Sau!«

Zielstrebig ging Steiner zu der Nische und erinnerte sich erneut an die Anweisung.

In der Nische findest du zu deiner Rechten einen Metallgriff. Damit kannst du eine kleine Metallplatte auf die Seite schieben, hinter der sich ein Schloss befindet.

Laut knallende Schüsse zerrissen die Stille und hallten durch das Treppenhaus. Steiner versuchte trotz der Ablenkung konzentriert zu bleiben. Er stellte den Kasten ab, ertastete mit den Händen in der dunklen Nische den Griff der Metallplatte und schob sie beiseite. Eine kleine LED-Lampe ging automatisch an. Nervös suchte Steiner in seiner Hosentasche nach dem Schlüssel, was mit den Latexhandschuhen gar nicht so einfach war. Kaum hatte er ihn gefunden, steckte er ihn in das Schloss und drehte ihn um. Mit einem leisen Klicken öffnete sich links von dem Schloss eine hohe Metalltür und gab den Blick auf einen Serverschrank frei.

Direkt vor dir müsstest du dann den gesamten Datenspeicher der installierten IT-Anlage sehen. Öffne ihn, und entnimm nacheinander die einzelnen Festplatten. Mit einem leistungsstarken Neodym-Magneten kannst du nun Platte für Platte löschen.

Diese Vorgehensweise hatte er schon beim Briefing für zu aufwendig gehalten. Darum hatte er einen extrem starken Lasthebemagneten besorgt, der bis zu zweitausend Kilogramm Gewicht halten konnte. Er setzte den Kasten, aus dem ein großer Hebel ragte, auf die Rackeinschübe des Serverschranks und legte den Hebel um. Die Lichter in dem Schrank flackerten wie wild auf. Steiner sah auf die Uhr. Nach einer Minute brachte er den Hebel wieder in seine Ausgangsstellung. Die gesamten Daten der Überwachungskameras sollten nun gelöscht sein. Sorgfältig schloss er den Schrank wieder und wandte sich Punkt zwei seiner Aufgabenliste zu.

Lutz keuchte vor Anstrengung. Hinter jeder Tür und jeder Ecke erwartete er ein verängstigtes Kind zu entdecken, aber bislang war seine hastige Suche ergebnislos geblieben. Im großen Zimmer im Dachgeschoss hatte er voller Wut einem lebensgroßen Plüschaffen mehrmals ins Gesicht geschossen. Schließlich war er ein Stockwerk darunter in das Badezimmer gestürmt und hatte mit seinem Stiefel voller Wucht die satinierte Glastür der Duschkabine eingetreten, in der Hoffnung, den Aufschrei eines Opfers zu hören. Doch der einzige Schrei, den er hörte, war sein eigener – denn vor ihm in der Dusche sah er zusammengekauert am Boden das Trugbild seiner blutüberströmten Mutter.

Lutz war sechzehn Jahre alt, als ihn seine Mutter zu Hause dabei erwischte, wie er einer Katze mit einem Handtacker höllische Qualen bereitete, die er mit seinem Gürtel an ein Tischbein gefesselt hatte.

Er hörte auch nicht damit auf, als Jana Funk ihn entsetzt anschrie. Mit aller Kraft versuchte sie daraufhin, den Jungen daran zu hindern, sein grausames Spiel fortzusetzen, scheiterte aber kläglich. Lutz lachte nur und jagte in immer kürzeren Abständen Klammern in das blutende und kreischende Tier.

Erst als Jana ihm verzweifelt mit dem wuchtigen Hieb eines Fleischhammers den Oberarm brach, ließ Lutz von der Katze ab und krümmte sich vor Schmerzen.

In Raserei raffte er sich schließlich auf und folgte seiner Mutter, die schreiend versuchte, sich im Bad zu verbarrikadieren. Doch vergeblich. Ein kräftiger Tritt gegen die alte Tür, und die morschen Scharniere brachen aus den Angeln. Mit seinem gesunden linken Arm riss Lutz den vergilbten Plastikvorhang der Dusche zu Boden, hinter dem Jana auf dem Boden kauernd vor Angst winselte.

Doch der Schmerz seines gebrochenen Arms war stärker als jedes Mitleid. Cholerisch vor Wut riss er den Spiralschlauch aus der Armatur an der Wand, und während der Duschkopf über ihnen seine Mutter mit eiskaltem Wasser besprühte, schlug er immer wieder mit dem silbernen Metallschlauch auf ihren Kopf und Nacken ein, bis das Wasser zu seinen Füßen rot gefärbt war.

Aus der Ferne nahm Lutz die Stimme von Steiner wahr.

»Du hast noch fünf Minuten!«

Lutz wischte sich über das verschwitze Gesicht. Die mit Glassplittern übersäte Duschkabine vor ihm war leer. Lutz gierte nach Blut. Plötzlich wurde ihm klar, dass sich alle Kinder im Keller befinden mussten. Sie hatten ihn an der Nase rumgeführt, aber nun würden sie bezahlen – denn aus dem Keller gab es kein Entkommen. Er hetzte das steinerne Treppenhaus hinab, bis er das Ende der Stufen erreicht hatte. Ein Bewegungssensor schaltete eine Neonröhre an. Sie surrte, blitzte kurz auf und tauchte dann die unverputzten Betonwände des Bunkers in kaltes Licht. In diesem Teil des Turms schien die Zeit seit seiner Erbauung stehen geblieben zu sein. In altdeutscher Schrift stand am Fuße der Treppe:

ZU DEN SCHUTZRÄUMEN EINS UND ZWEI

Einen Moment lang hielt Lutz inne, ergriffen von der geschichtsträchtigen Aura, die ihn umgab. Er konnte förmlich hören, wie draußen die Bomben einschlugen, während die Menschen hier ängstlich Zuflucht suchten. Aber das Wimmern war keine Einbildung, es war real und kam aus einem der Räume, die rechts von einem kurzen Gang abzweigten, der vor ihm lag.

Links von ihm befand sich eine Stahltür, die mit einem roten Schild als NOTAUSGANG gekennzeichnet war.

Ihr Informant hatte ihnen nichts von einem Notausgang gesagt. Flüchtig prüfte er die Tür, aber der Hebel zur Entriegelung war verplombt. Niemand war entkommen. Genau in diesem Moment vernahm Lutz erneut ein leises Jammern aus einem der Schutzräume. Mit angewinkelter Pistole ging er zu der angelehnten Tür des ersten Schutzraums und verpasste ihr einen wuchtigen Tritt. Sie flog knallend auf und gab den Blick auf gefüllte Regale und einen Industriestaubsauger frei. Abgesehen davon, war die Kammer leer. Die Quelle des Geräusches befand sich also eindeutig hinter der nächsten Tür, doch diese war zu seinem Bedauern verschlossen. Sie schien deutlich massiver zu sein, und statt eines Türgriffs hatte sie nur einen Knauf. Sie schloss außerdem fast nahtlos mit dem Türstock ab und schien nach außen aufzugehen. Mit einem Fußtritt würde sie sich auf gar keinen Fall öffnen lassen.

Behutsam legte Lutz das Ohr an das graue gefärbte Holz, dann lächelte er, denn hinter der Tür vernahm er ganz deutlich flüsternde und wimmernde Stimmen.

Shalhevet hatte den Knauf für das Riegelschloss in der Hand und drehte ihn behutsam einmal um. Nur noch wenige Millimeter, und die Metallstange würde aus der Halterung springen.

»Ich gehe jetzt hoch und sehe nach, und ihr sperrt hinter mir wieder ab.«

»Tu das nicht, Shala … Bitte tu das nicht«, flehte Esra sie an.

Lutz war so aufgedreht, dass er das Geräusch der Türverriegelung nicht hörte. Er machte einen Schritt zurück, zielte auf den Türknauf und feuerte mit der Pistole darauf.

Der gewaltige Knall zerriss die trügerische Stille und auch Shalhevets Hoffnungen. Ihre Hand fühlte einen heftigen Schlag, der die Tür erbeben ließ, dann schrien alle Kinder gleichzeitig auf und gerieten in Panik. Ein weiterer Knall ließ sie taumelnd von der Tür zurückweichen.

Wie ein Raubtier, das seine Beute in der Falle wusste, kannte Lutz nun kein Halten mehr. Mit aller Gewalt trat er so fest gegen den Türknauf, dass das schwere Holz laut knackte. Dann verschoss er auch die restliche Munition seiner Pistole auf den Knauf.

Shalhevet schwankte und stolperte über ein schreiendes Mädchen, verlor das Gleichgewicht und fiel zu Boden. Wie durch ein Wunder landete sie auf keinem der Kinder, zog sich aber eine schmerzvolle Prellung am Unterarm zu. Noch immer füllte lautes Kreischen den Schutzraum.

Esra zitterte am ganzen Körper wie alle im Raum. Aber die Tür hatte gehalten, und so erhob sie resolut ihre Stimme.

»Hört auf ... Seid still ... Seid endlich alle still!«

Zu ihrer eigenen Verwunderung gehorchten ihr die Kinder, verstummten und sahen sie mit leeren Augen an. Gespenstische Stille legte sich über den Schutzraum. Alle hielten den Atem an, doch es war kein einziges Geräusch mehr zu hören.

Shalhevet kroch zur Tür, reckte sich nach dem Knauf und drehte das Riegelschloss wieder vollständig in seine Verankerung. Dann legte sie ihr Ohr an das Holz.

»Sind sie weg?«, flüsterte Esra. Shalhevet presste noch immer ihr Ohr an die Tür, dann nickte sie zustimmend.

»Ich denke schon. Aber sie werden wiederkommen.«

»Die Tür hat gehalten! Sie können hier nicht rein, richtig? Sie wird doch auch weiterhin halten ...?«, stammelte Esra.

Shalhevet stützte sich auf den geprellten Unterarm und versuchte sich aufzurichten. Ein stechender Schmerz schoss ihr in die Glieder, aber sie biss die Zähne zusammen und gab keinen Laut von sich. Wieder spürte sie die Händchen der kleinen Kinder. Eins von ihnen drückte seinen Kopf in ihre Haare.

»Sind die bösen Männer jetzt weg, Tante Shala?«

Es tat gut, ihren Kosenamen aus dem Mund des kleinen Mädchens zu hören. Er erinnerte sie an die friedlichen Tage mit ihrer Großmutter.

Nein, die Scheißkerle sind nicht weg, und sie werden alles tun, um hier reinzukommen, dachte sie sich. Wir müssen einen Weg finden, uns noch besser zu verschanzen!

Esra kramte aufgeregt in ihren Hosentaschen und zog ein Smartphone hervor.

Die Handys ... Dass sie daran nicht sofort gedacht hatte ..., wunderte sich Shalhevet und griff auch nach ihrem Smartphone in der Innentasche ihrer Weste.

»Hast du Empfang?«, fragte sie.

Esra antwortete nicht. Sie gab gerade ihren Code ein. Shalhevet tat es ihr gleich.

»Kein Netz hier unten«, stellte Esra frustriert fest.

»Bei mir auch nicht. Geh näher zur Tür!«

Esra hielt das Smartphone weit von sich und schwenkte den ausgestreckten Arm langsam durch die Luft, bis sie den Eingang des Schutzraums erreicht hatte.

»Verbinde dich ... Bitte, bitte verbinde dich ... Nun mach schon«, flehte sie das kleine Gerät in ihrer Hand an, aber ihr Bitten wurden nicht erhört. Erneut füllten sich ihre Augen mit Tränen, also drehte sie sich von den Kindern weg und blickte an die unverputzte Betondecke. Dabei atmete sie tief ein und aus, um sich wieder zu beruhigen.

Shalhevet war nun auch aufgestanden und suchte verzweifelt die andere Seite des Raums mit ihrem Handy ab. Als sie an die Stelle trat, wo vorher die Gefriertruhe gestanden hatte, knarzte es unter ihr.

KUCERA I

19. Oktober 2020, 11:17 Uhr

Torsten Kuceras Streifenwagen jagte mit Blaulicht durch den Ort. Im Polizeifunk hörte er die Nachricht, dass die zwei Kollegen, die der Schießerei in einem Wohnblock nachgegangen waren, sich bei einer Explosion schwere Verletzungen zugezogen hatten. Genaueres wusste bisher niemand, nur dass alle verfügbaren Kollegen und Notärzte auf dem Weg zum Unfallort waren. Seine Bitte um Unterstützung wurde daher abgelehnt. Noch immer hoffte Kucera, dass der Notruf vom Turm auf einen technischen Defekt zurückzuführen war, aber als sich bei der Zufahrt zum Turmgelände niemand an dem elektrischen Tor meldete, ahnte er Schreckliches. Er gab den Notfallcode in das Zahlenfeld der Pylone neben dem Tor ein, das sich daraufhin behäbig öffnete. Ungeduldig gab Kucera Gas.

Steiner war gerade zum Lieferwagen zurückgekehrt, um den letzten Teil seines Plans auszuführen. Während des ganzen Anschlags hatte er die Uhr nie aus den Augen gelassen. Um 11:05 Uhr hatten sie die Wachmänner erschossen, es war jetzt 11:17 Uhr. Die Polizei konnte nach seiner Berechnung frühestens in zehn Minuten hier auftauchen, doch dank des Ablenkungsmanövers im Ort sollten er und Lutz alle Zeit der Welt haben. Erneut hörte Steiner voller Genugtuung knallende Schüsse aus dem Turm. Ganz offensichtlich erfüllte Lutz seinen Teil der Aufgabe. Schwungvoll öffnete er die hinteren

Türen des Lieferwagens, um sein Werk zu Ende zu bringen. Vor ihm lagen gefesselt und geknebelt Geron und Elia Prien. Sie waren bewusstlos, aber noch am Leben. Er würde die beiden in den Turm schleppen, Elia Prien die Mordwaffe von Lutz in die Hand drücken, damit Geron erschießen und Elia dann die Waffe in seiner Hand gegen sich selbst richten und abdrücken lassen. Der Abschiedsbrief, den Elia geschrieben hatte, würde zumindest zu Anfang den Kriminalbeamten viele Fragen beantworten und die Fahndung nach ihnen für Tage verzögern. Wertvolle Zeit, die sie brauchten, um sich ins Ausland abzusetzen.

Die Latexhandschuhe quietschten, als Steiner Gerons Körper packte und ihn sich wie einen Sack über die Schulter warf.

Torsten Kucera drückte das Gaspedal durch. Er beschleunigte den BMW trotz der Kürze der Strecke, die den Hügel hinaufführte, bis auf siebzig Stundenkilometer. Er schickte ein Stoßgebet gen Himmel,

O Gott, bitte mach, dass es falscher Alarm ist.

Kaum erreichte er die Anhöhe, löste sich seine Hoffnung in Luft auf. Die Türen des Turms standen weit offen, und auf die Schnelle konnte er keinen der Wachmänner entdecken. Am Fuß des Gebäudes schleppte ein bulliger Mann im weißen Kittel gerade einen leblosen Körper auf die steinerne Treppe zu. Doch jetzt hielt der Mann inne. Der jaulende Motor des BMW hatte ihn gewarnt. Er drehte sich erstaunt um und blickte Kucera für einen Sekundenbruchteil in die Augen, dann ließ er den Körper wie einen Klotz auf den Boden fallen, zog eine Pistole und feuerte sein ganzes Magazin auf den Streifenwagen ab.

Kucera riss fieberhaft das Steuer herum. Zwei Kugeln brachten die Verbundglasscheibe zum Splittern, verfehlten aber den Fahrer. Reflexartig trat er auf die Bremse und schlug die Lenkung ein. Der Wagen brach aus, schleuderte und steuerte direkt auf den Turm zu. Kucera hatte jegliche Kontrolle über den BMW verloren und lenkte gegen, um eine Kollision zu vermeiden. Wie in einer Stuntshow quittierte der Streifenwagen das Manöver mit einer horizontalen Drehung und landete mit voller Wucht auf dem Dach. Kuceras Magen leerte sich augenblicklich. Der Airbag löste aus und schlug ihm wie eine Faust ins Gesicht. Ein Strom von Blut schoss ihm unmittelbar aus der Nase und vermischte sich mit dem Erbrochenen in seinem Gesicht.

Steiner war wie paralysiert. Um ein Haar hätte ihn der Polizeiwagen gerammt, war dann aber an ihm vorbeigedriftet und nach einem spektakulären Überschlag etwa zehn Meter vom Eingang entfernt an der Turmmauer liegen geblieben.

Noch immer richtete er seine Waffe auf den Streifenwagen, der wie aus dem Nichts aufgetaucht war. Zwei oder drei seiner Kugeln hatten die Windschutzscheibe getroffen. Er war sicher, dass der Fahrer tot oder zumindest schwer verletzt war. Wie ein erschlagener Käfer lag das Polizeiauto auf dem Rücken und qualmte.

Wie konnten die so schnell hier sein?, schoss es ihm durch den Kopf.

Noch war nichts verloren, noch konnte der Plan gelingen. Entschlossen näherte sich Steiner dem Wagen. Er musste sichergehen, dass der Fahrer nicht mehr lebte, oder der Sache gegebenenfalls mit einem gezielten Schuss aus der Nähe ein Ende bereiten. Wieder war wertvolle Zeit verstrichen. Er dachte an Lutz, der hoffentlich seinen Job gründlich erledigte, und er dachte an die eine Aufgabe, die noch vor ihm lag, als plötzlich die Scheibe der Fahrertür von innen eingeschlagen wurde und ein blutverschmiertes Gesicht erschien.

Eiskalt nahm er den Mann mit gestrecktem Arm ins Visier und drückte ab, aber der Bolzen schlug ins Leere. Denn in der ganzen Aufregung hatte Steiner vergessen, das Magazin zu wechseln.

Torsten Kucera sah den Mann im Rückspiegel auf sich zukommen. Mühsam löste er den Sicherheitsgurt, sackte nach unten und griff nach seiner Dienstwaffe. Kuceras ganzer Körper schmerzte, er war kurz davor, sich erneut zu übergeben, aber die Todesangst löste einen Adrenalinschub aus, der all das unterdrückte. Mit zitternden Händen hielt er seine Waffe und versuchte in eine günstige Schussposition zu kommen, was ihm wegen des beengten Platzes nicht leichtfiel.

Ein gezielter Schuss auf seinen Gegner war deshalb auf dreißig Meter Entfernung so gut wie unmöglich. Noch immer quoll Blut aus seiner Nase und tropfte vom Kinn hinab. Er musste einen Entschluss fassen. Jeder Schritt, den der Mann näher kam, erhöhte seine Chancen auf einen sicheren Treffer, aber dafür fehlten ihm die Nerven. Verzweifelt schlug er stattdessen mit dem Knauf seiner Pistole die Seitenscheibe ein, drehte seinen Oberkörper, so weit er konnte, dem Fenster zu, schrie laut auf und feuerte eine Kugel nach der anderen ab, in der Hoffnung, dass eine davon ihr Ziel fand.

Rasend vor Wut auf sich selbst, ging Steiner in die Hocke, um ein kleineres Ziel abzugeben, da verfehlte ein Schuss seinen Kopf so knapp, dass er den Luftzug der Kugel spürte. Geduckt hastete er zurück zum Turm und die Treppe hinauf, bis er außerhalb der Schussachse des Polizisten war. Dort angekommen, suchte er hinter der Brüstung Deckung und wechselte zornig sein Magazin.

Eines war nun klar: Sein genialer und über Monate ausgeheckter Plan hatte sich soeben in Luft aufgelöst.

Lutz kam hinzu, der Lärm der Schießerei hatte ihn angelockt.

»Was passiert hier, auf wen schießt du?«, blaffte er Steiner an, denn vom Portal des Turms aus konnte man den Polizeiwagen nicht sehen.

»Ein Bulle!«, erwiderte Steiner und zeigte auf die Bremsspuren im Gras.

»Hast du ihn erwischt?« wollte Lutz wissen.

Steiner blickte ihn wütend an.

»What? Warum, denkst du, knie ich hier an der Ecke, du Idiot? Der Kerl hat mir fast den Kopf weggeballert.«

Lutz' saloppe Antwort kam prompt.

»Ist doch kein Problem, wir nehmen ihn in die Zange. Du hältst ihn von hier in Schach, und ich komm von der anderen Seite um den Turm herum.«

Torsten Kucera konnte sein Glück kaum fassen. Sein Gegner hatte nicht auf ihn geschossen, sondern das Weite gesucht. Mit dieser Wendung hatte er nicht gerechnet. Von Schmerzen gepeinigt, löste er den Notruf im Wagen aus. Eine Beamtin der Notrufzentrale meldete sich.

»Wagen 7211, Sie haben den Notruf aktiviert.«

Erst versagte seine Stimme, doch dann schilderte er kurzatmig und abgehackt die Details seines Unfalls und des Schusswechsels, die Flucht des Angreifers und schließlich seine missliche Lage.

»Wie schätzen Sie Ihre Verletzungen ein?« wollte die Stimme am anderen Ende der Leitung wissen.

»Ich ... ich glaube, ich bin okay, ich bin okay ... Ich kann mich bewegen.«

»Sagen Sie mir, ob Sie Ihre Finger und Zehen spüren können.«

Kucera bewegte seine Finger und Zehen.

»Kann ich ... Ja, ich spüre sie.«

»Wie schätzen Sie die Möglichkeit ein, den Wagen zu verlassen?«

Kucera sah sich um. Das zerschlagene Fenster müsste eigentlich genügend Platz bieten, um hindurchzukriechen.

»Ich schaff das ... ich schaff das ...«

»Muten Sie sich nicht zu viel zu. Sie stehen unter Schock. Sie könnten innere Verletzungen haben. Wenn Sie Schmerzen verspüren, bleiben Sie im Wagen – Verstärkung und Notärzte sind bereits unterwegs.«

Torsten spürte, wie die Wut in ihm hochstieg.

Ist die blöd? Verdammt, ich habe am ganzen Körper Schmerzen, aber ich werd nicht hier auf dem Präsentierteller sitzen bleiben, bis die kommen und mich abknallen.

Ohne ein weiteres Wort schaltete er die Notrufverbindung ab, wischte sich mit dem Arm über die blutende Nase und steckte seine Pistole weg.

Mich kriegt ihr nicht, ihr Schweine, machte er sich selbst Mut. Dann streckte er die Arme weit von sich wie bei einem Hechtsprung, drückte sich durch das Fenster und grub die Finger ins Gras. Eine Minute später rollte er sich außerhalb des Wagens auf den Rücken und schnappte nach Luft.

Steiner dachte nicht daran, sich als Erstes um den Polizisten zu kümmern.

»Wie viele Kinder hast du kaltgemacht?« wollte er wissen.

»Das ist nicht so einfach ...«

»Wie viele?« setzte Steiner nach.

»Keins«, sagte Lutz kleinlaut und ergänzte aufbrausend: »Die haben sich alle in einem Zimmer im Keller verbarrikadiert, da kommst du nicht rein, nicht mit einer Pistole.«

»Dann sprengen wir die Tür einfach auf!«

Lutz war sprachlos.

»Echt jetzt? Ich dachte, wir wollten abhauen, bevor die Bullen kommen.«

»Scheiß drauf«, antwortete Lutz. »Wenn die uns kriegen, macht das überhaupt keinen Unterschied, ob wir nur diese eine Ratte umgelegt haben oder die ganze Meute.« Dabei zeigte er in die Richtung, wo der Polizist im hohen Gras liegen musste.

»Wir gehen jetzt da rein, sprengen die Tür, nieten die Kinder um, und dann sehen wir weiter. Wenn der Bulle dann immer noch allein ist, legen wir ihn um. Wenn es aber bis dahin von Bullen nur so wimmelt, ergeben wir uns und werden zu Helden!«

Lutz konnte nicht glauben, was er gerade gehört hatte, aber Steiner verzog keine Miene.

»Was laberst du? Fick dich, ich geh nicht in den Knast.«

Steiners Miene blieb noch einen Moment lang unverändert, dann begann er zu grinsen.

»Fick dich selbst. Du müsstest deine Fresse sehen.«

Er schlug Lutz auf die Schulter.

»Mach dir nicht in die Hosen. Ich bring uns hier raus, so oder so. Hab ich dich jemals enttäuscht?«

Lutz schüttelte den Kopf.

»Na, siehst du, dann sollten wir jetzt keine Zeit mehr verlieren!«

Vorsichtig kroch er auf den Treppenabsatz hinaus, wo noch immer der silberne Rollcontainer stand. Lutz gab ihm Deckung und zielte den Treppenbogen hinab, an dessen Ende das Heck des BMW hervorlugte.

»Fass mal mit an und steh nicht nur dumm rum!«, befahl Steiner und zeigte auf eine der Leichen. Lutz steckte die Pistole weg. Sie packten die Frau mit den lila Haaren an Händen und Füßen und wuchteten sie auf die Seite, daraufhin schob Steiner in geduckter Haltung den Rollcontainer in den Eingang, öffnete ihn und warf einen Blick hinein.

»Jetzt haben wir Sprengstoff! Und zwar genug, um den ganzen Turm in die Luft zu jagen!«

Lutz fischte zwischen den Granaten und dem Plastiksprengstoff einen Briefumschlag hervor.

»Und was ist mit den beiden Homos?«, wunderte sich Lutz und zeigte auf Gerons leblosen Körper, der in der Nähe des Lieferwagens lag. Steiner streifte sich angewidert die Latexhandschuhe ab und warf sie achtlos in den Rollcontainer.

»Keine Zeit mehr ... Jetzt wird improvisiert!«

Auch wenn die Verlockung groß war, einfach liegen zu bleiben und in den Himmel zu starren, zwang sich Kucera dazu, sich an der Karosserie des Streifenwagens hochzuziehen und neben ihm auf die Knie zu gehen. Schwindel und Übelkeit überkamen ihn. Ohne Vorwarnung übergab er sich erneut, konnte sich aber gerade noch am Fensterrahmen abstützen. Dabei gruben sich Glassplitter tief in seine Handflächen.

Kaum hatte sich sein Magen wieder beruhigt, kroch er auf den Knien langsam bis zum Heck des Streifenwagens und wagte vorsichtig einen Blick auf den Ausläufer der geschwungenen Außentreppe. Der weiße Lieferwagen am Fuße des Eingangs war das Erste, was er sah. Es war verdächtig still.

Mit gezogener Waffe richtete er sich auf und versuchte sich zumindest so weit dem Turm zu nähern, dass er einen Blick auf die geschwungenen Steintreppen werfen konnte, die von zwei Seiten hinauf zum Haupteingang im ersten Stock führten. Er war sich dabei durchaus bewusst, welcher enormen Gefahr er sich aussetzte, und trotzdem setzte er einen Fuß vor den anderen, bis er am Ende der Treppen die geschlossenen Flügeltüren sehen konnte.

Fast gleichzeitig nahm er die drei Körper wahr, die leblos auf dem Treppenabsatz vor den Türen lagen. Kucera hielt inne und wischte sich Speichel und Blut aus dem Gesicht.

Während seines ganzen bisherigen Polizeilebens hatte er es lediglich mit Bagatelldelikten zu tun gehabt. Eine Leiche hatte er erst einmal gesehen, bei einem schweren Autounfall, als ein Porsche-Fahrer am Stauende unter einen stehenden Lkw gedonnert war.

Das hier war etwas vollkommen anderes, und es erschütterte ihn zutiefst.

Ohne es zu wollen, musste er unvermittelt an seine Frau und seinen Sohn denken, die er beide seit Wochen nicht mehr gesehen hatte. Er stellte sich vor, dass sie hier tot vor ihm lagen. Verzweifelt senkte er seine Waffe und ließ sie zu Boden fallen, dann stieg er die Treppe hinauf, Stufe für Stufe, bis er direkt vor den leblosen Körpern der beiden Wachmänner und einer Frau stand. Die Männer hatten Schusswunden am Kopf, die Frau hingegen sah unverletzt aus. Ihr Körper lag seitlich verdreht, ihr Gesicht war von langen, kräftig gefärbten Haaren bedeckt. Er beugte sich zu ihr hinab und hoffte, an ihrem Hals einen Puls zu fühlen, aber vergeblich.

Warum taten Menschen so etwas?

Ein aufkommender Wind strich ihm über das Gesicht und erinnerte ihn daran, dass er sich selbst in Lebensgefahr befand. Er richtete sich wieder auf und blickte den Hügel hinab. Alles wirkte so still und friedlich. Aber die Ruhe war so trügerisch wie der Anschein seines sorgenfreien Lebens, das seine Frau in den letzten Wochen in Wahrheit zerstört hatte.

An der entfernt gelegenen Schnellstraße fuhren einige Autos ihres Weges. Er musste daran denken, dass das beschissene Leben weiterging und niemand sich einen Dreck um ihn scherte. Weder seine Kollegen noch seine Frau und auch nicht sein eigenes Kind.

SHALHEVET II

19. Oktober 2020, 11:21 Uhr

Der steil nach unten führende Schacht war kreisrund und hatte einen Durchmesser von etwa eineinhalb Metern. Die passgenaue graue Holzabdeckung hatte sich anheben und auf die Seite schieben lassen. Sie war Shalhevet zunächst gar nicht aufgefallen, da sie dieselbe Farbe wie der Estrich des Schutzraums hatte und zuvor von der Kühltruhe verdeckt gewesen war. Erst als sie sich unbeabsichtigt auf den Holzdeckel gestellt hatte, spürte sie den veränderten Bodenbelag unter ihren Füßen und ging der Sache auf den Grund.

An einer Seite des Schachts hatten seine Erbauer im Abstand von jeweils vierzig Zentimetern rechtwinklige Metallbügel eingelassen, die sich weit unten in der Dunkelheit verloren. Auch mit der eingebauten LED-Lampe an Shalhevets Smartphone konnte sie das Ende des Abgrunds nicht erkennen.

Die Kinder waren verstummt, als sie den geheimen Einstieg entdeckt hatte, der die Hoffnung nährte, aus dem todbringenden Gemäuer fliehen zu können. Neugierig, aber furchtsam hatten sie das Loch im Boden umringt, um einen Blick in den schwarzen Schlund zu werfen, in den Shalhevet jetzt behutsam einstieg. Esra mahnte energisch, Abstand zu halten, und wagte auch selbst keinen Blick hinein, da ihr die Vorstellung Angst bereitete, ebenfalls dort hinabsteigen zu müssen. Bilder von trüben Kloaken und dreckigen Ratten schossen ihr durch den Kopf. So konzentrierte sie sich ausschließlich darauf, die Kinder zurückzudrängen, um sie in Sicherheit zu bringen.

»Maja, ich habe doch eben gesagt, ihr sollt zurückgehen!«, schimpfte sie, woraufhin die Kleinen nur ein wenig rückwärtstippelten, dabei aber immer Shalhevet im Auge behielten, von der nur noch der Kopf aus dem Loch ragte.

»Tante Shala, kannst du nicht hierbleiben?«, flehte Vincent sie an, der Junge, den sie in ihren Armen in den Keller getragen hatte. Shalhevet hielt inne und blickte nacheinander in die zehn Gesichter über ihr.

»Als Erstes kniet ihr euch jetzt alle auf den Boden, hört ihr? Kniet euch auf den Boden!«

Nach und nach gehorchten die Kleinen ihrem strengen Befehl, sogar Esra ging in die Hocke.

»Ihr müsst jetzt ganz leise sein, dann könnt ihr mich immer hören, auch wenn ihr mich nicht mehr sehen könnt, versteht ihr? Ich werde immer etwas sagen, damit ihr wisst, dass ich da bin ... In Ordnung?«

Die Kinder nickten eifrig.

»Wisst ihr, was? Ich sag den Zappelmänner-Reim, und ihr sprecht mir einfach nach, wenn ihr mich hört. Okay?«

Wieder nickten die Kinder.

»Soll ich hinunterleuchten, während du ...?«, fragte Esra besorgt.

»Nein, nein«, wiegelte Shalhevet ab. »Das wird nicht viel bringen, und wir sollten Akku sparen, wir werden das Licht in den Handys sicher noch brauchen. Ich hab meins in der Tasche, aber solange ich diese Metallbügel spüre und keinen Grund unter den Füßen habe, so lange vertraue ich erst mal meinem Tastsinn.«

Esra kannte ihre Chefin nun seit zwei Jahren und hatte nie ein besonders inniges Verhältnis zu ihr entwickelt, doch nun sah sie sie mit völlig anderen Augen. Sie setzte ihre ganze Hoffnung in die Frau, die ihr selbst in dieser Notsituation durch ihre mentale Stärke und ihr besonnenes Handeln die Zuversicht gab, diesen Albtraum lebend überstehen zu können. Esra presste die Lippen aufeinander, um nicht wieder weinen zu müssen, und zwang sich zu einem Lächeln, das Shalhevet erwiderte. Dann verschwand ihr Kopf im Abgrund.

Je tiefer sie die Metallsprossen hinabstieg, desto weniger vermochte das Licht aus dem Schutzraum die Wände des Schachts zu erleuchten. Nach und nach ersetzten die anderen Sinne ihre schwindende Sehkraft.

Die Metallsprossen fühlten sich kalt und glatt an. Sie musste unweigerlich an die Feuerleiter an ihrem Haus denken, deren Sprossen im Lauf der Jahre rau und rostig geworden waren, während diese hier den Eindruck erweckten, als hätte man sie gerade erst montiert.

»Tante Shala?«, drang es von oben herab und erinnerte sie an ihr Versprechen. Mit lauter Stimme begann sie den Kinderreim aufzusagen.

»Zehn kleine Zappelmänner zappeln hin und her. Zehn kleinen Zappelmännern fällt das gar nicht schwer.«

Der harmlose Reim verhallte im Schlund der Röhre und wurde kurz darauf von den Kindern wiederholt. Sie musste sich eingestehen, dass dieses Echo ihr Mut und Kraft gab, noch weiter hinabzusteigen. Um sie herum war es mittlerweile vollkommen schwarz geworden. Vorsichtig tastete sie mit den Füßen nach der nächsten Sprosse und griff erst mit den Händen um, wenn sie sicher darauf stand.

»Zehn kleine Zappelmänner zappeln auf und nieder. Zehn kleine Zappelmänner tun das immer wieder«, schickte sie den nächsten Vers nach oben, wo ihren Lieblingen jeden Augenblick schreckliches Leid geschehen konnte.

Und wieder wurde der Reim monoton von den Kindern wiederholt, die sonst an dieser Stelle lebhaft mit den Körpern wackelten, aufsprangen und lachten.

Ein leichter Windzug umspielte Shalhevet von der Seite, was in einer Röhre, wo Luftströmungen vertikal verliefen und nicht horizontal, eigentlich nicht möglich war.

»Zehn kleine Zappelmänner zappeln ringsherum. Zehn kleine Zappelmänner fallen plötzlich um«, rief sie in die Dunkelheit. Doch ihre Stimme hatte plötzlich einen vollkommen anderen Klang angenommen. Es bestand kein Zweifel, sie befand sich nicht mehr in der Röhre, sondern in einem Hohlraum, der deutlich größer sein musste. Sie blickte nach oben zu dem hell erleuchteten Kreis der Bodenöffnung, um die Entfernung abzuschätzen. Es mussten ungefähr drei oder vier Meter sein. Erneut tönte der Reim von den Kindern zu ihr hinab.

Shalhevet sah wieder nach unten und beschloss, sich ein Bild von ihrer Umgebung zu machen. Langsam und konzentriert zog sie ihr Smartphone aus der Gesäßtasche, während sie sich mit ihrer linken Hand eisern an einer Sprosse festhielt.

»Shala?«, hörte sie wieder eins der Kinder von oben, aber sie hatte jetzt nicht den Nerv, darauf zu reagieren. Schon der kleinste Fehler könnte dazu führen, das Handy fallen zu lassen oder auf den schmalen Metallbügeln den Halt zu verlieren.

»Hey, Siri, schalte meine Taschenlampe ein«, befahl sie der virtuellen Assistentin.

»Okay, ich habe Taschenlampe eingeschaltet«, erwiderte diese und führte den Befehl aus.

Der Lichtkegel der kleinen Lampe lüftete das Geheimnis. Sie hatte das Ende der Röhre erreicht, die knapp über ihrem Kopf in eine Art Gang mündete, der horizontal zu beiden Seiten in der Dunkelheit verschwand. Sie blickte nach unten, packte das Handy zurück in die Gesäßtasche und sprang.

Esra hielt es nicht länger aus. Seit dem letzten Vers war sicher eine Minute vergangen. Daniel, ein vierjähriger Fratz mit wilden Locken, sprach aus, wovor alle Angst hatten.

»Ist Tante Shala jetzt tot?«

Esra nahm ihn kaum wahr, während sie sich auf den Bauch legte und sich weit in das Loch hinabbeugte. Ihr Kopf fühlte sich heiß an, als würde sich in ihm das gesamte Blut ihres Körpers stauen.

»Shala? Hörst du mich, Shala!?«

In diesem Moment funzelte das Licht des Handys zu ihr hoch, und Shalhevet rief laut: »Zehn kleine Zappelmänner kriechen ins Versteck. Zehn kleine Zappelmänner sind auf einmal weg.«

Esra hatte sich noch nie im Leben so über die letzte Strophe eines Kinderreims gefreut und wiederholte ihn nun laut zusammen mit den Kleinen, die wieder Hoffnung schöpften.

»Kinder!«, rief Shalhevet laut. »Ihr kennt doch alle das Klettergerüst im Wald. Das hier ist ganz ähnlich. Ihr müsst jetzt einfach zu mir runterklettern. Schafft ihr das?«

Esra zog ihren Oberkörper aus dem Loch und nickte den Kindern aufmunternd zu.

»Klar!«, rief sie zurück. »Oder, Kinder? Ihr schafft das doch?«

Einige der Kinder nickten mit großen Augen. Aber keins von ihnen war wirklich begeistert von der Idee, in das dunkle Loch zu steigen, auch wenn unten Tante Shala auf sie wartete. Gerade als Esra darüber nachdachte, wie sie die Kleinen dazu bringen konnte, ihre Angst zu überwinden, meldete sich Maja zu Wort, die schon immer zu den Neunmalklugen gehörte. Trotz ihres Alters hatte sie zu allem etwas zu sagen und besaß großes Mitteilungsbedürfnis.

»Wenn wir hierbleiben, bringen uns die bösen Männer um. Es macht also keinen Sinn hierzubleiben!«

Dann ging sie an Esra vorbei und kletterte so schnell in das Loch, dass diese nicht mal mehr Zeit hatte, sie vor den Gefahren beim Hinabsteigen zu warnen.

»Kommt ihr nicht mit?«, fragte sie in die Runde, bevor ihr Kopf im Loch verschwand. Augenblicklich erhoben sich stumm die nächsten Kinder und taten es ihr gleich.

Shalhevet stand in einem düsteren Gang mit gewölbter Decke und sah hinauf zum Loch. Im Licht ihres Smartphones tauchte jetzt der erste kleine Körper im Schacht auf. Das kleine Mädchen stieg tapfer auf den Metallbügeln hinab, die erst knapp einen Meter über dem Boden endeten. Am Ende des Schachts zögerte das Mädchen und blickte sich um. Es war noch gut zweieinhalb Meter vom Boden entfernt.

»Tante Shala, bist du da?«

Shalhevet erkannte die Stimme.

»Ich bin hier, Maja, ich bin hier. Ich stehe genau unter dir, es kann nichts passieren. Kletter einfach weiter. Ganz vorsichtig, halt dich immer gut an den Sprossen fest, kletter einfach immer weiter.«

Majas Füßchen suchten nach dem nächsten Metallbügel, während Shalhevet ihre Arme weit nach oben streckte, bis das Mädchen schließlich in Reichweite war.

Mit festem Griff umfasste sie Majas Hüften, zupfte sie von der Wand, stellte sie auf dem Boden ab und küsste sie erleichtert auf die Stirn.

»Das hast du großartig gemacht, Maja, ganz großartig! Magst du mir jetzt leuchten?«

Maja nickte und nahm von Shalhevet das Smartphone entgegen. Da tauchten auch schon die nächsten Füße am Ende des Schachts auf.

BEHRENS III

19. Oktober 2020, 11:25 Uhr

Es war fast halb elf, als Behrens' Smartphone den Refrain von »Goldfinger« zu spielen begann. Immer und immer wieder begann der Loop von Neuem, wie eine Schallplatte, die an einer defekten Stelle hängen geblieben war. Behrens drehte sich in seinem Bett und versuchte Shirley Basseys Gesang zu ignorieren.

It's the kiss of death from Mister Goldfinger, tönte es unablässig in seinen Ohren.

Eine Fehlfunktion, ärgerte er sich, denn es war nicht sein üblicher Klingelton. Der Abend gestern mit dem aufstrebenden AfD-Politiker Bernd Hessel war lang gewesen. Ein Krisengespräch, denn das Ende des Lockdowns hatte all ihr Pläne durchkreuzt. Am Ende hatten sie ihren Frust mit Alkohol betäubt und sich in der Hoffnung verabschiedet, dass es eine zweite Corona-Welle geben würde.

He loves only gold. Only gold. He loves only gold.

Wie in einem schlechten Film knallte er wütend sein Kopfkissen auf den kleinen Beistelltisch neben dem Bett, wohl wissend, dass es nicht funktionieren würde, das Telefon so zum Schweigen zu bringen. Der Tisch kippte um, das iPhone schlitterte über den Boden, aber Shirley Bassey trällerte unbeirrt weiter ihr Lied vom goldsüchtigen Mr Goldfinger. Da fiel es Behrens wie Schuppen von den Augen: Der alte James-Bond-Titelsong war kein Klingelton – es war ein Notsignal!

Eilig schob er sich aus dem Bett hinab auf den Boden und griff nach dem Telefon. Eine pulsierende rote App blinkte ihm auf dem Touchscreen entgegen. Er selbst hatte sich den Song vor fast einem halben Jahr als Warnsignal ausgesucht. Er schaltete den Ton ab und wählt die Kurzwahl von Bernd Hessel. Erst beim neunten Klingeln meldete sich am anderen Ende der Leitung die schneidend hohe Stimme des einflussreichen Politikers.

»Was ist denn mit Ihnen los? Wir hatten doch ausdrücklich beschlossen, dass Sie diese Nummer nur in Notfällen anrufen, erinnern Sie sich?«

Behrens schnappte nervös nach Luft.

»Dies ist ein Notfall.« Er wiederholte seine Worte noch einmal langsamer und gab ihnen mehr Dringlichkeit: »DIES IST EIN NOTFALL!«

Bernd Hessel blieb stumm. Der Stimme seines Komplizen nach zu urteilen, war etwas Unheilvolles passiert. Trotzdem war er nicht gewillt, Mutmaßungen anzustellen, und wartete nur stumm auf Behrens' Ausführungen.

»Irgendjemand hat das Signal ausgelöst!«

»Das Signal im Turm?«, fragte Hessel verunsichert.

»Natürlich das Signal im Turm, was könnte ich denn sonst meinen?«

»Vielleicht versehentlich eins der Kinder?«

»Unmöglich, der Sensor befindet sich zwei Meter unter der Erde!«

NEUN MONATE ZUVOR

28. Januar 2020

Behrens war zum ersten Mal auf dem Weg zum privaten Anwesen des Spitzenpolitikers Bernd Hessel. Sicher hatte auch Hessel die Nachrichten gehört, doch nur ihm war klar, welche weitreichenden Konsequenzen die Entwicklung für ihr geplantes Unternehmen bedeutete. Vor wenigen Stunden hatte man offiziell bekannt gegeben, dass es in Deutschland den ersten Nachweis einer Corona-Infektion gab. Ein dreiunddreißigjähriger Mitarbeiter des Automobilzulieferers Webasto, der in der Unternehmenszentrale in Bayern arbeitete, hatte sich während einer internen Schulung bei einer angereisten chinesischen Kollegin aus dem Unternehmensstandort Schanghai angesteckt. Für Behrens glich das einem Wunder, er fühlte sich geradezu von der Vorsehung geküsst und war deshalb auch bester Laune.

Übermotiviert jagte er den Audi TT Roadster die schmalen Gassen des Vororts hinauf und bremste vor der breiten Einfahrt eines feudalen Gebäudes in Hanglage. Wenige Minuten später empfing ihn der Hausherr, der einen weißen Bademantel trug, in einem flachen Anbau, wo eine Haushaltshilfe bereits ein kleines Frühstück aufgetischt hatte.

»Ich weiß. Sagen Sie nichts. Der Ausblick raubt jedem Besucher den Atem.«

Beeindruckt sah Behrens aus einem Panoramafenster, durch das man einen großen See bewundern konnte. Er wandte sich Hesse zu und lächelte.

»Luxus ist der Lohn der Tüchtigen«, entgegnete er unterwürfig dem Politiker, dessen streng gescheitelte Haare bereits mit knapp vierzig Jahren silbern schimmerten. Mit stahlblauen Augen musterte er Behrens und zeigte auf einen der beiden Stühle neben dem kreisrunden Tisch.

»Bitte, mein lieber Freund, setzen Sie sich doch.«

Behrens verneigte sich dankend, wartete aber ab, bis sein Gastgeber Platz genommen hatte. Erst dann setzte er sich ebenfalls an den Tisch.

»Kaffee oder Tee?«, fragte Hessel. »Tee ist mir zu ... englisch, und der ganze Firlefanz um Cappuccino und Espresso ist wie das ganze italienische Volk die reinste Schaumschlägerei. Ich bevorzuge heiß aufgegossenen deutschen Bohnenkaffee. Und Sie?«

Behrens fragte sich kurz, ob sein Gegenüber das Wortspiel verstanden hatte, beschloss aber nicht nachzuhaken.

»Kaffee, ganz eindeutig Kaffee ... schwarz. Bohnenkaffee selbstverständlich.«

Hessels' schmale Lippen deuteten ein Lächeln an, dann goss er den Kaffee in zwei Tassen aus Meißner Porzellan, stellte die Kanne ab und holte aus der Tasche seines Bademantels ein silbernes Etui hervor. »Sie verzeihen, ich darf doch, oder?«

Er entnahm dem Etui eine Zigarette und zündete sie mit einem Streichholz an. Dabei musterte er den hageren Architekten in seinem stahlblauen Anzug und dem eng anliegenden, anthrazitfarbenen Rollkragenpullover.

Hessel schätzte Männer mit gutem Geschmack und maßgefertigten Anzügen.

Nervös löffelte Behrens Zucker in die Tasse und wartete auf seinen Einsatz. Hessel legte den Kopf leicht in den Nacken und hauchte der tief stehenden Sonne genüsslich eine graue Wolke entgegen.

»Was hat Sie hergeführt, Herr Behrens? Ihr Tonfall am Telefon klang überraschend ... beflügelt.«

Behrens stellte die Tasse, die er soeben zum Mund führen wollte, hektisch wieder ab.

»Haben Sie schon von Corona gehört?«

»Mein lieber Herr Behrens, ich darf annehmen, dass es sich um eine rhetorische Frage handelt?«

Behrens ging auf den Tadel nicht ein, sondern fuhr fort:

»In China gibt es bereits über zweitausendsiebenhundert bestätigte Fälle und achtzig Tote – und das sind nur die offiziellen Zahlen. Die ersten Fälle sind bereits in Thailand, den USA und nun auch in Deutschland nachgewiesen worden.«

Behrens' Augen leuchteten. Er wartete auf eine Reaktion von Hessel.

»Und?«, war alles, was dieser erwiderte.

»Und?«, wiederholte Behrens irritiert. Behrens hatte schon immer an der Intelligenz des AfD-Politikers gezweifelt, aber in diesem Fall musste man seiner Meinung nach doch nur eins und eins zusammenzählen.

»Dieses Virus wird sich nicht aufhalten lassen. Es wird sich weltweit verbreiten und auch vor Deutschland nicht haltmachen. In ein paar Wochen wird sich unser Problem durch dieses Virus von ganz alleine lösen!«

Hessel legte die Stirn in Falten.

»Sie rechnen ernsthaft damit, dass sich dieses Virus hier in Deutschland ausbreiten wird?«

»Nicht nur in Deutschland. Wir stehen vor einer weltweiten Pandemie, Herr Hessel!«

Hessel lächelte abfällig.

»Haben Sie das Fach gewechselt, Behrens? Einen Hellseher könnte ich in der Politik gut gebrauchen.«

Die Häme prallte an Behrens ab.

»Ein Freund von mir ist Virologe ...«

»Ein Briefmarkensammler, nehme ich an.« Wieder grinste Hessel über das ganze Gesicht, dann legte er die Zigarette ab und nippte an seiner Kaffeetasse.

Behrens verlor langsam die Geduld. »Was spielt das jetzt für eine Rolle?«

»Verzeihung, mein Lieber, ich wollte Ihnen nicht zu nahe treten. Fahren Sie fort.«

»Dieser Virologe hat mit seinem Team Wahrscheinlichkeitsmodelle auf Basis aller bisherigen Erkenntnisse errechnet – und die kommen am Ende immer zu demselben Ergebnis: Das Virus wird sich auch in Deutschland rasend schnell verbreiten und unzählige Todesopfer fordern.«

»Angenommen, Ihr Virologe hat recht. Was hat das mit unserem Problem zu tun?«

»Genau wie bei einer Grippe werden Schulen und Kindergärten das Virus am schnellsten verbreiten und in die Familien tragen. Mein Freund spricht da von Superspreadern. Also ...«

»... wird man die Kindergärten schließen!«, beendete Hessel den Satz genüsslich. Vorsichtig stellte er die Tasse ab. War Behrens bislang nur ein ungebetener Gast gewesen, hatte er nun die volle Aufmerksamkeit des Politikers.

DER TURM III

Montag, 19. Oktober 2020, 11:21 Uhr

Steiner und Lutz standen vor dem geöffneten Warmhaltewagen. In den Edelstahlwannen befanden sich keine Speisen, sondern Waffen, Munition, Handgranaten sowie eine Packung ockerfarbene Knetmasse, in die Steiner jetzt Kabel steckte.

»Wo hast du den geilen Scheiß her?«, fragte Lutz.

»Willst du gar nicht wissen.«

»Doch, will ich.«

Steiner antwortete nicht, sondern zog die weiße Jacke aus und entledigte sich der weißen Kappe, während er sich darauf konzentrierte, die Bombe fertigzustellen.

»Und woher weißt du, wie man mit dem Zeug umgeht?«, wollte Lutz wissen, der nun ebenfalls seine Jacke ablegte.

»Das Zeug heißt C4 und ist an und für sich total ungefährlich. Da kannst du mit dem Hammer draufhauen oder es anzünden, da passiert nichts. Eine Bombe wird es erst mit diesem Ding.«

Er schnallte eine Art Armbanduhr um den Klumpen und verband beides mit zwei Drähten.

»Karl-Heinz hat's mir gezeigt«, erwähnte er beiläufig, dann machte er sich mit dem Paket und einer Pistole auf den Weg hinab in den Keller. Lutz folgte ihm.

»Karl-Heinz Hoffmann? Also echt jetzt?«, hakte Lutz nach.

»Genau der«, antwortete Steiner.

Karl-Heinz Hoffmann hatte in den Siebzigerjahren in Süddeutschland eine rechtsradikale Kampfeinheit gebildet, der er den Namen »Wehrsportgruppe Hoffmann« gab. Sieben Jahre lang hatte die bayerische Staatsregierung die bestens ausgerüstete Miliz geduldet. Erst 1980 wurde sie schließlich verboten. Durch seine guten Kontakte zur PLO konnte er seine Truppe in den Libanon verlegen und baute dort die WSG-Ausland auf. Im Ausbildungslager Bir Hassan im Südlibanon trainierte er seine hervorragend ausgestatteten Kämpfer, um »die staatliche Ordnung in der Bundesrepublik durch die Begehung terroristischer Gewalttaten zu erschüttern«. Nur weil der israelische Geheimdienst Mossad die Gruppe infiltrierte, konnte eine Reihe von Bombenanschlägen auf jüdische Familien in München verhindert werden. 1981 wurde Hoffmann gefasst und kam bis 1989 ins Gefängnis. Mit dubiosen Geschäften als erfolgreicher Bauunternehmer konnte er sich in den Folgejahren ein kleines Vermögen aufbauen. 1998 fand man auf seinem Privatgelände Maschinenpistolen, Handgranaten, Munition und NS-Propaganda für einen politischen Umsturz. Zu diesem Zeitpunkt hatte er bereits wieder enge Kontakte zu ehemaligen Mitgliedern der Wehrsportgruppe sowie auch zu Ralf Wohlleben geknüpft, der später die Terrorgruppe NSU ins Leben rief. Sogar Stephan Ernst, der Mörder des Kasseler Regierungspräsidenten Walter Lübcke, hatte nach eigenen Angaben Kontakt zu Hoffmann.

Gleichzeitig begann er 2004, auf seinem Gut in Kohren-Sahlis Schweine mit Biosiegel zu züchten. Dabei folgte er der ideologischen Tradition des Nationalsozialismus, Umweltschutz mit »Heimatschutz« und »Volksschutz« gleichzusetzen. Ab 2016 bezeichnete er sich deshalb selbst als »sozialistischer Öko-Faschist«. Im Oktober 2018 wies das Oberlandesgericht Nürnberg eine Klage von Hoffmann gegen den Journalisten Ulrich Chaussey ab, der Hoffmann als Drahtzieher des Oktoberfestattentats bezeichnet hatte, bei dem 1980 dreizehn Menschen getötet und zweihunderteinundzwanzig verletzt worden waren. Der Attentäter Gundolf Köhler war damals Mitglied der Wehrsportgruppe Hoffmann gewesen und bei dem Attentat selbst ums Leben gekommen. In der rechten Szene galt der dreiundachtzigjährige Hoffmann daher als Ikone, und auch Steiner brüstete sich gerne damit, dass der »Chef«, wie ihn alle nannten, sein persönlicher Lehrmeister gewesen war.

Esra hielt gerade schützend ihre Hände auf das siebte Kind, das soeben in den Schacht stieg, da hörte sie Stimmen hinter der Tür. Die Killer waren offensichtlich zurückgekehrt. Schlagartig hatte sie am ganzen Körper einen Schweißausbruch, und auch die Gesichter der verbliebenen Kinder signalisierten panische Angst. Mit dem Zeigefinger über den Lippen deutete sie ihnen an, nun mucksmäuschenstill zu sein.

Fachmännisch drückte Steiner den Plastiksprengstoff um den Knauf der Schutzraumtür, während Lutz wieder sein Ohr an das Holz drückte und kicherte.

»Was ist da drin los, warum grinst du so blöd?«

»Die machen sich in die Hosen und meinen, wir hören sie nicht ... Ist das geil!«

Er nahm ein wenig Abstand von der Holztür und knallte mit der Faust dagegen. Steiner erschrak und schlug mit der linken Faust nach ihm, aber Lutz duckte sich blitzschnell weg.

»Spinnst du?«, schrie er ihn an. Gleichzeitig hörte man aus dem Schutzraum wieder laut weinende Kinder.

»Hey ... alles gut«, beruhigte ihn Lutz. »Scheiße, Alter, du hättest mich beinahe erwischt«, schob er wütend hinterher.

»Beim nächsten Mal schlag ich dir die Fresse ein«, entgegnete Steiner und konzentrierte sich wieder auf die Bombe.

Daniel, der zierliche Junge mit den ungebändigten Locken, wollte gerade seinem besten Freund Markus in das Loch folgen, als der laute Schlag gegen die Holztür ihn erschreckte und aus dem Gleichgewicht brachte. Haltlos stürzte er in den Schacht. Esra griff ins Leere und schrie nun selbst auf. Daniels Körper schoss vorbei an Markus, vorbei an all den Kindern in der Röhre und berührte dabei mehrmals die Wand.

Geistesgegenwärtig breitete Shalhevet die Arme aus und konnte den Jungen in letzter Sekunde abfangen, ging dabei aber selbst zu Boden und schlug heftig mit Rücken und Ellenbogen auf dem Beton auf. Trotz stechender Schmerzen rief sie Esra zu: »Ich hab ihn ... ich hab ihn!« Dann stützte sie sich auf und betrachtete Daniel, der von Maja angeleuchtet wurde.

Seine Stirn und seine Nase hatten blutige Schrammen, aber was viel schlimmer war, Daniel hatte das Bewusstsein verloren.

Shalhevet legte Daniel zwischen seine besorgten Freunde und versuchte ihn mit sanftem Tätscheln auf die Wangen wach zu bekommen.

»Daniel, bitte ... Daniel, mach die Augen auf.« Doch der Junge rührte sich nicht. Hastig tastete Shalhevet nach seinem Puls, als von oben schon das nächste Kind nach ihrer Hilfe rief.

»Tanta Shala ... Tante Shala ... Bist du da? Ich ...«

Daniels Puls lag etwa bei neunzig. Verzweifelt zwang sie sich dazu, den Kleinen in die Arme eines anderen Jungen zu legen, um den Neuankömmlingen helfen zu können. Es waren noch so viele Kinder über ihr in Gefahr. Immer wieder streckte sie sich, nahm eines der Kinder entgegen und stellte es auf den Boden. Ihr Rücken war inzwischen eine einzige Schmerzzone. Für Küsse und Lob fand sie nun keine Zeit mehr. Ihre größte Sorge galt vor allem Daniel, zu dem sie sich immer wieder umdrehte.

»Und, ist er wach ...?«, fragte sie in die Dunkelheit hinein den Jungen, der ihn im Arm hielt.

»Ich weiß nicht ... ich weiß nicht ...«, antwortete der Kleine. Dann begann er zu weinen.

***

Steiner lächelte und blicke zufrieden auf die fertige Bombe, die vor ihm an der Tür klebte.

»Neunzig Sekunden müssen reichen.«

Die Uhr begann leise in kurzen Intervallen zu piepen.

»Das Ding ist jetzt scharf?« Sofort hatte Lutz wieder dieses Grinsen im Gesicht, das Steiner mehr und mehr aufzuregen schien.

»Lass uns hier abhauen, das wird verdammt ungemütlich, wenn Holz explodiert.«

Die beiden hetzten die Stufen hoch in den ersten Stock und kauerten sich hinter dem Treppenabsatz an eine Wand, von der sie ein komischer Babydinosaurier mit großen Augen anglotzte.

»Was meintest du mit dem Holz ...?«

Steiner hatte seine Uhr im Auge, während er Lutz antwortete: »Hab mal bei einer Übung im Wald miterlebt, wie drei Kameraden so eine Ladung an einem Baum ausprobierten. Sie haben der Explosion aus zehn Metern Entfernung zugesehen, danach sahen sie aus wie gespickter Hackbraten. Die haben geblutet wie Sau.«

»Du meinst, die Ratten da unten werden von den Holzsplittern zerfetzt?«

»Kann schon sein, keine Ahnung. War ja 'n Baum und keine Tür.«

Sekunden später versetzte Steiner Lutz einen Kick mit dem Ellenbogen.

»Solltest dir jetzt besser die Ohren zuhalten!«

Dann gab es einen höllischen Rums. Eine dichte Rauchwolke kam das Treppenhaus herauf und legte sich wie Nebel über die beiden. Fast augenblicklich schalteten sich im gesamten Turm die Rauchmelder ein und gaben hochfrequente Alarmtöne von sich.

Lutz war als Erster wieder auf den Beinen, noch bevor sich der Rauch verzogen hatte.

»Wow ... wow ... wow!«, schrie er aufgekratzt und wartete nicht auf Steiner, sondern rannte die Treppe hinab, um das Werk zu vollenden. Je näher er seinem Ziel kam, desto dichter wurde der Nebel, der ihn schließlich zum Husten brachte und in seinen Augen brannte. Er tastete sich den Gang entlang und gelangte schließlich zum zweiten Schutzraum, von dessen Tür nur noch ein kläglicher Rest schief in der Angel hing.

Lutz zog die Pistole, stolperte durch den Türrahmen und versuchte in dem Raum irgendetwas zu erkennen. Er hoffte auf Blut und Gedärme, die an den Wänden klebten, auf abgerissene Gliedmaßen und leblose Körper. Doch der Raum war vollkommen leer.

SHALHEVET III

19. Oktober 2020, 11:34 Uhr

Shalhevet nahm das zehnte Kind in Empfang und stellte es zu den anderen. Sie blickte nach oben in den Schacht und konnte dort bereits die Schuhe von Esra erkennen, die keine Geduld mehr hatte, die letzten beiden Meter sprang und gekonnt die Landung abfederte.

»Wir sollten sofort verschwinden!«, mahnte Shalhevet.

Im selben Moment zerriss ein ohrenbetäubender Knall von oben die Stille. Kurz darauf fegte eine Druckwelle über sie hinweg, die einige der Kinder einfach umwarf, dann hüllte eine Wolke aus Dreck und Staub sie ein – schließlich kehrte wieder Totenstille ein.

Shalhevet nahm nur noch ein lautes Pfeifen wahr. Sie sah die schreienden Kinder, konnte sie aber nicht hören. Es fühlte sich an, als würde ein dicker Verband über ihren Ohren liegen. Entschlossen taumelte sie zu den gestürzten Kindern hinüber und half ihnen wieder auf, dann nahm sie den bewusstlosen Daniel hoch und drückte ihn an sich. Hatte sie bisher gehofft, die Killer würden die Kinder verschonen, so war ihr nun endgültig klar, dass diese Bestien nicht aufgeben würden, bevor sie alle tot waren. Diese Erkenntnis verlieh ihr neue Kraft. Sie würde es nicht so weit kommen lassen, niemals. Das schwor sie sich.

Mit der freien Hand nahm sie Maja das Handy wieder ab und versuchte sich einen Überblick zu verschaffen.

Sie standen mitten in einem gut drei Meter breiten Gang mit gewölbter Decke. Shalhevet sah erst in die eine, dann in die andere Richtung. Im Schein der schwachen Lampe wirkten beide Optionen düster und unheimlich.

Ein Blick zur Decke offenbarte ein breites Kabel, das am Scheitelpunkt der Wölbung entlanglief. Alle paar Meter hing dort außerdem eine Leuchtstoffröhre. Rechts und links davon befanden sich jeweils zwei weitere Kabel, die mit verrosteten Metallschellen in den Mauern verankert waren. Sonst konnte sie nichts entdecken. Auch keine Lichtschalter.

So weit der Schein ihrer Handylampe reichte, waren auch keine Türen oder Öffnungen in der Wand zu erkennen. Zum Glück wurde der Pfeifton in ihren Ohren langsam leiser. In dieser Sekunde kam Daniel wieder zu sich.

»Bin ich tot?«, fragte der kleine Junge.

»Nein, nein ... Du bist nicht tot, Daniel«, antwortete Shalhevet und drückte ihn fest an sich.

»Ich muss Pipi, kannst du mich runterlassen?«

Shalhevet fiel ein Stein vom Herzen. Vorsichtig setzte sie Daniel ab. Er ging zur Wand und machte sein Geschäft, als wenn es keine Bedrohung gäbe. Fast gleichzeitig begannen die anderen Kinder zu lachen.

»Was ist denn so lustig?«, fragte Daniel erbost, während er seine Hose wieder hochzog.

Shalhevet nahm Daniel an der Hand und blickte hinüber zu Esra, die auf der anderen Seite des Ganges zur Eile mahnte, indem sie energisch mit dem Finger auf ihre Armbanduhr tippte. Shalhevet atmete tief durch, beleuchtete ihr Gesicht und ging in die Hocke, um mit den Kindern auf Augenhöhe zu sein.

»Wir gehen nun diesen Gang entlang, und zwar zügig. Habt ihr verstanden?«

Im Schein der grellen Leuchtdiode konnte sie nicht wirklich erkennen, ob die Kinder ihr zustimmten.

»Maja und Vincent, ihr beide übernehmt das Ende der

Gruppe und schaut, dass niemand zurückbleibt. Und alle anderen bleiben mir jetzt dicht auf den Fersen. Ich gehe immer an dieser Wand entlang. Wenn ihr brav hinter mir bleibt, kann also gar nichts passieren. Ich werde langsam gehen, aber ihr müsst eng zusammenbleiben! Esra, du gehst parallel zu uns an der anderen Wandseite entlang. So können wir sehen, ob es Türen oder eine Abzweigung gibt. Verstanden?«

»Ich bin dabei«, antwortete Esra heiser. Etwas Besseres fiel ihr in diesem Augenblick nicht ein.

»Na, dann los!«, befahl Shalhevet und schritt mit Daniel an der Hand voran, während die Kinder ihr verängstigt folgten. Esra ging seitlich von der Gruppe, ließ sich aber ein wenig zurückfallen, um alle Kinder im Blick zu haben. Sie musste an die vielen Ausflüge denken, die sie mit den Kindern gemacht hatten. Das alles schien so fern, die lachenden Kinder, die in Zweierreihe Hand in Hand einen Zebrastreifen überquerten, während sie sie mit ausgebreiteten Armen vor unachtsamen Autofahrern beschützte.

Noch immer fiel es ihr schwer, die schreckliche neue Realität zu begreifen. Mechanisch setzte sie einen Fuß vor den anderen und folgte den zitternden Lichtkegeln in der Dunkelheit.

Es waren nur wenige Minuten vergangen, als auf Shalhevets Seite eine Unregelmäßigkeit in der Wand auftauchte. Die Vertiefung entpuppte sich als Nische mit zwei grauen Flügeltüren, in die zwei längliche Glasscheiben eingelassen waren. An der Einfassung der Türen befand sich eine rechteckige Metalltafel mit eingetrübten Knöpfen.

Shalhevet erinnerte das Konstrukt ganz eindeutig an einen Aufzug. Doch wo sollte der hinführen? Nach oben ins Freie? Wohl kaum. Sie kannte das Gelände rund um den Turm sehr gut, dort gab es nur das Plateau und den Wald, sonst nichts. Dennoch betätigte sie nacheinander die Knöpfe und legte ihr Ohr an eine der Flügeltüren. Die Kinder schienen die Luft anzuhalten. Kein Mucks war mehr zu hören. Für einen Moment glaubte Shalhevet, irgendwo hinter der Tür, weit entfernt, ein Geräusch gehört zu haben. Doch dann war sie überzeugt davon, dass sie sich das nur eingebildet hatte, und senkte resigniert den Kopf. Erstaunt stellte sie fest, dass sich an dieser Stelle unter ihren Füßen zwei ebenerdige Schienen befanden, die direkt vor den Aufzugtüren endeten.

Ein Hoffnungsschimmer! Vor einigen Jahren hatte sie mal ein Salzbergwerk besucht. Die Besucher waren mit einem sehr schmalen Zug in den Stollen des Berges gefahren worden – und genau daran erinnerten sie diese Gleise.

Vielleicht führten sie hinaus in die Freiheit?

Entschlossen brachte sie die Gruppe dazu, sich wieder in Bewegung zu setzen, wobei sie von nun an den Blick immer auf den Boden gerichtet hatte, um der Spur der Gleise zu folgen. Nach und nach bemerkte Shalhevet, dass der Gang und die Schmalspur auf dem Boden eindeutig einen leichten Bogen machten. Dann aber verliefen sie nicht mehr parallel zueinander. Während sich das Gewölbe weiterhin gemächlich nach links krümmte, zogen sich die Gleise nun quer über den Gang und mündeten in einen breiten Seitenarm des Hauptganges. Die Enttäuschung war groß, als der Gang mit den Gleisen zwanzig Meter weiter an einer Mauer endete.

Frustriert schrie Shalhevet kurz auf. Ein oder zwei Kinder hatten wieder zu weinen begonnen.

»Das hat keinen Sinn, Shala. Wir müssen weiter. Und wir sollten auf gar keinen Fall so einen Lärm veranstalten. Okay?«

Shalhevet schloss die Augen und lehnte den Kopf an die kalte Mauer.

»Du hast recht, ich bin ... Ich meine ...«

»Alles gut, Shala, du machst das gut, wirklich. Aber wir müssen jetzt weiter.«

Shala richtete sich wieder auf und drehte sich zu den Kindern.

»Es tut mir leid, Tante Shala war nur ... Aber jetzt geht es wieder. Ihr seid so tapfer, wirklich. Und ich bin mir sicher, wir sind hier bald raus. Oder wir finden ein gutes Versteck, also ...«

Esra schaltete sich ein.

»Es geht jetzt weiter, Kinder. Habt ihr euch noch alle an der Hand?«

Ein paar leise Kinderstimmen schienen die Frage zu bejahen.

»Maja, Vincent? Wie läuft es denn dahinten? Alles gut?«

Die helle Stimme von Maja erklang: »Vincent hat Angst, aber ich pass auf ihn auf.«

»Na, dann los!«, befahl Esra. Fast augenblicklich ging Shalhevet mit Daniel erneut voraus, und der Tross hinter ihr setzte sich wieder in Bewegung. Keine zwanzig Meter weiter tauchten auf Esras Seite im Licht ihrer Handylampe zwei weitere Holztüren auf.

»Ich geh vor!«, rief Esra aus, lief zu den Türen und überprüfte sie. Die erste war unverschlossen und führte zu einer Toilette. Der Raum war jedoch zu klein, um für die ganze Schar ein sicheres Versteck zu bieten. Die zweite Tür war verschlossen. Im Beton darüber konnte man mit Mühe einen Schriftzug erkennen, dessen weiße Farbe zum Teil bereits abgeblättert war.

MANNSCHAFTSUNTERKUNFT 101

Im Lichtkegel von Esras Lampe tauchten in etwa zehn Metern Entfernung die nächsten Türen auf. Auch diese waren verschlossen und beschriftet.

KOMMANDATUR

OFFIZIERSMESSE

Auf ihrem Weg fand die Gruppe schließlich vier weitere Türen derselben Bauart und schließlich eine breitere aus Stahl auf der linken Seite mit einer verheißungsvollen Aufschrift.

ZUGANG EBENE 2 und 3

In der sicheren Gewissheit, dass auch diese Tür verschlossen sein würde, betätigte Shalhevet den Griff und war vollkommen überrascht, als sie sich einen Spalt weit öffnen ließ. Ein kalter Luftzug kam ihr aus der handbreiten Lücke entgegen.

Die Tür war schwer und die Scharniere offensichtlich eingerostet, also half ihr Esra, um das ersehnte Tor in die Freiheit zu öffnen. Noch bevor sie die Tür weit genug geöffnet hatten, um sich hindurchdrücken zu können, offenbarte das Licht ihrer Lampen dahinter eine breite, steil nach unten führende Treppe.

»Das ist nicht gut«, fasste Esra ihre Abneigung in Worte, und insgeheim gab Shalhevet ihr recht.

»Lass uns doch erst mal rausfinden, wo der Gang hinführt, bevor wir noch tiefer in dieses ... dieses grauenvolle Labyrinth hinabsteigen. Was meinst du?«, ergänzte Esra. »Wir wissen doch nicht mal, ob wir da unten überhaupt Luft bekommen oder ob da irgendwelche Viecher lauern oder was weiß ich für Zeug ...«

Shalhevet legte Esra ihre Hand auf die Schulter.

»Ganz ruhig, Esra. Wir gehen da nicht runter. Wir schauen erst mal, wohin der Gang führt. Und sollte der plötzlich einfach enden, dann reden wir noch mal, okay?«

»Okay«, antwortete Esra und fühlte sich gleich besser.

Shalhevet blickte auf ihre Uhr. Fünfzehn Minuten waren seit ihrem Aufbruch vergangen. Daniel ergriff jammernd wieder ihre linke Hand.

»Wann sind wir denn endlich da?«

Er brachte damit zum Ausdruck, was auch Shalhevet verzweifelt dachte. Genau in diesem Augenblick hörte sie weit vor sich Geräusche. Noch traute sie sich nicht, laut auszusprechen, was sie dachte, aber alles in ihr war voller Hoffnung.

Endlich, sie haben uns gefunden und retten uns! Irgendwie ist es ihnen gelungen, einen Weg zu uns zu finden. Wir sind gerettet ... Alles wird gut!

Die Hoffnung gab Shalhevet zusätzliche Kraft, und so löste sie sich von der Gruppe und eilte mit Daniel voraus. Das Geräusch war nun ganz nahe, und ein schwaches Licht erschien vor ihr in einem Loch in der Decke.

Es ist keine Einbildung ... Wir sind wirklich gerettet, sie sind da!

Doch im selben Augenblick erkannte sie an den schweren Springerstiefeln, die durch die Öffnung kamen, ihren grauenvollen Irrtum. Der Atem stockte ihr, und nur langsam begriff sie, dass das breite Loch in der Decke der Fluchtweg war, den sie selbst benutzt hatten. Die Stiefel, die sich Sprosse für Sprosse ihren Weg in das dunkle Gewölbe bahnten, gehörten zu einem der Männer, die nichts anderes im Sinn hatten, als sie alle zu ermorden.

Sie waren im Kreis gegangen.

STEINER II

Montag, 19. Oktober 2020, 11:45 Uhr

Steiner sprang die letzten zwei Meter. Das Geräusch seiner Stiefel, als er auf dem Boden aufkam, schallte laut durch den lang gezogenen Gang. Keine Sekunde später ertönte von oben Lutz' Stimme.

»Hey, was siehst du?«

»Mann, Lutz, du sollst die Fenster beobachten und nicht hier runterglotzen!«, antwortete Steiner wütend.

»Fick dich, ich will wissen, was da unten ist!«

Steiner schüttelte den Kopf. Der Idiot machte ihn wahnsinnig. Er drehte sich einmal um die eigene Achse und versuchte, sich mit der Lampe seines Smartphones einen Überblick zu verschaffen.

»Ich seh nich viel, nur 'nen langen Gang. Sieht aus wie in einem alten Bunker.«

»Und die Ratten?«

»Keine Ahnung, ob's hier Ratten gibt«, antwortete er gespielt ahnungslos, um Lutz zu provozieren.

»Du bist so ein Arsch, Steiner.«

»Geh jetzt zu den Fenstern und schieb Wache. Ich schau mich hier unten mal um. Hast du mich verstanden?«

»Warum können wir denn nicht beide ...«

»Weil einer die Bullen davon abhalten muss, hier reinzustürmen.«

Lutz dachte angestrengt nach, aber Steiner hatte recht. Einer musste den Platz vor dem Turm im Auge behalten. Er fragte sich nur, warum er das sein musste.

»Also, was ist jetzt?«, kam es von unten.

»Scheiße, Mann, ja ... Aber beeil dich«, erwiderte Lutz und trottete bockig davon.

Steiner war klar, dass die Zeit gegen sie lief. Er hatte im Gefängnis alles recherchiert, was er über den Turm finden konnte. Und davon gab es in den Folgejahren des Geiseldramas reichlich. Irgendwelche Freaks hatten animierte 3-D-Filmchen auf YouTube veröffentlicht. Jeder Winkel des Turms war darin zu sehen, und jede Bewegung, die Zamir im Gebäude gemacht hatte, war genau rekonstruiert worden. Die Polizei hatte von Anfang an keine Chance gehabt, in den Turm zu gelangen. Meterdicke Betonwände, kugelsichere Glasscheiben, Abluftanlagen gegen Gasangriffe und ein ausgefeiltes Überwachungssystem machten ihn zu einer uneinnehmbaren Festung. Nur der überraschende Zugriff über das achteckige Giebeldach, das einst von den Nazis als Tarnung auf der Betondecke angebracht worden war, um anfliegende Bomber zu täuschen, hatte Zamirs Pläne beinahe durchkreuzt.

Steiner hatte all die Informationen studiert und daraus seine Schlüsse gezogen. Er hatte die Chance einer erfolgreichen Operation mit anschließender Flucht immer nur als eine von zwei Optionen gesehen. Entsprechend umfangreich hatte er auch Plan B vorbereitet. Was ein alter Jude geschafft hatte, das konnte er auch. Und alles, was er dafür brauchte, steckte in dem Rollcontainer. Nur mit diesem unterirdischen Gang hatte er nicht gerechnet.

Entschlossen folgte er dem Gang, ohne die Schatten zu bemerken, die sich seit Minuten nicht weit von ihm an die Wand pressten.

Shalhevet rechnete jeden Augenblick damit, von diesem grobschlächtigen Glatzkopf entdeckt zu werden. Selbst als der Mann in der Dunkelheit verschwand, wagte sie es noch immer nicht zu atmen und hielt ihre Hand fest auf Daniels Mund gepresst. Mit der anderen Hand drückte sie das Handylicht so fest gegen ihre Brust, dass es schmerzte.

Plötzlich spürte sie eine Hand auf ihrer Schulter. Beinahe hätte sie geschrien.

»Ich bin's nur«, flüsterte ihr Esra ins Ohr.

Zitternd richtete Shalhevet ihr Telefon in Esras Richtung und sah auch die Kinder. Behutsam befreite Esra den kleinen Daniel aus Shalhevets Griff.

Der Junge schnappte laut nach Luft.

»Ich konnte kaum atmen«, stieß er laut hervor, bevor ihm nun Esra ihre Hand auf den Mund legte.

»Das war gut, das hast du ganz toll gemacht, aber wir müssen weiterhin alle mucksmäuschenstill sein. Schaffst du das?«

Daniel drehte sich zu den anderen Kindern um, die ihn mit versteinerten Gesichtern ansahen. Allmählich wurde sein Atem langsamer.

»Ich kann das, Tante Esra.«

Shalhevet schaltete sich drängend ein.

»Wir müssen weg von hier.«

»Nach oben?«, wollte Esra wissen.

»Nein, nicht nach oben. Da wartet ganz sicher der andere Kerl auf uns. Wir haben keine andere Wahl, wir müssen dem Kerl vor uns folgen, und zwar lautlos. Wenn wir das nicht tun, wird er hinter uns wieder auftauchen, denn das ist ein kreisrunder Gang.«

»Und ... und was machen wir, wenn er die Richtung wechselt?«

»Um unser Leben rennen.«

Die ersten Meter ging Steiner noch, dann wechselte er in einen Laufschritt. Kurz darauf erreichte er die verschlossenen Aufzugtüren, vor denen zwei Schienen endeten. Ohne zu zögern, schlug er mit der Maschinenpistole gegen eine der länglichen Glasscheiben, die in die Türen eingelassen waren. Das alte Glas splitterte sofort. Nach zwei weiteren Schlägen hatte er alle Scherben aus den Fugen beseitigt und konnte nun einen Blick hinab in den Schacht werfen.

Er hing sich die MP wieder um und leuchtete mit dem Licht seines Handys in die Tiefe. Doch das Ende des Schachts blieb ihm verborgen. Steiner bückte sich und klaubte einige große Glassplitter am Boden auf, dann warf er sie hinab in die Dunkelheit. Fast unmittelbar danach zerschellten sie auf dem dumpf klingenden Untergrund. Steiner schloss daraus, dass der Schacht nicht tiefer sein konnte als fünf oder sechs Meter. Aber eigentlich spielte das keine Rolle, denn dieser Schacht war sicher keine Option für die Kinder gewesen und führte auch nicht ins Freie. Wieder waren wertvolle Minuten vergangen.

Shalhevet und Esra, die nun beide nebeneinander die Kindergruppe anführten, immer eng an der linken Wandseite entlang, hatten angehalten, als der Lichtkegel des Killers in Sichtweite kam. Sie konnten den Mann selbst wegen der Krümmung des Ganges nicht sehen, wohl aber seinen Schatten, der geradezu monströs und mächtig auf die gegenüberliegende Seite des Stollens geworfen wurde.

Steiner folgte dem Seitengang mit den Gleisen, so schnell es in der Finsternis ging, und wäre beinahe gegen die Mauer gelaufen, die ihm plötzlich den Weg versperrte. Eine Sackgasse. Er lächelte zufrieden, denn er hatte befürchtet, dass die Kinder vielleicht entkommen waren.

Steiner machte kehrt und krachte dabei gegen einen großen Kasten, der am Boden stand. Neugierig beleuchtete er den grauen Block aus Metall, der seitlich ausklappbare Tragegriffe besaß und wie ein Fremdkörper in dieser Umgebung wirkte. Erstaunt fuhr Steiner mit der Hand über das graue Stahlblech und die verschraubten Kunststoffecken. Auf der Vorderseite ragte ein Kabel aus dem Gehäuse, das an der Wand bis zur Decke hinaufführte, wo es mit einer der Leitungen verbunden war. Direkt neben dem Kabel befanden sich an dem Kasten Bedienelemente und neben einem weißen Druckknopf ein Display sowie ein USB-Anschluss. Das Gerät war ganz offensichtlich nagelneu. Steiner hatte so etwas Ähnliches schon mal bei einem Bautrupp gesehen, nur deutlich kleiner.

Shalhevet und Esra hatten die Spur des Mannes verloren. Er war wie vom Erdboden verschluckt. Keine Geräusche, kein Lichtkegel – nichts. Aus Angst, dass er ihnen irgendwo in der Dunkelheit auflauerte, verlangsamte die Gruppe ihre Schritte. Die beiden Erzieherinnen wagten es nicht mehr, ihre Lampen einzuschalten.

»Was machen wir denn jetzt?«, jammerte Esra. Ihre Stimme offenbarte, dass sie mit ihren Nerven am Ende war. Für die Kinder war es das Zeichen, nun auch ihrer Angst wieder freien Lauf zu lassen. Wie auf einen geheimen Befehl begannen alle gleichzeitig zu weinen und zu wimmern.

Shalhevet stolperte in der Dunkelheit zurück, um ihren Schützlingen ganz nah zu sein, und ging auf die Knie. Dann umfasste sie mit Tränen in den Augen so viele der kleinen Körper wie möglich und drückte sie an sich.

»Ihr müsst still sein ... Bitte, ihr müsst still sein«, flehte sie. Esra tat es ihr gleich und suchte ebenfalls auf den Knien nach den Kindern, um sie in die Arme zu nehmen.

In diesem Augenblick blitzte es mehrmals hell auf, dann gingen die Deckenlichter an und brachten die Kinder augenblicklich zum Schweigen. Fast alle hielten automatisch die Hände vor die Augen, um sich vor dem blendenden Licht zu schützen. Hatten sie gerade noch Angst vor der Dunkelheit gehabt, fühlten sie sich nun nackt und verletzlich. Wohin Shalhevet mit zusammengekniffenen Augen auch blickte, es gab keinerlei Möglichkeit, sich zu verstecken. Und nur wenige Meter vor ihnen zweigte ein Gang vom Hauptstollen ab, der den Gleisen am Boden folgte und aus dem nun zweifelsfrei Geräusche drangen. Ihr Verfolger schien keine zehn Meter von ihnen entfernt zu sein.

Steiner hatte den Knopf neben dem Display gedrückt und damit alle Leuchtstoffröhren an der Stollendecke aktiviert. Er hatte richtig vermutet: Der graue Kasten war ein professioneller Akku-Generator. Er legte seine MP auf den Boden, packte den schweren Generator, kippte ihn leicht an und legte ihn behutsam auf die Seite. Dann studierte er aufmerksam das Etikett mit Seriennummern und Daten am Boden des Gerätes. Schließlich fand er, wonach er gesucht hatte. Neben der Seriennummer war eine Jahreszahl eingeprägt: 2020. Das Gerät war demnach nagelneu.

Fasziniert von seiner Entdeckung und seiner eigenen Genialität, nahm er seine MP hoch und ging auf die Wand zu, an der die Gleise endeten. Erst tastete er den Putz ab, dann klopfte er mit den Fingerknöcheln dagegen. Die Wand klang massiv. Trotzdem machte sie ihn misstrauisch. Sie hatte eine vollkommen andere Oberfläche als die unverputzten Stollenwände, die offensichtlich aus Beton bestanden.

Die beiden Frauen mussten eine Entscheidung treffen. Die Kinder waren weiterhin alle still.

»Sie stehen unter Schock ...«, brachte Esra hervor. Shalhevet dachte dasselbe, ging aber nicht darauf ein. »Sollen wir nicht lieber umkehren?«, ergänzte Esra.

Shalhevet wischte sich die Tränen aus dem Gesicht und stand auf.

»Und wohin soll uns das in einem kreisrunden Tunnel führen?«, flüsterte sie. Esra hatte keine Antwort darauf. »Die Kinder können nicht mehr«, ergänzte Shalhevet und blickte auf die kleinen erschöpften Gesichter hinab.

»Erinnerst du dich an die Treppe, die nach unten führt? Ich glaube, die liegt nicht weit entfernt vor uns. Wenn es uns also gelingen würde, ungesehen an dieser Abzweigung vorbeizukommen, sparen wir uns mindestens fünfzehn Minuten Rundweg und laufen auch nicht Gefahr, dem zweiten Mann in die Hände zu geraten.«

Esra konnte keinen klaren Gedanken mehr fassen. Jede der beiden Optionen schien ein tödliches Risiko zu bergen, und alles, woran sie im Augenblick denken konnte, war das grelle Licht über ihr.

»Es ist zu hell, er wird uns sehen in diesem Licht, wir, wir ...«

Ihre Stimme klang gepresst, als wollte sie ihre Angst laut herausschreien, versuchte aber mit aller Gewalt, leise zu sprechen.

»Esra, beruhig dich bitte.«

Shalhevet zog die junge Frau hoch, nahm ihre Hände und presste sie fest zusammen.

»Du erinnerst dich doch an die Treppe, die nach unten führte?«

Esra blinzelte sie nervös an.

»Bitte, Esra, konzentrier dich«, wiederholte Shalhevet leise, aber energisch, bis Esra schließlich nickte.

»Wenn wir es bis dahin schaffen, sind wir vielleicht in Sicherheit.«

»Aber wenn er nicht in dem Seitengang ist, sondern da unten?«

»Esra, er ist in diesem Gang! Ich kann ihn hören.«

Esra hielt die Luft an. Und tatsächlich: Aus dem seitlich abzweigenden Stollen kamen soeben wieder Geräusche.

Shalhevet hatte sich erneut zu den Kindern gebeugt.

»Ihr nehmt euch jetzt alle an der Hand, seid mucksmäuschenstill und geht mir leise nach.«

Vincent stand immer noch direkt vor ihr, also nahm sie seine Hand und forderte ihn auf, dasselbe mit dem Mädchen hinter sich zu tun. Esra war an das Ende der Schlange gegangen und ergriff die Hand eines kräftigen Jungen mit dicken Pausbacken.

Mit zaghaften Schritten setzte sich die Gruppe in Bewegung, bis sie die Abzweigung erreichten. Der Mann war nicht zu sehen, nur sein langer Schatten am Boden.

Eine Minute später erreichten sie gemeinsam den Zugang zur Treppe. Der Spalt in der Tür war noch immer so schmal, wie sie ihn verlassen hatten. Ein gutes Zeichen, dass nach ihnen niemand die Tür benutzt hatte.

»Außer uns war niemand hier. Ich brauche jetzt deine Hilfe, Esra.«

Schweigend nickte ihr die zierliche Frau zu. Dann stützten sie sich beide mit den Händen an der Tür ab und begannen auf ein Zeichen von Shalhevet, sich, so fest sie konnten, dagegenzustemmen. Tatsächlich gaben die verrosteten Scharniere langsam nach. Schließlich war der Spalt breit genug, dass sich nicht nur die Kinder, sondern auch die beiden Frauen hindurchzwängen konnten.

»Jetzt schnell, Kinder«, forderte Shalhevet die Kleinen auf.

»Was ist da unten?«, wollte Maja wissen – und noch während Shalhevet antwortete, schob sie das Mädchen durch die Tür.

»Ich weiß es nicht, Maja. Aber eines weiß ich: Da unten sind wir erst mal sicher vor den bösen Männern.«

Steiner hatte die Mauer am Ende der Sackgasse genau untersucht. Mit seinem Kampfmesser hatte er direkt am Boden etwas Putz aus der Mauer gebrochen. Und wie vermutet, hörten die Gleise an der Wand nicht einfach auf, sondern führten unter ihr hindurch. Er war sich nun ganz sicher, dass diese Wand nachträglich eingefügt worden war. Ein letzter Test sollte Gewissheit bringen. Er ging ein paar Schritte zurück, steckte das Messer weg, brachte seine Maschinenpistole in Anschlag und feuerte eine kurze Salve auf die Mauer ab. Erneut hallten die Schüsse laut von den Wänden wider. Kleine Gesteinsbrocken flogen durch die Gegend. Als wieder Stille eingekehrt war, untersuchte er die Einschussstellen. Sie hoben sich rot vom grauen Putz ab, als hätte er der Wand blutige Schusswunden zugefügt.

Nun bestand kein Zweifel mehr. Es war eine Ziegelwand.

Grinsend lief Steiner zurück in den Hauptgang und sah sich um. Bei Licht betrachtet, offenbarte sich ihm nun die Architektur der unterirdischen Gänge. Ganz eindeutig bildete der Hauptgang einen lang gezogenen Ring, von dem aus ein Aufzugschacht in die Tiefe führte.

Ohne sich im Augenblick weiter Gedanken um die Kindergruppe zu machen, sprintete er den Weg zurück bis zur Aufzugtür und blickte in den Schacht hinunter, der dank der Deckenleuchten nun ebenfalls gut einzusehen war. Der Tiefe nach zu urteilen, konnten unter dieser Ebene maximal zwei weitere Stockwerke liegen, und genau über ihm befand sich der Turm. Oder anders gesagt: Der Hügel, auf dem der Turm stand, war bei dessen Errichtung der perfekte Ort gewesen, um dieses unterirdische Bauwerk zu tarnen. Steiner musste an ein unterirdisches Waffenlager denken, das er einst mit seinen Kameraden in einem Wald ausgehoben hatte. Das Grundwasser hatte ihren Plan zunichtegemacht. Grundwasser würde es hingegen in diesem Hügel nicht geben. War das der Grund, warum die Erbauer diesen Ort gewählt hatten? Wenn ja, was wollten sie hier vor der Feuchtigkeit schützen?

Während er grübelte, stachen ihm die schmalen Gleise am Boden wieder ins Auge. Erneut folgte er dem Schienenstrang bis zum Ende der Sackgasse.

Was immer hier transportiert worden war, es musste verdammt schwer gewesen sein. Und die Tatsache, dass der Gang in einer Sackgasse endete, war ein sicheres Indiz dafür, dass es sich noch immer hier befand. Irgendjemand hatte den Ausgang aus diesem unterirdischen Reich versiegelt.

All diese Erkenntnisse trafen Steiner mit einer solchen Wucht, dass er jegliche Motivation, die Kinder zu finden, verlor. Denn eines war sicher: Hier gab es im Augenblick nur einen Weg raus, und zwar nach oben durch den Schacht, den Lutz und er unter Kontrolle hatten. Vielmehr wollte Steiner nun wissen, was in diesem Bauwerk versteckt war und wer bereits danach gesucht hatte. Alles fügte sich wie ein Puzzle zusammen: der verborgene Schacht, der vom Turm hinabführte, der Stromgenerator und auch der jüdische Kindergarten, der ganz offensichtlich nur zur Tarnung diente. Vollkommen vertieft in seine Gedanken, schaltete Steiner den Generator wieder aus, doch das Licht blieb an. Wahrscheinlich ein Verzögerungsschalter, vermutete er und kehrte dem unterirdischen Reich den Rücken zu, während er sich vorstellte, wie er einen gewaltigen Schatz bergen und einen geheimen Weg ins Freie finden würde. Die Ziegelmauer sollte ihn dabei nicht aufhalten.

Sprengstoff habe ich schließlich genug dabei, dachte er bei sich. Lutz hingegen kam in seiner Vision nicht vor.

Lutz lehnte neben einem der Turmfenster im ersten Stock und kaute nervös an seinen Fingernägeln. Da sich direkt am Haupteingang keine Fenster befanden, war er auf derselben Ebene in das Büro der Kindergartenleitung gegangen. Die beiden Computer, die auf einem breiten Schreibtisch mitten im Raum standen, hatten automatisch auf Bildschirmschoner umgeschaltet. Einer davon zeigte Schnappschüsse aus einem Familienalbum, die nacheinander über den Screen wanderten. Zornig über die grinsenden Gesichter hatte er eine halb volle Kaffeekanne genommen, die auf dem Schreibtisch stand, und den Inhalt in den Lüftungsschlitz eines der Computer gegossen. Es dauerte eine Weile, dann flogen Funken, der Computer rauchte, und die ekligen Familienbilder verschwanden.

Wegen des meterdicken Fensterstocks hatte er nur eine eingeschränkte Sicht auf die Umgebung. Es war, als hätte man ihm Scheuklappen aufgesetzt. Selbst die Toten auf den Stufen konnte er von hier aus nicht sehen, dafür in einiger Entfernung die Umrisse des leblosen Jungen im hohen Gras, den er im Laufen niedergestreckt hatte. Aber auch das besserte seine Laune nicht.

KUCERA II

Montag, 19. Oktober 2020, 11:46 Uhr

Torsten Kucera war sich durchaus der Gefahr bewusst, in der er sich befand, aber er hatte jegliche Kraft verloren. Sogar die Kraft, Angst zu empfinden.

Jeden Moment konnten die zwei Killer zurückkehren, und sie würden ihn mit Sicherheit auf der Stelle töten. So wie sie es mit den Menschen getan hatten, die blutend vor ihm lagen. Vor vielleicht zehn Minuten hatte es eine deutlich hörbare Explosion im Gebäude gegeben. Selbst durch die Stahltüren hindurch hatte er gespürt, wie der Turm bebte. Ein Schwarm Krähen war krakeelend aus dem Wipfel eines Baumes aufgeflogen, dann war es wieder still geworden.

In Kuceras Kopf herrschte danach nur noch Leere. Erschöpft war er an den Stahltüren zu Boden geglitten. Die Explosion hatte ihm alle Zuversicht geraubt, die Kinder doch noch retten zu können. Nun war er nicht mal mehr in der Lage, sich aufzurichten und sich seiner Dienstwaffe zu bemächtigen, obwohl sie nur einen Schritt von ihm entfernt lag.

Kucera war wie gelähmt. Erschöpft legte er den Kopf in den Nacken, bis er das warme Metall der Stahltore berührte, und schloss die Augen. Es war, als hätten seine dunklen Gedanken nur darauf gewartet, ihm den grausamen Schusswechsel mit dem Fremden noch einmal plastisch vor Augen zu führen. Seine rechte Hand zuckte ungewollt. Er spürte den Rückstoß der Pistole, hörte den lauten Knall und sah die Kugeln, die ein ums andere Mal ihr Ziel verfehlten. Er hatte es in der Hand gehabt, dem Anschlag ein Ende zu bereiten. Von Anfang an – schon vor dem Unfall.

Warum war er dem Killer nur ausgewichen? Warum hatte er ihn nicht einfach mit dem Wagen gerammt, dann wären die Kinder jetzt noch am Leben.

Er ballte die rechte Hand zur Faust, um diese Gedanken zu vertreiben. Erst als sich seine Fingernägel schmerzhaft mit den Glassplittern in den Handballen gruben, spürte er auch seine anderen Sinne wieder. Sein Mund war trocken, und sein Puls pochte so heftig, dass er ihn fühlen konnte, ohne die Finger auf eine Schlagader zu legen.

Durch die meterdicken Betonwände hindurch vernahm er nun auch dumpf den gellenden Alarm der Rauchmelder. Aber dann verstummten sie nach und nach, und es kehrte erneut diese Stille ein, die ihm die Luft zum Atmen raubte.

Hatten die Killer nun endgültig ihr grausames Werk vollbracht? Würden sie jetzt kommen und auch ihn beseitigen? Es war ihm egal.

Sollen sie doch kommen, sollen sie doch einfach kommen ...

Irgendwo aus der Ferne drang ein menschlicher Laut an sein Ohr. Oder war es nur der Wind, der ihm einen Streich spielte? Konzentriert wartete er auf die Wiederholung des sonderbaren Klangs. Eine Brise spielte mit seinen strähnigen Haaren, und die Sonne, die gerade von einer Wolke freigegeben wurde, funkelte durch seine geschlossenen Augenlider. Erneut erreichte ihn der Laut, der menschlichen Ursprungs sein musste. Hoch und rein wie die Stimme eines Kindes.

Kucera öffnete seine Augen einen Spalt weit, blinzelte und drehte den Kopf aus der Sonne. Die Neugier hatte wieder einen Funken Lebenswillen in ihm entfacht. Träge richtete er sich auf, schützte die Augen mit erhobener Hand und suchte die Umgebung ab. Zu seiner Überraschung sah er in der Ferne mehrere Blaulichter, die auf den Hügel zusteuerten. Und da war er wieder, dieser kindliche Laut, zwischen den entfernt jaulenden Martinshörnern.

Gleichzeitig wurde er sich der drohenden Gefahr bewusst, die in dem Turm lauerte, der sich bedrohlich hinter ihm in den Himmel reckte. Und so bückte er sich schwerfällig nach einer der Maschinenpistolen der toten Wachmänner. Unabsichtlich berührte er dabei den Kopf der toten Frau, deren gefärbtes Haar auf die Seite fiel und ihr Gesicht freigab.

Kucera erstarrte, denn das Schicksal zeigte sich ihm gerade von seiner erbarmungslosesten Seite.

SIEBZEHN TAGE ZUVOR

Torsten Kucera war wütend. Wütend auf die Regierung, die den afrikanischen Flüchtlingen freien Zutritt zu seiner geliebten deutschen Heimat gewährte, wütend auf die Jugend, die Fridays for Future nur nutzte, um die Schule zu schwänzen, und wütend auf die Muezzinrufe, die seit April in seinem Heimatort per Gerichtsurteil wieder erlaubt waren.

Im Namen des PAX Europa e. V. stellte er sich an diesem kalten Freitag zusammen mit einer Handvoll tapferer AfD-Wähler bei einer Kundgebung in Penzberg den islamistischen Horden entgegen, die nach seiner festen Überzeugung das christliche Abendland zu Fall bringen wollten. Bewaffnet mit einem Mikrofon und jeder Menge populistischer Parolen war er im Landkreis seit Langem zum Sprachrohr seiner Partei geworden, sehr zum Unmut seiner Kollegen und Vorgesetzten bei der Polizei. Bisweilen begeisterte er bei Pegida-Aufmärschen in München auch schon mal bis zu tausend besorgte deutsche Mitbürger, aber an diesem Nachmittag war die Schar seiner verblendeten Anhänger auf fünf Personen geschrumpft, deren schwacher Applaus zwischen den Redepausen die Sinnlosigkeit der Veranstaltung unterstrich.

Da half es auch nichts, dass Kucera den amüsierten Zuschauern, die zufällig anwesend waren, mit großen Gesten ein dystopisches Bild ihrer Zukunft zeichnete: »Und ich schwöre euch, wenn ihr weiterhin tatenlos zuseht, dann steht am Ende die Islamisierung unseres schönen Städtchens. Dann werden unter unserem weißblauen Himmel nicht mehr der Gockelhahn krähen und die Kirchenglocken läuten, sondern Ibrahim von der Moschee seine islamistischen Brüder dazu auffordern, unsere geliebten Traditionen dem Erdboden gleichzumachen!«

Eine junge Frau im gelben Parka störte die Rede immer wieder mit gellenden Pfiffen und schwenkte tapfer ein Schild hin und her, auf dem in großen Buchstaben »Alle Rassisten sind Arschlöcher« stand, während ein gut gelaunter Landtagsabgeordneter der Grünen unter dem Motto »A Maß gegen Hass« Freibier verteilte.

Torsten Kucera war das egal. Er sah sich als Speerspitze und Bollwerk gegen Willkommenskultur und Gutmenschentum. Vermutlich hatte die Vorhersehung ihn sein Leben lang auf diese Mission vorbereitet, und nun war es für ihn an der Zeit, seinen Beitrag zu leisten, um das marode Staatsgebilde zum Einsturz zu bringen und neu aufzubauen – natürlich mit ihm in einer führenden Rolle.

Tatsächlich hatte die lokale AfD schon lange nach einem wie Torsten Kucera gesucht. Einem, »der's Maul aufmacht und reden kann«, einem »gstandenen Mannsbild, der dem Volkszorn eine Stimme gibt«. Aber vor allem nach einem Staatsbediensteten, der keine Scheu hatte, seinen Dienstgrad und seine Uniform in den Dienst der Partei zu stellen.

Polizeiobermeister Torsten Kucera war für die PR-Strategen der AfD eine goldene Gans, die sich ohne viel Zutun, nur dank eines ausgewachsenen Egos sowie durch Anerkennung und Lob hervorragend instrumentalisieren ließ. Zumindest solange er von Nutzen war – also bis zu seiner Suspendierung, und das war nur noch eine Frage der Zeit.

Der Dienstaufsicht war Kucera das erste Mal vor drei Jahren aufgefallen, bei einem Seminar in der KZ-Gedenkstätte Dachau. Damals war er noch Gruppenleiter bei der Bereitschaftspolizei gewesen. Bei der zweitägigen Fachtagung für Justiz- und Polizeibeamte war es um das Thema Holocaustleugnung gegangen. Kucera war aus Protest mit einem T-Shirt der Marke *Thor Steinar* erschienen, mit der Aufschrift »Save The White Continent«.

Die Sache hatte ein öffentliches Nachspiel gehabt und war vom Sprecher der Gedenkstätte mit klaren Worten scharf verurteilt worden: »Ein T-Shirt von *Thor Steinar* ist kein Zufall. Es gibt Marken, die werden durch Neonazis und Rechtsextreme instrumentalisiert. Und wenn man es an einem Ort wie Dachau trägt, dann ist das ein Statement.«

Woraufhin der ehemalige Pressesprecher des Landeskriminalamts und Kuceras AfD-Parteifreund lapidar erwiderte: »Lassen Sie ihm doch seine Entscheidung. Er kann doch anziehen, was er will.«

Tatsächlich war Kucera damit kein Einzelfall in der bundesdeutschen Polizeilandschaft. Mit 5,9 Prozent lag die Quote von Polizeibeamten unter AfD-Abgeordneten doppelt so hoch wie bei der CDU/CSU oder der SPD in Landtagen und im Bundestag. Oder anders ausgedrückt: Es neigten viel mehr Polizisten zu einer politischen Laufbahn bei der AfD als bei anderen Parteien. Diese Quote brach jedoch dramatisch ein, als sich der rechte Flügel der Partei Ende März 2020 auflösen musste. Zum ersten Mal drohten nun Polizisten mit radikalen Ansichten berufliche Konsequenzen.

Thüringens Innenminister brachte diese Tatsache als Erster öffentlich zur Sprache und verband dies mit einer eindeutigen Drohung: »Ich möchte nicht, dass extremistisches Gedankengut in unseren Reihen Platz hat oder sich sogar noch verbreitert. Wenn es Polizisten im Flügel gäbe, müssen wir uns als Dienstherr Gedanken machen, wie wir damit umgehen. Gegebenenfalls gibt es disziplinarrechtliche Konsequenzen.«

Kurz darauf traten reihenweise Polizeibeamten aus der AfD aus, da sie um ihren gesicherten Arbeitsplatz und ihre Pension bangten.

Für Torsten Kucera war das jedoch keine Option. Im Gegenteil, er war der Meinung, er müsse nun erst recht seine unbedingte Solidarität unter Beweis stellen, und verkündete öffentlich: »Die ganzen Drohungen interessieren mich nicht. Ich bin zu hundert Prozent ein loyaler Gefolgsmann des AfD-Flügels. Und wenn die Polizei mich rauswerfen will, dann werden sich die da oben die Finger verbrennen, denn noch gibt es in diesem Land einen Funken Gerechtigkeit und Menschen, die hinter unserer Bewegung stehen ... und die werden immer mehr!«

Mitte 2020 begann schließlich die Staatsanwaltschaft gegen Kucera zu ermitteln. Doch der kleine Mann mit den breiten Schultern nahm es dank seines AfD-Anwalts gelassen, der ihm versicherte: »Wir packen den Stier bei den Hörnern, verlass dich drauf. Fälle wie diese dauern in Deutschland gerne mal zwei bis drei Jahre. Und weißt du, warum? Ich sage es dir: Der Amtsmissbrauch als allgemeiner Einzeltatbestand, Paragraf 339, mit dem sie dich ganz einfach drangekriegt hätten, wurde 1943 von den Nationalsozialisten aus dem Reichsstrafgesetzbuch ersatzlos gestrichen. Und weißt du, wann er nach dem Krieg wieder in Kraft trat?«

Dabei lächelte der Anwalt genüsslich und ließ dann die Pointe aus dem Sack: »Gar nicht!«

An jenem Morgen, einige Stunden vor der PAX-Europa-Kundgebung in Penzberg, erhielt Torsten Kucera von seinem freundlichen Postboten eine einstweilige Verfügung, die ihm per Gerichtsbeschluss bescheinigte, dass er sich seiner Gattin Emilia und seinem zehnjährigen Sohn Jürgen bis auf Weiteres nicht mehr nähern durfte und das gemeinsam bewohnte Reihenhaus zu räumen hatte. Wutentbrannt ging er in den sorgsam gepflegten Garten seiner Frau und hackte mit einer langstieligen Schaufel auf die Blumen und Bete ein, die Emilia so viel bedeuteten. Erst als alle Gewächse kaputtgeschlagen und verstümmelt in der aufgerissenen Erde lagen, beruhigte er sich allmählich wieder.

Torsten Kucera hatte schon immer zu impulsiven Wutanfällen geneigt. Dabei kam es schon mal vor, dass er seiner Frau oder seinem Sohn eine heftige Ohrfeige verpasste. Doch als Emilia sich vor wenigen Wochen geweigert hatte, den Kontakt zu einer türkischen Freundin abzubrechen, war es zum Eklat gekommen.

»Unser Sohn wird sich nicht mit einem türkischen Jungen zum Spielen treffen!«, schrie er sie an.

Emilia hatte Angst vor ihrem Mann, aber da die Mutter des Jungen ihre beste Freundin geworden war, wollte sie diesmal nicht so schnell klein beigeben.

»Er ist ein ganz normaler Junge, der mit ihm in eine Klasse geht. Die beiden spielen Fußball zusammen und ...«

»Du verstehst das nicht, Emilia. Du hast den Verstand einer einfachen Frau, du siehst nur, was du sehen willst. Ich aber ... Ich sehe das Drumherum, sehe über den Tellerrand hinaus. Jetzt mag der Türkenjunge noch ein harmloser Freund sein, aber dann stellt er ihm irgendwann seine türkische Schwester vor, und ehe du nur ...«

»Yusuf hat überhaupt keine Schwester ...«

»Was spielt das für eine Rolle, dann ist es eben seine Cousine ... oder ... Warum weißt du denn überhaupt so viel über diesen Josuff?«

Emilia überlegte, ob sie Torsten anlügen sollte. Doch dann sah sie vor ihrem inneren Auge das Gesicht ihrer Freundin und brachte es nicht übers Herz, sie zu verleugnen.

»Ich habe mich mit Yusufs Mutter angefreundet«, brachte sie standhaft hervor.

Es dauerte eine Sekunde, bis Torsten den Inhalt der Information richtig verstand, dann schlug er Emilia mit der flachen Hand ins Gesicht.

In der Regel reagierte Emilia darauf mit Tränen, hielt sich die brennende Wange, rannte wahllos in ein anderes Zimmer und schlug die Tür zu. Einmal hatte sie sich eingesperrt, seitdem fehlten an allen Türen die Schlüssel. Diesmal jedoch blieb sie regungslos stehen und sah ihm zornig in die Augen.

Drohend richtete Torsten seinen erhobenen Zeigefinger gegen seine Frau.

»Du wirst diese Türkin nie wiedersehen, oder ...«

»Oder was?«, hielt sie entgegen und hob stolz das Kinn an.

Emilias widerspenstige Reaktion irritierte ihn, er wich sogar leicht zurück, eine Reaktion, die Emilia nicht erwartet hatte und die ihr Mut machte.

»Und weißt du, was, sie ist nicht nur meine Freundin, sie und ich sind viel mehr, verstehst du, was ich meine, Torsten? Muss ich wirklich deutlicher werden?« Ihre Stimme wurde lauter und nahm einen tiefen Unterton an, der Torsten Angst einjagte.

»Sie und ich, wir machen es miteinander, wenn du nicht da bist ... und du bist oft nicht da. Aber am liebsten wäre mir, du wärst überhaupt nicht mehr da!«

An alles, was danach geschah, konnte sich Emilia nur noch schwer erinnern. Alles passierte sehr schnell und mit einer so ungezügelten Gewalt, dass sie zunächst nicht glaubte, das Trommelfeuer an Faustschlägen und Fußtritten lebend zu überstehen. Als Torsten schließlich von ihr abließ, kauerte sie in einer Ecke zwischen Kühlschrank und Waschmaschine. Und obwohl ihr ganzer Körper vor Schmerz schrie, war sie nun wild entschlossen, sich nie wieder der Tyrannei ihres Mannes zu unterwerfen. Torsten hatte das Haus wortlos verlassen, um weiß Gott wo wieder zur Vernunft zu kommen und sie danach um Verzeihung anzubetteln, aber damit war Schluss. Seine Abwesenheit gab ihr genügend Zeit, einen Koffer zu packen, die schlimmsten Schwellungen im Gesicht abzupudern und mit einem Taxi zu ihrer Freundin zu fahren, die an diesem Abend gemeinsam mit ihrem Mann Emilias Sohn beaufsichtigte. Eine halbe Stunde später waren Emilia und ihre aufgebrachte Freundin auf dem Weg zur Polizei, um die Gewalttat anzuzeigen. Und beim Verlassen ihres Hauses war sie auch noch wild dazu entschlossen gewesen. Doch mittlerweile waren zwei Stunden vergangen. Zwei Stunden, in denen Dutzende von Anrufen, Nachrichten und Emojis mit roten Herzchen von Torsten auf ihrem Smartphone eingingen. Zwei Stunden, in denen Emilia zu zweifeln begann, ob sie mit der Lüge von der intimen Beziehung zu ihrer Freundin zu weit gegangen war. Hatte sie ihre Familie verraten, war sie am Ende selbst schuld an diesem Gewaltausbruch?

Kurz bevor die zwei Frauen ihr Ziel erreichten, ereilte Emilia heftiger Schüttelfrost, und so endete die Fahrt nicht bei einer Polizeidienststelle, sondern in der Notaufnahme eines nahe gelegenen Krankenhauses. Nach der Untersuchung setzte sich eine erfahrene Ärztin mit grauem Haaransatz zu der geschundenen Patientin ans Bett, während Emilias Freundin besorgt ihre Hand drückte.

»Erst einmal die gute Nachricht: Ihr Kiefer ist zum Glück nur stark geprellt, aber nicht gebrochen. Ich empfehle trotzdem eine Bandage, um den Heilungsprozess zu beschleunigen und die Schmerzen zu lindern. Auch sollten Sie in den nächsten drei Wochen nur weiche Nahrung zu sich nehmen. Die Schmerzen in der Brust kommen von einer Rippenfraktur. Mehr Sorgen macht mir Ihre linke Niere, sie zeigt eine Ruptur durch eine Kontusion auf.«

Da die Ärztin ihren Unterlagen entnehmen konnte, dass sich die Patientin die Verletzungen nach eigenen Angaben zu Hause zugezogen hatte, stellte sie zum Unfallhergang keine weiteren Fragen mehr, denn sie kannte die Antwort. Emilia war nicht die erste Frau, die sie untersuchte, die ganz offensichtlich brutal zusammengeschlagen worden war – von ihrem Ehemann. Die Polizei war bereits informiert und würde sicher bald eintreffen. In der Regel führte eine geschulte Polizeipsychologin die Befragung durch, die dann auch die Formalien der Anzeige übernahm und die Schutzverwahrung des Opfers gewährleistete.

Aber wieder war Zeit verstrichen, die Emilias Entschlusskraft zermürbte wie eine Sandburg, die in der Brandung langsam ihre Form verlor.

Sie dachte an das Leben, das sie sich erträumt hatte, und an die guten Zeiten mit Torsten, ohne wahrhaben zu wollen, dass sie in ihren Erinnerungen trügerische Luftschlösser erschuf. Als die Polizeipsychologin schließlich eintraf, erklärte Emilia ihre Wunden durch einen unglücklichen Unfall im Haushalt, um das Leben ihres Mannes nicht zu zerstören. Sie wollte auf keinen Fall schuld daran sein, dass man Torsten suspendierte und unehrenhaft aus dem Polizeidienst entließ. Dafür verlangte sie von ihm aber die Trennung, um sich und ihren Sohn nie wieder der Gefahr auszusetzen, die von ihm ausging.

Das Problem war nur: Bei derart eindeutigen Indizien wie im vorliegenden Fall stellte die Polizei die Untersuchungen nicht ein. Der Umstand von Emilias Falschaussage verzögerte und erschwerte das Verfahren gegen den Ehemann jedoch ungemein.

Trotz ihrer Lüge zu seinen Gunsten stand für Torsten zweifelsfrei fest, dass sie sich unter dem schlechten Einfluss ihrer türkischen Freundin befand, bei der sie mit seinem Sohn jetzt auch Zuflucht gefunden hatte. In seiner Fantasie malte er sich schließlich sogar aus, dass Emilia und sein Sohn zwanghaft festgehalten wurden, denn seiner festen Überzeugung nach wäre sie sonst schon längst zu ihm zurückgekehrt.

Eines Tages tauchte Torsten Kucera deshalb in Uniform an der Haustür ihrer neuen Bleibe auf, um sie notfalls mit Gewalt aus der Wohnung der Freundin zu schleifen und nach Hause zu bringen. Zum Glück war Selçuk, der Mann von Emilias Freundin, an die Tür gegangen und hatte Torsten mit seiner imposanten Erscheinung und Körpergröße davon abgehalten, sein Vorhaben umzusetzen. Dennoch kam es zu einer Auseinandersetzung, als Emilias Freundin sich überraschend an Selçuk vorbeidrückte und wie eine Furie mit einem Stiefel auf Torsten einschlug. Nur eine reflexartige Bewegung mit seinem rechten Arm verhinderte, dass der breite Absatz ihn am Kopf traf. Zu einem weiteren Schlag kam es nicht, da Selçuk seine Frau gerade noch packen und ins Haus zerren konnte. Frustriert und mit schmerzendem Unterarm trat Torsten für dieses Mal den Rückzug an. Doch seine Wut und seine Rachepläne hatten jetzt nur noch ein einziges Ziel.

Emilias Freundin Tuğba Bekele.

Am Fuße des mächtigen Turms hatte Torsten Kucera das Gefühl, jeden Augenblick das Bewusstsein zu verlieren.

Entsetzt betrachtete er das blasse Gesicht unter den lila Haaren, dessen Augen starr an ihm vorbeiblickten. Die Tote, die vor ihm lag, war Tuğba Bekele. Die Frau, die er für sein ganzes Unglück verantwortlich gemacht hatte. Vorsichtig berührte er mit den Fingern ihre leblosen Wangen, dann wich das Entsetzen tiefer Scham und Selbstverachtung.

Wieder ging er in die Knie, nahm Tuğbas Kopf in seine Hände, beugte sich zu ihr hinab und küsste die Stirn der jungen Frau. Danach ließ er ihren Kopf vorsichtig und sanft wieder auf den Steinboden gleiten und schrie schließlich hinauf in den Himmel, bis seine Stimmbänder versagten und ihm die Luft ausging. Für einen kurzen Augenblick wurde sich Torsten Kucera all seiner Schuld bewusst und war bereit, seinem Leben ein Ende zu setzen. Doch dann hörte er wieder diesen klagenden Gesang, den der Wind mit sich trug. Zitternd wischte er sich die Feuchtigkeit aus den Augen, packte die Maschinenpistole, die vor ihm lag, und taumelte die steinerne Treppe hinab, immer der Richtung folgend, aus der er das Klagen vernommen hatte.

DER TURM IV

Montag, 19. Oktober 2020, 11:55 Uhr

Lutz starrte weiterhin aus dem Fenster, und während die Zeit verstrich, kam er sich immer nutzloser vor. Die Aktion kotzte ihn inzwischen an, und so kreisten seine Gedanken darum, einfach abzuhauen. Das ganze Chaos jetzt hinter sich zu lassen. Noch hatte er Zeit. Aber was, wenn sie danach Steiner schnappten und in der Szene bekannt würde, dass er Narbengesicht einfach im Stich gelassen hatte? Das käme einem Todesurteil gleich. Dann wären ihm nicht nur die Kameraden aus der Szene auf den Fersen, sondern auch die Rockerbande, die ihm den ganzen Scheiß eingebrockt hatte.

Vielleicht sollte er sich einfach ins Ausland absetzen, aber zum einen brauchte er dazu Kohle, zum anderen waren die Grenzen dicht wegen dieses Drecksvirus.

Corona erwischt doch eh nur die Alten, sinnierte er, während er den kläglichen Rest seines Daumennagels mit den Zähnen abknabberte. Aus seiner Sicht konnten die *ruhig alle abtreten. Kosteten nur Geld, schissen alles voll und stanken.*

Lutz erinnerte sich an die Zeit, als er und seine Mutter in einer Sozialwohnung in einem Hochhaus gelebt hatten. Die alten Weiber waren im Aufzug immer mit ihren knöchrigen Fingern durch seine Haare gefahren und hatten dabei gegeifert: »Der Junge ist schon wieder so groß geworden, er ist so ein netter Junge!«

Nun war seine Mutter selbst eine alte Schachtel und lebte

von der Stütze. Er hatte sie seit Jahren nicht gesehen, und er hatte auch absolut keinen Bock darauf, sich ihr Geflenne anzuhören.

Draußen vor dem Fenster stolperte jetzt eine Gestalt in sein Blickfeld und verbannte die düsteren Gedanken.

Scheiße, der Bulle.

Sofort kochte in ihm der Drang hoch, den Mann ein für alle Mal zur Strecke zu bringen. Er war es gewesen, der den ganzen Plan vereitelt hatte, und nur seinetwegen steckte er jetzt in diesem verdammten Schlamassel.

Wild entschlossen zog Lutz seine Pistole, zielte durch das Fenster auf den Polizisten und schoss. Die Kugel prallte augenblicklich von der Scheibe ab wie ein Tischtennisball und verfehlte nur haarscharf seinen Kopf.

Ach du Scheiße!

Kucera hatte von alldem nichts mitbekommen. Schritt für Schritt steuerte er auf das grasbewachsene Plateau zu. Aber die Stimme war verstummt. Nur die immer lauter werdenden Sirenen der Rettungsdienste und Streifenwagen waren noch zu hören. Doch je weiter er sich von dem Turm entfernte, desto klarer wurde ihm bewusst, dass es die Stimme eines Kindes gewesen sein musste. Der Gedanke, vielleicht ein Leben retten zu können, verdrängte den Verlust seiner Selbstachtung und hielt ihn auf den Beinen.

Unweit vor ihm blieb sein Blick an etwas hängen, das im Gras lag. Erst sah es aus wie eine Mülltüte, dann entpuppte sich das Objekt als hellblaue Sommerjacke, und als er schließlich näher kam, erkannte er den Körper eines kleinen schlaksigen Jungen, der auf dem Bauch lag. Direkt über seiner Hüfte hatte sich die Jacke dunkel gefärbt. Kucera musste die Stelle nicht untersuchen, um zu wissen, dass es Blut war. Kurzatmig kniete er sich nieder und presste seine Hände auf das Einschussloch, um die Blutung zu stoppen. Unbewusst presste er dabei seine Kiefer so fest zusammen, dass seine Backenzähne knirschten.

Der erste Streifenwagen hatte jetzt das Plateau erreicht und stellte sich quer vor die Treppen des Portals. Zwei Polizisten hasteten aus dem Auto und suchten geduckt mit gezogenen Waffen hinter dem Fahrzeug Deckung.

Kucera schrie aufgelöst zu den beiden hinüber, ohne seine inzwischen blutverschmierten Hände von dem Rücken des Kindes zu nehmen.

»Hilfe ... Hilfe!«

Fast zeitgleich erreichte auch ein Rettungswagen die Ebene. Der geschulte Blick des Fahrers entdeckte sofort den am Boden knienden Polizisten mit dem regungslosen Körper im Gras, schaltete die Sirene aus und hielt direkt neben Kucera an. Die Türen sprangen auf, und zwei Sanitäter schnellten heraus. Einer der beiden überprüfte sofort den Puls des Kindes, der andere umfasste Kuceras Unterarme.

»Sie müssen jetzt loslassen.«

Aber Kucera schien ihn kaum zu hören und schüttelte zitternd den Kopf. Der Sanitäter blickte seinen Kollegen an und erhielt von ihm kurz darauf ein zustimmendes Nicken – der Junge lebte noch.

»Sagen Sie mir Ihren Namen«, forderte der Sanitäter Kucera auf.

»Polizeiobermeister!«

»Sagen Sie mir Ihren Namen«, wiederholte er.

»Kucera, Polizeiobermeister Kucera«, antwortete er, während sich weitere Rettungskräfte um ihn und das Kind drängten.

»Polizeiobermeister Kucera, Sie haben das ganz toll gemacht. Aber jetzt müssen Sie uns die Aufgabe überlassen, dem Jungen das Leben zu retten.«

Kucera nickte, bewegte seine Arme aber um keinen Millimeter.

»Ich zähle jetzt bis drei, Polizeiobermeister Kucera, und dann heben Sie die Arme einfach hoch.«

Dann begann der Sanitäter zu zählen und gab den Rettungskräften hinter Kucera heimlich ein Zeichen mit dem Kopf.

»Eins ... zwei ... drei!«

Auf drei packten zwei Männer Kucera unter den Achseln und zogen ihn kräftig nach oben. Sekunden später kämpften die Sanitäter um das Leben des Jungen.

Lutz saß der Schreck über den Querschläger noch in den Knochen. Erschrocken tastete er seinen Körper nach einer Verletzung ab, bis die Erinnerung an den scheiß Bullen wieder in den Vordergrund trat und erneut seine Gier nach Blut weckte.

Er steckte die Kleinkaliberwaffe in den Hosenbund, streifte sich den Gurt der Maschinenpistole von den Schultern, rannte zu den Türen und drückte auf den Öffner. Die Dummheit, auf die Panzerglasscheiben zu feuern, hatte ihn noch zorniger gemacht. Ohnmächtig vor Wut musste er nun auch noch abwarten, bis sich die beiden Flügeltüren langsam vor ihm öffneten.

Die erste Sirene hörte er, bevor er das Blaulicht sah, dann konnte er durch den größer werdenden Türspalt ein halbes Dutzend Rettungs- und Polizeiwagen erkennen. In den wenigen Minuten, in denen er mit sich selbst beschäftigt gewesen war, hatte sich das Plateau in ein Tollhaus verwandelt. Polizisten und Sanitäter rannten hin und her, ohne ihn wahrzunehmen.

Lutz blieb wie angewurzelt stehen. Selbst als die Türen bereits komplett aufgeschwungen waren, starrte er noch regungslos mit der Maschinenpistole im Anschlag auf das Treiben.

Kurz überlegte er, ob es sich lohnen würde, auf die Rettungskräfte zu feuern. Doch immer mehr eintreffende Sprinter mit Bereitschaftspolizisten verhinderten jeden klaren Gedanken. Er war vollkommen davon fasziniert, wie all diese Beamten ihrem Job nachgingen, ohne ihn wahrzunehmen. Einen Moment lang fragte er sich sogar, ob er unsichtbar geworden war. Er stellte sich vor, wie er die Stufen hinabschritt, unerkannt durch die Reihen der Beamten ging und schließlich entkam. Doch dann blickte einer der Polizisten zu ihm hoch und fixierte ihn.

»Hey, Sie da. Sind Sie in Ordnung?«, rief ihm die Stimme zu.

Genau zu diesem Zeitpunkt kam Yasir mit ihren verbliebenen neun Schützlingen aus dem Wald und wanderte mit ihnen den Hügel empor. Sosehr die Kinder das Räuberlager auch begeistert hatte, nun zog sie es zurück zum Turm, zum Mittagessen, und schon bald würden die Ersten von ihren Müttern oder Vätern abgeholt werden. Entsprechend vergnügt gingen sie in Zweierreihen auf das Gittertor zu. Yasir hatte ein kleines Mädchen mit einer dicken Brille an der Hand. Sie sperrte das Tor auf und ließ die Kinder hindurch. Dabei zählte sie erneut jeden der Rabauken, so wie es ihr Shalhevet eingebläut hatte.

Wenn sie an ihr vorbeigegangen waren, rannten sie normalerweise kreischend über die Wiesen bis zum Portal. Doch diesmal blieben die Kleinen wie angewurzelt stehen.

Yasir ging als Letzte durch das Tor. Kaum hatte sie die Hecke passiert, erkannte sie den Grund für das Verhalten der Kinder. Der große Platz vor dem Portal funkelte im Blaulicht von mehreren Rettungs- und Polizeiwagen.

»Kinder, ihr bleibt jetzt hinter mir und nehmt euch wieder an der Hand«, sagte sie besorgt und schritt langsam vorweg. Das kleine Mädchen mit der Brille holte sie ein und nahm ihre Hand nun deutlich fester als zuvor.

Je näher sie dem Treiben kam, desto mehr schwand Yasirs Hoffnung, dass es einen banalen Grund für das alles gab. Schließlich hatte sie einen freien Blick auf die drei leblosen Körper auf dem Treppenabsatz. Selbst auf diese Entfernung erkannte sie Tuğbas lila gefärbten Haare. Damit verpuffte auch der letzte Hoffnungsschimmer. Etwas Schreckliches musste geschehen sein.

Doch noch etwas fiel ihr auf. Die Flügeltüren am Turm waren weit geöffnet, und im Schatten des Gebäudes stand ein Mann, der eine Art Gewehr in den Händen hatte. Sie konnte ihn kaum erkennen, wunderte sich aber, dass ihn außer ihr niemand wahrnahm. Irritiert trieb sie die Kinder an. Es musste ein Polizist sein, anders konnte sie es sich nicht erklären.

Keiner der Polizisten registrierte die Kindergruppe, die gerade durch die hohe Hecke gekommen war. Alle Augen richteten sich inzwischen auf den kahlköpfigen Mann mit der Maschinenpistole am Portal, der in seinem weißen Kittel aussah wie ein Oberarzt. Es war dieser skurrile Kontrast seiner Erscheinung, der die Polizisten zögern ließ. War der Mann eine Bedrohung? War er der Attentäter? Oder doch ein Opfer?

Die Antwort folgte schonungslos und unmissverständlich. Denn auch wenn Lutz zunächst ebenso perplex war, so gelang es ihm schneller als seinen Gegnern, den Überraschungsmoment für sich zu nutzen.

Wie von Sinnen zog er den Abzug seiner Schnellfeuerwaffe und belegte die Polizisten augenblicklich mit Dauerfeuer. Die Scheiben der am nächsten stehenden Streifenwagen splitterten, Karosserien wurden durchlöchert wie Papier, und einige der blinkenden Blaulichter wurden in Stücke gerissen.

Yasir schrie die Kinder an, sich auf den Boden zu werfen, aber kaum eins von ihnen reagierte. Gebannt starrten sie wie gelähmt auf den Mann mit dem weißen Kittel, der wild um sich schoss. Panisch riss Yasir so viele Kinder zu Boden, wie sie in der kurzen Zeit packen konnte, dann hörten die Schüsse auf.

Lutz genoss es, mit anzusehen, wie sich die Polizisten und Notärzte schlagartig auf den Boden warfen, während er sie mit seinem Kugelhagel eindeckte. Doch dann erblickte er aus dem Augenwinkel die Gruppe der Kinder. Der Anblick machte ihn rasend. Hatte Steiner sie über den Keller entkommen lassen? Entschlossen richtete er seine Maschinenpistole auf die Gruppe, die ein leichtes Ziel abgab, und drückte ab. Allerdings gab die Waffe nur ein leises Klicken statt des erwarteten Infernos von sich. Das Magazin war leer.

Schon fielen die ersten zaghaften Schüsse einiger Polizisten, die auf dem Boden lagen oder hinter ihren Streifenwagen kauerten. Kugeln pfiffen um Lutz' Kopf und rissen den Putz von der Betonwand des Turms, doch keins der hektisch abgefeuerten Projektile fand sein Ziel. Schritt für Schritt zwang der Beschuss Lutz zum Rückzug, bis er im Schatten des Portals verschwand. Die Flügeltüren schlossen sich wieder, und für kurze Zeit kehrte Ruhe ein.

Dann begannen die Hilfeschreie der verletzten Polizisten. Sanitäter stürzten geduckt über das Plateau und leisteten Erste Hilfe, doch wie ein Wunder hatte es nur leichte Verletzungen durch umherfliegende Glassplitter gegeben. Keiner der Beamten war ernsthaft verwundet worden.

Yasir blieb mit ihren weinenden Schützlingen noch einige Minuten lang am Boden liegen. Sie wagte es nicht einmal mehr, den Kopf anzuheben. Die Vorstellung, dass die Kinder im Turm in der Gewalt dieses Mannes waren, raubte ihr jegliche Kraft. Als schließlich Sanitäter und Polizisten eintrafen, zitterte sie so stark, dass man sie auf eine Bahre legen musste, um sie in Sicherheit bringen zu können.

STEPHANIE I

19. Oktober 2020, 12:01 Uhr

Stephanie Benedikt saß im Ankleideraum vor ihrem Schminkspiegel und blickte sich ratlos an. Mit zweiundvierzig Jahren hatte sie mehr erreicht, als sie sich je hätte träumen lassen. Sie war Boss einer TV-Talkshow, die ihren Namen trug, hatte über dreihunderttausend Follower auf Instagram, vermarktete unter dem Label *SB* Kosmetikartikel und verdiente mehr Geld, als sie ausgeben konnte. Den Rummel um ihre Person genoss sie in vollen Zügen, und die in ihren Augen notwendigen kosmetischen Eingriffe an Gesicht und Brust nahm sie als unvermeidliches Übel hin, das der Ruhm nun einmal mit sich brachte.

Nur eine Sache in ihrem Leben war der alleinerziehenden Mutter hoffnungslos entglitten und stellte sie immer wieder auf eine harte Probe. Ihr Sohn Jonathan.

Der Fünfzehnjährige verließ gerade aufgebracht das Zimmer und knallte die Tür hinter sich zu.

»Du machst mich wahnsinnig!«, schrie sie in den Spiegel vor sich.

Daraufhin riss Jonathan die Tür wieder auf und rief mit brüchiger Stimme zurück: »Und du bist schuld, wenn sie mich da draußen irgendwann kaltmachen und ich mich nicht wehren kann!«

Erneut schloss er die Tür, wenn auch nicht mehr ganz so laut wie vorher. Sie dachte an die Gaspistole, die sie in seinem

Schulranzen gefunden hatte und die nun gut versteckt in einem Stapel Winterpullover lag.

Stephanie war verzweifelt. Jonathan litt unter Depressionen und der Zwangsvorstellung, ständig in Gefahr zu sein. Vor zwei Jahren hatte ihr die Schulpsychologin des städtischen Gymnasiums empfohlen, Jonathan in einer Privatschule unterzubringen, in der man ihm mehr Aufmerksamkeit widmen könnte.

Finanziell wäre das für die erfolgreiche TV-Moderatorin kein Problem gewesen. Aber ihrer festen Überzeugung nach musste Jonathan lernen, sich zu behaupten, so wie sie es ihr Leben lang getan hatte.

Während ihre eigene Kindheit und Jugend von Entbehrungen und häuslicher Gewalt geprägt gewesen waren, fehlte es Jonathan an nichts. Weder an materiellen Dingen noch, so glaubte sie, an Zuneigung und Liebe. Doch genau darin sah Stephanie die Wurzel allen Übels und gab sich daher auch selbst die Schuld, dass ihr Sohn, wie sie es nannte, »ein verweichlichter und verwöhnter Teenager« geworden war.

In jungen Jahren, als Jonathan noch den Kindergarten besucht hatte und Stephanie Benedikt für die Sendung *City Night Watch* in gewagten Blusen mit reißerischen Livereportagen auf Sendung gegangen war, überließ sie die Erziehung des Jungen zum Großteil ihren Eltern.

Schon damals mahnte sie ihre Mutter Louise, den Kleinen nicht zu sehr zu verhätscheln. Dabei stellte sie sich immer die Frage, wie ihre Eltern so liebevolle Großeltern sein konnten, hatte sie doch die eigene Kindheit als ein einziges Martyrium in Erinnerung.

Kurz vor Jonathans siebtem Geburtstag erlitt ihre Mutter einen Schlaganfall, während sie alleine zu Hause war. Ihr Mann und der kleine Jonathan hatten sie nach einem ausgedehnten Besuch auf dem Spielplatz tot in der Diele gefunden, mitten in einer Lache aus erbrochenen Speiseresten, an denen sie erstickt war. In seiner Verzweiflung hatte Stephanies Vater versucht, seine Frau durch Mund-zu-Mund-Beatmung wiederzubeleben. Während er den Gemüseeintopf mit den Fingern aus dem Rachen seiner Frau scharrte, vergaß er den kleinen Jungen vollkommen.

Obwohl Stephanie der Tod ihrer Mutter stärker mitnahm, als sie sich eingestehen wollte, warf sie vor allem die Tatsache aus der Bahn, dass sie von nun an keine Betreuung mehr für den kleinen Jonathan hatte. Denn ihr Vater verkraftete den Verlust seiner Frau nur schwer und war kaum noch imstande, für sich selbst zu sorgen.

Der Schicksalsschlag stellte Stephanie dadurch vor eine enorme Herausforderung. Hinzu kam, dass Jonathan durch das Erlebte schwer traumatisiert worden war. Er weinte nächtelang, verweigerte oft das Essen und sprach kaum noch ein Wort.

Stephanie zog daraus die falschen Schlüsse und war fest davon überzeugt, dass ihr kleiner Liebling seine Oma mehr geliebt hatte als seine Mutter. Untermauert wurde dieses Gefühl, als Jonathan nach einem heftigen Streit, bei dem Stephanie die Beherrschung verlor und voller Wut eines seiner Plastikraumschiffe an die Wand warf, mit seinen kleinen Fäusten auf sie eintrommelte und schrie: »Warum hat Oma sterben müssen und nicht du?«

Die Erkenntnis, im Leben ihres Sohnes nicht der wichtigste Mensch zu sein, ereilte die resolute Frau genau in dem Abschnitt ihres Lebens, als ihre lang ersehnte TV-Karriere endlich richtig Schwung aufnahm.

Die Liveberichterstattung vom Turmgeiseldrama am Westberg hatte sie 2010 über Nacht berühmt gemacht. Es folgten Einladungen zu Talkshows, ein Bestseller über ihre Erlebnisse in der Geiselnacht (aus der Feder eines Ghostwriters) und schließlich das Angebot, eine Talkshow mit ihrem eigenen Namen zu moderieren.

Zum Wohle ihrer Karriere verdrängte sie die Zurückweisung ihres Sohnes und erklärte sich seine zunehmende Entfremdung mit dem Verlust der geliebten Großmutter. Sie redete sich ein, die Zeit würde alle Wunden heilen und sie müsse dem Kind nur mehr Freiraum geben, dann würde sich alles wieder von selbst regeln.

Doch es kam anders.

Alles begann mit Albträumen, die Jonathan nachts heimsuchten und gegen die auch sein neues Kindermädchen machtlos war. Dann folgten sogar am Tag plötzlich einsetzende Panikattacken, Weinkrämpfe und die Furcht, das Haus verlassen zu müssen. Nicht nur einmal erhielt Stephanie im TV-Studio verzweifelte Anrufe von Lehrern oder Jonathans Tagesmüttern, die sich durch das Kind vollkommen überfordert sahen. Lange stellte sich Stephanie blind und suchte die Schuld für Jonathans Wutausbrüche bei anderen. Erst eine wütende Standpauke ihres Vaters, dem die Veränderung seines Enkels nicht entgangen war, brachte sie schließlich dazu, mit Jonathan einen Psychiater aufzusuchen.

Schon nach drei Sitzungen mit seinem jungen Patienten kam der Arzt erstmals zu einer vorläufigen Diagnose.

»Jonathan leidet an Emetophobie«, erklärte er Stephanie. Zwischen den beiden befand sich ein Schreibtisch mit einer gläsernen Tischplatte, auf dem ein strahlend weißer Monitor stand, der wohl den Befund von Jonathan zeigte. Während der Arzt mit ihr sprach, starrte sie gebannt auf die Plastik eines menschlichen Kopfes neben dem Bildschirm, dem die Schädeldecke fehlte. Dadurch war das Gehirn sichtbar.

»Und was ... was bedeutet das?«, hakte sie nach, hatte aber Angst vor der Antwort.

»Es ist eine phobische Erkrankung, bei der der Patient ...«

»Jonathan, einfach Jonathan!«, mahnte sie den Arzt mit der randlosen Brille.

»Ja, natürlich ... Jonathan. Emetophobie bedeutet, Ihr Sohn hat eine irrationale Angst vor jeglicher Art des Erbrechens.«

Stephanie versuchte zu verstehen, was der Arzt gerade gesagt hatte.

»Jonathan hat Angst, sich zu übergeben?«

»Er hat Angst, sich selbst zu übergeben oder miterleben zu müssen, wie andere Personen sich übergeben – oder auch Tiere. Es reicht aber schon, wenn er irgendwie mit dem Thema konfrontiert wird, zum Beispiel durch ein Gespräch über jemanden, der sich übergeben musste. Oder auch durch die Darstellung des Erbrechens in einem Film.«

Stephanie konnte nicht glauben, was sie gehört hatte. Es schien ihr fast so, als würde der Psychiater über ein anderes Kind reden und nicht über Jonathan. Der Arzt schien ihre Gedanken erahnen zu können und fuhr mit ruhiger Stimme fort: »Das kommt sicher unerwartet für Sie, aber Jonathan ist erst sieben Jahre alt. In der Regel bedeutet das, dass sich eine solche Phobie noch gut therapieren lässt.«

»Sie meinen, er wird wieder gesund ... Sie können ihn gesund machen, richtig?«

»Ich denke, dass es möglich ist, ja. Bei unseren Spielstunden hat sich Jonathan mir relativ schnell anvertraut ...«

Stephanie unterbrach ihn mit bebender Stimme.

»Er hat Ihnen von dieser ... Phobie, also von seiner Angst erzählt? Wieso hat er denn mit mir nicht darüber gesprochen? Ich bin doch seine Mutter. Ich verstehe das nicht.«

»Nein, er hat es nicht offen angesprochen. Er hat Andeutungen gemacht, dann haben wir mit Zeichnungen gearbeitet und schließlich mit Fotografien. Gerade bei dieser Art von Phobie ist es ein typisches Merkmal, dass bereits der Gedanke an Erbrochenes zu heftigen Panikattacken führen kann. Sie werden sicher festgestellt haben, dass er weniger isst und bestimmte Speisen verweigert, selbst wenn er sie früher mochte, liege ich richtig?«

Stephanie dachte nach. Der Arzt hatte recht. Jonathan bestand in den letzten Monaten auf weiche Speisen und jammerte bei Brot oder Äpfeln über Zahnschmerzen, obwohl sein Zahnarzt keine Ursache für die Schmerzen hatte finden können.

»Woher hat er das ... Wie kam er denn zu dieser ... dieser Phobie?«

Der Psychiater überlegte kurz, wie er den komplizierten Sachverhalt in einfachen Worten ausdrücken könnte.

»Nach heutigem Kenntnisstand lässt sich das noch nicht mit Sicherheit sagen. Theorien dafür gibt es viele, aber die meisten Betroffenen können über ein Ereignis berichten, das sie als Auslöser wahrgenommen haben. Meistens handelt es sich dabei um ein besonders intensives Erlebnis mit Erbrechen, das traumatisierend wirkte.«

Während des gesamten Gesprächs brachte Stephanie Jonathans Phobie kein einziges Mal mit dem Tod ihrer Mutter in Verbindung. Erst zehn Monate später fand der Psychiater bei einer Sitzung mit Jonathan die Ursache der Störung heraus.

Die nächsten Jahre gehörten für Stephanie zu den härtesten ihres Lebens. Während das TV-Publikum sie nur als gut gelaunte Talkshowmasterin mit frecher Schnauze sah, forderten die Erziehung und Behandlung von Jonathan zu Hause ihren Tribut. Bevor es besser wurde, worauf der Arzt ihr Hoffnungen gemacht hatte, war es nämlich deutlich schlimmer geworden.

Jonathan kapselte sich ab, wollte auf keine Partys gehen und lehnte auch den Besuch von Schulfreunden kategorisch ab. Zusätzlich verschlechterte sich sein Essverhalten. Er entwickelte Rituale, die pedantisch eingehalten werden mussten. Dazu gehörte die Überprüfung der Haltbarkeit der Lebensmittel, aber auch die Reihenfolge, in der er sie zu sich nahm, oder die Zusammenstellung nach Farben. Wenn Stephanie einen Kollegen oder gar einen Verehrer mit nach Hause brachte, kam es zu erschütternden Szenen. Jonathans Terror hatte viele Gesichter, aber eines hatten sie alle gemeinsam: Sie schlugen die Besucher in wenigen Minuten in die Flucht und sorgten dafür, dass sie nie wiederkamen.

Erst nach Jahren regelmäßiger Therapie bekam Jonathan die Emetophobie weitgehend in den Griff, doch schlummerte sie nach wie vor wie ein brodelnder Vulkan unter der dünnen Kruste seines labilen Gemütszustandes. Außerdem hatte die Störung eine weitere nach sich gezogen, ähnlich einem Virus, das langsam mutiert: die irrationale Angst, ständig in Gefahr zu sein. Als er vierzehn war, fand Stephanie ein Klappmesser in seiner Jackentasche und schließlich gestern Abend zwischen seinen Schulsachen eine Gaspistole. Vorwurfsvoll hatte Jonathan ihr klarzumachen versucht, dass er ohne diese Waffe keinen Schritt mehr in die Schule machen würde. Die Frage nach der Herkunft der Pistole blieb hingegen ungeklärt.

Der obskure Fund traf Stephanie umso härter, da sie gerade erst vor einer Woche das erste Mal die Hoffnung gehegt hatte, alles werde nun gut werden.

Der Grund dafür war eine Entdeckung auf Jonathans Instagram-Account gewesen. Ein Mädchen mit dem Usernamen »Rainbow-2005« kommentierte regelmäßig und liebevoll seine Schwarz-Weiß-Fotos, die er mit einer analogen Kamera schoss und in einer kleinen Dunkelkammer selbst entwickelte. Stephanie konnte mit den düsteren Bildern nichts anfangen. Sie hätte es lieber gesehen, wenn er bunte Bilder von herbstlichen Bäumen oder süßen Hunden machen würde, aber Rainbow-2005 bezeichnete die Aufnahmen als wahre Kunstwerke. Eine Google-Suche nach dem Mädchen verlief im Sand, dafür waren die Posts auf ihrem Instagram-Account recht ergiebig. Sprüche über die Erhaltung der Natur, Bilder von Fridays-for-Future-Veranstaltungen und Protestnoten gegen Faschismus. Sie selbst zeigte sich auf ihren Bildern nur im Ausschnitt oder unscharf und verfremdet. Am Ende hatte Stephanie dennoch einen positiven Eindruck gewonnen und gab sich der Hoffnung hin, ihr Sohn und das unbekannte Mädchen könnten ein Paar werden. Die Entdeckung der Gaspistole ließ diese Hoffnung jedoch platzen wie eine Luftblase.

Das vibrierende iPhone auf ihrem Schminktisch holte sie aus ihren Gedanken. Vorsichtig nahm sie das Handy mit der glitzernden Swarowski-Hülle in die Hand und betrachtete die Nummer. Der Anrufer war nicht in ihrem Adressverzeichnis gespeichert. Ein sicheres Indiz dafür, dass es sich um einen Unbekannten handelte. Andererseits vergab sie ihre private Mobilnummer auch nur sehr zurückhaltend. Neugierig nahm sie das Gespräch an und schaltete auf Lautsprecher.

»Ja?«

»Stephanie Benedikt?«, fragte eine weibliche Stimme am anderen Ende der Leitung. Stephanie antwortete nicht. Sie ärgerte sich nur still darüber, wie ihre geheime Telefonnummer bei einem Callcenter oder, noch schlimmer, bei einem Fan gelandet sein konnte. Bei der Vorstellung, nun ihre Nummer ändern zu müssen, war sie kurz davor, wortlos aufzulegen, als die Stimme nachhakte.

»Stephanie, bist du es?«

Irgendwie klang ihr die Stimme jetzt doch vertraut.

»Ich bin es, Karin. Karin Thaller. Bist du dran, Stephanie?«

Karin Thaller, schoss es ihr in den Kopf. Plötzlich fühlte sie sich um zehn Jahre zurückversetzt, als die Frau noch ihre Produktionsleiterin und Chefin gewesen war. Vor niemandem hatte sie damals mehr Respekt bei ihrem Sender TELE-PRO gehabt, nicht mal vor dem Programmchef Marc Kleinfeld, der mehrmals schamlos versucht hatte, sie zu verführen. Karin Thaller war der eigentliche Motor bei TELE-PRO gewesen, aber auch eine skrupellose Ausbeuterin, die für eine gute Quote vor nichts zurückschreckte. Ihre Stimme hatte nach all den Jahren seit Stephanies Kündigung bei TELE-PRO nichts an Dominanz verloren. Ohne lange zu überlegen, erwiderte Stephanie in einem unterwürfigen Tonfall: »Ja, Frau Thaller, ich bin es.«

»Du musst mich doch nicht mehr siezen. Aus dir ist ein ganz passabler TV-Star geworden, also sag doch einfach Karin zu mir, okay?«

Im Kopf ersetzte sie die Anrede »Frau Thaller« durch »Karin«. Es fühlte sich fremd an, irgendwie falsch.

»Hallo, Karin. Wie geht es dir?«

»Lassen wir die Floskeln, Stephanie. Du weißt, ich war nie gut mit ›dicke Freundinnen‹ und so. Ich bin seit ein paar Monaten auch bei RT-Five, genau wie du, mache dort Nachrichten.«

»Gratuliere. Hab nicht viel mit der Nachrichtenredaktion zu tun.«

Langsam gewann Stephanie ihre Selbstsicherheit zurück.

»Du machst deine Talkshow, schon klar. Aber deine Quoten sind in den letzten drei Jahren stetig gesunken. Ich weiß das, weil ich mir gerade die ganzen Zahlen angesehen habe.«

Stephanie spürte, wie sich ihr Puls beschleunigte.

»Aber hey, so ist die Branche. Heute Top, morgen Flop. Aber ich hätte da einen Turbo, der dich wieder ganz nach vorne bringen wird. Wir wollen dich für *CITY LIVE* haben – nur für einen oder zwei Tage.«

»*City Live*? Du machst Witze, oder?«

»Ich mach keine Witze, niemals. Das weißt du doch.«

»Ich geh doch nicht zurück auf die Straße für Reportagen. Ganz ehrlich, ich bin nicht interessiert, Karin. Aber danke, dass du an mich ...«

»Doch, Stephanie, du bist interessiert. Da schließe ich jede Wette ab.«

Stephanies Hände zitterten. Was erlaubte sich die Frau? Stephanie war ein Aushängeschild des Senders, und Karin Thaller behandelte sie immer noch wie eine drittklassige Reporterin. Trotzdem hatte sie immer noch Respekt vor ihr, und sie wollte sich Karin ganz sicher nicht zum Feind machen.

»Karin, bei aller Liebe – ich finde es wirklich toll, dass du mich anrufst. Aber glaub mir, selbst wenn ich wollte, die Programmleitung würde niemals zulassen, dass ich so mir nichts, dir nichts einfach mal die Redaktion wechsle ...«

»Hallo, Frau Benedikt«, meldete sich plötzlich eine männliche Stimme. »Hier spricht Ramin Abjad.«

»Oh, sorry, Stephanie. Ich vergaß zu erwähnen, dass dein Programmdirektor auch in der Leitung ist.«

Stephanie schwirrte der Kopf. Passierte das alles gerade wirklich?

»Hallo, Herr Abjad«, brachte sie hastig hervor.

»Hallo noch mal«, erwiderte die sonore Stimme.

»Ich will es mal so ausdrücken: Sie haben schon recht, im Normalfall würden wir es nicht begrüßen, wenn jemand wie Sie im Format wechselt. In diesem Fall wäre es aber eine Ausnahme. Übrigens eine Ausnahme, die ich in meiner ganzen Karriere noch nie erlebt habe. Ich sehe das ähnlich wie Frau Thaller. Es wäre für Sie eine einmalige Gelegenheit, Ihre Popularität zu steigern und damit auch dem Sender eine – sagen wir es vorsichtig – eine gute Quote für den Abend zu erzielen.«

Karin Thaller lachte auf und ergänzte in süffisantem Ton: »Stephanie, hör nicht auf ihn, Herr Abjad untertreibt maßlos. Denn wir bieten dir nicht weniger an als die Chance deines Lebens. Verstehst du mich?«

»Ich versteh gar nichts«, antwortete Stephanie. »Sagt mir doch endlich, um was es geht.«

»Der Turm in Westberg scheint wieder Schauplatz einer Geiselnahme geworden zu sein. Aber diesmal sind nicht Neonazis die Opfer, sondern Kinder ... also richtige Kinder, ich meine so im Alter von fünf Jahren.«

Stephanie war konsterniert, ließ es sich aber nicht anmerken.

»Und wer sind die Geiselnehmer?«

»Mehr Infos habe ich nicht. Aber ich hab einen Riecher für große Storys. So lief es bisher ab: Kurz vor elf explodiert in Diesing eine Bombe. Zwei Streifenbeamte werden schwer verletzt. Minuten später schickt die Polizei alles nach Diesing, was eine Dienstmarke trägt. Um sieben nach elf geht ein Notruf vom jüdischen Kindergarten in Westberg bei der Polizeizentrale ein, die nun unterbesetzt ist ...«

»Vom Turm!«

»Korrekt, vom Turm. Der einzige noch verfügbare Beamte ist Torsten Kucera, du hattest den Kerl bereits in deiner Talkshow.«

»Der AfD-Polizist ...«

»Korrekt. Ist in den Innendienst verbannt worden, aber jetzt ist er der Mann der Stunde, fährt zu dem Turm und wird sofort beschossen, als er dort ankommt. Sein Wagen überschlägt sich. That's it.«

»Lebt er noch?«

»Meine letzten Infos sagen Ja, aber das ist nicht der Punkt. Der Punkt ist, dass es meiner Meinung nach solche Zufälle nicht gibt. Da wird ein jüdischer Kindergarten überfallen, und der einzige verfügbare Beamte ist ein AfD-Anhänger?«

»Was willst du damit sagen?«

»Sag du es mir! Ich habe keine Erklärung dafür, aber die Story stinkt wie Hundescheiße am Hacken. Also, was sagst du? Bist du interessiert, oder bist du interessiert?«

Karin Thaller lachte, denn sie wusste, sie hatte ihr Ziel erreicht.

Kaum war das Gespräch vorbei, lag eine merkwürdige Stille in dem noblen Haus, das sich direkt am Stadtpark befand.

»Jonathan?«

Stephanie stand auf und eilte in den Flur hinaus.

»Jonathan?«, rief sie nun lauter die gewundene Treppe hinab, doch es blieb still. Sie blickte auf die Uhr. Eigentlich musste sie sich sofort fertig machen – in wenigen Minuten würde sie ein Chauffeur des Senders abholen. Ihre Pumps klackten laut auf den Marmorstufen, bis sie das untere Stockwerk erreicht hatte. Die weißen Lamellentüren des Einbauschranks im Vorraum zu Jonathans Zimmer standen weit offen. Berge von Kleidungsstücken lagen wild verstreut vor ihr.

»Jonathan«, rief sie erneut, doch ihr war längst klar geworden, dass er das Haus verlassen hatte. Vorsichtig stieg sie über T-Shirts, Hosen und Sportjacken, um in die Fächer des Schranks sehen zu können. Ein gelber Haftzettel mit einer Nachricht von Jonathan hing über dem Fach, in dem sie die Winterpullis aufbewahrten.

Bin bei Rainbow. Ruf nicht an – gehe eh nicht dran, wenn du es bist!

Das Fach selbst war leer, und die Pistole war verschwunden.

HESSEL II

19. Oktober 2020, 12:04 Uhr

Behrens kam vollkommen abgehetzt bei Bernd Hessels Villa an. Er nestelte an dem Rollkragen seines schwarzen Pullovers, während er ungeduldig darauf wartete, dass sich die Tür öffnete. Nun bereute er es, sich in der Eile für das eng anliegende Oberteil entschlossen zu haben, das ihm scheinbar die Luft zum Atmen nahm. Endlich erschien Hessel in legerer Freizeitkleidung – zum Glück nicht wieder im Bademantel wie bei seinem ersten Besuch in der Villa.

»Irgendetwas Neues?«, wollte Behrens wissen und drückte sich an Hessel vorbei, der hinter ihm die Haustür schloss und hoffte, dass niemand den Besucher gesehen hatte.

»Ich habe telefoniert, aber viel konnte ich nicht herausfinden. Außer dass es eine Schießerei am Turm gab, in die ein Polizist verwickelt ist.«

»Eine Schießerei? Am Turm? Was bedeutet das?«, fragte Behrens nervös und verfluchte den warmen Rollkragenpullover.

»Beruhigen Sie sich, Behrens. Vielleicht ist alles nicht so schlimm, wie es den Eindruck macht.«

»Nicht so schlimm?« Behrens war nicht in der Stimmung, sich beruhigen zu wollen. Sie waren ihrem Ziel so nahe gewesen. »Was gibt es da noch zu deuten? Der Alarm im Schacht wurde ausgelöst, was bedeutet, dass da definitiv irgendjemand hinuntergeklettert ist, und es gab eine Schießerei. Für mich klingt das nach dem absoluten Super-GAU.«

Behrens blickte sich um.

»Ich ... ich brauche jetzt was zu trinken! Egal was. Hauptsache kein Wasser, bitte!«

Hessel hatte ein gutes Gespür dafür, wann es besser war, zu schweigen. Also ging er wortlos an Behrens vorbei in seine großzügig gestaltete Küche mit Theke und frei stehender Kochinsel. Behrens folgte ihm. Hessel nahm eine Flasche Sherry aus dem Kühlschrank. Behrens runzelte die Stirn, während Hessel zwei Weißweingläser damit füllte und dem Architekten eins davon in die Hand drückte.

»Sie sagten, alles außer Wasser.«

In diesem Moment ertönte ein Klingeln. Fast gleichzeitig drehten sich beide zur Kücheninsel, wo ein blinkendes Smartphone um Aufmerksamkeit rang.

»Mein Zweithandy. Die Nummer haben nur Familienmitglieder.«

Als Familienmensch hatte Behrens den Politiker bislang noch überhaupt nicht wahrgenommen, da er immer alleine war, wenn er ihn traf.

»Wird meine Frau sein. Sie wohnt mit den Kindern bei meiner Mutter an der Ostsee, bis diese gottverdammte Pandemie ein Ende hat.«

Behrens roch an dem Sherry, nippte vorsichtig und stellte das Glas dann angewidert auf die Theke, während Behrens das Telefon an sich nahm. Zu seinem Erstaunen zeigte das Display aber nicht den Namen seiner Frau an, sondern nur ein Kürzel: *FK*.

SECHZEHN MONATE ZUVOR

Juni 2019

Die Taube hatte nicht die geringste Chance, als sie gemächlich über das Feld flog. Ihr tödlicher Gegner stürzte sich mit knapp dreihundert Stundenkilometern von oben auf sie herab, packte sie und brach ihr mit einem kräftigen Biss das Genick. Kurz darauf landete der Falke mit seinem toten Opfer in den Klauen vor dem Falkner.

Hessel klatschte vor Begeisterung, denn so etwas hatte er noch nie gesehen. Der alte Mann neben ihm trug eine dunkelgrüne Barbour-Jacke und zog genüsslich an seinem Zigarillo. Zufrieden paffte er den Rauch in die kühle Bergluft und betrachtete das beeindruckende Panorama, das sich ihnen hier auf zweitausend Metern Höhe bot. Ein Hubschrauber hatte sie samt Falke und einer kleinen Entourage von Bediensteten auf ein Hochplateau in den Schweizer Alpen geflogen, das sich im Besitz des Mannes befand.

»Schmeckt hier oben noch besser«, sagte der Mann, ohne den Blick von den Berggipfeln abzuwenden, und hielt Hessel eine kleine Packung mit kubanischen Cohiba-Zigarillos entgegen.

Hessel nickte, zog einen aus der Packung und hielt ihn sich unter die Nase. »Immer nur das Beste, Frank.«

Frank Konze ging nicht darauf ein. Stattdessen näherte er sich mit einem Stück rohem Fleisch in seiner linken Hand dem Falken. Das Tier lockerte seine Krallen, breitete seine Flügel aus und flog dem Falkner entgegen. Dann landete es auf dem Sattel des Lederhandschuhs und schnappte gierig nach dem blutigen Fleisch.

Ein Stück weit entfernt kniete einer von Konzes Gehilfen über einer Reihe von Taubenkäfigen.

»Soll ich noch eine Taube bereit machen?«

»Wir machen Schluss für heute, Gerald. Unser Gast hat sicher Appetit bekommen«, antwortete Konze und stülpte dem Falken eine hellbraune Haube über den Kopf.

Der junge Mann eilte zu seinem Chef und nahm ihm das Tier ab.

»Monique, wie weit seid ihr?«

Zwei junge Frauen in weinroten Livrees und grauen Hosen hatten gerade auf einem ausgeklappten Holztisch mit weißer Tischdecke, silbernen Schalen und Servierplatten ein Büfett angerichtet.

»Der Rotwein muss noch etwas atmen, aber der Riesling hätte jetzt die perfekte Temperatur.«

»Kommen Sie, mein Lieber. Wir sollten einen Happen zu uns nehmen, und dann erzählen Sie mir noch einmal von dem Gold.«

Frank Konze war ein deutsch-schweizerischer Unternehmer, dessen Vater Johann in den Fünfzigerjahren in Duisburg und Umgebung achtzehntausend Sozialwohnungen gebaut und damit ein Vermögen verdient hatte. 1961 war es vor dem Landgericht Duisburg zu einem Prozess gekommen. Der Vorwurf: Johann Konze und sein Bruder Thorsten seien von bestechlichen SPD-Parteigenossen bei der Vergabe von Aufträgen und Grundstücken bevorzugt behandelt worden. Außerdem hätten sie das Land Nordrhein-Westfalen mit falschen Abrechnungen über sechsstellige Beträge geprellt. Das Verfahren endete nach sechs Jahren im Februar 1967 mit einem Freispruch, da zwischenzeitlich Thorsten Konze verstorben war, gegen den sich der Großteil der Vorwürfe gerichtet hatte.

»Nicht aus der Miete ergibt sich der Profit, sondern aus den steigenden Grundstückspreisen«, bläute Johann seinem Sohn Frank immer wieder ein, bis dieser selbst ins Familiengeschäft einstieg und den radikalen Kurs des Unternehmens mittrug. Zehn Jahre nach dem Tod des Vaters hatte Frank Konze dessen Ratschläge umgesetzt und besaß alleine in Hamburg mehrere Tausend Altbauwohnungen, die er verkommen ließ, bis sie zum Teil nicht mehr bewohnbar waren.

Aber auch im Ausland investierte er kräftig, zum Beispiel in London, wo er bis 2014 über eine Liechtensteiner Gesellschaft diverse Immobilien im Wert von zwei Milliarden Pfund kaufte, darunter Einkaufszentren, Kaufhäuser und denkmalgeschützte Bauwerke.

In einem Punkt unterschied sich Frank jedoch deutlich von seinem Vater. Während Johann Konze SPD-Mitglied und Ratsherr gewesen war, schwebte seinem Sohn eine deutlich radikalere politische Ausrichtung für Deutschland vor.

2015 nahm der Milliardär deshalb Kontakt mit der Führungsspitze der AfD auf und bot seine finanzielle Unterstützung an, unter der Bedingung, dass seine Spenden anonym bleiben würden. Obwohl solche Spenden nach Paragraf 25 des Parteiengesetzes unzulässig waren und somit einen Straftatbestand darstellten, legten Berichte der Sendung *frontal21* nahe, dass sich Spitzenfunktionäre der AfD ab Oktober 2015 mehrmals mit Frank Konze in der Schweiz trafen.

Ab März 2016 begannen mehrere dubiose Spendenaktionen für die AfD. Mit einer millionenschweren Kampagne warb außerdem der »Verein zur Erhaltung der Rechtsstaatlichkeit und bürgerlichen Freiheiten« – mit Unterstützung einer Schweizer PR-Firma – bei Wahlen für die Partei. Obwohl die Bundestagsverwaltung diese Unterstützungen als illegale Spenden bewertete und gegen die AfD hohe Strafzahlungen verfügte, erreichten 2017 mutmaßlich weitere raffiniert verschleierte Gelder die Parteikasse.

Frank Konze verfolgte die Spendenaffäre aus der Ferne und nahm die Vorwürfe gegen seine Person gelassen. Am Ende ging es für ihn nur um »Kleingeld«. Er suchte einen Weg, wie man der AfD deutlich kräftiger unter die Arme greifen konnte, und so kam ihm die Kontaktaufnahme von Bernd Hessel im Mai 2019 sehr gelegen.

Hessel nahm neben Konze an einem Bistrotisch mit zwei Klappstühlen Platz. Trotz Sonnenschein war es hier oben windig und frisch, aber Konze schien die raue Bergluft zu genießen und lehnte sich zurück. Er hatte vom Büfett lediglich zwei geschwungene Porzellanlöffelchen mitgenommen, die mit Lachs und einem Tupfen Kräutersauce gefüllt waren. Hessel hingegen hatte seinen Teller bis zum Rand mit verschiedenen Häppchen beladen. Gerade kam die junge Frau, die Konze Monique genannt hatte, mit zwei gefüllten Weißweingläsern auf sie zu.

»Wie gewünscht, ein Schloss Johannisberg Riesling Goldlack 2010, gekühlt auf acht Grad.«

Mit einem zuckersüßen Lächeln überreichte sie ihnen die formschönen Gläser, an denen sich Wassertropfen gebildet hatten, die im Sonnenlicht funkelten.

»Ich weiß, ich weiß, mein lieber Hessel. Von mir aus nennen Sie mich einen Banausen. Einen solch edlen Tropfen mit acht Grad zu servieren ist fast unverzeihlich. Aber ich habe es gerne leicht unterkühlt, dann behält man immer einen klaren Kopf. Santé!«

Sie stießen an, und während Hessel einen Schluck nahm, blickte er hinüber zu dem Hubschrauber und fühlte sich wie im Paradies.

»Kommen wir zum Geschäft«, begann Konze. Er stellte das Weinglas auf den Bistrotisch und griff nach dem zweiten Löffel mit Lachs. »Ich habe ein Team von Spezialisten Ihre Unterlagen prüfen lassen. Ich muss sagen – und glauben Sie mir, ich bin in solchen Dingen immer sehr, sehr skeptisch –, die Fakten lassen durchaus den Schluss zu, dass das verschwundene Nazigold in diesem Hochbunker lagern könnte.«

Konze schob sich den Lachs in den Mund und wischte sich danach mit einer Serviette die Lippen ab.

»Ich darf mich aber darauf verlassen, dass der Ort des Verstecks nicht preisgegeben wurde?«, fragte Hesse.

»Wo denken Sie hin, mein Lieber?«, erwiderte Konze streng. »Ich will genauso wenig wie Sie, dass sich der Ort unter Schatzjägern herumspricht. Aus diesem Grund habe ich auch mehrere Spezialisten beauftragt und jedem nur ein kleines Bruchstück des ganzen Puzzles zur Überprüfung gegeben. Eine reife Dame, eine Historikerin aus Berlin, hat mir Kopien von Dokumenten besorgt, deren Originale im Kreml lagern. Hat mich ein Vermögen gekostet. Es wäre durchaus möglich, dass sie gefälscht sind, aber sie fügen sich nahtlos in die restlichen Fakten ein. Es handelt sich um Frachtpapiere, die am Kriegsende von den Russen in den Tresoren der Berliner Reichskanzlei gefunden wurden. Die Papiere sind datiert auf April 1942 und bezeugen einen größeren Goldtransport der Zentralbank mit unbekanntem Ziel. Das wiederum deckt sich mit dem Termin der Fertigstellung Ihres Hochbunkers.«

Hessel hielt vor Aufregung immer noch eins der Häppchen in der Hand. »Also glauben Sie auch, dass die Geschichte wahr sein könnte?«

»Sonst säßen Sie jetzt nicht hier.« Dabei lächelte Konze selbstgefällig, griff nach einer Scheibe des französischen Baguettes mit Kaviar und schob es sich in einem Stück in den Mund. Seine nächsten Worte waren daher nur schwer verständlich: »Aber ... es ... es ist nicht das ... das Gold ... was mich interessiert ...«

Mit einem kräftigen Schluck Weißwein spülte er den letzten Bissen hinunter.

»Haben Sie schon mal etwas von der Hatvani-Sammlung gehört?«

Hessel schüttelte den Kopf.

»Ferenc von Hatvani war ein wohlhabender ungarischer Industrieller, der einen Großteil seines Vermögens in Kunst investierte. Bis zum Beginn des Zweiten Weltkriegs bestand seine

Sammlung aus roundabout achthundert Werken, vor allem von französischen Impressionisten, aber auch Bilder von Corot, El Greco und Tizian waren Teil der Sammlung. Alles wunderschöne Meisterwerke. Das Bundesministerium der Finanzen schätzte den Wert der Exponate auf 125 Milliarden Reichsmark. Das entspricht heute ungefähr einer Billion Euro. Und diese Schätzung stellte nur die Untergrenze dar, vermutlich dürfte der wahre Wert ein Vielfaches davon sein. In der Liste tauchte zum Beispiel ein Monet auf, der mit dreitausend Reichsmark geschätzt war. Allein dieses eine Gemälde wäre heute aber Millionen wert.«

Hessel hatte aufgehört zu essen. »Und Sie glauben, diese Gemälde könnten sich auch in dem Bunker befinden?«

»Es waren nicht nur Gemälde, mein Lieber. Die Sammlung enthielt auch wertvolle persische Teppiche. Darunter ein Isfahan aus dem 16. Jahrhundert.«

Hessel aß weiter und reagierte offenbar nicht so, wie sich Konze das erhofft hatte.

»Sie haben keine Ahnung, wovon ich spreche, nicht wahr?«

»Doch, doch, teure persische Teppiche.«

»2013 wurde ein persischer Teppich aus dem 17. Jahrhundert bei Sotheby's in New York für 34 Millionen Dollar versteigert. Der Teppich, von dem ich hier rede, dürfte das Doppelte wert sein. Hatvani selbst bezeichnete ihn immer als den teuersten Teppich der Welt.«

Für Hessel waren es zu viele Zahlen und Fakten geworden, und es fiel ihm sichtlich schwer, angemessen zu reagieren. Trotzdem rang er sich einen erstaunten Blick ab.

»Was hat das nun mit unserem Turm zu tun?«

»Fast die gesamte Hatvani-Sammlung ist im Krieg, sagen wir mal ... verschollen. Zumindest der größte Teil davon. Diese Sammlung ... die Suche danach ... also, die ist so etwas wie mein Steckenpferd geworden. Sie verstehen das, jeder Mann braucht ein Hobby, eine Leidenschaft, der er sich hingeben kann. Manche haben dafür eine Familie, manche sammeln Briefmarken, und für mich ist es die Suche nach diesem Kunstschatz. Sie glauben gar nicht, wie viel Geld ich schon investiert habe, um ihn aufzuspüren. Vor Jahren hatte ich sogar eine Kooperation mit der amerikanischen National Geographic Society, deren Experten eine unschätzbare Hilfe waren. Und immer wieder waren wir so dicht davor ...« Er hielt Daumen und Zeigefinger vor sein Gesicht. »Immer wieder glaubten wir, das Versteck gefunden zu haben. Doch am Ende waren das alles nur Sackgassen.«

Konze beugte sich ein wenig über den Tisch und senkte seine Stimme.

»Aber ein paar Fakten gibt es doch. Die Kunsträuber des Führers haben ihre Beute irgendwann im April 1944, kurz nach der Besetzung Ungarns, außer Landes gebracht. Der Transport erfolgte per Bahn über Deutschkatharinenberg an der tschechischen Grenze. Angeblich wurde ein Teil der Ladung von dort aus in ein stillgelegtes Bergwerk im Erzgebirge gebracht, der Großteil aber ging an ein unbekanntes Ziel, heim ins Reich sozusagen.

Dort verliert sich die Spur des geheimnisvollen Zuges. Eigentlich hatte ich mich vor ein paar Jahren damit abgefunden, dass weitere Nachforschungen ein hoffnungsloses Unterfangen sind. Bis Sie mit Ihrem Turm kamen, der vor zehn Jahren diesem Juden, diesem Zamir gehörte. Da erinnerte ich mich an eine merkwürdige Begebenheit im Zusammenhang mit der Hatvani-Sammlung.

Ein El Greco aus der Sammlung, das Gemälde Veduta del monte Sinai, tauchte auf dem Schwarzmarkt auf – um genau zu sein, auf dem Wiener Naschmarkt. Können Sie sich das vorstellen? In ganz Österreich gibt es keinen einzigen El Greco in einem Museum, und da taucht ein solcher auf dem Naschmarkt auf ... mit Stammbaum, mit Expertise und definitiv ein Werk aus der verschwundenen Sammlung des Ungarn. Das

Bild wird ausgerechnet einem reichen jüdischen Industriellen angeboten. Sagt Ihnen der Name Georg Chaimowicz was?«

Hessel reagierte kaum auf die Frage, was Konze mit einem enttäuschten Kopfschütteln quittierte.

»Na, jedenfalls bringt dieser Chaimowicz das Angebot zur Anzeige, woraufhin der unbekannte Verkäufer, der sich nur Herr Alexander nannte, spurlos verschwindet.«

Konze machte eine Pause. Hessel war verdutzt, denn er verstand den Zusammenhang nicht. »Und?«

»Und? Es gibt in den Polizeiakten eine ziemlich detaillierte Beschreibung von diesem Herrn Alexander ... und eine Phantomzeichnung.«

Konze drehte sich zu einer der Bedienungen um. »Die Mappe, bringen Sie mir die Mappe.« Der Mann entschwand daraufhin eilig und kam mit einer schwarzen Ledermappe zurück. Konze riss sie ihm aufgeregt aus den Händen, klappte sie auf und hielt sie Hessel unter die Nase.

»Hier links die Phantomzeichnung von diesem Herrn Alexander. Und hier rechts ein Pressefoto von ...«

»Ephraim Zamir«, ergänzte Hessel verblüfft, denn die beiden Gesichter sahen sich frappierend ähnlich.

Konze klappte die Mappe wieder zu und gab sie wieder in die Obhut der Bedienung.

»Haben Sie jetzt verstanden, worauf ich hinauswill?«

Hessel nickte.

»Unser Deal ist folgender«, fuhr Konze fort und lehnte sich jovial zurück. »Ich bekomme die Kunstwerke und Teppiche, Sie und Ihre Kameraden das Gold. Schlagen Sie ein?«

Konzes ausgestreckte Hand schwebte über dem Tisch. Hessel fühlte sich überrumpelt.

»Nur mal angenommen, wir finden das Gold und können es bergen. Dann ist es erst einmal wertlos, wenn wir es nicht in Devisen umwandeln können, wozu wir Ihre Hilfe benötigen.«

Konze schwieg und starrte Hessel mit stechendem Blick an, während sein Arm noch immer steif wie ein Brett auf Hessel zielte.

Hessel grinste, um seine Nervosität zu überspielen, und schlug schließlich ein. Nun verschwand auch Konzes bedrohlicher Gesichtsausdruck. Lächelnd schüttelte er Hessels Hand und drückte dabei fest zu. Schließlich klopfte er Hessel auf die Schulter.

»Machen Sie sich mal keine Sorgen. Ich habe Freunde bei einer Schweizer Bank, die würden das Gold liebend gerne in die Finger bekommen. Die haben noch eine Rechnung offen mit den Amerikanern, die nach dem Krieg nicht gerade sanft mit den Schweizer Banken umgegangen sind. Die ganze Geschichte sitzt bei dieser Bankiersfamilie wie ein Stachel im Fleisch. Noch sind sie skeptisch, was Menge und Herkunft des Goldes anbelangt, aber nach unserem letzten Meeting hatte ich das Gefühl, sie schmieden bereits Pläne, wie sie das Gold in Umlauf bringen können. Das wird nicht ganz billig werden, aber mit dem, was übrig bleibt, können Sie vielleicht der nächste Führer werden.«

Konze lachte so laut auf, dass Hessel zusammenzuckte. Dann stimmte er in das Lachen ein, versuchte aber schnell wieder auf einen weiteren Punkt zu kommen, der ihm noch auf der Seele brannte.

»Aber wie können wir die Gelder am Ende politisch nutzbar machen?«

»Hessel, Hessel, Hessel ... Die nächsten Spenden an die AfD vertuschen wir nicht mehr, die gibt es ganz offiziell und ganz legal. Sie wissen, solange die Spenden nicht anonym sind, spielt die Höhe absolut keine Rolle. Eine meiner Gesellschaften, die mit mir nicht in Verbindung gebracht werden kann, wird Ihre Wahlkämpfe von nun an unterstützen. Sie ist spezialisiert auf die Beseitigung von Plastikmüll in den Meeren, hat damit auch bereits mehrere Innovationspreise gewonnen, wird von der Presse geliebt und steht bei Investoren hoch im Kurs. Sie haben den Namen sicher schon mal gehört, White Ocean Cleaning.«

Und wieder stand Hessel der Mund weit offen.

»Das ist Ihre Firma?«, fragte er erstaunt und versuchte, sich den Namen des Geschäftsführers ins Gedächtnis zu rufen. »Sie wird doch geleitet von Hans ... Hans...«

»Pechtel, Hans Pechtel. Der CEO ist mein Mann und bereits seit Jahren Mitglied Ihrer Partei.«

Hessel erinnerte sich an Pechtel. Ein von der Sonne gegerbter Däne mit doppelter Staatsangehörigkeit, der ihm bereits vorgestellt worden war wegen Spenden an die Partei im fünfstelligen Bereich.

»Das ist Ihr Mann?«

»Ein guter Mann, und er trägt das Herz am rechten Fleck.«

Konze lachte und leerte sein Glas. Sofort war Monique zur Stelle, um nachzuschenken.

»Hessel, machen Sie sich keinen Kopf. Ich besorge das Geld für die Bohrungen, die Fachleute, die den Standort des Goldes ermitteln, und danach eine hundertprozentig loyale Organisation, die das Gold für uns in die Schweiz schaffen wird. Und sollte es notwendig sein, graben wir einen Tunnel unter der Grenze hindurch. Und alles, was ich dafür will, sind die Bilder und die Teppiche.«

Diesmal lachte Konze nicht, denn es schien fast so, als hätte er jedes Wort ernst gemeint.

GEGENWART

19. Oktober 2020, 12:08 Uhr

Hessel zögerte noch eine Sekunde. Das Kürzel *FK* im Display stand für Frank Konze. Er hatte ausdrücklich darum gebeten, dass sein Name in keiner Datenbank, noch nicht einmal auf einem Handy, gespeichert werden durfte.

Der Anruf war ungewöhnlich. Konze hatte sich bisher erst einmal telefonisch bei ihm gemeldet, vor einigen Monaten, um sich persönlich über eine Bergung zu erkundigen. Dass er ihn ausgerechnet jetzt erneut anrief, war sicher kein Zufall.

Hessel nahm das Gespräch an und schaltete die Freisprecheinrichtung ein.

»Hessel hier.«

»Was zum Teufel geht da bei euch vor?«

Sofort hatte der Anrufer auch die volle Aufmerksamkeit des Architekten. Er hatte Konze zwar noch nie persönlich getroffen oder gesprochen, aber Hessels Reaktion auf diese verbale Attacke nach zu urteilen, konnte das nur der Milliardär sein.

»Worauf spielen Sie an? Um was geht es denn, Herr Konze?«, wich Hessel ungeschickt aus.

»Um was es geht? Um Ihren Arsch geht es, Hessel. Und wenn ich das sage, dann meine ich das auch so. Um Ihren Arsch, hören Sie mich?«

Hessel lief ein kalter Schauer über den Rücken. So hatte er den Mann noch nie erlebt. »Wenn es um den Turm geht, wir wissen …«

»Ja, verdammt noch mal, es geht um den Turm. Um was soll es denn sonst gehen?«

»Ich verstehe trotzdem nicht, was …«

»Ich fasse es nicht. Sie wissen es wirklich nicht, oder?«

»Was soll ich wissen?«

Die Stimme am anderen Ende der Leitung machte eine

Pause. Man konnte hören, wie der Tabak einer Zigarre knisterte und Konze den Rauch ausblies.

»Hessel, Hessel, Hessel … Sie enttäuschen mich. Wo sind denn plötzlich all Ihre so überschwänglich zitierten Kontakte zur Polizei? Ihre Spitzel und Ihr Netzwerk, mit dem Sie so geprahlt haben?«

»Ich kann mich schlecht dazu äußern, wenn Sie weiterhin in Rätseln sprechen«, erklärte Hessel nun mit etwas mehr Rückgrat.

Erneut knisterte der Tabak. Konzes Stimme nahm wieder den ruhigen Tonfall an, der ihm so vertraut war.

»Also hören Sie, mein Lieber. Gegen elf Uhr haben zwei oder drei Terroristen den Turm angegriffen, die Wachen getötet und vermutlich ein Dutzend Kinder als Geiseln genommen. Und nach allem, was ich bisher weiß, sind das keine verbohrten Islamisten.« Konzes Stimme schwoll wieder an. »Sondern hirnverbrannte Rechtsradikale! Und da stellt sich mir doch die Frage, wie konnte das geschehen? Wie konnte der selbst ernannte politische Führer der deutschen Nationalisten nichts davon wissen?«

Hessel wurde schlecht. Plötzlich ergab alles einen Sinn. Auch wenn er für einen kurzen Augenblick den Wahrheitsgehalt der Aussage infrage stellte, so war es gerade die Banalität der Information, die seine Zweifel zerstreute. Manchmal war das Naheliegendste eben auch das Wahrscheinlichste.

Rechtsextremisten überfallen einen jüdischen Kindergarten, und einigen der Geiseln gelingt die Flucht in den unterirdischen Bunker, den wir bei unseren Grabungen zugänglich gemacht haben. Was für ein absurder Witz, fasste er in Gedanken zusammen.

Konze hatte natürlich recht. Wie konnte ihm die Planung einer solchen Aktion entgangen sein? Einerseits würde man ihn natürlich nie offiziell davon unterrichten. Er selbst hatte dafür gesorgt, dass gewaltbereiten Kameradschaften und Verbänden der rechten Szene der direkte Zugang zu ihm verwehrt war. Schließlich hatte man aus den Fehlern der NPD gelernt. Gleichzeitig hatte Hessel aber ein ausgeklügeltes Netzwerk von Informanten aufgebaut, die ihn über irreguläre Operationen unterrichteten. Somit hatte nicht nur der Verfassungsschutz Spitzel in der rechten Szene; mit dem Unterschied, dass er mit seinem Netzwerk einen anderen Zweck verfolgte.

Für Hessel ging es vor allem um Schadensbegrenzung für sich und seine Partei und nicht um Vereitelung von Straftaten, auch wenn er in seltenen Fällen über anonyme Quellen Informationen an die Polizei durchsickern ließ, um »grobe Dummheiten« im Keim zu ersticken. Der Grund für so einen strategischen Verrat war leicht nachvollziehbar: Politisch gesehen, hatten nämlich Gewalttaten aus der rechten Szene fast immer ein undankbares Nachspiel für die AfD.

Viel problematischer für Hessel, weil absolut unvorhersehbar, waren hingegen Einzelaktionen von Extremisten wie in Hanau oder München. Sie waren ihm ein Gräuel, nicht wegen der Gewalttaten selbst, sondern wegen ihrer Auswirkungen, die bisweilen wie ein Tsunami durch das zerbrechliche Gebilde der innerparteilichen Beziehungen fegten und ein Chaos aus gegenseitigen Beschimpfungen und Vorwürfen hinterließen. Hinzu kamen verbale Entgleisungen von Funktionären, denen das erforderliche Feingefühl fehlte, um mit diesen Tragödien umzugehen.

Da entschuldigte zum Beispiel Jens Meier, Flügelobmann der AfD und ehemaliger Richter am Landgericht Dresden, die grausame Ermordung von siebenundsiebzig Menschen durch Anders Breivik am 22. Juli 2011 damit, dass der Killer »aus Verzweiflung« zum Attentäter geworden war. Der Argumentation mochte Hessel durchaus recht geben, aber diese öffentlich zu äußern empfand auch er als große Dummheit und als Bärendienst an der Bewegung.

Da lobte er sich seinen Parteikollegen Andres Kalbitz, der

messerscharfe Drohungen kalkuliert in Humor verpacken konnte, um unantastbar zu bleiben.

So hatte dieser bei einer Rede beim sogenannten »Königsstuhltreffen« der AfD auf Rügen lautstark verkündet, er sei einmal im Bundestag mit Claudia Roth im Aufzug gefahren, und schlussfolgerte unter großem Gelächter der AfD-Mitglieder: »Da hätte ich Geschichte schreiben können.«

Und obwohl Hessel damals sehr hatte schmunzeln müssen, ärgerte er sich im Nachhinein über die Äußerung, hatte doch auch sie ihm einmal mehr aufgezeigt, dass sein zwanghafter Drang, die absolute Kontrolle erlangen zu wollen, unmöglich war.

Der Vorwurf Konzes, dass er von der Geiselnahme nichts gewusst hatte, traf ihn deshalb tief. Seine erste Reaktion war daher, mehr für sich selbst als für seinen finanziellen Gönner eine plausible Rechtfertigung zu finden.

»Vielleicht war es die Tat eines ... eines Spinners ...?«

»Sie meinen impulsiv und überstürzt?«

»Ich meine einen Einzelgänger, der unter dem Radar fliegt.«

Konze dachte kurz nach, kam dann aber zu einem anderen Schluss.

»Nein, Hessel. Sosehr ich mir das auch wünschen würde, so wenig sprechen die Fakten für diese Annahme. Zum einen sind es wohl mehrere Täter, zum anderen gab es zuvor einen Bombenanschlag in der Stadt, der – und das kann einfach kein Zufall sein – just in dem Moment die Polizeikräfte bündelte, als die Geiselnehmer am Turm zuschlugen. Nein, nach meiner Erfahrung gibt es solche Zufälle nicht.«

Hessel gab sich nicht geschlagen. »Breivik hat in Oslo auch eine Bombe gezündet, um dann ungestört auf der Insel Jagd auf Menschen machen zu können.«

»Nur war die Insel nicht geschützt. Der Turm hingegen schon. Absperrungen, Kameras, Alarmanlagen, Wachleute. Ohne Insiderwissen und detaillierte Kenntnisse wäre diese Geiselnahme nie möglich gewesen.«

Hessel blieb stumm. Sein Vergleich hinkte tatsächlich.

»Denken Sie nach, Hessel. Bleiben wir bei den Fakten und reden uns nichts schön«, setzte Konze nach. »Das war nie im Leben ein Einzeltäter. Vielmehr klingt das nach einer organisierten Vereinigung wie dieser Kampfschwadron Adolf Hitler.«

»Sie meinen Combat 18?«

Auch Hessel hatte zunächst an Combat 18 gedacht. Die selbst ernannte Kampftruppe, deren Code »18« für die Anfangsbuchstaben im Namen von Adolf Hitler stand, war Anfang der Neunzigerjahre in Großbritannien entstanden und hatte sich im Anschluss über ganz Europa, Kanada und sogar Russland ausgebreitet. Nach Briefbombenanschlägen auf britische Prominente folgten Rohrbombenanschläge auf Migranten, Homosexuelle und politische Gegner. 1999 erlangte die Organisation traurige Berühmtheit, als eines ihrer Mitglieder, David Copeland, in London mehrere Anschläge mit Nagelbomben verübte, bei denen hundertsechzig Menschen schwer verletzt und drei getötet wurden. Es folgten Bomben- und Brandanschläge in Tschechien, Griechenland und Russland, wo 2009 bei einem Anschlag auf einen Schnellzug neununddreißig Menschen getötet und hundert weitere verletzt wurden.

In Deutschland tauchte der Name Combat 18 erstmals 1999 im Zusammenhang mit Drohbriefen und Anschlägen auf Politiker und Gewerkschafter auf. 2007 erschoss ein mutmaßliches Combat-18-Mitglied in einer Aldi-Filiale einen Tunesier.

Die als »Verein« eingetragene Organisation hatte sich zu diesem Zeitpunkt längst in vielen Bundesländern etabliert, wurde aber laut Recherchen eines Journalistenteams vom Bundesamt für Verfassungsschutz konsequent verharmlost. Lange bestand offensichtlich seitens der Behörden kein Interesse an der Zerschlagung der Gruppe. Das änderte sich erst mit der Ermordung von Walter Lübcke durch Stephan Ernst, der gute Kontakte zur deutschen Sektion von Combat 18 pflegte.

Im Januar 2020 stürmten daraufhin in sechs Bundesländern zweihundertzehn Beamte die Wohnungen von führenden Combat-18-Vereinsmitgliedern und stellten Beweise sicher, die es anschließend dem Bundesministerium des Innern ermöglichten, den Verein zu verbieten. Zu spät, wie viele Experten meinten. Denn ein Verbot auszusprechen war eine Sache, es durchzusetzen eine andere. Die Popularität der Gruppe in der rechten Szene hatte durch das Verbot sogar noch zugenommen. Hessel, der bis Januar 2020 über einen anonymen Kontaktmann zumindest noch einen hauchdünnen Draht zu den Köpfen der Organisation gehabt hatte, entglitt auch diese Schnittstelle, als das Netzwerk in den Untergrund abtauchte.

»Ich ... wir ... Es gibt keinen Kontakt mehr zu der Gruppe. Wir wissen nicht einmal, ob Combat 18 überhaupt noch existiert«, stammelte er leise und hoffte noch immer inständig, dass die Geiselnahme das Werk eines verwirrten Einzeltäters war.

»Mensch, Hessel, wo leben Sie denn? Eine Organisation wie Combat 18 löst sich doch nicht in Luft auf, nur weil irgendwelche Sesselfurzer aus dem Innenministerium ein paar Hakenkreuzfahnen in Wohnungen sichergestellt haben. Sie müssen sich langsam mal die Frage stellen, ob Sie der nächste Führer sein wollen oder nur der verdammte Propagandaminister.«

Hessel hatte das Gefühl, zu ertrinken. Er spürte förmlich, wie die Wellen über ihm zusammenschlugen. So musste es wohl gewesen sein, als Kapitän Lindemann aufrechten Hauptes mit der *Bismarck* untergegangen war.

»Ich übernehme die volle Verantwortung für dieses Chaos«, sagte er voller Pathos und dachte daran, sich zu erschießen.

»Einen Scheiß tun Sie, Hessel. Labern Sie keinen solchen Unsinn. Sie finden jetzt raus, welche Weichbirnen in diesem Turm stecken, und zwingen sie schleunigst zur Aufgabe. Hoffen wir mal, dass diese Idioten den Zugang nicht freigelegt haben.«

Hessel nickte nur.

»Hessel, hören Sie mich? Hessel?«

»Jawohl! Ich meine, ja, ich kümmere mich darum.«

»Sie kriegen das hin, oder?«

»Ja, ich kriege das hin!«, antwortete Hessel und hatte keine Ahnung, wie er das anstellen sollte. Dass der geheime Zugang zu dem unterirdischen Bunker aller Wahrscheinlichkeit nach längst freigelegt worden war, daran bestand kein Zweifel mehr. Allerdings war er nicht gewillt, Konze das zu sagen.

Es klickte in der Leitung, und Konzes bedrückende Aura löste sich in Luft auf. Behrens atmete tief ein. Er hatte jedes Wort mitgehört. »Da gibt es nichts mehr zu vertuschen. Egal, wie die Geiselnahme ausgeht, irgendwann wird die Polizei in diesem Turm stehen und den Zugang entdecken. Alles hätte so schön sein können ...« Die Verzweiflung in seiner Stimme war nicht gespielt. Er nahm nun doch einen großen Schluck Sherry aus dem Weißweinglas, stellte es ab und zitierte ein französisches Sprichwort: *»Le gain aussitôt dévoré que touché.«*

»Aide-toi et le ciel t'aidera«, antwortete Hessel, der sich herausgefordert fühlte und deshalb ebenfalls seine Französischkenntnisse bemühte.

»Hilf dir selbst, dann hilft dir Gott?«, übersetzte Behrens, der mit dieser Antwort nichts anzufangen wusste.

»Wir dürfen uns jetzt nicht geschlagen geben. Noch haben wir Zeit, das Ruder rumzureißen«, erklärte Hessel.

»Das Ruder rumreißen? Die Sache ist gelaufen. Da lässt sich nichts mehr rumreißen. Auf dem Gelände sind wahrscheinlich Dutzende Polizisten und Sicherheitskräfte ... vielleicht sogar Kämpfer der GSG9 wie vor zehn Jahren. Das Einzige, was wir jetzt machen können, ist, abzuwarten und diese fürchterliche Flasche Sherry zu leeren.«

Hessel hatte offenbar sein Selbstbewusstsein wiedergefunden. Er griff die Sherryflasche am Hals und ließ sie auf den Boden fallen, wo sie laut scheppernd auf den Fliesen zerschellte.

Seine blauen Augen hatten wieder diesen erbarmungslosen Blick angenommen, der Behrens immer an einen psychotischen Serienmörder erinnerte.

»Ich will nicht auf das Gelände. Ich will unter das Gelände«, sagte Hessel mit blutleeren Lippen.

ESRA I

Montag, 19. Oktober 2020, 12:07 Uhr

Esra hatte jegliches Zeitgefühl verloren. Es konnte zehn Minuten her sein oder auch eine halbe Stunde, dass sie die Kinder gemeinsam mit Shalhevet tiefer hinab in die unterirdischen Katakomben getrieben hatte.

Sie waren hinter der verrosteten Stahltür einer schmalen Treppe gefolgt, die mehrmals einen Knick gemacht hatte, bis schließlich eine weitere Tür auftauchte. Wie durch ein Wunder brannten auch im Treppenhaus Neonröhren an der gewölbten Decke und beleuchteten die steil nach unten führenden Stufen.

Diese erste Tür, die aus dem Treppenhaus führte, hatten sie bewusst hinter sich gelassen. Fast wortlos waren Shalhevet und Esra übereingekommen, dass jedes Stockwerk, das sie weiter hinabstiegen, ihnen größere Sicherheit bot, auch wenn es zunehmend kälter wurde, je tiefer sie kamen. Gerade hatten sie eine weitere Kehre umrundet und konnten nun das Ende der Treppe erkennen. Dort gab es eine weitere Metalltür. Plötzlich knallten von oben Schüsse durch das Treppenhaus. Hatte der Mann ihren Fluchtweg entdeckt und war ihnen gefolgt?

Lauter, als sie eigentlich wollte, trieb Esra die Kinder vor sich her.

»Ihr müsst schneller gehen ... schneller!«

Maja, die mit ihren kurzen Beinchen jede Stufe mit zwei Schritten nehmen musste, blieb wie angewurzelt stehen und schrie zurück: »Ich kann nicht schneller, ich kann überhaupt nicht schneller ... und ich muss aufs Klo ... und ich will zu meiner Mama!«

Majas Trotz und Angst lösten eine Kettenreaktion unter den Kindern aus, die nun alle haltmachten und Maja anstarrten. Doch zu Esras Überraschung blieben fast alle stumm, bis auf Daniel, der seine Hände auf die Ohren legte und laut zu schreien begann. Seine hohe Stimme fuhr Shalhevet und Esra durch Mark und Bein, also schützten auch sie ihre Ohren mit den Händen und warteten machtlos ab. Dann war es vorbei, und die bedrückende Stille setzte wieder ein. Mit pochendem Herzen nahm Esra die Hände wieder vom Kopf. Auf Zehenspitzen tappte sie zurück, bis sie bei der Kehre angekommen war, und horchte angestrengt in die steinerne Treppenflucht über ihr.

Sie konnte kaum glauben, dass ihr Verfolger diesen Schrei nicht gehört hatte, und so rechnete sie fest damit, jeden Augenblick die quietschende Metalltür von oben zu hören. Aber nichts dergleichen geschah. Maja begann wieder leise zu wimmern. Shalhevet löste sich aus ihrer Schockstarre, hob das Mädchen hoch und nahm es in die Arme. Ihr Po war nass, und am Boden hatte sich eine kleine Lache gebildet.

»Das macht gar nichts, Maja, wirklich ... Das macht gar nichts«, versuchte sie das Mädchen zu trösten, das aber keine Antwort gab, sondern nur den Kopf auf Shalhevets Schultern legte.

Esra kam die Stufen wieder herunter, drückte sich an den Kindern vorbei und lief mit großen Schritten dem Ausgang des Treppenhauses entgegen.

»Wir müssen jetzt hier raus ... Also betet zu Gott, dass diese Tür nicht verschlossen ist.«

Nervös drückte sie die Klinke nach unten und stemmte sich gegen die Tür, aber nichts geschah. Maja hatte den Kopf gedreht und beobachtete Esra von oben herab.

»Du hast nicht gebetet, Tante Esra.«

Esra hätte beinahe gelacht, hatte sie Gott doch längst abgeschworen. Aber vielleicht hatte das kleine Mädchen ja sogar recht? Verzweifelt begann Esra das Gebet »Schma Jisrael« zu rezitieren: »schəma jisroëil adaunoi elauhëinu adaunoi echod«

Dabei legte sie die rechte Hand vor ihre Augen und die linke auf den kalten Türgriff, als die Neonlichter im Treppenhaus ausgingen. Vollkommene Dunkelheit umgab sie, und Bilder aus lang vergessenen Zeiten tauchten vor Esras innerem Auge auf. Sie war wieder ein kleines Mädchen, das voller Liebe ihre Mutter betrachtete, die sich mit bedeckten Augen über ihr Bett beugte und »Schma Jisrael« aufsagte.

Esra Friedberg war die Tochter eines aschkenasischen Rabbiners. Wie sie sich erst viele Jahre später eingestand, war ihre Kindheit und Jugend von Entbehrungen und wiederkehrenden Ritualen geprägt gewesen. Sie war in Jerusalem, im Stadtteil Mekor Baruch, aufgewachsen. Ihre Familie gehörte dem charedischen Judentum an. Als kleines Mädchen hatte sie kaum wahrgenommen, dass sie in einer Art Parallelwelt lebte, so vertraut war ihr der Anblick von ultraorthodoxen Männern mit langen Bärten, schwarzen Mänteln und großen Hüten. Es war eine Enklave mit eigenen Gesetzen und strengen Traditionen, mit Bewohnern, die weltlichem Wissen ablehnend gegenüberstanden und ein streng reguliertes, meist auf ein rabbinisches Oberhaupt ausgerichtetes Leben führten. Doch je älter sie wurde, desto mehr begann Esra zu begreifen, dass die Regeln, die für sie galten, nicht für alle Menschen galten, denen sie auf den Straßen von Jerusalem begegnete. Da gab es sportliche Mädchen in engen Hosen, während es ihr nur erlaubt war, Röcke zu tragen, die bis über die Knie reichen mussten. Und auch ihre Schuhe mussten züchtig geschlossen sein.

Und so begann sie mit jedem Tag mehr Ausschau zu halten nach den Freiheiten anderer, die ihr verwehrt waren. Zu Beginn dieser Entwicklung stellte sie ihrer Mutter noch allerlei Fragen: »Warum dürfen bei uns Frauen und Männer auf der Straße nicht eng nebeneinander hergehen, Mama, wenn es doch andere auch machen?«

Doch statt aufschlussreicher Antworten gab es Ausflüchte und Gebete. Viele Gebete.

Je älter Esra wurde, desto enger spürte sie das Korsett ihrer traditionellen Erziehung, das ihr förmlich die Lebenslust abschnürte. Kurz vor ihrem achtzehnten Geburtstag stellte man Esra ihren künftigen Ehemann vor, den sie vorher noch nie gesehen hatte. Isser Jehuda Salman, so der Name des vierzigjährigen Mannes mit Schläfenlocken und verständnisvollem Blick, ging keiner regulären Arbeit nach, sondern verbrachte seine Zeit ausschließlich in einer religiösen Lehranstalt, der Jeschiwa, mit dem Studium der religiösen Schriften, während man ihr großzügig zugestehen würde, arbeiten gehen zu dürfen, um ihren Mann und mindestens sieben Kinder zu ernähren.

Ihre Familie war der Meinung gewesen, die anstehende Ehe würde dem Mädchen nun endgültig die Flausen aus dem Kopf treiben und sie zu einer strenggläubigen Frau machen, die ihrem Mann ergebungsvoll diente.

Esra flüchtete noch in derselben Nacht vor ihrer eigenen Familie, verließ mit leeren Taschen Mekor Baruch und begab sich auf eine leidvolle Odyssee, die erst drei Jahre später bei fernen Verwandten in Deutschland endete. Sie waren ebenfalls gläubige Juden, hatten aber dem ultraorthodoxen Judentum schon vor zwei Generationen abgeschworen. Ihre Eltern hatte Esra seitdem nicht wiedergesehen, nur zwei ihrer älteren Brüder waren eines Tages überraschend aufgetaucht, um sie zur Vernunft zu bringen. Was sie darunter verstanden, war tatsächlich eher mit einer versuchten Entführung gleichzusetzen. Sie hatten jedoch nicht damit gerechnet, dass sich ihre zierliche Schwester so energisch zur Wehr setzen würde. So mussten die beiden letztendlich mit Prellungen und Schürfungen von ihrem Vorhaben ablassen. Seitdem war jeglicher Kontakt zu ihrer Familie abgebrochen.

Esra war vollkommen versunken in ihr Gebet, als Shalhevet das Licht des Handys wieder einschaltete. Noch immer hielt Esra die rechte Hand vor ihre Augen, während sie Verse auf Hebräisch sprach: *»... mit all deinem Herzen, mit all deiner Seele, mit all deiner Macht. So seien diese Reden, die ich heute dir gebiete, auf deinem Herzen ...«*

Und während sie sprach, blickten Shalhevet und die Kinder auf sie hinab, als würde sie einen Zauber beschwören, der diese Türe öffnen konnte. Sie alle kannten das Gebet und sprachen die letzten Worte leise mit: *»... sie seien zu Gebind zwischen deinen Augen, schreibe sie an die Pfosten deines Hauses und in deine Tore!«*

Esra spürte die Klinke in ihrer Hand nicht mehr. Ihr ganzes Bewusstsein hatte das Hindernis längst überwunden, und nur ihr physischer Körper war noch diesseits der Barriere.

Sanft drückte Esra die Klinke nach unten, legte ihr ganzes Gewicht gegen die Tür und öffnete sie.

Shalhevet erschien es fast wie ein Wunder, während Esra in dieser Sekunde ihre Zuversicht zu Gott wiedergewann. Ihr war schon einmal die Flucht aus einer ausweglosen Situation geglückt, und vielleicht war es auch damals schon Gottes Fügung gewesen. Vielleicht musste sie sich nur in seine Hände begeben, und alles würde gut werden?

Schweigend schlüpften alle durch die breite Metalltür. Shalhevet schloss mit Maja im Arm leise den Zugang hinter sich. In diesem Teil des Bunkers war es deutlich dunkler. Nur vereinzelt und in deutlich größeren Abständen als zuvor leuchteten moderne Energiesparlampen den Gang aus. Shalhevet beunruhigte dieser Umstand, und so suchte sie nach einer Möglichkeit, die Tür von innen zu verriegeln, aber vergeblich.

Esra hingegen fühlte sich hier erst einmal sicher, also konzentrierte sie sich auf das Wohl der Kinder.

»Wer muss alles aufs Klo?«

Sofort hoben alle die Hand.

»Die Jungs gehen hier nach links und machen an die Wand, die Mädchen ... die Mädchen ...« Sie entdeckte eine weitere Tür in wenigen Metern Entfernung. »... kommen mit mir mit.«

Die Gruppe teilte sich wortlos. Einige der Jungs zögerten keine Sekunde, um ihr Geschäft zu verrichten, andere drehten sich noch verschämt zu den Mädchen um, die soeben mit Esra mitgingen. Erst als ihnen der Abstand groß genug erschien, legten auch sie los.

Esra öffnete vorsichtig die Tür. Der Raum dahinter war dunkel. Ein modriger Geruch kam ihr entgegen. Vage konnte sie an den Wänden gestapelte Holzkisten ausmachen. Das Zimmer schien ihr ungefährlich zu sein.

»Das ist jetzt euer Klo. Ich bleibe hier an der Tür stehen und pass auf euch auf.«

Das erste Mädchen, das an Esra vorbeiging, blieb plötzlich stehen. Der Raum war ihr unheimlich.

»Das ist kein Klo, Tante Esra.«

»Jetzt schon«, antwortete sie bestimmt.

»Einfach auf den Boden?«

»Wie im Wald. Einfach auf den Boden, Chavah.«

Esra führte die Gruppe jetzt an. Shalhevet hatte Maja wieder auf die Beine gestellt und bildete den Abschluss mit Maja an der einen und Vincent an der anderen Hand. Auch wenn dieser Gang in seiner Beschaffenheit und Form dem Gang im oberen Stockwerk sehr ähnelte, so unterschied er sich doch dadurch, dass von ihm deutlich mehr Türen abgingen.

Esra versuchte jede einzelne von ihnen im Vorbeigehen zu öffnen. Mindestens die Hälfte waren verschlossen, aber bei manchen gelang es ihr. In der Regel waren auch diese Räume vollgepackt mit Kisten in unterschiedlichen Größen, boten jedoch kaum Platz, um sich darin zu verstecken.

Erst der dritte unverschlossene Raum schien geeignet zu sein. Er war nicht nur deutlich größer als alle Räume zuvor, er stand auch voller Regale, die bis zur Decke reichten und schmale Gänge bildeten. Das Licht einer schwachen Lampe bahnte sich zwischen den Stellagen ihren Weg und beleuchtete in schmalen Streifen den sonderbaren Raum.

»Ich glaube, das ist das Beste, was wir kriegen können«, versuchte Esra die anderen zu überzeugen, wartete jedoch keine Antwort ab, sondern schritt zielstrebig voran. Erst folgte sie dem Hauptgang, dann bog sie ab, erst links, dann wieder rechts, immer auf der Suche nach einer geeigneten Ecke, in der sie alle Platz finden würden.

Shalhevet folgte ihr stumm und betrachtete dabei aufmerksam den Inhalt der Regale. Die Kisten, die hier gelagert wurden, waren allesamt sehr schmal und von vollkommen unterschiedlicher Größe. Manche waren nur dreißig oder vierzig Zentimeter hoch, andere lehnten an horizontalen Trägern und reichten bis an die Decke. Auf manchen der Kisten konnte sie einen eingebrannten Reichsadler entdecken, der in seinen Fängen ein Hakenkreuz hielt, andere waren hingegen mit Nummern und Ziffern in altdeutscher Schrift markiert.

Shalhevet hörte Esras Stimme, die um eine weitere Abzweigung gegangen war.

»Das hier könnte gehen.«

Die Kinder folgten der Stimme und blickten nun auf eine freie Fläche von etwa sechs Quadratmetern, in dessen Mitte Esra stand.

Shalhevet kam hinzu.

»Eine Sackgasse«, stellte sie nüchtern fest.

Esra ging nicht auf die Kritik ein, sondern machte sich daran, den Inhalt eines merkwürdigen Wandträgers zu untersuchen, in dem waagrecht übereinander mehrere dicke Rollen lagerten, die mit dunkelbraunem Packpapier umwickelt waren. Die länglichen Zylinder maßen allesamt zwischen zwei oder drei Metern Länge. Esra betastete die dicken Rollen.

»Sieht aus wie verpackte Teppiche«, schlussfolgerte sie. »Wir werden hier unten etwas brauchen, um uns warm zu halten.«

Entschlossen krallte sie ihre Finger in das Packpapier. Es war brüchig und zerbröselte zwischen ihren Fingernägeln wie altes Pergament. Darunter kam tatsächlich die geknüpfte Unterseite eines Teppichs zum Vorschein.

Shalhevet kam neugierig hinzu und tat es ihr gleich, dann nickte sie Esra zu, die sofort verstand. Mit aller Kraft wuchteten sie gemeinsam die Teppichrolle über den nach oben gewinkelten Holzträger und warfen sie krachend zu Boden. Staub wirbelte auf.

Neugierig beobachteten die Kinder, wie sich die beiden Frauen auf den Boden knieten, eifrig den Teppich von dem alten Packpapier befreiten und die Kordeln lösten, die die Rolle zusammenhielten. Einen Moment später rollte sich der Teppich fast wie von selbst auf und gab den Blick frei auf ein kunstvoll geknüpftes orientalisches Muster. Selbst in dem schwachen Lichtschein war der Anblick atemberaubend.

Egal, wie lange der Teppich hier schon liegen mochte, der Leuchtkraft aus schimmernden blauen und weinroten Ornamenten hatte die Zeit nichts anhaben können. In all der Düsternis spendete ihnen das beeindruckende Knüpfwerk einen Hoffnungsschimmer, der sie für einen Augenblick ihre Ängste vergessen ließ.

Zaghaft näherten sich nun auch die Kinder und berührten mit ihren kleinen Händen die aus Seide gewebte Oberfläche. Es war wunderbar, diesen flauschigen, schillernden Stoff mit den Fingerkuppen zu erkunden und zu beobachten, wie sich dabei das Licht brach und die Farbe änderte.

»Wir werden aus den Teppichen ein warmes, weiches Lager machen. Und dann ...«

»Was dann?«, wollte Maja wissen.

»Dann versucht ihr zu schlafen.«

In diesem Augenblick ging das Licht aus. Absolute Schwärze legte sich über die kleine Schar und bohrte sich in ihre Seelen.

STEINER III

Montag, 19. Oktober 2020, 12:11 Uhr

Abgekämpft kletterte Steiner aus dem Loch im Boden des Schutzraums, lief die Treppen hoch und fand Lutz, der auf die getrocknete Blutlache auf dem Boden vor der geschlossenen Flügeltür pinkelte. Lutz starrte auf sein Werk und kicherte dabei.

»Was zum Henker machst du da?«, blaffte ihn Steiner an.

»Mir war langweilig«, antwortete Lutz, ohne sich umzudrehen.

»Und das sieht echt cool aus, wie sich die Pisse am Boden rot färbt.«

Steiner knallte ihm die flache Hand an den Hinterkopf, sodass Lutz das Gleichgewicht verlor und in die gelb-rote Lache stolperte.

»Hey, spinnst du?«

Steiner reagierte nicht darauf, sondern ging in das Büro und stellte sich neben das Fenster. Vorsichtig sondierte er die Umgebung, in der es nur so von Polizisten wimmelte. Aus dem Treppenhaus hörte er Lutz krakeelen: »Mann, hab mir jetzt wegen dir auf die Hose gepinkelt. Du bist so ein Arsch.«

Steiner konzentrierte sich weiter auf das Treiben vor dem Fenster. Dabei achtete er penibel darauf, sich mit dem Gesicht nicht zu weit in den Rahmen zu beugen. Sein geübtes Auge blieb bei einem Scharfschützen hängen, der fünfzig Meter entfernt flach auf einem Mannschaftsbus lag und den Turm observierte.

»Haben die schon versucht, Kontakt aufzunehmen?«, wollte Steiner wissen, während Lutz sein Glied wieder in der Hose verschwinden ließ und ins Büro kam.

»Die nicht. Aber ich hab denen mal kurz Feuer unterm Arsch gemacht!«

Steiner runzelte die Stirn und wandte sich ihm zu.

»Okay, erzähl.«

»Hab mich in die Tür gestellt und ein ganzes Magazin verballert. Haben die wohl nich mit gerechnet.«

Steiner überlegte. Lutz' Aktion war zwar riskant und sicher auch dämlich gewesen, aber der Kleine hatte mehr Glück als Verstand. Vielleicht verschaffte ihnen das mehr Zeit und hielt die Spezialeinsatzkommandos erst einmal auf Abstand.

Lutz kam um den Schreibtisch herum und stellte sich direkt vor das Fenster. Sofort wurde er von Steiner am Arm gepackt und auf die Seite geschleudert.

»Bist du lebensmüde? Was stimmt mit dir nicht?«, schrie ihn Steiner an.

»Fick dich!«, schrie Lutz zurück. »Das sind Panzerglasscheiben, die können da nicht durchschießen, hab's selbst schon probiert ...«

»Und du meinst, die Scharfschützen da draußen sind ahnungslos und machen dieselben Fehler wie vor zehn Jahren? Mann, bist du blöd. Schon mal was von Kugeln mit Wolframcarbitkern gehört? Damit machst du selbst aus Stahl Schweizer Käse, also halt dich verdammt noch mal von den Scheiben fern.«

Lutz wippte fahrig mit dem Kopf. Wenn Steiner von irgendetwas richtig Ahnung hatte, dann von Waffen. Er betrachtete das Fenster nun mit deutlich mehr Respekt und drückte sich neben Steiner an die Wand.

»Und warum haben die mich dann nicht abgeknallt?«

»Du lebst nur deshalb noch, weil die da draußen noch keinen Schießbefehl haben. Und den haben die so lange nicht, wie sie glauben, dass wir die Kinder haben.«

»Und haben wir sie, oder was?«

Steiner schüttelte den Kopf.

»Noch nicht, aber die sind hundertpro da unten – und definitiv gibt es da keinen Weg raus, außer durch das Loch in der Decke. Wir müssen uns jetzt Zeit verschaffen, dann steig ich wieder da runter und hol die ganze Bande hier rauf.«

»Und wie sieht's da unten aus?«

»Ein paar Gänge, ein paar Räume, da verpasst du nichts.«

Lutz runzelte die Stirn. »Ein paar Gänge, ein paar Räume«, äffte er Steiner nach. »So what? Ich will das sehen, Mann!«

»Kapierst du es nicht? Wir haben jetzt andere Prios. Wenn uns die Bullen auf die Pelle rücken, bevor wir die Kids haben, schauen wir ziemlich alt aus. Die kommen von oben, von links und rechts und machen uns alle, bevor wir ›piep‹ sagen können. Wir müssen nun verdammt schlau sein, Lutz, und dafür sorgen, dass die hier nicht einfallen wie die Hunnen.«

Lutz schlug seinen Hinterkopf heftig gegen die Wand.

»Und wie sollen wir das machen?«

SCHUSTER I

Montag, 19. Oktober 2020, 12:16 Uhr

Polizeioberrat Achim Schusters persönliche Anwesenheit in einem voll besetzten Mannschaftswagen, der mit Blaulicht über rote Ampeln und an den üblichen Staus vorbeijagte, war äußerst ungewöhnlich. Zehn Jahre war es her, dass er dem verhassten Turm zuletzt persönlich gegenübergestanden hatte, zehn Jahre, die auch an Schuster nicht spurlos vorbeigegangen waren. Sein einst trainierter Körper war schwammig geworden, und in seinem vollen, dunklen Haar hatten sich breite Geheimratsecken gebildet.

Als Dienststellenleiter genoss der Polizeioberrat einen ausgezeichneten Ruf, galt als strenger, aber besonnener Vorgesetzter, der von seinen Untergebenen sehr geschätzt wurde.

Wie üblich war er an diesem Morgen um 7:30 Uhr ins Büro gekommen, ausgerüstet mit einer Brotzeitbox und einer Thermoskanne mit heißem Kaffee. Beides hatte ihm seine Frau in seinen schwarzen Aktenkoffer gepackt, ein Geschenk des Polizeipräsidenten anlässlich seiner letzten Beförderung. Sie war heilfroh, dass Achim nach dem Ende des Lockdowns nicht mehr von zu Hause aus arbeiten musste. Und auch er sehnte sich geradezu nach dem Alltag in der Polizeiinspektion, statt zu Hause die Wellensittiche zu füttern oder den Rasen zu mähen.

Bis kurz vor elf Uhr folgte alles der üblichen Routine, die aus eng getakteten Besprechungen bestand. Das änderte sich allerdings radikal, als die Meldung eintraf, dass zwei Streifenpolizisten bei einer Standardüberprüfung Opfer einer Explosion in einem Mietshaus geworden waren. Zunächst war die Situation vollkommen unklar, und Schuster betraute seinen erfahrensten Kommissar mit der Einsatzleitung. Wie ein fein abgestimmtes Uhrwerk begannen verschiedene Abteilungen der Dienststelle sich auf eine »große Lage« vorzubereiten, wie man im Polizeijargon einen Großeinsatz nannte. Ein Krisenstab wurde gebildet, Bereitschaftsdienste wurden alarmiert, die Krisenintervention aktivierte Rettungseinheiten und alarmierte die Feuerwehr. Gleichzeitig erhielten alle Mitarbeiter der Presseabteilung über eine spezielle Whatsapp-Gruppe Sprachnachrichten, in denen sie aufgefordert wurden, sich unverzüglich bei ihren Gruppenleitern zu melden. Die Öffentlichkeitsarbeit war ein wesentlicher Bestandteil der Krisenintervention geworden, um Fake News einzudämmen und die Angst in der Bevölkerung zu minimieren.

Als 2016 ein achtzehnjähriger Rechtsextremer in einem Münchner Einkaufszentrum neun Menschen getötet und fünf weitere schwer verletzt hatte, gingen innerhalb weniger Stunden über viertausend Notrufe aus dem gesamten Stadtgebiet bei der Polizei ein. In manchen war von Schüssen am belebten Verkehrsknotenpunkt Stachus die Rede, außerdem wurden vom Marienplatz in der Innenstadt Schüsse gemeldet. Sogar verängstigte Reporter der *Abendzeitung* meldeten eine Schießerei vor dem Verlagsgebäude und alarmierten die Polizei. Das alles passierte, weil sich diese Fake News wie ein rasendes Buschfeuer über die sozialen Medien ausbreiteten. Mehr als vierzehntausend Videos wurden in dieser Zeit auf unterschiedlichsten Kanälen hochgeladen und schürten die Panik zusätzlich. Die Polizei hatte damals keine andere Wahl, als die gesamte Stadt lahmzulegen, alle öffentlichen Verkehrsmittel zu stoppen und den 1,6 Millionen Bewohnern zu empfehlen, ihre Häuser nicht mehr zu verlassen. Das wiederum brachte über hundert verängstigte Bürger dazu, im Polizeipräsidium Unterschlupf zu suchen, der ihnen auch gewährt wurde. Ein fünfzehnköpfiges Presseteam unter der Leitung des Polizeipressesprechers Marcus da Gloria Martins kämpfte an diesem Tag medial an allen Fronten, um die Panik einzudämmen und mit fundierten Fakten die Öffentlichkeit zu beruhigen.

Und auch bei der heutigen Bombenexplosion im Westen der Stadt war die Wahrscheinlichkeit groß, dass über die sozialen Medien Falschmeldungen veröffentlicht würden, die je nach Umfang und Verbreitung die eigentliche Polizeiarbeit enorm behindern konnten. Umso zuversichtlicher war Schuster, als er darüber informiert wurde, wie reibungslos der Einsatz im Stadtteil Diesing voranging. Schon nach einer Viertelstunde war man sicher, dass man die Lage vollständig und zügig in den Griff bekommen würde.

Der Notruf eines Streifenpolizisten um 11:20 Uhr stellte die Situation jedoch radikal auf den Kopf und zündete die nächste Eskalationsstufe. War die Explosion in Diesing möglicherweise nur ein Unfall gewesen, so handelte es sich hierbei unmissverständlich um einen Terroranschlag auf einen Kindergarten. Die bislang routinierte Professionalität aller Dienststellen begann zu bröckeln. Blanke Angst machte sich breit, da ein Großteil der Einsatzkräfte an anderer Stelle gebunden war. Oder wie es Schuster ausdrückte: »Man hat uns eiskalt erwischt. Möge Gott den Kindern beistehen.«

Angespannt saß Schuster jetzt neben dem Fahrer des Mannschaftswagens und bereitete sich mental auf die Rückkehr zum Turm vor. Der mächtige Hochbunker und er hatten eine gemeinsame Vergangenheit, von der nur noch wenige Mitarbeiter der Polizeiinspektion wussten. Vor zehn Jahren, damals noch im Rang eines Polizeihauptkommissars, hatte Schuster ein Spezialeinsatzkommando geleitet, das drei Neonazis befreien sollte, die im Turm als Geiseln gehalten wurden. Vorschriften waren missachtet und Befehle ignoriert worden. Im Verlauf der Aktion gab es Schwerverletzte unter Beamten und Zivilisten sowie einen toten Polizisten. Schuster dachte nur ungern an die Operation und die daran anschließenden Ermittlungen zurück.

Die volle Verantwortung für die Fehlschläge hatte sein damaliger Einsatzleiter und Freund Michael Koch übernommen, während sein eigenes Fehlverhalten bei der internen Untersuchung nie protokolliert worden war und in keiner Akte auftauchte.

Schuster hatte nach den abgeschlossenen Untersuchungen daran gedacht, seinen Dienst zu quittieren. Doch der Innenminister persönlich hatte ihn damals davon überzeugt, es nicht zu tun. Womöglich befürchtete der Minister, dass seine aktive Einflussnahme auf den Einsatz dann ans Tageslicht gekommen wäre, was sich zum politischen Bumerang hätte entwickeln können.

Zu seiner eigenen Überraschung wurde Schuster kurz darauf nahegelegt, sich für den höheren Polizeivollzugsdienst zu bewerben, was er schließlich auch tat. Es folgten zwei Studienjahre an der Deutschen Hochschule der Polizei in Münster und im Anschluss daran die Beförderung zum Polizeirat. Weitere zwei Jahre später ernannte ihn der Polizeipräsident zum Polizeioberrat und überantwortete ihm die größte Dienststelle der Stadt.

Auch wenn er nie wieder Kontakt zum Minister hatte, so wurde Schuster trotzdem das Gefühl nicht los, dass er diesen Karrieresprung ihm zu verdanken hatte und nicht den eigenen Leistungen. Am schlimmsten traf ihn aber, dass er Michael Koch aus den Augen verlor, der zwischenzeitlich suspendiert worden war. Schuster hatte es einfach nicht mehr fertiggebracht, seinem ehemaligen Kollegen und Freund unter die Augen zu treten.

Als Schuster an diesem unheilvollen Tag Kenntnis von dem Terroranschlag am Westberg erhielt, zögerte er keine Sekunde, um sich seinen Männern anzuschließen – obwohl das Präsidium bereits einen Kriminalhauptkommissar für die Ermittlungen vor Ort abgestellt hatte. Die Entscheidung stieß zunächst auf Unverständnis bei seinem Vorgesetzten, doch Schuster ließ keinen Zweifel daran aufkommen, dass es für ihn in dieser Sache keine Wahl gab. Und so lenkte man schließlich zähneknirschend ein.

Der Mannschaftswagen jagte mit hoher Geschwindigkeit und jaulendem Martinshorn durch eine Rettungsgasse, welche die Pkws links und rechts vor ihnen gebildet hatten. Nur ein schwarzer Mercedes war kaum zur Seite gewichen und versperrte den rechten Fahrstreifen, als würde die Straßenverkehrsordnung für alle anderen gelten, nur nicht für ihn. Gerade als der Fahrer des Mannschaftswagens die Geschwindigkeit drosseln wollte, spürte er die Hand des Dienststellenleiters auf seinem Unterarm.

»In dem Turm befinden sich Kinder, die vermutlich jetzt gerade um ihr Leben bangen müssen«, sagte Schuster energisch.

Der Polizist verstand den Hinweis, nahm den Fuß von der Bremse und gab wieder Gas.

Der Fahrer des schwarzen Mercedes-Coupés hatte längst bemerkt, dass er ein Hindernis darstellte, was ihn sichtlich nervte. Er sah sich genötigt, sein Coupé hin und her zu rangieren, um Platz zu schaffen. Er schlug das Lenkrad hart ein, legte den Rückwärtsgang ein und blickte kopfschüttelnd in den Rückspiegel, um erstaunt festzustellen, dass der Polizeiwagen nicht langsamer geworden war, sondern rasend schnell auf ihn zuschoss.

Erschrocken hielt er die Luft an. Dann versuchte er sich ängstlich auf die Beifahrerseite zu werfen, doch der Sicherheitsgurt fesselte ihn an den Ledersitz. Panisch krallte er die

Finger um sein aufgewärmtes Sportlenkrad, als Metall auf Metall knirschte und Funken an seiner Seitenscheibe emporstoben. Dann war der Sprinter durch und jagte davon.

Schuster drehte sich zu den fünf Polizisten um, die im Fond saßen. Die Augenpaare über den FFP2-Masken wirkten hoch konzentriert und hellwach. Die Männer waren schwer bewaffnet, trugen Schusswesten und hielten Helme in den Händen. Ein sechster Mann jedoch trug Zivilkleidung, blickte aufmerksam auf sein iPad und trug ein Headset.

»Bartu«, sprach Schuster den Kommissar mit dem schwarzen Schnauzbart an. »Wie ist der Status?«

Kriminaloberkommissar Musa Bartu war zur besonderen Verfügung für Schuster abkommandiert worden. Er trug verwaschene Jeans, einen weinroten Pullover und darüber ebenfalls eine SK4-Schutzweste, die an eine ärmellose Plattenrüstung erinnerte und sogar vor Gewehrkugeln Schutz bot. Eine Maske baumelte an seinem rechten Ohr herab.

Musa hob den Zeigefinger in Richtung seines Chefs und konzentrierte sich auf die Stimme am anderen Ende der Leitung.

Schuster mochte den engagierten Mann mit türkischen Wurzeln, der sein Abitur auf dem zweiten Bildungsweg nachgeholt hatte und schließlich vom mittleren Polizeidienst in den gehobenen Dienst befördert worden war. Aber nicht alle Kollegen traten ihm so offen und positiv entgegen wie Schuster. Immer wieder hörte er von rassistisch motivierten Anfeindungen, die sich nicht nur gegen seine Abstammung, sondern vor allem auch gegen seine religiöse Überzeugung richteten, da Bartu gläubiger und praktizierender Moslem war. Drahtzieher der Sticheleien war in den meisten Fällen Polizeiobermeister Kucera, der das Mobbing gegen Bartu mit einigen gleichgesinnten Kollegen so geschickt betrieb, dass es außer Bartus Aussagen keine eindeutigen Beweise dafür gab. Aus diesem Grund hatte Bartu vor wenigen Tagen auch seine Versetzung beantragt. Ein Gespräch mit Schuster stand noch aus, der Bartu auf keinen Fall verlieren wollte, schon gar nicht wegen Mobbings. Er musste einen Weg finden, Kucera zu stoppen. Denn eine Versetzung von Bartu käme einer Kapitulation vor der rechten Unterwanderung seiner Dienststelle gleich, und er war fest entschlossen, es nicht so weit kommen zu lassen.

Bartu beendete das Gespräch und erstattete Schuster Bericht.

»Es gab soeben eine weitere Schießerei vor dem Turm. Ein unbekannter Angreifer scheint vom Eingang aus mit einer Schnellfeuerwaffe auf Polizisten und Sanitäter geschossen zu haben.«

»Gab es Tote?«

»Nur leichte Verletzungen, niemand wurde direkt getroffen.«

»Und der Terrorist?«

Bartu schüttelte enttäuscht den Kopf.

»Negativ, die Kollegen hatten wohl nicht mit einem Angriff aus dem Turm gerechnet.«

Schuster kniff zornig die Augen zusammen.

»Da liegen Opfer mit Schussverletzungen vor dem Tor, und niemand hat mit einem Angriff gerechnet ...?«

»So wie ich es verstanden habe, wurden auf den Angreifer Schüsse abgefeuert. Aber der Mann konnte sich in Sicherheit bringen, bevor er getroffen werden konnte. Inzwischen ist ein Spezialteam mit Scharfschützen eingetroffen und hat Stellung bezogen.«

Schuster spürte einen Kloß im Hals. Aber er wollte seine Wut über die Unfähigkeit der Beamten vor Ort nicht an Bartu auslassen, der seinem Gesichtsausdruck nach noch eine weitere schlechte Nachricht parat hatte.

»Na reden Sie schon, was haben Sie noch?«

»Die ... die Sprengfalle in Diesing ... Einer der beiden Beamten, Polizeiobermeister Gustav Prem, ist soeben an seinen Verletzungen gestorben. Sein Kollege, Polizeimeister Jan Fischer, schwebt noch in Lebensgefahr«, antwortete Bartu bedrückt.

Schuster fuhr sich mit der Hand über die Augen, als könne er damit die Bilder aus dem Kopf wischen. Er kannte Prem und Fischer gut, sie waren seit Jahren in seiner Dienststelle, aber dies war der falsche Zeitpunkt, den toten Kollegen zu betrauern.

Einer der Polizisten im Fond sagte lauter, als er wollte, »Scheiße«, dann schloss der Mann die Augen und weinte stumm um seinen Freund. Ein Polizist, der hinter ihm saß, legte die Hände auf seine Schultern und versuchte Trost zu spenden.

Schuster hingegen erlaubte sich keine Emotionen, zumindest nicht jetzt.

»Gab es bei der Explosion noch andere Opfer?«, hakte er nach, wobei sein Gesicht keine Regung zeigte. Bartu zögerte mit seiner Antwort, denn er hatte zumindest ein paar Worte des Mitleids erwartet. Aufgewühlt setzte er seinen Bericht fort.

»In der Nachbarwohnung wurde eine ältere Frau durch die Erschütterung auf den Boden geworfen. Sie brach sich dabei den Arm. Ein Rettungswagen hat sie in die nächste Klinik ...«

Schuster unterbrach ihn.

»Bleiben Sie beim Wesentlichen, Bartu. Was noch?«

»Kriminalhauptkommissar Niesler hat die Evakuierung der Häuser und Wohnungen im Umkreis von einem halben Kilometer angeordnet.«

»Hat die Spurensicherung schon was?«

»Sieht nicht gut aus. Die Wohnung ist komplett ausgebrannt, dann kam die Feuerwehr und löschte die letzten Brandherde. Das wird nicht einfach werden, da noch was Brauchbares zu finden.«

»Irgendwelche Zeugen?«

»Die Kollegen sind noch ganz am Anfang mit ihren Vernehmungen. Nach ersten Informationen wurde die Wohnung von zwei Deutschen bewohnt, die hat man aber nur selten zu Gesicht bekommen.«

»Sagen Sie Niesler, ich will die Protokolle sehen – und zwar von jedem, der irgendetwas über die Bewohner oder Besucher von dieser Wohnung sagen kann. Und sagen Sie Niesler, nicht erst morgen!«, forderte Schuster energisch.

Schuster hatte Niesler die Einsatzleitung übergeben, weil er sein erfahrenster Ermittler war. Doch dann war es zum Schusswechsel am Turm gekommen, und die Prioritäten hatten sich geändert. Er wünschte, er hätte nun Niesler an seiner Seite. Denn was auch immer in dem Wohnblock passiert sein mochte, es war nichts im Vergleich zu der Katastrophe, die sich gerade am Turm anbahnte.

»Ich denke, einen islamistischen Anschlag können wir ausschließen«, riss Bartu seinen Chef aus den Gedanken.

»Denken Sie, was Sie wollen, aber behalten Sie es für sich, Bartu. Wir warten die Ergebnisse der Ermittlungen ab, dann erst stellen wir Vermutungen an«, ermahnte ihn Schuster. Doch Musa Bartu war zu stolz und zu impulsiv, um sich von seinem Vorgesetzten den Mund verbieten zu lassen.

»Es ist doch merkwürdig, dass ein Großteil unserer verfügbaren Einsatzkräfte genau zu dem Zeitpunkt in Diesing war, als der Schusswechsel am Turm begann. Das ist doch kein Zufall, oder?«

Auch wenn Schuster bereits dasselbe gedacht hatte, so wollte er nicht recht an einen Zusammenhang zwischen den beiden Aktionen glauben. Ohne auf die These einzugehen, drehte Schuster Bartu den Rücken zu und hoffte, dadurch dessen Redefluss zu stoppen. Und zu seinem eigenen Erstaunen funktionierte es.

Der Mannschaftsbus erreichte die Absperrung am Fuße des Turms. Ein Dutzend Frauen und Männer, teilweise mit kleinen Kindern an der Hand, standen aufgebracht in einer Traube vor dem Tor und redeten stürmisch auf die Beamten ein. Manche der Polizisten nahmen offensichtlich Personendaten auf, andere versperrten demonstrativ den besorgten Eltern den Zugang zum Turmgelände.

»Bartu?«

Der Kriminaloberkommissar reagierte sofort: »Das sind die ersten Eltern ... Abholzeit. Kriminalhauptkommissar Erdmann hat wegen des Schusswechsels oben am Turm Anweisung gegeben, sie nicht auf das Gelände zu lassen.«

Schuster drehte sich um und kniff wieder die Augen zusammen, bis sie aussahen wie schmale Schlitze.

»Kriminalhauptkommissar Erdmann?«

»Kennen Sie ihn?«

Schuster war nicht gewillt, die Frage zu beantworten, und nahm den ursprünglichen Faden wieder auf.

»Ich verstehe den Sicherheitsaspekt. Aber die Eltern müssen so schnell wie möglich zu einer Sammelstelle gebracht werden, wo sich der Rettungsdienst um sie kümmern kann – und zwar am besten, bevor sie in die Fänge der Presse geraten.«

»Kriminalhauptkommissar Erdmann hat das sicher schon veranlasst.«

»Wahrscheinlich. Aber es erscheint mir nicht sinnvoll, die Eltern so lange vor der Absperrung zu belassen.«

»Ich muss aber dem Kollegen recht geben, innerhalb der Absperrung klingt riskant.«

»Ich bin mir sicher, dass es innerhalb des Sicherheitsbereiches einen Platz gibt, der geschützt genug ist, bis der Rettungsdienst die Eltern abholt.«

Schusters Blick drückte eine gewisse Erwartung aus, die Bartu sofort richtig deutete.

»Sie wollen, dass ich mich darum kümmere?«

Bartu war bitter enttäuscht. Er hatte sich anspruchsvollere Aufgaben von seinem Einsatz hier erwartet. Schuster aber blieb auch diesmal stumm.

»Und was sollen wir ihnen sagen?«

Schuster dachte kurz nach und entschied sich für einen pragmatischen Ansatz: »Wie wäre es mit der Wahrheit?«

Bartu war sprachlos.

Die Polizisten vor der Zufahrt hatten inzwischen einen Korridor bis zu dem elektrischen Tor gebildet.

»Bartu, worauf warten Sie? Jetzt zählt jede Minute. Und sobald die Eltern untergebracht sind, stoßen Sie wieder zu uns.«

Bartus Gesichtsausdruck konnte nicht verhehlen, dass er die Vorstellung grauenvoll fand, den Eltern von der Geiselnahme ihrer Kinder berichten zu müssen. Aber einem Kriminaloberrat widersprach man nicht, also zwängte er sich durch die Reihen der Bereitschaftspolizisten, öffnete die Schiebetür und verließ den Wagen.

Sofort erkannten die besorgten Eltern ohne Kinder in dem Zivilpolizisten mit der Schutzweste eine Autoritätsperson und bombardierten ihn mit Fragen. Schuster vernahm einige Sprachfetzen und war heilfroh, nicht in Bartus Haut zu stecken.

»Sagen Sie uns, was hier los ist ...« »Was ist mit unseren Kindern ...« »Warum lassen Sie uns nicht zu ihnen ...« »Was ist passiert ...« »Geht es ihnen gut ...«

Mit einem lauten Rums zog einer der Polizisten die Schiebetür zu, und die Stimmen verstummten.

Schuster atmete erleichtert auf, als sich das Tor vor ihnen öffnete, langsam zur Seite glitt und der Wagen losfuhr. Die Menschenmenge im Rückspiegel wurde schließlich kleiner und kleiner. Das Letzte, was Schuster sah, war eine hysterisch schreiende Mutter, die verzweifelt an Bartus Pullover zog. Dann legte sich ein Schatten über sein Gesicht. Respektvoll blickte er nach oben und sah hinauf zu dem Turm, der langsam das ganze Sichtfeld der Windschutzscheibe einnahm, während sich der Mannschaftswagen dem Bauwerk näherte.

Er war zurück. Und auch wenn er sich das kaum eingestehen mochte, es fühlte sich an wie eine Revanche.

STEINER IV

Montag, 19. Oktober 2020, 12:24 Uhr

Steiner rannte mit großen Schritten das Treppenhaus hinauf. Auch wenn die Mauern jetzt weiß und das Geländer hellblau gestrichen war, hatte der Turm für ihn nichts von seiner düsteren Aura verloren. Im Gegenteil – jetzt wirkte das Gebäude auf ihn wie einer der Furcht einflößenden Horrorclowns, in buntem Kostüm und mit knallig bemalter Fratze. Die lustigen Dinos und Bienen, die an seinen Wänden klebten, waren für ihn nur Maskerade. Bei jedem weiteren Schritt nach oben verdrängte er den Gedanken an seine selbstauferlegte Mission und begann sich zu fragen, ob es nicht einen anderen Grund für seine Rückkehr an diesen Ort gab. Als er schließlich über die Wendeltreppe im dritten Stock das ausgebaute Dachgeschoss erreichte, blieb er wie angewurzelt stehen. Gleißendes Sonnenlicht brach durch die Fenster, blendete ihn und weckte Erinnerungen, die sich wie Maden in seinen Kopf bohrten. Das jüdische Mädchen, das mit Kugeln in Brust und Hals nach hinten kippte; die Flammen, die die Haut in seinem Gesicht platzen ließen; und die Gasmaske über seinem Kopf, bis alles um ihn herum schwarz wurde.

Steiner spürte, wie ihm schwindelig wurde, und sank auf die Knie. Zamir trat ihm aus dem Licht entgegen, lachte und warf ihm eine Handvoll Salz in das blutende Gesicht. Der Schmerz war unerträglich. Schreiend versuchte Steiner mit den Fingernägeln das Salz aus den Wunden zu kratzen, aber vergeblich. Doch dann schob sich eine Wolke vor die Sonne, und der dämonische Tagtraum verschwand in den kalten Mauern des Turms.

Steiner gewann mühsam die Fassung zurück. Sein Gesicht war voll blutiger Striemen. Langsam senkte er die Hände und raffte sich wieder auf. Sein Puls raste. Trotzig legte er den Kopf in den Nacken und schrie den Turm an, bis seine Lunge versagte. Dann machte er sich an die Arbeit, um zu Ende zu bringen, weshalb er gekommen war.

Lutz schüttelte eine der Farbdosen, die Steiner in weiser Voraussicht in dem Rollcontainer mitgebracht hatte. Die kleine Metallkugel im Inneren der Dose klackte laut bei jeder Bewegung. Seit ihm Steiner von den Spezialgeschossen erzählt hatte, näherte er sich den Scheiben übervorsichtig von der Seite. Ohne selbst ins Blickfeld der Scharfschützen zu geraten, begann er zaghaft die erste Glasscheibe zu bearbeiten. Mit weit ausgestrecktem Arm sprühte er die Farbe erst von der Seite auf, dann duckte er sich unter den Fensterstock und setzte die Arbeit fort.

Zu gern hätte er gewusst, ob die Schützen ein so kleines Ziel wie seine Hand treffen konnten. Auch wenn er skeptisch war, dass ein solcher Schuss gelingen könnte, schwenkte seine Hand mit immer zackigeren Bewegungen über die Scheibe, bis er zufrieden sein Werk begutachtete.

Der Lack stank gewaltig, und schon jetzt war ihm leicht übel und auch etwas schwindelig von den Dämpfen. Ihm graute vor der Vorstellung, noch sechs weitere Fenster verdunkeln zu müssen. Warum musste eigentlich immer er die Scheißarbeit machen?

Eine Sprengfalle im Dachgeschoss zu legen konnte ja wohl nicht so schwer sein. Wo blieb Steiner überhaupt so lange?

In diesem Moment hörte er ein wenig erleichtert, wie Steiner die Treppen herunterkam. Wenigstens konnten sie sich den Job nun teilen.

Mit wuchtigen Schritten betrat Steiner den Aufenthaltsraum. Sein ohnehin entstelltes Gesicht wirkte durch die roten Striemen auf der Haut nun noch abstoßender.

»O Mann, hast du da oben mit 'ner Katze gekämpft?«

Steiner ging nicht darauf ein. Er war sich ja selbst nicht ganz sicher, was im Dachgeschoss genau passiert war.

»*Ein* Fenster?«, erwiderte er stattdessen. »Du hast ein Fenster geschafft? Geht's noch?«

Lutz ging sofort zum Gegenangriff über.

»Fick dich. Weißt du, wie scheißschwer das ist, die Fenster zu besprühen, ohne ...«

»Ohne was?«

»Na, ohne von den Scharfschützen abgeballert zu werden!«

Steiner griff in den Rollcontainer, schnappte sich ebenfalls eine Farbdose und zog sich eine schwarze Sturmmaske übers Gesicht.

»Solange die denken, dass wir die Kinder haben, werden die nicht einfach losballern, du Idiot.«

Dann ging er auf das zweite Fenster zu, stellte sich davor und begann zu sprühen. Eine Minute später war die gesamte Scheibe schwarz.

Lutz machte ein betretenes Gesicht.

»Du bist selbst schuld, hast was von dieser Spezialmunition erzählt und so ...«

»Vergiss es. Hauptsache, du macht jetzt die restlichen Scheiben!«

»Ich allein?«

»Was bist du bloß für eine Pussy. Meinst du, ich zupf mir hier so lange am Schwanz?«

»Was weiß ich, was du machst?«

Steiner ging auf Lutz zu und atmete tief ein. Sein muskulöser Oberkörper gewann deutlich an Volumen.

»Sieh zu, dass du Land gewinnst, oder ich polier dir die Fresse!«

Lutz unterdrückte die provozierende Antwort, die ihm auf der Zunge lag, nahm die Farbdose und ging auf die Tür zu.

»Noch was, Lutz ...«

Lutz drehte sich genervt zu ihm um.

»Was kommt jetzt, soll ich noch das Klo wischen?«

»Versprich mir eines: Du setzt deinen Fuß auf keinen Fall in das obere Stockwerk, verstanden? Wenn doch, muss sich keiner mehr um dich kümmern. Höchstens, um deine Gedärme von den Wänden zu kratzen. Und das werde ganz sicher nicht ich sein.«

Lutz hatte wieder das Furcht einflößende Grinsen im Gesicht.

»What the fuck ... Ist das geil! Ist das echt so scheißgefährlich da oben? O Bruder, wie geil wäre das, wenn die da oben echt versuchen würden reinzukommen ... und dann booom!«

Dabei breitete er seine Arme auseinander, um die Explosion anzudeuten.

»Werden sie nicht.«

»Werden sie nicht?«, fragte Lutz und klang dabei sehr enttäuscht.

»Nein, werden sie nicht. Weil wir ihnen sagen werden, was dann abgeht.«

»Hey, wieso ... Nein, lass uns doch die Kerle in die Luft jagen!«

»Die Konstruktion da oben dient nur zur Abschreckung, Lutz. Glaub mir, du willst ganz sicher nicht, dass schwer bewaffnete und gepanzerte Spezialeinheiten den Turm stürmen. Mag sein, dass es ein paar von denen erwischen würde, aber danach machen die uns so was von alle.«

Lutz dachte nach. Dabei bohrte er mit seinem kleinen Finger im Ohr und schnupperte danach an dem Ohrenschmalz unter seinem Fingernagel.

»Hey, Steiner ... Überleben wir das hier?«

Die Frage überraschte Steiner. Wobei es weniger die Frage an sich war, sondern die Art, wie Lutz sie gestellt hatte. Der harte Kerl, den er ständig raushängen ließ, war für einen Augenblick verschwunden.

»Klar überleben wir das. Aber nur wenn du genau tust, was ich dir sage. Also machst du jetzt die Scheiben hier unten schwarz, oder sollen wir vor die Tür gehen und eine rauchen?«

Lutz grinste schwach.

»Der war gut. Und wie geht's dann weiter?«

»Dann schnappst du dir eins von den Walkie-Talkies und postierst dich im dritten Stock an einem der Fenster.«

»Hey, Steiner ... Lach nicht, aber ich hab Schiss. Die Fenster da oben sind nich verdunkelt, und was du über die Scharfschützen gesagt hast ... Da muss ich ständig dran denken ...«

Steiner ging auf ihn zu und legte ihm väterlich die Hand auf die Schulter.

»Angst zu haben ist völlig okay. Dann bist du wenigstens vorsichtig. Dafür musst du dich nicht schämen. Ich hab auch Schiss.« Er zwinkerte seinem Cousin mit seinem gesunden Auge zu. Dann nahm er die Hand von seiner Schulter.

»Kleiner, die Fensterstöcke hier sind metertief, wenn du dich nicht gerade rauslehnst, ist der Winkel für die Scharfschützen zu steil. Da oben kriegen die dich niemals ins Visier. Und bleib vor allem im Schatten, und mach kein Licht an. Comprende?«

Lutz deutete ein Kopfnicken an.

»Und was machst du so lange?«

»Ich werd mir mal einen Überblick über die Situation verschaffen und noch für ein paar Überraschungen sorgen. Und sobald die Scheiben dunkel sind und du oben auf deinem Posten bist, ruf ich die Bullen da draußen an.«

»Du willst die Bullen anrufen?«

»Irgendwann müssen wir doch mal unsere Forderungen stellen.« Steiner grinste höhnisch.

»Wir haben Forderungen?«, fragte Lutz irritiert.

»Nicht nur eine, Lutz!«

Steiners Augen funkelten teuflisch. Er dachte dabei an eine alte Rechnung, die er noch zu begleichen hatte.

»Und was ist mit den Kindern?«

»Hey ... weswegen sind wir hier?« Wieder zwinkerte er. »Aber eins nach dem anderen, okay?«

Lutz fühlte, wie sein Blut in Wallung kam. Er hob die Faust an, die Steiner mit seiner Faust berührte. Dann sagten beide gleichzeitig: »Kameraden bis in den Tod!«

ERDMANN I

Montag, 19. Oktober 2020, 12:25 Uhr

Dass eine erneute Begegnung eines Tages unausweichlich sein würde, war Kriminalhauptkommissar Erdmann durchaus bewusst. Dass es aber heute so weit sein würde, damit hatte er nicht gerechnet. Vor knapp zehn Minuten hatte sein Kommunikationsoffizier ihn davon unterrichtet. Ohne ein Wort zu sagen, hatte Erdmann die mobile Kommandozentrale, die im Kastenaufbau eines beeindruckenden Lkw untergebracht war, schlagartig verlassen. Jedoch nicht um Schuster entgegenzugehen, sondern um Luft zu schnappen und sich mental auf das Treffen vorzubereiten.

Schuster verkörperte alles, was er verachtete. In seinen Augen war er ein linientreuer Karrieretyp, der über Leichen ging, wenn es seinem eigenen Vorteil diente. Gemeinsam hatten sie vor zehn Jahren die Geiselnahme der drei Neonazis hier an Ort und Stelle durchgestanden, nur dass der damalige Einsatzleiter danach seinen Posten verloren hatte, während Schuster befördert wurde. Erdmann, der immer eher ein stiller Beobachter im Hintergrund war und dem Spontanität nicht lag, hatte für die Zusammenhänge dieser ungleichen Personalentscheidungen eine ganz eigene Interpretation. Seiner Meinung nach war Koch schlichtweg das Bauernopfer in dieser Posse gewesen, während Schuster ganz offensichtlich davon profitiert hatte, dass der damalige Innenminister den PR-Schaden begrenzen musste. Der öffentliche und politische Druck war enorm gewesen.

In gewisser Weise hätte Erdmann dafür sogar Verständnis gehabt, wäre nicht sein damaliger Partner und Freund Manfred Danner bei einem Sprengkommando-Einsatz ums Leben gekommen, den Schuster angeordnet und geleitet hatte. Aus diesem Grund hatte Erdmann damals im Zuge der Aufarbeitung des Geiseldramas eine unabhängige Untersuchung gefordert. Da jedoch Kriminalhauptkommissar Michael Koch die volle Verantwortung für das Fiasko übernahm, wurde seine Forderung abgeschmettert und ad acta gelegt. Im Gegenzug bot man ihm ebenfalls eine neue Position an, für die er praktischerweise zu einer anderen Dienststelle in einer anderen Stadt wechseln musste. Erdmann war kein Dickkopf, und so ging er auf den Deal ein. Nicht wegen des neuen Jobs, sondern weil er eine realistische Einschätzung davon hatte, wann er auf verlorenem Posten stand. Außerdem kam ihm die Versetzung sehr gelegen. Er wollte seinerzeit nur weg aus dieser Stadt, weg von diesem Turm und vor allem weg aus Schusters Zuständigkeitsbereich.

Dass ihn das Präsidium heute für diesen Einsatz abkommandiert hatte, war dem Zufall und der fehlenden Verfügbarkeit erfahrener Kommissare geschuldet. Er war wegen der Gedenkfeier am Freitag in die Stadt gekommen, um Danners Grab zu besuchen und Michael Koch wiederzusehen. Heute wollte er noch seine Tochter besuchen, die in der Stadt studierte, aber dazu war es nicht mehr gekommen.

Erdmann stand vor dem Kommandowagen und hielt Ausschau nach Schuster, der jeden Moment auftauchen sollte. Im Nacken spürte er förmlich die physische Präsenz des Betonkolosses hinter sich. Die Gedenkfeier am Freitag hatte bereits vergrabene Erinnerungen geweckt, aber die Konfrontation mit diesem Ungetüm ließ die Erlebnisse von vor zehn Jahren nun so plastisch erscheinen, als wären sie erst gestern passiert.

Das war auch der Grund, warum er Schuster erst einmal unter vier Augen gegenübertreten wollte. Er war sich nämlich nicht sicher, wie er auf das unerwartete Wiedersehen reagieren würde.

Während Erdmann wartete, steckte er sich nervös einen Kaugummi in den Mund und betrachtete das rege Treiben von Polizisten und Sanitätern um ihn herum.

Das hier war nun seine Aufgabe, sein Kommando, und er brauchte beim besten Willen keinen Bürohengst vor Ort, der ihn beaufsichtigte – und schon gar nicht Kriminaloberrat Schuster.

Sein Blick wanderte hinüber zum Portal des Hochbunkers. Trotz akuter Gefahr hatte er angeordnet, Spuren zu sichern und die Leichen zu bergen. Mehrere Scharfschützen beobachteten dabei die Eingangstür und die Fenster des Turms, um den Kollegen Deckung zu geben. Ohne Rücksprache hatte er für das geringste Anzeichen einer Gefahr Schießbefehl angeordnet. Das war ungewöhnlich, aber nach der überraschenden Attacke vor zwanzig Minuten seiner Meinung nach das einzig Richtige in dieser Situation. Die Verdunklung der Fenster hatten sie zur Kenntnis genommen und waren nicht dagegen vorgegangen. Im Zweifelsfall behinderte dies nämlich nicht nur die Polizei, sondern auch die Geiselnehmer. Je mehr Fenster verdunkelt wurden, desto weniger Fenster musste sein Team überwachen.

Immer wieder fiel ihm auf, dass ihn Beamte der Bereitschaftspolizei misstrauisch musterten. Sie konnten kaum glauben, dass der untersetzte Mann im kurzärmligen Hawaiihemd einer der Ihren war.

Das schmale Reisegepäck hatte Erdmann keine Wahl gelassen. Zur Auswahl stand entweder der schwarze Anzug von der Gedenkfeier oder Freizeitlook. Beides war unpassend, aber bei den sommerlichen Temperaturen war ihm der Anzug einfach zu warm gewesen. Selbst das Hawaiihemd zeigte jetzt schon leichte Flecken unter den Achseln.

Am Portal des Hochbunkers beendete gerade ein Fotograf

hektisch die Aufnahmen des Tatorts und zog sich eilig zurück. Sofort rückten Sanitäter an und brachten die leblosen Körper mit Bahren fort. Nicht weit davon entfernt errichtete ein Sondertrupp eine ballistische Wand, hinter der Polizisten bei der Observierung des Gebäudes in Deckung gehen konnten.

Spurensucher mit kugelsicheren Westen und Helmen knieten abseits vom Turm auf dem Rasen innerhalb einer gesonderten Absperrung, in deren Mitte eine Fahne stand. Der Ort, an dem Polizeiobermeister Kucera den angeschossenen Jungen gefunden hatte.

Was mochten das nur für Menschen sein, die auf ein kleines Kind schossen? Erdmann wurde nicht müde, über diese Frage nachzudenken. Die Schlussfolgerung aus seinen Gedanken stand schließlich im harten Widerspruch zu seinem tief verwurzelten Glauben an den Rechtsstaat. Diese Geiselnehmer hatten von ihm keine Gnade zu erwarten.

Weit entfernt begannen Kirchenglocken zu läuten.

Das war an sich nicht ungewöhnlich. Doch in Verbindung mit dem schönen Wetter, dem angrenzenden Wald, dessen Laubbäume in herbstlichen Farbschattierungen leuchteten, und der grauenvollen Tatsache, dass im Inneren des Turms zehn Kinder und zwei Frauen um ihr Leben bangen mussten, hatte die Szenerie etwas Absurdes, geradezu Bizarres an sich.

Schuster hatte sich mit den Polizisten am Rande des Plateaus absetzen lassen. Schon aus der Ferne hatte er den Lkw mit dem Kastenaufbau gesehen und war alleine darauf zugegangen.

»Ihren Ausweis, bitte.«

Die Stimme gehörte einem der Wachposten vor den inneren Absperrungen, die den eigentlichen Operationsraum der Einsatzkräfte markierten.

Schuster zog seinen Dienstausweis aus dem Jackett und hielt ihn dem jungen Polizisten unter die Nase. Beim Anblick des Dienstrangs wich der Mann respektvoll zurück und machte den Weg frei.

Er musste über tiefe Reifen- und Bremsspuren im Gras steigen, die um eine Ecke des Turms führten und an deren Ende ein Polizeiwagen auf dem Dach lag.

Der Anblick erinnerte ihn an einen toten Fisch, der mit seinem Bauch nach oben an der Wasseroberfläche trieb. Er versuchte gerade, sich einen Reim darauf zu machen, was hier vorgefallen sein konnte, da trat ihm ein Mann mit einem bunten Freizeithemd entgegen. Schuster erkannte ihn sofort. Erdmann.

»Also, wie schlimm ist es?«, begann Schuster, ohne auch nur eine Begrüßung anzudeuten oder ein Wort über ihre gemeinsame Vergangenheit zu verlieren. Erdmann kam das sehr gelegen. Er war nicht hier, um eine alte Fehde auszutragen, sondern um die Geiseln zu retten. Trotzdem bereute er es jetzt, nicht in der Kommandozentrale auf Schuster gewartet zu haben. Nur dort würde er über jede noch so winzige Kleinigkeit unmittelbar in Kenntnis gesetzt werden.

»Sollten wir das nicht lieber im Einsatzwagen besprechen?«, schlug er deshalb vor und zeigte auf den Lkw, der wenige Meter hinter ihm stand. Schuster schüttelte den Kopf.

»Warum die Kollegen bei der Arbeit stören, die den Status quo sicher schon kennen? Also, wo stehen wir?«

Erdmann kam als Erstes das Bild mit der geretteten Kindergruppe in den Kopf.

»Aktuell gehen wir von zehn Kindern und zwei Betreuerinnen aus, die im Turm als Geiseln gehalten werden. Ein Kind fanden wir mit einer Schussverletzung vor dem Turm, es ist gerade auf dem Weg ins Krankenhaus. Zwei Wachmänner wurden vor dem Tor aus nächster Nähe erschossen, eine der Erzieherinnen wurde vermutlich durch Genickbruch getötet. Neun weitere Kinder waren zum Zeitpunkt des Überfalls mit einer Betreuerin im angrenzenden Wald und sind jetzt in Sicherheit.«

»Waren das die Kinder unten an der Zufahrt?«

»Korrekt. Wir mussten sie so schnell wie möglich in Sicherheit bringen.«

»Und was haben Sie mit den Eltern vor, deren Kinder jetzt Geiseln sind?«

»Die Krisenintervention ist gerade dabei, eine Zeugensammelstelle und eine Angehörigenbetreuung zu organisieren, aber das braucht seine Zeit.«

»Und Sie meinen, es ist eine gute Idee, die Eltern außerhalb des Geländes zu belassen, wo sie in Kürze den Medienvertretern in die Hände fallen?«

Missmutig registrierte Erdmann den versteckten Vorwurf.

»Sicherheit geht vor.«

»Wenn es nur zwei Optionen gibt, mögen Sie recht haben. Aber in meinen Augen gab es noch eine weitere Möglichkeit. Kriminaloberkommissar Bartu hat auf meinen Befehl hin die Eltern inzwischen auf das Gelände gebracht und sie von anderen Zivilisten isoliert.«

Erdmann kochte innerlich. Schuster hatte eine seiner Anordnungen ohne Rücksprache mit ihm revidiert. Das kam quasi einer Ohrfeige gleich. Trotzdem versuchte er es mit einem sachlichen Argument.

»Wie können Sie sicher sein, dass die Gruppe durch Ihre Entscheidung nicht in Reichweite irgendeines Scharfschützen gelangt ist? Hinter der Hecke, die das gesamte Gelände umgibt, waren sie besser aufgehoben.«

Schuster lächelte zynisch.

»Seien Sie doch froh, dass ich Ihr Risiko minimiere, eine falsche Entscheidung zu treffen. Wenn etwas passiert, war es mein Befehl und liegt damit auch in meiner Verantwortung.«

»So wie Sie vor zehn Jahren die Verantwortung übernommen haben?«

Schuster hatte mit einer solchen Entgleisung von Erdmann gerechnet und sie deshalb bewusst provoziert.

»Kriminalhauptkommissar Erdmann, wissen Sie eigentlich, wie berechenbar Sie sind? Ich sage Ihnen mal was ... Mir ist vollkommen egal, was Sie von mir halten oder welche Dinge Sie mir vorwerfen. Was immer Sie sich da zusammengereimt haben, hat angesichts dieser dramatischen Ereignisse nicht die geringste Bedeutung. Was immer in den nächsten Stunden passiert, wird uns alles abfordern. Ich kenne Sie nicht gut, aber ich unterstelle Ihnen mal, dass Sie die Geiseln dort lebend rausholen wollen – und genau das will ich auch. Ich finde, das ist eine Basis, auf der wir zusammenarbeiten können. Wenn Sie das aber anders sehen, werde ich einen Ersatz für Sie finden und Sie von der Einsatzleitung entbinden. Die Entscheidung liegt ganz bei Ihnen.«

Erdmanns Magen verkrampfte sich. Er beherrschte sich und hielt den Mund.

»Was wissen wir bisher über den Tathergang und die Geiselnehmer?«, begann Schuster von Neuem und überspielte gekonnt den Zwischenfall.

»Die bisherige Faktenlage ist dünn. Die Attentäter scheinen sich als Lieferanten getarnt zu haben. Der Kollege, der hier als Erstes eintraf, lieferte sich jedenfalls einen Schusswechsel mit einer Person in der Uniform des Cateringservices, der den Kindergarten täglich beliefert. Nach seinen Angaben ist diese Person dann in den Turm geflüchtet.«

Schuster blickte nochmals auf das geschäftige Treiben der Einsatzkräfte rund um das Bauwerk.

»Und wie kam es zu den Einschusslöchern an den Einsatzfahrzeugen, die erst später hier aufgetaucht sind?«

»Vor einer halben Stunde trat einer der Attentäter aus dem Tor da oben und schoss wild um sich. Wie durch ein Wunder wurde dabei aber niemand verletzt.«

»War es derselbe Attentäter wie beim ersten Gefecht?«

»Das ist im Augenblick noch schwer zu sagen«, erklärte Erdmann zögerlich.

Schuster runzelte skeptisch die Stirn.

»Von dem zweiten Angriff muss es doch Aufzeichnungen geben?«

»Es gibt Aufnahmen von Bodycams aus drei verschiedenen Perspektiven. Die Aufnahmen sind bereits zur Auswertung übertragen worden, aber die Ergebnisse sind dürftig. Komplett verwackelt, unscharf und kaum zu gebrauchen. Außerdem hatte der Angreifer eine Kappe auf, die bei dem Licht einen dunklen Schatten auf sein Gesicht warf. Aber es gibt noch eine andere Spur, der wir gerade nachgehen.«

Erdmann zog sein Handy aus der Hosentasche und öffnete eine Whatsapp-Nachricht.

»In der Zentrale ist einer der Ermittler auf eine interessante Querverbindung gestoßen. Die Betreuerin, die sich mit zehn der Kinder während des Tathergangs im Wald aufhielt, Yasir Vaisman, ist erst vor einem Jahr zum jüdischen Glauben konvertiert. Ursprünglich stammt sie aus dem Iran. Ihr Geburtsname lautet Yasir Afkari. Und jetzt kommt's ...«

Erdmann machte eine kurze Pause, um der Information mehr Gewicht zu verleihen.

»Ihr ältester Bruder, Mehdi Ali Afkari, steht laut den Sicherheitsbehörden auf der Liste islamistischer Gefährder.«

Erdmann öffnete ein PDF auf seinem Handy.

»Hier der Akteneintrag: *Die Überwachung von Mehdi Al Afkari rechtfertigt die Annahme, dass er politisch motivierte Straftaten von erheblicher Bedeutung begehen könnte.*«

Schuster kniff skeptisch die Augen zusammen.

»Was wollen Sie damit andeuten?«

»Ich will gar nichts andeuten, aber solange wir keine konkrete Spur haben, sollten wir jedem Verdacht nachgehen.«

»Und wo befindet sich die Frau jetzt?«

»Wir bringen sie gemeinsam mit den Eltern in die Zeugensammelstelle, sobald diese verfügbar ist.«

»Die Frau ist noch auf dem Gelände?«

Erdmann nickte.

»Dieser Bruder ...«

»Mehdi Al Afkari«, antwortete Erdmann.

»Haben wir den festsetzen können?«, wollte Schuster wissen.

»Bislang nicht. Er ist zur Fahndung ausgeschrieben, und wir warten auf die Freigabe für eine Hausdurchsuchung bei allen Familienmitgliedern der Familie Afkari sowie den engsten Kontakten des Bruders.«

Schuster spielte im Gedanken die dürftige Theorie durch, die Erdmann angedeutet hatte, und sprach sie dabei laut aus.

»Yasir Afkari heiratet also einen Juden, um ... was zu tun? Um sich Zugang zu einem jüdischen Kindergarten zu verschaffen? Angenommen, das war so – wieso bringt sie dann am Tag des Anschlags die Hälfte der Kinder zu einem Spielplatz im Wald? Da wäre die Gruppe ein leichtes Ziel gewesen ... Stattdessen greifen die Attentäter die Personen im Turm an. Tut mir leid, aber für mich ergibt das keinen Sinn. Können Sie mir folgen, Erdmann?«

Widerwillig musste sich Erdmann eingestehen, dass Schusters Einwand gerechtfertigt war.

»Mag sein, dass sie nicht bewusst verwickelt war, aber vielleicht ist ihr Bruder trotzdem über sie an Informationen gekommen«, erwiderte er. »Die Täter waren jedenfalls gut vorbereitet. Das ganze Gebäude ist mit Überwachungskameras ausgestattet, auf die man auch von außen zugreifen kann.«

»Und?«

»Und nichts! Kein Zugriff mehr möglich. Die Zugänge wurden wenige Minuten nach dem Überfall gekappt. Das war kein Zufall, das war gut recherchiert. Die haben genau gewusst, was sie tun.«

Schuster überlegte, versuchte die Puzzleteile im Kopf zusammenzufügen.

»Kriminalhauptkommissar, fällt Ihnen dabei gar nichts auf?«

Schusters herablassende Art machte Erdmann wütend – oder war es einfach nur seine pure Anwesenheit? Noch bevor er reagieren konnte, fuhr Schuster selbstgefällig fort: »Wenn die Attentäter so gut vorbereitet waren, warum sind sie dann nicht längst über alle Berge?«

Erdmann zeigte auf den umgekippten Streifenwagen an der Turmmauer.

»Weil ihnen der Kollege in die Quere gekommen ist!«

»Erdmann, wo bleibt Ihr Scharfsinn, von dem mir so viel erzählt wurde? Wer auch immer da in dem Wagen saß, er war nach dem Aufprall sicher keine ernst zu nehmende Gefahr für diese Terroristen. Nein, nein ... Irgendetwas ganz Entscheidendes ist uns entgangen. Sie sagten, die kamen als Lieferanten verkleidet. Vielleicht ist dieser Cateringservice nur eine Tarnfirma, die ...«

»Haben wir überprüft. Die zwei einzigen Mitarbeiter dieser Firma sind Geron und Elia Prien. Einen der beiden haben wir in dem Lieferwagen gefunden, den anderen außerhalb direkt vor den Treppen. Sie waren gefesselt und offensichtlich schwer misshandelt worden. Also eher unwahrscheinlich, dass sie was mit dem Überfall zu tun hatten.«

»Sind die beiden vernehmungsfähig?«

»Sie wurden beide betäubt und befinden sich momentan auf der Intensivstation im Krankenhaus. Also: Nein ...«

Schuster dachte wieder an den Bombenanschlag in Diesing, von dem er sicher war, dass er mit diesem Überfall in Verbindung stand.

»Erdmann. Irgendetwas ist hier für die Attentäter mächtig schiefgelaufen – und wir müssen herausfinden, was. Lassen Sie uns jeden Anhaltspunkt noch mal genau unter die Lupe nehmen, und fühlen Sie auch diesem Streifenpolizisten erneut auf den Zahn, der den Wagen hier an die Wand gesetzt hat. Irgendetwas haben wir übersehen. Wo ist der Mann jetzt?«

»Er wurde aufs Revier gebracht, dort sollte sich ein Polizeipsychologe um ihn kümmern. Er war es auch, der den angeschossenen Jungen gefunden hat. Der ganze Vorfall hat ihn ganz schön mitgenommen. Vielleicht wäre es besser, wenn wir ...«

Schuster unterbrach ihn mit einer ungeduldigen Geste und drückte sich bereits sein Handy ans Ohr. Musa Bartu meldete sich.

»Jawoll?«

»Wie weit sind Sie mit den Eltern?«

»Sie werden soeben abgeholt. In der Ortschaft hier gibt es eine Gaststätte namens Eichenlaub, mit einem großen Festsaal. Dort hat die Zentrale die Sammelstelle eingerichtet.«

»Sagt mir was. Hören Sie, Bartu, Sie müssen für mich den Polizisten vernehmen, der in die Schießerei mit einem der Attentäter verwickelt war. Er ist ins Präsidium gebracht worden, um psychologisch betreut zu werden. Ich will, dass Sie ihn vorher vernehmen.«

»Sie meinen, ich wäre dafür der richtige Mann?«, antwortete Bartu skeptisch.

»Natürlich. Ich kenne kaum jemanden, der bei Zeugenbefragungen so viel Empathie mitbringt wie Sie. Wir müssen dringend mehr über den Tathergang und die Täter wissen.«

»Hat man Ihnen nicht gesagt, wer der Polizist ist?«

»Nein, aber wieso sollte das eine Rolle spielen?«

»Es ist Polizeiobermeister Torsten Kucera.«

Schuster hielt nur kurz inne. Dann entfernte er sich einige Meter von Erdmann und sprach mit gesenkter Stimme weiter.

»Torsten Kucera. Und damit haben Sie ein Problem?«

»Ich würde sagen, dass ich ... Man könnte sagen, dass ich befangen bin.«

»Bartu, haben Sie schon mal von ausgleichender Gerechtigkeit gehört?«

»Ich verstehe nicht ganz ...«

»Ich sage es mal höflich, Bartu: Meiner Meinung nach gibt es keinen Geeigneteren für diese Vernehmung als Sie. Ich will, dass Sie Torsten Kucera auf den Zahn fühlen, und zwar bis runter zum Nerv. Und wenn da auch nur der geringste Verdacht entsteht, Kucera könnte mit dieser Sache etwas zu tun haben, dann sorgen Sie dafür, dass er umgehend in Untersuchungshaft kommt. War das jetzt unmissverständlich genug?«

»Ich glaube schon.«

Schuster legte auf. Eigentlich glaubte er nicht wirklich daran, dass Kucera in den Terroranschlag verwickelt war. Auf der anderen Seite war dies vielleicht endlich die langersehnte Möglichkeit, dass Kucera die Quittung bekam für all seine Umtriebe, die dem Ansehen der Polizei und vor allem seiner Dienststelle geschadet hatten.

SHALHEVET IV

Montag, 19. Oktober 2020, 12:31 Uhr

Nachdem Esra und Shalhevet die Kinder im Licht der Handys in die warmen Teppiche eingehüllt hatten, waren die Kleinen in einen unruhigen Schlaf gesunken. Danach hatten sie die Handys wieder deaktiviert und saßen nun in absoluter Schwärze irgendwo am Boden gegen eines der Regale gelehnt.

»Was denkst du, Shala?«

Shalhevet gingen viele Gedanken durch den Kopf, aber der Klang von Esras gesichtsloser Stimme machte ihr bewusst, dass sie die junge Frau falsch eingeschätzt hatte. Die stille, unscheinbare Esra, bei der sie immer das Gefühl hatte, sie beschützen zu müssen, war viel stärker, als sie es je für möglich gehalten hatte. Diese Katastrophe brachte eine vollkommen andere, eine starke Seite von Esra zum Vorschein. Zeigte sich vielleicht erst in der allergrößten Not der wahre Charakter von Menschen? Esras Stimme erklang erneut aus der Finsternis.

»Sag doch mal, Shala ... Was denkst du, was ist das hier?«

Auch darüber hatte sich Shalhevet Gedanken gemacht. Unzweifelhaft saßen sie hier im Bauch einer von Nazis erbauten Zufluchtsstätte. Vielmehr sinnierte sie aber darüber, warum ausgerechnet sie immer wieder das Opfer von rechtsradikalen Gewaltverbrechen wurde. Wenn das Dritte Reich das geschichtliche Epizentrum des Antisemitismus war, so schien es ihr, als würden die Nachbeben dieser Katastrophe immer wieder ihren Lebensweg erschüttern. War es Fügung oder nur eine Anhäufung von grauenvollen Zufällen?

»Shala ... Bist du noch da? Sag doch was. Du musst doch irgendetwas denken?«

Esras Stimme klang nun ängstlich, und auch wenn Shalhevet am liebsten weiterhin geschwiegen hätte, rang sie sich eine Antwort ab.

»Irgendetwas aus der Nazizeit, vielleicht Waffen, Munition ... Was weiß ich?«

Esra war hörbar erleichtert, ihre Stimme zu hören.

»Waffen, Munition ... und Teppiche?«

»Ist doch egal, Esra!«

Esra schien sich zu erheben und kam näher. Ihre tastenden Hände berührten Shala, dann kauerte sie sich eng an sie. Es schien fast so, als würde ihr der Körperkontakt neue Zuversicht geben.

»Wer weiß, wie lange wir hier unten noch sitzen ... Was hältst du davon, wenn wir eine der Kisten aufmachen?«

»Nein!«, antwortete Shalhevet überrascht und schüttelte dabei den Kopf, auch wenn Esra das nicht sehen konnte.

»Esra, was immer da drin ist, wir verbrauchen nur unnötig die Energie unserer Akkus und finden am Ende irgendwelchen verrosteten Müll. Die Nazis sind vor fünfundsiebzig Jahren untergegangen, und was auch immer in den Kisten ist, man sollte es verbrennen!«

Esra erwiderte zunächst nichts, doch nach einer Weile begann sie von Neuem.

»Und wenn ... nur mal angenommen, wenn in den Kisten irgendwelche ...«

Shalhevet konnte ahnen, was nun kommen würde.

»Sag schon, Esra. Sprich es aus.«

»Na, wenn in den Kisten Schätze sind.«

»Du meinst Schätze wie in den Kinderbüchern, wo Kisten von Piraten immer voll sind mit Gold und Juwelen?«

»Na ja ... kann doch sein. Die Teppiche, die wir gefunden haben, sahen auch nicht ganz billig aus, und die Kisten in diesem Raum haben alle die Form von Bildern und Gemälden. Die Nazis haben doch alle möglichen Kunstwerke geraubt, und viele von den Sachen sind nie gefunden worden.«

Shalhevet war erstaunt, dass Esra bei der Kälte, die ihr vom Boden unaufhaltsam in die Glieder kroch und jede Überlegung lähmte, noch so redselig war.

»Esra, von mir aus glaub, was du willst, aber wir sollten lieber überlegen, wie wir hier rauskommen.«

Sie hatte den Satz kaum ausgesprochen, da tat es Shalhevet auch schon leid, Esra so schroff abgewiesen zu haben. Sie konnte gut nachvollziehen, dass die Vorstellung von einem unermesslich wertvollen Schatz Esra dabei half, die unwirkliche Umgebung und die tödliche Gefahr, die über ihnen lauerte, zu verdrängen. Mit sanfter Stimme fuhr sie fort:

»Ich versteh dich schon, wir haben ein paar Kisten entdeckt und vielleicht sogar ein paar Bilder und wertvolle Teppiche, aber nichts davon wird uns weiterhelfen, wenn uns die Kerle hier finden. Ich habe gesehen, wie Tuğba ermordet wurde, und keine Ahnung, was sie mit dem kleinen Jakob gemacht haben ... Ich will es auch gar nicht wissen ... Aber glaub mir, die sind nicht wegen ein paar Holzkisten hier. Die sind nur wegen uns hier. Woran ich also wirklich denke ... Ich denke, wir dürfen hier nicht nur sitzen und warten. Wir müssen etwas tun.«

Esras Stimme nahm wieder einen verzweifelten Tonfall an.

»Shala, was meinst du damit? Was sollen wir denn schon groß machen? Wir werden es mit den Kindern nie bis zu den Ausgängen schaffen. Das Beste ist doch, wir warten ... bleiben hier und warten. Uns wird nichts geschehen, du musst nur daran glauben ...«

»Glauben? Du meinst an Gott?«

»Ja ... Wenn du so willst, an Gott ... Alles andere ist reiner Selbstmord.«

Shalhevet hatte Respekt vor Esras wiedergefundenem Glauben, aber ihre Erfahrung hatte sie gelehrt, dass man mit Taten mehr erreichte als mit der Hoffnung auf ein Wunder. Gott mochte ihnen vielleicht einen Schacht gezeigt und eine Tür geöffnet haben, aber sie bezweifelte sehr, dass er die beiden Killer zu Salzsäulen erstarren lassen würde, um ihre Ermordung zu vereiteln.

»Die Polizei wird den Turm stürmen und diese Männer erschießen«, sagte Esra voller Überzeugung.

Shalhevet dachte nach.

Für sie stand fest, dass die Polizei genau das nicht tun würde. Aber bislang hatte sie keinen einzigen Gedanken darüber verschwendet, warum das so war. Bis jetzt.

»Die Hoffnung stirbt zuletzt, Esra. Aber warum lassen die sich so lange Zeit damit?«

Esra versuchte dem Gedankengang zu folgen.

»Weil ... weil sie vielleicht noch auf Verstärkung warten ...?«

»Nein, nein. Ich glaube, die haben bislang nichts unternommen, weil die Polizei ganz sicher davon ausgeht, dass wir alle Geiseln sind.«

Mit jedem Satz, den Shalhevet laut aussprach, entstanden neue Schlussfolgerungen, die wie ein schwaches Licht hinaus aus der Düsternis führten.

»Aber wir sind keine Geiseln, Esra. Und solange wir das nicht sind, haben diese ... diese Fanatiker nichts in der Hand. Das Problem wird nur sein, dass die Polizei das nicht weiß. Woher auch? Die können ja nicht ahnen, dass wir einen Fluchtweg in einen unterirdischen Bunker gefunden haben ... Wir wussten ja selbst nicht einmal, dass es hier so etwas gibt. Also angenommen, meine Theorie stimmt, dann muss es uns eigentlich nur gelingen, die Polizei zu informieren. Sobald die wissen, dass wir nicht in unmittelbarer Gefahr sind, werden die sicher keine Sekunde zögern und uns hier rausholen. Kannst du mir folgen?«

Esra blieb stumm. Sie hatte Shalhevet schon verstanden, die Sache hatte nur einen Haken. Um hinter diesen meterdicken Mauern ein Handynetz zu bekommen, musste man es mindestens zu einem der Fenster oben im Turm schaffen, denn nur wenn man weit genug in einen der meterdicken Fensterstöcke kroch, hatte man Empfang.

»Wie viel Strom hat dein Telefon noch?«

Esras Handydisplay schaltete sich an und beleuchtete ihr Gesicht. Ihre Wimperntusche war verschmiert und bildete schwarze Ränder um ihre geröteten Augen.

»Neun Prozent«, antwortete sie knapp, dann wurde es wieder dunkel.

»Bei mir sind es noch zwölf. Wir machen jetzt Folgendes, du bleibst hier bei den Kindern, und ich geh nach oben und ...«

»Du bist verrückt!«, platzte es aus Esra heraus. »Du kannst doch da nicht hochgehen, Shala ... bitte nicht!«

»Doch, Esra, das kann ich. Und das werde ich auch.«

Verzweifelt griffen Esras Hände in der Finsternis nach ihr und hielten sie fest.

»Du kannst mich hier nicht einfach allein lassen ... was soll ich denn ...«

»Esra«, antwortete Shalhevet energisch und legte behutsam eine Hand auf Esras festen Griff.

»Ich weiß, dass du stark bist. Viel stärker, als du es vielleicht selbst weißt. Ich verspreche dir, sie werden mich nicht sehen und nicht hören. Weil sie niemals damit rechnen würden. Für die sind wir nur verschreckte Mäuse, die sich tief unter der Erde verkriechen. Verstehst du das, Esra? Aber wir dürfen uns nicht von der Angst beherrschen lassen. Und deshalb werde ich jetzt da hochgehen und Hilfe holen, okay?«

Esras Griff um ihren Oberarm lockerte sich etwas.

»Die wissen doch, dass wir Hilfe brauchen, das müssen wir ihnen doch nicht sagen ... die wissen das ...«

»Esra, wir drehen uns im Kreis«, antwortete Shalhevet gefasst. »Vielleicht willst du es nicht verstehen, aber wir sind hier sehr viel schneller raus, wenn die Polizei weiß, dass wir nicht in Gefahr sind. Und der einzige Ort, von dem aus ich die Polizei mit dem Handy erreichen kann, ist oben im Turm.«

Esra musste sich eingestehen, dass sie Shalhevet nicht umstimmen würde. Kraftlos ließ sie die Arme sinken. Shalhevet war nun ganz nahe und legte die Hände um ihren Kopf, dann spürte Esra ihre Lippen auf der Stirn, die sie zärtlich küssten.

»jewarechecha Adonai wejischmerecha, der Herr segne und behüte dich«, flüsterte Shalhevet ihr ins Ohr, dann löste sich ihre Präsenz in Luft auf. Erst einige Meter entfernt schaltete sich der Lichtkegel ihres Handys ein und tastete sich die langen Regale entlang, bis er schließlich immer dunkler wurde und verschwand.

***

Auf ihrem Weg nach oben war Shalhevet am Ende des Treppenhauses durch die quietschende Tür geschlüpft. Dabei hatte sie sich an einer rostigen Kante die dunkle Bluse aufgerissen und den Oberarm verletzt. Die Angst, entdeckt zu werden, ließ den kurzen Schmerz in den Hintergrund treten. Ihre ganze Aufmerksamkeit galt einzig und allein ihren Ohren, ihrem Tastsinn und dem kleinen Lichtkegel der Handyleuchte. Noch acht Prozent zeigte der Akku an. Acht Prozent, um den Weg aus diesem Labyrinth zu finden und um eine Telefonverbindung zur Polizei herzustellen. Obwohl sie sich bewusst darüber war, dass ihr wohl keiner der Killer in der Dunkelheit auflauern würde, rechnete sie jeden Moment mit einer Gestalt, die ihr schlagartig den Weg versperren würde. Plötzlich stolperte sie über eine Unebenheit am dunklen Boden. Um ein Haar wäre ihr das Telefon aus der schwitzenden Hand gerutscht. Ihr Puls raste, und sie schnappte förmlich nach Luft, bis sie das Gleichgewicht wiederfand. Irritiert beleuchtete sie den Boden unter sich und sah die schmalen Gleise, die sich in der Dunkelheit verloren. Sie musste jetzt an der Stelle sein, an der der seitliche Gang abzweigte, in dem zuvor einer der Killer verschwunden war.

Was hatte er in diesem Gang gemacht? Warum hatte er die Verfolgung abgebrochen? Sie haderte mit sich, um das eigentliche Ziel ihrer Mission nicht aus dem Auge zu verlieren, aber am Ende siegte die Neugierde. Mit immer schnelleren Schritten folgte sie den Gleisen, in der Hoffnung, dass der Gang vielleicht einen Ausweg in die Freiheit bot. Doch schon nach vielleicht zwanzig Metern endete er vor einer Mauer, was ihre Erwartungen zunichtemachte.

Niedergeschlagen setzte sie sich auf eine Kiste, die in unmittelbarer Nähe stand, und blickte wieder auf ihre Akku-Anzeige. Sieben Prozent. Gerade als sie wieder zurückgehen wollte, fiel ihr auf, dass sich die Kiste, auf der sie saß, warm anfühlte. In der klammen Kälte hier unten war das ein Umstand, der sofort ihre ganze Aufmerksamkeit auf sich zog. Neugierig stand sie auf und beleuchtete die Kiste. Es gab keinen Zweifel: Es war ein Stromgenerator, ganz ähnlich dem Generator, der auch im Turm für Notstrom sorgen konnte, nur viel kleiner. Zielstrebig suchte und fand sie den Einschaltknopf. Einen Moment später erstrahlten die unterirdischen Katakomben im Licht Dutzender Neonröhren. Zunächst war sie heilfroh, endlich die energiefressende LED-Lampe ihres Handys ausschalten zu können, doch dann wurde ihr bewusst, dass die Aktion ganz sicher im gesamten Tunnelsystem zu sehen war. Sollte das einer ihrer Häscher mitbekommen haben, konnte das fatale Folgen haben.

Sie wartete und hielt dabei unbewusst die Luft an, immer mit einer Hand am Schalter des Generators, aber nichts geschah. Doch gerade als sie sich auf den Weg machen wollte, hörte sie ganz deutlich ein Geräusch. Waren das Schritte gewesen? Panisch betätigte sie den Schalter am Generator, aber das Licht blieb an. Sie drückte noch mal und noch mal, aber nichts passierte. Wie weit mochte ihr Verfolger wohl noch entfernt sein? Sollte sie die zwanzig Meter zurück zum Hauptgang rennen? In dieser Sackgasse saß sie in der Falle. Da hörte sie es wieder – Schritte. Leise Schritte. In den hallenden Gängen war es unmöglich, die Entfernung oder Richtung einzuschätzen. Wer immer hier unten sein mochte – wenn er von dem Generator wusste, würde er der Ursache für das eingeschaltete Licht nachgehen. Sie musste handeln, jetzt oder nie. Doch stattdessen entschied sie sich gegen jegliche Vernunft dafür, nichts zu tun, denn die Angst hielt sie fest umklammert. Sie lähmte ihre Beine und beschleunigte ihren Atem, sodass ihr schwindelig wurde. Notgedrungen sank sie auf die Knie und presste sich eng an die Wand des Schachts. Dann wartete sie, bis nichts mehr zu hören war. Keine Schritte, keine Geräusche, nichts. Hatte sie sich alles in ihrer Angst vielleicht nur eingebildet? Sollte sie umkehren? War es vielleicht doch besser, auf Esra und ihren Glauben an eine göttliche Fügung zu vertrauen? Es vergingen Minuten, bis sie es wagte, sich mit weichen Knien wieder aufzurichten und langsam zum Hauptgang zurückzukehren. Vorsichtig schielte sie um die Ecke, doch der hell erleuchtete Schacht war auf beiden Seiten leer.

Sie steckte zitternd das Handy in eine Tasche ihrer Weste, dann bildete sie mit den Händen über Mund und Nase einen Hohlraum und sog tief ihr ausgeatmetes Kohlendioxid ein. Eine Technik, die ihr Großmutter Ava beigebracht hatte; so hatte sie ihre Panikattacken wegen der Erlebnisse im Vernichtungslager lindern können.

Shalhevet war immer skeptisch gewesen, ob diese Methode wirken würde, doch nun spürte sie, wie ihre Atmung flacher wurde und das Zittern nachließ. Das gütige Gesicht ihrer Savta tauchte vor ihrem geistigen Auge auf. Nein, sie konnte nicht umkehren, sie musste alles tun, um die Kinder zu retten. Also nahm sie die Hände vom Gesicht und folgte zaghaft der Windung des Ganges.

Endlich erreichte sie den senkrechten Schacht mit den eingelassenen Metallstangen, der direkt hinauf in den Turm führte.

Noch immer war der Gang hell erleuchtet, und so konnte sie über sich das Loch in der Decke ausmachen, mehr aber nicht. Im Schutzraum oben schien es dunkel zu sein. Achtlos schob sie eine Kiste zu ihren Füßen auf die Seite, die direkt an der Wand unterhalb der Metallbügel stand, und stieg die Sprossen empor. Die Bügel in der Wand fühlten sich mehlig an. Ein Blick auf ihre pechschwarze Handfläche verriet ihr den Grund: Auf den Sprossen lag eine dicke Rußschicht. In diesem Augenblick schaltete sich das Licht aus. Erneut fühlte es sich an, als würde die Finsternis sie verschlingen. Die beklemmende Enge des kreisrunden Schachts verstärkte diesen Eindruck noch. Sie hielt inne und versuchte ihre Gedanken in eine andere Richtung zu lenken, um die aufkommende Panik zu unterdrücken.

Der Generator war offensichtlich mit einer Zeitschaltung versehen. Es mochten etwa zwanzig Minuten vergangen sein, seit sie ihn aktiviert hatte. Aber mit Sicherheit konnte sie das nicht sagen.

Langsam bewegte sie sich weiter nach oben und zog sich Sprosse für Sprosse empor, bis sie den Rand der kreisrunden Öffnung im Schutzraum erreichte, aus dem sie vor einer gefühlten Ewigkeit geflohen waren. Vorsichtig griff sie nach ihrem Handy und aktivierte die LED-Lampe. Noch sieben Prozent Akkuleistung meldete das Display in roter Signalfarbe.

Der Anblick des Schutzraums war schockierend.

Von der schweren Holztür hing nur noch ein abgerissenes Stück in der oberen Angel. Die Explosion hatte alle Regale und Gegenstände im Raum förmlich pulverisiert. Die Vorstellung, was mit ihnen allen passiert wäre, hätten sie den Fluchtweg nicht entdeckt, jagte ihr einen Schauer durch den Körper.

Was sind das nur für Menschen?

Shalhevet zögerte erneut. Durch die verlassenen Gänge der

unterirdischen Anlage zu schleichen, hatte Überwindung und Mut gekostet. Aber die Wahrscheinlichkeit, dort auf einen der Attentäter zu treffen, war deutlich geringer gewesen als hier oben im Turm. Noch konnte sie die Männer weder sehen noch hören, aber sie waren da. Sie spürte sie förmlich. Ihr Magen rebellierte und gab ein gurgelndes Geräusch von sich.

Ein Begriff aus dem Alpinsport kam ihr plötzlich in den Sinn. Alles über siebentausend Meter Höhe nannte man die Todeszone. Und ihre Todeszone begann genau hier. Sie zog sich vorsichtig aus dem Loch nach oben, rollte sich auf die Seite und stemmte sich hoch. Jetzt gab es kein Zurück mehr.

HESSEL III

Montag, 19. Oktober 2020, 12:35 Uhr

Behrens jagte seinen Porsche mit deutlich überhöhter Geschwindigkeit die Landstraße entlang. Die Sonne stand hoch am Himmel und heizte das Innere des Sportwagens über Gebühr auf. Hessel saß mit angezogenen Beinen neben ihm und erduldete wortlos die ruppige Fahrweise des Architekten. Wieder summte sein Telefon, das er mit beiden Händen festhielt, und wieder zeigte das Display den Namen seines Büroleiters an, der ihn offensichtlich händeringend zu erreichen versuchte. Aber Hessel ignorierte die Anrufe. Er konnte sich ausmalen, wie die Funktionäre seiner Partei gerade hektisch diskutierten, wie man mit der Geiselnahme in der Öffentlichkeit umgehen sollte. Wie immer bei derart dramatischen Vorfällen, geriet die AfD sofort ins Visier der Opposition.

»Messer wetzen«, wurde es intern bei der AfD genannt, wenn das gesamte politische Spektrum die Ursache für solche Vorfälle in den Brandreden und der Agitation der Parteispitze verortete.

Jemand wie Hessel, der geschickt den Anschuldigungen auswich und rhetorische Gegenattacken führen konnte, war dann immer besonders gefragt.

Wieder summte das Telefon. Gaulands Name tauchte im Display auf, aber Hessel ignorierte auch diesen Anruf.

»Ich weiß immer noch nicht, wie das gehen soll … Der Plan ist absurd. Hätten wir noch zwei Wochen Zeit für die Vorbereitung, wäre das alles vielleicht möglich. Aber doch nicht unter diesem Zeitdruck und mit ... mit dem ganzen Polizeiaufgebot im Nacken«, merkte Behrens kopfschüttelnd an, während er mit hundertachtzig Stundenkilometern einen Traktor überholte. »Das macht doch alles keinen Sinn. Wir können immer noch umkehren!«

Sie kamen direkt von einem Internetcafé. Dort hatte Hessel über einen verschlüsselten Messenger-Service den Aufenthaltsort eines sehr gefährlichen Mannes in Erfahrung gebracht.

»Ist es wirklich nötig, dass ich bei diesem Treffen dabei bin?«, erhob Behrens jetzt das erste Mal, seit sie losgefahren waren, die Stimme.

»Muss ich wirklich betonen, wie tief Sie in die Sache verstrickt sind, Behrens? Menschen wie Sie werden nie wirklich erfolgreich sein. Und wissen Sie, wieso? Ihnen fehlt das nötige Sieger-Gen.«

Behrens schluckte alle möglichen Erwiderungen hinunter, wie er es immer schon getan hatte, wenn Hessel sich als Übermensch einer durch die Vorsehung erschaffenen Herrenrasse inszenierte. Der Gedanke an unendlichen Reichtum und sein Hang zum Opportunismus ließen ihn Hessels Lektionen ein ums andere Mal ertragen.

»Ich weiß, dass Sie kein Jude sind. Ich habe das gründlich recherchieren lassen. Andernfalls hätte ich mich nie auf diese ... Zusammenarbeit ... eingelassen. Trotzdem tragen die Größe Ihres Mundes, die Form der Nase, die Wölbung Ihrer Stirn und auch der Umfang ihres Kopfes Rassenmerkmale, die nicht germanischen Ursprungs sind. Und das, mein lieber Behrens – und dafür können Sie selbst ja nichts –, ist der Grund für Ihre, seien Sie mir nicht böse, ich muss es einfach beim Namen nennen, Feigheit.«

Behrens hätte am liebsten den Porsche in der nächsten Kurve gegen eine der Rosskastanien gesetzt, aber zumindest der Schlussfolgerung Hessels musste er recht geben. Er war kein besonders mutiger Mensch, und die Aktion, die Hessel nun im Schilde führte, war nicht nur riskant, sondern in seinen Augen auch fahrlässig und dumm, weil sie ihre mühsam aufgebaute Anonymität in Gefahr brachte. Trotzdem blieb er stumm wie ein Fisch und jagte selbstmörderisch den Sportwagen so schnell über eine Anhöhe, dass ihnen der Magen in die Hose rutschte.

Hessel fuhr fort, Behrens zu belehren.

»Feigheit ist ein ganz natürlicher Instinkt. Nichts, wofür man sich schämen muss. Man sollte sich nur darüber bewusst werden, wohin man aus Sicht der Evolution gehört: zu den Wölfen oder den ängstlichen Schafen? Schafe haben kein Sieger-Gen. Das erfordert nämlich Mut und nicht Angst. Den Mut, etwas zu riskieren und notfalls zu versagen. Wir beide riskieren heute etwas, und vielleicht sind Sie danach ein wenig stolz auf sich, Behrens. Ein Wolf werden Sie sicher nicht werden, aber vielleicht ein mutiges Schaf.«

Das Navi meldete sich zu Wort, und Behrens war froh, den Stuss von Hessel nicht weiter ertragen zu müssen.

In hundert Metern haben Sie das Ziel erreicht. Das Ziel liegt rechts.

Vor ihnen zweigte ein kleiner Feldweg von der Landstraße ab, der einen Hügel hinauf zu einem Bauernhof führte. Kühe weideten auf einem Feld neben der Straße, und vereinzelt hüpften Hühner über den sonnigen Kiesweg. Aber die Idylle war trügerisch, denn dieser Bauernhof war der geheime Unterschlupf einer rechten Kameradschaft, die der Verfassungsschutz vor drei Jahren aus den Augen verloren hatte, in der festen Annahme, die Gruppe hätte sich aufgelöst: WHITE ALPHA 28.

Behrens bremste den Porsche ab und zog den Wagen scharf auf den staubigen Kiesweg. Die Kühe hoben verschreckt den Kopf, und die Hühner flatterten aufgeregt in die Luft.

»Und Sie meinen, wir sind hier richtig?«, wollte Behrens wissen.

Hessel war sich dessen auch nicht ganz sicher, aber die Mitteilung seines Informanten, den er im Internetcafé kontaktiert hatte, war eindeutig gewesen.

Die Information kostet euch 'ne Stange Geld – und ihr solltet wissen, dass das Ganze nicht ungefährlich ist. Der Feldwebel mag keine Besucher.

Bezahlt hatte Hessel mit Bitcoins im Wert von zehntausend Euro. Kurz darauf meldete sich der Informant mit einer weiteren Kurznachricht wieder.

Adresse steht im Anhang.

Brauchen wir irgendein Codewort?, hatte Hessel wissen wollen.

No code. Fragt einfach nach Dieter. Kann aber auch sein, dass sie euch vorher abknallen. Die fackeln nicht lange. Bin jetzt raus.

Und nun waren sie hier. Irgendwo im Nirgendwo vor einem mächtigen Bauernhaus mit Geranien an den Fensterstöcken. Der Porsche blieb mit knirschenden Reifen stehen.

Einmal mehr steckte Behrens die Finger zwischen seinen Hals und den schwarzen Rollkragen, um den Stoff zu dehnen. Während ihm der Schweiß gefühlt in Strömen den Nacken hinablief, wirkte Hessel in seinem Poloshirt und der blauen Windjacke fast schon entspannt. Wortlos stiegen sie aus dem Auto und gingen langsam auf die Haustür des Bauernhauses zu, als hinter ihnen eine markante Stimme ertönte.

»Stop! Was wollt ihr hier?«

Vorsichtig drehten sie sich um. Ein breitschultriger Mann mit wilden Haaren trat langsam aus dem Schatten einer Scheune heraus. Er trug einen verdreckten Overall und Gummistiefel, in einer Hand hielt er eine Mistgabel.

Hessel hob das Kinn an und baute darauf, dass der Mann ihn erkennen würde. Aber er zeigte bei seinem Anblick keinerlei Reaktion. Skeptisch musterte er erst die beiden Gestalten, die ganz offenbar aus der Stadt kamen, dann den Porsche 911. Ein Grinsen huschte über sein Gesicht.

»Also wenn ihr zur wilden Kathrin wollt, dann seid ihr bei

mir falsch. Der SM-Schuppen ist da hinter dem nächsten Hügel. Weiß aber gar nicht, ob die so früh schon auf haben.«

Sein Grinsen wurde breiter und entblößte ein Gebiss, in dem die Schneidezähne fehlten.

Behrens wurde unruhig und blickte zu Hessel hinauf.

»Das hier führt zu nichts, wir sollten gehen ...«

Hessel beachtete den Einwand nicht, sondern machte einen Schritt auf den Mann zu.

»Ist das Ihr Hof?«

»Was geht's dich an?«, antwortete der Mann schroff.

Sein Grinsen verschwand. Die Mistgabel, die er bisher nur locker in der Hand gehalten hatte, richtete er nun bedrohlich auf. Respektvoll blieb Hessel stehen, während Behrens sich hinter ihm keinen Millimeter bewegte.

Hessel war sich nun auch nicht mehr ganz sicher, ob dies der Ort war, nach dem er gesucht hatte. Er unternahm einen letzten Versuch.

»Dieter ... Wir wollen zu Dieter ...«

Der Mann zögerte einen Augenblick, bevor er antwortete.

»Hier gibt's keinen Dieter ... und jetzt verschwindet von meinem Hof. Das ist nämlich Hausfriedensbruch. Und außerdem ist das hier auch kein Gebiet von der Drecks-BRD, also schert euch zum Teufel, oder ich ramm euch meine Mistgabel in den Arsch.«

Hessel schöpfte wieder Hoffnung.

Ein Reichsbürger.

Hessel spürte die ängstlichen Blicke von Behrens im Nacken. Nun musste er beweisen, dass er keine Angst kannte.

»Ich will Dieter sprechen. Und ich schätze mal, dass Dieter sehr ungehalten sein wird, wenn er erfährt, dass Sie uns ...«

Überraschend preschte der Grobschlächtige zwei Schritte nach vorne und holte mit der Mistgabel zum Stoß auf Hessels Hals aus. Der AfD-Mann hatte den Angriff nicht kommen sehen und blieb wie angewurzelt stehen. Doch zu seinem eigenen Erstaunen wurde sein Kehlkopf nicht von den langen Zacken der Mistgabel durchstoßen. Der Mann bremste seinen Stoß nur wenige Zentimeter vor seinem Hals ab.

Mit hochrotem Kopf schrie ihn der Kerl an, dem sein wildes Haar nun weit ins Gesicht hing.

»Ich mach dich kalt, du Sau, wenn du auch nur noch einen Mucks sagst. Hast du kapiert? Dich stech ich ab und lass dich jämmerlich ausbluten, und danach fressen deinen Kadaver meine Schweine.«

Hessels Knie zitterten. Der Blick des Mannes zeigte puren Wahnsinn. Das war keine leere Drohung. Es schien vielmehr so, als würde der Mann nur noch einen Vorwand suchen, um endlich zustechen zu können. Behrens hatte seinen Autoschlüssel vor Schreck in den Schlamm fallen lassen, und sein Magen würgte Sherry und Galle hoch.

Hessel nickte dem Wahnsinnigen zu, dann trat er gedemütigt den Rückzug an. Schritt für Schritt, ohne ein Wort zu sagen. Dabei folgte ihm der Mann in gleich bleibendem Abstand, ohne die Mistgabel zu senken.

Ein tiefes Grollen erklang hinter ihnen. Grollen, das von einem kräftigen Dieselmotor stammte und ihre Aufmerksamkeit forderte. Noch wagte Hessel es nicht, sich umzudrehen, aber der Mann hatte wohl angesichts der neuen Situation das Interesse an ihm verloren und senkte seine Waffe.

Ganz leise kam ihm ein Name über die Lippen.

»Dieter.«

Der dunkelgraue Lastwagen hinterließ tiefe Furchen in der Erde, als er hinter dem Hof auf einer Weide stehen blieb, dann erstarb das tiefe Geräusch des Dieselmotors, und es herrschte wieder Stille. Wenige Minuten später marschierten fast im Gleichschritt fünf Männer mit militärischem Kurzhaarschnitt um den Hof herum, die allesamt Kampfanzüge trugen, aber scheinbar unbewaffnet waren. Direkt vor Hessel und dem grobschlächtigen Kerl machten sie halt, und der Anführer der Truppe, ein Hüne mit gebrochener Nase, ergriff sofort das Wort.

»Hast du den Verstand verloren, Manfred? Das hier ist Hessel – verstehst du – Hessel!«

Manfred verstand nicht, dachte aber angestrengt mit offenem Mund nach, wodurch seine große Zahnlücke den dümmlichen Gesichtsausdruck verstärkte.

Wütend packte der Anführer der Kampftruppe die Mistgabel und riss sie Manfred aus der Hand, dann schleuderte er sie in den Schlamm.

»Du hast gesagt ... Du hast selbst gesagt, ich soll jeden, wirklich jeden vom Hof jagen, der sich hier blicken lässt ... Hast du gesagt ...«

Der Hüne hatte zwar große Lust, dem Mann auch noch die letzten Zähne auszuschlagen, musste sich aber eingestehen, dass er diese Anweisung tatsächlich gegeben hatte. Er beruhigte sich und legte seine rechte Hand auf Manfreds Schulter, an der zwei Finger fehlten.

»Schon gut Manfred, schon gut ... Du gehst jetzt rein und machst den stärksten Kaffee, den du je im Leben gemacht hast. Und viel, zwei oder drei Kannen, wir bekommen nämlich Besuch.«

»Du meinst, es geht los?« Manfreds Augen begannen zu leuchten.

»Ich meine, du hältst jetzt einfach den Mund und machst Kaffee. Alles klar?«

Manfred nickte, hatte aber wieder das irre Grinsen im Gesicht. Dann stolperte er davon und verschwand im Haus. Erst dann wandte sich der selbst ernannte Anführer der WHITE ALPHA 28 dem AfD-Politiker zu.

»Hessel! Ich wusste, eines Tages würden sich unsere Wege kreuzen. Aber dass das ausgerechnet heute passiert, ist ganz sicher kein Zufall.«

Hessel hatte die ganze Zeit überlegt, woher er den Mann kannte, aber nun fiel der Groschen. Vor ihm stand Dieter Otterbach, ehemaliger Ausbilder und Oberstabsfeldwebel der KSK, militärische Spezialeinheit und Großverband der Bundeswehr. Bevor Otterbach beim Kommando Spezialkräfte aufgenommen worden war, hatte er als Heeresbergführer in verschiedenen Auslandseinsätzen gedient. Es war ungewöhnlich, dass sein Name überhaupt in die Presse gelangt war, da die KSK-Soldaten streng von der Öffentlichkeit abgeschottet wurden. Grund für die Veröffentlichung seiner Personalie war ein rechtsextremer Vorfall am 27. April 2017 gewesen.

Damals verabschiedeten Mitglieder der 2. KSK-Kompanie ihren damaligen Kommandanten Martin Runge mit einer ungewöhnlichen Party. Zunächst wurde ein Parcours absolviert, auf dem unter anderem Schweineköpfe geworfen werden mussten. Der Gewinner erhielt als Belohnung eine Nacht mit einer Edelprostituierten, die man extra zu diesem Zweck hatte anreisen lassen. Sie war es auch gewesen, die ihre Erlebnisse an die Presse weitergab und von Hitlergrüßen sowie von musikalischer Untermalung durch die rechtsextreme Band Sturmwehr berichtete. Dieter Otterbach hatte sie bei dieser Gelegenheit ebenfalls kennengelernt. Man forderte sie auf, den fünfundvierzigjährigen Anführer Nazi-Opa zu nennen. Juristische Konsequenzen hatte die »rechte Party« zwar nur für den gefeierten Kommandanten, aber von da an war auch Dieter Otterbach alias Nazi-Opa im Visier des Bundeswehrgeheimdienstes MAD. Anfang 2020 verdichteten sich Hinweise, dass Otterbach Waffen- und Munitionsdepots angelegt hatte. Daraufhin kündigte die Bundeswehr disziplinarische Schritte an. Die Bundesverteidigungsministerin Annegret Kramp-Karrenbauer erließ gegen ihn ein Uniformtrageverbot und gab öffentlich bekannt, dass er seine Kaserne nicht mehr betreten durfte.

»Niemand, der in radikaler Art und Weise in unseren Streitkräften auffällt, hat in der Bundeswehr Platz«, blieb als markanter Satz aus der Pressekonferenz zu den rechten Strömungen innerhalb der KSK hängen. Unerwähnt blieb zu diesem Zeitpunkt, dass in der Elite-Einheit seit Jahren Waffen und Munition verschwanden und Inventurdaten frisiert worden waren, um den Fehlbestand zu vertuschen. Alleine in den letzten drei Jahren belief sich der Verlust auf zweiundsechzig Kilogramm Sprengstoff, dreizehntausend Schuss Munition sowie zahlreiche Gewehre und Pistolen. Bereits 2019 führte dies dazu, dass die Verteidigungsministerin eine ganze KSK-Einheit wegen rechtsextremer Umtriebe komplett auflösen ließ.

»Oberstabsfeldwebel Otterbach, richtig?«, sprach Hessel den Namen seines Gegenübers mit unverhohlener Bewunderung aus.

Otterbach schmunzelte. Dass Hessel seinen Namen kannte, machte ihn stolz. So hatten all die negativen Schlagzeilen auch ihr Gutes gehabt, schließlich war er seitdem kein Niemand mehr.

»Blut und Ehre!«, erwiderte er theatralisch und streckte Hessel die Hand entgegen.

»Blut und Ehre«, antwortete dieser und ergriff voller Stolz Otterbachs Hand. Von der Weide blökte eine Kuh dazu, als hätte sie auf ihren Einsatz gewartet.

Behrens entging das Absurde der Situation nicht. Er war trotzdem erleichtert über die Wendung, auch wenn ihm immer noch mulmig zumute war. Nun verstand er auch den Zahlencode »28« im Namen der Kameradschaft. Er stand für die Anfangsbuchstaben von »blood and honour« – 2 für B, 8 für H im Alphabet. Bei seinen Recherchen über das Nazigold war ihm die Parole immer wieder untergekommen, die als geprägter Schriftzug in der Koppel der Hitlerjugend-Uniformen große Verbreitung gefunden hatte. Behrens' guter Beobachtungsgabe entging zudem nicht, dass sich an den Kampfanzügen der Soldaten keinerlei militärische Rangabzeichen befanden. Auch der Oberstabsfeldwebel war als solcher nicht zu erkennen.

Otterbach spürte die prüfenden Blicke des schwitzenden kleinen Mannes neben Hessel, konnte aber noch nicht so recht einordnen, was er von ihm zu halten hatte. »Und wer ist der da?«

»Ein Architekt ... ein vertrauenswürdiger Freund«, antwortete Hessel.

»Kann er auch sprechen?«

Behrens stellte sich entschlossen neben Hessel, wischte sich den Schweiß von der Stirn und streckte dem Hünen die nasse Hand entgegen.

»Mein Name ist Jonas Behrens«, erklärte er, aber der Oberstabsfeldwebel wandte sich nur angewidert ab.

»Was will so ein hochrangiger Parteibonze hier bei uns mit einem Architekten?«, wollte er von Hessel wissen, dem der bittere Unterton in seiner Stimme nicht entgangen war.

»Ich dachte, ich wäre hier willkommen?«, entgegnete er trocken, während er mit seinen stahlblauen Augen dem Blick des Oberstabsfeldwebels standhielt. Ganz offensichtlich war ihr überraschender Besuch den Soldaten ein Dorn im Auge. Was hatten sie zu verbergen, dass Otterbach selbst ihm gegenüber unverhohlenes Misstrauen an den Tag legte?

»Oberstabsfeldwebel Otterbach, bei allem gebotenen Respekt, aber wir sind nicht zu einem Freundschaftsbesuch in diese ländliche Idylle gekommen. Ebenso wenig wie Sie und Ihre Kameraden, wie mir scheint.«

»Dann raus mit der Sprache, warum sind Sie hier?«, forderte Otterbach ungeduldig.

Hessel setzte auf seine Intuition und antwortete: »Aus demselben Grund wie Sie!«

Wenige Minuten später saßen die beiden Anführer alleine in einer rustikalen Bauernstube des Hofs, um sich ungestört austauschen zu können, während Behrens mit den vier Soldaten im Schatten der Scheune auf das Ergebnis der Unterredung wartete.

»Jetzt sind wir alleine, Herr Hessel. Ist das jetzt vertraulich genug für Ihren Geschmack?«, kam Otterbach unmittelbar zur Sache.

»Noch ist die Zeit nicht reif für eine zweite Wannseekonferenz, Herr Oberstabsfeldwebel, und so lange sollten wir streng vertrauliche Angelegenheiten auch streng vertraulich behandeln.«

Otterbach schmunzelte über die Anspielung, blieb aber angespannt. Nach einer kurzen Pause fuhr Hessel fort:

»Wie Sie sicher schon erfahren haben, kam es heute in Diesing zu einem Bombenanschlag und kurz darauf in Westberg zu einer Geiselnahme von Kindern eines Kindergartens.«

Otterbach fuhr dazwischen und ergänzte: »... von jüdischen Kindern.« Dabei grinste er.

»Von jüdischen Kindern«, wiederholte Hessel. »Aber das ist nicht der Punkt. Ich habe kein Interesse an den jüdischen Kindern oder was am Ende aus ihnen wird, wenngleich ihr Ableben die Partei um Jahre in der Gunst vieler unserer Wähler zurückwerfen würde.«

»Ihr Politiker seid immer am Schwafeln. Kommen Sie auf den Punkt, Herr Hessel.«

»Ich bin vielmehr an den Dingen interessiert, die sich in dem Hochbunker befinden beziehungsweise um genau zu sein – darunter.«

Otterbach runzelte die Stirn. Jetzt hatte ihn Hessel doch noch neugierig gemacht.

»Was zum Henker meinen Sie?«

»Ich meine, dass, wenn wir zusammenarbeiten würden, ich Sie zu einem sehr, sehr reichen Mann machen kann.«

Otterbach beugte sich über den Tisch, griff blitzschnell nach Hessels Hand und quetschte sie leicht.

»Ich kann Sie gut leiden, Herr Hessel, aber heute ist nicht der Tag für irgendwelche Spielchen. Also spucken Sie es aus, was ist da unter dem Turm?«

Hessel spürte, wie Otterbach den Druck auf seine schmalen Finger erhöhte. Stechende Schmerzen schossen ihm durch die Glieder, und in wenigen Sekunden würden die ersten Knochen brechen. Der Kraft des Mannes hatte er nichts entgegenzusetzen außer einem einzigen Wort: »Gold!«

Sofort ließ der Druck auf seine Finger nach, und Otterbach lehnte sich entspannt zurück.

Behrens hatte sich ein wenig abseits der vier Soldaten gestellt, kam sich aber dennoch wie ein Gefangener vor. Immer wieder warfen sie ihm verstohlene Blicke zu, während er nach den Mücken schlug, die von seinem Schweißgeruch angelockt wurden.

Der Mann mit der Mistgabel hatte ihnen billige Cola in warmen Zwei-Liter-Plastikflaschen gebracht, die laut zischten, als sie sie öffneten. Das braune Zuckerwasser war aber selbst den hartgesottenen Einzelkämpfern zu viel, und so nippten sie nur kurz daran, während Behrens von vornherein dankend ablehnte.

Er fragte sich, was Hessel und dieser aufgeblasene Oberstabsfeldwebel so lange zu besprechen hatten. Ein Blick auf seine Replik einer Fliegeruhr von 1940 verriet ihm dann, dass erst zehn Minuten vergangen waren, seit sich die beiden Männer zurückgezogen hatten.

Plötzlich kam Bewegung in die Einheit, als einer von ihnen eine Nachricht auf seinem Handy erhielt.

»Okay, es geht los, sie sind jeden Augenblick da.«

Fast wie auf ein Kommando drangen von der Landstraße Motorengeräusche zu ihnen herauf. Die vier Uniformierten verloren daraufhin jegliches Interesse an Behrens und eilten mit großen Schritten hinaus in die Sonne. Behrens folgte ihnen ein paar Meter, blieb aber im Schatten stehen. Was er dann sah, ließ ihm den Atem stocken. Eine ganze Kolonne von schwarz lackierten Minibussen mit getönten Scheiben schlängelte sich unaufhaltsam den Feldweg hinauf.

Oberstabsfeldwebel Otterbach ließ die Faust auf den Tisch krachen, hinter dem Hessel auf einer Eckbank saß.

»Scheiß auf das Gold, scheiß auf alles, was in diesem verdammten Turm ist. Wir lassen uns nicht kaufen – wir sind nämlich keine Politiker und keine raffgierigen Kapitalistenschweine, denen es nur um den eigenen Luxus und ihre Bequemlichkeit geht. Weißt du, was, ich erzähl dir jetzt, was Sache ist. Ich habe keine Ahnung, wie Steiner und sein Kumpel das gemacht haben, aber dieser dreckige Hurensohn hat vollkommen im Alleingang die größte Aktion gestartet, die sich die Bewegung nur vorstellen kann.«

Hessel schluckte. Jetzt war die Katze aus dem Sack. Der Anführer der Geiselnehmer war Gottfried Wegener, genannt Steiner. Der Mann, der vor zehn Jahren selbst Geisel in dem Turm gewesen war.

»Und dabei war ihm offensichtlich scheißegal, ob er lebend wieder rauskommt. So sehen Helden aus, Herr Hessel, die haben am Ende kein Geld auf einem Schweizer Bankkonto, sondern eine Kugel im Kopf.«

Er legte zwei ausgestreckte Finger an Hessels Stirn und betätigte den imaginären Abzug.

»Steiner hat wirklich wahre Größe. Größe, die Sie nie haben werden. Unsere Nation braucht noch viel mehr Vorbilder von seinem Schlag. Sie sollten sich ein Beispiel an ihm nehmen.«

Otterbach machte eine dramatische Pause und atmete tief ein, dann fuhr er fort:

»Dutzende von Kameraden könnten heute unter meiner Führung den Bunker stürmen, die Bullen abschlachten, Steiner raushauen und Ihr dreckiges Gold bergen. Das alles würde so schnell gehen, dass die Bullen den Sturm gar nicht mitbekommen, der sie verschlingt.«

Otterbach wurde wieder leiser und grinste gefährlich.

»Das ist es doch, was Sie wollen, oder?«

Hessel überlegte, ob er nicken sollte, hatte jedoch keine Gelegenheit mehr, sich zu entscheiden. Denn Otterbach legte mit geschwollener Brust wieder los.

»Scheiß drauf. Wir greifen den Feind doch nicht dort an, wo er am stärksten ist. Wir stechen dort zu, wo er uns nicht erwartet und wo es richtig wehtut. Und was Steiner angeht, der wird's verstehen. Mich würd's nicht wundern, wenn der vernarbte Sack am Ende doch noch einen Weg da raus findet!«

Otterbach drehte sich kurz zu einem seiner Kameraden um und breitete die Hände aus.

»Wir sind eine Armee, Hessel, eine Armee – und nach diesem Tag wird diese Armee wachsen. Niemand unserer Kameraden muss sich mehr verstecken, nicht in den Städten, nicht in den Kasernen und auch nicht in der verdammten Politik. Jetzt ... jetzt ist die Zeit reif, Herr Hessel ... Jetzt erwacht Deutschland ... Und wenn alles vorbei ist, kommt vielleicht Ihre große Stunde. Aber nur, wenn Sie Farbe bekennen, wenn Sie sich nicht wegducken und den Schwanz einziehen. Sonst wird auch Ihr Kopf rollen, haben Sie das kapiert?«

Hessel war sprachlos. Ihm stand wortwörtlich der Mund offen. Als Innenminister Seehofer im Verfassungsschutzbericht den Rechtsextremismus als größte Bedrohung für Deutschland bezeichnete, hatten durchaus ein paar Zahlen ein bedrückendes Bild ergeben. Aber was waren schon Zahlen auf einem Blatt Papier, die noch dazu die Verfasser sicher mit dem Ziel erstellt hatten, mehr Gelder für ihr Ministerium bewilligt zu bekommen? Von knapp vierundzwanzigtausend Fällen politisch motivierter Kriminalität innerhalb eines Jahres aus der rechten Szene war die Rede gewesen. Dreizehntausenddreihundert Personen aus dem rechten Umfeld seien demnach gewaltorientiert, während man dreiunddreißigtausend Personen demselben Spektrum zuordnete.

Aber als wahre Bedrohung hatte Hessel die radikale Szene nicht gesehen, eher als eitrigen Pickel am Gesäß der Demokratie, der manchmal von Nutzen war, aber ganz sicher abgestreift werden musste wie die vertrocknete Haut einer Schlange nach dem Häuten, sobald die AfD im Bundestag die Mehrheit hatte.

Hitler hatte das 1934, ein Jahr nach seiner Machtergreifung, auf brutale Weise erledigt, indem er neunzig führende Mitglieder seiner Schlägertruppe SA in der Nacht der langen Messer kaltblütig liquidieren ließ. Mit Typen wie Steiner und Otterbach konnte man die Staatsmacht ins Wanken bringen, aber letztendlich musste man die Demokratie mit ihren eigenen Mitteln schlagen. Darauf war der Führer immer besonders stolz gewesen.

Doch in diesem Moment fühlte sich Hessel wie ein kleiner Junge, der beim Onanieren erwischt worden war. Die Vorstellung von einer gewalttätigen Revolution war zwar berauschend, denn vielleicht würde sie das Erreichen seiner Ziele um ein Vielfaches beschleunigen. Aber als Galionsfigur in einer so frühen Phase wollte er sich auf gar keinen Fall sehen, vor allem nicht, wenn er über die Aktionen dieser Wahnsinnigen keinerlei Kontrolle hatte.

Mit verkrampften Fingern hielt er unter dem Tisch sein Telefon fest und hoffte, dass Otterbach nicht mitbekam, wie er es aktivierte und per Kurzwahl seine Mailbox anrief. Es war nicht das erste Mal, dass er ein Gespräch auf diese Weise mitschnitt.

Die aufgezeichneten Gespräche befanden sich nicht im Speicher des Telefons, sondern direkt in einem Cloud-Account, zu dem nur er Zugang hatte. Doch diesmal ging es ihm nicht darum, das Gespräch für die Nachwelt zu bewahren, denn die Verbreitung des Inhalts würde eher einem Todesurteil gleichkommen. Sein improvisierter Plan galt vielmehr einzig und allein der Hoffnung, dass seine Telefonate abgehört wurden. Zum ersten Mal in all den Jahren hoffte er darauf, dass er keine Paranoia hatte, sondern tatsächlich Ziel einer Abhöraktion war.

»Ich ... ich bedanke mich, Herr Oberstleutnant, für die ... die beeindruckende Schilderung ...«, stammelte er, während das Telefon jedes Wort an die Mailbox übertrug. »Ich bin jedoch der Meinung, dass ein gewaltsamer Anschlag der falsche Weg ist, und protestiere ganz entschieden dagegen, hier festgehalten zu werden. Die ... die AfD kann einen solchen Akt der Gewalt nur verurteilen, den Sie und Ihre Männer für heute planen. Das einzige Mittel, das wir akzeptieren, um an die ... um die Kontrolle über die Zukunft Deutschlands zu erhalten, sind demokratische Wahlen.«

Otterbach lachte laut auf.

»Sie sind so ein Narr. Was ihr da veranstaltet, ist das reinste Tollhaus, ein wahres Affentheater mit Möchtegernherrschern, senilen Schwachköpfen, degenerierten Adligen und lesbischen Schlampen. Die AfD ist ein Witz, möglicherweise gerade ein wenig im Aufwind, aber trotzdem ein Witz. Aber wenn das hier vorbei ist, dann hat keiner mehr was zu lachen ... auch nicht die Bonzen der AfD, dafür werden wir sorgen, mein lieber Herr Hessel.«

Hessel nahm seinen ganzen Mut für die nächste Frage zusammen.

»Was, was habt ihr ... was genau ist denn dann euer Plan?«, stammelte er.

Otterbach stand auf und blickte ihn von oben herab an.

»Wollen Sie das wirklich wissen, Hessel? Denn wenn Sie es wissen, gibt es kein Zurück mehr. Blut und Ehre!«

Diesmal nickte Hessel, ganz im Bewusstsein, dass das schweißnasse Telefon in seiner Hand nur Audio aufzeichnete.

»Wir planen einen beispiellosen Staatsstreich, wie ihn dieses Land noch nie gesehen hat. Heute werden Köpfe rollen, und eine neue Zeitrechnung wird beginnen.«

In diesem Augenblick ging die Tür auf. Einer der vier Soldaten betrat den Raum, doch statt seiner Kampfmontur trug er nun farbenfrohe Zivilkleidung und Turnschuhe.

Trotzdem schlug er die Hacken zusammen, erhob die Hand zum Hitlergruß und machte Meldung.

»Melde gehorsamst das Eintreffen der Truppe, Herr Oberstabsfeldwebel.«

Otterbach reagierte kaum darauf. Stattdessen musterte er skeptisch den Politiker.

»Soldat, wurde der Mann fachgerecht durchsucht?«

»Keine Mikros, keine Waffen, clean. Nur das Handy hatten wir ihm gelassen wie befohlen.«

»Na, dann wollen wir uns das jetzt mal ansehen. Bitte Ihr Handy, Herr Hessel«, sagte Otterbach und streckte die Hand aus.

Hessel schoss das Blut ins Gesicht. Alles hing nun davon ab, das Gespräch zu beenden und den Anruf aus der Anrufliste zu löschen. Mit der linken Hand griff er in die Innentasche seines Jacketts, während er mit der rechten heimlich unter dem Tisch das Gespräch beendete – eine relativ einfache Sache im Blindflug, doch nun musste er zur Anrufliste wechseln. Zitternd berührte er am unteren Bildschirmrand die Stelle, an der man in die Liste wechseln konnte. Im Geist ging er den Bildschirmaufbau durch. Hatte er den Button getroffen, war der letzte Anrufeintrag nun an oberster Stelle. Ein Swipe in dieser Zeile nach links, dann sollte rechts in der Zeile der rote Löschbutton erscheinen.

»Wird das heute noch was, Hessel?«, drängte ihn Otterbach.

Eine falsche Berührung auf dem Touchdisplay konnte sein Todesurteil bedeuten, aber er hatte keine Wahl. Blind berührte er mit dem Daumen die vermeintliche Stelle, um den Anruf zu löschen, wischte anschließend den Bildschirm von unten nach oben, um die Telefonfunktion zu beenden, und schaltete das Telefon mit einem Knopfdruck aus. Dann tat Hessel so, als würde er es aus der Hosentasche ziehen, und legte es auf die Tischplatte.

Otterbach nahm das Handy mit strenger Miene entgegen.

Es war ungewöhnlich warm. Skeptisch blickte er Hessel in die Augen.

»Code?«

Hessel hatte keine andere Wahl, als den Code rauszurücken.

»200489«, antwortete er.

Otterbachs Mundwinkel zuckten ein wenig.

»Der Geburtstag des Führers«, kommentierte er leise mit wohlwollendem Unterton. Er entriegelte das Telefon und prüfte die Apps, die zuletzt benutzt worden waren, dann wechselte er in die Anrufliste.

Wieder taxierte er Hessel, dem der Schweiß auf der Stirn stand.

»Alles sauber, Herr Hessel. Vielleicht habe ich Sie doch falsch eingeschätzt.«

Hessel war sichtlich erleichtert, musste sich aber zusammenreißen, um sich vor lauter Aufregung nicht auf den Tisch zu übergeben.

Otterbach schien beruhigt und richtete sich wieder an den Soldaten.

»Ist das Soll erfüllt?«

»Jawohl, Herr Oberstabsfeldwebel. Alle Mann bewaffnet und munitioniert. Beginn der Operation um fünfzehn.«

»Bringt den Architekten rein«, befahl der Offizier.

Einen Augenblick später zerrte man Behrens in den Raum und presste ihn mit Gewalt auf die rustikale Holzeckbank neben Hessel.

»Ihr Handy!«, forderte Otterbach Behrens auf, der es bereits in seinen Händen hielt und ihm entgegenstreckte.

»Entsorgen!«, wies er einen seiner Schergen an, der vortrat und es entgegennahm. Der Mann blickte sich um, entdeckte eine Mikrowelle, legte die beiden Handys hinein, schloss die Tür und schaltete das Gerät an.

»O nein, bitte ...«, reagierte Behrens impulsiv auf den sinnlosen Akt der Zerstörung, hatte sich aber sofort wieder unter

Kontrolle, als er in die kalten Augen des Offiziers blickte. Deprimiert verfolgte er, wie sich die Handys auf der Glasplatte drehten, laut zu bitzeln begannen und schließlich mit grellen Funken das Zeitliche segneten.

»Nehmen Sie es nicht persönlich, Herr Hessel, aber bis wir zurück sind, werden wir Sie hier festsetzen. Und damit Sie nicht auf dumme Gedanken kommen, werden wir in dieser Zeit Ihre Bewegungsfreiheit ein wenig einschränken.«

Ein kurzes Nicken genügte, und augenblicklich legte der Soldat den beiden Zivilisten Handschellen an.

»Ihr Plan mit dem Gold ist ja noch nicht gestorben, Herr Hessel«, erklärte Otterbach währenddessen. »Wenn alles vorbei ist, können wir immer noch den Zugang zu diesem Geheimgang sprengen und das Gold bergen, oder was auch immer da drin sein mag. Und bis es so weit ist, machen Sie sich mal Gedanken, wie sehr Sie der Sache wirklich dienen wollen. Wenn ich zurückkomme und ich Ihnen abnehme, dass Blut und Ehre für Sie dasselbe bedeutet wie für mich, dann steht unserer Zukunft nichts mehr im Wege. Wenn ich aber nur den geringsten Zweifel hege, Herr Hessel, dann endet Ihre Existenz hier und heute.«

Der Soldat hatte inzwischen zusätzlich die Schienbeine der Gefangenen mit Gewebeband zusammengeschnürt.

Der Reichsbürger betrat die Bauernstube. Er hatte die Mistgabel bei sich.

»Manfred, du passt mir auf die beiden auf. Ich lass dir Unteroffizier Kruse hier, damit du ihnen nicht versehentlich wehtust.«

Kruse richtete sich auf und trat mit entsetztem Gesichtsausdruck vor seinen Meister.

»Aber ... Herr Oberstabsfeldwebel, bitte um die Erlaubnis, sprechen zu dürfen.«

»Unteroffizier Kruse, Sie wollen doch nicht meine Befehle infrage stellen?«

»Nein, Herr Oberstabsfeldwebel«, antwortete der Soldat kleinlaut.

»Na, dann wollen wir die steinernen Säulen der Staatsmacht mal gewaltig ins Schwanken bringen.«

Damit verließ Otterbach den Raum. Kruse salutierte, schlug wieder die Turnschuhe zusammen und verabschiedete den Mann laut mit den Worten »Heil Hitler«.

MARIE IV

Montag, 19. Oktober 2020, 12:39 Uhr

Marie hatte kaum geschlafen. Hatte sie überhaupt geschlafen, oder war sie nur von einem unruhigen Traum in den nächsten gewechselt? Schweißgebadet war sie gegen sieben Uhr morgens zum Kühlschrank gegangen und hatte die aufpeitschenden Gedanken mit einer Flasche schwerem Rotwein bekämpft. Gegen zehn folgten zwei Fentanyl und ein schwarzer Kaffee, dann vergrub sie sich erneut im Bett, fiel in einen mühseligen Dämmerschlaf und war vor zwanzig Minuten vom lauten Ping einer Whatsapp-Nachricht geweckt worden. Ein wenig desorientiert tastete sie mit ausgestrecktem Arm nach dem Handy und fand es schließlich irgendwo neben dem Bett am Fußboden. Die Tabletten hatten die Kopfschmerzen besiegt, dafür war ihr nun speiübel. Genervt blickte sie auf das Display, um das Telefon zu entsperren, aber die Gesichtserkennung verweigerte den Zugriff.

Wirklich, so schlimm?, dachte sie und tippte mechanisch ihren Code ein.

Die Nachricht des unbekannten Absenders enthielt allerdings nur einen Link. Verärgert wollte sie sie schon löschen, doch dann siegte die Neugier, und der Browser baute die verlinkte Website auf. Eine Sekunde später war Marie hellwach.

***

Astride saß an ihrem Küchentisch. Die Luft war stickig, und die Bluse klebte an ihrer Haut, aber die Fenster waren geschlossen, um den Verkehrslärm der Stadt davon abzuhalten, die Übertragung auf ihrem Laptop zu stören.

Astrides ganze Aufmerksamkeit gehörte einem zierlichen Mädchen von zwölf Jahren mit teils abrasierten Haaren. Seit fast einer Stunde hatte das Mädchen in der Therapiestunde kaum ein Wort gesprochen, aber nun reckte es der Kamera einen nackten Arm entgegen. Dann schnitt sie sich mit einer Rasierklinge in den vernarbten Unterarm.

»Tu das bitte nicht, Cornelia, bitte. Erinnere dich an das, worüber wir gesprochen haben«, versuchte Astride sie zu beschwichtigen, aber vergeblich. Der kaum sichtbare Schnitt färbte sich langsam rot, dann lief das Blut zähflüssig den Arm hinab.

»Das war, als du noch hier warst, als du dich noch nicht vor dem Virus verkrochen hast«, antwortete das Mädchen mit zornigen roten Augen. Dann kippte das Bild, es krachte, und die Übertragung riss ab.

Nicht jede psychotherapeutische Sitzung mit Cornelia endete so, aber seit die Therapie wegen des Lockdowns nur noch per Videokonferenz stattfinden durfte, war der Erfolg beträchtlich zurückgegangen.

Das zwölfjährige Mädchen litt an einer Borderline-Persönlichkeitsstörung. Die Wunden, die sie sich zufügte, waren Hilfeschreie, denen Astride auf diese Distanz kaum noch etwas entgegenzusetzen hatte. Immer wieder hatte sie den Eltern angeboten, trotz der Beschränkungen persönlich vorbeizukommen, doch die hatten das strikt abgelehnt. Die Angst vor einer Ansteckung war größer als die Angst, die eigene Tochter zu verlieren. Die Welt da draußen war für Astride zu einem Tollhaus geworden. Durch das ständige Gefühl, allen Übeln ohnmächtig gegenüberzustehen, fühlte sie sich wie eine Zitrone, der man den letzten Tropfen Saft ausquetschte.

Erschöpft sank sie in sich zusammen. Sie wusste, dass es im Augenblick sinnlos war, Cornelia erneut zu kontaktieren. Sie schloss das leere Übertragungsfenster, und der Bildschirmhintergrund erschien: ein runder nackter Hintern mit blonder Perücke und aufgemalten Augen, der nicht zufällig so aussah wie Donald Trump. Das brachte sie für einen Augenblick zum Schmunzeln, bis das Vibrieren ihres Handys ihre Aufmerksamkeit forderte.

Das Display zeigte nur eine Nummer an, aber keinen Namen. Astride lehnte es ab, Kontakte zu speichern. Denn wer wusste schon, wer unbemerkt ihr Telefon überprüfte?

Dafür hatte Astride ein ausgezeichnetes Zahlengedächtnis und konnte die angezeigte Nummer sofort der Anruferin zuordnen. Nach kurzem Zögern nahm sie das Gespräch an.

»Marie, können wir später ...«

Doch weiter kam sie nicht.

»Können wir nicht. Hast du die Nachrichten gesehen?«, unterbrach Marie sie.

»Die Sache mit Trump, der seinen Gesundheitsberater Fauci eine Katastrophe nannte?«

»Vergiss Trump, vergiss den ganzen Corona-Wahnsinn. Es geht um den Turm!«, erkläre Marie aufgebracht.

»Du meinst die Geiselnahme vor zehn Jahren?«

»Ich meine die Geiselnahme, die sich jetzt gerade in demselben Turm abspielt.«

»Du ... du machst Witze!«

»Hörst du mich lachen? Noch ist nicht viel bekannt, nur dass eine Gruppe von Kindern und ihre Erzieherinnen in dem Turm von einem oder mehreren Terroristen gefangen gehalten werden. Es kam zu Schießereien. Astride ... ich bin völlig am Ende ...«

»Beruhige dich, Marie ... Atme tief durch. Wo bist du jetzt? Ich komme zu dir. Sag mir bitte, wo du bist.«

In diesem Augenblick schellte die Türglocke, und die Verbindung am Telefon wurde unterbrochen.

Hastig eilte Astride den Flur ihrer Zweizimmerwohnung entlang und riss die Tür auf. Vor ihr stand Marie in demselben dunklen Mantel, den sie auch vergangene Nacht getragen hatte. Wortlos machte sie einen Schritt auf Astride zu und fiel ihr in die Arme. Astride war überrascht, denn Marie war für gewöhnlich eher distanziert und ging körperlicher Nähe aus dem Weg. Die Ereignisse mussten sie schrecklich mitgenommen haben.

Langsam legte auch sie ihre Arme um ihre Freundin und drückte sie fest an sich.

Die Liveübertragung von RT-Five flimmerte über den kleinen Flachbildschirm in Astrides Wohnzimmer. Seit zwanzig Minuten folgten die beiden Frauen der Livereportage nun schon, ohne dass sie ein Wort miteinander gesprochen hatten. Sie saßen nur schweigend nebeneinander und blickten wie gebannt auf den Fernseher. Nach und nach sickerten immer mehr Informationen durch. So waren inzwischen die Namen der zehn Kinder bekannt, die man im Turm als Geiseln genommen hatte. Auch wusste man mittlerweile, dass bei dem Überfall zwei Wachmänner und eine Erzieherin ums Leben gekommen waren. Das erste grausame Highlight war das verwackelte Bild von der Einlieferung des angeschossenen Jungen, das ein Zivilist am Eingang zur Notaufnahme gemacht hatte.

Das alles reichte aber nicht aus, um eine Sondersendung am Laufen zu halten, und so streute die Redaktion immer wieder Archivaufnahmen des Geiseldramas vor zehn Jahren ein. Besonders oft wurden die Massenpanik der Zivilisten, der Hubschraubereinsatz der GSG-9 und das flammende Inferno des brennenden Turmdaches gezeigt. In der aktuellen Livereportage konnte man indessen miterleben, wie weitere Schaulustige gut gelaunt die Absperrung unten am Fuße des Turmhügels erreichten, dann aber sofort in tiefstes Trübsal verfielen, sobald eine Kamera auf sie gerichtet wurde. Sie heuchelten dann ihr tiefes Bedauern über die Geiselnahme, erhofften sich aber wohl insgeheim spektakulären Nervenkitzel wie vor zehn Jahren.

Viele von ihnen filmten unentwegt und hoben dafür ihre Handys weit über die Köpfe der anderen Gaffer. Das erweckte fast den Eindruck, als würden sie sich melden, um endlich zu Wort zu kommen. Marie hingegen assoziierte das Meer aus steil nach oben gereckten Armen mit Bildern vom Nürnberger Parteitag und unzähligen Nazis, die ihrem Führer huldigten.

Jetzt schaltete der Sender wieder zurück ins Studio. Ein junger, gut aussehender Moderator stand hinter einer blau beleuchteten Konsole, während hinter ihm ein Frau eingeblendet wurde. Marie erkannte sie sofort, auch wenn sie ihren Look seit damals stark verändert hatte: kurze Haare, dezentes Makeup und ein züchtiges Outfit in gedeckten Farben, das der einstigen TELE-PRO-Reporterin in Kombination mit der schlichten Hornbrille ganz offensichtlich ein neues Image verleihen sollte.

Mit bedrückter Stimme stellte der junge Studiomoderator jetzt seine Kollegin vor, die mit einer Hand am Kopf ihren Ohrstöpsel justierte.

»... umso mehr freuen wir uns, für die Berichterstattung unsere geschätzte Kollegin Stephanie Benedikt gewonnen zu haben, die sich jetzt live vor Ort befindet, wo vermutlich gegen 12 Uhr die tragische Geiselnahme begann.«

Der Mann drehte sich ein wenig zur Seite.

»Stephanie, wir sind tief geschockt von den Ereignissen, die sich gerade in Westberg abspielen. Vor Ort sind die Eindrücke sicher noch intensiver. Wie ... wie fühlt sich das für dich an, so ganz direkt konfrontiert mit all dem Leid?«

Stephanie wartete einen Moment, bis die Frage vollständig bei ihr angekommen war. Dabei ging ihr kurz Jonathan durch den Kopf, der jetzt vielleicht irgendwo da draußen mit Rainbow die Sendung sah. Am liebsten hätte sie in die Kamera gewinkt und ihm mitgeteilt, wie leid ihr alles tat … alles! Doch dann besann sie sich ihrer Aufgabe und antwortete:

»Zunächst möchte ich betonen, dass mir die Rückkehr zu diesem Ort nicht leichtgefallen ist. Aber in der Stunde der Not heißt es nun, zusammenzustehen und seinen Beitrag zu leisten. Aber um deine Frage zu beantworten … Ja, das ist alles nur schwer zu verkraften. Vor allem das Leid der betroffenen Eltern kann man sich kaum vorstellen.«

»Sind denn die Eltern vor Ort?«

»Das ist eine gute Frage. So wie es aussieht, hat man die Eltern der Kinder, die vermutlich in diesem Turm als Geiseln gehalten werden, hinter die Absperrung gebracht. Ich hatte aber Gelegenheit, mit einigen Eltern zu sprechen, die das Glück hatten, ihre Kinder unversehrt abholen zu können.«

Ein Einspieler zeigte nun Benedikt, die einem jungen Vater, der gerade weinend seine kleine Tochter an sich drückte, das Mikrofon entgegenhielt.

»Wann haben Sie von der Geiselnahme erfahren?«, fragte sie den Mann.

»Ich war vollkommen ahnungslos, als ich hier ankam. Es gab keine offiziellen Informationen, nur Gerüchte. Das Tor war zu, und Polizisten haben uns nicht durchgelassen … Wir hatten so eine Angst, wir hatten so eine Angst, aber dann kam Libi mit den anderen Kindern den Weg herunter, und … ich hatte gebetet … und dann kam sie … sie ist doch mein Ein und Alles …«

Stephanie Benedikt kam wieder ins Bild. Offensichtlich zu früh, denn eine Visagistin zog ihr gerade noch eine Strähne ins Gesicht und huschte dann schnell weg.

»Wie gesagt, das sind Eltern, die ihre Kinder nun nach Hause bringen können. Ich mag mir gar nicht ausmalen, wie sich all die Mütter und Väter fühlen, für die das Schicksal ihrer Kinder vollkommen ungewiss ist. Ich habe ja selbst einen Sohn … Wenn ich nur daran denke, es wäre mein Jonathan … Es ist so schrecklich …«

Gekonnt verdrückte sie eine Träne. Eine Hand reichte ihr ein Taschentuch, mit dem sie vorsichtig das Auge abtupfte, um das Make-up nicht zu verreiben.

»Stephanie, wir sind alle bei dir und bewundern deinen Mut, in dieser schweren Stunde vom selben Schauplatz zu berichten wie vor zehn Jahren. Reißt das nicht alte Wunden auf?«

»Das ist wahr ... Es fällt mir nicht leicht, hier zu sein, aber vielleicht gibt meine Anwesenheit den Menschen Hoffnung. Denn auch die Geiselnahme vor zehn Jahren ist am Ende für die Geiseln doch noch gut ausgegangen.«

Der Moderator wechselte die rosafarbene Karte in seinen Händen. Verbunden damit veränderte sich auch sein Tonfall von mitfühlend betrübt zu aufmunternd motiviert.

»Das Geiseldrama war aber für dich auch der Startschuss einer außergewöhnlichen TV-Karriere. Du hast inzwischen deine eigene erfolgreiche Show, bist eine berühmte Influencerin mit 5,6 Millionen Followern und hast die Kosmetikmarke *PURE YOURSELF* kreiert, die, wie man hört, reißenden Absatz findet.«

Ein Werbebanner mit dem *PY*-Logo wurde eingeblendet und verwies auf ein aktuelles Online-Sonderangebot.

»Und trotzdem bist du nun vor Ort für die Berichterstattung.«

»Als mich heute die ersten Nachrichten von den fürchterlichen Ereignissen erreicht haben, war mein erster Gedanke: Ich muss live dabei sein, um den Menschen vor den Bildschirmen die Informationen zu verschaffen, die sie verdient haben. Ich möchte daher nochmals der Produzentin der News-Redaktion danken, die sich ohne zu zögern für mich eingesetzt hat, um mir meine Teilnahme – und Anteilnahme – hier zu ermöglichen. Danke, Karin Thaller. Danke.«

»Gibt es inzwischen irgendwelche offiziellen Meldungen von der Polizei oder aus anderen Quellen?«

»Ja, die gibt es. Mittlerweile steht mit großer Wahrscheinlichkeit fest, dass es sich bei den beiden Geiselnehmern um

Personen aus der rechtsextremen Szene handelt. In ihrer Gewalt befinden sich nicht nur die zehn Kinder, sondern auch zwei Betreuerinnen des Kindergartens, deren Namen uns von einer anonymen Quelle bestätigt wurden. Es handelt sich um Esra Friedmann und Shalhevet Ehrenberg, die Leiterin der Einrichtung ...«

Kaum war der Name Shalhevet gefallen, richtete sich Marie auf und drückte auf der Fernbedienung den Pauseknopf. Stephanie Benedikts Großaufnahme fror mitten im Satz ein.

»Shalhevet Ehrenberg ... Shalhevet«, sagte sie mehr zu sich selbst als zu Astride, die sich jedoch angesprochen fühlte und nachhakte.

»Du kennst diese Frau?«

Marie war in Gedanken versunken. Erst nach einem kurzen Augenblick antwortete sie.

»Shalhevet. Den Namen werde ich nie vergessen. Sie war der Grund, warum Karl Rieger vor zehn Jahren sein ... sein ganzes Dasein als Neonazi bereute.«

»Sie war damals auch eine Geisel?«

»Nein, die beiden hatten sich Jahre zuvor kennengelernt. Er hatte sie wohl benutzt, um über sie an Informationen über ein ... irgendein Event zu kommen, bei dem eine Gruppe von Neonazis ein Attentat auf prominente Juden ...«

»Jüdische Mitbürger«, korrigierte Astride sie automatisch, was ihr aber in derselben Sekunde noch leidtat. Marie ging nicht darauf ein, hatte aber den Faden verloren.

»Sie hat die Sache auffliegen lassen, bevor es zu dem Attentat kam. Nur Karl Rieger nicht, den hat sie gewarnt und ihm die Flucht ermöglicht.«

»Einem Neonazi?«

»Das ist das Unfassbare an der Liebe, sie kennt keine Rassen und keine Standesunterschiede. Die beiden waren wohl so etwas wie ...«

Astride unterbrach sie.

»O nein, bitte nicht. Ich verstehe, dass du emotional gerade viel durchmachst, aber bitte verschon mich mit der Gefühlsduselei. Die dumme Kuh hat einen Neonazi gedeckt, der einen Anschlag geplant hatte.«

Marie schluckte den Rest ihres Satzes runter. Astride hatte recht. Nichts an dieser absurden Beziehung war es wert, glorifiziert zu werden.

»Jedenfalls hat Karl Rieger am Ende seiner eigenen Geiselnahme seine radikalen Ideale öffentlich bei der Liveübertragung verraten und dieses jüdische Mädchen um Vergebung gebeten – und das, obwohl sie sich zu dem Zeitpunkt seit Jahren nicht mehr gesehen oder gehört hatten.«

»Worauf willst du hinaus, Marie?«

»Nachdem Karl damals gedeckt vom Staat abgetaucht war – was ich richtig scheiße fand, weil er nie für seine Taten büßen musste –, hat die rechte Szene ein Kopfgeld auf ihn ausgesetzt. Und jetzt überleg doch mal: Vielleicht ist Shalhevet der Schlüssel für diese Nazis, um sich endlich an ihm zu rächen oder um ihn aus der Reserve zu locken ...«

»Du meinst, diese ganze Aktion gilt nur ihr? Marie, so ticken diese Typen nicht. Glaub mir, die sind auf die Kinder aus – und das ist das wirklich Perverse an dieser Sache.«

Marie zuckte mit den Achseln.

»Ich weiß es nicht, Astride. Aber was immer das Ziel dieser Verbrecher ist, ein Anschlag auf irgendeinen Anwalt wird sie nicht aufhalten.«

Sie legte den Kopf in die Hände und versuchte sich zu beruhigen. Astride rückte ein wenig näher und nahm ihre Freundin in den Arm.

»Es wird schlimmer, immer schlimmer«, flüsterte sie in Maries Ohr. »Ich weiß nicht, was richtig oder falsch ist, aber hätte sich der Widerstand gegen Hitler bereits Anfang der Dreißiger gebildet, wäre es vielleicht nie zur Machtergreifung oder der Shoa gekommen. Alles sieht doch danach aus, als wenn sich die Geschichte wiederholen würde. Die VAO-20 ist vielleicht nur eine kleine Stichflamme, aber ich glaube fest daran, dass es da draußen unzählige gute Menschen gibt, die nur ein Zeichen brauchen, verstehst du?«

Marie löste sich aus der Umarmung.

»Einen Anwalt umzubringen ist doch kein Zeichen. Die VAO-20 will des Teufels Advokaten exekutieren, das ist doch zu kurz gedacht. Warum exekutiert man nicht gleich den Teufel selbst? Mag sein, dass Hessel und wie sie alle heißen nichts mit dieser Aktion zu tun haben, so weit würden wahrscheinlich nicht mal die gehen. Aber sie sind die Anheizer, sie sind diejenigen, die mit ihren Brandreden das Feuer entfachen, damit schwachsinnige Kriminelle außer Kontrolle geraten ... oder sich impotente Amokläufer vor Synagogen stellen und auf Menschen schießen. Versteht ihr das nicht?«

Astride schwieg. Marie stand auf und stellte sich ans Fenster. Die Wolken hatten sich fast gänzlich aufgelöst, und die Hitze in der Großstadt stieg von Minute zu Minute. Sie konnte die Smog-Glocke förmlich sehen, die Mensch und Natur krank machte. Verzweifelt riss sie das Fenster auf. Der Lärm der verstopften Straßen drang zu ihr herauf. Was interessierte die meisten Menschen schon das Schicksal der Geiseln? Frustriert wandte sie sich wieder Astride zu und stellte ihr die Frage, die sie am allermeisten belastete.

»Meinst du, die Kinder sind tot?«

Astride legte den Kopf in den Nacken, schloss für einen Moment die Augen und fuhr sich langsam mit den Händen über das Gesicht.

»Kennst du das Gefühl, schlimme Dinge nicht aussprechen zu wollen, weil sie sonst greifbar, irgendwie real werden?«

Marie nickte.

»Ich werde also auf deine Frage nicht antworten, Marie. Wenn ich die Augen schließe, sehe ich furchtbare ... wirklich ganz furchtbare Bilder. Aber sie sind da drin ...«

Astride deutete mit einer leichten Handbewegung auf ihren Kopf.

»... und so furchtbar sie auch sind, solange sie nur da drin sind, sind sie nicht real.«

Sie schluckte und kämpfte mit den Tränen.

»Ich weiß nicht, wie ich dir das sonst erklären soll, aber wenn wir anfangen, all die grausamen Vorstellungen laut auszusprechen, dann ist das so, als wenn wir einen Dämonen wecken.«

Astride wischte sich die Feuchtigkeit aus den Augen.

Marie machte einen Schritt auf sie zu. Sie wirkte entschlossen und zornig. Von nun an war sie nicht mehr gewillt, nur noch zuzusehen.

»Der Dämon ist längst wach, Astrid. Und irgendjemand muss ihn stoppen.«

SCHUSTER II

Montag, 19. Oktober 2020, 12:45 Uhr

Der schwere 7,5-Tonnen-Lkw mit dem kastenförmigen Aufbau verkörperte die Staatsmacht, die das gesamte Gelände gesichert hatte. Im Schatten des Turms verlor das Gefährt jedoch seine dominante Präsenz.

Beim Rangieren hatte die mobile Kommandozentrale hässliche braune Spuren in dem gepflegten Rasen hinterlassen. Inzwischen ragten seitlich ausfahrbare Stützen wie Krabbenbeine aus dem Unterbau heraus, um dem Fahrzeug einen stabilen Stand zu gewährleisten. Gerade beendeten die Spezialisten der Fernmeldeabteilung das Verlegen der Netzwerkanschlüsse und das Ausrichten der Antenne auf dem Dach des Gefährts.

Vom Heck des Kastenaufbaus schob sich Schuster und Erdmann eine hydraulische Treppe entgegen. Schuster ging voran und öffnete die schwere Metalltür, die ins Innere des Aufliegers führte. Erdmann folgte ihm und zog sich eine Atemschutzmaske vors Gesicht. Er hatte ganz vergessen, wie eng es in diesen Dingern war, auch wenn sie von außen noch so breit aussehen mochten.

Die Längsseite des Kastens war bis an die Decke mit Bildschirmen und technischen Geräten ausgestattet, die auf Sitzhöhe in eine schmale Konsole übergingen. Daneben blieb nur Platz für schmale Hocker, die den Gang fast gänzlich versperrten.

Schuster wurde von einem vertrauten Mann mit korrektem

Seitenscheitel und englischem Akzent begrüßt, der mit Headset vor der Konsole saß und bei seinem Eintreffen aufsprang.

»Willkommen, Kriminaloberrat Schuster!«

Beim Anblick von Nigel Kemper heiterte sich der besorgte Blick von Schuster auf.

»Kemper, was für eine Freude, Sie wiederzusehen! Aber bitte bleiben Sie doch sitzen.«

Zaghaft setzte sich der Engländer wieder.

»Ich hatte Sie extra angefordert, aber ich hab nicht damit gerechnet, dass es klappt.«

»Wenn Sie möchten, einfach nur Nigel!«

Schuster zögerte, er hatte es gerne formeller.

»Ist Atli Olofsson etwa auch hier?«

Erwartungsvoll blickte Schuster den schmalen Gang entlang, an dessen Ende sich soeben ein vollbärtiger Hüne mit wildem rotem Haar zu ihm umdrehte und dabei einen Bleistift zwischen seinen Fingern wirbeln ließ wie einen Propeller.

»Hi, Chef, war doch klar, dass wir kommen. Hab für Sie sogar mein *D&D*-Turnier sausen lassen.«

Die beiden Kommunikations- und IT-Experten hatten früher zum Team seines Freundes Michael Koch gehört. Gemeinsam hatten sie die Geiselnahme vor zehn Jahren durchgestanden. Allerdings hatte er in jener Nacht immer nur kurz Kontakt mit den beiden gehabt. Angefordert hatte er sie, weil Michael immer schon ein gutes Händchen für gute Mitarbeiter hatte. Dass die beiden ihn nun aber begrüßten wie einen alten Freund, damit hatte er nicht gerechnet.

»Meine Herren«, begann er mit ernster Miene. »Das hier wird kein Kindergeburtstag. Und es ist auch kein Klassentreffen alter Freunde. Das hier ist eine äußerst schwierige Mission, bei der es darum geht, zehn Kinder und zwei Erzieherinnen aus den Fängen von mehreren kaltblütigen Killern zu befreien. Ich will Sie nicht vor den Kopf stoßen, aber ich will Sie auch nicht täuschen. Unter meinem Kommando zählt nur

Ihre kompetente und präzise Mitarbeit. Haben wir uns verstanden?«

Nigel und Atli nickten. Erdmann, der hinter Schuster stand, rollte mit den Augen, um den beiden zu verstehen zu geben, dass er nicht besonders glücklich war über Schusters Anwesenheit.

Er drehte sich weg und schob sich einen Kopfhörer über die Ohren. Nigel hingegen stand von seinem Stuhl auf und begrüßte Schuster mit gehobenen Ellenbogen.

»Kriminaloberkommissar Schuster, ich freue mich auf eine gute Zusammenarbeit.«

Schuster erwiderte die Geste.

»Wie halten wir es eigentlich mit den Masken?«, fiel Nigel mit Blick auf Erdmann ein, der als Einziger eine trug.

»Solange ich das Kommando habe, wird es in diesem Raum keine Maskenpflicht geben. Sie haben die Dinger bisher nicht getragen, warum sollten Sie es jetzt tun?«

»Aber solange wir zu zweit waren, haben wir den nötigen Mindestabstand eingehalten«, verteidigte sich Nigel.

Schuster schüttelte den Kopf.

»Mag sein, aber ich will Ihre volle Konzentration. Und die werde ich nicht haben, wenn Sie Ihren eigenen Stickstoff einatmen. Corona macht heute Pause, haben wir uns verstanden?«

Für Erdmann war diese Ansage vollkommen unverständlich. Er jedenfalls würde seine Maske anbehalten.

Atli drehte sich zu ihnen um und schob sich den Kopfhörer von einem Ohr.

»Ich habe soeben aus der Pressestelle erfahren, dass in den sozialen Medien das Gerücht kursiert, die Attentäter würden aus der rechten Szene stammen.«

»Gibt es irgendeinen Hinweis darauf, dass das den Tatsachen entspricht?«, wollte Schuster wissen.

»Nichts Konkretes. Das Gerücht hat wohl in den rechten

Netzwerken seinen Ursprung. Inzwischen hat auch ein Fernsehsender diese News verbreitet und es so dargestellt, als hätte die Polizei die Angabe bestätigt.«

Schuster schüttelte verärgert den Kopf.

»Alles Propheten bei der Presse. Die zählen einfach eins und eins zusammen, und schon haben sie eine neue Meldung.«

Nigel und Erdmann stimmten ihm empört zu, da hob Atli Olofsson hastig den Zeigefinger, um die Aufmerksamkeit wieder auf sich zu lenken. Auf dem Touchdisplay vor ihm blinkte eine blaue Textzeile.

»Wir haben eine Weiterschaltung aus der Zentrale. Der Anruf kommt direkt aus der Festnetzleitung des Turms ... Es könnte der Geiselnehmer sein.«

Schuster spürte, wie sich seine Nackenhaare aufstellen.

»Verifiziert?«, hakte er nach.

»So gut wie.«

Nigel Kemper nahm wieder Platz, während Schuster sich an ihm vorbeidrückte und sich über Atli beugte.

»Irgendeine Info, wo die Verhandlungsgruppe steckt?«

Atli zuckte nur mit den Schultern und tippelte nervös mit dem Bleistift gegen seine Konsole.

»Es gibt noch keine.«

»Es gibt noch keine?«, entrüstete sich Schuster.

»Zwei der dafür zuständigen Spezialisten sind seit gestern wegen positiver Corona-Tests in Quarantäne. Ersatz ist bereits angefordert, bis jetzt haben wir aber noch keine Rückmeldung.«

Bei jeder Operation kam irgendwann der Punkt, an dem die Dinge nicht mehr rundliefen. Schuster hatte nur nicht so früh damit gerechnet. Er versuchte, sich an einen Schnellkurs zu erinnern, der ihn auf solche Situationen vorbereiten sollte.

Gewinnen Sie so viel Kontrolle wie möglich zurück, beschäftigen Sie Ihr Gehirn, um Panik zu vermeiden, bauen Sie eine persönliche Beziehung zu den Geiselnehmern auf. Das waren einige der Grundregeln, die er für eine Prüfung auswendig gelernt hatte. Aber was in der Theorie so einfach klang, warf nun in der Anwendung unzählige Fragen auf. Aber es half alles nichts, da musste er jetzt durch.

»Schalten Sie durch«, forderte er Atli auf, der daraufhin mit dem Bleistift auf eines der Lautsprechersymbole tippte und auf ein Schwanenhalsmikrofon zeigte, das einen Meter neben ihm aus dem Pult ragte. Es knackste in der Leitung, dann hörte man den lauten Atem eines Mannes. Schuster lehnte sich über das Mikrofon. Erdmann hielt die Luft an.

»Läuft die Aufnahme?«, vergewisserte er sich bei Atli.

Atli hielt seinen Daumen in die Höhe und sprach laut und deutlich in sein Headset.

»Wir können Sie jetzt hören. Können Sie uns auch verstehen?«

Die Stimme des Mannes am anderen Ende klang tief und rauchig.

»Mann, klar hör ich dich, Bulle. Ich sitz ja nicht in Acapulco.«

»Ich übergebe das Gespräch jetzt an den zuständigen Beamten Kriminaloberrat Schuster.«

Atli gab Schuster ein Zeichen, dass das Schwanenhalsmikrofon nun aktiv war.

»Hier spricht Kriminaloberrat Schuster. Wie ... wie soll ich Sie anreden?«

»Hast du hier das Sagen, Bulle Schuster?«, entgegnete ihm die Stimme schroff.

»Wenn Sie so wollen, ja. Ich leite den Krisenstab.«

»Krisenstab ... klingt gut. Scheiße, oder? Jetzt habt ihr eine Krise da draußen, dabei sind es doch die Juden, die euch immer und immer wieder in die Scheiße reiten. Alles, was wir machen, ist doch den Dreck zu beseitigen ... und zwar für euch.«

Schuster suchte nach einer passenden Erwiderung, aber ihm fiel nichts ein.

»Schuster, hast du gesagt? Du heißt Schuster ... Ist wenigstens kein jüdischer Name. Ich kenn einen Bullen mit dem Namen Schuster, ich mein, die Welt ist verdammt klein. Schuster ... Wie heißt du mit Vornamen, Bulle?«

»Hören Sie, ich bin nicht hier, um über mich zu reden. Mein Name spielt doch überhaupt keine Rolle. Ich bin hier, um eine Lösung zu finden, wie wir die Kinder ...«

»Vielleicht spielt es eine Rolle, vielleicht aber auch nicht. Aber die Regeln stell ich hier auf und nicht du, Bulle!«, unterbrach ihn der Geiselnehmer lautstark.

Schuster schluckte. Jedes Wort konnte falsch sein, konnte die Kinder unnötig in Gefahr bringen und den Zorn des Geiselnehmers heraufbeschwören. Der Druck war enorm. Genau aus diesem Grund hätte auch ein erfahrener Verhandlungsexperte dieses Gespräch führen müssen.

»Achim, mein Vorname lautet Achim«, antwortete er mit trockenem Mund.

»Achim Schuster«, wiederholte die Stimme. »Na, da klingelt's doch. Hab deinen Namen in den Protokollen gelesen. Du warst doch der Bulle, der sich an dem alten Judensack die Zähne ausgebissen hat. Lieg ich richtig?«

Schuster schluckte. Sein Name war in der öffentlichen Berichterstattung vor zehn Jahren geändert worden, ebenso wie der von Koch. Es gab nicht einmal Fotos von den beiden, aus Angst vor Repressalien aus der rechten Szene. Wie hatte dieser Mann Zugriff auf die internen Protokolle bekommen können?

»Jetzt hat's dir die Stimme verschlagen, Achim, was?«

»Und mit wem, bitte, habe ich es nun zu tun?«, antwortete Schuster, immer noch sichtlich bemüht, Haltung zu bewahren.

»Das wird dich jetzt vielleicht umhauen, Mann. Gottfried Wegener – aber du kennst mich sicher besser unter meinem Rufnamen Steiner!«

Hatte Schuster bis jetzt immer noch gehofft, diese Geiselnahme könnte unblutig enden, so hatte er plötzlich das Gefühl, als hätte ihm jemand den Boden unter den Füßen weggezogen. Trotzdem versuchte er, sich nichts anmerken zu lassen, und fuhr fort:

»Die Kinder … Wie geht es den Kindern und den beiden Frauen?«

»Das hängt ganz von deiner Kooperation ab, Achim.«

»Sie sind nicht dumm, Herr Wegener. Was immer Sie wollen, ich muss wissen, wie es den Geiseln geht, bevor wir …«

»Musst du das? Noch so eine blöde Scheiße, und ich schmeiß eins der Gören vom Dach runter. Also hör auf mit den dämlichen Spielchen. Du bekommst nämlich gar nichts von mir, weil du am Arsch bist. Und du bist erst recht am Arsch, wenn hier Blut fließt – Kinderblut, mein Lieber. Das klebt dann an deinen Händen.«

Schusters Herz raste. Er war weder der Typ für diplomatische Verhandlungen noch war er dafür geschult worden. Am liebsten hätte er Wegener angeschrien und danach die Leitung unterbrochen. Seinen Kollegen blieb das nicht verborgen. Es bereitete ihnen geradezu Beklemmungen, mit anhören zu müssen, wie respektlos Gottfried Wegener diesen stolzen und aufrichtigen Mann behandelte, der am ganzen Leib schwitzte, als stünde er in einer Sauna.

»Was wollen Sie, Herr Wegener?«

»Na, klingt doch schon besser, Achim. Und du darfst mich ruhig Steiner nennen«, antwortete der Neonazi süffisant.

Schuster blieb stumm und wartete.

»Wir zwei haben einen gemeinsamen Bekannten«, raunte die Stimme und versuchte dabei vertraut zu wirken, fast so, als würden sich zwei alte Freunde miteinander unterhalten.

»Ist das so?«

»War mal ein Kumpel von mir, hat dann aber die Seiten gewechselt, diese Zecke. Ich will ihn haben, verstehst du, Achim? Es gibt da so viel, was ich mit meinem alten Kumpel noch besprechen muss. Das ging damals alles so schnell, und plötzlich war er weg, wie vom Erdboden verschluckt. Hab echt versucht, ihn zu finden ... nada ... Da habt ihr 'nen richtig guten Job gemacht. Aber weißt du, ich fühl mich seitdem scheißunwohl. Das ist, wie wenn du niesen musst, aber es verdammt noch mal nicht geht. Es juckt tierisch in der Nase, aber irgendwie steckt das fest und will nicht raus. So ist das mit meinem ehemaligen Kumpel.

Ist also nur ein kleiner Gefallen, Mann. Ihr schickt meinen Kumpel zu mir, und ich lass die Kids und die Weiber frei. Na, wie klingt das für dich, Achim?«

»Wer ... also, wer ist dieser Kumpel, von dem Sie sprechen?«

»Hey, Alter, verarsch mich nicht, du kennst ihn. Hübscher Bengel, verdammt schlau.«

»Können wir das nicht einfach abkürzen, und Sie sagen mir seinen Namen?«

Es blieb für einige Sekunden still am anderen Ende der Leitung. Dann erwiderte die Stimme: »Karl. Karl Rieger.«

Schuster fiel es wie Schuppen von den Augen. Natürlich kannte er Karl Rieger. Er hatte ihn gemeinsam mit Koch vor zehn Jahren aus dem Turm befreit. Danach hatte er dessen erste Verhandlungstage vor Gericht noch live miterlebt, bis er schließlich nicht mehr persönlich erschien und ihm mitgeteilt wurde, dass Rieger nun im Zeugenschutzprogramm aufgenommen worden war. Karl Rieger zu bekommen war aussichtslos.

Schuster versuchte die passenden Worte zu finden, um Steiner eine Absage zu erteilen. Wie würde jetzt wohl ein geschulter Verhandler reagieren? Er tastete sich vorsichtig heran.

»Karl Rieger ... also, ich muss Ihnen mitteilen, dass ...«

»Willst du sagen, dass es nicht möglich ist?«

»So direkt vielleicht nicht ... Also nein, das wollte ich so nicht sagen. Aber...«

Steiner unterbrach Schusters Gestammel.

»Achim, was soll das? Du brabbelst wie ein Asylant, kurz bevor man ihn anzündet.« Steiner kicherte über seinen eigenen Witz. »Ich sag dir jetzt mal, was auf unserer Seite alles möglich ist – und du denkst noch mal drüber nach, was auf deiner Seite möglich ist. Also, ich könnte jetzt hinuntergehen zu den Kids und einfach mal einen kurzen Feuerstoß in die kleinen Juden jagen. Das sind vielleicht vierzig oder fünfzig Kugeln ... lässt sich mit einer Maschinenpistole ganz schwer einschätzen. Die Dinger schießen so verdammt schnell, weißt du? Keine Ahnung, wie viel von dem Ungeziefer danach noch am Leben ist.

Und nun bist du dran. Vielleicht denkst du plötzlich, der alte Steiner hat recht, da geht noch was. Also, sag mir, was auf deiner Seite möglich ist ... sag es mir.«

Schusters Magen rebellierte, er war kurz davor, sich zu übergeben. Immer wieder zermarterte er sich den Kopf über die Forderung. Ein Ex-Neonazi gegen das Leben von Kindern und Frauen. Die Rechnung schien ganz einfach, aber moralisch war sie für ihn nicht vertretbar und würde von oben auch nie gebilligt werden.

»Wir werden Zeit brauchen, ich muss Gespräche führen. Das Ganze ist ein wirklich schwieriges Unterfangen. Sie müssen mir Zeit geben.«

»Zeit ist nicht so das Problem, Achim. Uns geht's gut hier. Was zu fressen könnten wir brauchen, sonst verhungern die Kleinen hier noch. Und das will ja keiner, nicht mal wir. Du weißt doch, erst mästen, dann schlachten!«

Das war zu viel für Schuster. Wutentbrannt schrie er in das Mikrofon:

»Sie krankes Arschloch. Ich weiß nicht, wann und wie es geschehen wird, aber irgendwann zerre ich Sie aus diesem gottverdammten Turm raus, und wenn auch nur einem der Kinder ein Haar gekrümmt wurde, dann ... dann ...«

Schuster spürte Erdmanns festen Griff auf seiner Schulter. Mit pochendem Herzen schluckte er die Drohung hinunter.

Steiner schwieg. Schuster schloss verzweifelt die Augen. Er war zu weit gegangen. Wenn der Psychopath nun einem der Kinder etwas antat, würde ihn eine Mitschuld treffen. Er musste das Gespräch wieder in Gang bringen, bevor Steiner auflegte.

»Essen, wir bringen Essen. Für wie viele Personen sollen wir Essen bringen?«

Plötzlich lachte Steiner laut auf.

»O Mann, Achim, und ich dachte schon, du hättest keine Eier in der Hose. Das war ja voll krass. Hey ... mir ist echt kurz die Spucke weggeblieben. Du kannst einem richtig Angst machen. Buh, so ein böser Papa. Aber mach dir keinen Kopf deshalb, mir kommt ab und zu auch die Galle hoch, und dann mach ich Sachen, die mir danach leidtun. Also Schwamm drüber, Achim. Mir ist echt lieber, du bist ganz offen zu mir, verstellst dich nicht oder so. Besser, wir wissen beide, woran wir sind, dann kommen wir gut klar miteinander. Oder?«

Schuster atmete tief durch. Er war nun gewillt, Steiners Spiel mitzuspielen.

»Gottfried ... richtig?«

»Steiner ist mir lieber.«

»Steiner. Ich will, dass das unblutig zu Ende geht. Ich verspreche Ihnen, ich werde alles in meiner Macht Stehende tun, damit Sie mit Karl Rieger reden können.«

»Drauf geschissen, Achim. Ich will nicht nur mit ihm reden, ich will ihn schön nah bei mir haben. Das ist meine Forderung. Aber ich versteh dich, dieser ganze Druck, der da jetzt auf deinen Schultern lastet ... Weißt du, ich meine, warum sollst du den ganz alleine ertragen müssen? Deshalb habe ich mir überlegt, sobald wir hier fertig sind, stell ich unser Gespräch ins Netz. Klingt das toll? Überleg doch mal, die ganzen besorgten Juden-Mamas und Juden-Papas, die werden dir alle helfen, damit sich mein Wunsch erfüllt. Na, ist das cool ... oder ist das cool?«

Schuster graute vor der Vorstellung, was passieren würde, wenn ihre Unterhaltung im Netz landete. Vor zehn Jahren hatten Koch und er zum ersten Mal die Wucht der sozialen Medien gespürt; damals hatte es in Deutschland gerade mal 8,43 Millionen Smartphone-Besitzer gegeben, nun waren es 61 Millionen! Ohne Zweifel würde die Welle der Empörung biblische Ausmaße annehmen, wenn zehn Kinder und zwei Frauen ermordet wurden, weil man sich geweigert hatte, einen ehemaligen Neonazi auszuliefern. Gepeinigt von dieser Vorstellung, klammerte sich Schuster an einen seidenen Faden.

»Sind Sie ein Ehrenmann?«

»Scheiße, was soll die Frage?«

»Kann ich mich auf Ihr Wort verlassen?«

»Scheiß die Wand an, klar. Ich halte mein Wort. Ist 'ne deutsche Tugend, die mir und meinen Kameraden verdammt wichtig ist.«

»Dann versprich mir, dass Karl Rieger nicht zu Schaden kommt, sollten wir ihn dir übergeben. Kannst du mir dafür dein Wort geben, Steiner?«

Steiner war durch Schusters persönliche Ansprache leicht irritiert. Mit dem förmlichen Schuster hatte er besser umgehen können. Sein Tonfall nahm wieder an Strenge zu.

»Du willst mein Wort, Achim?«

»Genau das ist es, was ich will.«

»Hier hast du es. Du verschaffst mir Karl Rieger, und ich werde ihm kein Haar krümmen, versprochen!«

Schuster verbuchte das als Teilerfolg und atmete tief ein und aus.

Steiners Stimme wechselte wieder zu dem vertrauten, freundlichen Tonfall.

»Ich sag dir jetzt, wie das mit dem Essen läuft. Wir bestellen den Scheiß im Netz, ihr zahlt und lasst die Typen durch. Die packen's vor die Tür und ziehen wieder ab. Einer von uns geht raus und holt den Fraß rein. Wenn uns irgendwas komisch vorkommt, legen wir eins der Kinder um. Wenn ihr dem Turm zu nahe kommt, legen wir eins der Kinder um. Wenn ich einen Hubschrauber höre, legen wir eins der Kinder um ... und so weiter. Kam das bei dir an?«

Schuster hatte jetzt den Dreh raus und versuchte, sich erneut auf Steiners Art einzustellen.

»Hör zu, Steiner, bevor dir die Galle hochkommt, rufst du mich an. Kennst du die Geschichte vom roten Telefon?«

»Was für ein Scheiß kommt denn jetzt?«

»Während des Kalten Krieges gab es zwischen dem amerikanischen und dem sowjetischen Präsidenten eine Direktleitung. Eine, die Tag und Nacht funktionierte. Wenn einer der beiden wegen irgendwelcher Vorkommnisse nervös wurde, die zu einem Atomkrieg hätten führen können, griff er zu diesem roten Telefon und rief den anderen an. Manche sagen bis heute, dass dieses rote Telefon den Dritten Weltkrieg verhindert hat. Verstehst du, was ich dir sagen will, Steiner?«

»Hey, die Geschichte gefällt mir. Schade, dass der Kasten hier nicht rot ist. Aber alles klar, wenn der Fraß zum Kotzen ist, ruf ich durch.«

»Etwas muss dir klar sein, Steiner. Wenn auch nur eines der Kinder zu Schaden kommt, wird es kein Treffen mit Karl Rieger geben. Dann stürmt die GSG-9 den Turm und wird ein Blutbad anrichten. Hast du das verstanden?«

Steiner war das Lachen vergangen. Er saß auf dem Bürotisch, den Telefonhörer am Ohr. Mit den Fingernägeln hatte er ein kleines Stück schwarze Farbe von der Fensterscheibe gekratzt und blickte hinüber zu Schusters Kommandozentrale. Er wusste, dass Schuster nicht bluffte. Wenn er eins der Kinder kaltmachte, wäre es nur eine Frage der Zeit, bis Spezialeinheiten den Turm stürmten. Seine Verhandlungsposition wäre andererseits deutlich besser, wenn er alle Kinder finden und den Bullen präsentieren könnte.

»Achim?«, sagte er fordernd.

»Steiner«, antwortete Schuster nun selbstbewusster als zu Beginn des Telefonats.

»Ich geb dir vierundzwanzig Stunden Zeit. Wenn Rieger dann nicht an meiner Tür klopft, knallen wir die Kinder ab. Danach jagen wir uns selbst eine Kugel in den Kopf und werden zu Helden!«

Dann legte Steiner auf.

Schuster setzte sich auf einen Stuhl, den ihm Nigel unterschob. Er war kreidebleich im Gesicht.

Sekundenlang wagte niemand in der Kabine zu sprechen, dann brach Erdmann das Schweigen.

»Das wird niemals klappen. Das ist einfach undenkbar. Wir werden Rieger niemals bekommen.«

»Natürlich nicht. Es geht nicht um Rieger, es geht um Zeit, Erdmann. Zehn Kinder, zwei Frauen und Millionen von Menschen, die in dieser Sache wahrscheinlich emotional entscheiden werden. Das wird der Horror, Erdmann. Unsere einzige Chance ist der rasche Zugriff. Je mehr Zeit wir verstreichen lassen, desto mehr Menschen werden sterben, das zeigen alle Studien über terroristische Gewaltakte. Je schneller und entschlossener der Zugriff geschieht, desto mehr Leben werden gerettet – auch auf die Gefahr hin, dass wir nicht alle retten können.«

»Wir sprechen von Kindern!«, gab Erdmann empört zurück.

Schuster ging nicht darauf ein. Für ihn stand fest, dass es keine Verhandlungen geben konnte. Er hatte Steiner nur in Sicherheit wiegen wollen. Nun kam es darauf an, schnell zu handeln.

»Nigel, verbinden Sie mich mit dem Einsatzleiter des SEK.«

Nigel tippte einen Kurzbefehl in seine Konsole, und auf den kleinen Monitoren über ihnen erschien die Übertragung der Helmkameras des Spezialeinsatzkommandos. Nigel zeigte mit seinem Finger auf den dritten Monitor, wo das schmale

Gesicht eines Mannes mit eng zusammenstehenden Augen erschien.

»Polizeihauptkommissar Treika, ich verbinde Sie mit dem Leiter des Krisenstabs, Polizeioberrat Schuster«, sagte Nigel.

Beim Anblick seines langjährigen Kollegen entspannte sich Schuster ein wenig.

»Tom, alles klar?«

»Sag du es mir«, kam es von Treika zurück, doch Schuster ging nicht darauf ein.

»Du hast die erste Einschätzung der Lage erhalten?«

Die Stimme am anderen Ende der Leitung zögerte.

»Was stimmt mit dieser Welt nicht, Achim?«

Schuster hatte keine Antwort darauf.

Tom Treika fuhr sich mit der Hand über Nase und Mund und umschloss das stoppelige Kinn.

»Ich habe selbst zwei Kinder in dem Alter, Achim.«

»Und gerade deshalb dürfen wir keine Zeit verlieren!«

Treika wusste, dass Schuster recht hatte. Und trotzdem sträubte sich alles in ihm, einen Zugriff zu befehlen.

»Die Faktenlage ist dünn, Achim ... sehr dünn ...«

»Wie haben aller Wahrscheinlichkeit nach zwei Täter, die zwölf ...«

Treika unterbrach ihn energisch.

»Und wenn es nicht zwei, sondern drei Täter sind? Meine Männer haben eine Zielperson hinter einem Fenster im ersten Stock lokalisiert. Die zweite Zielperson befand sich während des Telefonats hinter einem der schwarz besprühten Fenster im Erdgeschoss.«

»Ihr hättet die beiden erledigen können?«, wollte Schuster von Treika wissen.

»Mit neunzigprozentiger Wahrscheinlichkeit. Ja, hätten wir. Aber was, wenn es doch mehr als zwei Geiselnehmer gibt?«

Schuster hatte kurz das Bild vor Augen, wie er den Turm betrat und überall tote Kinder vorfand.

»Wir brauchen mehr Informationen, Achim. Es ist schon sehr merkwürdig, dass wir kein einziges Lebenszeichen von den Kindern haben. Was, wenn sie schon tot sind?«

»Nein, nein«, verdrängte Schuster lautstark diese These. »Die wollen da raus, die brauchen die Kinder.«

»Ist das so, Achim? Dieser Steiner, der hat doch nichts mehr zu verlieren.«

Schuster fiel ein, dass er dringend ein Täterprofil von einem Psychologen benötigte. Hatte er die Anweisung dazu schon gegeben? Er konnte sich nicht daran erinnern. Was war ihm sonst noch alles entfallen? Ein Schweißtropfen rann in sein Auge, und es brannte.

»Es würde nichts ändern«, antwortete Schuster.

»Es würde nichts ändern?«

»Leben die Kinder noch, dann retten wir mehr von ihnen, je schneller wir zugreifen. Leben sie aber bereits nicht mehr, dann spielt der Zeitpunkt des Zugriffs sowieso keine Rolle.«

Treika schluckte und fuhr sich erneut mit der Hand über das ganze Gesicht. Auch er kannte die Statistiken. Aber letztendlich durfte man nicht leichtfertig mit dem Leben von Geiseln umgehen.

Er sah in die Gesichter seines exzellent ausgebildeten Spezialkommandos, die geduckt hinter dem Sichtschutz kauerten und das Ergebnis dieser Besprechung abwarteten. In den Augen seiner Männer konnte er sehen, dass auch ihnen vor diesem Zugriff graute.

»Wie weit seid ihr?«, drängte Schuster erneut.

Treika schloss die Augen und atmete tief durch, um sich selbst daran zu erinnern, dass er Befehlen Folge leisten musste, wenn es von ihm gefordert wurde. Egal, wie schwer ihm das auch fiel. Er hörte zu und nickte entschlossen.

»Wir sind bereit. Ich habe zwei Teams, die für einen Zugriff auf diesen Hochbunker bestens ausgerüstet sind. Zusätzlich kommen drei Kampfdrohnen zum Einsatz, die nach der Sprengung der beiden Zugänge den Turm blitzschnell von innen observieren werden. Jede der Drohnen ist mit hochwirksamen Betäubungsgas ausgestattet oder kann alternativ zur Detonation gebracht werden. Der Sprengradius ist dabei extrem klein und tötet sein Ziel aus nächster Nähe. Die nachrückenden Einheiten dienen vor allem der Sicherung und Bergung der Geiseln. Die Dauer des Zugriffs ist mit acht Minuten angesetzt.«

Schuster sah auf die Uhr. Acht Minuten! In acht Minuten konnte das alles hier vorbei sein. Acht Minuten, die keiner der Einsatzkräfte je in seinem Leben vergessen würde. Acht Minuten, die sich anfühlen würden wie acht Stunden.

Erdmann zog sich die Schutzmaske vom Kopf, blieb aber stumm, während Nigel und Atli förmlich die Luft anhielten. Alle blickten gebannt auf den Kriminaloberrat.

Schuster atmete schwer. In seinem Kopf setzte er die Worte für den Befehl zusammen, aber sie kamen ihm nicht über die Lippen. Acht Minuten!

Sein Mund war trocken, und seine Zunge fühlte sich an, als würde sie am Gaumen kleben.

In diesem Moment erklang ein lauter Piepton an Atlis Pult. Ein externes Gespräch. Zögerlich schob sich Nigel das Headset über die Ohren und nahm den Anruf an.

Nigel meldete sich zu Wort.

»Kriminaloberrat Schuster, Polizeipräsident Endres ist in der Leitung, er bittet um ein vertrauliches Gespräch.«

Schuster stand auf. Er schien fast erleichtert zu sein, auch wenn ein vertrauliches Gespräch in einer laufenden Operation sehr ungewöhnlich war.

»Sagen Sie ihm, dass ich ihn in einer Minute über eine verschlüsselte Leitung aus einem der Einsatzwagen zurückrufe.«

Dann wandte er sich noch einmal Treika zu.

»Tom, halte deine Männer weiterhin in Bereitschaft. Sobald ich zurück bin, will ich die Einschätzung der Krisenberatung haben. Vor allem sollen sie auch ein Szenario für den Fall erarbeiten, dass keine der Geiseln mehr lebt.«

Danach drängte sich Schuster an Erdmann vorbei und verließ den Kommandowagen. Als sich die schwere Metalltür hinter ihm schloss, atmeten die drei Beamten erleichtert auf.

PAUL II

Montag, 19. Oktober 2020, 13 Uhr

Der golden leuchtende Kuppelbau direkt über dem Hochaltar gehörte zur größten Jugendstilkirche Süddeutschlands. Betrat man die Herz-Jesu-Kirche in Augsburg, so kam man nicht umhin, ganz automatisch den Kopf in den Nacken zu legen, um die kunstvollen Arbeiten an der Decke zu bewundern. Die Apsis- und Chorausmalung wies eine reiche Ornamentik auf und war in den jugendstiltypischen Farben Gold, Violett und Oliv gestaltet worden. Die Darstellung zeigte Christus mit ausgebreiteten, einladenden Armen, über ihm schwebte im Mittelpunkt des Gewölbes die Heiliggeist-Taube, von deren Flügeln aus sich das goldene Himmelreich in geschwungenen Mustern hinab zu den Menschen beugte.

Paul Trautmann vollendete soeben in schwindelerregender Höhe eine letzte Ausbesserung an dem goldenen Chorbogen, der den Besuchern zugewandt war und ihnen in großen Buchstaben versprach: *Kommet zu mir alle, die ihr muehselig und beladen seid*

Vielleicht war es genau diese Einladung gewesen, die Paul dazu bewogen hatte, in die Kirche zurückzukehren, um an einigen wenigen Stellen ein letztes Mal Hand anzulegen. Zwei Monate lang hatte er gemeinsam mit drei Restauratoren der Apsis zu neuem Glanz verholfen und die Kunstwerke an der Decke für die nächste Dekade fachmännisch konserviert. Am vergangenen Freitag hatte man feierlich die Arbeiten für beendet erklärt. Die Kleriker im Bistum Augsburg waren heilfroh, die Herz-Jesu-Kirche nun endlich von dem hässlichen Baugerüst befreien zu können, das nicht nur den Hochaltar verstellte, sondern durch seine enormen Ausmaße auch den Blick auf Christus verwehrte. Nur Pauls einfühlsamer, aber mit Nachdruck vorgetragener Bitte an den Bischof, ihm wenigstens noch den Montag zu gewähren, um seine Arbeit nicht unvollendet abbrechen zu müssen, war es zu verdanken, dass die Einweihungszeremonie der Apsis auf den kommenden Sonntag verschoben worden war. Was wiederum den Unmut von Stadtpfarrer Monsignore Bartholomäus Lehmann weckte.

Pünktlich um ein Uhr ertönte dann auch statt des üblichen Stundenschlags der Kirchenglocke ein mächtiges Geläut aus dem Glockenturm wie bereits in den beiden vergangenen Stunden. Der Monsignore hatte ganz offensichtlich vor, seinen unliebsamen Gast und dessen Gestänge förmlich hinauszuläuten.

Paul lag jedoch entspannt mit dem Rücken auf den obersten Holzlatten des Baugerüstes und betrachtete zufrieden sein fertiges Werk.

Kommet zu mir alle, die ihr muehselig und beladen seid

Er war den Buchstaben auf dem goldenen Chorbogen so nah, dass er den kompletten Satz nicht lesen konnte. Aber während die Glocken scheinbar die Tore zum Himmel öffneten, fühlte er ihn.

Hätte er in diesem Augenblick sterben müssen, so wäre er voller Dank für sein neues Leben hinübergewandelt in den Himmel, wo ihn die friedvolle Taube mit ausgebreiteten Schwingen im ewigen Paradies willkommen heißen würde. Langsam streckte er die Hand aus und berührte mit den Fingerkuppen die goldene Decke über sich, fast als wäre er der zu Fleisch gewordene Adam in Michelangelos berühmtem Fresko. Dann verstummten die Glocken, verhallten in der dreischiffigen Basilika, und der Zauber war vorbei.

Irgendwo wurde eine Tür geöffnet und fiel schwer wieder ins Schloss. Klappernde Schritte tönten durch die leere Kirche, bis sie unter ihm zum Stillstand kamen. Außer Atem rief der Stadtkaplan zu ihm hinauf.

»Herr Trautmann, Herr Trautmann! Ihre Frau ist am Telefon, es scheint wirklich sehr wichtig zu sein. Herr Trautmann, hören Sie mich?«

Paul setzte sich auf.

Fabienne? Konnte das wirklich sein?

Vorsichtig beugte er sich über den Rand des Baugerüstes und blickte sechzehn Meter hinab auf den Kaplan, der mit den Armen fuchtelte.

»Wirklich? Meine Frau?« Paul erschrak ein wenig vor seiner eigenen Stimme, die hier oben noch intensiver nachhallte.

»Sie sollen sie unbedingt anrufen. Sie hat darauf bestanden, dass ich Ihnen das sofort mitteile. Sie klang sehr ... aufgebracht ...«

Etwas Schlimmes muss passiert sein, schoss es Paul durch den Kopf.

»Danke, Herr Kaplan, ich rufe sie an.«

»Aber bitte gleich, sie bestand darauf.«

Paul zog sein Handy aus der Tasche. Es war stumm geschaltet.

Fabienne – acht Anrufe in Abwesenheit

Er aktivierte die Kurzwahl und wartete ungeduldig, bis sich die Verbindung aufbaute. Sofort nach dem ersten Klingelton hob sie ab.

»Paul?«

Ihre Stimme klang heiser. Sie zog die Nase ein wenig hoch. Vielleicht hatte sie geweint.

»Fabienne, was ist passiert?«

»Paul ... Oder soll ich lieber Karl sagen?«

Der Name traf ihn wie eine schallende Ohrfeige. Es fühlte sich an, als würde der Boden unter ihm schrumpfen und das gesamte Baugerüst langsam zu kippen beginnen. Er hatte immer befürchtet, dass ihn seine Vergangenheit eines Tages einholen würde, aber die Art und Weise, wie es nun geschah, schnürte ihm die Luft ab. Er streckte die freie Hand nach einer der Metallstangen aus und hielt sich krampfhaft daran fest.

»Fabienne … Es hat nichts mit uns zu tun«, sagte er, ohne zu wissen, was und wie viel sie genau erfahren hatte.

Sie begann zu schluchzen. Er konnte förmlich spüren, wie sie verzweifelt auf die Knie ging.

»Wie kannst du sagen, es hat nichts mit uns zu tun?«, brachte sie leise hervor. Es war ihre Art, mit Kummer umzugehen. Und das war schlimmer, als wenn sie ihn laut angeschrien hätte. Damit hätte er umgehen können.

»Du musst mir glauben, Fabienne. Karl war wie ein Krebsgeschwür, das ich mal hatte und das man mir herausgeschnitten hat. Er ist fort, er darf uns das nicht kaputt machen. Ich liebe dich, Fabienne!«

Sie schniefte leise, blieb aber stumm. Hatte er die richtigen Worte gefunden? Was konnte nur geschehen sein? War sie vielleicht in Gefahr? Hatte die Szene ihn aufgespürt?

Angst stieg in ihm hoch.

»Fabienne? Bitte rede mit mir. Was ist passiert?«, drängte er sie, ohne die Stimme zu erheben.

»Er ist nicht fort …«

Sie sprach von Karl, aber er konnte sich keinen Reim darauf machen.

»Er … er ist im Fernsehen … überall … auf allen Kanälen.«

Es musste mit dem Jahrestag zusammenhängen. Er versuchte das Puzzle ihrer Worte zusammenzufügen.

»Du hättest es mir sagen können, du hättest mir von Karl erzählen müssen!«

»Das ging nicht, Fabienne. Ich musste unterschreiben, dass ich niemandem davon erzählen würde.«

»Auch nicht deiner Frau?«

»Auch nicht meiner Frau.«

»Du hättest es mir trotzdem sagen sollen. Ich hätte es verstanden. Ich weiß doch, wer du bist ... und wer du nicht bist. Dieser Karl, der bist du nicht. Ich hätte es gespürt, und ich hätte dich niemals lieben können, wenn davon noch irgendetwas in dir übrig gewesen wäre.«

Paul atmete auf. Vielleicht war es sogar gut, dass sie es nun wusste. Es war schwer gewesen, diese Last ganz alleine mit sich herumzutragen. Doch nun war es raus, und sie hielt trotzdem fest zu ihm.

Aber da war noch mehr. Was genau meinte sie mit »auf allen Kanälen«?

»Es geht nicht nur um Karl, habe ich recht?«, fragte er vorsichtig.

Wieder zögerte sie die Antwort hinaus, und mit jeder Sekunde, die sie verharrte, hatte Paul mehr Angst vor dem, was nun kommen würde.

»Sie haben zehn Kinder in ihrer Gewalt ...«

Paul musste nicht mehr hören, um zu wissen, wen sie meinte.

»Es könnten unsere Kinder sein, Paul ... es sind kleine Kinder wie unsere Mädchen ... und ... und ...«

Ein Weinkrampf verhinderte jedes weitere Wort. Paul redete sanft auf sie ein.

»Liebling, du musst dich beruhigen. Du wirst sehen, alles wird gut ...«

Zum ersten Mal schrie sie ihn an.

»NICHTS WIRD GUT, NICHTS!«

Dann weinte sie wieder, und Paul wartete stumm, bis sie ihre Stimme wiederfand.

»Sie wollen diesen Karl. Sie wollen, dass er sich stellt, nur dann lassen sie die Kinder frei. Wenn nicht, werden sie alle töten. Aber du darfst nicht gehen, du darfst einfach nicht gehen ...«

Paul starrte an die Decke, wo die heilige Taube ihre schützenden Flügel über ihm ausbreitete. Alles war nur ein Traum gewesen. Sein neues Glück, seine Liebe, seine Kinder ... sein zweites Leben.

Er holte tief Luft und schrie aus voller Kehle seinen Zorn hinauf in das goldene Gewölbe. Der Schrei hallte von den Kirchenmauern zurück wie höhnisches Gelächter. Was für ein Gott konnte so grausam sein, ihm erst das Paradies auf Erden zu schenken, um ihn dann unbarmherzig daraus zu verjagen?

MAJA

Montag, 19. Oktober 2020, 13:07 Uhr

Maja hatte in der Dunkelheit aufmerksam dem Gespräch von Esra und Shalhevet gelauscht. Während alle anderen Kinder fest eingeschlafen waren, hatte sie wach gelegen. Vincents Kopf lehnte schwer an ihrer Schulter, und auch auf der anderen Seite spürte sie unter dem Teppich eins der Kinder. Es war ihr schleierhaft, wie man überhaupt in dieser Enge auf dem harten Boden einschlafen konnte, und so war ihr der Abschied von Shalhevet nicht entgangen. So leise wie möglich hatte sie sich aus der Enge des schweren Teppichs befreit und schlich nun leise das Regal entlang, den Blick immer auf Shalhevets Lichtkegel gerichtet, der einige Meter vor ihr unruhig über den Gang glitt.

Maja Cohn war noch kein Jahr alt gewesen, als ihre Mutter an einem Bronchialkarzinom starb. Maja hatte kaum noch Erinnerungen an sie, nur eine vage Vorstellung von ihr. Maja und ihr Vater pflegten an Mamas Todestag ein regelmäßiges Ritual. Der Tag begann mit Mamas Lieblingskuchen und endete mit einem kurzen Video, das sie alle drei in glücklichen Tagen zeigte. Papa erzählte Maja dann davon, was für eine lebenslustige Frau ihre Mutter gewesen war und dass es nichts Wichtigeres auf der Welt für sie gegeben hatte als ihre kleine Tochter. Es waren immer dieselben Geschichten, dieselben Szenen und dasselbe traurige Ende, wenn Papa sie weinend zu Bett brachte.

Etwas änderte sich jedoch, als Maja an ihrem fünften Geburtstag zufällig eine Dose mit alten Fotos entdeckte, auf denen ihre Mutter im Krankenhaus zu sehen war. Die früher recht kräftige Frau war auf diesen Aufnahmen nur noch ein Schatten ihrer selbst. Ihr dunkles, wildes Haar war fast gänzlich verschwunden, und ihr fahles Gesicht mit den eingefallenen Wangenknochen und blutleeren Lippen steckte unter einer Sauerstoffmaske.

Für das kleine Mädchen waren diese Bilder zutiefst verstörend. Als ihr Vater Maja fand, hatte sie die meisten Bilder bereits schreiend in Fetzen gerissen und war kaum zu beruhigen.

»Das ist nicht Mama ... das ist nicht Mama«, sagte sie immer wieder. Sie klammerte sich fest an Papas Bauch, und gemeinsam sanken sie zu Boden. Irgendwann schlief sie schließlich ein, und er brachte sie behutsam zu Bett. Benjamin Cohn dankte an diesem Abend insgeheim Gott dafür, dass das Mädchen ihm keine Fragen gestellt hatte, denn er war sicher, dass er nicht die passenden Antworten für seinen Liebling gehabt hätte.

Bereits einen Tag danach schien es fast so, als hätte das traumatische Erlebnis vom Vortag keine Spuren bei Maja hinterlassen. Auf Benjamin wirkte sie vollkommen ausgeglichen, aber nach dem emotionalen Ausbruch war es gerade diese schnelle Rückkehr zur Normalität, die ihm Sorgen bereitete. Nach und nach stellte sich schließlich heraus, dass seine Sorge berechtigt war.

Maja schien konsequent allen Erinnerungen an ihre Mutter aus dem Weg zu gehen. Benjamin war sich lange Zeit nicht sicher, ob sie das bewusst oder unbewusst tat – schmerzvoll war es für ihn allemal. Auch wenn er versuchte, sich ihr gegenüber nichts anmerken zu lassen.

Es begann damit, dass sie das Thema wechselte, sobald er seine Frau erwähnte. Dann entfiel der tägliche Extrakuss für Mama in den Himmel. Und schließlich fand Benjamin das kleine gerahmte Bild von Mama, das sie so liebte und das sonst auf ihrem Nachttisch stand, unter ihrem Bett.

Am nächsten Todestag seiner Frau geschah etwas, das ihn zutiefst bedenklich stimmte. Als er den warmen Kuchen aus dem Ofen holte und ihn feierlich vor Maja auf den Tisch stellte, platzte sie mit einer Neuigkeit heraus: »Papa, ich habe eine neue Mama gefunden. Eine, die nicht im Himmel ist und die mich gernhat.«

Benjamin versuchte erst gar nicht darauf einzugehen und wich aus: »Ich habe Mamas Kuchen gebacken, ihren Lieblingskuchen mit ...«

»Ich mag den Kuchen nicht mehr«, unterbrach ihn Maja. »Aber du kannst unsere neue Mama fragen, welchen Kuchen sie mag, und den dann backen.«

Benjamin war so betrübt, dass er keine Kraft hatte, Majas Erzählung von der neuen Mama auf den Grund zu gehen.

»Glaubst du nicht, dass Mama sich im Himmel freut, wenn sie sieht, wie wir an sie denken und ihren Kuchen essen?«

»Mama ist tot, Papa, die hatte gar keine Kraft mehr, um überhaupt in den Himmel zu kommen. Ich hab doch die Bilder gesehen, Papa ... Du weißt, man darf nicht lügen, aber das ist nicht so schlimm, weil wir können jetzt eine neue Mama haben.«

Benjamin schossen die Tränen in die Augen. Hektisch tupfte er sie mit einer Serviette ab und zwang sich zu lächeln.

»Maja, Liebling, man muss keine Kraft haben, um in den Himmel zu kommen. Alle guten Menschen kommen in den Himmel, verstehst du?«

Das verwirrte Maja. Wütend schob sie den kleinen Kuchen mit der weißen Glasur vom Tisch und lief nach oben in ihr Zimmer.

Benjamin bereute es nun, dass er nicht längst zu einem Kinderpsychiater gegangen war, wie es ihm die Leiterin des Kindergartens eindringlich empfohlen hatte. Sie hatte sich rührend um Maja gekümmert, aber immer wieder darauf verwiesen, dass das Mädchen professionelle Hilfe benötigte. Er nahm sich fest vor, das nun nachzuholen. Bis dahin wollte er seinem Engel den Gefallen tun und sich ihrer Geschichte von der neuen Mama widmen. Mit schwerem Herzen ging er die Treppen empor und öffnete sanft die Tür zu Majas Zimmer. Sie lag abgewandt auf dem Bett und blickte aus dem Fenster. Behutsam setzte er sich neben sie, hob sie an und nahm sie in den Arm.

»Maja, das alles ist für mich nicht einfach. Das alles ist ... kompliziert, und ich weiß auch nicht alles.«

Maja blickte ihn mit großen Augen an.

»Kompliziert? So wie eine Waschmaschine?«

Benjamin musste beinahe lachen. Er erinnerte sich daran, wie er auf die Waschmaschine geschimpft hatte, deren Bedienung er nicht wirklich verstand.

Er drückte sie an sich und flüsterte leise: »Das Leben ist so kompliziert wie eine Waschmaschine.« Dann küsste er sie auf die Stirn.

»Wer ... wer soll denn unsere neue Mama sein?«

Das Mädchen drehte sich aus seiner Umarmung und kniete sich vor ihn auf das Bett. Ihre Augen leuchteten, als wäre Weihnachten.

»Tante Shala«, antwortete sie aufgeregt.

***

Am nächsten Morgen brachte Benjamin Cohn seine Tochter wie jeden Tag vor der Arbeit in den Kindergarten. Doch diesmal begrüßte er Shalhevet Ehrenberg etwas weniger herzlich. Sie mochte den Mann, der sich so aufopferungsvoll um seine Tochter kümmerte und sogar einen neuen Beruf angenommen hatte, um nachmittags für das Mädchen da sein zu können. Und so blieb ihr nicht verborgen, dass irgendetwas nicht stimmte.

»Ist alles in Ordnung, Herr Cohn?«, wollte sie wissen.

»Nun ... Es geht um Maja. Ich würde gerne mit Ihnen sprechen.«

»Dann kommen Sie mit hoch, das kleine Spielzimmer ist noch leer, da können wir ...«

»Ich bin ein wenig in Eile ... aber wenn Sie später Zeit hätten, wenn ich Maja abhole ...«

Shalhevet konnte sich keinen Reim darauf machen, denn üblicherweise pflegte Herr Cohn mit ihr einen offenen Austausch, auch in privaten Angelegenheiten.

»Sehr gerne, Herr Cohn. Ich bin da und freue mich, wenn wir wieder einmal die Gelegenheit haben, uns zu unterhalten.«

Shalhevet konnte nicht ahnen, dass Benjamin Cohn sich nicht nur entschlossen hatte, mit seiner Tochter einen Kinderpsychiater aufzusuchen, sondern für sie auch so schnell wie möglich auch einen neuen Kindergartenplatz zu finden. Er konnte nicht zulassen, dass die Verbindung zwischen der Erzieherin und seiner Tochter noch enger wurde. Das schriftliche Kündigungsschreiben steckte bereits in der Innentasche seines Sakkos, aber beim Anblick der freundlichen Kindergärtnerin hatte er es einfach nicht übers Herz gebracht, es ihr jetzt schon in die Hand zu drücken.

Als er an diesem 19. Oktober gegen halb eins zurückkehrte, hatte er sich die passenden Worte, mit denen er Shalhevet Ehrenberg den Kündigungsbrief in die Hand drücken wollte, zurechtgelegt. Doch all das spielte keine Rolle mehr, als sich ihm an der Zufahrt zum Turm eine Kette von Polizisten entgegenstellte. Der schlimmste anzunehmende Fall war eingetreten: Seine Tochter war Opfer einer brutalen Geiselnahme geworden, und er konnte absolut nichts dagegen unternehmen.

Maja folgte dem Licht, das schließlich an der schweren Metalltür zum Treppenhaus haltmachte. Im Schimmer der Lampe konnte sie schwach die Umrisse von Tante Shala erkennen, die kräftig an der Tür zog und sie öffnete. Maja blieb stehen, um nicht entdeckt zu werden. Sie dachte nicht darüber nach, warum sie tat, was sie tat, es geschah ganz automatisch. Vielleicht war es eine Mischung aus Neugier und dem tiefen inneren Bedürfnis, diese neue »Mama« nicht zu verlieren. Sie war sich aber sehr wohl darüber bewusst, dass sie etwas tat, was sie nicht tun durfte. Und so wartete sie ab, bis Tante Shala sich ins Treppenhaus bewegte und nach oben verschwand. Die schwere Tür hatte sie zu Majas Erleichterung weit offen stehen lassen. Maja beeilte sich, um das Licht, das nur noch schwach von oben herableuchtete, nicht aus den Augen zu verlieren. Doch das war leichter gedacht als getan, denn während sie hören konnte, dass Tante Shala die Stufen schnell hinaufstieg, brauchte sie für jeden Treppenabsatz zwei Schritte, bis sie schließlich in vollkommener Dunkelheit stand und die Geräusche von oben verstummt waren.

Jetzt erst spürte sie wirklich, wie beklemmend und unheimlich diese Gemäuer waren. Sie setzte sich auf eine der kalten Stufen und begann leise zu weinen. Sowohl der Weg nach oben als auch der nach unten zu Tante Esra und den anderen Kindern war in dieser Finsternis unüberwindbar. Warum war sie bloß nicht unter dem Teppich liegen geblieben? Warum war Tante Shala überhaupt weggegangen? Und wann würde Papa endlich kommen und sie mit nach Hause nehmen?

Wenn sie sonst weinte, war immer jemand bei ihr, der sie in den Arm nahm und tröstete. Aber in diesem Augenblick war alles, was sie spürte, ein kühler Luftzug an den Stellen, an denen ihre Tränen die Haut befeuchtet hatten. Nach einiger Zeit hörte sie auf zu weinen, zog die Nase hoch und fuhr sich mit dem Ärmel über die nassen Augen. Sie spürte, wie ihre Zähne klapperten, brachte aber trotzdem den Mut auf, sich aufzurichten und vorsichtig eine Stufe hinabzusteigen. Dabei wäre sie beinahe gestürzt, doch sie gab nicht auf. Sie setzte sich auf den Hintern, rutschte bis zur Kante der Treppenstufe und ließ sich dann langsam hinab.

Wie viele Stufen mochte sie wohl schon nach oben gelaufen sein, und wie lange würde es wohl dauern, nun alle wieder hinabzurutschen? Es kam ihr endlos lange vor, und so gab sie schließlich auf. Weinen wollte sie nicht mehr, aber sie erinnerte sich an das Gebet, mit dem Tante Esra die Tür geöffnet hatte. Also hoffte sie ebenfalls auf ein Wunder, schloss fest die Augen und begann leise zu beten. Noch bevor sie den ersten Vers beendet hatte, schalteten sich zu ihrer Überraschung alle Lichter an. Sie musste ein wenig blinzeln, bis sich ihre Augen an das Licht gewöhnt hatten, doch dann durchströmte sie ein unbeschreibliches Glücksgefühl. Tante Shala hatte das Licht angemacht.

Nun hielt sie nichts mehr hier unten. Sie wollte nur noch hinauf zu Tante Shala und sie fest an sich drücken. Weit konnte sie ja nicht sein. Mit aller Kraft kletterte Maja die Stufen hinauf, bis sie an der Tür angekommen war, die auf den breiten Hauptgang hinausführte.

Gerade als sie Tante Shalas Namen rufen wollte, fiel ihr wieder ein, dass auch die bösen Männer noch hier sein konnten. Also verkniff sie es sich und versuchte auch weiterhin leise zu sein, leise und schnell, bis sie Tante Shala gefunden hatte. Sie folgte dem Gang bis zu den eingelassenen Gleisen im Boden. Dort blieb sie kurz stehen, weil sich der Weg hier teilte, doch dann beschloss sie, mit schnellen Schritten dem breiteren ganz zu folgen, und gelangte nach einigen Minuten an die Stelle mit dem Loch in der Decke. Dort oben musste Tanta Shala sein. Doch es schien ihr unmöglich, dort hinaufzugelangen. Zwar erreichte sie die erste Sprosse an der Wand, hatte aber nicht die Kraft, sich hochzuziehen.

Nur zwei Meter entfernt stand eine Holzkiste auf dem Boden. Maja griff danach, schob sie mit aller Kraft an die Wand und stellte sich dann darauf. Der Rest war nun so einfach wie die Besteigung der hohen Rutsche auf ihrem Lieblingsspielplatz. Die Hoffnung, bald bei Tante Shala zu sein, trieb sie an und verdrängte die Stimmen in ihrem Kopf, die sie unaufhörlich mahnten, umzukehren.

Endlich hatte sie das Ende der Röhre erreicht und kletterte in den dunklen Raum. Als Erstes fiel ihr auf, dass die Tür fehlte. Es roch nach Feuerwerk wie an Silvester. Die Wände waren schwarz, mehr konnte sie kaum erkennen, denn durch den Türrahmen drang nur schwach das Licht der Lampe am Gang. Der Boden unter ihren Füßen war übersät mit Holzsplittern und größeren Gegenständen, über die sie vorsichtig stieg, bis sie diesen düsteren Ort endlich hinter sich gebracht hatte und sich das steinerne Treppenhaus des Turms vor ihr erhob.

Ihr Herz klopfte wie wild. Umkehren war keine Option mehr. Sie hatte es so weit geschafft, und irgendwo hier musste Tante Shala schließlich stecken. Die Treppen waren ihr so vertraut, dass sie die Stimmen der Erzieherinnen förmlich hören konnte. Gleichzeitig wurde es wärmer, von irgendwoher drang Sonnenlicht zu ihr hinab. Erst jetzt wurde ihr wieder bewusst, wie kalt und klamm es unten in den Gewölben gewesen war. Im Gegensatz dazu wirkte es hier so ... vertraut und friedlich. Schließlich stand sie im ersten Stock, direkt vor den breiten Flügeltoren des Portals, durch das sie Papa am Morgen gebracht hatte. Ein großes, buntes Dinobaby lachte ihr von der Wand entgegen. Waren die bösen Männer überhaupt noch da? Hatte Tante Shala sie vielleicht sogar schon vertrieben? Ihre Hoffnung darauf zerplatzte wie eine Seifenblase. Aus dem Zimmer der Erzieherinnen drang eine dunkle Männerstimme zu ihr.

»... noch so eine blöde Scheiße, und ich schmeiß eins der Gören vom Dach runter. Also hör auf mit den dämlichen Spielchen. Du bekommst nämlich gar nichts von mir, weil du am Arsch bist. Und du bist erst recht am Arsch, wenn hier Blut fließt – Kinderblut, mein Lieber. Das klebt dann an deinen Händen.«

Nein, die bösen Männer waren noch hier, und sie waren genau hinter dieser Tür. Was sollte sie jetzt tun? Die Flügeltüren waren nur wenige Meter entfernt. Sie hatte oft genug zugesehen, wie die elektronische Verriegelung funktionierte. Der Schalter dafür befand sich direkt rechts über ...

Majas Blick fiel auf die verschmierte Blutlache vor den Türen. Niemals würde sie sich dazu überwinden können, da hindurchzugehen – niemals. Wo war nur Tante Shala? Vielleicht oben.

Sie erinnerte sich daran, was Tante Shala Esra erklärt hatte. *Und der einzige Ort, von dem aus ich die Polizei mit dem Handy erreichen kann, ist oben im Turm.*

Majas Blick wanderte nach oben. Dort waren die schönsten Zimmer, und ganz oben gab es eine wunderbare Aussicht. Dort hielt sich Tante Shala auch am meisten auf. Maja war sich nun ganz sicher, Tante Shala musste oben im Turm sein. Aufgeregt lief sie hinauf, so schnell es ihre Beinchen erlaubten, vorbei an bunten Tierbildern, vorbei am zweiten Stock, wo das Zimmer mit dem selbst gebauten Kasperltheater war. Im dritten Stock musste sie eine Pause einlegen. Sie war zu schnell gelaufen, und vor lauter Anstrengung bekam sie kaum noch Luft. Während sie langsam wieder zu Atem kam, hörte sie Geräusche aus dem Spielzimmer mit der Rutsche. War Tante Shala vielleicht doch nicht ganz nach oben gelaufen, sondern nur bis hierher? Konnte man vielleicht von hier aus auch schon gut telefonieren?

Freudestrahlend rannte Maja auf direktem Weg in das große Spielzimmer, schob die Tür auf und blieb vor Schreck wie angewurzelt stehen. Direkt vor ihr am Fenster saß ein großer Mann, der offensichtlich genauso erschrocken war wie sie. Er hatte sich blitzschnell der auffliegenden Tür zugewandt und zielte mit seiner Maschinenpistole nun direkt auf das zierliche kleine Mädchen. Der Schrecken verflog allerdings schnell wieder, als Lutz begriff, wer ihm hier ins Netz gegangen war.

»Hallo, kleine Maus, wo kommst du denn her?«, grinste er Maja mit einem teuflischen Ausdruck im Gesicht an.

***

Shalhevet stemmte sich aus dem finsteren Loch. Dabei lehnte sie sich auf den verstauchten Ellenbogen und biss die Zähne zusammen, um einen lauten Aufschrei zu unterdrücken. Erschöpft rollte sie sich auf den Rücken, der wieder zu schmerzen begonnen hatte. Aus irgendeinem Grund musste sie plötzlich an die Holzkiste denken, die am Ende der Leiter gestanden hatte. Sie war sicher, dass sie bei ihrer Flucht dort unten keine Kiste gesehen hatte. Es war zwar dunkel gewesen, aber an dieser Stelle hätte sie die Kiste bemerkt. Schließlich wischte sie den Gedanken beiseite, richtete sich schwerfällig auf und ging auf den Kellergang hinaus. Aber die Kiste ließ sie nicht los. Wie ein Mückenstich, der unentwegt juckte, drängte sich der Gedanke immer wieder in ihr Bewusstsein.

Ein wenig Sonnenlicht erhellte das Treppenhaus des massiven Ungetüms. Sie hielt inne und lauschte den Geräuschen im Turm. Von irgendwoher drang eine Stimme an ihr Ohr. Sie waren also hier. Nur wo genau?

Hatte sie vielleicht hier unten schon Empfang? Ein Blick auf das Handy belehrte sie eines Besseren. Die meterdicken Betonmauern verhinderten das, und ein simples WLAN-Netz war ihr nicht genehmigt worden. Eine Gruppe von Eltern hatte sich erfolgreich dagegen gewehrt, aus Angst vor gefährlicher Strahlung, der die Kinder dann ausgesetzt worden wären.

»Fuck«, sagte sie leise. Eigentlich fluchte sie so gut wie nie, aber in dieser Situation brachte das Wort ihren Unmut und Frust genau auf den Punkt. Sie war nun wirklich gezwungen, bis in den zweiten Stock zu gehen, um Empfang zu haben. Oder es gelang ihr, sich einen der Handapparate der Festnetzanlage zu beschaffen, die es im ersten Stock im Büro der Erzieherinnen und im Dachgeschoss gab. So oder so, von ihrem jetzigen Standpunkt aus konnte sie nichts erreichen. Sie musste sich zwingen, nach oben zu gehen.

Stufe für Stufe schlich sie bis zum ersten Stock empor. Es schien ihr fast wie ein Wunder, als sie schließlich unentdeckt vor den breiten Flügeltüren stand. Ein Klick auf den Türöffner, und sie wäre frei. Warum war sie nur alleine gegangen? Wäre sie mit der ganzen Gruppe zurückgekehrt, hätte der Spuk jetzt ein Ende gehabt.

Rechts von ihr drang aus dem Arbeitszimmer der Erzieherinnen eine tiefe Stimme zu ihr.

»... einer von uns geht raus und holt den Fraß rein. Wenn uns irgendwas komisch vorkommt, legen wir eins der Kinder um. Wenn ihr dem Turm zu nahe kommt, legen wir eins der Kinder um. Wenn ich einen Hubschrauber höre, legen wir eins der Kinder um ...«

Nun gab es keinen Zweifel mehr. Die Geiselnehmer standen bereits in Kontakt mit der Polizei und bluff.ten. Sie hatte recht gehabt; die Polizei war ganz offensichtlich der Meinung, dass die Geiselnehmer die Kinder in ihrer Gewalt hatten. Es war Zeit, diesen Irrtum aufzudecken.

***

Maja blieb beim Anblick des glatzköpfigen Mannes wie angewurzelt stehen. Sah so ein böser Mann aus? Er trug einen weißen Kittel wie ihr Kinderarzt, nur war dessen Kittel nicht so dreckig wie der von diesem Mann. Aber vielleicht war er doch kein böser Mann, denn er lächelte so freundlich.

»Kannst du nicht sprechen?«, fragte der Mann höflich und ging behutsam in die Knie.

Maja war nicht sicher, wie sie reagieren sollte, deshalb nickte sie nur.

»Du bist doch eines der Kinder aus der Gruppe, oder?«

Maja nickte wieder. Der Mann legte sein komisches Gewehr auf den Boden und winkte sie zu sich.

»Du musst keine Angst haben, ich tu dir nichts.«

Auch wenn sie für einen kurzen Augenblick gezweifelt hatte, ihr war nun vollkommen klar, dass das einer der bösen Männer war. Sie bewegte sich keinen Millimeter. Noch war Zeit, einfach wegzulaufen. Die Tür zum Treppenhaus hinter ihr stand weit offen, und doch wollte sie dem Mann zumindest eine Frage stellen, bevor sie davonlief.

»Wieso sind Sie ein böser Mann?«

Der Mann verharrte. Er hatte mit vielem gerechnet, aber nicht mit dieser Frage. Er runzelte die Stirn und hatte das Gefühl, sich rechtfertigen zu müssen.

»Wie ... wie kommst du darauf, dass ich ein böser Mann bin?«

»Weil du böse Dinge machst. Machst du böse Dinge?«

»Was ... was verstehst du schon von Gut und Böse?«

»Du willst doch, dass wir alle tot sind. Das ist böse.«

Der Mann dachte nach, während sie gebannt auf seine Antwort wartete und ihn musterte.

»Das ist kompliziert, weißt du ...«

Am liebsten hätte Maja den Vergleich mit der Waschmaschine gebracht, aber das schien ihr gerade unpassend.

»Bist du Jüdin?«, wollte der Mann plötzlich wissen.

»Ich bin ein Mensch!«

Diese Antwort hatte ihr ihr Vater eingebläut, sollte ihr jemals ein Fremder diese Frage stellen.

Natürlich bist du Jüdin, hatte er ihr erklärt. *Aber manchmal ist es besser, darauf nicht zu antworten.*

»Was für eine scheiß Antwort ist das denn?«, erwiderte der Mann. »Du musst doch wissen, ob du jüdisch bist oder deutsch.«

»Warum ist das denn so wichtig?«

»Wenn du deutsch bist, dann ... dann bist du ... dann bist du etwas Gutes, dann bist du besser als andere, die nicht deutsch sind.«

»Ich will aber gar nicht besser sein«, antwortete sie, ohne lange nachzudenken.

»Was du willst, ist gar nicht wichtig. Wenn du deutsch bist, bist du einfach besser, das ist so. Und wenn du jüdisch bist, dann bist du ... dann bist du Ungeziefer.«

»Wie Fliegen oder Käfer?«

»Ja, genau. Wie Fliegen oder Käfer. Und die schlägt man tot. Also wenn man Fliegen totschlägt, ist man dann böse?«

Der Mann schien sich über seine gelungene Argumentation zu freuen. Sein Gesicht nahm einen triumphierenden Ausdruck an.

»Tante Shala sagt immer, man soll keiner Fliege etwas zuleide tun. Aber dann hab ich gesehen, wie sie eine am Fenster zerklatscht hat.«

Der Mann lächelte zufrieden.

»Bist du jüdisch?«, wollte nun das Mädchen wissen.

Sofort verfinsterten sich die Augen des Mannes.

»Spinnst du? Wie kommst du darauf?«

»Du siehst aus wie der große Bruder einer Freundin, und der ist jüdisch.«

»Scheiße, nein ... Ich bin deutsch, ich ... Ich bin richtig deutsch.«

»Kann man eigentlich nicht beides sein? Deutsch und jüdisch?«

Lutz verlor die Geduld und schlug mit der Faust gegen die Wand. Was tat er da eigentlich? Er packte die Maschinenpistole, erhob sich und griff nach dem Mädchen, doch die Kleine war flinker, als er es ihr zugetraut hatte. Ohne zu zögern, drehte sie sich um und lief schreiend ins Treppenhaus hinaus.

»Mist!«, entfuhr es ihm, denn er hatte absolut keine Lust, dem Gör nachzujagen. Erschießen konnte er sie auch nicht. Instinktiv wusste er, dass Steiner ihm dafür die Hölle heiß machen würde, denn sie brauchten das Kind – lebend.

Plötzlich verstummten die Schreie im Treppenhaus. Dann

verstummten draußen auch die Schreie des Mädchens. Kurz darauf rief Steiner zu ihm hoch: »Lutz! Du wirst nicht glauben, was mir da gerade in die Arme gelaufen ist!« Dann lachte er laut.

Lutz schüttelte den Kopf. Hatte der vernarbte Muskelprotz das Mädchen jetzt etwa selbst umgebracht? Er verstand die Welt nicht mehr. Aber noch weniger verstand er sich selbst, denn wenn das Mädchen jetzt tot war, täte ihm das irgendwie leid.

Er stapfte frustriert ins Treppenhaus und blickte die Stufen hinunter, auf denen ihm Steiner mit dem Mädchen bereits entgegenkam. Er hatte den kleinen Körper unter den Arm geklemmt wie eine Puppe. Seine breite Hand lag auf ihrem Mund. Erleichtert stellte Lutz fest, dass sie lebte. Hilfe suchend sah sie ihn an, doch er wandte den Blick schamhaft ab.

»Und was jetzt?«, wollte er von Steiner wissen.

»Jetzt?«, lachte Steiner auf. »Jetzt wird nach unseren Regeln gespielt.«

SCHUSTER III

Montag, 19. Oktober 2020, 13:34 Uhr

Der Aufmarsch der Polizei auf dem Plateau glich inzwischen einer mittelalterlichen Belagerung, aus welcher der achteckige Turm wie eine uneinnehmbare Festung hervorragte. Fast nahtlos bildeten ballistische Schutzwände einen Halbkreis um den Haupteingang zum Turm, hinter dem schwer bewaffnete Einsatzkräfte mit kugelsicheren Westen und Helmen kauerten. In einem Halbkreis standen Streifenwagen und dahinter in einigem Abstand die Lkw der Rettungskräfte und Notdienste.

Sollte es nach einem Zugriff nötig sein, Geiseln, Polizisten oder auch die Geiselnehmer ärztlich versorgen zu müssen, durfte man keine Zeit verlieren. Aus diesem Grund war ein Dutzend Rettungsteams in durchgehender Bereitschaft, um sofort Hilfe leisten zu können. Auch in den umliegenden Krankenhäusern herrschte Alarmbereitschaft, und es waren zusätzlich Ärzte einberufen worden, um im Notfall Wunden zu versorgen und Leben retten zu können. Sie alle hatten im Augenblick mit denselben Problemen zu kämpfen: mit der Ungewissheit, was kommen würde, und der zermürbenden Warterei.

Schuster lief geduckt durch die Reihen der Einsatzkräfte. Die ballistischen Wände mochten gut vor einem Frontalangriff der Terroristen schützen, nicht aber vor Beschuss aus den oberen Stockwerken. Zwar hatten die Scharfschützen inzwischen jedes Fenster im Visier, aber ein mulmiges Gefühl hatte

Schuster dennoch, als er mit dem Rücken zum Turm auf einen der Streifenwagen zusteuerte und die beiden jungen Kollegen bat, ihm für ein vertrauliches Telefongespräch ihr Fahrzeug zu überlassen.

Die beiden stiegen sofort bereitwillig aus, denn seit der überraschenden Schießerei mit einem der Geiselnehmer war ihnen jede Gelegenheit recht, dem Plateau den Rücken zu kehren. Mit Schusters Erlaubnis meldeten sie sich ab und steuerten das Mannschaftszelt an, welches das THW am Fuß des Hügels errichtet hatte.

Über eine abgesicherte persönliche Leitung ließ sich Schuster mit seinem Vorgesetzten verbinden. Polizeipräsident Hubert Endres war Chef des größten bayerischen Polizeipräsidiums mit rund siebentausend Mitarbeitern. Bei seinem Amtsantritt 2013 hatte er einen Schwerpunkt auf den Kampf gegen den Rechtsextremismus gesetzt. In seine Amtszeit fiel auch der rechtsradikal motivierte Anschlag in München 2016, der mit zweitausenddreihundert Einsatzkräften den größten Einsatz der Münchner Polizei in der jüngeren Geschichte nach sich zog. Nun stand er zwölf Tage vor seiner Pensionierung und wollte verhindern, dass seine Amtszeit mit einem Blutbad endete. Endres machte in der Regel nicht viele Worte, doch diesmal holte er aus.

»Sie wissen, ich habe größtes Vertrauen in Sie, aber in diesem Fall komme ich nicht umhin, Ihnen persönlich meine Bedenken mitzuteilen. Sie können sich vorstellen, warum ich Sie vertraulich kontaktiere.«

Schuster nestelte am obersten Knopf seines hellblauen Diensthemds. Der Dienstwagen stand in der prallen Sonne und heizte sich von Minute zu Minute mehr auf. Die Scheiben wollte Schuster allerdings nicht öffnen. Er wollte keine ungebetenen Lauscher.

»Ich glaube schon«, bestätigte er, denn Schuster wusste ganz genau, worauf sein Chef anspielte.

»Wäre es nicht dieser Einsatzort, säßen Sie jetzt im Präsidium und würden auf die Meldungen der Einsatzleitung warten.«

Es trat eine unangenehme Pause ein.

»Wir wissen beide, dass es persönliche Gründe gibt, warum Sie diesen prekären Einsatz selbst leiten – und genau das bereitet mir Sorgen.«

Schuster wischte sich Schweißperlen von der Stirn und widersprach.

»Ihre Sorge ist unberechtigt. Es gibt eine persönliche ... Komponente. Aber keine, die mein Urteilsvermögen trüben könnte.«

»Und Sie sind der Meinung, ein erfahrener Kriminalhauptkommissar wie Kollege Erdmann wäre dazu nicht in der Lage?«

»Die Verantwortung in dieser Lage ist ungleich größer, als wir sie alle je in unserer Dienstzeit erlebt haben. Ich will ihm diese Last nicht aufbürden.«

Der Polizeipräsident konnte in gewisser Weise Schusters Entscheidung nachvollziehen, blieb aber wegen dessen Vorgeschichte trotzdem beunruhigt.

»Dann fasse ich mal zusammen. Sie planen einen zeitnahen Zugriff, obwohl wir davon ausgehen müssen, dass es mindestens zwei rechtsradikale Täter gibt, die zehn Kinder und zwei Frauen in ihrer Gewalt haben?«

»Genau das. Lieber haben wird jetzt einige Ausfälle, als später den Großteil der Geiseln zu verlieren.«

Der Satz kam lauter heraus, als er eigentlich wollte, wodurch auch Endres die Stimme erhob.

»Mein Gott, Schuster, hören Sie sich eigentlich selbst zu? Ausfälle? Wir reden von Frauen und Kindern, und Sie sprechen von Ausfällen. Ist es das, was Sie später den Eltern und der Presse sagen werden, wenn man die zugedeckten Kinderleichen aus dem Turm trägt?«

Schuster schluckte. Seiner Meinung nach war Endres mit dieser drastischen Darstellung zu weit gegangen, denn eine sachliche Distanz zu den potenziellen Opfern war unabdingbar. Um aber das Gespräch nicht weiter zu verschärfen, ging er nicht darauf ein.

»Es ist das, was ich meinem Gewissen sagen werde«, antwortete er so ruhig wie möglich.

»Polizeioberrat Schuster, was macht Sie so sicher, dass ein sofortiger Zugriff Leben retten wird?«

»Sie kennen sicher inzwischen alle Fakten ...«

»Vielleicht Hinweise, Vermutungen und Fragmente, die sich noch nicht richtig zusammenfügen lassen, aber von belastbaren Fakten würde ich noch nicht sprechen. Worauf wollen Sie hinaus?«

Schuster räusperte sich nervös.

»Vieles spricht dafür, dass die Geiseln nicht mehr am Leben sind.«

Endres hatte die Antwort bereits erwartet, denn der Krisenstab berichtete auch an ihn und arbeitete laufend neue Strategien für mögliche Szenarien aus. Eines dieser Szenarien ging von der Möglichkeit aus, dass alle Geiseln bereits ermordet worden waren.

»Vieles spricht aber auch dafür, dass dem nicht so ist«, widersprach er.

Schuster hielt es in dieser Sauna nicht länger aus und öffnete das Fenster der Fahrertür. Kühler Wind streifte sein Gesicht. Er schnappte förmlich nach Luft, dann brach es aus ihm heraus.

»Ich kenne diesen Steiner. Es ist fast genau zehn Jahre her, dass sein Leben in diesem Turm durch einen alten Juden in einen Scherbenhaufen verwandelt wurde. Dieser Mann hat nur eines im Sinn – Rache. Wer immer sich mit ihm in diesem Turm aufhält, die sind nicht hier, um Geiseln zu nehmen. Die sind einzig und allein hier, weil sie ein Massaker verüben wollten. Nur ist ihnen Polizeiobermeister Kucera dabei irgendwie in die Quere gekommen, sonst wären die längst über alle Berge.

Aber ihre Opfer konnten trotzdem nirgendwohin, und die Tatsache, dass wir ihnen den Fluchtweg abgeschnitten haben, bedeutet nicht, dass sie deshalb die Kinder und Frauen am Leben ließen. So bitter es ist, ich bin fest davon überzeugt, dass außer den Geiselnehmern im Turm niemand mehr lebt.«

Die Stimme am anderen Ende der Leitung blieb lange stumm. Dann erwiderte Endres: »War das eine sachliche Analyse der Lage oder eher eine emotional vorgetragene These eines Einsatzleiters, der vielleicht doch nicht so unbefangen ist, wie er gerne glauben würde?«

Schuster wusste, dass er überreagiert hatte. Doch das änderte nichts an seinem Entschluss, den Zugriff nicht hinauszuzögern.

»Vielleicht kann Polizeiobermeister Kucera noch Hinweise liefern, die hilfreich sein könnten, um einen Zugriff zu rechtfertigen«, ergänzte sein Chef.

»Kuceras Protokoll zu den Vorgängen ist recht dürftig, erhärtet aber den Verdacht, dass es sich um nur zwei Geiselnehmer handelt. Das deckt sich auch mit der Annahme, dass der Bombenanschlag in Diesing von denselben Tätern durchgeführt wurde.«

»Trifft es zu, dass Kriminaloberkommissar Bartu soeben den Kollegen erneut verhört?«

»Korrekt«, antwortete Schuster selbstbewusst.

»Wenn ich mich recht erinnere, war Kriminaloberkommissar Bartu derjenige, der eine Beschwerde bei der Dienstaufsicht gegen Polizeiobermeister Kucera eingereicht hat.«

Der vorwurfsvolle Unterton seines Chefs war nicht zu überhören.

»Noch so eine fragwürdige Entscheidung, die ich nicht nachvollziehen kann, Herr Kriminaloberrat.«

Ein wiederkehrender Piepton signalisierte Schuster, dass ein zweites Gespräch in der Leitung war. Die Unterbrechung kam ihm wie gerufen.

»Einen Augenblick, ich bekomme gerade eine Meldung auf der Notfrequenz.«

Schuster schaltete auf die zweite Leitung um, die ihn direkt mit Atli Olofsson im Kommandowagen verband.

»Ja?«, meldete er sich schroff.

Erdmann war am Telefon. Er schien sehr aufgeregt zu sein.

»Wir haben gerade einen Handy-Anruf von einer der Erzieherinnen aus dem Turm bekommen. Sie hat behauptet, die Kinder wären am Leben und in Sicherheit und man könnte den Turm unbedenklich stürmen.«

»Was hat sie noch gesagt? Wo sollen die Kinder denn sein, wenn sie nicht in der Gewalt der Terroristen sind?«

»Die Verbindung ist zusammengebrochen, bevor sie uns mehr über die näheren Umstände mitteilen konnte.«

»Und wir sind uns wirklich sicher, dass das eine der Erzieherinnen war? Könnte ja noch eine weibliche Komplizin im Turm sein.«

»Wir konnten das mithilfe einer ihrer Kolleginnen verifizieren, die zum Tatzeitpunkt mit der anderen Hälfte der Kinder im Wald war. Sie hat uns anhand der Stimme zweifelsfrei bestätigt, dass es sich bei der Anruferin um die Leiterin der Einrichtung handelt. Eine gewisse Shalhevet Ehrenberg.«

Schuster hatte die Ungewissheit satt. Auch wenn diese Informationen seine These nicht stützten und genau genommen ein ziemlich verworrenes Bild der Lage abgaben, so bekräftigten sie dennoch seinen Entschluss. So oder so, sie mussten sich jetzt den Geiselnehmern stellen und waren dafür bestens vorbereitet und ausgerüstet. Die Option, die Kinder in irgendeinem ominösen Versteck lebend aufzufinden, verschärfte sogar noch den zeitlichen Aspekt. Er war nun fest davon überzeugt, dass jede Verzögerung den Geiseln schaden würde.

»Die Krisenberatung arbeitet bereits an verschiedenen Vorschlägen für die weitere Vorgehensweise«, ergänzte Olofsson, der ebenfalls in der Leitung war.

Schuster konnte sich die endlosen Diskussionen um all die neuen Vorschläge bereits vorstellen. Diskussionen von Bedenkenträgern, die allesamt vor allem eines vermeiden wollten – Fehler. Fehler, die man ihnen nach einem misslungenen Zugriff in die Schuhe schieben konnte. Es gab keine Risikooptimierung gegen null, aber genau darauf arbeiteten diese sogenannten Spezialisten mit Hochdruck hin.

Acht Minuten, ging es ihm wieder durch den Kopf. Innerhalb von acht Minuten würden sie alle schlauer sein – und entweder würde man ihn dann als Held feiern oder seine Karriere wäre beendet.

»Wir greifen zu. JETZT! Geben Sie Treika meinen Befehl weiter. Ich komme sofort zurück, aber warten Sie keine Sekunde mehr«, sagte Schuster.

»Aber ...«

»Es gibt kein ABER mehr!« Dann beendete er das Gespräch.

Alea iacta est – die Würfel sind gefallen, dachte er. Dann schaltete er wieder zurück zum Polizeipräsidenten, der geduldig gewartet hatte.

»Und?«, fragte dieser.

»Es gibt eine Zeugin im Turm, die uns telefonisch mitteilte, dass die Kinder in Sicherheit sind.«

Schuster hörte förmlich, wie seinem Vorgesetzten ein Stein von der Brust fiel.

»Das sind gute Neuigkeiten ... Fast zu schön, um wahr zu sein, oder? Wie zuverlässig ist die Aussage?«

»Nach jetzigem Erkenntnisstand kam der Anruf von der Leiterin der Einrichtung, also von einer der mutmaßlichen Geiseln.«

»Haben Sie in Erwägung gezogen, dass die Frau zum Zeitpunkt des Anrufs in Gewalt der Geiselnehmer war? Vielleicht will man einen Angriff provozieren? Wir sollten jetzt überlegt handeln und die Empfehlung des Krisenstabs abwarten.«

Schuster, der darauf setzte, dass sein Befehl in diesem Moment ausgeführt wurde, blickte nervös auf die Uhr. Er wollte Zeit gewinnen, damit der Polizeipräsident seine Anweisung nicht in letzter Minute noch blockieren konnte.

»Am meisten irritiert mich Folgendes«, erklärte Schuster nachdenklich. »Wo in diesem Turm sollen sich zehn Kinder und zwei Frauen so lange versteckt haben? Der Überfall erfolgte bereits vor knapp zwei Stunden.«

»Sie erlauben, dass ich spekuliere – es wäre durchaus vorstellbar, dass die Terroristen den Aufenthaltsort kennen, aber nicht imstande sind, die Zivilisten unter ihre Kontrolle zu bringen. Immerhin hatte der Vorbesitzer den Hochbunker aufwendig modifiziert.«

Schuster blickte wieder nervös auf die Uhr.

»Sie meinen, die sitzen in irgendeinem Schutzraum und die Terroristen kommen nicht an sie ran?«

»Wie gesagt, nur eine Spekulation«, erklärte Endres.

Schuster wurde ungeduldig. Er musste zurück, um den Zugriff im Kommandowagen verfolgen zu können. Treika und sein Team müssten jetzt jeden Augenblick den Eingang zum Turm sprengen. Es war Zeit, mit offenen Karten zu spielen.

»Wir könnten das jetzt noch stundenlang diskutieren – oder uns entschließen, zeitnah zu handeln, wie es die Empfehlungen für Sicherheit und Krisenmanagement bei Geiselnahmen vorsieht.«

»Das mag schon sein, aber jeder Fall muss neu bewertet werden und bedarf einer individuellen Vorgehensweise.«

Schuster biss die Backenzähne fest zusammen, um die Ruhe zu bewahren. In seinen Augen war auch Endres befangen, obwohl er eigentlich aufgrund seiner bevorstehenden Pensionierung nichts mehr zu verlieren hatte. Aber offensichtlich wollte er nicht für den Tod der Kinder verantwortlich gemacht werden.

»In meiner Eigenschaft als Einsatzleiter habe ich beschlossen, nicht mehr zu zögern und stattdessen zu handeln!«, sagte Schuster bestimmt. »Ich habe vor einigen Minuten den Befehl zum Zugriff gegeben und hoffe, Sie respektieren das. Sie müssen mir glauben, das war die schwerste Entscheidung meines Lebens, aber ich bin fest überzeugt, sollten in diesem Turm noch Geiseln am Leben sein, werden wir sie nur durch eine beherzte Intervention retten können.«

Das Herz schlug ihm bis zum Hals. Hatte er das Richtige getan? Er war sich dessen nicht mehr sicher, aber für eine Richtungsänderung war es ohnehin zu spät.

»Sie haben was ...?«

Die rhetorische Frage blieb unbeantwortet in der Leitung hängen. Auch Hubert Endres wurde sich nach und nach der Tragweite von Schusters Worten bewusst.

»Ich muss jetzt Schluss machen – hoffe aber auf Ihre Zustimmung und Unterstützung!«

Endres erhob sich in seinem Büro vom Stuhl und blickte auf die sonnige Stadt hinaus. Es hatte Föhn, die Berge waren am Horizont zu sehen. Alles wirkte so friedlich, und doch waren die Bilder in seinem Kopf düster, schwer und blutig.

Leise flüsterte er nur noch: »Möge Gott mit uns sein.« Dann legte er auf.

Energisch riss Schuster die Fahrertür des Streifenwagens auf und eilte im Laufschritt auf den Kommandowagen zu. Eigentlich erwartete er jeden Augenblick den Lärm von Explosionen und Maschinenpistolen ... aber es tat sich nichts. In diesem Moment öffnete sich die Hecktür des Kastenaufbaus, und Erdmann kam ihm aufgeregt entgegen.

»Erdmann!«, rief er ihm kurzatmig entgegen. »Ich hatte Ihnen doch befohlen, nicht zu warten.«

Erdmann schien kaum Notiz von ihm zu nehmen, sondern wandte sich ab und starrte mit weit aufgerissenen Augen hinüber zum Turm. Schuster verlangsamte seinen Schritt und kam neben ihm zum Stehen. Was er dann sah, warf alle seine Pläne über den Haufen.

Vor dem geöffneten Portal stand der Neonazi mit dem verbrannten Gesicht, der ihn in seinen schlimmsten Albträumen immer wieder heimgesucht hatte. In seinem muskulösen Arm hielt er ein zappelndes kleines Mädchen.

Erdmann konnte den Blick nicht abwenden und sagte nur: »Der Mann hält eine entschärfte Handgranate in der Hand.«

Schuster brauchte ein paar Sekunden, um die Fassung wiederzugewinnen.

»Und Treika?«

»Hat abgebrochen. Die Lage erfordert dringend eine neue Einschätzung«, rief Erdmann Schuster nach, der sich bereits in den Kommandowagen begab. Dann folgte er ihm.

Nigel Kemper stand gerade im direkten Kontakt mit Treika und seinem Team, als Schuster und Erdmann atemlos zwischen ihm und Olofsson Platz nahmen. Schuster übernahm sofort das Gespräch mit Treika.

»Welche Optionen haben wir?«, brachte er atemlos hervor. Treika blickte ihm von zwei Bildschirmen entgegen.

»Wir haben den Mann im Visier. Von einem gezielten Rettungsschuss ist abzuraten. Wir gehen davon aus, dass es sich um eine echte Handgranate handelt, die entsichert ist.«

»Aachen '99«, warf Schuster ein.

»Ähnliche Ausgangslage, aber anders zu bewerten. Die Geisel war damals ein erwachsener Mann. Der Geiselnehmer hatte die Handgranate zwar ebenfalls an dessen Brust gedrückt, aber als der tödliche Rettungsschuss fiel, umklammerte die Geisel panisch die Hand des Geiselnehmers und verhinderte so die Detonation. Diese Möglichkeit scheidet hier aus. Nach unserer Einschätzung handelt es sich bei der Handgranate um das deutsche Standardmodell DM51. Die Explosion erfolgt drei Sekunden nach Freigabe des Sperrbügels. Der tödliche Radius der sechstausendfünfhundert Stahlkugeln, die bei der Explosion freigesetzt werden, beträgt zehn Meter. Das Mädchen hätte keine Chance.«

Schuster sah gebannt auf einen Bildschirm, der Steiner mit dem Mädchen zeigte. Olofsson meldete sich zu Wort.

»Das Mädchen wurde soeben identifiziert. Es handelt sich um die fünfjährige Maja Cohn. Ihr Vater wird mit anderen Eltern in der Zeugensammelstelle betreut.«

Schuster starrte weiterhin bewegungslos auf Steiner und das schreiende Mädchen in seinem Arm.

»Wie lang will dieser Scheißhaufen da eigentlich noch stehen?«, kommentierte er die Bilder wütend und frustriert.

Wieder blinkte einer der Knöpfe auf dem Pult vor Olofsson. Er schob sich die zweite Muschel des Kopfhörers auf das Ohr und nahm den Anruf entgegen. Er wurde kreidebleich, dann schaltete er das Gespräch auf die Lautsprecher.

»Kriminaloberrat – der bayerische Innenminister ist in der Leitung.«

Schuster riss sich von der grauenvollen Szene los.

»Hier Kriminaloberrat Schuster.«

»Hermann hier«, entgegnete der Anrufer. »Ich muss Sie über eine mögliche Bedrohung unterrichten.«

»Eine weitere Bedrohung der Geiseln?«

»Nein, eine Bedrohung für Sie und Ihre Einheiten.«

Hatte er bislang aus den Augenwinkeln immer noch Steiner und das Mädchen im Blick gehabt, besaß der Innenminister nun seine ganze Aufmerksamkeit. Auch wenn seine Nachricht vollkommen absurd klang. Rund um den Turm waren die besten Einheiten der Polizei und der GSG-9 versammelt, die der Freistaat zu bieten hatte.

»Ich glaube, ich habe Sie falsch verstanden ... Sagten Sie, eine Bedrohung für uns?«

»Wir haben eine ernst zu nehmende Warnung durch das Bundesamt für Verfassungsschutz erhalten. Nach Auswertung des Mitschnitts einer Abhörmaßnahme plant eine paramilitärische Einheit vermutlich heute noch einen Anschlag. Die Spezialisten bewerten die Wahrscheinlichkeit, dass es sich bei dem Ziel um den Turm handelt, mit siebzig Prozent.«

Schuster war unfähig, darauf zu reagieren – die Bezeichnung »paramilitärische Einheit« blockierte jeden weiteren Gedanken. Bilder von Syrien, Libyen und dem Irak, wo bewaffnete Milizen gegen Polizei und Militär kämpften, schossen ihm durch den Kopf. Dass eine ähnliche Situation in Deutschland möglich sein könnte, war für Schuster bisher nahezu ausgeschlossen gewesen. Der persönliche Anruf des Innenministers änderte seine Einschätzung nun.

»Kriminaloberrat Schuster, haben Sie mich verstanden?«

Schuster schaute in die schockierten Gesichter von Erdmann, Olofsson und Kemper. Steiner war zwischenzeitlich wieder im Turm verschwunden.

»Wir ... Ich habe Sie laut und deutlich verstanden.«

»Ich verstehe, dass diese Information Ihre aktuelle Lage deutlich komplizierter macht. Ich möchte aber betonen, dass sie vorerst nur als Warnung zu verstehen ist, um präventive Maßnahmen einzuleiten. Ihr Einsatzort gilt nur als eins von mehreren möglichen Zielen.«

Erdmann schlug die Hände vor den Kopf. Keiner der Anwesenden wollte wahrhaben, was er da gerade hörte.

»Wie stark soll der Verband sein?«, wollte Schuster wissen.

»Darüber liegen uns keine Erkenntnisse vor.«

»Wissen wir etwas über die Bewaffnung der Angreifer?«

»Auch darüber wissen wir so gut wie nichts. Da wir aber Vermutungen über den mutmaßlichen Leiter der Gruppe haben, ist mit professioneller Ausrüstung zu rechnen.«

»Und wer soll das sein?«

»Darüber kann ich im Augenblick noch keine Auskunft geben.«

Schuster sah auf die Digitaluhr neben den Bildschirmen.

»Von welchem Zeitraum sprechen wir?«

»Das aufgezeichnete Gespräch ist in diesem Punkt sehr ungenau. Wir gehen von einem möglichen Anschlag in ein bis zwei Stunden aus.«

Es war erstaunlich, wie konzentriert und ruhig der Innenminister all seine Fragen beantwortete. Schuster konnte sich vorstellen, welches rege Treiben währenddessen im Hintergrund in allen betroffenen Dienststellen herrschte. Würde man einen öffentlichen Notstand ausrufen? Wahrscheinlich. Niemand dürfte dann mehr die Straßen betreten, egal, wo man sich gerade befand. Aber Tausende würden in nahe gelegenen Gebäuden Zuflucht suchen – die Panik, die dann folgen würde, wäre mit kaum etwas seit dem Kriegsende vergleichbar. Zwei Stunden Zeit – zu knapp, um weitere Hundertschaften der Bereitschaftspolizei für die Sicherung einer Großstadt heranzuführen. Aber was dann? Klassische Polizisten im Kampf gegen Paramilitärs mitten in der Stadt? Ein absurder Gedanke und offensichtlich nun doch im Bereich des Möglichen.

»Erwägen Sie den Einsatz von stationierten Bundeswehreinheiten?«, brachte Schuster hervor.

»Wir sondieren gerade alle Optionen. Glauben Sie mir, wenn ich sage, wir öffnen die Büchse der Pandora, wenn wir bewaffnetes Militär in die Stadt rücken lassen. Auf der anderen Seite – wenn wir es nicht tun, erleben wir vielleicht ein Massaker von unvorstellbaren Ausmaßen.

Es mag makaber klingen, aber sollte der Angriff auf Ihr Einsatzgebiet stattfinden, wäre das vermutlich die beste Option. Angesichts der Spezialeinheiten, die Sie vor Ort haben, und des fehlenden Überraschungsmoments, könnte der Anschlag mit hoher Wahrscheinlichkeit vereitelt oder zumindest schnell unter Kontrolle gebracht werden. Aber genau aus diesem Grund stehe ich der Einschätzung des BfV skeptisch gegenüber.«

»Sie glauben also nicht, dass diese Miliz hier zuschlagen wird?«

»Ehrlich gesagt, nein. Und das macht mir noch größere Sorgen.«

Schuster musste ihm recht geben. Einen gut überschaubaren Hügel anzugreifen, der noch dazu durch Einheiten der GSG-9 gesichert war, käme einem Selbstmordkommando gleich.

»Herr Innenminister, wir kommen hier auch mit weitaus weniger Einheiten zurecht. Nach unserem Kenntnisstand handelt es sich im Turm um zwei Geiselnehmer – und berücksichtigt man unsere exponierte Lage, ist sicher die Hälfte der Bereitschaftspolizei und GSG-9-Kräfte verzichtbar.«

»Ich schätze Ihr Entgegenkommen, ich hatte sogar darauf gehofft und bin nun froh, mich in Ihnen nicht getäuscht zu haben. Bitte, organisieren Sie einen Teilabzug der GSG-9-Einheiten, soweit es vertretbar ist, und veranlassen Sie eine Evakuierung der Zivilpersonen im Radius von fünf Kilometern um den Turm. Den Ablauf stimmen Sie mit meiner Stabsstelle ab. Über alle besonderen Vorkommnisse berichten Sie von nun an direkt an mich oder meinen direkten Vertreter.«

»Jawohl, Herr Innenminister.«

»Möge Gott uns beistehen.«

Es war das zweite Mal an diesem Tag, dass jemand Gott bemühte. Aber mit Gott hatte Schuster noch nie viel anfangen können. Dann wurde die Verbindung abgebrochen.

Kemper meldete sich zu Wort.

»Videokonferenz mit Stab und den Leitern der Einsatzkräfte?«

Schuster nickte.

»Olofsson, vorher sorgen Sie dafür, dass die Bilder von Steiner und dem Mädchen nicht die Presse erreichen. Wenigstens das müssen wir den Eltern jetzt unbedingt ersparen.«

Olofssons Augen weiteten sich, und er deutete auf einen weiteren Monitor, auf den er soeben die Liveübertragung von RT-Five geschaltet hatte.

»Das wird nicht mehr möglich sein.«

KARIN THALLER I

Montag, 19. Oktober 2020, 13:58 Uhr

Das Bild von Steiner, der dem kleinen Mädchen in seinem Arm eine scharfe Handgranate an die Brust hielt, flimmerte nicht nur weltweit über die TV-Flachbildschirme, sondern verbreitete sich auch rasend schnell in den sozialen Medien und brachte die Kommentarspalten zum Kochen. An Tankstellen kam es zu langen Schlangen, weil Kassierer und Kunden den Blick nicht von den Bildschirmen nehmen konnten, in Großraumbüros bildeten sich trotz der Corona-Abstandsregeln Gruppen, die gebannt den Ereignissen folgten und sich gegenseitig Trost spendeten. Selbst die Fließbänder in großen Fabrikhallen mussten teilweise gestoppt werden, um die Sicherheit der Arbeiter nicht zu gefährden. In Berlin tagte soeben der 12. Integrationsgipfel mit der Bundeskanzlerin und hundertdreißig Vertretern aus Migrantenorganisationen, Religionsgemeinschaften, Politik und Wirtschaft, doch eine Fortführung der Tagesordnungspunkte war angesichts der schrecklichen Ereignisse und Livebilder nicht mehr möglich. Überall herrschten Fassungslosigkeit und blankes Entsetzen. An Kreuzungen kam es zu Auffahrunfällen. An einer U-Bahn-Station stürzte eine junge Frau vom Bahnsteig. Und die Notrufzentralen hatten Schwierigkeiten, die vielen Anrufe von Menschen, die sich aus Unachtsamkeit verletzt hatten oder denen die Szene so starke Seelenqualen bereitete, dass sie einen Notarzt brauchten, zu bewältigen.

Kaum jemand dachte aber darüber nach, wie RT-Five exklusiv zu diesen Livebildern kam. Das gesamte Gelände rund um den Turm war hermetisch abgeschirmt. Journalisten und Vertretern der Presse war der Zugang hinter die Sicherheitsabsperrungen verwehrt, und der Luftraum wurde längst von Spezialeinheiten kontrolliert. Die regulären Bilder zeigten deshalb nur die Spitze des Turms aus großer Distanz vom Fuße des Hügels. Bis vor wenigen Minuten hatte das auch für das Kamerateam von RT-Five und Stephanie Benedikt gegolten, die bislang die mittlerweile ermüdenden Aufnahmen des Turms mit quälenden Beiträgen und Interviews strecken mussten. So furchtbar das Szenario sich auch darstellte, die mediale Ausbeute war bislang »kalter Kaffee« gewesen, wie sich Karin Thaller im News-Studio von RT-Five ausgedrückt hatte.

Allerdings hatte sie von den Fehlern ihres ehemaligen Chefs Marc Kleinfeld gelernt. Eine Meuterei der Mitarbeiter im Studio würde es unter ihrer Führung nicht geben. Die Welt hatte sich gedreht, Programmleiter vom Schlage eines Marc Kleinfeld, die ihrer Freude über hohe Einschaltquoten ungeachtet moralischer Bedenken hemmungslos Ausdruck verliehen, passten nicht mehr zu den Wertvorstellungen aktueller Medienmacher und Konsumenten. Was aber nicht hieß, dass es sie nicht mehr gab, denn am Ende des Tages zählte nach wie vor der Erfolg durch Reichweite und Quote. Den sprichwörtlichen Elefanten im Porzellanladen, wie ihn Marc Kleinfeld verkörpert hatte, beförderte man ins Abseits. Anpassungsfähigen Führungspersönlichkeiten wie Karin Thaller hingegen war eine steile Karriere gewiss.

Mit dem Wechsel von TELE-PRO zu RT-Five hatte die Karrieristin mit eiserner Disziplin einen radikalen Persönlichkeitswandel vollzogen – zumindest äußerlich und in ihrem Auftreten. Eine unnachgiebige Fitnesstrainerin, ein Ernährungsberater und ein erfahrener Personalcoach machten aus der Managerin, deren militärischer Führungsstil im alten Sender gefürchtet war, eine respektierte Chefin, die offen mit ihren Gewichtsproblemen oder ihrer Laktose-Intoleranz umging, von ihren Meditationskursen erzählte, sich vegetarisch ernährte, nur noch Biotee statt Kaffee aus Nespresso-Kapseln trank und sich für die Wehwehchen ihrer Mitarbeiter interessierte. Und so war vor allem auch dieser Montag geprägt von Tränen des Mitleids für die Kinder und gezielt eingestreuten Betroffenheitsbekundungen.

Innerlich aber brodelte Karin Thaller förmlich. Halbstündlich erhielt sie die Quoten auf ihr Smartphone, die sie dann heimlich auf der abgeschlossenen Toilette gierig aufsog wie eine verbotene Droge. Gleichzeitig wusste sie aber als erfahrene Medienmacherin, dass sich dieses hohe Level nicht lange halten ließ, wenn sie nicht die entsprechenden Bilder lieferte. Doch darauf war sie vorbereitet.

Von dem Moment an, als sie von dem erneuten Geiseldrama am Turm erfuhr, war ihr bewusst, dass die Polizei die Berichterstattung mit Übertragungswagen direkt vom Plateau, wie es sie noch zehn Jahre zuvor gegeben hatte, unterbinden würde. Was immer da oben passierte, die Kameras würden nur das geliftete Gesicht von Stephanie Benedikt und die Spitze des Turms sehen. Ein Jammer. Sie erinnerte sich an die geradezu ikonischen Bilder der letzten Geiselnahme – der Sturmlauf der Spezialkräfte, der Amoklauf der Links- und Rechtsradikalen, Tränengas und Feuersbrunst. Nichts von alledem würden die Menschen diesmal zu Gesicht bekommen. Es sei denn – es gäbe Aufnahmen aus der Luft.

Eine feine kleine Kameradrohne, die so weit oben flog, dass sie in der ganzen Aufregung vielleicht niemand registrierte, könnte die Lösung ihres Problems sein.

Grundsätzlich war das Sperrgebiet rund um den Tatort für Kameradrohnen strengstens verboten. Aber letztendlich musste sie nur einen Weg finden, die Weste des Senders sauber zu halten – und das war leichter, als sie anfänglich gedacht hatte.

Vor knapp zwei Stunden hatte ihr ein freier Kameramann erklärt, dass zwar der Einsatz einer Drohne strafbar war, nicht aber die Verwendung der gedrehten Filmszenen. Entscheidend war nur, dass die Drohne nicht zu ihrem Besitzer zurückverfolgt werden konnte. Das funktionierte im Prinzip ganz ähnlich wie bei illegalen Waffen: Man entfernte schlichtweg die Seriennummer. Der Verlust der Drohne wurde bei einer solchen illegalen Aktion in Kauf genommen und war verschmerzbar.

All das hatte ihr der Kameramann in der Tiefgarage des Senders erklärt. So also fühlte es sich an, wenn Drogendealer und Hehler ihre Waren verschoben.

»Und wie bekommen wir die Aufnahmen und Sie Ihr Geld?«, flüsterte sie dem untersetzten Mann zu, dessen Kopf fast nahtlos in den Rumpf überging.

»Wir können mehrere Sessions drehen. Zwischendurch müssen wir die Akkus austauschen, aber sobald wir das Gefühl haben, die Bullen sind uns auf den Fersen, lassen wir die Drohne abstürzen und verschwinden.«

»Das heißt, Sie sind selbst in der Nähe des Turms?«

»Nein, ich befinde mich etwa zwei Kilometer entfernt in einem Airbnb-Zimmer. Das wird online unter falschem Namen gebucht und bezahlt. Von dort aus steuere ich die Drohne und überspiele die Aufnahmen in eine Cloud. Nicht in 4K, aber für Ihre Zwecke sollte die Qualität reichen.

Mein Partner überträgt die Daten dann auf einen Youtube-Kanal. Von dort können Sie sie direkt streamen und haben eine weiße Weste.«

Als krönenden Abschluss seiner Ausführungen bohrte er ungeniert mit dem Zeigefinger in seiner Nase.

»Sie arbeiten zu zweit?«, fragte sie.

Enttäuscht betrachtete er seinen Fingernagel, den er ohne Beute aus der Nase gezogen hatte.

»Nicht wirklich. Ich kenne den Typ nicht persönlich, aber er sorgt dafür, dass die Szenen auf dem Channel eines Bloggers in Südkorea online gehen. Sobald das passiert, bekommen Sie von mir eine anonyme SMS mit dem YouTube-Link. Dann müssen Sie schnell sein. Sie nehmen mit dem Anbieter des Channels Kontakt auf, um die Aufnahmen zu kaufen. Postwendend bekommen Sie ein Angebot über fünfundzwanzigtausend Euro, zahlbar in Bitcoins – und können daraufhin das Streaming exklusiv übertragen. Alles ganz legal.«

Wieder setzte er den Finger an die Nase, aber diesmal verhinderte ein böser Blick von Karin Thaller weitere Grabungen.

»Mit welchem Zeitversatz müssen wir rechnen? Cloud, Streaming in Südkorea, YouTube und so weiter ...«

»Vielleicht zwanzig Sekunden – maximal. Wahrscheinlich weniger.«

Karin konnte es kaum glauben.

»Wie lange, sagten Sie, können Sie filmen?«

»Die Akkus, die ich verwende, laufen dreißig Minuten. Größere Akkus machen die Drohne langsamer und sind leichter zu entdecken. Wir filmen aus hoher Distanz, wenn wir Glück haben, entdeckt das Teil überhaupt keiner. Und wenn doch, so eine Drohne ist verdammt schwer vom Himmel zu holen, sogar für geübte Schützen. Zwischendurch fliegen wir sie zurück, wechseln die Akkus und starten erneut.«

»Und das dauert wie lange?«

»Je nach Wind macht das Ding sechzig Stundenkilometer. Inklusive Wechsel des Akkus macht das vielleicht einen Zeitausfall von zehn Minuten.«

Karin Thaller überlegte. Praktisch live dabei für fünfundzwanzigtausend Euro mit Unterbrechungen von etwa zehn Minuten. Im schlimmsten Fall kaufte sie überteuerte Luftaufnahmen eines langweiligen Hochbunkers im strahlenden Sonnenschein.

»Und was, wenn die Szenen nicht unseren Erwartungen entsprechen?«

»Fünfundzwanzigtausend. Die Summe ist nicht verhandelbar.«

»Und das alles nur auf Vertrauensbasis? Reichen wir uns jetzt die Hände oder so?«

Der Kameramann lächelte. Dabei bildete sein Doppelkinn eine tiefe, breite Falte. Langsam zog er die Hand aus seiner Hosentasche. Karin Thaller streckte ihm ihre Hand verunsichert entgegen, doch der Mann schüttelte nur den Kopf und zeigte auf das Smartphone in seiner schwulstigen Hand.

»Fünfundzwanzigtausend Euro, oder dieses Gespräch geht zusammen mit dem Video und Ihrem Bild ebenfalls online.«

»Welches Bild?«, wollte sie wissen, als der Mann bereits den Auslöser drückte.

Natürlich hatte sie zugestimmt, und zu ihrem Erstaunen hatte ihr neuer Geschäftspartner seine gesamte Ausrüstung auf der Rückbank seines Vans bereits mitgebracht. Stolz beugte er sich ins Innere des Wagens, wobei seine Jeans den Ansatz seines Hinterns entblößte, und holte einen breiten silbernen Koffer hervor.

»Hab eins der Babys immer dabei.«

Während der ersten halben Stunde nach dem Deal hatte sie nervös minütlich geprüft, ob eine SMS angekommen war. Danach verdrängte sie nach und nach die Angelegenheit, und der harte Produktionsablauf hatte sie voll im Griff. Als es dann in ihrer Tasche aber irgendwann Ping machte, riss das durchdringende Geräusch sie schlagartig aus der hektischen Routine der News-Produktion.

Es war fast so, als würde die Welt um sie herum nur noch in Zeitlupe existieren. Voller Erwartung warf sie gespannt einen Blick auf ihre Nachrichten, aktivierte den Link in der unscheinbaren SMS und konnte kaum glauben, was sie dann zu sehen bekam.

Mit zittriger Stimme versuchte Stephanie Benedikt die Luftaufnahme zu kommentieren. Doch angesichts des grauenvollen Anblicks fiel es ihr schwer, zusammenhängende Sätze zu bilden. Der Neonazi, der eine blutverschmierte weiße Jacke trug, hielt das zappelnde und offensichtlich schreiende Kind in seinem muskulösen linken Arm wie eine Plastikpuppe. Seine rechte Faust hatte er auf die Brust des armen Mädchens gelegt. Deutlich war darin ein ovaler schwarzer Gegenstand zu sehen, vermutlich eine Handgranate. Dass die Livebilder ohne Ton abliefen, machte sie nicht weniger schmerzvoll. Im Gegenteil, das verzerrte Gesicht des kleinen Mädchens war stumm noch weniger zu ertragen. Stephanie spürte förmlich den Druck der mächtigen Faust des Neonazis auf ihrer eigenen Brust. Sie musste erneut an Jonathan denken, daran, wie lebensfroh und aufgekratzt er in diesem Alter noch gewesen war. Der Gedanke schnürte ihr die Kehle zu.

Karin Thaller saß am Regiepult neben der Regisseurin Sarah Fay, die soeben Anweisung gegeben hatte, Stephanies Gesicht und den brutalen Neonazi als Splitscreen zu übertragen.

»Das ist so fürchterlich, ich fasse es nicht. Kamera zwei, gib mir eine der Frauen, die auf ihr Handy sehen«, wies Sarah hoch konzentriert einen Kollegen an.

Eine der Aufnahmen auf den Monitoren bewegte sich durch die wartenden Menschen vor der abgeriegelten Zufahrt zum Turm.

Karin Thaller verfolgte gespannt die Arbeit der Regisseurin.

»Nein, die nicht, die ist zu alt«, ordnete Sarah dem Mann hinter der Kamera an. »Die ist gut, die mit der Brille ... Und jetzt nehmt Stephanie raus und Schnitt auf die Zwei!«

Der Mitarbeiter am Bildmischer führte den Befehl aus, und statt Stephanie erschien nun auf der linken Bildhälfte die Frau mit der Brille, die sich mit einer Hand den Mund zuhielt. Tränen liefen ihr über die Wangen. Auf der rechten Bildhälfte schrie der Neonazi den Polizisten irgendetwas entgegen, allerdings ohne Ton. Sarah schüttelte verärgert den Kopf.

»Karin ... die Aufnahmen sind toll, ich meine, wirklich bewegend. Aber ohne Ton sind die nur halb so gut. Das Geschrei von dem Mädchen können wir in den Wiederholungen aus der Dose nehmen, aber ich sag's dir ehrlich, den Neonazi müssen wir an der Stelle schneiden. Beim Fußball haben die doch Lippenleser.«

Sarah wandte sich Karin zu und hielt sich kurz eine Hand vor den Mund.

»Du weißt schon, deswegen halten sich die Trainer im Spiel immer die Hand vor den Mund, wenn die sich irgendwie taktisch unterhalten. Kannst du so einen nicht auftreiben?«

Karin Thaller hatte auch schon daran gedacht. Sie erinnerte sich, dass die Online-Abteilung darüber mal einen Beitrag gebracht hatte. Sie wählte die Nummer des Leiters der Digitalkommunikation, wo man die Geiselnahme der TV-Show in den sozialen Medien mit eigenen Beiträgen begleitete.

»Marvin, Karin hier. Wir treffen uns in zehn Minuten im Raum Afrika. Bringen Sie diese Mitarbeiterin mit, die den Artikel über die Lippenleser geschrieben hat.«

Sarah drehte sich wieder zu den Monitoren.

»Was für ein mieses Schwein«, kommentierte sie die Aktion des Neonazis. »Jetzt wieder Schnitt auf Stephanie.«

Karin nickte zustimmend.

»Ja, was für ein mieses Schwein ... Tut mir leid, aber ich kann da nicht hinsehen. Ich ... ich geh mal.«

Sarah strich Karin fahrig über den Unterarm, ohne den Blick von den Monitoren zu nehmen.

»Geh ruhig, Karin, wir machen das schon. Ich kann gut verstehen, dass dir das an die Nieren geht.«

Daraufhin verließ Karin mit betroffenem Gesicht ihren Platz, drückte sich leicht geduckt zwischen den Mitarbeitern der Regie hindurch, die ihr alle voller Mitgefühl zunickten.

Leise schloss sie die Tür hinter sich und ging zielstrebig in die Damentoilette, sperrte ab und warf einen Blick auf die Quoten.

»Unfassbar«, flüsterte sie und setzte sich, berauscht und ergriffen von den ausgezeichneten Zahlen, auf den Klodeckel.

MARIE V

Montag, 19. Oktober 2020, 14:24 Uhr

Erst hatte Marie aus Verzweiflung und Frustration den Bildschirm angeschrien, bis sie heiser war. Dann hatte sie sich schluchzend zur Küchentheke geschleppt, die Tränen weggewischt und um Fassung gerungen, um schließlich erneut ihrer ohnmächtigen Wut freien Lauf zu lassen. Eine halb volle Rotweinflasche war auf die Fliesen des Küchenbodens geknallt und hatte ihren Inhalt wie Blut auf die weiße Kücheneinrichtung gespritzt. Astride hatte alldem machtlos zugesehen, bis Marie ihre Emotionen wieder in den Griff bekam. Danach hatte sie Astride angefleht, erneut einen Kontakt zur VAO-20 herzustellen.

Knapp eine halbe Stunde war seitdem vergangen, aber das Bild des vollkommen verängstigten, schreienden Mädchens im Arm des Neonazis hatte sich schmerzhaft in ihr Gedächtnis gebrannt. Maries Auto jagte eine der Hauptverkehrsadern der Großstadt entlang, auf der bemerkenswert wenig los war. Ungeachtet der Geschwindigkeitsbegrenzung wechselte sie gelegentlich in rasantem Tempo die Spuren, um wie in einem Slalom langsamer fahrende Fahrzeuge überholen zu können. Aufblendende und hupende Autos hinter ihr nahm sie kaum wahr, denn alle ihre Sinne waren auf einen Fixpunkt gerichtet, der in der nahen Zukunft lag. Alles andere verblasste daneben.

Zwei Pkws vor ihr, die auf gleicher Höhe fuhren, zwangen sie dazu, ihr kleines Cabriolet abzubremsen. Aufgewühlt schlug sie mit der flachen Hand gegen das Sportlenkrad und fuhr dem Vordermann so nah auf, dass sie seine Stoßstange kaum noch sehen konnte. Wild gestikulierend gab der Fahrer klein bei, beschleunigte ein wenig und wechselte schließlich die Spur. Marie schaltete einen Gang runter und trat das Gaspedal durch.

Sie war zu allem entschlossen. Und sosehr ihre Wut auch dem Neonazi Steiner galt, den sie sofort wiedererkannt hatte, so sehr zwang sie sich dazu, sich klarzumachen, dass die wahren Verantwortlichen in den Reihen der rechtspopulistischen Politiker zu finden waren. Ihnen allein galt ihr Zorn, und sie hatte sich geschworen, ihnen allein Leid zuzufügen. Sie sollten jetzt endlich die Rechnung bezahlen. Für einen Moment musste sie an ein Zitat denken, mit dem Karl Rieger vor zehn Jahren seine radikalen Taten zu rechtfertigen versucht hatte: Wer Wind sät, wird Sturm ernten.

Jetzt verstand sie die emotionale Kraft hinter diesen Worten. Denn nun würde sie der Sturm sein.

Der Supermarkt war wie ausgestorben. Der schwere Einkaufswagen vor ihr zog klappernd immer wieder nach links. Sein Inhalt beschränkte sich auf eine Sechserpackung Klopapier.

Die neue Währung der Pandemie, dachte sie kurz und passierte eine Mutter, deren kleine Tochter im Klappstuhl des Einkaufswagens eingezwängt war und sie angrinste. Sie musste sich abwenden, denn sofort schoss ihr das Bild des schreienden Mädchens durch den Kopf, das in der bulligen Armbeuge des Neonazis kaum Luft bekam.

Ein anderer Einkaufswagen versperrte ihr direkt vor den mannshohen Kühlschränken mit Milchprodukten den Weg.

Gudrun stand vor ihr. Beinahe hätte sie sie nicht erkannt. Sie trug ein Sommerkleid mit Blumenmuster und eine dunkle

Sonnenbrille, die zusammen mit ihrer FFP2-Maske den Großteil ihres Gesichts verdeckte.

»Du bringst uns alle in Scheißgefahr!«, brachte die hochgewachsene Frau mit gepresster Stimme hervor. Im Keller der Fabrikhalle hatte Marie noch Angst und Respekt vor der kurzhaarigen Amazone gehabt, doch im Augenblick war sie nur ein ärgerliches Hindernis auf dem Weg ihrer selbstauferlegten Mission.

Wütend knallte Marie ihr entgegen: »Weißt du, was ich glaube? Dein ganzes Rambo-Gehabe ist nur Show. In Wirklichkeit machst du dir in die Hosen, weil du ständig an die Konsequenzen denken musst. Deine ganzen wilden Sprüche und die Monster-Tattoos sind nur Show, um die piekfeine Herkunft zu verleugnen, die du wahrscheinlich hast.«

»Fick dich!«, konterte Gudrun laut und rammte ihren Einkaufswagen gegen den von Marie. Dabei verrutschte ihre Sonnenbrille, und ihre rot geränderten Augen wurden sichtbar. Die Halsschlagadern der großen Frau traten hervor.

»Was hast du gesagt?«, blaffte Marie zurück, senkte dann aber die Stimme, um den Streit nicht eskalieren zu lassen. »Gudrun ... Ich habe keine Ahnung, warum du dich dieser Sache verschrieben hast, aber ICH BIN NICHT DER FEIND!«

Gudruns Druck auf den Einkaufswagen ließ nach.

»Der Feind ist da draußen und droht gerade damit, kleine Kinder umzubringen. Hast du die Bilder gesehen?«

Die hochgewachsene Frau antwortete nicht.

»HAST DU DIE BILDER GESEHEN?«, wiederholte Marie energisch.

Gudrun schob sich schwer atmend die Brille wieder vor die Augen, holte tief Luft und gewann scheinbar die Fassung zurück.

»Fuck, das geht zu schnell. Das wird nicht funktionieren«, brachte sie leise hervor.

»Ich weiß nicht, ob das funktionieren wird, keine Ahnung«,

gab Marie ihrer Kontrahentin recht, deren sonst so beeindruckende Körperspannung fast gänzlich verschwunden war. »Wahrscheinlich wird es sogar nicht funktionieren. Aber der Schmerz ist so groß, dass ich das Gefühl habe, es zerreißt mich innerlich, wenn ich nichts dagegen unternehme. Ich ... ich kann das alles nicht mehr hinnehmen, ich kann es nicht. Mir ist es auch egal, ob es funktioniert und was danach mit mir geschieht. Aber ich glaube, ich werde mich dann frei fühlen, weil ich es wenigstens versucht habe.«

Gudrun löste ihre verkrampften Hände vom Griff des Einkaufswagens und ging auf Marie zu.

»Ich komme aus keiner piekfeinen Familie«, begann sie mit leiser Stimme. »Mein Großvater war zu DDR-Zeiten bei der Staatssicherheit, meine Eltern sind scheiß AfD-Anhänger, und mein Bruder sitzt im Knast, weil er einen Geflüchteten krankenhausreif geprügelt hat – einfach nur, weil er ein Geflüchteter war. Was wir da mit Barak ... also mit Traven ... was wir da aufbauen, das ist etwas wert. Das soll nicht kaputt gemacht werden wegen ... wegen einer durchgeknallten Bitch, die sich nicht im Griff hat. Ich find's scheiße, was da draußen mit den Kindern passiert, und wenn ich könnte, würde ich jeden einzelnen von diesen Nazis an den Eiern aufhängen, jeden einzelnen. Aber für Hauruckaktionen fehlt mir jegliches Verständnis – und dass sie das dann auch noch ausgerechnet dich machen lassen, ist so blöd, dass ich am liebsten alles hinschmeißen würde. Und auch wenn's mir scheißegal ist, was du über mich denkst: Du hast keinen blassen Schimmer, wer ich bin, was mir Angst macht oder was ich zu tun bereit bin. Also schau mir jetzt mal tief in die Augen.«

Sie näherte sich Maries Gesicht bis auf wenige Zentimeter und nahm ihre Brille ab.

»Wenn dein Scheißplan schiefgeht – und das wird er, weil Hass alleine nicht ausreicht, um so was durchzuziehen –,wenn du es also verkackt hast und du den Bullen auch nur ein Wort über uns oder die VAO-20 steckst, dann werde ich einen Weg finden, dich kaltzumachen. Vielleicht nicht dieses Jahr, vielleicht nicht nächstes ... Aber irgendwann kommst du aus dem Knast raus, und dann warte ich auf dich. Dann werde ich dir zeigen, wer ich wirklich bin!«

Mit einem kräftigen Ruck entriss sie Marie ihren Einkaufswagen mit dem Klopapier und entfernte sich damit, ohne sich auch nur noch ein einziges Mal umzudrehen. Marie sah ihr nach, bis sie im Gang für Nudeln und Reisprodukte verschwand, dann beugte sie sich über Gudruns Einkaufswagen. Unter diversem Obst und Gemüse verbarg sich eine Jutetasche. Marie zögerte, die Tasche zu öffnen, blickte an die Decke und hielt nach Überwachungskameras Ausschau, konnte aber keine entdecken. Gudrun hatte den Treffpunkt anscheinend mit Bedacht gewählt.

Neugierig griff sie in die Tasche. Sie konnte ein Bündel und einen gefalteten Zettel ertasten. Das Bündel fühlte sich schwer an. Nervös legte sie in der Tasche den Inhalt frei. Sie spürte das kalte Metall und den Lauf einer Pistole sowie ein schweres kleines Päckchen, vermutlich Munition. Schließlich holte sie den Zettel aus der Tasche und faltete ihn auf.

Es war ein Computerausdruck mit einer Adresse, auf der Rückseite stand ein Name.

Bernd Hessel.

STEINER V

Montag, 19. Oktober 2020, 14 Uhr

Steiner zeigte der Welt sein Antlitz. Er war zurück. Für jedermann gut sichtbar. Ob Freund oder Feind. Unerschrocken strotzte er einer Armee von Polizisten und Spezialeinsatzkräften. Gottgleich fühlte er sich unantastbar, denn was immer seine Gegner geplant hatten, er hatte sie alle zu kuschenden Feiglingen degradiert, die zu ihm aufblickten, während er aufrechten Hauptes im Licht der Sonne strahlte.

Hätte er in diesem Augenblick abtreten müssen, es wäre ein triumphaler Tod gewesen. In Walhalla würde man ihn mit Ehren empfangen, und die Lebenden würden ihn als großen Helden in Erinnerung behalten.

Es dauerte eine Weile, bis Gottfried Wegener, berauscht von Narzissmus und Adrenalin, den Bezug zur Realität wiederherstellen konnte. Das kreischende Mädchen in seinem Arm hatte dem perfekten Augenblick eine unangenehme Komponente verliehen. Ein ruckartiger Dreh an ihrem Kopf würde ausreichen, um sie für immer verstummen zu lassen – und auch wenn er das kurz ernsthaft in Erwägung zog, so hielt ihn sein Überlebensinstinkt davon ab. Denn das Mädchen war seine Rüstung und bot ihm Schutz vor einem Dutzend Scharfschützen, die ihn im Visier hatten. Das Mädchen und natürlich die entschärfte Handgranate, die er ihr an die Brust drückte.

Als der Zauber verschwunden war, drehte er sich wortlos um und verschwand wieder im Turm, dessen Pforten sich hinter ihm automatisch schlossen.

Die Welt hatte den Atem angehalten, und das Bild von Maja im Arm des gewalttätigen Neonazis grub tiefe Wunden ins kollektive Bewusstsein der Nation.

Wie hatten sie es alle nur so weit kommen lassen können? Fünfundsiebzig Jahre nach dem Ende des Holocausts beschämte diese Szene all jene, die die Erinnerung an die Gräueltaten des Dritten Reiches als »Schuldkult« bezeichneten.

Noch 2017 hatte der Thüringer AfD-Vorsitzende Björn Höcke erklärt: *»Wir Deutschen, also unser Volk, sind das einzige Volk der Welt, das sich ein Denkmal der Schande in das Herz seiner Hauptstadt gepflanzt hat.«*

Womit er das Holocaust-Mahnmal in Berlin gemeint hatte, das an sechs Millionen ermordete Juden erinnerte. Ergänzend hatte Höcke damals hinzugefügt, *die Erinnerungskultur seit 1945 sei eine dämliche Bewältigungspolitik.*

All die Anschläge und Morde, mit denen Rechtsradikale nach dem Zweiten Weltkrieg ihre Gesinnung auf blutige Weise zur Schau gestellt hatten, waren nicht genug gewesen, um flächendeckend eine tiefe Abscheu gegen rechtspopulistische Strömungen herbeizuführen. Doch das Bild des Mannes, der bereit war, hier und jetzt ein unschuldiges kleines Mädchen aufgrund seiner ideologischen Überzeugung zu ermorden, setzte einen tiefen Stachel in das verkrustete Denken der Wutbürger und weckte die Demokratie aus ihrer Ohnmacht.

Steiner hatte keine Ahnung, welches politische Erdbeben er gerade ausgelöst hatte. Immer noch berauscht von sich selbst, stellte er Maja auf den kalten Betonboden im Inneren des Turms, behielt die entschärfte Handgranate aber in der geschlossenen Faust.

Sofort rannte das Mädchen auf Lutz zu und klammerte sich

wimmernd an sein Hosenbein. Lutz war von dieser plötzlichen Reaktion so überrascht, dass er automatisch in die Knie ging und das Mädchen in den Arm nahm. Ein vollkommen unbekanntes Gefühl überkam ihn; er verspürte den Wunsch, das Kind zu beschützen, was ihm die Sprache verschlug.

Steiner sah erst irritiert zu, wie Lutz seine Arme um das kleine Mädchen legte, dann wetterte er los: »What the fuck? Spinnst du jetzt total, Lutz?«

»Hey, was? Ist doch ganz normal, dass man ein weinendes Kind in den Arm nimmt, oder? Hat das deine Mutter nie mit dir gemacht?«

Einen Moment lang brachte ihn das zu Lutz' Überraschung aus dem Konzept, doch dann explodierte er erneut.

»Du Arschloch, natürlich hat mich meine Mutter in den Arm genommen! Aber ich war auch keine ekelhafte jüdische Ratte!«

Der Satz traf Lutz wie ein Stromschlag. Die jahrelange Konditionierung zwang ihn reflexartig, von dem Kind abzulassen und aufzustehen. Zufrieden nickte Steiner und senkte seine Stimme.

»Das hier ist kein Spaß, Lutz. Entweder die ...«, dabei zeigte er auf das blonde Mädchen, »... oder wir!«

Lutz fühlte sich ertappt und nahm automatisch ein wenig Abstand von dem Kind.

»Wir haben die jetzt dermaßen an den Eiern. Und jetzt weiß ich auch, wie wir hier ungeschoren rauskommen.«

Lutz' Augen begannen zu leuchten.

»Du meinst, wir müssen hier nicht den großen Heldentod sterben und so ...?«

»Genau das meine ich. Wir machen jetzt einen Strich unter die Sache. Ich habe uns soeben mindestens eine Stunde Zeit verschafft. Du musst nur auf die Kleine aufpassen, während ich alles für einen glorreichen Abgang vorbereite.«

»Ehrlich jetzt?« Lutz konnte sein Glück kaum fassen, auch

wenn er keinen blassen Schimmer hatte, wie Steiner das anstellen wollte.

»Verdammt ehrlich!«, antwortete Steiner. »Du gehst wieder hoch auf deinen Aussichtsposten und nimmst die Kleine mit. Ich hole euch dann wieder. Aber bis dahin bau keinen Bockmist, und schau zu, dass der Kleinen nichts zustößt. Könnte sein, dass wir sie noch brauchen.«

Maja stand regungslos zwischen den beiden Männern und starrte in die Luft.

»Worauf wartest du noch?«

Lutz ging auf Maja zu, schob sich die umgehängte Maschinenpistole auf den Rücken und hob das Mädchen vorsichtig hoch. Dann stiegt er mit ihr die Stufen des Treppenhauses empor.

Kaum waren die beiden außer Sicht, ging Steiner hinüber zu dem Rollcontainer und stieß den Deckel mit einer Hand auf den Boden. Dann griff er nach einer Rolle mit Gewebeband, riss ein Stück davon mit den Zähnen ab und drückte den schwarzen Streifen auf den Sperrbügel der Granate. Vorsichtig öffnete er die Faust, um zu prüfen, ob die Konstruktion hielt. Langsam floss wieder Blut in seine tauben Finger. Zufrieden legte er die tödliche Waffe zurück zu den anderen Handgranaten und begann den Cateringwagen zu durchsuchen, bis er auf einen breiten, silbernen Behälter stieß, der mit einem schwarzen Totenkopf versehen war.

»Da bist du ja«, bemerkte er zufrieden und stapfte damit hinauf in den zweiten Stock.

***

In einem schmucklosen Verhörzimmer hatte Kriminaloberkommissar Bartu lange versucht, zu Polizeiobermeister Kucera durchzudringen. Vergeblich. Seit dem dürftigen Protokoll, das Kollegen noch am Einsatzort aufgenommen hatten, hatte Kucera kein Wort mehr gesprochen.

Vor ihm saß nicht mehr der Kollege, der ihm das Leben im Revier zur Hölle gemacht hatte. Vor ihm saß ein gebrochener Mann, der dringend psychologische Hilfe benötigte. Zwischen den beiden befanden sich ein digitales Aufnahmegerät und eine Kaffeekanne mit zwei unbenutzten Plastikbechern. Die rote Aufnahmeleuchte des Rekorders zeigte an, dass die Aufnahme lief, doch bis auf Bartus Fragen hatte das Gerät bisher nur Stille aufgezeichnet. Gerade als Bartu die Vernehmung abbrechen wollte, erhob Kucera leise die Stimme.

»Der Junge ... Wie ist der Name des Jungen?«

»Der Name des Jungen?«

»Der Name des Jungen, dem man in den Rücken geschossen hat.«

Bartu blätterte in den Unterlagen.

»Jakob. Jakob Eppstein.«

»Jakob Eppstein«, wiederholte Kucera langsam. »Und die Frau ...?«

»Welche Frau meinen Sie?«

»Die Frau, die am Eingang lag, die mit den lila Haaren.«

Wieder blätterte Bartu in seinen Unterlagen, fand aber nichts darüber.

»Tut mir leid, kann ich im Moment nicht sagen.«

»Ich glaube, Tuckbar oder so ähnlich. So heißt die. Eine Türkin. Wissen Sie, dass ich die Frau kannte? Ich ... also, eigentlich meine Frau. Sie waren Freundinnen oder so. Und jetzt ist sie tot, genau wie dieser Jakob bald tot sein wird.«

Kucera machte eine Pause. In seinen ausdruckslosen Blick kam Bewegung.

»Ich war das. Ich wollte den Tod von dieser Türkin. Nicht von dem Kind, aber von dieser Frau. Und jetzt ist sie wirklich tot.«

Bartu war irritiert.

»Gestehen Sie gerade den Mord an dieser Frau?«

Kucera nickte.

Bartu stoppte die Aufnahme. Er hatte Mitleid mit Kucera, der gerade dabei war, einen großen Fehler zu machen.

»Sie sollten jetzt nicht weiterreden, sondern einen Anwalt hinzuziehen. Sie stehen unter Schock und ...«

»Ich brauche keinen Anwalt«, unterbrach ihn Kucera laut.

Es klopfte, und die Tür ging auf. Ein Polizist in Uniform steckte den Kopf herein.

»Kriminaloberkommissar Bartu, die Ehefrau des Polizeiobermeisters ist da und möchte zu ihrem Mann.«

Bartu nickte. »Schicken Sie sie rein.«

»Emilia?«, sagte Kucera, als könnte er es nicht glauben.

Kurz darauf betrat eine untersetzte Frau mit strähnigen Haaren den Raum und blieb stehen. Ihre Augen waren rot gerändert, ihr Blick hasserfüllt.

Torsten Kucera stand ruckartig auf. Dabei fiel der Stuhl um und krachte laut zu Boden.

»Sag mir, dass du mit dem Tod von Tuğba nichts zu tun hast!«, schrie sie Torsten an.

»Ich wollte es nicht, ich wollte es nicht ... Du musst mir glauben ... Ich wollte nicht, dass es so weit kommt«, flehte er, dann gingen seine Worte in Schluchzen unter.

Emilia Kucera drehte sich auf dem Absatz um, drückte sich an dem Wachtmeister vorbei und verließ mit schnellen Schritten das Revier. Kucera wollte ihr nachlaufen, aber seine Füße versagten. Weinend ging er auf die Knie.

»Wo bleibt die ärztliche Betreuung?«, blaffte Bartu den Wachtmeister an, der immer noch im Türrahmen stand. Dann beugte er sich zu Kucera hinunter und legte seine Arme um ihn.

SHALHEVET V

EINE HALBE STUNDE ZUVOR

Shalhevet war verzweifelt. Sie schlich im Turm immer weiter nach oben und rechnete jeden Augenblick damit, entdeckt zu werden. Ihr Herz raste, während sie eng an die Wand des Treppenhauses gedrückt Stufe für Stufe nahm und dabei angespannt die Netzanzeige des Handys im Auge hatte.

Im zweiten Stock erschien endlich der erste Strich auf dem Display. Nervös blickte sie sich um und entschied sich für das Zimmer mit dem Puppentheater. Die Tür knarzte laut, als sie sie öffnete. Ihr stockte der Atem. Sicher war das Geräusch im gesamten Treppenhaus zu hören gewesen, doch wieder schien niemand aufmerksam geworden zu sein. Leise zwängte sie sich durch die Tür und schloss sie hinter sich, so leise es nur ging. Dann eilte sie an den gemalten Kasperlfiguren vorbei und blieb am einzigen Fenster des Raums stehen. Die Anzeige auf dem Display sprang nun zwischen einem und zwei Balken hin und her. Das sollte reichen – viel Zeit würde ihr nicht mehr bleiben, denn der Akku hatte nur noch zwei Prozent Leistung.

Nervös wählte sie den Notruf, doch statt der erhofften Verbindung zur Polizei meldete sich nur eine automatische Ansage.

Bitte bleiben Sie in der Leitung, Ihr Anruf wird so schnell wie möglich entgegengenommen. Bitte bleiben Sie in der Leitung, Ihr …

Die Notrufzentralen standen bundesweit kurz vor dem Kollaps. Unzählige Menschen waren in Panik geraten und suchten den Kontakt mit der Polizei. Dazu kamen Anrufe von Trittbrettfahrern, die vorgaben, Opfer im Turm zu sein, oder Falschmeldungen über umherziehende Nazibanden. Und so meldete sich erst vier Minuten später eine menschliche Stimme in der Leitung. Shalhevets Akku zeigte gerade noch ein Prozent an.

Ohne auch nur eine Sekunde zu zögern, fiel sie der Beamtin kurzatmig ins Wort. Schnell spulte sie alle Informationen ab, die sie sich zurechtgelegt hatte, sodass die Polizistin zunächst glaubte, eine Bandansage zu hören.

»Mein Name ist Shalhevet Ehrenberg. Ich bin Leiterin des Kindergartens am Westberg und befinde mich im Turm. Die Einsatzleitung hier vor Ort muss dringend informiert werden, dass alle zehn Kinder, meine Kollegin Esra Friedmann und ich keine Geiseln sind. Bitte stürmen Sie das Gebäude, und befreien Sie uns!«

Die Frau am anderen Ende der Leitung hatte an diesem Tag schon viele merkwürdige Anrufe erhalten. Aber dieser unterschied sich deutlich von allen anderen, und so beschloss sie, Shalhevet Glauben zu schenken.

»Bleiben Sie ganz ruhig, und hören Sie mir jetzt gut zu. Sind Sie in unmittelbarer Gefahr?«

Der Zuspruch und die ruhige Stimme aus der Telefonleitung lösten bei Shalhevet unmittelbar einen Weinkrampf aus, den sie vergeblich zu unterdrücken versuchte. Ihre gerade noch gezeigte Stärke brach wie ein Kartenhaus zusammen. Zitternd sank sie auf den Boden und schluchzte.

»Ehrenberg, richtig? Frau Ehrenberg, Sie müssen sich beruhigen«, fuhr die Frau mitfühlend fort. »Konzentrieren Sie sich auf meine Stimme. Ich bin da und höre Ihnen zu. Ich werde alles in meiner Macht Stehende tun, um Ihnen zu helfen.«

Shalhevet wischte sich mit dem Unterarm das Gesicht ab und zwang sich zu einer Antwort.

»Wir ... wir sind in Sicherheit ... und ich weiß nicht, was in mich gefahren ist ... ich ...«

»Sie müssen sich nicht entschuldigen. Sie machen das ganz toll. Sie sind also in Sicherheit, das ist gut, das ist sehr gut. Jetzt muss ich nur genau wissen, wo Sie und die Kinder sich jetzt befinden. Lassen Sie sich Zeit ... und versuchen Sie mir das so genau wie möglich zu beschreiben.«

»Hier oben im Turm ...« Weiter kam Shalhevet nicht, dann riss die Verbindung unweigerlich ab, und das Display des Smartphones erlosch.

Sie hat mir geglaubt. Die Polizei wird kommen, ging es ihr immer wieder durch den Kopf. Dann zog sie sich behäbig am Fensterbrett empor und blickte erwartungsvoll aus dem Fenster. Unzählige Einsatzkräfte kauerten regungslos hinter Streifenwagen und hohen grauen Stellwänden. Sie alle schienen gebannt auf den Eingang zu starren, der ihr von ihrem Blickwinkel aus verborgen blieb. In der Hoffnung, vielleicht irgendetwas hören zu können, schob sie einen Stuhl unter das Fenster, um in der eineinhalb Meter tiefen Fensterlaibung der Stahlbetonwand den Fenstergriff erreichen zu können. So leise wie möglich öffnete sie das Fenster einen Spalt weit und lauschte, doch bis auf ein paar zwitschernde Vögel war nichts zu hören. Es war gespenstisch still, und noch immer wirkten die Einsatzkräfte wie eingefroren.

Niedergeschlagen und verwirrt rutschte sie von der Fensterbank wieder auf den Fußboden und wartete. Noch wollte sie die Hoffnung nicht aufgeben.

Die Figuren an der Wand blickten auf sie hinab, und das große, bunte Kasperltheater, das ein befreundeter Schreiner kostenlos gezimmert hatte, weckte schöne Erinnerungen an ausgelassene Vorführungen, bei denen die Kinder es vor Aufregung kaum auf ihren kleinen Stühlen ausgehalten hatten.

Shalhevet hatte das Gefühl für die Zeit verloren. Vielleicht waren zehn Minuten vergangen, vielleicht auch eine halbe Stunde. Nur einer Sache war sie sich nun sicher: Die Polizei würde nicht kommen. Sie musste an die Kinder denken, die sie mit Esra in dem kalten, düsteren Lager zurückgelassen hatte. Ganz sicher hatten sie Angst, und ganz sicher war diese Angst auch berechtigt.

Wie erschlagen sie im Augenblick auch sein mochte, sie musste etwas unternehmen. Sie würde es sich nie verzeihen, wenn den Kleinen in ihrer Abwesenheit etwas passierte. Hier zu sitzen und zu warten, war nun keine Option mehr.

Entschlossen raffte sie sich erneut auf und blickte wieder aus dem Fenster. Irgendwie hatte sie instinktiv gehofft, der ganze Spuk hätte ein Ende, doch dem war nicht so. Aber eine Sache hatte sich verändert: Es war scheinbar Leben in die Reihen der Einsatzkräfte gekommen. In der hintersten Reihe huschten Gestalten hin und her, plötzlich fiel ein Schuss. Der Knall fuhr Shalhevet durch Mark und Bein. Begann nun doch der Angriff? Trotz aufkeimender Panik schöpfte sie wieder Hoffnung, aber dann sah sie mehrere Hände, die sich in den Himmel reckten und auf irgendein Objekt in der Luft zeigten. Ein weiterer Knall ertönte, doch das Objekt gewann rasch an Höhe und war nun noch mehr zu sehen.

Zu Shalhevets großer Enttäuschung legte sich nach dieser Aktion die Betriebsamkeit der Polizisten wieder, und nichts ließ mehr darauf schließen, dass sie in Erwägung zogen, den Turm zu stürmen.

Fieberhaft dachte sie darüber nach, wie sie noch in Kontakt mit der Polizei treten könnte. Fieberhaft versuchte sie ein Blatt Papier zu finden. Vielleicht war es möglich, eine Nachricht zu schreiben und mit einem Stein aus dem Fenster zu werfen. Leider fand sie weder Papier oder Stifte noch einen Stein.

Am Ende musste sie sich eingestehen, dass ihr nichts anderes übrig blieb, als den Raum zu verlassen, um den Festnetzanschluss zu erreichen, der im Dachgeschoss installiert war.

Das aber würde bedeuten, sich wieder ins Treppenhaus zu begeben, um vom dritten Stock aus schließlich über eine schmale Wendeltreppe in den ausgebauten Dachstuhl zu gelangen.

Hektisch begann sie den Raum nach irgendetwas abzusuchen, mit dem sie sich notfalls verteidigen konnte. Doch außer einem Dutzend Handpuppen konnte sie nichts finden. Also öffnete sie so leise wie möglich die Zimmertür, betrat vorsichtig das Treppenhaus, verharrte und horchte.

Zunächst schien es so, als wäre es totenstill, doch nach und nach konnte sie eine leise Stimme hören. Sie war kaum zu orten, jagte ihr aber eine Heidenangst ein. Wachsam machte sie einen Schritt nach vorne und beugte sich über das Treppengeländer, wohl wissend, dass sie nun von jedem Stockwerk des Turms aus zu sehen war.

Jetzt konnte sie die Stimme deutlicher hören. Es war eine männliche Stimme, und zu ihrem Entsetzen kam sie aus dem Stockwerk über ihr.

Sollte sie vielleicht doch zum Portal zurückkehren? Vielleicht gelang es ihr, es zu öffnen und in die Arme der Polizisten zu rennen, bevor sie einer der Terroristen davon abhalten konnte. Dann fiel ihr wieder ein, wie langsam sich diese schweren Flügeltüren öffneten und wie laut die Motoren durch das Treppenhaus hallen würden.

Und so beschloss sie, den schweren Gang nach oben anzutreten, vorbei an der Stimme, die den Tod bedeuten konnte, und weiter ins Dachgeschoss. Je weiter sie hinauf kam, desto deutlicher wurde die Stimme. Es hörte sich nicht an, als würde der Mann telefonieren, eher so, als würde er mit sich selbst reden. Manchmal schien er eine Frage zu stellen, und manchmal antwortete er, zwischendurch schien er einfach nur zuzuhören.

Shalhevet war nur noch ein paar Stufen vom dritten Stock

entfernt, wo eine weit geöffnete Metalltür zu einem Gang führte, von dem aus mehrere Zimmertüren abgingen. Am Ende des Ganges konnte sie bereits die Wendeltreppe erblicken. Nur noch wenige Meter, und sie würde nach oben entschwinden, um endlich Kontakt zur Außenwelt aufnehmen zu können.

Der Klang einer sehr leisen, hohen Kinderstimme raubte ihr schließlich den letzten Funken Hoffnung. Es bestand kein Zweifel, der Mann führte kein Selbstgespräch; er unterhielt sich mit einem kleinen verängstigten Mädchen, und dieses Mädchen war eindeutig Maja.

***

Lutz saß im Schneidersitz vor der gelbblauen Plastikrutsche. Die Maschinenpistole lag neben ihm auf dem Boden. Das Mädchen hatte sich unter der Rutsche verkrochen, nachdem sie das Spielzimmer erreicht hatten. Nur einmal war Lutz seitdem Steiners Auftrag nachgekommen und hatte kurz einen Blick aus dem Fenster riskiert, doch die Lage vor dem Turm war immer noch unverändert. Die restliche Zeit über hatte er mit Engelszungen auf die Kleine eingeredet, bis endlich ihr Gesicht unter der Rutsche hervorlugte und ihn vorsichtig musterte.

Etwas arbeitete in Lutz, seit das Mädchen sich Hilfe suchend an sein Hosenbein geklammert hatte. Oder hatte es vielleicht schon begonnen, als sie ihm das erste Mal in die Arme gelaufen war? Ihn quälten ernsthafte Zweifel, die ihm bei seinem Vorhaben, das Mädchen zu töten, im Weg standen. Noch war genug Zeit, noch brauchten sie die Kleine. Aber letztendlich würde es darauf hinauslaufen, dem Mädchen das Leben zu nehmen.

Seine Zweifel waren allerdings nicht moralischer Natur. Vielmehr fragte er sich, ob es wirklich sein konnte, dass dieses kleine, blonde Kind eine Jüdin war. Nach allem, was man ihm jahrelang eingetrichtert hatte, entsprach das Mädchen einfach nicht seiner Vorstellung von einem jüdischen Kind. Was, wenn sich Steiner irrte? Wenn er selbst sich irrte? Er würde es sich nie verzeihen, wenn er ein arisches Kind ermordete.

Doch sosehr Lutz auch versuchte, einen Grund zu finden, um dem Kind nichts anzutun – die Wahrheit, die er sich nicht eingestehen wollte, war viel einfacher. Er mochte das Mädchen, und er mochte das Gefühl, ihr Beschützer zu sein. Nie zuvor hatte ihm jemand so selbstlos und ehrlich Zuneigung entgegengebracht, und nie zuvor war jemand so sehr auf seine Hilfe angewiesen gewesen.

Immer und immer wieder hatte er dem verängstigten Mädchen beteuert, er würde ihr nichts tun, bis sie sich schließlich vorsichtig aus ihrem Versteck wagte.

»Der Mann ist böse. Böse. Er hat mir wehgetan. Und der Mann ist hässlich.«

Ihr Vater hatte ihr immer wieder zu erklären versucht, dass die äußere Erscheinung von Menschen trog, und dass sie, selbst wenn sie Maja nicht gefielen, doch ganz liebe Menschen sein konnten. Maja war sich aber ganz sicher, dass Papa sich geirrt hatte.

»Kommt der hässliche Mann wieder?«

Lutz musste fast lachen. Steiner war wirklich extrem hässlich, auch wenn er das nicht gerne hörte.

»Der hässliche Mann ist mein Freund, und er wird wiederkommen. Aber er wird dir nichts tun.«

Bei dem Wort *»Freund«* zuckte er innerlich. Nein, Steiner war nicht sein Freund. Vielleicht sein Kampfgenosse, aber nicht sein Freund. Das war ihm in den letzten Stunden klar geworden.

»Er hat mir aber was getan, und Tante Shala hat gesagt, dass uns der hässliche Mann umbringen will und wir ganz leise sein müssen«, fuhr das Mädchen fort.

»Magst du mir deinen Namen sagen?«, forderte Lutz sie auf. Das Mädchen dachte darüber nach und entschloss sich, seinem Wunsch nachzukommen.

»Maja Cohn. Und wie heißt du?«

»Lutz, einfach nur Lutz. Maja ... Wo wart ihr denn? Wo solltet ihr ganz leise sein?«

Wieder überlegte Maja, ob es richtig war, dem Mann alles zu verraten. Aber er lächelte, und er wollte sie vor dem bösen Mann beschützen. Vielleicht konnte er alle Kinder und auch Tante Esra und Tante Shala beschützen.

»Ganz unten, wo das Loch war.«

»Du meinst, ihr seid durch das Loch geklettert ... Und dann, wo seid ihr dann hingegangen?«

»Ich hab Vincent an der Hand genommen, weil Vincent Angst hatte im Dunkeln, aber Tante Shala hat ein Licht gemacht und ist vorausgegangen, und dann sind wir ganz nach unten gegangen über viele Stufen ... und dann waren wir in einem Raum mit vielen Teppichen und Bildern.«

Lutz konnte es kaum erwarten, Steiner all diese Informationen zu geben. Bislang hatte er die ganze Bande nicht gefunden, aber so schwer konnte das eigentlich nicht sein.

»Und wieso bist du jetzt hier? Ich meine, du bist den ganzen Weg von da unten wieder hochgekommen, durch die Dunkelheit ... ganz alleine?«

»Nicht ganz alleine, ich bin Tante Shala nachgegangen.«

Lutz brauchte einen Moment, um zu kapieren, dass Maja nicht alleine hinauf in den Turm gekommen war. Gerade als er verstand, dass sich irgendwo in unmittelbarer Nähe eine der Erzieherinnen befinden musste, wurde die Tür in seinem Rücken aufgerissen. Erst dachte er, Steiner würde zurückkehren, und reagierte deshalb nicht sofort. Doch als er sich schließlich umdrehte, wurde ihm klar, dass er einem Irrtum erlegen war. Ein Irrtum, der ihn wertvolle Zeit gekostet hatte. Es gelang ihm gerade noch, nach der Maschinenpistole zu greifen, als ihn ein massiver Holzhocker mit voller Wucht am Kopf traf. Er taumelte auf die Seite und erkannte aus den Augenwinkeln eine zierliche Frau mit vollem schwarzem Haar, die zu einem weiteren Schlag mit dem Hocker ausholte. Ein zweites Mal würde sie ihn nicht erwischen. Intuitiv brachte er die Maschinenpistole in Anschlag und wollte gerade den Abzug betätigen, als das kleine Mädchen laut zu kreischen begann.

Einen Wimpernschlag lang blickte Lutz in Majas Augen und hielt inne. Jetzt abzudrücken, würde bedeuten, Maja für immer zu verlieren. Und so erwischte ihn der zweite Schlag mitten im Gesicht und schickte ihn in eine tiefschwarze Bewusstlosigkeit.

»Maja ... hör auf zu schreien ... Maja!«, flehte Shalhevet die Kleine an, die gerade mit ansehen musste, wie ihr neuer Freund mit blutendem Gesicht zusammensackte und leblos liegen blieb. Dann verstummte sie und lief zu Lutz hinüber.

»Wieso hast du das getan?«, schrie sie Shalhevet an, die zitternd den Hocker fallen ließ und sich zu dem Mädchen herunterbeugte.

»Maja ... der Mann ... der Mann wird wieder zu sich kommen, und dann wird er uns wehtun. Du musst jetzt mit mir kommen.«

Das kleine Mädchen reagierte kaum noch. Die brutale Attacke hatte sie ein weiteres Mal zutiefst verstört. Mit aller Kraft krallte sie sich an der blutverschmierten weißen Jacke des bewusstlosen Mannes fest, unfähig, noch irgendein Argument von Tante Shala wahrzunehmen. Vergeblich versuchte Shalhevet ihre kleinen Finger zu lösen, aber auch ihre Kräfte schwanden. Vor allem aber die Zuversicht, dass dieser Tag für sie und die Kinder noch ein gutes Ende nehmen würde. Kraftlos sank sie auf die Knie und legte ihre Arme um Maja. Der Wunsch, aufzugeben und geschehen zu lassen, was immer nun kommen würde, übermannte sie und hüllte alle Ängste und Strapazen in einen dunklen Schleier aus Hoffnungslosigkeit.

Erst ein lauter Seufzer des Neonazis, der langsam wieder zu sich kam, ließ sie erschrocken zusammenfahren. Auch Maja ließ vor Schreck vor ihm ab, und so gelang es Shalhevet, die Kleine an sich zu reißen und mit ihr die Flucht zu ergreifen. Mit weichen Knien torkelte sie hinaus ins Treppenhaus. Vergessen war der Plan, im obersten Stockwerk das Telefon zu benutzen. Ihr einziges Ziel waren nun wieder die unterirdischen Katakomben, wo sie sich ein sicheres Versteck erhoffte.

DER TURM V

Montag, 19. Oktober 2020, 14:53 Uhr

Die Sonne blitzte durch die Wipfel des Waldes, und nach der Kartenanzeige auf seinem Handy konnte der Turm nicht mehr weit entfernt sein. Die Polizeisperren am Waldrand hatte er im dichten Schilf eines schmalen, abgelegenen Bachlaufs mühelos überwunden. Durch einen glücklichen Zufall hatten die Polizisten gerade ein Kamerateam festgesetzt, das ebenfalls versucht hatte, heimlich in den Wald zu gelangen. Genauso gut hätte ein Elefant versuchen können, unerkannt über ein Fußballfeld zu rennen. Als er längst im Dickicht verschwunden war, hörte er immer noch die lauten Proteste der ungeschickten Journalisten, die sich auf die Pressefreiheit beriefen und lautstark protestierten.

Paul scherte es nicht, dass seine Kleidung bei der Aktion klitschnass geworden war. Vielmehr machte er sich Gedanken darüber, wie er die Reihen der Bewacher vor dem Turm überwinden sollte. Fabienne und seine Kinder hatte er in der Anspannung vollkommen verdrängt. All seine Sinne waren ausschließlich auf seine Mission fixiert und darauf, unerkannt bis zur Freifläche vor dem Turm zu gelangen. Manöver wie diese hatte er in seiner aktiven »Kampfzeit« Dutzende Male unternommen, bei Kriegsspielen mit seinen Kameraden, die an Brutalität kaum zu überbieten waren. Der Wald war damals der einzige Ort gewesen, wo sie ungeniert mit Kampfausrüstung und gefährlichen Waffen ihren Gewaltfantasien nachgehen konnten, die nicht selten mit Platzwunden und Knochenbrüchen endeten.

Ein weiteres Mal zwängte er sich fast lautlos zwischen Gestrüpp und trockenen Ästen hindurch, um schließlich auf eine kleine Lichtung zu gelangen.

Umgeben von einer Art Abenteuerspielplatz mit kleinen Holzpalisaden, einfachen Baumhäusern, die zwischen den Ästen hingen, und einem bunt bemalten Marterpfahl, blickte er auf der Suche nach dem Turm immer wieder durch die Baumkronen. Schließlich fand er ihn. Seine Spitze blitzte hin und wieder durch das Herbstlaub hindurch, das sich im leichten Wind auf- und abbewegte.

Er war seinem Ziel ganz nahe gekommen. Doch der schwierige Teil lag noch vor ihm.

Während der einstündigen Fahrt hierher hatte er aufmerksam der Berichterstattung im Radio gelauscht. Die Anrufe von Fabienne hatte er hingegen ignoriert, auch wenn es ihm das Herz zerriss. Die fast zwanghafte Überzeugung, dass er allein den Tod all dieser unschuldigen Kinder verhindern konnte, raubte ihm jedes rationale Urteilsvermögen. Wiederholt waren im Radio Rechtsexperten zu Wort gekommen, die unmissverständlich klarmachten, dass die Polizei niemals auf die Forderung der Geiselnehmer eingehen würde.

Ein besonders gehässiger Moderator hatte es auf den Punkt gebracht: »Selbst wenn sich Karl Rieger, der jetzt wahrscheinlich das Zeugenschutzprogramm irgendwo am Strand von Acapulco genießt, stellen würde – was sicher nicht passieren wird –, selbst dann würde die Polizei ihm den Zugang zu den Geiselnehmern verwehren. Aber, und das frage ich Sie jetzt ganz offen: Ist das richtig? Wie denken Sie darüber? Glauben Sie, Karl Rieger gegen die Kinder auszutauschen, wäre ethisch falsch, oder sind Sie der Meinung, dieser ehemalige Schwerverbrecher sollte nun endlich für seine Taten büßen und das Leben der Kinder retten? Rufen Sie jetzt an, und sagen Sie uns, was Sie denken. Energy Pur, der Sender, der Ihrer Meinung eine Stimme gibt.«

Die Anrufe der Zuhörer hatte Paul schon nicht mehr mitbekommen, als er seinen Wagen in sicherer Entfernung zum Turm auf einem Feldweg abgestellt hatte. Er musste sie auch nicht mehr hören, denn er stimmte dem Moderator uneingeschränkt zu. Er hatte nie wirklich büßen müssen für seine Taten, die er damals als Karl Rieger begangen hatte. Die Vergangenheit schien nun ihren Tribut zu fordern, und er war bereit, ihn zu zahlen.

***

Die drei dunkelgrauen Lastwagen erreichten das Ende der Autobahn und reihten sich in den fließenden Verkehr des Stadtrings ein. Große Aufkleber auf allen Seiten der ersten beiden Lkw zeigten einen Bären, der einen Schrank und ein Sofa unter seinen breiten Armen hielt und laut Schriftzug für *BÄRENSTARKE UMZÜGE* warb. Der dritte Wagen der Kolonne gehörte vermeintlich zu einer Firma für Landschaftsbau und Gartenpflege. Die Fahrer trugen allesamt Zivilkleidung und wirkten trotz Sonnenbrillen und tief sitzenden Kappen vollkommen unscheinbar. Später konnte sich kaum ein Mensch an die drei Wagen erinnern, noch weniger an die Fahrer. Nur ein paar Überwachungskameras an den großen Verkehrsknotenpunkten lieferten verwertbare Bilder, die aber zu diesem Zeitpunkt unbeachtet blieben.

»Foxtrott 1, hier Bravo, wir haben den mittleren Ring erreicht. Ankunftszeit am Ziel voraussichtlich fünfzehn fünfundzwanzig Uhr«, ertönte die Stimme von einem der Fahrer über einen kleinen Lautsprecher im Bauch des Lastwagens. Die Luft im Inneren war stickig, und nur ein schwaches Licht an der Decke beleuchtete die Konturen der sechs schwer bewaffneten Männer, die sich in zwei Reihen gegenübersaßen. Einer von ihnen war der Oberstabsfeldwebel. Er trug eine braune Cordhose und dazu eine weite Jeansjacke, unter der eine Maschinenpistole baumelte.

Otterbach erinnerte vieles in dem dröhnenden Innenraum an die Röhre einer Transall C-160 kurz vor einem Fallschirmabsprung. Nur dass der Lärm von außen nicht durch zwei Propellertriebwerke erzeugt wurde, sondern durch vorbeirauschende Autos und Motorräder. Die Anspannung in den Gesichtern seiner Männer war hingegen dieselbe. Sie starrten bewegungslos auf den Boden und warteten. Es hatte ihn vier Jahre Zeit gekostet, diese Truppe zu schmieden und auszubilden. Das Geld kam von einem Konsortium aus Südafrika. Deutschstämmige Unternehmer, die mit Schönheitsfarmen und Software ihr Geld in ganz Europa machten.

Nur eine Handvoll seiner Männer waren deutsche Ex-Militärs, der Rest war aus besonders gewaltbereiten Neonazi-Kameradschaften rekrutiert worden, denen man neue Identitäten verschafft hatte und die nach und nach vom Radar des Verfassungsschutzes verschwunden waren. Fast alle von ihnen waren unter dreißig und bereit, ihr Leben zu opfern, um der Herrenrasse den Weg an die Spitze aller Völker zu ebnen. In geheimen paramilitärischen Camps in Osteuropa bereiteten sie sich mit faschistischen Anhängern aus ganz Europa auf den Tag X vor. Und je mehr die Welt durch Ökokatastrophen, Viren, Krieg und Flüchtlingsströme auf den unvermeidlichen Abgrund zutrieb, desto zuversichtlicher wurden die Reihen derer, die glaubten, nun müsse nur noch ein Tropfen das Fass zum Überlaufen bringen und die Menschen würden aus Angst und Verzweiflung ihre wahren Retter erneut unter den Faschisten suchen.

Manche seiner Männer hatten Bedenken, einem Terroranschlag beizuwohnen, wie er im November 2015 in Paris stattgefunden hatte, bei dem neun islamistische Terroristen hundertdreißig Menschen töteten und sechshundertdreiundachtzig verletzten. Acht der Terroristen hatten sich mit Sprengstoffgürteln selbst in die Luft gesprengt, einer überlebte das Massaker. Doch zum Glück hatte Otterbach für solche Aktionen nur Verachtung übrig.

»Gezielt unschuldige Zivilsten zu ermorden ist feige und unehrenhaft«, pflegte er zu sagen. »Unvermeidbare Kollateralschäden sind in Kauf zu nehmen, aber die islamistischen Hurensöhne, die sich da in die Luft gesprengt haben, sind nur dummes Fußvolk von noch dümmeren Hintermännern. So ändert man gar nichts – das ist in etwa so schlau, wie mit einem Stecken in ein Wespennest zu stechen. Wir hingegen vernichten das gesamte Nest und verschwinden unerkannt.«

Beseelt von diesem Gedanken, schwor er seine Gefolgschaft jetzt ein letztes Mal auf dieses großartige Ereignis ein.

Er hielt sich ein Funkgerät an den Mund und war nun in allen drei Lkws gut zu hören. Seine Stimme klang blechern über die kleinen Funklautsprecher.

»Männer, diesmal ist es keine Übung. Diesmal brechen wir den Landesverrätern, die sich Regierung nennen, das Rückgrat. Wir haben für diese Operation monatelang trainiert. Nichts kann euch nunmehr aufhalten – und alles, was sich euch entgegenstellt, wird erbarmungslos überwunden und ausgemerzt. Ihr seid die einzige, wahre Elite – die Gründerväter einer neuen Ära, einer neuen Ordnung. Lange genug haben wir uns verbergen müssen. Doch heute ist der Tag, an dem wir hinaustreten ins Licht. Der Tag, an dem unser Antlitz ein Segen für diejenigen sein wird, die uns lange erwartet haben. Aber unsere Feinde werden wir nun endlich mit Stumpf und Stiel zermalmen. Die Blicke eurer heldenhaften Großväter ruhen heute auf euch. Ich weiß, ihr werdet sie stolz machen. Deutschland den Deutschen und danach die Welt!«

»Deutschland den Deutschen und danach die Welt!«, antworteten die Männer. Dann erklang ein Chor aus dreißig Stimmen, der aus voller Brust die erste Strophe der Nationalhymne sang: »Deutschland, Deutschland über alles, über alles in der Welt ...«

Noch während sich die Terroristen an ihrem eigenen Wahnsinn berauschten, trennte sich einer der Lastwagen von der Kolonne, um das Zielobjekt von der entgegengesetzten Seite anzufahren. Die zehn Männer in seinem Inneren trugen die Arbeitskleidung von Gärtnern.

***

Paul kroch vorsichtig aus der Deckung des Waldes, verbarg seinen Körper aber noch hinter einem dicht gewachsenen Busch. Der achteckige Turm reckte sich vor ihm bedrohlich in den blauen Himmel. Unvermittelt quälten ihn Erinnerungsfetzen an den Überfall vor zehn Jahren. Erinnerungen an den dreizehnjährigen Thomas, der ihnen als Lockvogel gedient hatte, und an das zerbrechliche jüdische Mädchen, das ihretwegen einen gewaltsamen Tod fand. Die Erinnerungen waren von solcher Wucht und Intensität, dass er eine Weile brauchte, um zu begreifen, dass weit weniger Polizisten den Turm bewachten, als er befürchtet hatte.

Aber bewachten sie wirklich den Turm?

Je mehr Details er wahrnahm, desto klarer stellte er erstaunt fest, dass der Großteil der Bewacher vom Turm abgewandt war. Als würden sie den Turm vor einer Bedrohung von außen schützen wollen. So glich es fast einem Wunder, dass er noch nicht entdeckt worden war. Ganz automatisch drückte er sein Gesicht noch tiefer ins Gras und überlegte, was er nun tun sollte. Unweigerlich musste er an seinen Vergleich mit dem Elefanten und dem Fußballfeld denken, denn von hier aus gab es definitiv keine Möglichkeit mehr, unerkannt bis zum Eingang des Turms zu gelangen.

Paul stand auf, ließ den schützenden Wald hinter sich und mit ihm seine neue Identität. Dann begann er zu rennen.

Er rannte, so schnell er konnte, vorbei an den ersten Polizisten, vorbei an den Scharfschützen und immer weiter auf den Eingang zu, doch je näher er seinem Ziel kam, desto mehr Gewehre richteten sich auf ihn.

***

Erdmann und Schuster steckten mitten in einer Videokonferenz des Krisenstabs, als der erste Notruf eines Außenpostens bei Nigel Kemper eintraf.

»Unbekannte Person hat den äußeren Überwachungskreis durchbrochen und nähert sich dem Turm.«

»Es geht los!«, rief Media-Operator Nigel Kemper in den stickigen Kommandowagen und richtete die Videokameras auf den vermeintlichen Angreifer aus, der im Zickzackkurs nun auch den zweiten Ring mit den ballistischen Schutzmauern überwand.

Treika meldete sich per Funk: »Erwarte Anweisungen, Scharfschützen haben den Mann im Visier.«

Erdmann und Schuster sprangen auf und beugten sich tief über das Pult zu den Monitoren.

»Ein Mann ...? Wo ist der Rest?«, kommentierte Erdmann nervös.

»Haben Sie noch weitere Kontakte?«, ergänzte Schuster.

»Negativ, negativ. Nur eine Person, scheinbar unbewaffnet.«

»Wenn das nur irgendein Irrer ist, der Aufmerksamkeit braucht wie ein nackter Flitzer in der Sportarena ...«, sprudelte es aus Erdmann hervor.

»Wir können doch keinen Zivilisten erschießen.«

Schuster nickte zustimmend.

»Treika, halten Sie den Mann auf, ohne Waffengewalt. Haben Sie verstanden, stoppen Sie diesen Mann, bevor er beim Turm ist.«

»Befehl verstanden«, gab Treika zurück.

Auf den Bildschirmen war zu sehen, wie sich zwei Polizisten mit Schutzhelmen und schusssicheren Westen aus den Reihen lösten und diagonal auf den Sprinter zustürmten wie zwei Rugbyspieler. Der Mann, der nur leichte Kleidung trug, hatte keine Mühe, dem ersten Polizisten auszuweichen, der in seiner Kampfausrüstung schwerfällig ins Leere hechtete. Der zweite Polizist hatte hingegen mehr Glück und rammte den Läufer auf dem letzten Drittel der Strecke zum Turm. Das darauffolgende Gerangel der beiden am Boden war auf den Bildschirmen nur schwer zu erkennen, bis der Zivilist als Sieger aus dem Zweikampf hervorging und den am Boden knienden Polizisten mit seiner eigenen Pistole bedrohte, während dieser tief gebeugt um Luft rang.

»Warte auf Schießbefehl«, forderte Treika energisch aus den Lautsprechern. Dann richtete sich der Schütze auf und zielte dabei weiterhin auf den wehrlosen Mann am Boden.

Kemper reagierte als Erster.

»Das ist der Mann aus den Nachrichten.«

»Zoomen Sie auf sein Gesicht ... Los, näher«, befahl Schuster.

Treikas aufgeregte Stimme ließ die Lautsprecher erzittern.

»Mein Mann wird sterben, wenn wir nicht augenblicklich etwas unternehmen. Geben Sie jetzt den Befehl zum Schießen!«

Schuster nahm Treika kaum noch wahr. Er hatte nur noch Augen für das Gesicht des Mannes, das im Zoom immer näher kam.

»Das ist Karl Rieger!«

***

Paul kam nach dem kräftezehrenden Lauf und dem kurzen Kampf langsam wieder zu Atem.

»Scheiße, Mann ... Leg dich auf den Bauch, leg dich auf den Bauch!«, schrie er den Polizisten an, der auf allen vieren vor ihm kniete, seiner Aufforderung aber nicht nachkam, sondern ihm direkt in die Augen sah.

Hin- und hergerissen zwischen Selbsterhaltungstrieb und Pflichterfüllung, überlegte der GSG-9-Mann, den Angreifer erneut anzuspringen und umzureißen. Zum einen hatte er eine kugelsichere Weste am Leib, zum anderen war die auf ihn gerichtete Pistole womöglich noch gesichert. Laien hatten in der Regel keine Ahnung, wie man eine solche Waffe entsicherte, doch der Blick seines Gegners und auch die Geschicklichkeit, mit der er ihn niedergeschlagen und entwaffnet hatte, ließen ihn zögern.

Paul spürte den kalten Griff der Waffe in seiner Hand und die Macht, die davon ausging. Es schien, als würde Karl Rieger über den Lauf in seinen Arm kriechen und sich seiner bemächtigen.

Steck deine Fresse ins Gras, oder ich verpass dir eine Kugel mitten in deine hässliche Fresse, hörte er Karl blaffen, aber Paul ließ nicht zu, dass ihm dieser Satz über die Lippen kam.

Paul war zu einem solch brutalen Akt der Gewalt nicht in der Lage. Paul dachte nur an seine Frau und seine zwei kleinen Mädchen, die den Dämon in ihm erneut besiegten.

»Bitte, Mann, du machst nur deinen Job – und ich will nur diese Kinder da drin retten«, flehte Paul den GSG-9-Kämpfer an. »Ich bin der Typ, den die Geiselnehmer gegen die Kinder austauschen wollen. Das ist wahrscheinlich auch der Grund, warum mich die Scharfschützen hier noch nicht über den Haufen geschossen haben. Hast du Kinder?«

Der GSG-9 Mann nickte leicht.

»Ich hab Kinder ... Zwei Mädchen und eine liebevolle Frau.« Pauls Stimme stockte. Vor seinem inneren Auge sah er Fabienne, die ihn streng für diese unverantwortliche Aktion tadelte. »Heute Abend will sicher keiner von uns seiner Frau beichten, dass er einen unschuldigen Mann umgebracht hat.«

Vorsichtig legte Paul die Pistole vor sich in das Gras und mit ihr all das Dunkle und abgrundtief Hässliche seiner Vergangenheit.

»Ich hab meine Entscheidung getroffen. Jetzt bist du dran.«

Paul richtete sich wieder auf und sah sich zum ersten Mal um. Er konnte die Lichtreflexe in den Zielfernrohren der Scharfschützen sehen, die ihn im Visier hatten. Dann legte er den Kopf in den Nacken und blickte regungslos in den blauen Himmel. Hoch oben über sich entdeckte er eine kleine schwarze Drohne, die ihn offensichtlich im Visier hatte.

Der GSG-9-Mann fällte die schwerste Entscheidung seines Lebens. Nur einen halben Meter entfernt lag die Pistole im Gras, mit der er nun ungehindert seinen Befehl vollenden konnte.

Aber was würde er damit erreichen? Was würden später seine Familie und seine Freunde von ihm denken, wenn er den einzigen Mann gestoppt hatte, der in der Lage war, dem furchtbaren Drama ein Ende zu bereiten?

Ein letztes Mal blickte der Mann voller Respekt zu dem Mann auf, der bereit war, sein Leben zu opfern, um diese Kinder zu retten. Dann legte er sich auf den Bauch und berührte mit dem Gesicht das grüne Gras.

Paul Trautmann hatte erstmals das Gefühl, mit sich ins Reine gekommen zu sein. Er drehte sich um und ging aufrechten Hauptes auf den Eingang des Turms zu.

***

»Sarah, hat er ... Hat Karl Rieger gerade in die Kamera der Drohne gelächelt?«, fragte Karin Thaller zurückhaltend ihre Regisseurin, die konzentriert alle Monitore beobachtete.

Sarah Fay zuckte mit den Schultern.

»Nein, ich glaube nicht. Das war kein Lächeln, mehr ein Gruß oder so.«

Unter den atemlosen Zuschauern dieser berührenden Szene befand sich auch Fabienne Trautmann, die genau wusste, dass der Blick ihr gegolten hatte. In ohnmächtigem Zorn schrie sie den Bildschirm an, während Stephanie Benedikt mit bedrückender Stimme die Szene kommentierte.

»Es ist kaum in Worte zu fassen, was sich hier live vor unseren Augen abspielt. Ganz offensichtlich unternimmt die Polizei nun keinen weiteren Versuch mehr, Karl Rieger davon abzuhalten, sich den Terroristen zu stellen.«

»Renato, jetzt den ersten O-Ton«, wies die Regisseurin einen ihrer Mitarbeiter an. Eine Mutter mit dunkel umrandeten Augen erschien als Standbild auf dem Screen für die Zuspielung, wechselte auf den Bildschirm der Liveübertragung und begann sich zu bewegen.

»Warum versucht die Polizei den Mann aufzuhalten, ich verstehe das nicht ... Mein kleiner Junge ist da in dem Turm, und die haben gesagt, sie lassen alle Kinder frei, wenn dieser Mann sich stellt ... Und dann halten die ihn auf ... Warum tun die das?«

»Jetzt auf die Social-Media-Auswertung im Studio«, ordnete Sarah Fay an. Ein junger Mann erschien und präsentierte die Grafik eines Stimmungsbarometers.

»Die Anteilnahme im Netz ist phänomenal. Und auch die Meinung zu der Frage, ob die Behörden den Ex-Neonazi gegen die Geiseln austauschen sollen, ist ziemlich eindeutig ausgefallen. Neunundzwanzig Prozent sprechen sich gegen einen Austausch aus, achtzehn Prozent geben an, keine Meinung zu haben, und dreiundfünfzig Prozent befürworten den Austausch.

Noch eindeutiger fallen die Werte aber aus, wenn die Frage wie folgt gestellt wird: Wenn Ihr Kind unter den Geiseln wäre, wie würden Sie dann entscheiden? Bei dieser Frage befürworten zweiundneunzig Prozent der Befragten den Austausch.«

»Nun wieder auf die Drohne und Stephanie aus dem Off«, kam die nächste Regieanweisung. Auf dem Drohnenbild war zu sehen, dass Karl Rieger die geschwungenen Treppen zum Eingang im ersten Stock erreicht hatte.

Karins persönlicher Assistent Lukas meldete sich im Regieraum zu Wort.

»Marvin Marquard lässt ausrichten, dass das mit dem Lippenlesen auf die Schnelle nicht klappt.«

»Scheiße«, entfuhr es Karin und Sarah fast gleichzeitig, wenn auch sehr leise. Der Assistent fuhr fort:

»Sie haben alle Agenturen durch. Frühestens um fünf hätten sie einen am Start.«

Karin war kurz davor, ihren Assistenten anzuschreien, riss sich aber zusammen. Als sie selbst noch solche Jobs für ihren Ex-Chef Marc Kleinfeld erledigt hatte, gab es kein »hat nicht geklappt«. Was war das nur für eine verweichlichte Generation!

Zähneknirschend antwortete sie: »Dann eben um fünf. Und keine Minute später, sagen Sie ihm das!«

Lukas wollte aber noch eine Information loswerden.

»Wir haben da noch …«

»Was?«, erwiderte Karin genervt.

»Es gibt da eine Anruferin, die Sie sich anhören sollten.«

Karin runzelte die Stirn.

»Und, worauf warten Sie?«

Sarah Fay rieb sich kurz die Augen, konzentrierte sich aber weiter auf die Sendung. Ein Lautsprecher schaltete sich an. Die Übertragung rauschte und hatte Aussetzer, ansonsten war die Anruferin aber gut zu verstehen.

»Soll ich jetzt …? Hören Sie mich?«

»Ja bitte, Sie sind jetzt im Aufnahmestudio von RT-Five. Bitte wiederholen Sie doch noch mal, was Sie mir gerade schon erzählt haben«, forderte Lukas sie auf.

»Ja … ich hab … eigentlich nicht ich, sondern mein Mann und ich, wir haben den Fernseher angeschaltet wegen der furchtbaren Sache, die gerade überall gezeigt wird … was ganz schrecklich ist wegen der armen Kinder und so. Ist doch egal, ob das Juden sind, die sind doch auch irgendwie Menschen, oder? Und da kommen diese Bilder von dem angeblichen Neonazi, der da über die Wiese auf den Turm zuläuft, und wie die Polizei versucht, ihn aufzuhalten ... und da sagt mein Mann zu mir, das ist doch Paul ... Paul Trautmann ... und ich schau so und seh noch mal genauer hin und sag zu meinem Mann, das ... das ist doch unser Nachbar. Und er, ja sag ich doch, das ist Paul Trautmann.«

Karin schluckte und musste sich beherrschen, um nicht aufgeregt in die Hände zu klatschen.

»Sind Sie ganz sicher?«

»Aber klar, das ist Paul Trautmann, der hat hier eine kleine Werkstatt und macht irgendwie so Sachen mit Gold und so. Der ist immer so freundlich. Wir passen ja auch manchmal auf seine Kinder auf.«

Nun wurde auch die Regisseurin hellhörig, mischte sich aber nicht in das Gespräch ein.

»Kinder? Dieser Nachbar, wie, sagten Sie, heißt er?«, hakte Karin nach.

»Paul ... Paul Trautmann.«

Karins Assistent schrieb eifrig den Namen auf ein Blatt Papier.

»Und er hat Kinder?«

»Ja, zwei Mädchen im Alter von drei und vier Jahren ... und seine Frau, Fabienne, sie ist so eine kluge und reizende Frau ...«

»Und wo genau leben Sie und dieser Paul Trautmann?«

»Na, hier in Kehl bei Straßburg, in der Pfarrgasse.«

»Hören Sie, der Kollege, mit dem Sie eben gesprochen haben, nimmt Ihren Kontakt auf. Wäre es okay für Sie, wenn wir Sie besuchen, um das ... damit Sie uns das noch einmal genau erzählen können?«

»Kommen wir dann ins Fernsehen? Ich seh gerade fürchterlich aus ... Hab ich noch Zeit, mich umzuziehen und mir die Haare zu waschen?«

»Keine Sorge, die Zeit haben Sie. Ich übergebe Sie jetzt wieder an meinen Kollegen.«

Mit der flachen Hand deutete Karin einen Schnitt am Hals an. Der Raumlautsprecher verstummte, und der Assistent tauschte Daten mit der Anruferin aus. Karin Thaller hatte bereits zum Hörer gegriffen und die Einsatzabteilung für die Kamerateams in der Leitung.

»Thaller hier, wie schnell können wir ein EB-Team in Straßburg haben?«

»Heute?«

»Natürlich heute!« Sie zwang sich, freundlich zu bleiben.

»Keine Chance, zu kurzfristig. Ich seh mal im Computer nach, was ich morgen machen kann.«

»Morgen?« Karin konnte sich nicht mehr zurückhalten. »Wir haben hier die spektakulärste Livesendung aller Zeiten, und wenn Sie Ihren Job behalten wollen, dann verschaffen Sie mir ein Kamerateam in Straßburg. Von mir aus freie Teams, so was muss es doch da geben. Ich nehm auch Franzosen. Hauptsache, die sind schnell vor Ort!«

Die Dame am anderen Ende der Leitung war so perplex, dass sie nur noch eine letzte Erwiderung hatte.

»Und die Kosten? Wir haben ausdrückliche Anweisung, keine Externen einzusetzen.«

»Die Kosten sind mir schnurzpiepegal. Ich nehm das auf meine Kappe. Also, machen Sie Ihren Job, und machen Sie ihn verdammt schnell. Ich erwarte eine Lösung in spätestens zehn Minuten!« Dann legte sie auf.

Sarah Fay blickte sie argwöhnisch von der Seite an. So hatte sie ihre Chefin noch nie erlebt.

»Alles okay mit dir?«, fragte sie verwundert.

Karin setzte wieder ihr Pokerface auf und lächelte.

»Ja, ja. Alles okay.«

Auf dem Monitor sah man Karl, der nun entschlossen die Stufen hinaufging.

In diesem Augenblick erhielt Karin Thaller überraschend eine WhatsApp von ihrem ehemaligen Chef Marc Kleinfeld.

»Bin gleich wieder da«, sagte sie abwesend zu Sarah. Dann stand sie auf und rief ihrem Assistenten zu: »Lukas, Sie sind mir dafür verantwortlich, dass wir in Straßburg richtige Bluthunde bekommen. Ich will so schnell wie möglich Bilder von dieser Frau und ihren Kindern haben. Enttäuschen Sie mich nicht.«

Sarah Fay zuckte bei dieser Anweisung zusammen, doch noch bevor sie ihren Unmut bekunden konnte, hatte Karin den Regieraum schon verlassen. Sofort hatte der Job sie wieder fest im Griff.

»Kamera 5, bitte näher ran ...«

Kaum war die Regietür hinter Karin Thaller ins Schloss gefallen, lehnte sie sich im Gang mit dem Rücken an die Wand und öffnete die WhatsApp von Marc Kleinfeld.

Guter Job, Karin. Chapeau!

Sie fühlte sich geschmeichelt, wollte aber auch vor Kleinfeld ihre Maske nicht fallen lassen. Hastig tippte sie eine Antwort.

Entsetzlich, ich wünschte, das würde gerade alles nicht passieren.

Dann ergänzte sie den Text mit einem weinenden Emoji.

Als Antwort kamen drei lachende Emojis mit Tränen in den Augen. Karin fühlte sich ertappt. Sie überlegte, ob sie den Chat einfach beenden sollte, entschloss sich dann aber zu einer kurzen Antwort.

Okay, was willst du?

Ich weiß, wie du dich gerade fühlst. Ich habe das selbst oft genug erlebt.

Sie blickte sich um, um sicherzugehen, dass niemand sie beobachtete.

Ich bin aber nicht wie du.

Ist das so?

Ich muss wieder rein.

Es gibt da etwas, das ich dir nie gesagt habe.

?

Du fühlst dich gerade, als würdest du dich auf ein helles Licht zubewegen, und je näher du dem Licht kommst, desto unbedeutender wird alles andere, aber wenn du es erreicht hast, stürzt du in einen Abgrund, aus dem du dich nie wieder erheben wirst.

Phoenix?

Ikarus!

Karin war irritiert. Sie hatte alle möglichen Ratschläge von ihrem Ex-Chef erwartet, der während ihrer gemeinsamen Zeit auf nichts und niemanden Rücksicht genommen hatte, wenn es darum ging, hohe Reichweiten zu erzielen. Aber dass ausgerechnet Marc Kleinfeld ihr ins Gewissen redete, machte sie unruhig.

Bist du stoned?

Ich war noch nie so klar im Kopf wie jetzt, Karin. Und ich habe einen hohen Preis bezahlt, um zu dieser Einsicht zu gelangen.

Sorry, das ist mir im Moment zu steil. Ich muss wieder rein. Aber komm doch mal auf einen Kaffee vorbei.

Sie drückte auf Senden und blockierte Kleinfelds Account. Dann eilte sie zurück in die Regie.

***

Erdmann schlug mit der Faust auf die Konsole vor sich.

»Wir können das nicht zulassen! Ich will, dass das protokolliert wird ... Ich protestiere energisch ...«

Treikas Reaktion auf einem der Bildschirme war nicht weniger geladen.

»Wir dürfen ihn nicht bis zum Tor durchlassen. Ein Scharfschütze könnte ihn außer Gefecht setzen ...«

Schuster hingegen blieb ruhig und gelassen.

»Ich nehme das auf meine Kappe.«

Erdmann war kaum noch zu halten.

»Sie ... Sie nehmen das auf Ihre Kappe? Die werden ihn kaltblütig ermorden!« Er versuchte sich zu beruhigen und senkte die Stimme. »Die werden ihn kaltblütig ermorden und danach die Kinder.«

Schuster wandte sich ihm zu.

»Und was, wenn nicht? Was, wenn dieser ganze Akt ausschließlich dazu gedacht war, Karl Rieger in die Finger zu bekommen?«

Erdmann begann wieder zu schreien.

»Die haben auf ein fünfjähriges Kind geschossen, das jetzt im Krankenhaus liegt und um sein Leben kämpft! Die legen erst Rieger um und dann die Kinder, warum verstehen Sie das nicht?«

Olofsson schaltete sich ein: »Der Polizeidirektor ist in der Leitung.«

Schuster stand auf und schrie nun ebenfalls.

»Wir lassen das jetzt zu! Und wenn es die letzte Amtshandlung ist, die ich in meinem Leben zu verantworten habe. Niemand hat irgendeine Ahnung, was in dem Kopf von diesem irren Steiner abgeht. Ich habe Karl Rieger erlebt, wie er vor zehn Jahren Ephraim Zamir die Stirn geboten hat – schwer verletzt und unter heftigen Drogen. Sie alle haben überhaupt keine Ahnung, wozu Rieger fähig ist.« Er zeigte auf den Bildschirm, wo Karl Rieger gerade die Treppen des Portals hinaufging. »Dieser Mann hier ist vielleicht unsere einzige Chance, die Geiselnahme unblutig zu beenden. Und Sie wollen ihm eine Kugel ins Bein jagen? Nein! Auf keinen Fall! Ich habe keine Ahnung, ob es so etwas wie einen Wink des Schicksals gibt, aber der GSG-9-Mann hatte seine Chance und hat sie ganz offensichtlich bewusst verstreichen lassen. Bewusst!«

Der Wutausbruch Schusters endete so abrupt, wie er begonnen hatte. Erdmann schüttelte frustriert den Kopf, beließ es aber dabei.

Die Stimme des Polizeidirektors erklang in der stickigen Kabine.

»Schuster, warum wurde der Mann nicht gestoppt? Die Bilder sind live im Fernsehen und im Internet zu sehen. Was geht da vor bei Ihnen? Sie wissen, Sie tragen die volle Verantwortung, wenn das in einem Debakel endet. Sie müssen das sofort unterbinden und den Mann ...«

Schuster beugte sich rüber zu Olofsson und drückte eine Taste auf dessen Pult, worauf die Stimme seines Vorgesetzten mitten im Satz verstummte. Auf dem Screen vor ihnen war weiterhin Karl Rieger zu sehen, der dem Eingang des Turms Schritt für Schritt näher kam.

»Wann holen die Scharfschützen diese ekelhafte Drohne endlich vom Himmel?«, schrie Schuster wütend.

Olofsson ließ ein letztes Mal den Bleistift zwischen seinen Fingern rotieren, dann brach er ihn in der Mitte durch. Auch seine Nerven waren zum Zerreißen gespannt.

»Haben sie schon versucht, aber vergeblich. Eine Bundeswehreinheit zur Abwehr von UAS ist auf dem Weg.«

»Von was?«

»Unmanned Aircraft Systems. Die haben Anti-Drohnen-Gewehre, um den Empfang zu stören und das Ding mit Spezialmunition vom Himmel zu holen.«

Schuster biss sich auf die Unterlippe, bis sie schmerzte. Karl stand oben vor den Toren des Portals. Sein Schicksal lag nun in Gottes Hand.

***

Shalhevet taumelte mit Maja im Arm Stufe für Stufe die steilen Treppen im Turm hinunter. Eng an die Mauer gedrückt, um unentdeckt zu bleiben. Ein beißender Geruch stieg ihr in die Nase, aber ihre verbleibende Kraft und Aufmerksamkeit widmete sie alleine dem Ziel, mit Maja wieder hinab in die Katakomben zu gelangen. Sie war kurz davor, den ersten Stock zu erreichen, und von Steiner fehlte bisher jede Spur. In diesem Moment ertönte ein vertrautes Geräusch. Die Türglocke läutete. Erschrocken blieb Shalhevet stehen und presste Maja noch fester an sich.

Wieder läutete die Glocke, dann pochte eine Faust gegen die Flügeltüren des Haupteingangs.

***

Paul Trautmann schlug erneut mit der Faust gegen eine der Türen, bis seine Knöchel bluteten. Dann hörte er schließlich, wie der elektrische Motor der Flügeltüren startete.

Er erinnerte sich daran, wie er das erste Mal über die Schwelle dieser Pforte gekommen war. Damals war es der Anfang vom Ende seines alten Lebens gewesen.

Eigentlich hatte er heute keine Angst empfunden, nur Scham und Reue. Doch sobald sich zwischen den beiden Türen ein Spalt öffnete, ergriff ihn eine Unruhe, als würde eine innere Stimme ihn mahnen.

Renn, renn, so schnell du kannst. Noch ist Zeit, noch ist Zeit. Renn!

In diesem Moment tauchte Steiners Gesicht vor ihm auf, oder besser gesagt, die entstellte Fratze des einst stolzen deutschen Offizierssohnes, mit dem er von einem neuen Deutschen Reich geträumt hatte. Paul erkannte in dieser Fratze die Ironie des Schicksals, das scheinbar das wahre Gesicht des Mannes hervorgebracht hatte.

»Ist lange her, oder?«, sagte Paul und hörte dabei Rieger sprechen.

Steiners Augen weiteten sich. Ganz offensichtlich hatte er nicht mit Karl Rieger gerechnet. Dann verzog er die Mundwinkel zu einem breiten Grinsen. Sein vernarbtes Augenlid sonderte eine zähe Flüssigkeit ab, welche die Haut zum Glänzen brachte.

»Viel zu lange«, antwortete er.

***

Steiner war im Keller gewesen, als die Türglocke Sturm läutete. Er war hinaufgerannt, hatte im Raum der Erzieherinnen auf die Überwachungsbildschirme gesehen und den Mann am Portal gemustert. Erst hatte er keinen blassen Schimmer, wer das sein konnte, doch dann begann der Mann mit der bloßen Faust brutal gegen die Stahltür zu schlagen. Das war der Moment, als Steiner langsam zu hoffen begann, dass sich sein sehnlichster Wunsch erfüllen würde.

Er hatte vor lauter Aufregung sein Handy liegen gelassen und war zur Pforte gelaufen, hatte den Öffner gedrückt und schließlich wieder gestoppt, um nur einen Spalt zwischen den beiden Flügeltüren zu erzeugen.

Und da stand er tatsächlich vor ihm – Karl Rieger.

Kaum wiederzuerkennen mit langen Haaren und kariertem Hemd; außerdem sicher einige Kilo schwerer als bei ihrer letzten Begegnung im Gerichtssaal.

Es war eigenartig. Steiners Rachedurst war beim Anblick seines alten Kameraden wie weggeblasen. Er hatte Karl Rieger immer gemocht. Karl war ein schlauer Kerl gewesen, hatte diese Aura gehabt ... dieses Charisma, das gute Anführer brauchten, damit man ihnen bedingungslos folgte. Er hatte immer zu Karl aufgesehen. Rieger war keiner von den geschwätzigen Parteischlaumeiern, die nur laberten; Karl ließ seinen Worten Taten folgen und kannte keine Skrupel. Er war der Kamerad, den man bei brenzligen Situationen an seiner Seite haben wollte. Aber dann war Zamir gekommen und hatte alles kaputt gemacht.

»Du hast echt Eier«, brachte Steiner das Gespräch in Gang. Dabei achtete er darauf, dass Karls Körper ihn vor den Zielfernrohren der Scharfschützen abschirmte. »Jetzt schließt sich der Kreis«, ergänzte er.

»Lass mich rein, und wir reden«, erwiderte Paul.

»Ja, das kannst du gut – reden! Aber es ist alles gesagt, Karl ... oder wie du jetzt auch immer heißen magst. Weißt du, dass sich Udo in seiner Zelle erhängt hat?«

»Ich weiß.«

»Scheiß Schwanzlutscher. Hätte ihn gern baumeln sehen! Wir hatten was Großes, was richtig Großes ... Du, ich und die Bewegung. Und du hast das einfach weggeworfen. Wieso, Karl? Das hab ich mich all die Jahre gefragt. Haben Sie dich psychomäßig fertiggemacht? Ich weiß, wie das ist, wenn sie einen foltern ... ich weiß das. Du musst es mir nur sagen, Karl.«

Paul spürte, wie Steiner einen Weg suchte, um zu verstehen und zu vergeben. Aber der Karl, der aus dieser Situation mühelos einen Ausweg gefunden hätte, existierte nicht mehr.

»Ich erklär dir alles, wenn du die Kinder freilässt«, versuchte Paul sich langsam seinem eigentlichen Ziel zu nähern.

»Du willst, dass ich die Ratten rauslasse, damit sie sich vermehren und diese Welt verpesten?«

Für einen Moment schien Paul die Konzentration zu verlieren. Er lächelte, dann fand er zurück zu Steiner und griff den Gesprächsfaden wieder auf.

»Du willst Antworten – ich will die Kinder. Ist doch ein fairer Deal.«

Steiner konnte in diesen Worten den alten Karl erkennen – oder zumindest einen schwachen Schatten davon. *Deal.* Hatte das Karl dazu gebracht, ihre Bewegung zu verraten, ein Deal? Und plötzlich war sie wieder da, die ganze aufgestaute Wut. Er, Gottfried Wegener, er würde keinen Deal machen. Das käme einem faulen Kompromiss gleich. Er würde niemals zum Verräter werden. Lieber würde er sterben. Und was Karl betraf – der wahre Karl Rieger war schon vor Jahren gestorben. Die Gestalt, die hier vor ihm stand, hatte nichts mehr mit seinem einst so geliebten Kameraden gemeinsam.

In einer fließenden Bewegung packte er mit der linken Hand Karl am Hemdkragen und drückte ihm die Pistole auf die Brust, die er hinter seinem Rücken verborgen hatte. Dann drückte er ab. Der erste Schuss kostete ihn noch einige Überwindung, aber die Schüsse, die dann folgten, fühlten sich erlösend an. Erst nach dem vierten Schuss beendete er sein Werk, zog Karl noch näher zu sich, spuckte ihm ins Gesicht und ließ ihn dann los.

Karl torkelte langsam ein paar Schritte zurück und blickte erschrocken an sich hinab, während Steiner sich zur Seite drehte und den Schalter für die Türen betätigte.

Leise begannen die Motoren zu surren, während er kraftlos auf den Boden sank. Noch einen kurzen Augenblick lang konnte er Karls verrenkten Körper am Boden sehen, dann schnappte das Schloss ein.

Steiners Herz pochte wie wild. Nach all den Jahren des Zorns hatte er nun endlich die Genugtuung erhalten, auf die er so sehnlich gewartet hatte, und trotzdem fühlte er sich hundeelend. Die erwartete Euphorie wegen Karls Tod war ausgeblieben. Zurück blieb eine Leere, die ihn verzweifeln ließ. Karl würde nie wieder zurückkehren wie so viele Kameraden vor ihm.

Du bist so ein scheiß Weichei, dass ich kotzen könnte, hörte er seine innere Stimme.

Schau dich an, wie du am Boden hockst und flennst.

Ich flenne nicht, ich trauere.

Um diesen Wichser? Er hat euch alle verraten, er hat den Tod verdient. Du hast das einzig Richtige getan. Reiß dich jetzt zusammen, deine Mission ist noch nicht zu Ende, Soldat. Halt dich an deinen Plan, und heiz den Arschlöchern noch mal so richtig ein ... danach kannst du abtreten. Von mir aus nach Walhalla, wo Udo, Karl und all die anderen bereits warten und wie Helden gefeiert werden.

Steiner schlug den Hinterkopf hart gegen die Betonwand, bis ihm schwindelig wurde.

Seine innere Stimme hatte recht. Es war noch nicht vorbei, noch lange nicht.

***

Paul konnte nicht fassen, was gerade passiert war. Er wischte sich die Spucke vom Gesicht. Er sollte Schmerzen empfinden, aber obwohl er das Blut sehen konnte, das aus seinem Körper quoll, spürte er nichts. Der einzige Gedanke, den er noch hatte, war der Wunsch, seine Kinder und seine Frau wiederzusehen. Aber es war wohl zu spät. Die Welt drehte sich, und plötzlich knallte er mit dem Kopf hart auf den Boden und lag im kalten Schatten des Turms. Doch der Himmel über ihm war wunderschön. Nur ein schwarzer Punkt störte das perfekte, harmonische Bild. Der Punkt surrte wie eine Biene und wurde größer und größer. Mit letzter Kraft hob Karl die Hand, um das störende Objekt fortzujagen, aber vergeblich. Da wurde es wie von Geisterhand in tausend Stücke zerfetzt. Verschmorte Plastikteile regneten auf Paul herab, dann war der Himmel wieder makellos, rein und klar.

In diesem Moment hatte er das Gefühl, als hätte der strahlend blaue Himmel Antworten auf all seine Fragen. Die unglaubliche Last, die er sein ganzes Leben mit sich herumgeschleppt hatte, schien von ihm abzufallen. Das Firmament wurde heller und heller, bis selbst der Turm sich in diesem himmlischen Licht auflöste. Er lächelte, dann schloss er die Augen.

OTTERBACH

Montag, 19. Oktober 2020, 15:11 Uhr

Den Auftakt zum bewaffneten Widerstand gegen die Landesverräter, die sich »Regierung« nannten, hatte sich Ex-Oberstabsfeldwebel Dieter Otterbach ursprünglich anders vorgestellt. Doch nun saß er mit seinen Kampfgenossen in einem von drei Lkws, um der Geschichte dieses Staates eine neue Wendung zu geben. Vier Monate früher als vorgesehen.

Ursprünglich sollten Ort und Zeitpunkt von symbolischer Tragweite sein, um dem Ereignis mehr Gewicht zu verleihen.

Nach reichlicher Überlegung hatte sich eine Gruppe von Verschwörern, bestehend aus Ex-Militärs und reichen Unternehmern, die weltweit faschistische Organisationen unterstützten, auf den 27. Februar 2021 geeinigt. Achtundachtzig Jahre zuvor hatte der Reichstag in Berlin gebrannt. Das sahen er und seine Mitverschwörer als gutes Omen, denn die Zahl 88 stand in der Szene gemeinhin für die Buchstaben HH – und die standen für »Heil Hitler«.

Als in der Nacht vom 27. auf den 28. Februar 1933 der Reichstag brannte, war Adolf Hitler gerade mal zwei Monate als Reichskanzler im Amt. Doch damit war er nur die Nummer zwei hinter dem senil gewordenen Reichspräsidenten Paul von Hindenburg, der mit fünfundachtzig Jahren immer noch an der Spitze des Staates stand.

Die Nationalsozialisten behaupteten, dass der Brand Auftakt eines »kommunistischen Aufstands« gewesen sei. Damit brachten sie Hinden-

burg dazu, am Tag nach dem Feuer die »Verordnung des Reichspräsidenten zum Schutz von Volk und Staat« zu erlassen, die den Nationalsozialisten die Gelegenheit gab, Tausende von Gegnern der Reichsregierung zu verhaften und zu inhaftieren. Einen Monat später folgte schließlich ein von den Nationalsozialisten initiiertes und vom deutschen Reichstag verabschiedetes »Gesetz zur Behebung der Not von Volk und Reich«. Damit ging die Macht im Staat de facto auf den Reichskanzler Adolf Hitler über. Dieses Gesetz war der Grundstein für die Errichtung der nationalsozialistischen Diktatur und ging als »Ermächtigungsgesetz« in die Geschichte ein.

Nicht mehr und nicht weniger schwebte Otterbach für den 27. Februar 2021 vor. Der erneute Brand des Reichstagsgebäudes in Berlin, offizieller Sitz des Bundestages, sollte das Fanal zum Aufruhr werden.

Anzeichen dafür, dass die Zeit reif war, sahen die Verschwörer nicht nur am Zulauf von AfD-Wählern oder der immer größeren Zahl von Wutbürgern und Querdenkern, sondern vor allem in einer Häufung bekennender Faschisten im Netz.

Auf der weltweit größten Spieleplattform *STEAMS* mit mehr als einer Milliarde Konten war die Zunahme rechtsradikaler Profile zunächst geflissentlich übersehen oder zumindest geduldet worden. Avatar-Namen wie »JewKiller« oder »KebabRemover« waren keine Seltenheit, sondern kamen Tausende Male in unterschiedlichen Schreibweisen zum Einsatz.

Der Rechtsterrorist Brenton Tarrant, der am 15. März 2019 in Christchurch in zwei Moscheen einundfünfzig Menschen ermordet und fünfzig weitere schwer verletzt hatte, besaß mutmaßlich auf *STEAM* einen Account und wurde von seinen Anhängern dort als Held gefeiert. Erst Anfang 2020 löschte der Betreiber zumindest die User, die sich mit dem Namen »Adolf Hitler« oder eindeutigen Nazi-Symbolen registriert hatten.

Vor allem aber der dilettantische Sturm auf den Reichstag am 29. August 2020 von knapp fünfhundert Demonstranten, die vorwiegend der Reichsbürgerbewegung angehörten, bestärkte Otterbach darin, dass sie mit ihrer Terroraktion dem Zeitgeist entsprachen. Die unzähligen positiven Kommentare unter den Youtube-Videos zu dieser Aktion schienen ihm recht zu geben.

Immerhin hatte es seit der Jahrtausendwende weltweit bereits einige Putschversuche gegeben. Zwar waren viele davon gescheitert, wie etwa 2016 die militärische Aktion, die den türkischen Machtinhaber Erdoğan stürzen sollte. Doch es gab auch positive Beispiele. So war beispielsweise im Jahr 1967 in Griechenland nach einem erfolgreichen Putsch eine Militärdiktatur entstanden.

Otterbach und seine Gefolgsleute hatten einen Plan und waren gewillt, ihn mit aller Härte in die Tat umzusetzen.

Sicherheitssysteme gegen militärische Angriffe waren in den politischen Schaltzentralen Deutschlands kaum vorhanden.

Aber auch das kleinste Restrisiko hatte Otterbach sehr ernst genommen und in einer fast zweijährigen Planungsphase nicht nur das Problem der Überwindung aller Sicherheitsvorkehrungen gelöst, sondern auch die Verschleierung der dreißig Attentäter vorgenommen, von denen viele in den Standesämtern bereits als »verstorben« registriert waren.

Für seine engsten Vertrauten und Geldgeber fasste Otterbach den geplanten Terrorakt gerne mit den Worten zusammen: »Was für die Amis der 11. September war, wird für die Deutschen der 27. Februar sein.«

Die Verschwörer zweifelten keine Sekunde daran, dass ihre Aktion später von der Geschichte als heroische Tat gewürdigt werden würde. Dann, wenn die Macht im Staat endlich wieder den Faschisten gehörte.

Doch nun war alles anders gekommen. Während Millionen von Menschen die Geiselnahme von zehn jüdischen Kindern und zwei Frauen live im Fernsehen und im Internet verfolgten, wurde aus dem salopp vorgetragenen Einwurf »Was, wenn wir heute zuschlagen ...« die Grundlage für ein Gedankenspiel der Terroristen. Und je länger sie das Für und Wider dieser spontanen Idee abwägten, desto mehr redeten sie sich in Rage und überzeugten schließlich selbst jene, die vehement für den Anschlag am 27. Februar in Berlin plädierten.

Eine Chance wie diese würde niemals wieder kommen, darüber waren sich am Ende alle einig.

Otterbach sprach von einem großen Tag. Dieser Tag bot nach seiner Auffassung eine einmalige Gelegenheit, da die Spezialeinheiten der Polizei konzentriert am Turm zum Einsatz kamen. Mit Gegenwehr am Zielort war seiner Auffassung nach kaum zu rechnen.

»Anders als bei einer Stürmung des Reichstagsgebäudes braucht es für das neue Zielobjekt keinen ausgefeilten und riskanten Plan«, eiferte Otterbach. »Sondern nur Tatendrang, mutige Männer und ein wenig Glück. Wir gehen da von zwei Seiten rein, erledigen den Job und verschwinden wieder.«

Die erste Phase der Flucht würde über online gebuchte Uber- und angemietete Share-Now-Fahrzeuge erfolgen. Breit gefächert würde man so den Tatort in alle Himmelsrichtungen verlassen und untertauchen. Danach griff der alte Plan, der als Endziel Belarus vorsah, wo eine regierungsnahe Spezialeinheit den Terroristen Unterschlupf versprochen hatte. Die Kosten dafür waren erheblich, aber im Millionenetat der Gesamtoperation verschmerzbar.

Doch sosehr sich Otterbach auch eine neue Ordnung in Deutschland erhoffte, so wenig konnte das alles sein Bedauern lindern, das Dritte Reich nicht selbst miterlebt haben zu dürfen.

Sein Leben lang hatte Otterbach damit gehadert, zu spät geboren worden zu sein. Wie tragisch und ungerecht der Untergang des Dritten Reiches auch gewesen war, nichts hätte er sich sehnlicher gewünscht als den Aufstieg der »Partei« an der Seite von Hitler, Hess und Göring miterleben zu dürfen.

Ungestillte Machtfantasien und der tief verwurzelte Glaube, einer Rasse anzugehören, die von Natur aus dazu bestimmt war, über alle anderen zu herrschen, nährten dieses Verlangen und gipfelten in einer Sucht nach allem, was mit dem Nationalsozialismus zu tun hatte. Es war der verzweifelte Versuch, seinen Idolen so nahe zu sein wie nur irgend möglich. Er verschlang jedes Buch und jede Dokumentation, die es über das Dritte Reich gab, besorgte sich in einschlägigen Netzen Dutzende Aufnahmen von Reden der Nazigrößen und besuchte alle Orte, an denen er die Aura dieser glorreichen Zeit aufsaugen konnte. So hatte er für viel Geld Bauschutt mit Echtheits-Zertifikat von Görings Villa Carinhall in der Schorfheide oder von Hitlers Berghof am Obersalzberg gekauft, den er in einer Glasvitrine aufbewahrte wie einen heiligen Schatz. Aber was immer er auch tat, um seinem Fetisch zu frönen, es änderte nichts an der Tatsache, dass alles vorbei war und diese wunderbare Ära wohl nie wiederkehren würde.

In seinen dunkelsten Stunden konnte er dieser Tatsache nur noch mit hochprozentigem Alkohol trotzen. Zu den Klängen von Marschmusik und Soldatenchören stolzierte er dann im Keller volltrunken zwischen all den Nazi-Devotionalien in einer SS-Uniform auf und ab, bis er das Bewusstsein verlor und am nächsten Morgen in einer stinkenden Urinlache erwachte.

***

»Habt ihr das mit dem Panther mitbekommen?«, fragte einer der Männer in die Runde, während der Lkw von einem Auto mit Polizeisirene überholt wurde. Die Geräuschkulisse war deutlich lauter als zuvor. Ganz offensichtlich befanden sich die beiden Lastwagen in einem Tunnel.

Keiner der Männer antwortete, aber alle sahen ihn fragend an.

»In Kiel hat so ein Finanzheini in seiner Bonzenvilla im Keller einen Panther wieder flottgemacht.«

»Den deutschen Panzer?«

»Was denn sonst, du Pfeife? Hab's in den Nachrichten gesehen, wie sie das Teil auf die Straße gefahren haben. Mann, mit so einem Teil müssten wir da heute ran.«

»Und? Hatte er Munition, konnte der Panther noch scharf schießen?«

»Denke ja, das werfen sie ihm zumindest vor. Die Verhandlung läuft gerade. Aber der hatte auch eine Acht-Achter und sogar einen funktionstüchtigen Torpedo.«

Einige lachten, manche schüttelten ungläubig den Kopf.

»Echt, kein Scheiß jetzt? Du verarschst uns!«

Sofort reichte der Mann sein Handy herum, auf dem er eine Seite der *Süddeutschen Zeitung* aufgerufen hatte. Danach kam nur noch zustimmendes Raunen von seinen Kameraden.

Die Stimme des Fahrers erklang aus den Lautsprechern.

»Wir nähern uns jetzt dem Zielobjekt. Foxtrott 1, hier Bravo – erbitte Status.«

»Hier Foxtrott 1«, kam prompt die Antwort.

»Fracht wie geplant am Hofgarten abgesetzt, befinde mich auf dem Rückweg. Foxtrott 1 meldet sich jetzt ab. Ende.«

Otterbach würde mit elf Männern über den Haupteingang in die Staatskanzlei eindringen, während ihre sechs Kameraden in Gärtnermontur das Gebäude von der Rückseite über den königlichen Hofgarten abriegeln sollten. Diese würden nur dann in Erscheinung treten, falls jemand aus dem Gebäude flüchtete.

Der Operationsplan von Otterbach und seinem Team sah hingegen verschiedene Haupt- und Nebenziele vor. Priorität hatten Leiter der Staatskanzlei, die Amtschefin und vor allem der Ministerpräsident, die sich laut einer zuverlässigen Quelle heute alle im Gebäude befinden mussten. Als zweitrangig waren dreizehn weitere hochrangige Mitglieder der Regierung eingestuft worden. Die im Gebäude befindlichen Sicherheitsbeamten und Leibwächter waren notfalls ebenfalls auszuschalten.

Mit akkurat eingehaltener Geschwindigkeit tauchten die beiden Lastwagen aus dem dunklen Altstadtringtunnel auf und fuhren hinaus ins Licht, dann bogen sie von der Hauptstraße ab. Die Stimme des Fahrers tönte kurz aus dem Lautsprecher: »Zone X in fünf Sekunden erreicht.«

»Fertig machen zum Absetzen!«, schrie Otterbach den Trupp an.

Sofort richteten sich die Männer auf.

»Vier ... drei ... zwei ...«, zählte die Stimme des Fahrers herunter, während der Lkw langsamer wurde und auf den wenigen Parkplätzen in der Nähe des Haupteingangs der Staatskanzlei abbremste.

Für Otterbach war es, als würde der Vorhang aufgehen, während das Publikum gespannt auf den ersten Akt wartete. Er hörte förmlich, wie Wagners *Götterdämmerung* erklang. Anschwellende Paukenschläge, gefolgt von Cellos und Bässen.

»Eins.«

Die Stimme des Fahrers verstummte.

Erst jetzt begriff Otterbach, dass der Trommelwirbel nicht nur in seinem Kopf zu hören war, sondern tatsächlich so laut dröhnte, dass die Wände des Lkw vibrierten.

»Los, los, los!«, feuerte er seine Männer an, riss die Türen hinten auf und sprang hinaus. Ein brausender Sturm holte ihn beinahe von den Beinen. Irritiert blickte er in den Himmel und sah direkt vor der tief stehenden Sonne die Silhouette eines Kampfhubschraubers, dessen Bordbewaffnung auf ihn und seine Männer zielte.

»Lassen Sie die Waffen fallen, und legen Sie sich mit dem Bauch flach auf den Boden!«, übertönte das Megafon des Tiger-Helikopters das laute Geräusch des Rotors.

Otterbach drehte sich zu seinen Männern um und blickte in

fassungslose Gesichter. Wenn er jetzt den Befehl zum Sturm auf den Haupteingang gab, der zwanzig Meter entfernt Sicherheit versprach, dann würde sicher der Großteil seiner Truppe überleben. Der Tiger hatte nur ein starr angebrachtes MG in seinem Rumpf, das auf diese Distanz relativ ungenaue Feuerstöße abgeben würde, und ganz sicher hatte der Richtschütze keine Erlaubnis, mitten im Stadtgebiet die 20-mm-Bordkanone einzusetzen. Aber selbst der Tod wäre eine bessere Option als die Schmach, in Gefangenschaft zu geraten.

Er riss den Arm in die Höhe, ballte die Faust, zog sie zweimal nach unten und zeigte mit versteinertem Blick auf den Haupteingang. Die Männer verstanden den Befehl sofort und stürmten in geduckter Haltung auf den Eingang zu.

Der Richtschütze im Kampfhubschrauber schüttelte fassungslos den Kopf.

»Solche Idioten – bitte um Freigabe zum Feuern.«

»Freigabe nicht erteilt, solange der Gegner keinen Schuss abgefeuert hat«, erwiderte sein Vorgesetzter aus dem Helmmikrofon. Der Pilot setzte mit dem Hubschrauber langsam nach und richtete das Heck steil in den Himmel, damit bei Erhalt des Schussbefehls die Kugeln nicht unkontrolliert durch die Gegend jagen würden.

»Befehl für Warnschuss erteilt! Feuer nach eigenem Ermessen«, hörte der Richtschütze seinen Kommandanten sagen, dann drückte er den Auslöser des Maschinengewehrs.

Die erste MG-Garbe der 12,7-mm-Geschosse riss tiefe Furchen in den Teer und sprengte einen steinernen Parkpoller in zwei Hälften, ohne dabei einen der flüchtenden Terroristen zu treffen.

Otterbach unterdrückte den Reflex, sich auf den Boden zu werfen. Statt Angst spürte er eine Glückseligkeit, wie er sie nie zuvor erlebt hatte. Scharfe Munition flog ihm um die Ohren, der Geruch von Sprengstoff lag in der Luft, und seine Nebennieren pumpten Unmengen von Adrenalin in seinen Blutkreislauf. Es war wunderbar. Vielleicht noch zehn Meter, dann wären er und seine Kameraden erst einmal in Sicherheit. Doch dann schoben sich überraschend zwei radgetriebene Fuchs-Transportpanzer mit aufgepflanzten Maschinengewehren in sein Blickfeld und versperrten ihnen den Weg. Die Situation war vollkommen ausweglos. Erschöpft wurden Otterbachs Schritte langsamer. Es war vorbei.

Doch nicht alle seine Männer wollten einsehen, dass sie gegen diese gepanzerte Übermacht nicht die geringste Chance hatten, und so eröffnete einer von ihnen aus Frust und Wut das Feuer.

»Nein!«, schrie Otterbach, obwohl er wusste, dass man ihn im Lärm der Rotoren kaum hören konnte. Grasbüschel und Dreck stoben durch die Luft, dann eröffnete der Kampfhubschrauber das Feuer erneut, ebenso wie die MG-Schützen der gepanzerten Fahrzeuge. Mit Tränen in den Augen sah Otterbach, wie die Männer, mit denen er viele Monate trainiert und zusammengelebt hatte, in wenigen Sekunden brutal zusammengeschossen wurden. Als die Schüsse verstummten, war die Hälfte von ihnen nicht mehr am Leben. Der Boden vor der Staatskanzlei war blutgetränkt. Die überlebenden Männer warfen ihre Waffen zu Boden und streckten die Hände in die Höhe.

Otterbach ließ sich schluchzend auf die Knie fallen. Mit weit aufgerissenem Mund schrie er Hessels Namen, dann schoss er sich mit seiner Maschinenpistole in den Kopf.

***

Der Bauernhof auf dem Hügel warf bereits lange Schatten. Aus weiter Ferne näherte sich ein alter VW Golf der malerischen Idylle.

Manfred wischte seine schwitzenden Hände an seinem Overall ab. Er saß Hessel und Behrens gegenüber. Die Mistgabel lag quer auf seinem Schoß, während Kruse hinter ihm Kaffee brühte. Konzentriert träufelte er heißes Wasser aus einer verdreckten Kanne auf das Pulver und blickte hinaus zu den Kühen auf der Weide.

»Haben Sie nicht auch Lust, das ganze Versteckspiel einfach mal hinter sich zu lassen, Hessel?«, fragte er laut, ohne sich umzudrehen.

Hessel musterte den Reichsbürger, der wiederum Behrens fokussierte und dabei grinste. Jetzt wandte er sich Kruse zu.

»Was ... was meinen Sie?«

»Na, das ganze Theater, das ihr da bei der AfD aufführt, um ja nicht mit uns überzeugten Nationalsozialisten in einem Topf zu landen. Ihr deutet nur immer an, umschreibt die Dinge mit irgendwelchen komischen Vergleichen, aber ihr stellt euch nie hin und sagt, was ihr denkt, oder?«

»Sie meinen, ich sollte sagen ... dass ich ... das ich Sympathien für die Bewegung habe?«

»Sehen Sie?«

Kruse nahm den Filter von der Kanne und schenkte sich eine Tasse ein.

»Sie tun es schon wieder. Wenigstens hier unter uns könnten Sie doch freiheraus zugeben, dass Sie auch ein überzeugter Nationalsozialist sind. Kaffee?«

Er streckte Hessel die Tasse entgegen.

Hessel zuckte mit den Schultern. Die Fesseln ließen es nicht zu, dass er die Tasse entgegennahm.

»Manfred, schneid Hessel die Handfesseln durch. Das ist ja peinlich. Los, mach schon.«

Manfreds Gesicht verzog sich zu einer mürrischen Schnute.

»Dem schwulen Typen aber nicht.«

»Ich bin nicht schwul«, erwiderte Behrens, der das Gefühl hatte, sich rechtfertigen zu müssen.

»Schwul sein ist gegen die Natur«, belehrte Manfred Behrens.

In diesem Augenblick hörte man, wie ein Wagen draußen auf dem Hof ankam. Der Motor wurde abgestellt, und eine Wagentür schlug zu. Kruse stellte die Kaffeetasse vor Hessel auf den Tisch und zog eine Kleinkaliberwaffe aus dem Hosenbund.

Eine hohe Frauenstimme rief laut von draußen: »Hallo, jemand zu Hause? Hallo?«

Kruse stellte sich seitlich an das Küchenfenster. Den schwarzen Golf im Hof konnte er von dort aus sehen, nicht aber die Frau.

»Manfred, schwing deinen Arsch raus und schau nach, was die Tante will.«

Ein letztes Mal fixierte Manfred Behrens, dann packte er seine Mistgabel und zeigte damit auf ihn, während er aufstand.

»Klar bist du schwul. Ich kann das riechen, du Arschficker!«

Behrens wich erschrocken zurück. Kruse verdrehte die Augen. »Los, geh endlich.«

»Ich mach ja schon.«

Griesgrämig trottete er mit der Mistgabel hinaus auf den Hof, wo eine zierliche Frau in Jogginghose und knallblauem Oberteil stand. Obwohl er Gefallen an der jungen Frau fand, blieb er misstrauisch und hielt Abstand zu ihr. Zu viel stand auf dem Spiel.

»Was wollen Sie?«

»Ist mir jetzt peinlich, aber ich hab kein Navi im Auto, und der Akku von meinem Handy ist leer. Ich müsste dringend telefonieren« Dabei ging sie ohne zu zögern schnurstracks auf ihn zu.

»Ich hab kein Telefon.«

»Aber vielleicht der Mann, dem der Porsche gehört.«

Manfred blickte sich nach der Scheune um, in der der Porsche versteckt worden war. Hatten die Idioten vielleicht das Tor offen gelassen? Nein, das Tor war zu.

Der erste Schlag traf den bulligen Mann am Kehlkopf. Noch während Manfred nach Luft schnappte, platzierte die Frau einen exakten Hieb auf seine Schläfe. Manfred schwankte und kippte bewusstlos um wie ein Sack Mehl. Noch im Fallen entriss ihm die Frau blitzschnell die Mistgabel und legte sie danach leise auf den Boden, dann griff sie an den Kragen ihres blauen Oberteils.

»Person männlich ausgeschaltet, Ziel wurde bestätigt.«

In diesem Augenblick erschien Kruse in der geöffneten Haustür und legte an, um zu schießen. Doch dann ließ er die Pistole fallen und prallte seitlich gegen den Türpfosten. Die Hälfte seines Kopfes fehlte.

»Danke, Benni«, sagte die junge Frau mit gepresster Stimme in ihr Knopfmikro.

»Kein Ding, Elena. Ich lass dich doch nicht von einem Nazi über den Haufen schießen. Facit Omnia Voluntas«, kam es aus ihren Kopfhörern zurück.

Der Wille entscheidet, übersetzte Elena Bembou in Gedanken den Leitspruch der KSK.

DER TURM VI

Montag, 19. Oktober 2020, 15:32 Uhr

Der Chirurg auf dem Bildschirm machte von Anfang an nicht den Eindruck, als gäbe es für Karl Rieger eine Überlebenschance.

»Schwere traumatische Verletzungen des Thorax und des Abdomen. Dadurch Rippenserienfraktur, Verletzung des linken Lungenflügels, Niere, Leber, Dünndarm und Rückenwirbel. Der Patient liegt momentan im Schockraum. Oberste Priorität hatte zunächst die Sicherung der Atemwege, eine ausreichende Oxygenierung und Ventilation sowie die Stabilisierung des Kreislaufes. Wir sind jetzt so weit, ihn operieren zu können.«

Schuster schwieg. Seit er mit ansehen musste, wie Karl Riegers Körper leblos vor der Pforte des Turms zusammengesackt war, hatte er kein Wort mehr gesprochen. Erdmann hatte die anschließende Koordination der Bergung und ärztlichen Versorgung des Schwerverletzten übernommen und soeben um einen Statusreport gebeten.

»Wie hoch sind seine Chancen?«

»Wir tun unser Bestes.«

»Seine Überlebenschancen?«, insistierte Erdmann.

»Ich bin kein Hellseher, Herr Kommissar. Aber vielleicht hilft es Ihnen, wenn ich sage, es ist ein Wunder, dass er überhaupt noch lebt.«

Erdmann presste die Augenlider zusammen und hielt sie

geschlossen. So mutig Rieger gewesen sein mochte, so sinnlos wäre sein Tod. Es hätte nie geschehen dürfen. Wie hatte Schuster auch nur eine Sekunde glauben können, diese Barbaren würden ihr Versprechen einhalten? Er öffnete die Augen wieder, drehte sich zu Schuster und blickte ihn voller Verachtung an.

»Ich habe aber auch eine gute Nachricht«, unterbrach der Chirurg die erdrückende Stille, die im Wagen herrschte.

Erdmann wandte sich wieder dem Monitor zu. Was um alles in der Welt konnte so ein Tag an guten Nachrichten parat haben?

»Was?«, fragte er ohne Hoffnung auf etwas wirklich Positives.

»Jakob Eppstein, der Junge mit der Schussverletzung, lebt. Er ist stabil. Er liegt weiterhin auf der Intensivstation, aber er wird es schaffen.«

Erdmann hatte den Jungen vollkommen verdrängt. Ein Wechselbad aus Schuldgefühlen und Freude trieb ihm Tränen in die Augen. Er schnappte nach Luft und wiederholte die Worte.

»Er wird es schaffen ...«

Auch Nigel Kemper und Atli Olofsson wurden von ihren Gefühlen überwältigt. Ihre Gesichter zeigten große Erleichterung, und Atli begann laut lachend auf der Konsole vor sich zu trommeln.

Für einen kurzen Augenblick schien es so, als würde ein Funken Hoffnung die enge Kommandozentrale erhellen. Doch dann holte Schusters düstere Stimme sie alle zurück in die Realität.

»Der Junge mag am Leben sein, aber weitere zehn Kinder und zwei Erzieherinnen schweben weiter in Lebensgefahr, wenn wir nicht bald handeln.«

***

Shalhevet drückte Maja fest an sich, während sie sich mit der freien Hand mühsam die Sprossen in die Katakomben hinunterangelte. Unten angekommen, stolperte sie in vollkommener Dunkelheit bis zu dem Stromgenerator und schaltete das Licht in den Gängen an. Dann setzte sie Maja ab und kniete sich vor ihr auf den kalten Betonboden.

Sie hatte keine Kraft mehr; sie war sich nicht einmal sicher, ob sie es noch bis in die unteren Stockwerke schaffen würde.

»Maja, ich kann nicht mehr ... Bitte, Maja ... Du musst gehen ...«, flehte sie das Mädchen an und nahm behutsam seinen Kopf zwischen ihre Hände. Doch Maja starrte nur ins Leere und schien sie gar nicht wahrzunehmen.

Erst jetzt ließ Shalhevet es zu, das Erlebte zu rekapitulieren. Sie erinnerte sich daran, wie sich die Türen der Pforte einen Spaltbreit geöffnet hatten und hinter dem Neonazi ein Gesicht aufgetaucht war, das sie sofort wiedererkannt hatte, auch wenn ihre letzte Begegnung bereits siebzehn Jahre zurücklag.

Für einen Moment war sie wieder in der Vergangenheit. Sie blickte Karl in die Augen, aus nächster Nähe. Weiße Vorhänge wehten weit in den Raum hinein und spielten mit dem Sonnenlicht. Sie weinte. Er küsste ihre feuchten Wangen und versprach ihr, sie ewig zu lieben. Das war nicht gespielt gewesen. Sie hatte es ihr Leben lang gewusst und nie vergessen.

Und in diesem Augenblick an der Pforte, als sich ihre Blicke überraschend trafen, dachte sie wieder an die zarten Bande, die sie einst geknüpft hatten, gegen jede Chance auf Glück und gegen jede Vernunft. Dann fielen Schüsse, und der Glanz in Karls Augen verschwand.

Hätte Maja in diesem Moment nicht ihren Kopf an Shalhevets Hals gedrückt, wäre sie vermutlich schreiend zusammengebrochen. Das kleine Mädchen allein war der Grund, warum sie noch lebte, obwohl es sich so anfühlte, als hätte man ihr eine Klinge mitten ins Herz gerammt.

Nun saß sie ausgelaugt und ermattet mit Maja wie auf dem Präsentierteller in einer Sackgasse. Ihre Flucht war zu Ende. Ihre Reise war zu Ende. Was immer nun auch passieren würde, es spielte keine Rolle mehr.

Von irgendwoher näherten sich Schritte, aber auch das war bedeutungslos, denn ihr fehlte sogar die Kraft, Angst zu empfinden. Sie drückte Maja wieder an sich, schloss ihr mit den Fingern einer Hand die Nase und legte ihr die andere Hand auf den Mund. Der grausame Nazi durfte Maja nicht kriegen. Niemals. Es war ganz einfach, denn Maja wehrte sich nicht. Wie lange würde es wohl dauern, bis das Mädchen erstickt wäre? Hatte sie genug Zeit? Die Schritte kamen näher. Was würde dieses Monster mit ihnen anstellen, was würde er mit Maja anstellen?

Das Mädchen begann unter ihrem Griff zu husten, ihr kleiner Körper bebte förmlich.

Was tat sie da ... Was tat sie da?

Panisch löste Shalhevet den Griff. Mochte dieses Monster auch noch so brutal sein, sie brachte es nicht über sich, es bis zum bitteren Ende durchzuführen. Maja hustete nun laut und schnappte nach Luft.

»Vergib mir bitte, Maja ... Ich wollte das nicht ...«

Die Schritte wurden schneller und kamen direkt auf sie zu.

Es war vorbei. Ihr ganzes Leben kam ihr plötzlich so sinnlos und leer vor, aber nun war es vorbei. Nur einen letzten Wunsch hatte sie noch – dieses Monster sollte ihr wenigstens in die Augen sehen, wenn das Leben aus ihr wich.

Erschöpft drehte sich Shalhevet um und blickte zu den grellen Neonröhren an der Decke.

»Shala«, hörte sie eine Stimme sagen.

Dann trat Esra wie ein Engel ins Licht und umarmte sie.

»Shala ... Du hast Maja, du hast sie gefunden ... Wir haben uns solche Sorgen gemacht!«

Hinter Esra standen aufgereiht die Kinder, denen die Rückkehr von Maja und Shalhevet trotz der gewaltigen Strapazen ein kleines Lächeln in die Gesichter zauberte.

FABIENNE

Montag, 19. Oktober 2020, 15:33 Uhr

Das kleine Reiheneckhaus in Kehl bei Straßburg war umringt von Journalisten. Trotz dichter Wolken und kalten Winds harrten die Reporter vor dem lindgrün bemalten Gartenzaun aus und hofften auf ein Foto von den Bewohnern oder gar ein Statement zu den Ereignissen, die sich gerade dreihundert Kilometer entfernt abspielten. Die Suche von RT-Five nach einem Kamerateam war nicht ohne Wirkung geblieben. Die Umstände des Aufrufs stanken förmlich nach einer Sensationsmeldung. Und so wurden aus Mutmaßungen teuer verkaufte Informationen, an die sich auch andere Sender hängten. Der entscheidende Run begann allerdings erst nach einem Interview, das Pauls Nachbarin in ihrem Eifer einem lokalen Radiosender gegeben hatte.

Fabienne Trautmann nahm von alldem keine Notiz. Sie hatte seit dem letzten Telefonat mit Paul gegen 13 Uhr immer wieder verzweifelt versucht, ihn zu erreichen. Aber er hatte alle ihre Anrufe ignoriert. Gegen 14 Uhr hatte ihr eine Freundin die Kinder aus dem Kindergarten gebracht, weil sie selbst keine Kraft gehabt hatte, sie abzuholen wie sonst üblich. Kurz nach 15 Uhr hatte sie dann in der Liveübertragung von RT-Five gesehen, wie ihr Mann auf den Turm zuging.

FÜNF JAHRE ZUVOR

Fabienne Florin hatte intensiv das dunkelste Kapitel der Straßburger Universität erforscht. Die Jahre, in denen die geschichtsträchtige Fakultät unter der Herrschaft der Nationalsozialisten stand, die ihr den Titel Reichsuniversität Straßburg gegeben hatten. Hitler persönlich wollte hier im Westen ein Bollwerk germanischen Denkens entstehen lassen. Und so stellten sich zahlreiche Lehrer und Professoren in den Dienst der menschenverachtenden Ideologie ihres Förderers. Darunter der Psychologe Hans Bender, der Fleckfieberversuche an Häftlingen im KZ Natzweiler-Struthof durchführte; der Bakteriologe Eugen Haagen, der mit jüdischen Häftlingen Giftgasversuche unternahm; der Internist Otto Bickenbach, der die Wirkung von chemischen Waffen an lebenden Menschen studierte; und schließlich der Anatom August Hirt, der für eine geplante Schädelsammlung der »Forschungsgemeinschaft Deutsches Ahnenerbe« sechsundachtzig jüdische Häftlinge aus Auschwitz bestellte, deren zerstückelte Leichen die Alliierten 1944 bei der Befreiung Straßburgs im Keller der Universitäts-Anatomie fanden.

Von den Studenten, die Fabienne Florins Vorlesung über diesen Themenkomplex zum Semesterbeginn im Oktober 2015 besuchten, passte einer so gar nicht zum Bild ihrer typischen Hochschüler. Er saß in der letzten Reihe des kleinen Hörsaals und hatte struppiges, langes Haar. Es schien fast so, als würde er sich hinter einem größeren Kommilitonen, der vor ihm saß, verstecken wollen. Seine Erscheinung irritierte sie so sehr, dass sie während der Vorlesung ein paarmal den Faden verlor. Dann lächelte der Mann sie an und brachte sie dadurch noch mehr aus dem Konzept.

Am Ende ihrer Vorlesung ging sie mit schnellen Schritten durch die Reihen ihrer Schüler, die sich gerade langsam erhoben und ihre Laptops verstauten. Da es an der Tür des Hörsaals zum Gedränge kam, schaffte sie es mühelos, den Mann einzuholen, und tippte ihm sachte auf die Schulter.

Er drehte sich um und war sichtlich verlegen.

»Auriez-vous du temps pour moi?«, fragte sie den Mann, der sicher ein paar Jahre älter war als sie. Seine blauen Augen zuckten nervös, als er antwortete.

»Malheureusement, mon français est un peu cassé.«

Damit hatte er ihr gerade ein wenig unbeholfen mitgeteilt, dass sein Französisch leider etwas kaputt sei.

Sie musste lachen und wiederholte ihre Frage auf Deutsch.

»Hätten Sie kurz Zeit für mich?«

Er nickte.

Ein paar Minuten später saßen sie sich mit Automatenkaffee in Plastikbechern an einem Bistrotisch in der Mensa gegenüber.

»Sie sind kein Student, richtig?«, fragte sie und musterte ihn in seinem karierten Hemd und der Cordhose. Er wiederum fand ihre direkte Art und ihren französischen Akzent so entwaffnend, dass er nicht anders konnte, als die Wahrheit zu sagen.

»Ich war mal Geschichtsstudent. In einem anderen Leben. Aber jetzt habe ich mich ... eingeschlichen. Werde ich nun verhaftet?«

Sie lachte und schüttelte den Kopf.

»Sie hätten einen Antrag als Gasthörer stellen können.«

»Ich mag keine Bürokratie. Und ich mag auch ungern meine Daten irgendwo im Internet hinterlassen.«

»Haben Sie Angst, dass Sie die Polizei sonst findet?«, fragte sie mit einem ironischen Lächeln.

Seine Antwort kam einen Tick zu spät, und wieder zuckten seine schönen Augen ein wenig.

»Vielleicht, vielleicht auch nicht.« Er lachte schelmisch, dann nippte er an dem Kaffee und verzog das Gesicht.

Das brachte sie erneut zum Lachen.

»Warum haben Sie mich angesprochen?«, wollte er wissen.

»Ganz ehrlich? Ich weiß es nicht ... Also, ich weiß es schon. Ein Impuls. Ich war neugierig. Warum waren Sie in genau dieser Vorlesung?«

Er stellte den Kaffee ab und sagte beiläufig: »Sie wollen wissen, ob ich wegen Ihnen oder der Vorlesung da war?«

»Stalken Sie mich?«, erwiderte sie spontan und bereute noch im selben Augenblick die Frage. Aber wenn sie nervös wurde, passierte das gelegentlich. Er lächelte und musterte sie nun ebenfalls. Sein Blick wanderte von ihren Augen über ihre Brüste bis hinab zu den Beinen, die sie daraufhin ein wenig enger an sich zog.

»Gründe gäbe es genug«, antwortete er anzüglich. »Aber leider kann ich damit nicht dienen. Ich war wirklich an der Vorlesung interessiert.«

»Die Sie aber nur zum Teil verstehen konnten, wenn ich mir Ihr Französisch in Erinnerung rufe.«

»Mein Französisch ist gut genug ... wenn ich zuhöre.«

»Flirten Sie mit mir?«, rutschte ihr erneut eine Frage heraus.

»Dasselbe wollte ich Sie auch gerade fragen«, antwortete er ebenso direkt, da beide die Antwort kannten.

Fabienne und Paul entdeckten in den Tagen darauf nicht nur ihre gemeinsame Vorliebe für deutsche Geschichte, sondern auch die perfekte Harmonie ihrer körperlichen Leidenschaft.

Vor allem aber war Fabienne fasziniert davon, wie tief und detailreich Pauls Fachwissen über das Dritte Reich war. Nächtelang konnten sie angeregt über unterschiedlichste Themenfelder und Aspekte diskutieren und waren sich am Ende dann doch immer einig. Für Paul hingegen fehlte dieser kleine Rest an Gefühlen für Fabienne, der das Glück perfekt gemacht hätte. Fabienne spürte das instinktiv und vermutete, dass der Grund dafür in seiner Vergangenheit lag, die er nach eigener Erzählung zum Großteil als Berufssoldat bei Auslandseinsätzen verbracht hatte. Und auch die Geschichte vom Waisenkind, das von Heim zu Heim gereicht worden war, nahm sie Paul restlos ab.

Als schließlich ihre erste gemeinsame Tochter Marie auf die Welt kam, schien es so, als würde sich die Lücke in seiner emotionalen Bindung endgültig schließen. Paul entpuppte sich als liebevoller und fürsorglicher Vater, der jede freie Zeit mit der Kleinen verbrachte. Ihr Glück schien perfekt, und so gaben sie sich vor Gott das Versprechen, »bis in den Tod« füreinander da zu sein.

Kurz vor der Geburt des zweiten Mädchens geschah etwas Merkwürdiges, über das Fabienne lange nachdenken musste. Bis es nach und nach in Vergessenheit geriet und erst wieder zutage kam, als sie die Live-Berichterstattung über die Geiselnahme am 17. Oktober 2020 verfolgte.

Es war während eines Winterspaziergangs auf einem einsamen verschneiten Waldweg. Fabienne war im achten Monat schwanger, und noch immer hatten sie sich auf keinen Namen für ihr zweites Kind einigen können.

Als Paul den Kinderwagen mit der kleinen Marie durch den knirschenden Schnee schob, blieb Fabienne plötzlich stehen und wartete, bis Paul es ihr gleichtat und sich zu ihr umdrehte.

»Was ist, hast du Schmerzen? Ist alles okay?«, fragte er besorgt.

»Alles okay. Mir geht's gut.«

»Warum bleibst du dann stehen? Ganz ehrlich, mir ist verdammt kalt, und wir sollten zusehen, dass wir auch Marie so schnell wie möglich wieder ins warme Auto bekommen. Also kommst du bitte?«

Aber Fabienne kam nicht, sondern blieb weiterhin wie angewurzelt stehen.

»Was ist los mit dir?«, fragte er sie gereizt.

»Ich will, dass wir hier und jetzt einen Namen für unser Baby festlegen. Meinst du, mir fällt nicht auf, dass alle Vorschläge bisher von mir kamen und kein einziger von dir? Das kann doch nicht so schwer sein. Sag mir doch endlich irgendeinen Namen. Mir ist das nämlich wirklich egal, wie sie heißt, Hauptsache, wir haben ...«

Er unterbrach sie mitten im Satz.

»Shalhevet.«

»Shalhevet? Hast du dir den gerade überlegt, oder ...«

»Du wolltest unbedingt einen Namen, jetzt hast du einen.«

»Aber doch nicht so ...«

»Gefällt dir Shalhevet nicht?«

»Ich ... ich weiß nicht, ob mir Shalhevet gefällt. Ich kenne keine Shalhevet. Kennst du eine Shalhevet?«, fragte sie vorwurfsvoll. Doch er wich der Frage aus.

»Du wolltest einen Namen und hast selbst gesagt, es ist dir egal, wie das Baby heißen wird. Also, was sagst du?«

Fabienne wusste, dass es keinen Sinn hatte, weiterzubohren. Mittlerweile stapelten sich so viele Fragen zu Pauls Vergangenheit, dass eine mehr sie nicht aus der Fassung bringen konnte.

Langsam trottete sie wieder los und umfasste dabei mit beiden Handschuhen ihren kugelrunden Bauch. Eine Zeit lang gingen sie schweigend nebeneinander her.

»Shalhevet?«, sagte sie plötzlich laut, und ihr Atem bildete eine kleine Wolke, die sich in der klirrenden Kälte auflöste.

»Klingt irgendwie verheißungsvoll. Hat der Name eine Bedeutung?«

Diesmal war es Paul, der stehen blieb. Seine Augen hatten dieses Leuchten, das sie immer bekamen, wenn er von etwas ganz und gar begeistert oder erfüllt war.

»Ja, hat er. Shalhevet ist Hebräisch und bedeutet ›Flamme‹, aber auf eine poetische Art.«

»Du meinst also nicht leidenschaftlich heiß oder so? Ich möchte nämlich nicht, dass unsere Tochter den Namen einer Nachtclubtänzerin trägt«, sagte sie lachend.

Er spürte, er hatte sie bereits so weit. Er nahm die Hände vom Kinderwagen und legte sie ihr auf die Schultern.

»Nein ... eher wie das kleine Licht in der Dunkelheit, das die Angst und die bösen Geister vertreibt.«

»Shalhevet«, wiederholte sie ehrfürchtig.

»Shalhevet«, sagte er ebenfalls, küsste sie zärtlich auf den Mund und besiegelte damit den gemeinsamen Entschluss.

***

Als Fabienne im Oktober 2020 von Karls wahrer Identität erfuhr und er ihr verkündete, sich selbst im Austausch für die Geiseln anzubieten, hatte sie zeitgleich auch den Namen der Leiterin des Kindergartens, die zu den Geiseln gehörte, im Fernsehen gehört. Shalhevet.

Es schnürte ihr das Herz ab, darüber nachzudenken, ob Paul die Kinder retten wollte oder diese Frau, die den Namen ihrer älteren Tochter trug. Und als sie unter Tränen im Internet recherchierte, fand sie auch Details zu Karl Rieger und der Geiselnahme von 2010. Dabei stolperte sie über Marie Stresemann, deren Vornamen ihre jüngere Tochter trug. Sie hatte so viele Fragen. Fragen, die sich anfühlten, als würden sie sie von innen zerfressen, wenn sie keine Antworten darauf bekäme.

Als sie schließlich mit ansehen musste, wie Paul auf dem TV-Bildschirm leblos vor der Pforte zusammenbrach, war es nicht alleine die Angst um das Leben ihres Mannes, die sie verzweifelt aufschreien ließ. Es war auch die Angst davor, dass es nie Antworten auf all ihre Fragen geben würde.

Erst verfiel sie in eine Schockstarre und starrte nur die Möbel ihres Wohnzimmers an, die mit Dingen und Fotos aus ihrer gemeinsamen Vergangenheit vollgestellt waren. Die beiden Mädchen, die sich weinend an ihren Körper klammerten, spürte sie in diesem Moment kaum. Dann stand sie auf, riss mehrere gerahmte Bilder von der Wand und zertrümmerte eine Porzellanfigur, die Paul in wochenlanger Arbeit vergoldet und ihr zum dritten Hochzeitstag geschenkt hatte. Gerade wiederholte RT-Five erneut die Luftaufnahme von Paul, der auf dem Rücken lag und seinen Arm in die Höhe streckte, als wolle er nach ihr greifen. Dann brach die Aufnahme ab, und der Bildschirm wurde schwarz. Fabienne riss sich los und packte resolut Marie und Shalhevet, zog ihnen nur das Notwendigste an und verließ mit ihnen das Haus, während im Hintergrund eine Reporterin mit Tränen in den Augen sinnierte, was nun aus den Geiseln im Turm werden würde.

Kaum öffnete Fabienne die Tür, da ging auch schon ein Blitzlichtgewitter auf sie nieder. Doch nichts und niemand konnte sie jetzt noch von ihrem Entschluss abbringen.

Die aufdringlichen Journalisten nahm sie kaum wahr, nur einem besonders penetranten Fotografen, der sich ihr in den Weg stellte, verpasste sie einen so heftigen Stoß gegen die Brust, dass er mit der Kamera im Anschlag rücklings auf den Teerboden fiel. Mit derselben Kraft bugsierte sie die beiden weinenden Mädchen in den silbernen Saab, der vor ihrem Haus parkte, setzte sich ans Steuer und fuhr mit quietschenden Reifen und überhöhter Geschwindigkeit davon. Sie hatte keine Zeit zu verlieren, denn dreieinhalb Stunden Autofahrt lagen noch vor ihr.

Es dauerte keine zwei Minuten, da jagten ihr bereits zwei Autos und ein Motorrad mit Reportern hinterher. Marie hielt die Hand ihrer kleinen Schwester und rief ihrer Mutter mit flehender Stimme zu: »Wo fahren wir denn hin, Mama?«

Die Antwort war kurz und bündig.

»Zu Papa.«

LUTZ III

Montag, 19. Oktober 2020, 15:35 Uhr

Lutz stand in der Küche und sah sich selbst dabei zu, wie er eine verängstigte Katze mit einem Ledergürtel an ein Tischbein fesselte.

»Du musst das nicht machen«, sagte er zu seinem jüngeren Ich, aber er hörte sich nicht.

»Was stimmt mit dir nicht?«, schrie er sich an, aber es war, als würde der am Boden kniende Lutz ihn gar nicht wahrnehmen. Die Katze fauchte wild, bis ihr die erste Metallklammer aus dem Tacker in die Flanke fuhr. Nun schrie sie in Todesangst auf.

»Das ist falsch!«, schrie er sich an, packte einen Fleischerhammer, der auf dem Arbeitsplatte lag, und schlug zu. Erbarmungslos zersplitterte der Hammer den Knochen. Der Tacker polterte zu Boden. Der junge Lutz fuhr herum und lächelte ihn zu seiner Überraschung nur teuflisch an.

»Warum tust du das, Mama? Du hast ihn doch auch nie davon abgehalten, wenn er mich geschlagen hat!«

Lutz öffnete die Augen. Er hatte die Orientierung verloren. Er schnappte nach Luft, blickte sich um und erwartete fast, sich selbst im Raum sitzen zu sehen. Eine bunte, gemalte Katze mit großen Augen funkelte ihn von einer der Wände an. Sein Kopf schmerzte wie noch nie zuvor. Er richtete den Oberkörper auf. Die Zimmerwände schwankten. Vorsichtig tastete er seinen Kopf ab. Als er seine Hände betrachtete, waren seine Finger blutrot.

Langsam kam die Erinnerung zurück. Da war diese Frau,

die ihm einen Holzschemel gegen den Kopf geschlagen hatte – und Maja, das jüdische Mädchen. Beide waren verschwunden. Er befand sich noch immer im Turm. Wie viel Zeit war vergangen, seit er das Bewusstsein verloren hatte? Er wusste es nicht. Zwischen seinen Beinen lag die Maschinenpistole. Steiner würde stinksauer sein. Er hatte das jüdische Mädchen entkommen lassen.

Maja, einfach nur ein kleines Mädchen.

Er griff nach der Waffe und stand vorsichtig auf. Was, wenn Steiner die Frau und Maja in die Finger bekam? Er würde die Frau erschießen, vielleicht auch das jüdische Mädchen.

Maja, einfach nur ein kleines Mädchen.

Das konnte er nicht zulassen. Taumelnd erreichte er das Treppenhaus. Die Wunde an seinem Kopf spuckte frisches Blut, das in einem dünnen Rinnsal direkt in sein linkes Auge floss.

»Steiner, hörst du mich? Hey, Steiner, wo bist du?«, schrie er das Treppenhaus hinab, wischte sich fahrig das Blut aus dem Auge, umklammerte den Handlauf und ging langsam hinunter.

»Steiner, wir sollten jetzt hier abhauen. Hörst du mich? Ich will raus hier, Steiner!«

Je tiefer er hinabstieg, desto deutlicher nahm er einen fauligen Geruch wahr. War das der Gestank der toten Juden, die sie auf dem Gewissen hatten? Er wusste nicht, wie Tote rochen, aber er hatte gehört, dass sie fürchterlich stanken.

Von unten drang ein Schluchzen zu ihm hoch.

»Steiner?«

»Lutz ... Ich bin hier ...« Steiners Stimme klang merkwürdig.

»Scheiße, weinst du?«, rief Lutz ihm entgegen, während er sich von oben dem ersten Stock näherte.

»Fick dich, mir geht's gut«, kam prompt die Antwort. Dann sah er Steiner, der gerade noch mit dem Rücken an der Wand neben dem Portal gesessen hatte und sich soeben aufrichtete. Lutz blieb einige Stufen über ihm stehen.

»Fuck!«, rief Steiner aus, als er ihn sah.

»Ist sicher weniger schlimm, als es aussieht. Aber Maja ... also das ...«

»Die jüdische Ratte ist weg?«

Lutz schloss aus Steiners Entrüstung, dass er sie nicht gesehen hatte. Seine eigene Erleichterung darüber verbarg er aber gekonnt.

»Und wenn schon. Ich bin durch, Steiner, ich bin so was von durch. Also, was ist nun damit, dass du uns hier heil rausbringst?«

»Wir haben es fast geschafft, Lutz. Die Ratten verstecken sich irgendwo im Keller. Und da gibt es auch einen Gang, der hundertpro in die Freiheit führt.« Steiner hob die Arme und klatschte in die Hände. »PENG! Eine kleine Ladung Plastiksprengstoff, und wir sind frei. Hab alles vorbereitet. Aber erst machen wir die Ratten alle.«

Fahrig zog er eine zerdrückte Packung Zigaretten aus seinem verschmutzten Kittel.

»Vergiss die Ratten, ich will heim!«, entgegnete Lutz.

»Er will heim ... Der kleine Lutz will von seiner Mama im Spielparadies abgeholt werden und will heim«, äffte Steiner ihn nach und zündete sich mit seinem Sturmfeuerzeug eine Zigarette an, dann nahm er einen tiefen Zug. Er spürte sofort, wie ihn das Nikotin beruhigte. Lutz' Blick fiel währenddessen auf Steiners Pistole, die neben den Türen am Boden lag.

»Was ist passiert?«

Steiner folgte Lutz' Blick.

»Karl Rieger ist passiert. Der Scheißkerl ist tatsächlich aufgetaucht. Hab ihn kaltgemacht – das ist passiert.« Wieder nahm er einen langen Zug. Die Glut der Zigarette fraß sich knisternd das Papier entlang.

»Und wo ist er ...«

»Liegt vor der Tür. Es sei denn, sie haben ihn schon abgeholt.«

Steiner drehte sich um und ging auf die Pistole zu, als er hörte, wie Lutz die Entriegelung seiner Waffe betätigte.

»Steiner, bleib stehen. Die Show ist jetzt vorbei.«

Steiner drehte sich um.

»Was soll das heißen, die Show ist jetzt vorbei? Du meinst, weil du die Knarre hast, bist du jetzt hier der Boss? Ich sag dir mal was. Du kannst froh sein, wenn ich dir nicht die Eingeweide rausreiße und dich hier liegen lasse.«

Wieder nahm er seelenruhig einen Zug von der Zigarette, die jetzt nur noch ein kurzer Stummel war.

»Du hast mir die ganze Scheiße hier eingebrockt, Steiner. Und jetzt ist Schluss damit.«

»Du verrätst nicht nur mich und die Bewegung, sondern auch dich selbst, du Arsch. Du hast keine Ehre.«

»So ein Quatsch, Steiner. Von mir aus können die ganzen Juden in diesem Turm verrecken. Aber wenn nicht, ist mir das erst mal auch scheißegal. Ich will jetzt nur noch mit heiler Haut hier rauskommen. Ob mit dir oder ohne dich ... Das musst du jetzt selbst wissen.«

»Heißt das, du willst mich über den Haufen knallen, wenn ich ...«

»Fick dich, Steiner. Du meinst immer, du bist so schlau und so eine Legende. Aber schau dich an. Du bist ein hässlicher alter Sack, der nichts mehr auf die Reihe kriegt. Alles, aber auch alles an deinem Hammerplan ist schiefgelaufen. Und wenn in deiner Matschbirne noch ein Funken Verstand ist, dann lass uns jetzt diesen unterirdischen Gang sprengen und die Fliege machen, bevor uns hier irgendwelche Killerkommandos erledigen.«

Steiner zog ein letztes Mal an der Zigarette und schnippte den Stummel in Lutz' Richtung.

»Hasta la vista, Lutz«, sagte er theatralisch und lachte.

Lutz hatte keine Ahnung, was Steiner damit meinte. Gebannt sah er dem Zigarettenstummel zu, der in hohem Bogen vor ihm auf den Stufen landete, wo seine Glut in winzigen Funken auseinanderstob. Unmittelbar darauf verwandelte sich der Boden unter ihm in ein Meer aus zuckenden Flammen.

Jetzt wurde Lutz klar, woher der Geruch kam. Es roch nach dem Brandbeschleuniger, den sie in kleinen Kanistern mit in den Turm gebracht hatten. Warum hatte er nicht früher bemerkt, dass der Boden unter ihm feucht gewesen war?

Zornig richtete er seine Maschinenpistole auf Steiner, doch der rannte bereits die Stufen hinab Richtung Erdgeschoss. Die ersten Kugeln aus Lutz' Waffe verfehlten Steiner nur knapp, und schon die zweite Salve jagte unkontrolliert gegen die Betondecke, denn das Flammenmeer um ihn herum war so heiß geworden, dass sich die Haut von seinen Händen schälte. Schreiend versuchte er dem Feuer zu entkommen, aber die Gummisohlen seiner Schuhe verflüssigten sich in Sekundenschnelle und hielten ihn wie zäher Klebstoff am Boden fest. Die Schmerzen wurden unerträglich, dann kollabierte das Nervensystem in Lutz' Körper. Bewusstlos brach er auf den Stufen zusammen, wo sich die Flammen auf ihn stürzten wie ein Rudel hungriger Wölfe, die ihn gierig verschlangen.

SCHUSTER IV

Montag, 19. Oktober 2020, 15:51 Uhr

Die gut ausgebildeten Spezialkräfte der GSG-9 waren die Hitze unter den Kampfhelmen gewohnt. Ebenso die luftundurchlässigen gepanzerten Schutzwesten, die Kevlar-Handschuhe und die hitzebeständigen Stiefel der Klasse HI3, die einer Temperatur von dreihundertfünfzig Grad Celsius bis zu vierzig Minuten lang standhalten konnten.

Seit vor knapp zwei Stunden das erste Mal der Zugriff zur Rettung der Geiseln erst befohlen und dann in letzter Minute wieder abgebrochen worden war, saß das neunköpfige Team in voller Montur in ständiger Bereitschaft hinter einer der ballistischen Wände, im Schatten einer Plane, die man provisorisch über ihren Standort gespannt hatte.

Trotzdem war der Wasserverlust der Männer bei dieser Hitze enorm. Große Thermoboxen, gefüllt mit isotonischen Getränken, standen deshalb in Griffweite, um einer Dehydrierung entgegenzuwirken. Doch die Männer machten nur spärlich Gebrauch davon, um nicht im entscheidenden Moment ihre Notdurft verrichten zu müssen. Stattdessen lenkten sie sich mit Games auf ihren Smartphones ab oder kommunizierten mit Freunden oder ihren Liebsten zu Hause. Die einzige Regel dabei lautete, dass sie weder Details zu ihrem Auftrag noch ihren Aufenthaltsort preisgeben durften. Die Angehörigen wussten also nicht, ob der Betroffene gerade in einer Schulung saß oder sich kurz vor einem lebensgefährlichen Einsatz befand.

Wegen des in allen Medien präsenten Geiseldramas vermuteten alle Angehörigen aber an diesem späten Nachmittag das Schlimmste.

Abseits davon saßen in einem umgebauten Sprinter drei Operatoren, die für die ferngesteuerten Kampfdrohnen verantwortlich waren, sowie Polizeihauptkommissar Treika, der den Zugriff aus der Ferne leiten würde.

Die Truppe wurde von anderen Polizeieinheiten bewundert. Kaum tauchten GSG-9-Kämpfer bei einem Einsatz auf, wurde getuschelt, und man brachte ihnen allerhöchste Achtung entgegen. Doch sosehr man diese Männer auch bewunderte, so wenig konnte man sich vorstellen, mit ihnen zu tauschen, wenn der Ernstfall eintrat.

Das Leben eines Bereitschaftspolizisten war riskant genug und für jede Beziehung eine außergewöhnliche Belastung, aber der Sturm eines Gebäudes und die Auseinandersetzung mit bewaffneten Gegnern waren kein Vergleich dazu. Was in Actionfilmen oft wie ein waghalsiges Abenteuer erschien, war in Wirklichkeit die nervenzerreißende Aussicht auf posttraumatische Störungen, schlimmste Verletzungen oder gar den Tod.

Kriminaloberrat Schuster hatte sofort nach der riskanten Bergung von Karl Rieger den Kommandowagen verlassen und um 15:51 Uhr dem Elitekommando GSG-9 persönlich den neuen Einsatzbefehl überbracht. Die Männer staunten nicht schlecht, als ihnen der ranghöchste Polizist am Einsatzort mit Kampfweste und Helm entgegentrat.

Treika, der den ungewöhnlichen Vorgang über die Helmkamera beobachtet hatte, hetzte mit Headset aus dem Spezialsprinter hinüber zu Schuster, der bei seinen Männern stand.

»Was soll das werden, Achim?«, blaffte er ihn atemlos an.

»Wir werden jetzt zugreifen, und ich werde persönlich mit dem Schutz deiner Männer die Aktion begleiten.«

Erdmann, der sich ebenfalls aufgemacht hatte, um seinen Vorgesetzten von seinem Entschluss abzubringen, kam dazu.

»Bei allem Respekt, Kriminaloberrat, das ist unprofessionell und vor allem ... vor allem auch komplett überflüssig.«

»Danke für Ihre Einschätzung, werter Kriminalhauptkommissar«, antwortete Schuster sarkastisch. »Aber noch habe ich hier vor Ort die Befehlsgewalt. Und es ist nicht der erste Zugriff, an dem ich persönlich teilnehme. Sollte mir aber tatsächlich etwas zustoßen, geht die Befehlsgewalt an Sie.«

Doch statt wie üblich Contra zu geben, hob Treika erschrocken den Arm und unterbrach damit den Disput. Er drückte das Headset fester an den Kopf.

»Wiederholen Sie«, befahl er der Stimme in seinem Ohr und wandte sich im selben Augenblick dem Turm zu wie auch alle anderen Männer. Sogar aus dieser Entfernung konnte man sehen, wie die schwarze Farbe an den Innenseiten der Panzerglasscheiben des Turms Risse bekam, schließlich wie von Geisterhand verschwand und den Blick auf ein Meer aus Flammen freigab.

»Die Kinder!«, schrie Schuster erschrocken auf.

Treika nickte seinen Männern zu, die augenblicklich die Helme absetzten, Gasmasken aus ihren Tornistern holten, überzogen, festzurrten und die Helme wieder aufsetzten. Das Ganze dauerte keine Minute. Schon gab ihnen Treika wortlos mit erhobener Handfläche den Befehl zum Zugriff. In geduckter Haltung stürmte die GSG-9-Einheit aus der Deckung der ballistischen Mauer auf den Turm zu.

»Teamleader an Team Sierra, Freigabe für Hornissen!«, befahl Treika über sein Headset. Sofort jagten drei schwarze Kampfdrohnen mit schmalen, gelben Streifen über seinen Kopf hinweg, deren kleine, surrende Propeller sich anhörten wie ein Insektenschwarm.

Erdmann war bereits auf dem Rückweg zur Kommandozentrale und gab hektisch Anweisungen über sein Funkgerät.

»Wir brauchen vier Löschzüge direkt am Turm. Sobald Fenster und Türen gesprengt sind, will ich, dass von jeder Seite des

Turms der Brand bekämpft wird. Und die Rettungskräfte sollen sich bereithalten. Wir müssen mit dem Schlimmsten rechnen. Ich brauche außerdem Hubschrauber, die Löschwasser über dem Turm abwerfen können, und zwar sofort.«

Schuster stand noch immer wie angewurzelt an seinem Platz und sah Erdmann nach, der bereits die Treppe zum Kommandowagen erklomm. Treika musterte Schuster nur kurz und schüttelte den Kopf, dann griff er in einen der Ausrüstungskoffer und drückte ihm fahrig eine Gasmaske in die Hand.

»Was glaubst du, wer du bist, Achim?«, fragte er ihn vorwurfsvoll. Doch noch bevor Schuster antworten konnte, rannte Treika zurück zu seinem Einsatzbus.

Schuster kam sich in diesem Moment lächerlich vor. Ganz verlassen stand er bewegungslos mitten in einer Welt aus Blut und Tränen. Niemand nahm mehr von ihm Notiz, niemand schien ihn zu brauchen. Sein Blick war glasig. Machtlos starrte er auf das tanzende Feuer hinter den Fenstern des grässlichen Turms. Das Gebäude glich einer teuflischen Fratze mit feurigen Augen, die ihn auslachte.

Er war erschöpft. Das Gras unter seinen Füßen zog ihn magisch an. Er dachte daran, sich jetzt einfach auf den Boden zu setzen und zu warten, bis alles vorbei war. Tom hatte recht – wer glaubte er denn, wer er war? Wollte er wirklich im Alleingang diesen Steiner und seinen Komplizen stellen? Am besten schießend in einem Duell auf Leben und Tod, Gut gegen Böse? Die Antwort auf Toms Frage schien ihm einfach zu sein. Er war ein alter Narr, der sich schon sein ganzes Leben lang dem Bösen stellen wollte, aber seine Laufbahn als Schreibtischtäter beenden würde. Nichts von dem, was er getan hatte, war bedeutungsvoll gewesen. Nichts.

Doch dann, als sich Schuster ganz und gar seinem Selbstmitleid hingeben wollte, musste er an die Kinder im Turm denken. Er spürte ihre Angst, spürte, wie die Hitze und der Rauch nach ihren zerbrechlichen Leben griff und sah Steiner vor sich, der an alldem seine Freude hatte.

Was glaubst du, wer du bist, Achim?, hörte er seinen Freund erneut sagen und schrie ihm in Gedanken entgegen: *Ich weiß es nicht, aber bald werde ich es wissen!*

Dann entsicherte er die Maschinenpistole, die um seinen Hals hing, und lief mit der Gasmaske in der Hand den Einsatzkräften hinterher, die bereits den Turm erreicht hatten.

Die GSG-9-Männer schwärmten in drei Teams auseinander. Zwei Teams steuerten die Fensterscheiben links und rechts vom Portal an, das dritte Team rannte die Treppen am Haupteingang hoch und brachte einen magnetischen DM29-Sprengsatz an der Stahltür an. Dann liefen sie die Stufen wieder hinab und brachten sich in Sicherheit.

Fast zeitgleich bezogen die beiden anderen Teams fünf Meter vor den rot lodernden Fenstern Stellung. Die AG40-Granatpistolen, die aussahen wie kurzläufige Schrotflinten, wurden mit Sprenghohlladungspatronen geladen, die fast so groß waren wie handelsübliche Getränkedosen.

Schuster erreichte den mittleren Sturmtrupp am Fuß des Portals genau in dem Augenblick, als die Granaten der AG40 die Panzerglasfenster in Stücke rissen und die Schneidladung die Stahltüren aus den Angeln hob.

Schuster spürte, wie der Explosionsdruck die Erde erschütterte. Heißer Wind folgte dem Lärm, dann stürmte der Trupp, dem er sich angeschlossen hatte, die Stufen nach oben. Mit rasendem Puls folgte er ihnen. Bereits nach wenigen Metern konnte er die Folgen der Zerstörungskraft mit eigenen Augen sehen. Eine der schweren Flügeltüren krachte wie in Zeitlupe mit ohrenbetäubendem Lärm auf den Boden und verfehlte nur knapp einen der Kämpfer. Die andere Tür hing gefährlich schräg im Scharnier. Das Erstaunlichste aber war, dass hinter der Tür kein Feuer mehr zu sehen war.

»Hier Tango 1, wir betreten jetzt das Gebäude.«

Mit den Maschinenpistolen im Anschlag sicherten sich die drei GSG-Männer gegenseitig und überwanden die Türschwelle in einer koordinierten Schrittreihenfolge, die an den Bewegungsablauf einer Tanzchoreografie erinnerte, während über ihren Köpfen bereits die erste Drohne in das Gebäude jagte.

»Hier Teamleader an Tango 1, erstes Stockwerk gesichert. Tango 2 und 3 stoßen jeden Augenblick zu Ihnen.«

Schon erschienen in den Türen der seitlich gelegenen Zimmer die Männer der anderen beiden Trupps, die mit ihren schwarzen Gasmasken und den kreisrunden Scheiben vor den Augen an Szenen aus einem dystopischen Endzeitfilm erinnerten.

»Hier Tango 1, wir haben Blickkontakt mit einer leblosen Person direkt vor uns auf der Treppe.«

Eine Drohne schwebte über dem verkohlten Leichnam von Lutz Geiger.

»Hier Teamleader, bestätige. Ich sehe die Person.«

Schuster versuchte sich zwischen zwei der Männer hindurchzudrängen, um einen Blick auf den Körper zu werfen. Aber sofort packte ihn ein kräftiger Arm und zog ihn zurück.

»Zu gefährlich. Das Treppenhaus ist von oben der perfekte Ort für einen Scharfschützen. Bleiben Sie bitte hinter uns. Wir arbeiten uns nun langsam nach oben vor. Außerdem sollten Sie Ihre Gasmaske aufziehen. Die Dämpfe könnten ...«

Schusters Gesicht lief vor Zorn rot an.

»Muss ich Sie daran erinnern, dass ich hier der zuständige Einsatzleiter bin?«

Sofort, wenn auch widerwillig zog der Mann seinen Arm zurück und ließ Schuster durch.

»Team Tango, geben Sie Polizeioberrat Schuster Deckung«, hörte man Treikas blechern klingende Stimme aus den Helmlautsprechern.

»Verstanden, Teamleader.«

»Meldung über die Brände?«

»Negativ, negativ. Der Explosionsdruck hat vermutlich die Flammen gelöscht. Außerdem ist hier kaum etwas, das brennen kann. Dem Geruch nach wurde ein Brandbeschleuniger verwendet.«

Schuster hörte den Funkverkehr zwar, war aber mit seinen Gedanken nur noch bei den Kindern und Erzieherinnen. Er ließ die Gasmaske fallen und lief auf den verkohlten Körper zu. Sonnenlicht fiel schräg durch die gesprengten Türen und Fenster des Turms und wurde durch die feinen Nebelschwaden im Treppenhaus reflektiert, die vor Schuster auseinanderglitten wie hauchfeine Schleier.

Schuster beugte sich herunter und überwand sich dazu, den dampfenden Körper, der merkwürdig verrenkt auf dem Bauch lag, anzuheben, um den kahlen Kopf besser betrachten zu können. Es war schwer einzuschätzen, ob vor ihm ein Mann oder eine Frau lag und ob die Haare im Feuer verbrannt waren oder er die Glatze eines der Geiselnehmer vor sich hatte. Erst als sein Blick das Handgelenk der Leiche streifte, auf dem eindeutig ein Hakenkreuz erkennbar war, hatte er Gewissheit. Hoffnung kam wieder auf, die Kinder könnten noch am Leben sein. Er erinnerte sich an die Audioaufzeichnung von Shalhevet Ehrenbergs Notruf. Sie hatte sich nach eigener Aussage oben im Turm aufgehalten. War dort der Raum, in dem sie die Kinder in Sicherheit gebracht hatte? Waren dort die Kinder?

Schuster hatte inzwischen alles um sich herum ausgeblendet. Und obwohl seine Lunge bei jedem Atemzug stärker brannte, stürmte er jetzt entschlossen die Stufen empor, um die Kinder endlich zu befreien. Jede Minute war kostbar, denn die giftigen Dämpfe hatten sicher längst auch das Versteck der Kleinen erreicht.

Der Teamleiter der Gruppe Tango fluchte laut, als Schuster vor seinen Augen nach oben hastete. Sofort rannte er ihm nach und mit ihm seine beiden Kameraden.

»Hier Tango 1, wir folgen Polizeioberrat Schuster.«

»Ich sehe es, bleiben Sie bei ihm.«

Treika schlug impulsiv mit der Faust gegen das Innere der Karosserie seines Einsatzbusses.

O Achim, du bist so ein verdammter Idiot, dachte er und betete zu Gott, dass Schuster dort oben im Turm nur die lebenden Kinder finden würde.

Auf der letzten gemauerten Ebene vor dem ausgebauten Dachgeschoss verlor Schuster fast das Gleichgewicht. Die Dämpfe setzten ihm stark zu. Keuchend griff er sich an die Brust und schrie die schmale Wendeltreppe hinauf.

»Ist da jemand? IST DA JEMAND?«

Aber es blieb still. In Gedanken sah er die Kinder, die leblos am Boden lagen. Er drehte sich, packte den GSG-9-Mann an seiner Weste und zog ihn so nahe zu sich heran, dass die Glasscheiben seiner Gasmaske beschlugen.

»Wir brauchen Notärzte, Sauerstoffmasken ... und zwar schnell. SCHNELL!« Dann ließ er von der Weste ab und stolperte Schritt für Schritt die Wendeltreppe hinauf, während der Mann hinter ihm seinen Befehl weitergab.

In der spitz zulaufenden Kuppel des Turms hatte sich der Rauch gesammelt. Selbst die Fenster waren hinter den giftigen Nebelschwaden nur als unscharfe Lichtpunkte an der Decke erkennbar. Die letzten Stufen erklomm Schuster auf den Knien und zog sich schließlich auf allen vieren hinauf. Die Kinder mussten hier sein. Doch sosehr er sich auch anstrengte, der beißende Rauch trieb ihm Tränen in die Augen, sodass er nur noch seinem Tastsinn vertrauen konnte. Doch er spürte nichts außer dem kalten Parkettboden unter sich. Er hatte versagt, die Kinder waren nicht hier.

Der GSG-9-Mann packte ihn von hinten und zog ihm eine Gasmaske über den Kopf. Dann schob er seine Arme unter Schusters Achseln und zog ihn zurück zum Abgang der Wendeltreppe.

In diesem Augenblick lichtete sich der Rauch ein wenig, und ihre Körper wurden von einem Sensor erfasst, der eine einfache, aber effektive, vorprogrammierte Routine ausführte. Vier Splittergranaten mit modifiziertem Zündmechanismus explodierten nahezu gleichzeitig und verschossen dabei Tausende von zwei Millimeter großen Splittern, die ein Überleben im Dachgeschoss unmöglich machten. Für einen letzten Gedanken blieb den beiden Männern keine Zeit mehr. Sie waren auf der Stelle tot.

HESSEL IV

Montag, 19. Oktober 2020, 16 Uhr

Das Medieninteresse an Hessels Befreiung war gigantisch. Unzählige Kameras waren auf ihn gerichtet, und das Blitzlichtgewitter nahm kein Ende.

Knapp eine Stunde war vergangen, seit er seine Freiheit wiedergewonnen hatte, und jede Minute davon hatte er seitdem genutzt, um seinen heldenhaften Einsatz zum größten PR-Coup in der Geschichte der AfD werden zu lassen.

Der geplante Terroranschlag in der Bayerischen Staatskanzlei war aufgrund eines Insider-Hinweises spektakulär vereitelt worden. Bereits bevor die drei Lkws der Terroristen in der Nähe der Staatskanzlei angekommen waren, hatte man das Gebiet um den Hofgarten großflächig abgesperrt und gesichert. Zweihundert reguläre Polizisten aus der Stadt und mehrere verfügbare Hundertschaften der Bereitschaftspolizei hatte man in einer logistischen Meisterleistung nach München verlegt. Teils mit Hubschraubern und Transportmaschinen der Bundeswehr, teils mithilfe radikaler Sperrung von Autobahnen und Schnellstraßen. Die KSK-Truppe, die in Ermangelung weiterer GSG-9-Einheiten mit Sondergenehmigung zur Klärung der Lage vor Ort eingesetzt wurde, war über den Luftweg von Calw in Baden-Württemberg angerückt. Den Verantwortlichen war bewusst gewesen, dass trotz strengster Geheimhaltung ein solch umfangreiches Manöver der Öffentlichkeit und vor allem der Presse nicht verborgen bleiben konnte. Und so stellte man sich bereits wenige Minuten nach der erfolgreichen Tötung und Gefangennahme der überlebenden Terroristen der Presse und gab bereitwillig Auskunft.

Dies geschah fast zeitgleich mit dem Anruf von Hessel bei einem der AfD nahestehenden Pressevertreter namens Arthur Paul Strampel.

Als dem Pressesprecher der Polizei schließlich die Frage gestellt wurde, woher man von dem fürchterlichen Terroranschlag gewusst hatte, wich dieser geschickt aus und verwies auf »geheime Quellen«.

Strampel hingegen hatte kurz zuvor die Quelle auf einem Presseportal preisgegeben: Bernd Hessel.

Zunächst schienen die Kollegen das als typisch schlechten Witz der AfD zu verstehen. Doch einer wagte es, den Pressesprecher noch während des laufenden Pressetermins mit dieser Aussage zu konfrontieren: »Könnte es sein, dass diese geheime Quelle der AfD-Vorsitzende Bernd Hessel war?«

Der Pressesprecher der Polizei, der bislang geradezu euphorisch die Vereitelung des Anschlags als eine Meisterleistung bayerischer Polizeiarbeit gepriesen hatte, geriet ins Stocken.

»Wie ich schon sagte, wir können dazu jetzt keine Angaben machen.«

Der Journalist ließ sich dadurch jedoch nicht abhalten und bohrte weiter: »Sie müssen die Quelle gar nicht preisgeben, sondern nur dementieren, dass es Bernd Hessel von der AfD war.«

Die versammelten Journalisten warteten gespannt auf die Antwort. Der Pressesprecher ging zum Rand des Podiums und beugte sich zu einem älteren Herrn im blauen Nadelstreifenanzug, der ihm offensichtlich Anweisungen ins Ohr flüsterte. Als er zurück ans Rednerpult ging, hatten sich bereits die ersten Schweißperlen auf seiner Stirn gebildet. Seine nichtssagende Antwort verriet hingegen alles: »Ich wiederhole noch einmal, wir können aus ermittlungstechnischen Gründen dazu im Augenblick noch keine Angaben machen.«

Was dann geschah, glich einem Wespennest, in das gerade jemand mit einem Stock gestochen hatte. Die Journalisten stoben laut gestikulierend und telefonierend auseinander, und innerhalb weniger Minuten verließen die meisten von ihnen aufgeregt den Presseraum. Eine Sensation bahnte sich an.

Eifrige AfD-Mitarbeiter und Unterstützer hatten in der Nähe von Hessels Standort kurzerhand eine bayerische Gaststätte für eine Kundgebung der AfD umfunktioniert.

Erst schien es so, als würden die Journalisten aus der Stadt das entfernt gelegene Dorf für diese Kundgebung nicht aufsuchen, und so hatte Hessel zunächst alleine auf der knarzigen Holzbühne gestanden, auf der gelegentlich musikalische Heimatabende und Laientheater aufgeführt wurden. Jonas Behrens war bei ihm geblieben und hatte ihm einen heißen Tee gebracht, den er zur Hälfte auf den wenigen Treppenstufen zur Bühne hinauf verschüttet hatte. Es war weniger eine freundschaftliche Geste als der Versuch, die misslungene Mission zu verdrängen.

Hessel hatte sich bedankt, Behrens schließlich fest in den Arm genommen und an sich gedrückt. In dieser Position wurden die beiden von den ersten eintreffenden Journalisten erblickt – und der Strom an Neuankömmlingen schien von da an nicht abzureißen.

Inzwischen stand Bernd Hessel mit einem verbeulten Gesangsmikrofon im Scheinwerferkegel der Theaterbühne, nachdem er Behrens relativ unsanft von der Bühne gedrängt hatte.

Sicher, er hatte schon auf deutlich größeren Kundgebungen gesprochen, aber diesmal war alles anders. Diesmal würden sie ihm an den Lippen hängen. Noch während er ausholte, um sich bei der Polizei, den Journalisten und seinen Parteifreunden zu bedanken – Behrens sparte er aus –, wurde er durch einen lauten Zwischenruf unterbrochen.

»Stimmt es, dass Sie der Polizei geholfen haben, den Terroranschlag auf die Staatskanzlei zu vereiteln?«

Hessel spielte kurz mit dem Gedanken, den Journalisten für seine schlechten Manieren zu tadeln, setzte dann aber sein strahlendstes Lächeln auf und antwortete:

»Lassen Sie mich die ganze Geschichte erzählen, wie ich ...«

Wieder gab es einen Zwischenruf von weit hinten.

»Lauter!«

»Ja, lauter, man versteht Sie kaum.«

Hessel tippte mit dem Zeigefinger gegen das Mikro, und irgendein Assistent schob den Fader am Saalmixer nach oben.

»Jetzt besser?«, fragte Hessel zurück, und ein schriller Pfeifton brachte die Anwesenden dazu, sich an die Ohren zu fassen.

Er räusperte sich laut und lieferte danach die Rede seines Lebens. Dabei präsentierte er sich nicht nur als das Opfer rechtsradikaler Kräfte, sondern inszenierte sich auch als todesmutiger Held, der sich bedingungslos der Wahrung demokratischer Werte verschrieben hatte.

»Wer in diesem Land glaubt, er könnte die Grundgesetze mit den Füßen treten, der darf nicht mit unserer Unterstützung rechnen. Im Gegenteil, es wird Zeit, dass die AfD auf Augenhöhe mit den etablierten großen Parteien gesehen wird. Natürlich streben wir danach, eines Tages die Regierung für dieses schöne Land stellen zu können, doch nur wenn dies auf legalem Weg geschieht«, sagte er und ergänzte in Gedanken: *So wie es auch einst der Führer geschafft hat!*

Erstaunlicherweise sahen manche Journalisten und zahlreiche Wähler von diesem Tag an die AfD in einem anderen Licht. Vielleicht hatte man der Partei unrecht getan, und vielleicht musste sich die AfD einfach nur von den extrem rechts stehenden Elementen in den eigenen Reihen trennen. Vielleicht war es in radikalen Zeiten wie diesen wirklich notwendig, näher zusammenzurücken und einer Partei den Vorzug zu geben, die mit eisernem Besen kehren würde und deren Spitzenkandidat so mutig und selbstlos war wie Bernd Hessel.

Eine Person, die die Rede auf ihrem Handy verfolgt hatte, sah das jedenfalls nicht so. Ganz im Gegenteil, wie sehr sich Hessel auch verstellen mochte, in ihren Augen war er der Prototyp für das Übel der Menschheit.

Marie schaltete den Motor ihres geschlossenen Cabriolets ab, nahm die Pistole aus dem schwarzen Jutebeutel, der neben ihr auf dem Beifahrersitz lag, steckte ihr Handy in die Jackentasche und stieg aus dem Auto aus.

Hessels Villa lag abseits am Rand der Stadt, umgeben von farbenprächtigen Laubbäumen, die in der späten Nachmittagssonne besonders schön anzusehen waren. Die Pistole steckte sie in den Bund am Rücken ihres kurzen bunten Rocks und verdeckte den Griff mit der rostroten Lederjacke, die sie trug. Die Sicherheitskameras des Hauses nahmen die junge Frau mit den frechen Hippieklamotten und der verspiegelten Sonnenbrille sofort ins Visier. Der Wachmann der Villa, der gebannt Stephanie Benedikts Schilderung vom Zugriff auf den brennenden Turm lauschte, war sichtlich genervt, als es an der Tür läutete. Ein kurzer Blick auf den Monitor zeigte eine junge Frau, die ihre Brille über die Nasenspitze geschoben hatte und ihn anlächelte.

Sofort besserte sich seine Laune.

Breit grinsend öffnete er die Tür.

»Journalistin?«

Marie lächelte zurück und entdeckte auf seinem Handgelenk sofort das Tattoo einer Wolfsangel.

»Ist er da?«

Sein Blick wanderte ihren Körper hinab zu den langen nackten Beinen mit den hochhackigen Stiefeletten.

»нет«, sagte er auf Russisch, ein Wort, das er gern verwendete, auch wenn er selbst kein Russe war. »Aber er kommt sicher bald wieder. Wenn du mir deine Nummer gibst, ruf ich dich an, sobald er da ist.«

»Und wenn ich reinkomme und dir einen blase, während ich warte?«, entgegnete sie mit lasziver Stimme.

Dem kräftigen Sicherheitsmann verging das Grinsen. Er trat einen Schritt zurück.

»Bist du eine Nutte?«

»Und wenn?«

Der Mann musterte sie erneut, diesmal aber genauer. Marie nutzte die Gelegenheit, um ihre Geschichte nun glaubwürdig zu untermauern.

»Die Agentur hat nur gesagt, ich soll hier läuten und zur Verfügung stehen. Bezahlt wurde im Voraus, aber wenn's hier nichts zu tun gibt, dann geh ich halt wieder.« Damit drehte sie sich auf dem Absatz um und wollte gerade gehen, als der Kerl einen großen Fehler beging.

»Jetzt mach mal langsam. Ich will ja kein Spielverderber sein ... äh ... und zu tun gibt's hier jede Menge. Wenn du verstehst, was ich meine.«

Marie wandte sich wieder um und sah zu, wie sich der Kerl in den Schritt griff.

»Also was ist, kommst du jetzt rein oder was?«

»Hast du Gin?«

»Klar gibt's hier Gin.« Aufgeregt eilte er in die Küche.

»Mach's dir schon mal bequem ... ich bin gleich bei dir.«

Marie schlenderte über die Schwelle, schloss die Tür hinter sich und dachte nur: Das war schon fast zu einfach.

Als der Wachmann aufgeregt mit zwei vollen Gläsern zurückeilte in das Wohnzimmer, blickte er verblüfft in den Lauf einer Pistole, die Marie mit beiden Händen auf ihn richtete.

»Wie heißt du?«, wollte Marie von ihm wissen.

Der Mann antwortete nicht. Die anfängliche Überraschung war einer eiskalten Professionalität gewichen. Ohne die Miene zu verziehen, ließ er die beiden Gingläser fallen, um nach der

Pistole in seinem Halfter zu greifen und sprang fast gleichzeitig auf den Boden.

Instinktiv betätigte Marie den Abzug der Pistole.

Seit sie den Plan gefasst hatte, den Wachmann zu überlisten und unschädlich zu machen, hatte sie auch die Möglichkeit in Betracht gezogen, dass der Mann sich nicht kampflos ergeben würde. Wer immer ihr Gegner auch war, er machte nur seinen Job und hatte mit großer Wahrscheinlichkeit nichts mit Hessels Machenschaften zu tun. Sicher war er ein Angestellter einer Security-Firma, die ihre Dienste allen möglichen Personen und Institutionen anbot. Vermutlich lebte er in einer Beziehung, hatte vielleicht Kinder und ganz sicher eine Mutter, die seinen Job hasste. Und doch hatte sich Marie vorgenommen, all das auszublenden, wenn es hart auf hart kommen würde.

Kurz vor ihrer Ankunft bei Hessels Villa war sie in einen Waldweg eingebogen und auf einer kleinen Lichtung stehen geblieben. Es war das erste Mal, dass sie die Waffe mit den Patronen aus der kleinen Jutetasche nahm und sich damit vertraut machte. Die Waffe zu laden war einfacher, als sie dachte. Danach stellte sie sich breitbeinig vor eine hochgewachsene Buche, zielte und schoss ein ganzes Magazin leer. Das laute Geräusch der ersten Schüsse jagte ihr einen Heidenschreck ein, doch nach einigen weiteren Kugeln, die krachend den kurzen Lauf der Pistole verließen, hatte sie sich daran gewöhnt. Schweißgebadet senkte sie die Waffe und horchte angespannt in den totenstillen Wald hinein, bis das Zwitschern der Vögel zurückkam. Erst dann hatte sie es gewagt, wieder tief durchzuatmen, und war auf die Buche zugegangen. Erstaunt musste sie feststellen, dass kein einziger Schuss den Baum getroffen hatte. In diesem Augenblick war ihr zum ersten Mal klar geworden, dass sie den Überfall auf Hessel mit großer Wahrscheinlichkeit nicht überleben würde.

Minutenlang hatte sie danach in ihrem Auto gesessen, bis die Fensterscheiben milchig anliefen.

Noch konnte sie umkehren, noch hatte sie die Möglichkeit, sich anders zu entscheiden. Sie konnte sich selbst hören, wie sie lautstark die Machenschaften der AfD anprangerte und sich Astride gegenüber in Rage redete. Aber bis hierher waren alles nur Worte gewesen – mit Enthusiasmus vorgetragen, aber dennoch nur Worte. Worte, denen nun Taten folgen sollten.

Mit gespreizten Fingern hatte sie das Kondenswasser auf der Innenseite der Windschutzscheibe fortgewischt. Dann war sie langsam bis zur Hauptstraße zurückgefahren und erneut stehen geblieben, denn die Entscheidung für eine der beiden Richtungen war nicht weniger als die Entscheidung über ihre Zukunft.

Die Reifen des Minis drehten auf dem Waldweg lautstark durch, bis sie die geteerte Straße erreichten, wo sie die Kraft des Motors optimal umsetzen konnten, und Marie davonbrauste. Sie hatte sich entschieden. Wie düster dieser Weg auch sein mochte, nun gab es kein Zurück mehr.

Die Gingläser krachten splitternd auf den Boden. Eiswürfel schlitterten über das Parkett, und der Wachmann riss im Fallen seine Waffe aus dem Halfter. Dann blieb er regungslos liegen. Marie zielte noch immer mit der Pistole auf ihn.

War das ein Trick? Sollte sie einfach noch mal schießen?

Ängstlich ging sie mit kleinen Schritten auf den leblosen Körper zu.

Was hatte sie getan?

Warum hatte sich dieser Idiot nicht einfach ergeben? Warum?

Ihr Blick wanderte über das blütenweiße Hemd unter dem Anzug hinauf zum Hals und Gesicht des Mannes. Dann stieß sie mit den Schuhen gegen einen schweren Gegenstand zu ihren Füßen. Es war seine Waffe, die nur wenige Zentimeter neben seinem ausgestreckten Arm lag. Mit pochendem Herz kickte sie das todbringende Teil über den Boden, außer Reichweite seines Besitzers, der sie mit kalten schwarzen Augen anzustarren schien. Rund um seinen Hinterkopf breitete sich träge eine Blutlache aus. Sie kroch förmlich unter seinen Haaren hervor.

Und wieder schien es Marie so, als würde der Mann sie fixieren. Doch erst jetzt begriff sie, dass eins seiner Augen fehlte und sie stattdessen in einen tiefen, schwarzen Schlund blickte, den ihre Kugel hinterlassen hatte.

DER TURM VII

Montag, 19. Oktober 2020, 16:05 Uhr

Steiner stand schwer atmend am Ende des Seitengangs vor dem Stromgenerator. An der zugemauerten Wand lehnten zwei Kisten mit Sprengstoff sowie eine dritte, in der sich die Zündvorrichtungen befanden. Doch die Flucht konnte noch warten.

Geistesgegenwärtig hatte er beim Einstieg in das Loch die abgerissene Tür des Schutzraums über sich gezogen und damit den Eingang zum Schacht verdeckt. Dann hatte er in der Dunkelheit nach seinem Handy gesucht, um sich zu leuchten, aber vergeblich. Es lag noch immer oben im Aufenthaltsraum. Unerreichbar.

Wie ein Blinder war er unten dann zornig durch die Dunkelheit gestolpert, bis er endlich den Generator erreicht und mit seiner Hilfe das Licht eingeschaltet hatte.

In dem Chaos, das über ihm tobte, konnte es noch Stunden dauern, bis man die unterirdischen Katakomben entdecken würde. Steiner hatte die Druckwelle der Explosion seiner Sprengfallen bis hier unten spüren können. Ein Lichtblick in dieser ganzen Scheiße. Menschen waren gestorben. Dumme Menschen, die dachten, sie könnten die Ratten vor ihrer Entsorgung bewahren. Seine Gedanken aber kreisten im Augenblick vor allem um Lutz.

»Du verfickter Loser. Lutz, du verfickter Loser«, wiederholte er leise immer wieder wie ein Mantra, dann schlug er mit aller

Wucht seine Stirn gegen die Betonmauer und schrie. Aber es war nicht der Schmerz, der ihn schreien ließ, es war die Wut auf die ganze Welt, die es ihm verwehrte, glücklich zu sein. Udo, Karl und nun auch Lutz, all jene, denen er nahegestanden hatte, waren tot. Wegen der Seuche, die das Leben auf diesem Planeten seit Jahrhunderten heimsuchte – die Juden. Sie hatten seine Kameraden vergiftet und zu willenlosen Sklaven gemacht, sodass ihm gar nichts anderes übrig geblieben war, als ihnen den Gnadentod zu schenken.

Steiner spürte, wie aus einer Platzwunde an seiner Stirn das Blut über seinen Nasenrücken floss. Wieder schrie er auf, doch diesmal war es mehr ein Heulen. Er riss sich die weiße Jacke vom Leib, zerfetzte sein T-Shirt und tauchte seine Finger tief in die brennende Wunde an seinem Kopf. Dann schmierte er das Blut über den tätowierten Schlangenkopf der Medusa auf seiner Brust, bemalte Kinn und Wangen mit der schimmernd roten Flüssigkeit und heulte erneut auf wie ein Wolf. Er wusste, die Kinder waren irgendwo hier unten, und diesmal würde er sie finden und sich für seine toten Kameraden an ihnen rächen. Mehr als ein Kampfmesser würde er dafür nicht brauchen. Die Jagd konnte beginnen.

Shalhevet, Maja und Esra waren bereits bei den anderen Kindern angekommen, als das Licht wieder anging. Geblendet von den hellen Strahlen, begannen die Kleinen erneut zu weinen. Ihre Gesichter waren fahl und blass, als hätte ihnen jemand die Lebensfreude aus den Körpern gesaugt.

»Die Polizei?«, hoffte Esra, aber Shalhevet schüttelte nur den Kopf, ohne ein Wort zu sagen. Esra verstand sofort.

»Sie werden uns finden ... Was sollen wir denn nur machen?«

Ein weit entferntes metallisches Geräusch drang über den Aufzugsschacht zu ihnen herab, dann folgten Laute, die auch von einem Tier stammen konnten.

»Was ... was ist das?«, sagte Esra ängstlich. Einige Kinder krochen unter den Teppichen hervor und klammerten sich an sie, aber sie hatte keine Kraft mehr, um die Rolle der Beschützerin aufrechtzuerhalten. Eine Panikattacke schüttelte ihren Körper, sie schluchzte, schnappte nach Luft und krümmte sich. Shalhevet setzte Maja ab und drückte Esra stumm an sich. Worte hatten in dieser düsteren Lage ihre Kraft längst verloren.

Wieder dröhnten knallende Laute zu ihnen herab. Es klang, als würde Metall auf Metall schlagen, dann folgten erneut diese tierischen Laute und fuhren ihnen durch Mark und Bein. Und je lauter diese Laute wurden, desto heftiger weinten die Kinder. Es klang wie ein Chor von wimmernden Stimmen, der um Hilfe flehte.

Shalhevet riss sich von Esra los und schrie die Gruppe an, so laut ihre geschundenen Stimmbänder es noch zuließen.

»Hört auf damit! Wir dürfen jetzt nicht aufgeben. Los, steht auf ... STEHT AUF!«

Die Kinder hörten sofort auf zu weinen, ließen von Esra ab und starrten sie mit rot geränderten Augen an.

»Der Aufzug ... er muss hier unten stehen. Vielleicht ist er unsere Rettung.«

Steiner stieg die Betontreppe hinab, bis er ein Stockwerk tiefer angekommen war. Wieder hallte sein Geheul durch die Schächte der Katakomben und wurde von den glatten Wänden als schauriges Echo reflektiert. Dabei schlug er mit dem Knauf seines Kampfmessers gegen die Holztüren in dem kreisrunden Gang und erreichte schließlich die verschlossenen Flügeltüren des Aufzugs. Er presste seinen blutenden Kopf gegen die schmale Glasscheibe der Aufzugstür und versuchte einen Blick in die Tiefe zu erhaschen. Langsam gewöhnten sich seine Augen an den dunklen Schacht. Und da erblickte er nur wenige Meter unter sich das Kabinendach des Aufzugs. Aber was noch viel wichtiger war: Er konnte Stimmen hören und das Tippeln vieler kleiner Füße. Endlich hatte er sie gefunden. Mit großen

Schritten und weiterem Geheul rannte er zurück zum Treppenhaus, schlug die Tür auf und hastete die Stufen hinunter.

Esra und Shalhevet zogen mit vereinten Kräften an der Aufzugstür, die sich nur langsam öffnete. Die Scharniere knarzten und quietschten laut, und schließlich hatte sich ein Spalt gebildet, durch den die Kinder hindurchpassten. Eines nach dem anderen drückten sie in die Kabine hinein. Dabei gingen sie mit den zierlichen Körpern nicht mehr zimperlich um. Manche schrien vor Schmerzen auf, manche weinten nur leise vor sich hin. Aber Rücksicht kostete Zeit, und Zeit hatten sie nicht mehr. Denn das Heulen der Bestie kam immer näher. Sie musste jetzt im Treppenhaus sein, und es war nur noch eine Frage von Minuten, bis ihr Verfolger bei ihnen eintraf. Die Kabine des Aufzugs war nicht beleuchtet, aber das Licht des Ganges reichte aus, damit Esra und Shalhevet das Innere des schmucklosen Lastenaufzugs gut erkennen konnten, der ihnen allen ausreichend Platz bieten würde. Die schweigsame Maja war das letzte Kind, das die beiden durch den Schlitz schoben, dann zwängte sich Esra hindurch und blieb stecken.

Irgendwo krachte eine Tür auf. Steiner hatte ihre Etage erreicht. Wieder knallte Metall auf Metall, und das Ungetüm brüllte. Shalhevet warf sich mit voller Wucht gegen Esras Körper, die daraufhin unter großen Schmerzen durch die Tür rutschte und in die Schar der Kinder stolperte. Dann versuchte Shalhevet ihr zu folgen, aber auch für sie war der Spalt ein ganzes Stück zu eng – und noch während sie festhing, tauchte die Bestie am Ende des hell erleuchteten Ganges auf.

Sie hatte nichts Menschliches mehr an sich. Ihr schwarz vernarbtes Gesicht war blutverschmiert, und auf ihrem feuerroten Oberkörper riss eine Fratze eine grauenvolle Grimasse, aus der Dutzende von Schlangenköpfen ragten und sich bis zum Hals des Angreifers hinaufwanden. Ohne auch nur einen kleinen Moment lang innezuhalten, rannte das Monster mit einer silber blitzenden Klinge in den Krallen auf die eingeklemmte Frau zu.

Shalhevet spürte, dass dies ihr Ende sein würde. Die Bestie konnte es kaum erwarten, ihr erstes Opfer in Stücke zu reißen. In einer fließenden Bewegung sprang sie auf Shalhevet zu und holte gleichzeitig mit dem Messer zu einem gewaltigen Hieb aus. Die Klinge schoss nach unten und verfehlte Shalhevet nur um Haaresbreite, als die Kinder und Esra sie mit gemeinsamen Kräften in die Kabine zogen. Schreiend knallte die Bestie gegen die Kante der Stahltüren und taumelte benommen zu Boden, richtete sich aber sofort wieder auf und stach mit dem Arm weit in die Aufzugskabine hinein, doch ohne Erfolg. Die Kinder und die beiden Frauen hatten sich kreischend in die hinterste Ecke gezwängt und waren für den Moment außerhalb von Steiners Reichweite. Ein letztes Mal stach die Klinge in die Tiefe der Kabine, fand aber kein Ziel. Steiner zog seinen Arm wieder aus dem Aufzug heraus.

Shalhevet konnte hören, wie die Bestie die tödliche Klinge auf den steinernen Boden fallen ließ, dann umschlossen die Pranken des Monsters die Stahltüren und schoben sie Millimeter für Millimeter weiter auseinander.

Steiners Halsschlagadern traten hervor, und seine Oberarmmuskeln schwollen an. Dabei blickte er in die zuckende Dunkelheit, in der sich die Umrisse der Ratten bewegten. Sie keiften und zischten, weil es keinen Ausweg mehr gab.

Shalhevet blickte sich panisch um, während sich in ihrem Rücken die Kinder wie eine bewegliche Wand anfühlten. Vielleicht gab es hier irgendwo einen Keil oder einen Stein, mit dem man der Bestie auf die Pranken oder den Kopf schlagen konnte. Aber in der spärlich beleuchteten Kabine war kaum etwas zu erkennen. Da streifte ihr Blick einen kleinen gelben Schalter an der Wand, neben dem drei kreisrunde Druckknöpfe angebracht waren. Welche Funktion sich auch immer dahinter verbergen mochte – es blieb keine Zeit mehr zum Nachdenken, denn der Türspalt wurde breiter und breiter. Shalhevet stürzte nach vorne, dem Monster entgegen, und legte zitternd den kleinen gelben Schalter um. Sie war dem Kopf der Bestie nun so nahe, dass sie ihren fauligen Mundgeruch riechen konnte.

»Komm nur her, du Fotze«, fauchte es. »Komm nur her ... Willst du spielen? Ich werde spielen ... Und dich knöpf ich mir als Letztes vor ...«

Shalhevet blieb wie angewurzelt stehen, doch nichts passierte. Zumindest war das Monster durch ihre Nähe so irritiert, dass es für einen kurzen Moment vergaß, den Spalt zu vergrößern, und stattdessen mit einem ausgestreckten Arm fuchtelnd versuchte, ihren Hals zu erreichen. In diesem Augenblick durchfuhr ein tiefer lauter Ton die Kabine, und eine Neonröhre schaltete sich über ihrem Kopf ein. Fahrig beugte sie sich ein weiteres Mal nach vorne und betätigte den obersten der drei runden Knöpfe. Dann setzte sich der Aufzug wie durch ein Wunder ganz langsam in Bewegung. Die nackte Betonwand glitt vor ihr in die Tiefe, und auch der Arm der wütend schreienden Bestie rutschte scheinbar nach unten.

Steiner zog in letzter Sekunde seinen Arm aus dem Türschlitz, sonst wäre er von dem aufsteigenden Kabinenboden abgerissen worden. Er griff nach dem Messer am Boden, rannte zurück zum Treppenaufgang und hastete die Steinstufen hinauf in das nächste Stockwerk. Dort lief er zum Aufzugsschacht.

Shalhevet und Esra konnten ihr Glück kaum fassen. Hysterisch fielen sie sich in die Arme und ließen ihren Emotionen freien Lauf. Sie kreischten auf und lachten, denn sie waren noch immer am Leben. Sogar die Kinder hörten zu schreien auf und lachten. Doch die Betonwand vor ihnen bewegte sich unablässig nach unten, und es würde nicht mehr lange dauern, bis sie die Bestie wieder trafen. Entschlossen legte Shalhevet den gelben Schalter erneut um – und tatsächlich wurde der Aufzug langsamer, blieb dann stehen, und das Licht über ihnen erlosch.

Steiner konnte von oben durch die Glasscheiben der Türen sehen, wie die Kabine stoppte und es wieder dunkel wurde. Da der Aufzug genau zwischen zwei Stockwerken stehen geblieben war, gab es für ihn keine Möglichkeit mehr, die Kabine auf dem üblichen Weg zu betreten.

Zornig schlug er mit dem Messerknauf die Glasscheiben ein, um einen besseren Blick auf die Kabine werfen zu können. War es vielleicht möglich, über das Dach hineinzugelangen? Er zog den Kopf zurück, stemmte sich gegen die Tür und riss sie auf. Anders als in dem Stockwerk darunter bot diese hier kaum Widerstand und pralle laut gegen die Mauer. Wieder blickte Steiner hinunter. Es gab keinerlei Vorrichtung, an der die Kabine aufgehängt war. Anscheinend wurde sie durch eine Hydraulik bewegt, die sich am Boden des Schachts befinden musste.

Kalter Wind kam ihm entgegen. Die Kabine war vielleicht zweieinhalb Meter entfernt, nah genug, um zu springen. Falls er jedoch keinen Zugang fand, säße er dort in der Falle.

Kurz dachte er daran, seine Maschinenpistole zu holen, um von oben durch die Decke der Kabine zu feuern. Er bezweifelte aber, dass dies besonders wirkungsvoll wäre. Stattdessen griff er nach dem Feuerzeug in seiner Hosentasche und beschloss, die Ratten auszuräuchern.

Er musste nur brennbares Material finden.

Hastig sah er sich in dem Gang um, ging auf die erstbeste Tür zu, drückte die Klinke und warf sie auf. Doch der Raum dahinter war vollkommen leer. Wild entschlossen steuerte er die Tür daneben an, doch diese war verschlossen. Er warf sich mit voller Wucht dagegen, bis das Schloss brach, die Tür aufschwang und den Blick ins Innere des Raums freigab.

»Scheiße!«, entfuhr es ihm. Der Raum stand voller Kisten. Aber bis er eine davon zum Brennen brachte, konnte es ewig dauern. Doch vielleicht befand sich darin irgendetwas schnell Brennbares?

Er kniete sich vor eine der Kisten, die jeweils mit zwei dicken Vorhängeschlössern gesichert waren. Geschickt führte er die Klinge seines Kampfmessers zwischen Deckel und Kistenwand und benutzte sie als Hebel. Schon krachte das alte Holz über einem der Vorhängeschlösser, und kurz darauf landete auch das zweite Schloss klirrend auf dem Boden.

Neugierig hob Steiner den Deckel an. Er grinste über das ganze Gesicht; Stroh, so weit das Auge reichte. Das Zeug würde brennen wie Zunder. Gierig griff er hinein, um einen großen Ballen zu entnehmen, stieß aber augenblicklich auf einen harten Widerstand. Vorsichtig wischte er das Stroh auf die Seite. Was er dann sah, raubte ihm den Atem.

Die Kiste war voller Goldbarren.

Alle fein säuberlich nummeriert, mit Hakenkreuz und Reichsadler versehen. Ein geradezu magischer Glanz ging von ihnen aus.

Andächtig wich er zurück, dann nahm er einen der schweren Barren in die Hand. Er fühlte sich kühl an, und seine Oberfläche war makellos glatt. Etwas Schöneres hatte er in seinem ganzen Leben noch nicht gesehen. Es dauerte eine Weile, bis er sich von dem berauschenden Anblick losreißen konnte, dann drehte er sich um und sah sich in dem Raum um. Diese Kisten standen überall. Aufgetürmt bis hoch an die Decke. Noch dazu schien der Raum an dieser Stelle nicht zu Ende zu sein. Weiter hinten konnte er noch mehr Regale sehen, in denen ähnliche Kisten standen. Es mussten Hunderte sein.

HESSEL V

Montag, 19. Oktober 2020, 16:30 Uhr

Behrens hatte gerade Bernd Hessel vor dessen Haus abgesetzt. Die Verabschiedung war reserviert, fast kühl gewesen – obwohl Hessel in Hochstimmung war. Der Tag hatte sich am Ende doch noch zum Guten gewandt.

Wenn eine Tür zufällt, öffnet sich meist eine andere, resümierte Hessel in Gedanken. Die Tür, die sich für ihn geöffnet hatte, war seiner Meinung nach kaum mit Gold aufzuwiegen. Die Presse feierte ihn als Held. Mit einem Schlag hatte er eine weiße Weste bekommen und konnte sich vom Schmutz der radikalen Strömungen der rechten Szene ein für alle Mal befreien.

Die Demokratie mit ihren eigenen Waffen schlagen, ging ihm das Zitat seines Vorbilds wieder einmal durch den Kopf.

Aber was sollte mit Behrens geschehen? Er kannte nicht nur die Wahrheit, er stand noch dazu genau wie er im Fokus der Presse und der nun folgenden Ermittlungen. Er war ein nicht zu unterschätzendes Risiko geworden. Und da Behrens das ebenfalls wusste, hatten die beiden Männer während der Rückfahrt kaum ein Wort miteinander gesprochen. Behrens hatte Hessel nicht mal mehr angesehen, als dieser beim Verlassen des Porsches nur eine kleinlaute Verabschiedung hervorgebracht hatte.

Hessel sah dem silbernen Sportwagen noch kurz nach, während dieser mit röhrendem Motor die Zufahrt hinunterbrauste und schließlich zwischen den Bäumen verschwand. Noch ganz in Gedanken versunken, öffnete er die Tür zu seiner Villa am Fingerabdrucksensor und wunderte sich nicht wirklich darüber, dass ihm kein Mitarbeiter des Security-Dienstes entgegenkam. In letzter Zeit war es öfter vorgekommen, dass das Haus während des Schichtwechsels unbewacht gewesen war. Kaum hatte er das Haus betreten, als er einen dumpfen Klingelton vernahm, der ihm nicht vertraut vorkam.

Er schloss die Tür und konzentrierte sich darauf, die Richtung zu orten, aus der das Klingeln kam. Es schien ganz nah zu sein. Dann entdeckte er einen braunen Briefumschlag auf der Kommode neben sich. Dem Aufdruck nach musste ihn ein Kurier abgegeben haben. Ein wenig hastig nahm er den gepolsterten Umschlag an sich, riss ihn auf, holte ein billiges Handy heraus, das noch immer läutete, und hob ab.

»Ja?«

Konzes Stimme ertönte.

»Na, das haben Sie ja fein hinbekommen!«

Hessel war sich nicht sicher, ob dies eine Rüge oder ein Kompliment sein sollte.

»Man tut, was man kann«, antwortete er.

»Wissen Sie, Hessel, immer wenn ich denke, Sie haben nicht das nötige Format für die Mission, der wir uns alle verschrieben haben, dann überraschen Sie mich. Und ich meine das wirklich mit voller Hochachtung. Nein, ehrlich, mein Lieber, wie Sie diese überaus prekäre Situation heute gemeistert haben – Chapeau. Wie Phönix aus der Asche steigen Sie nun empor zu größeren Aufgaben.«

Hessel schluckte. Die Theatralik von Konzes Lobeshymne rührte ihn zu Tränen.

»Sie beschämen mich ...«

»O nein, ganz sicher nicht. Ehre wem Ehre gebührt!«

»Aber das ganze Gold?«

»Es ging mir nie um das Gold. Ich bin ein Spieler, ein Sammler und Jäger. Ohnehin graute mir vor der Vorstellung, das viele Gold in die Schweiz transportieren zu müssen. Ein langer Weg, der viele Gefahren birgt. Gold weckt das Schlechteste im Menschen. Das war schon immer so und wird auch immer so bleiben. Lastwagen voller Gold, unzählige Helfer und Mitwissende, das reinste Pulverfass. Allerdings ... die Teppiche ... um die Teppiche und das ein oder andere Gemälde tut es mir ehrlich leid.«

»Aber das ganze Gold hätte der Partei ...«

»Sie meinen, wir hätten heute Geld verloren?«

»Ist das nicht so?«

»Ganz im Gegenteil. Ich habe viele Freunde, reiche, einflussreiche Freunde. Nach dem, was Sie heute geleistet haben, wird Geld in den nächsten Jahren keine Rolle mehr spielen. Jede Bewegung braucht eine Galionsfigur, einen strahlenden Helden wie Siegfried aus der Nibelungensage. Beweisen Sie, dass Sie würdig sind, in die Fußstapfen des größten Führers seit Menschengedenken zu steigen, dann wird es Gold regnen, so viel Sie wollen.«

Hessel schwankte. Er fühlte sich wie in einem Traum. Er hörte den Jubel und sah Fahnenmeere, Fackeln und Uniformen, Massen junger Männer, die im Gleichschritt mit erhobenem Arm unter seinem Balkon vorbeimarschierten. Er musste sich an der Kommode abstützen, um nicht zu fallen. Es blieb nur eine Sorge, die ihm nicht aus dem Kopf gehen wollte.

»Und Behrens?«

»Der Architekt?«

Hessel nickte ein wenig, antwortete aber nicht.

»In Ihrer Position sind Sie von nun an von derlei Sorgen befreit. Konzentrieren Sie sich stattdessen auf die wesentlichen Dinge. Die Welt, in der wir leben, schüttet täglich ein Füllhorn an Katastrophen über uns aus. Wunderbare Viren, fantastische

Überschwemmungen und Horden von Flüchtlingen. Verängstigte Menschen haben seit jeher nach einer starken Hand gegriffen – seien Sie für uns diese starke Hand!«

Hessel atmete tief durch.

»Und der ... der kleine Schatz ... der ...«

»Was meinen Sie?«

»Die Probe ...«

»Ach, die. Behalten Sie sie – sagen wir, als Anerkennung für geleistete Dienste. Aber verwahren Sie sie an einem sicheren Ort. Erfreuen Sie sich daran, aber lassen Sie niemals jemand an dieser Freude teilhaben. Schaffen Sie das?«

»Mein Ehrenwort!«

»Hessel, wir zählen auf Sie. Jetzt ruhen Sie sich aus, damit Sie ab morgen die Zukunft Deutschlands gestalten können!«

»Jawohl.«

»Und gewöhnen Sie sich diesen unterwürfigen Tonfall ab, das ist Ihrer nicht mehr würdig.«

»Jawohl!«

»Heil Hessel.«

»Heil ...«

Es klickte in der Leitung.

Behutsam legte Hessel das Telefon ab, dann taumelte er in sein Wohnzimmer mit den großen Panoramaglasscheiben. Die Sonne stand tief, die goldene Stunde war angebrochen und ließ den herbstlichen Wald in traumhaften Farben erstrahlen. Hessel ging zur gegenüberliegenden Wand. Dort hing im warmen Licht der Sonnenstrahlen ein Gemälde mit Jagdmotiv. Als er es vorsichtig abhängte, kam dahinter ein schmaler Tresor zum Vorschein. Er tippte einen Code in das Zahlenschloss, woraufhin die Tür aufsprang.

Hier lag er, sein kleiner Schatz, ein Mitbringsel aus der ersten Begehung der Katakomben unter dem Turm. Einer der Goldbarren aus dem sagenhaften Fund. Vorsichtig nahm er ihn in die Hand. Er war stolze zwölfeinhalb Kilo schwer und dabei gerade mal fünfundzwanzig Zentimeter lang, acht Zentimeter breit und vier Zentimeter hoch. Und doch betrug sein aktueller Wert deutlich über sechshunderttausend Euro.

Ein Schatten schob sich über das glänzende Metall. Verdutzt drehte sich Hessel um und sah in das Gesicht einer jungen Frau, die eine Pistole auf ihn richtete.

DER TURM VIII

Montag, 19. Oktober 2020, 16:40 Uhr

Erdmann hatte die Meldung über den Tod Schusters und eines GSG-9-Mannes äußerlich regungslos hingenommen. Innerlich aber war er am Boden zerstört.

»Klären Sie mich umgehend auf, was um Himmels willen da vor sich geht«, brachte der Polizeidirektor lautstark seinen Unmut zum Ausdruck. »Und wo ist überhaupt Kriminaloberrat Schuster? Ich erwarte von ihm umgehend einen detaillierten Lagebericht. Und glauben Sie mir, die ganze Sache wird ein Nachspiel haben!«

»Kriminaloberrat Schuster ist tot«, antwortete Erdmann und brachte damit seinen Vorgesetzten zum Schweigen.

Den detaillierten Lagebericht überließ er Olofsson, dann ging er wortlos hinaus und beobachtete von Weitem, wie die Löschzüge unter Sicherung der schwer bewaffneten GSG-9-Einheiten die letzten Brandherde erstickten. Danach trugen Sanitäter drei Bahren mit Leichensäcken aus dem Turm. Es fiel ihm schwer, zu akzeptieren, dass in einem davon Achim Schusters toter Körper lag. Er dachte an Schusters Frau, daran, wie er ihr diesen tragischen Verlust erklären sollte.

Gerade wurden die drei Leichen in einen der Krankenwagen geschoben.

Moment mal. Drei Leichen?

Olofsson rief nach ihm.

»Kriminalhauptkommissar Erdmann!«

Erdmann reagierte nicht.

»Kriminalhauptkommissar Erdmann, die Kinder ... Wir brauchen Sie!«

Die Kinder.

Die grausame Realität hatte ihn wieder. Benommen lief er zurück in den Kommandowagen und knallte die Metalltür hinter sich ins Schloss.

»Ihr habt die Kinder gefunden ... Leben sie?«

Nigel hatte die Bilder der GSG-9-Helmkameras und der Drohnen auf die Bildschirme verteilt. Alle zeigten leere, teils ausgebrannte Räume.

Treika tauchte auf einem der Screens auf und war sofort auch über die Lautsprecher zu hören.

»Turm gesichert, keine weiteren Sprengfallen. Aber von den Kindern fehlt jede Spur.«

Erdmann schüttelte den Kopf.

»Was ... was reden Sie da? Haben Sie wirklich alle Räume des Turms durchsucht?«

»Lückenlos. Alles negativ. In dem Turm gibt es keine Spur von den Kindern und auch nicht von den beiden Erzieherinnen. Allerdings haben wir eine weitere Leiche gefunden, die wir bislang nicht identifizieren konnten.«

Erdmann erinnerte sich an den dritten Leichensack.

»Vielleicht eine der Erzieherinnen?«

»Negativ, die Leiche ist eindeutig männlich.«

Erdmann konnte seine Wut und seinen Frust nicht länger zurückhalten.

»Alles, was Sie mir gerade mitteilen, ist vollkommen inakzeptabel. Sie wissen genauso gut wie ich, dass niemand diesen Turm in den letzten vier Stunden verlassen hat. Von mir aus schicken Sie Ihre Männer in die Kanalisation, aber finden Sie diese Kinder!«

»Negativ. Die Rohre in die Kanalisation haben wir schon überprüft. Keines davon ist breit ...«

»Dann die Lüftungsschächte«, unterbrach ihn Erdmann. »Vor zehn Jahren gelang einem der Männer der Zugang vom Dach in den Turm durch einen Lüftungsschacht, ich meine ... vielleicht stecken die Kinder ...«

»Auch das haben wir ausgeschlossen. Wir haben eine Sonde in den Hauptschacht der Lüftung hinabgelassen. Die Kinder sind wie vom Erdboden verschluckt.«

»Aber irgendwo müssen sie doch stecken. Die können sich doch nicht in Luft aufgelöst haben.«

Nigel zeigte auf einen der Monitore.

»Da!«, rief er laut aus.

Alle Augen richteten sich auf einen dunklen Screen, dessen Übertragungsquelle als »Hornisse 2« gekennzeichnet war.

»Was?«, fuhr ihn Erdmann an, der auf der rauschenden Aufnahme nichts weiter erkennen konnte als einen dunklen Raum, dessen Einrichtung offensichtlich zerstört worden war.

Nigel wandte sich an Treika.

»Hornisse zwei soll noch mal ein bis zwei Meter zurückfliegen und die Kamera dabei auf den Boden richten.«

Treika gab den Befehl weiter. Langsam änderte sich die Richtung der Übertragung. In einer langsamen Bewegung filmte die Drohne den Boden. Es war kaum etwas zu erkennen, bis die Kamera einen schmalen, hellen Streifen passierte.

»Halt!«, rief Nigel. »Haben Sie ... haben Sie diesen Streifen am Boden gesehen?«

»Bestätige, habe ich gesehen. Wir überprüfen das«, erwiderte Treika. »Team Charlie, begeben Sie sich in den Keller zu den Schutzräumen.«

»Die Räume im Keller wurden bereits gründlich untersucht«, kam als Antwort blechern aus den Lautsprechern. »Keine Anzeichen von Geiseln oder Tätern.«

»Teamleader, bestätige. Die lichtempfindlichen Kameras einer Drohne haben jedoch eine ungewöhnliche Illumination am Boden entdeckt. Mit bloßem Auge wahrscheinlich kaum erkennbar. Bitte um erneute Überprüfung.«

»Befehl erhalten. Wir sind auf dem Weg. Ende.«

***

Mit zwei Alubehältern folgte Steiner den Kabeln des Stromgenerators bis ins zweite Untergeschoss, wo sich der Maschinenraum mit der hydraulischen Hebevorrichtung befand. Ohne lange zu überlegen, packte er den gesamten Kabelbaum, der in dem elektrischen Motor der Anlage verschwand, und riss ihn mit Wucht heraus. Funken sprühten, dann erloschen die Kontrollleuchten der Anlage. Zufrieden betrachtete er sein Werk. Seine Opfer konnten ihm nun nicht mehr entkommen und saßen fest wie in einem Käfig.

Hastig verließ er den Maschinenraum und schlüpfte durch eine Tür, die in den Aufzugsschacht führte. Er blickte nach oben und schätzte die Entfernung bis zum Kabinenboden ab, der vielleicht fünf oder sechs Meter über ihm feststeckte. Deutlich konnte er die Stimmen und Geräusche aus der Kabine hören. Was immer nun auch geschah, das Ende der Kinder war besiegelt. Nichts konnte sie jetzt noch retten.

Er leerte die Alukisten und bildete einen Haufen aus Stroh, Holz und vergammelten Tüchern. Alles, was er in die Finger bekommen hatte, lag nun wild aufeinandergetürmt vor ihm. Er entzündete sein Sturmfeuerzeug und steckte den Haufen in Brand. Die Flammen fraßen sich rasend schnell durch den Unrat. Beißender Qualm stieg auf. Steiner hustete und ging rückwärts auf die Tür zu. Das Feuer kam nicht richtig in Gang, dazu fehlte hier unten die Sauerstoffzufuhr. Andererseits war es auch gar nicht sein Plan, die Kabine in Brand zu stecken. Vielmehr sollte der Rauch seinen Opfern die Luft zum Atmen rauben. Sie würden alle jämmerlich ersticken, und ihr Todeskampf würde qualvoll und lange sein. Was war er doch für ein genialer Kopf! Die Tür schnappte ins Schloss, dann rannte er mit den Alukisten zurück nach oben, wo Teil zwei seines Plans auf die Ausführung wartete.

Die Kinder kauerten am Boden des Lastenaufzugs. Erschöpft, apathisch und kaum noch ansprechbar. Esra hatte sich dicht an sie gedrückt und war eingeschlafen. Shalhevet hingegen suchte immer noch verzweifelt nach einer Möglichkeit, wie sie diesem Kasten entkommen konnten, und tigerte zwischen den Wänden hin und her.

War es vielleicht doch besser, hier abzuwarten, bis Hilfe käme? Dann ging das Hauptlicht in der Kabine aus, und die Hoffnung zerplatzte. Shalhevet tastete im Dunkeln nach Esra und weckte sie.

»Esra, Esra ... Wir brauchen Licht. Irgendetwas stimmt nicht.«

Esra fuhr augenblicklich aus ihrem unruhigen Schlaf hoch.

»Hat sich der Generator wieder abgeschaltet?«, fragte sie nervös.

»Ich glaube nicht. Wenn man durch den Spalt am Schacht hinaufsieht, sieht man, dass im Stockwerk über uns noch Licht brennt. Glaub mir, da passiert was ...«

»Hast du schon probiert, ob der Aufzug noch fährt?«, fragte Esra, während sie ihr Handylicht anschaltete. Eins der Kinder, das in der Ecke der Kabine eingeschlafen war, hustete leicht.

Esra nahm es kaum zur Kenntnis und leuchtete auf den Kasten mit den Steuerelementen.

»Warte, warte, warte!«, rief Shalhevet hektisch. »Schwenk noch mal zurück auf den Boden.«

Esra ließ den Lichtkegel zurückwandern.

»Siehst du das?«

»Was soll ich sehen?«

»Da am Rand des Bodens ... da kommt doch Rauch raus.«

Wieder hustete eines der Kinder.

Jetzt konnte es Esra auch sehen. Ein feiner Schleier aus grauem Qualm stieg durch den Schlitz zwischen Wand und Boden empor.

»O nein ... o nein«, entfuhr es Esra.

»Wir müssen hoch, wir müssen sofort hoch. Der steckt den Aufzug in Brand.«

Ein Brandgeruch hing nun wahrnehmbar in der Luft. Shalhevet stürzte zu dem Steuerungskasten hinüber.

»Nein, tu das nicht!«, rief Esra. »Der will doch nur, dass wir den Aufzug nach oben fahren.«

»Willst du lieber hier drin verbrennen?«

Einige der Kinder begannen wieder zu jammern.

»Meine Augen brennen so, Tante Shala.«

Shala legte erneut den gelben Hebel um, doch der Aufzug reagierte nicht. Sie versuchte es ein weiteres Mal, aber nichts geschah. Verzweifelt hämmerte sie mit den Fäusten auf die Knöpfe, vergeblich. Schließlich riss sie sich ihr Oberteil vom Leib. Alle sahen sie mit großen Augen an.

»Tut, was ich tue. Los, los, los, schnell!«

Nur langsam kam Bewegung in die Gruppe.

»Wir müssen die Schlitze abdichten. Worauf wartet ihr? Zieht euch aus!«

Esra war zu keinem klaren Gedanken mehr fähig. Mechanisch begann sie damit, den Kindern beim Ausziehen zu helfen, während Shalhevet ihnen Anweisungen gab.

»Maja, komm zu mir. Setz dich und drück deine Sachen hier auf den Schlitz. Vincent, setz dich genau neben Maja und mach dasselbe. Los, los ...«

Shalhevet hatte keine Ahnung, ob dieser verzweifelte Versuch erfolgreich sein würde. Aber sie würde bis zum letzten Atemzug um das Leben der Kinder kämpfen.

Steiner hörte die verzweifelten Schreie und die trommelnden Fäuste seiner Opfer leise aus der Ferne. Bald würden die Stimmen verstummen, und wenn sein Plan aufging, würde er bis dahin längst die Katakomben verlassen haben. Zusammen mit einer Menge Gold, das er auf dem Weg hierher aus der Schatzkammer geholt hatte. Fünf Barren befanden sich nun in jedem der beiden Behälter, in denen er zuvor den Sprengstoff transportiert hatte. Es wäre Platz für mehr gewesen, doch bereits diese zehn Barren waren so schwer, dass jeder Schritt eine enorme Strapaze gewesen war. Er schätzte das Gewicht auf deutlich über hundert Kilo. Auf Rücken und Schultern gepackt hätte er wahrscheinlich mehr transportieren können, so aber hing das Gewicht ausschließlich an den Tragegriffen der Metallkoffer, die bereits dunkelblaue Striemen in seinen Handflächen hinterlassen hatten.

Nur zehn Barren von Hunderten, die er zurücklassen musste. Er hatte absolut keine Vorstellung davon, was diese zehn Barren auf dem Schwarzmarkt bringen würden, hoffte aber inständig, dass es die Mühe wert war.

Mit zitternden Fingern wandte er sich wieder dem Plastiksprengstoff zu, den er vom Boden ausgehend in zwei Säulen an die Ziegelwand gedrückt hatte. Eine Konstruktion, die aus der Not heraus entstanden war. Idealerweise hätte er den Sprengstoff in gebohrte Löcher an der Wand füllen müssen, nur fehlte ihm dazu das nötige Werkzeug. Ihm war klar, dass er einer Betonwand mit diesem Aufbau keinen Schaden hätte zufügen können, hoffte aber darauf, dass an der Ziegelwand zumindest ein Durchbruch entstehen würde. Sicher war er sich aber nicht. Und auch sonst warf sein Fluchtplan viele Fragen auf, die er angesichts des Goldes aber vorerst beiseitewischte.

Die Hauptarbeit war geschafft. Die Zündvorrichtung steckte in beiden Sprengstoffsäulen. Schweißtropfen brannten in seinen Augen, und er aktivierte die Zünder, die nun bereit waren, per Funkfernsteuerung die zerstörerische Kraft freizusetzen.

Steiner hetzte keuchend vorbei an dem Stromgenerator und den silbergrauen Metallkoffern mit dem Gold, dabei rutschte ihm die Pistole aus dem Bund und schlitterte quer über den Betonboden. Kurz dachte er darüber nach, sie zu holen, aber in dem Ding waren eh nur noch drei Schuss. Er würde sie holen, wenn die Arbeit getan war. Die Schreie aus dem Hintergrund wurden am Hauptgang nun wieder deutlich lauter. Der Gestank und der Rauch waren stärker geworden. Was für ein genialer Kopf er doch war!

Steiner kauerte sich hinter den Mauervorsprung und legte auf der schwarzen Box in seiner Hand zwei Schalter um.

Augenblicklich donnerten die beiden Explosionen mit einer solch gewaltigen Lautstärke durch die Katakomben, dass Steiner die Trommelfelle rissen und Blut aus den Gehörgängen tropfte. Die Wucht der Druckwelle riss ihn von den Beinen, Teile des Stromgenerators fetzten an ihm vorbei und zerschmetterten an der Wand hinter ihm. Dann erlosch das Licht.

***

Team Charlie war gerade dabei gewesen, den Boden des Schutzraums zu untersuchen, als die Druckwelle von unten die Holztür über dem verborgenen Zugang einen halben Meter in die Höhe schleuderte. Mit lautem Krach knallte sie wieder auf den Boden und entblößte den Schacht, der hinab in die Tiefe führte.

Treika sprang in seinem Kommandowagen auf. Panisch blickte er auf die Wiedergabemonitore der Helmkameras, die nur noch grauen Schnee zeigten.

»Teamleader Charlie, bitte um Meldung. Hören Sie mich?«

Ein Monitor nach dem anderen schaltete sich wieder auf Empfang und übertrug die gewohnten Bilder.

»Groupleader, alles in Ordnung. Keine Verluste, ich wiederhole, keine Verluste.«

Treika atmete tief durch und setzte sich wieder. Einige der Kameras zeigten im Lichtschein den Schacht im Boden. Auch Erdmann verfolgte in seinem Kommandowagen gemeinsam mit Nigel und Olofsson gespannt die laufende Aktion.

»Hier führt ein Schacht hinab in eine Art Keller. Die Druckwelle muss dort unten durch eine Explosion ausgelöst worden sein«, erklärte der Leiter des Charlie-Teams mit ruhiger Stimme. »Wir würden eine Sonde in den Schacht hinablassen, um die ...«

»Negativ, negativ. Dafür ist jetzt keine Zeit mehr«, unterbrach ihn Treika. »Rücken Sie so schnell wie möglich vor, und finden Sie die Kinder. Etwaige Angreifer sind sofort auszuschalten.«

Erdmann hörte den Befehl, der nicht im Einklang mit der Dienstvorschrift stand, korrigierte Treika aber nicht. Er dachte an Schuster, an die toten Leibwächter, die ermordete Erzieherin und das angeschossene Kind. Das hier war für ihn kein klassischer Polizeieinsatz mehr.

Das hier war Krieg.

Der Schacht spukte nacheinander die vier GSG-9-Männer des Teams Charlie aus. Breitbeinig und mit sicherem Stand landeten sie auf dem Boden des verrauchten Ganges, ihre schweren Waffen im Anschlag. Mit ihren Kampfanzügen, Gasmasken und Stirnleuchten wirkten sie in dem unterirdischen Gewölbe wie bewaffnete Astronauten in einem Science-Fiction-Film. Die röchelnden Sauerstoffkompressoren auf dem Rücken ihrer Ausrüstung verstärkten diesen Eindruck noch.

Der Anführer gab zwei seiner Männer ein Zeichen, dem Gang zu folgen. Mit dem verbleibenden Mann bewegte er sich in die entgegengesetzte Richtung. Schon nach kurzer Zeit hatten sich die beiden Teams aus den Augen verloren.

»Groupleader, was immer das hier unten ist – sollten sich hier die Geiseln aufhalten, benötigen wir umgehend Rettungsteams mit Sauerstoffmasken.«

»Teamleader, Verstärkung ist Ihnen dicht auf den Fersen, zusammen mit Rettungseinheiten und angeforderter Ausrüstung. Ende.«

Der Anführer von Team Charlie wusste, dass er die Kinder nur würde retten können, wenn sie jetzt keine Rücksicht mehr auf die eigene Unversehrtheit nahmen. Während sein Suchscheinwerfer den Rauch reflektierte wie Nebel bei einer nächtlichen Autofahrt, beschleunigte er seine Schritte, bis er schließlich zu laufen begann. Ein hochriskantes Unterfangen, da er für einen lauernden Gegner ein leichtes Ziel abgeben würde. Aber er vertraute auf seine Panzerung und seine jahrelange Erfahrung. Wer immer diese heftige Explosion hier unten ausgelöst hatte, er wäre selbst Opfer der Druckwelle geworden – zumindest hoffte er das und rannte weiter, bis er an die Abzweigung kam.

»Charlie 3, Charlie 4, wir haben soeben eine Abzweigung erreicht.«

Licht flackerte aus dem vor ihm liegenden Hauptgang.

»Hier Charlie 3 und 4, wir sind an einer Tür angekommen, die in ein Treppenhaus führt. Warten auf Befehle.«

»Ich kann Licht am Ende des Tunnels erkennen. Bitte verifizieren.«

Das Licht erlosch und schaltete sich wieder an.

»Positiv, positiv. Kein Feindkontakt. Folgen Sie dem Treppenhaus. Verstärkung ist unterwegs.«

Der Teamleader blickte zu seinem Kameraden, der kurz vor dem Seitengang in Deckung gegangen war, dann bildete er mit den Fingern ein V, zeigte auf seine Augen, schloss die Finger und richtete sie auf die rechte Wand des Tunnels, der in einem steilen Winkel vom Hauptgang abzweigte. Sofort verließ der GSG-9-Mann die Deckung und ging in geduckter Haltung in den Gang hinein. Der Teamleader tat dasselbe an der gegenüberliegenden Mauer.

Der Rauch war hier noch dichter als im Hauptgang. Am Boden lagen Trümmer von irgendeiner Maschine, über die sie vorsichtig hinwegstiegen, den Blick immer nach vorne gerichtet. Doch dann entdeckten sie ein Objekt am Boden, welches das Licht der Helmkameras glitzernd reflektierte.

»Hier Teamleader an Groupleader, sehen Sie das auch?«

»Bestätige«, antwortete Treika kurz angebunden, während er gleichzeitig den Weg der anderen beiden Kämpfer verfolgte, die das Treppenhaus hinunterliefen.

Eine der Helmkameras näherte sich vorsichtig dem glitzernden Gegenstand, bis er fast das ganze Bild mit seinem Strahlen ausfüllte. Treika stockte der Atem. Der Bildschirm mit dem Goldbarren hatte nun seine volle Aufmerksamkeit. Deutlich zeichnete sich darauf der Reichsadler ab, der ein Hakenkreuz in seinen Krallen trug.

»Teamleader Charlie, ist das ...?«

Die Hände des Teamleaders kamen ins Bild und hoben den goldenen Gegenstand an.

»Es ist schwer, verdammt schwer ... Es sieht aus wie ein Goldbarren.«

Die Stimme von Charlie 2 erklang, während seine Kamera eine Ziegelmauer am Ende des Ganges ins Visier nahm. Dort lagen eine zerfetzte graue Metallbox und weitere Goldbarren. Was aber viel entscheidender war: In der Ziegelmauer klaffte ein großes Loch und gab den Blick frei auf einen weiteren Gang hinter der Mauer.

***

Esra hatte das Handy wegen der Explosion fallen gelassen. Verzweifelt tastete sie in der Dunkelheit nach dem Gerät, doch ihre Finger wanderten nur über regungslose Körper. Sie weinte leise. Hatten sie am Ende den Kampf gegen das Böse verloren? Würde nun auch ihre Seele in das Olam Haba entfliehen und vor Gottes Gericht treten?

»Shalhevet?«, brachten ihre Stimmbänder heiser hervor, ohne eine Antwort zu erhalten.

Esra bekam kaum noch Luft. Ihre Kehle brannte, und selbst husten konnte sie nicht mehr. Es schien, als hätte jegliche Kraft ihren Körper verlassen. Sie wollte beten, aber nicht einmal in Gedanken konnte sie die richtigen Worte finden. Also legte sie sich vorsichtig zu den kleinen Körpern in das schwarze Nichts und wartete auf den Tod.

Während sie dalag und ihr nach und nach die Sinne schwanden, spürte sie Druck auf ihrem Schienbein. Es war nicht mehr als der Hauch einer Berührung, aber er war da. Dann legten sich Finger um ihren Unterarm, und schließlich strich ihr eine kleine Hand über die Wange. Immer mehr Berührungen und Hände holten sie zurück und gaben ihr neue Hoffnung, dann hörte sie ganz leise Majas Stimme.

»Alles wird gut, Tante Esra ... Alles wird gut.«

***

Steiner schleppte sich den finsteren Tunnel entlang. Mit beiden Armen hielt er den grauen Metallkasten umklammert, in dem sich noch fünf Goldbarren befanden. Fünf von Hunderten.

Aber längst hatte er nicht mehr das Gold im Griff. Das Gold hatte ihn im Griff. Seine Gedanken kreisten nur noch um diesen Schatz im Turm und die mickrige Beute, die er davon hatte retten können. Er wünschte allen den Tod, die ihn daran gehindert hatten, mehr Gold aus diesem unterirdischen Labyrinth mitzunehmen. Aber vor allem wollte er, dass keiner außer ihm je von diesem Schatz erfuhr. Er malte sich aus, wie er den gesamten Turm zum Einsturz brachte, mit Bomben, die er nicht hatte, und mit einem Zorn, der nun machtlos war.

Er schwor sich, wiederzukehren. Dieser Krieg, sein Krieg, war noch lange nicht vorbei. Er wollte einen grauenvollen Guerillakrieg beginnen, der die Morde des lächerlichen NSU-Trios in den Schatten stellen würde. Mit dem Erlös aus den fünf verbliebenen Goldbarren würde er genug Waffen und Sprengstoff kaufen können, um eine schlagkräftige Untergrundarmee aufzubauen. Man würde ihn jagen, würde ihn verdammen – aber vor allem würde man ihn fürchten.

Steiner konnte nicht das Geringste sehen. Ob er die Augen schloss oder öffnete, es spielte keine Rolle. Alles um ihn herum war schwarz. Und so schleifte er mit der linken Körperflanke die Wand entlang, in der Hoffnung, bald das Ende erreicht zu haben. Zuerst war die Wand noch aus glattem Beton gewesen wie im Zentrum der Katakomben. Doch dann war der Beton in schroff geschlagenen Fels übergegangen, der seinem linken Oberarm heftig zusetzte. Die scharfkantigen Steine schnitten ihm die Haut auf, bis der Arm blutete. Steiner biss die Zähne zusammen. Doch nach wenigen weiteren Metern musste er den ungleichen Kampf aufgeben und nahm schwerfällig Abstand von der Wand.

Bildete er es sich nur ein, oder wehte ihm ein kalter Lufthauch über die offene Wunde? Die Hoffnung, bald einen Ausgang zu erreichen, gab ihm neue Kraft. Seine Schritte wurden wieder größer, und er hatte das Gefühl, er könne sich an dem kalten Luftstrom orientieren, der jetzt auch deutlich auf seinem Gesicht zu spüren war.

Dann knallte Steiner mit der Stirn gegen einen Gesteinsbrocken, der offenbar aus der Decke ragte. Die Metallkiste entglitt ihm, während er rücklings auf den Boden stürzte. Trotz rasender Schmerzen tastete er in der Dunkelheit sofort nach dem Behälter mit dem Gold. Der feuchte Boden fühlte sich nach Schotter und Lehm an. Dann ertastete er die Gleise, die sich hier aber rau und rostig anfühlten, und schließlich streiften seine Finger endlich die schwere Metallkiste. Er robbte ganz nah an sie heran und schloss sie in seine Arme. In dieser Kiste ruhten seine Zukunft und alle Hoffnung auf einen erneuten Rachefeldzug.

Er musste weiter. Lange konnte es nicht mehr dauern, und seine Verfolger würden seinen Fluchtweg entdecken. Trotzdem wagte er es nicht aufzustehen. Erst musste er herausfinden, was ihn zu Boden geworfen hatte. War es nur ein herabhängender Felsen gewesen, oder hatte sich der Gang verjüngt? Es fiel ihm nicht leicht, sich zu überwinden, die Hände von der Kiste zu nehmen, um über sich nach der Decke zu tasten. Erstaunt stellte er fest, dass er sie nur auf Zehenspitzen erreichen konnte. Scheinbar hatte sich nur die Beschaffenheit der Schachtwände geändert, nicht aber deren Ausmaße. Es dauerte eine Weile, bis er das Hindernis in der Dunkelheit ausfindig machen konnte. Es war kein Fels – es war das Ende eines Holzbalkens. Er verfluchte sich erneut dafür, das Handy vergessen zu haben. Steiner legte seine Hände an den runden Pfeiler, der scheinbar quer aus der Wand zu kommen schien, dann strich er an ihm entlang, bis er sein Ende an einer Wand erreichte. Noch konnte er sich keinen Reim darauf machen. Er drehte sich um, kroch auf dem Boden zurück, bis er auf seine Kiste stieß. Dann zog er sie hinter sich her, bis er erneut eine Wand erreichte und damit offensichtlich auch das Ende des Tunnels.

Verzweiflung kochte in ihm hoch. War er erneut in eine Sackgasse geraten? Sollte dies das Ende sein? Er wünschte, er hätte seine Pistole noch bei sich. Ein Schuss, und alles wäre vorbei. Niemals wieder Knast.

Da war er erneut, dieser kühle Lufthauch. Steiner spuckte sich in die Hände und versuchte, die Richtung zu orten, aus welcher der Wind kam. Er war sicher, dass der Lufthauch von der rechten Seite kam, dort, wo eigentlich die Wand des Stollens sein musste. Aber dort war keine Wand. Er hatte eine Idee. Erneut ließ er sich auf die Knie nieder und tastete nach den Schienen im Boden. Und tatsächlich, die Schienen verliefen nicht geradeaus, sondern machten direkt vor der Mauer einen starken Knick nach rechts, um nach wenigen Metern wieder nach links zu führen. Der kühle Wind wurde nun immer stärker, und plötzlich war da ein Funkeln direkt vor ihm. Erst glaubte Steiner, dass ihm seine Augen einen Streich spielten. Aber je näher er kam, desto deutlicher zeichneten sich unzählige winzige Lichtpunkte vor ihm ab, wie Sterne in einer wolkenlosen Nacht.

Steiner streckte die Hände aus, um sie zu berühren, und dann dämmerte es ihm langsam. Er kniete vor einem dichten Gestrüpp aus Ästen und Blättern, das über Jahrzehnte den Eingang des Tunnels verborgen hatte. Er hatte es geschafft, die Freiheit war greifbar nahe. Doch irgendwo weit hinter ihm, aus den Tiefen des Stollens, konnte er nun deutlich Geräusche hören – und sie näherten sich schnell. Sie waren ihm auf den Fersen. Hastig riss er mit den Händen das Buschwerk auseinander, bis immer mehr Sonnenstrahlen den Eingang des Tunnels erhellten. Aber die Äste des Busches waren knorrig, hart und teilweise mit Dornen überwachsen. Jeder Griff in das natürliche Bollwerk hinterließ an seinen geschundenen Händen und Armen weitere blutige Striemen. Aber jetzt konnte ihn nichts mehr aufhalten. Das Loch vor ihm wurde größer und größer. Sobald es breit genug war, um hindurchsteigen zu können, rannte Steiner zurück in den Stollen, wuchtete seine Goldkiste hoch, kam keuchend damit wieder und zwängte sich durch das Gestrüpp in die Freiheit. Zu seiner Erleichterung stand er am Rand eines steilen Abhangs in einem bewaldeten Gebiet.

Frische Luft füllte seine Lunge. Er drehte sich um und blickte den Hang hinauf. Irgendwo dort oben auf dem Plateau musste der Turm stehen. Dieser steinerne Koloss, der ihm nun zum zweiten Mal in seinem Leben so sehr zugesetzt hatte.

Der Turm und er waren noch nicht fertig miteinander. Eines Tages würde er zurückkehren und dieses Monster in …

Ein heftiger Faustschlag traf Steiner mitten im Gesicht und warf ihn zu Boden. Dabei entglitt ihm die Goldkiste und polterte lautstark den Hang hinunter, bis sie gegen einen Baum krachte und dort liegen blieb.

Es war nicht der Schlag ins Gesicht, der ihn überraschte, sondern die Tatsache, dass dieser Schlag weder von einem seiner Verfolger kam noch von einem Polizisten.

»Sie haben länger gebraucht, als ich vermutet hatte«, sagte eine tiefe Stimme zu ihm, die ihn frösteln ließ. Es war eine Stimme, die er nie hatte vergessen können, sosehr er es auch versucht hatte.

»Du krankes Schwein. Aber weißt du, was? Du kommst zu spät, denn all die kleinen Judenkinder kannst du nun zu ihren sechs Millionen vergasten Vorfahren dazurechnen.« Steiner lachte auf und spuckte Blut.

Die Stimme antwortete ruhig und gelassen.

»Sie irren sich, Herr Wegener. Die Kinder leben – und zwar alle. Hören Sie das?«

Irgendwo aus der Ferne ertönten Martinshörner.

»Sie haben versagt. Die Kinder werden gerade in die umliegenden Krankenhäuser gebracht.«

»Sie alter Itzig, Sie lügen ... Sie lügen ... Das ist eine scheiß Lüge ... Die Ratten liegen alle da unten und sind tot. Ich habe gehört, wie sie jämmerlich erstickt sind, wie sie sich die Lunge aus dem Leib gehustet haben ...«

Steiner hustete nun selbst und spuckte wieder Blut.

»Die Kinder haben alle überlebt – auch die Erzieherinnen. Sie haben versagt, Herr Wegener. Wieder einmal.«

»Einen Scheiß wissen Sie, die sind alle verreckt.«

»Der Polizeifunk war da anderer Meinung«, sagte der Mann und lächelte das grausame Lächeln, das Steiner in seinen Albträumen verfolgt hatte. Doch damals war er sein Gefangener und wehrlos gewesen. Steiner bebte vor Zorn, und schneller als der alte Mann erwartet hatte, sprang der Neonazi hoch und stürzte sich auf ihn. Vergeblich. Der alte Mann trat geschickt zur Seite, und Steiner stürzte den Hang hinunter, überschlug sich und blieb direkt vor der Kiste mit dem Gold auf dem Bauch liegen.

Steiner musste sich eingestehen, dass sich seine Situation noch einmal deutlich verschlechtert hatte. Der Jude mochte alt sein, aber er stand nun am Hang über ihm und war bewaffnet. Aber es war noch nicht vorbei. Noch konnte er mit dem Gold entkommen, er musste nur die Metallkiste packen und zwischen den Bäumen den steilen Hang weiter hinunterstürzen. Der Jude würde zögern, bevor er schießen würde – und mit etwas Glück wäre er spätestens nach dem nächsten Baum ein schweres Ziel. Er würde überleben, er würde das Gold haben, und er würde frei sein.

Scheiß auf dich, Itzig. Eines Tages krieg ich dich schon!

Steiner griff nach der Metallkiste, dann setzte er zum Sprung an – doch weit kam er nicht. Drei gezielte Schüsse trafen ihn nacheinander im Hinterkopf und setzten seinem erbärmlichen Leben ein Ende. Die Kiste knallte auf den Boden, öffnete sich durch den Aufprall wie von selbst, und Steiners Blut verteilte sich auf den Hakenkreuzen der Goldbarren.

Ephraim Zamir steckte die Waffe in die Innentasche seines Mantels. Dann schritt er den Hang hinab an Steiners Leiche vorbei, schloss angewidert die Kiste mit dem Gold, hob sie hoch und verschwand zwischen den Bäumen.

KARIN THALLER II

Montag, 19. Oktober 2020, 16:44 Uhr

Stephanie Benedikt war nach gut vier Stunden durchgehender Liveberichterstattung emotional ausgelaugt. All die bedrückenden Szenen hatten ihren Tribut gefordert. Schuld daran waren aber nicht nur die Bilder, die sie gesehen und kommentiert hatte. Es waren vor allem die Bilder, die sich nur in ihrem Kopf abgespielt hatten.

Als die Drohnenübertragung abgebrochen war, hatte sie mit dem Allerschlimmsten gerechnet. Schüsse und Explosionen waren zu hören gewesen, und irgendwer hatte etwas von Feuer am Turm geschrien. Kaum einer der vielen anwesenden Journalisten, die inzwischen mit ihren Übertragungswagen die Zufahrt und Wiesen vor dem Hügel säumten, hatte noch Hoffnung darauf, dass die Kinder dieses Szenario überlebt hatten. Dann, vor wenigen Minuten, waren mehrere Rettungswagen mit Blaulicht in rasender Geschwindigkeit den Hügel heruntergekommen. Es waren die letzten Szenen gewesen, die Stephanie aufrechten Hauptes in die geschulterte Kamera ihres Kameramanns kommentiert hatte. Danach hatte sie sich frustriert den Knopf aus dem Ohr gezogen, über den sie Regieanweisungen empfangen konnte, und ihn fast beiläufig zu Boden fallen lassen. Dann war sie zu einem Kollegen von einem großen Nachrichtensender gewankt.

Die Auskunft war dürftig gewesen. Aber es gab das Gerücht, dass man alle Kinder gerettet hatte.

Stephanies Knie waren weich geworden, und nur die schnelle Reaktion eines Kollegen konnte verhindern, dass sie auf dem Boden gelandet war. Nun saß sie trotz der milden Temperaturen schlotternd auf einem Klappstuhl und telefonierte mit Karin.

»Ist es wahr?«, wollte sie von Karin wissen.

»Wir wissen es nicht. Aber du solltest jetzt wieder vor die ...«

»Nein, das werde ich nicht. Es ist vorbei. Sag, dass es vorbei ist!«

Karin stand auf dem Gang vor dem Regieraum, damit sie ungestört reden konnte. Der Verlust der Drohne, die Ungewissheit über die Vorgänge am Turm und nun auch noch Stephanies Zusammenbruch, all das hatte sie sehr aufgewühlt.

»Nein, Stephanie, es ist nicht vorbei. Es ist nie vorbei. Es sei denn, du meinst damit deine Karriere, denn wenn du nicht ganz schnell wieder an deinen Platz gehst, ist das ein klarer Vertragsbruch. Ich darf dich daran erinnern, dass du für die komplette Berichterstattung rund um diese Geiselnahme zur Verfügung stehst, und das schließt auch die Nachberichterstattung ...«

Stephanie hörte kaum noch zu, denn nicht weit von ihr entfernt tauchte eine Gestalt auf, die sie unter Tausenden sofort erkannt hätte. Jonathan. Ihre Blicke trafen sich. Jonathan lächelte und begann auf sie zuzulaufen, als er seine Mutter wie ein Häufchen Elend auf dem Klappstuhl sitzen sah.

Stephanie sprach ein letztes Mal in das Telefon.

»Fick dich, Karin.«

Dann legte sie auf, ohne eine Antwort abzuwarten, ließ das Telefon fallen, stemmte sich hoch und warf sich ihrem Sohn in die Arme. Sie spürte, wie Jonathan sie fest an sich drückte, so fest und innig, wie er das noch nie getan hatte. Sie weinte, spürte seine Wange an der ihren und vernahm, dass auch er schluchzte.

Noch während sie einander festhielten, tauchte ein groß gewachsenes Mädchen mit Undercut und Augenbrauenpiercing vor ihr auf und lächelte sie an.

»Hi«, sagte sie schüchtern.

Jonathan hörte ihre Stimme und drückte sich ein wenig von seiner Mutter weg, aber ohne Stephanie loszulassen.

»Das ... das ist Rainbow, Mama.«

Stephanie wischte sich die Tränen aus den Augen und zog das Mädchen wortlos zu sich. Dann umarmten sich alle drei, und Stephanie nahm sich vor, dass von nun an alles anders werden würde.

Karin Thaller hätte am liebsten mit dem Fuß aufgestampft wie ein wütendes Kind, stattdessen schrie sie mehrmals laut »Scheiße«. Am Ende des Ganges kam ein junger Angestellter gerade aus der Toilette und blieb wie angewurzelt stehen.

»Was?«, blaffte sie ihn laut an.

Wie vom Blitz getroffen zuckte der Mann zusammen und sah zu, dass er davonkam, während Karin im Kopf bereits ihre Optionen und Alternativen durchging, um einen Weg zu finden, die Show am Laufen zu halten. Mit Stephanie Benedikt würde sie später abrechnen. Sie schloss kurz die Augen und atmete tief durch, um ihre Emotionen wieder in den Griff zu bekommen. Dann öffnete sie energisch die Tür zur Regie.

»Wo stehen wir?«, wollte sie vom Regieassistenten wissen und steuerte ihren Sitzplatz an, als sie merkte, dass etwas nicht stimmte. Alle Augen im Raum waren auf sie gerichtet. Sie blieb stehen.

»Was ist los?«

Sarah Fay nahm ihr Headset ab.

»Etwas Schreckliches ist geschehen.«

Karins erster Gedanke galt den Kindern. Hatten die Einsatzkräfte doch nicht alle retten können? Sie musste jetzt Ruhe bewahren und ihre Aufregung überspielen.

»O mein Gott ... die Kinder?«

Die Regisseurin schüttelte den Kopf.

»Nicht diese Kinder.«

»Was meinen Sie?«

Lukas Kania stand auf und begann unverständliche Wortfetzen zu stammeln.

»Es war Nebel, die ... Baustelle, ein Laster ...«

Eine seiner Kolleginnen eilte zu ihm und nahm ihn in die Arme.

Sarah Fays Stimme klang ruhig, aber vorwurfsvoll.

»Du erinnerst dich ... die Bluthunde?«

»Ich versteh nur Bahnhof!«, erwiderte Karin Thaller, obgleich sie langsam eine Vorahnung hatte, was nun kommen würde. Ihr wurde heiß.

»Straßburg, die Frau des Neonazis mit den zwei kleinen Töchtern. Sie hat versucht, den Journalisten zu entkommen ... aber ... aber die haben deinen Auftrag wohl todernst genommen.«

Karin spürte, wie Schweißtropfen zwischen ihren Brüsten ein schmales Rinnsal bildeten.

»Was soll dieser vorwurfsvolle Ton, Sarah? Könnte mir endlich einer sagen, was passiert ist?«

Die Luft in der Regie war trocken und stickig geworden. Ganz automatisch öffnete Karin Thaller den obersten Knopf an ihrer Bluse.

Lukas Kania drückte die Kollegin von sich weg und wischte sich mit dem Ärmel den Rotz von der Nase.

»Fabienne Trautmann und ihre Kinder sind mit ihrem Wagen auf der Flucht vor den Journalisten in eine Baustelle gerast. Sie hat dabei zwei Straßenarbeiter getötet. Dann hat sich ihr Wagen überschlagen und krachte in so eine Straßenwalze ... Das ist passiert.«

Lukas' Stimme wurde lauter. »Und dann sind ihre Verfolger ... die Bluthunde ... dann haben die diese Aufnahmen gemacht, die Sie unbedingt haben wollten. Dutzende von Bildern und Filmen, die jetzt gerade auf unsere Server hochgeladen werden. Das ist passiert.«

Lukas' letzte Worte gingen im Schluchzen unter.

Vor Karins Augen drehte sich alles. Sie sah die beiden Straßenarbeiter, Karl Riegers Frau, seine kleinen Töchter – und sie sah den Abgrund unter sich. Die Hitze war unerträglich geworden. Ikarus brannte.

MARIE VI

Montag, 19. Oktober 2020, 16:48 Uhr

Halt deine scheiß Nazifresse!«, schrie Marie ihrem gefesselten Gefangenen aus nächster Nähe ins Gesicht, sodass feine Speicheltropfen auf Hessels Haut landeten.

Hessel hatte Angst wie noch nie zuvor in seinem Leben.

Er saß auf einem Stuhl im Wohnzimmer und war völlig durchnässt von den Reinigungsmitteln und Alkoholika, mit denen Marie ihn begossen hatte. Auf den Armlehnen des exklusiven Bauhaus-Lederstuhls standen brennende Kerzen. Weitere waren rund um den Stuhl verteilt, auch nahe bei seinen Füßen, wo Hessel sie nicht sehen konnte. Aber er wusste, dass sie da waren. Er hatte gesehen, wie diese junge Frau Kerze für Kerze angezündet und um ihn herum platziert hatte, während ihre Waffe durchgehend auf ihn gerichtet gewesen war. Zwei brennende Kerzen hielt er in seinen Händen, eine hatte sie mit viel Wachs auf seinem Kopf platziert. Doch was ihn fast noch mehr ängstigte, war der offensichtlich tote Security-Mann, der unweit von ihm entfernt am Boden in einer dunkelroten Blutlache lag. Diese Terroristin meinte es ernst. Sie wollte ihm nicht nur Angst machen, sie wollte hier ein Exempel statuieren. Die Tatsache, dass sie keinerlei Anstalten machte, ihre Identität zu verbergen, war ein weiteres Indiz dafür, dass er diese makabre Inszenierung nicht überleben sollte.

»Sie spielen doch gerne mit dem Feuer, Hessel, hetzen Menschen gegen Flüchtlinge auf. Wissen Sie, was? Wie wär's, wenn Sie jetzt eine Brandrede halten ...«

Marie lachte über ihr Wortspiel. Hessel verzog keine Miene, sondern konzentrierte sich auf die Kerzen.

»Humor ist nicht so dein Ding, oder? Aber glaub mir, die Menschen da draußen, die du ständig an den Pranger stellst, die finden dich auch nicht lustig. Aber das hier ... genau das Bild hier ...«

Sie machte einen Schritt auf ihn zu und bildete mit ausgestreckten Zeigefingern und abgespreizten Daumen einen imaginären Rahmen.

»Das fänden die jetzt sicher zum Totlachen.«

Marie zog einen der Thonetstühle zu sich, die an einem langen Esstisch aufgereiht waren, setzte sich verkehrt herum darauf und stützte sich mit den Ellenbogen auf der Rückenlehne ab. Keine Sekunde lang nahm sie dabei den Blick von Hessel, der ihr nun mit weit aufgerissenen Augen direkt gegenübersaß. Ein beißender Geruch zog vom Boden zu ihr hoch.

»O Gott, stinkt das! Passt doch irgendwie zu eurer ganzen Bewegung ... Die stinkt nämlich auch zum Himmel.« Und wieder lachte sie über ihren eigenen Witz.

»Ich flehe Sie an ...«

Marie fiel Hessel sofort ins Wort.

»Du redest nur, wenn du gefragt wirst, oder du begegnest deinem Führer schneller, als dir lieb ist. Kneif die Augen zusammen, wenn du mich verstanden hast!«

Hessel suchte verzweifelt nach einem Ausweg aus dieser grauenvollen Lage. Es fiel ihm schwer, den Befehlen der jungen Frau zu folgen.

»Hörst du schlecht? Ich sagte, du sollst die Augen zukneifen, wenn du mich verstanden hast!«

Hessel begriff endlich und presste die Lider zusammen. Und obwohl er das mit aller Vorsicht tat, löste sich von der Kerze auf seinem Kopf ein Rinnsal aus Wachs und lief ihm quer über die

Wange. Es brannte wie der Teufel, aber Hessel gab keinen Mucks von sich.

»Hör mir jetzt genau zu. Ich werde dir ein paar Fragen stellen. Und wenn ich das Gefühl habe, du lügst mich an, werde ich eine der Kerzen umwerfen. Einfach so.«

Sie streckte ihr Bein aus und brachte mit der Fußspitze eine der kurzen breiten Kerzen zum Schwanken. Hessel konnte die Aktion nur erahnen, da er es nicht wagte, den Kopf zu senken.

Sie holte ihr Handy aus der Tasche und startete eine Audioaufnahme.

»Alles klar? Regeln kapiert? Denke, du bist ein schlaues Kerlchen. Eins noch: Ich will deutliche Antworten, kein Gestammel. Und auf gar keinen Fall irgendwelches Politikergesülze! Die erste Frage kannst du ganz einfach mit Ja oder Nein beantworten. Bereit?«

Hessel schloss die Augen.

»Was soll das? Du sollst Ja oder Nein sagen, ist das echt so schwer zu verstehen?«

»Ja ... ja«, kam es kleinlaut aus seinem trockenen Mund.

»Bernd Hessel, bist du ein Nazi?«

»Ich verstehe nicht ...«, stammelte er.

Marie schüttelte den Kopf. »Schon bei der ersten Frage versagt, so ein Jammer.«

»Halt, bitte!«, rief Hessel panisch auf, doch Marie hatte bereits mit einem sachten Kick ihrer Schuhspitze eine der Kerzen umgeworfen.

»Nein ... nein, nein!«, kreischte Hessel und versuchte die Kerze blindlings wegzutreten, aber er verfehlte sie.

»Was nein?«, setzte sie mit ruhige Stimme nach.

Die Flamme der Kerze war nur wenige Zentimeter von den leicht entflammbaren Flüssigkeiten entfernt.

Stochernd traf Hessel endlich die Kerze, die gemächlich über das Parkett rollte und in einiger Entfernung erlosch.

»Bravo, Hessel!« Sie deutete lächelnd mit den Händen ein Klatschen an.

»Das ging gerade noch mal gut!«

Maries Blick wurde wieder eiskalt.

»Ich probier's noch mal: Bernd Hessel, bist du ein überzeugter Nationalsozialist?«

»Ja ... ja!«, presste er heraus.

»Na, geht doch«, stellte Marie zufrieden fest. Sie fischte nach einem Stapel Unterlagen und einem schmalen, gebundenen Buch, das zusammen mit Hessels Goldbarren auf dem Tisch neben ihr lag.

Sie strich mit dem Finger über den geprägten Schriftzug auf dem Umschlag.

»Wolfgang Danner?«, flüsterte sie andächtig, während ihr Manfred Danner in den Sinn kam, der Kriminalbeamte, der vor zehn Jahren gestorben war, um ihr Leben zu retten. Sie schlug vorsichtig das Buch auf. Die Seiten waren eng mit einer Schrift beschrieben, die sie nicht lesen konnte. Sie klappte das Tagebuch zu und legte es zurück auf den Tisch. Dann klappte sie eine technische Zeichnung auseinander, die einen Querschnitt des Turms und eine Art mehrstöckigen Keller zeigte, der sich scheinbar unter dem Turm befand. Sie konnte sich keinen Reim darauf machen, auch nicht auf den Goldbarren, der im Licht der Kerzen verheißungsvoll schimmerte. Sie warf die Zeichnung und einen Packen weiterer Papiere achtlos auf den Boden, dann richtete sie sich wieder an Hessel.

»Ich habe keine Ahnung, was das alles zu bedeuten hat, aber für mich macht es den Eindruck, als hättest du irgendetwas mit der heutigen Geiselnahme der Kinder im Turm zu tun. Also Frage Nummer zwei: Hast du oder hast du nicht?«

»Ich schwöre ... ich schwöre, ich habe davon nichts gewusst. Ich schwöre es bei meinem Leben. Wir haben nichts von der Geiselnahme gewusst ... wir ...«

»Wir?«, wiederholte Marie neugierig.

Sie war kurz davor, die nächste Kerze umzukippen.

»Wir ... das sind ein Architekt ... ein Architekt und ich. Er hat das Gold entdeckt. Gold und Kunstschätze ... Es liegt alles unter dem Turm. Schauen Sie in die Papiere, bitte ... schauen Sie in die Unterlagen rein. Da steht alles drin. Sie müssen mir glauben ... Wir hatten wirklich nichts mit dem heutigen Anschlag zu tun. Ich hätte den Kindern nie etwas angetan ... nie ...«

»Wohlgemerkt, jüdischen Kindern«, stellte Marie trocken fest.

»Ganz sicher nicht, auch jüdischen Kindern nicht, niemals.«

»Aber jüdischen Erwachsenen schon?«

»O mein Gott, was soll ich denn Ihrer Meinung nach sagen? Verraten Sie es mir ... Ich tu alles, was Sie wollen ... bitte ...«

Marie stand auf. Sie konnte den Anblick des jammernden AfD-Politikers nicht mehr ertragen. Bei seinen öffentlichen Auftritten wirkte er immer so stark und von sich und seiner Mission überzeugt, dass man ihn einfach hassen musste. Doch dieses Häufchen Elend weckte ihr Mitleid, auch wenn sie sich das nur schwer eingestehen konnte. Sie stellte sich hinter ihn, denn es schien ihr die einzige Möglichkeit zu sein, ihre Mission zu Ende zu bringen. Hessels Worte waren in Schluchzen und Tränen untergegangen.

Sie hatte so viele Fragen gehabt, aber inzwischen setzte sich bei ihr die Erkenntnis durch, dass sie darauf keine befriedigenden Antworten mehr bekommen würde. Und schon gar keine, die vor Gericht Bestand haben würden. Sie beendete die Aufnahme und steckte ihr Handy wieder weg.

Ihr Blick fiel auf den toten Wachmann. Vergeblich hatte sie sich einzureden versucht, dass sein Tod Hessels Schuld war. Aber sie war es gewesen, die mit einer scharfen Pistole in ein fremdes Haus eingedrungen war. Sie allein war für seinen Tod verantwortlich. Erstaunlicherweise spürte sie trotz allem keine Trauer und hatte auch keine Schuldgefühle. Die zahllosen Opfer rechter Gewalt, zu denen auch die Hetze der AfD beigetragen hatte, wogen ihrer Meinung nach diesen Kollateralschaden hundertfach auf.

Doch jetzt befand sie sich in einer Sackgasse. Das ganze Verhör war zwecklos geworden. Sie war kein Ephraim Zamir, der es geschafft hatte, seinen Geiseln all die grausamen Wahrheiten zu entlocken, für die man die drei Neonazis damals lynchen wollte. Sie hatte keinen genialen Plan und auch niemanden, der sie antrieb, oder jemanden, für dessen Verlust sie grausame Rache üben wollte. Sie war nur gekommen, um ein Zeichen zu setzen.

Ein Zeichen! Der Mord an einem AfD-Politiker wäre so ein Zeichen. Hätte Stauffenberg 1944 Hitler einfach aus nächster Nähe erschossen, wäre die Welt vielleicht eine bessere geworden. Es wäre ein Zeichen gewesen, das Hunderttausenden das Leben gerettet hätte. Ihr Entschluss stand nun felsenfest. Es brauchte keine Beweise, um Hessel zu Fall zu bringen, es brauchte lediglich Chuzpe.

»Wo ... bitte ... wo ...«

Hessel hatte seine Stimme wiedergefunden. Er schluckte zwischendurch Rotz und Speichel hinunter, doch die Wörter begannen wieder Sätze zu bilden.

»Bitte, kommen Sie nach vorne ... bitte. Machen Sie keine Dummheiten. Ich flehe Sie an.«

Hessel verstummte augenblicklich, als er die kalte Mündung der Pistole an seinem Hinterkopf spürte. Ohne dass er es wollte, entleerte sich seine Blase. Urin rann die Stuhlbeine hinab und vermischte sich mit dem Alkohol und den Putzmitteln am Boden.

Kurz vor seinem Tod, so schien es, traf ihn die Erkenntnis, dass er bereit wäre, alles zu bereuen, wenn er nur weiterleben dürfte.

In diesem Moment gab Maries Handy einen lauten Ping von sich.

Marie senkte den Arm. Es war fast so, als hätte der helle Ton sie aus einem Albtraum aufgeweckt. Für einen Augenblick stellte sie ihren todbringenden Entschluss zurück.

Benommen trat sie einen Schritt zurück und blickte auf ihr Handy. Es war nicht die Nachricht, die sie überraschte, sondern der Absender. Die Nachricht selbst bestand nur aus drei Wörtern.

Können wir reden?

Marie zögerte. Wieder las sie die Nachricht.

Können wir reden?

Noch bevor sie einen Entschluss fassen konnte, wie sie auf die Frage reagieren sollte, vibrierte ihr Handy. Anscheinend sollte es nicht bei den drei Worten bleiben. Sie wartete, haderte mit sich. Dann, als es zum fünften Mal vibrierte, ging sie dran und hielt sich das Telefon ans Ohr. Sofort hörte sie die vertraute Stimme, die Wärme und Geborgenheit an diesen kalten Ort brachte.

»Hey, Marie. Ich bin es, Michael. Geht's dir gut?«

Eine unsichtbare Kraft zog sie fort von Hessel. Schritt für Schritt, bis sie die Wand hinter sich berührte. Sie wandte sich ab und blickte aus dem Fenster.

»Was ... ich ... von wo rufst du an?«

»Ich bin hier, in der Stadt«, antwortete er. »Ich bin nicht geflogen, ich konnte nicht. Und ... und du hattest recht. Du hattest mit allem recht.«

»Ich dachte, du bist nach Washington ... und ... und jetzt bist du hier und hast dich erst jetzt gemeldet ... was ...«

»Unterbrich mich jetzt bitte nicht, sonst kriege ich nicht auf die Reihe, was ich dir alles sagen wollte ... So ein Mist ... Ich hab jetzt schon die Hälfte davon vergessen.

Weißt du, die Nacht im Hotel – das hat mir was bedeutet. Du hast mir was bedeutet. Was du gesagt hast, hat mir was bedeutet. Ich glaube, dass du ein besserer Mensch bist als ich. Und ich glaube, dass ich dich deshalb brauche. Deine Wut kann verdammt verletzend sein, und das war auch der Grund, warum ich mich erst jetzt melde. Ich musste nachdenken, ich musste wirklich ganz viel nachdenken, über dich, über mich ... über den ganzen Mist, der da draußen passiert, einfach über alles. Aber am Ende ist mir klar geworden, dass wir einander brauchen. Dass wir uns stützen können und dass ich wahrscheinlich nie wieder im Leben einen Menschen finde, der so gut zu mir passen wird wie du. Verstehst du, was ich sagen will, Marie?«

Marie schluckte nur. Das alles warf sie vollends aus der Bahn.

»Ich will sagen, Marie ... ich ... Ich liebe dich.«

Marie antwortete nicht darauf.

»Hast du ... hast du verstanden, was ich dir gerade gesagt habe? Ich meine, klar hast du es gehört, aber hast du ...«

»Du liebst mich?«, brachte sie leise hervor und blickte aus dem Fenster. Wolken waren aufgezogen, doch noch brachen Sonnenstrahlen wie Schwerter hindurch und wanderten über die grünen Hügel und herbstlichen Laubbäume.

»Ja, Marie, ich liebe dich. Und das auch schon sehr lange. Aber ich habe nie den Mut gehabt, mir das einzugestehen, geschweige denn, es dir zu sagen ... und ...«

Marie drehte sich wieder in den Raum hinein und betrachtete widerwillig ihr mörderisches Kunstwerk.

»Du verdammter Arsch, du verdammter Arsch. Ich liebe dich nicht, ich hasse dich!«, schrie sie vorwurfsvoll in das Telefon. »Weißt du, was ich die letzten Tage durchgemacht habe? Weißt du, was alles passiert ist?«

»Nein, Marie. Woher soll ich denn ...«

»Du hättest dableiben sollen. Du hättest dableiben sollen ... Wir hätten vielleicht eine Zukunft gehabt. Aber die Scheißwelt hat sich weitergedreht. Es ist zu spät, Michael, es ist verdammt noch mal einfach zu spät.«

Marie hob den Arm, zielte auf Hessel und drückte ab. Drei Schüsse zerrissen die Stille des Raums.

Michaels Stimme war das Erste, was Marie danach wieder wahrnahm.

»Was war das? Marie, wer hat da geschossen? Marie, sprich mit mir!«

Marie hielt das Telefon ganz nah an ihre Lippen und flüsterte fast: »Michael, ich kann jetzt nicht reden. Ich ruf dich wieder an.«

Dann legte sie auf und schaltete ihr Handy aus.

Mit schnellen Schritten ging sie auf Hessels regungslosen Körper zu und schlug ihm die Kerze vom Kopf. Dann packte sie ihn von hinten an den Haaren und zog seinen Kopf in den Nacken.

Hessel schrie vor Schmerz und Angst auf. Er hatte gesehen, wie die Schüsse den Putz aus den Wänden gerissen hatten. Er rechnete jeden Augenblick damit, dass ein weiterer Schuss sein Leben beenden würde. Er war nicht mehr in der Lage, irgendetwas zu empfinden. Sein Geist und Körper befanden sich in einem Zustand vollkommener Starre.

Maries Gesicht erschien direkt über ihm.

»Du hast verdammtes Glück, dass ich dich am Leben lasse. Aber glaub mir, von jetzt an wirst du ständig das Gefühl haben, ich stehe hinter dir. Ob das bei einer Veranstaltung ist oder zu Hause in der Dusche. Du wirst mich nicht mehr aus deinem Kopf bekommen – und wenn du öffentlich auch nur noch einen Hauch von irgendeinem Nazi-Mist von dir gibst, wirst du einen qualvollen Tod sterben. Und ... und ... wenn du meinst, du könntest der Polizei eine Täterbeschreibung von mir geben, dann landen dieser Goldbarren und die ganzen Unterlagen aus deinem Tresor bei der *BILD*, der *SZ* oder weiß der Teufel wo. Dasselbe gilt, wenn die Polizei hier irgendwelche Überwachungsaufnahmen oder DNA-Spuren von mir findet. Wenn die vor meiner Tür stehen, bist du bereits mit einem Bein im Knast. Wenn ich also hier raus bin, putzt du hier wie der Teufel. Und erst dann holst du die Bullen.

Das ist jetzt unser Deal, du Arschloch. Unser Deal, hast du verstanden?«

Hessel nickte. Er hatte seine Fassung langsam wiedergefunden. Er sah zu, wie die Frau die Papiere vom Boden aufhob und zusammen mit Danners Tagebuch in ihre Tasche steckte. Dann griff sie nach dem Goldbarren und verschwand, ohne sich noch ein einziges Mal umzudrehen.

SHALHEVET V

Dienstag, 20. Oktober 2020, 18:08 Uhr

Shalhevet erwachte in einem Krankenhausbett. Der Raum war goldgelb erleuchtet. Ihr Rachen brannte. Jede Bewegung schmerzte. Das Letzte, an das sie sich erinnern konnte, waren die beengende Kabine des Aufzugs, die vielen kleinen Körper, die sich in der Dunkelheit an sie pressten, und der beißende Rauch, der ihr irgendwann die Sinne geraubt hatte.

Hier zu liegen und in diesem klinisch weißen Zimmer den Sonnenuntergang zu erleben, kam ihr wie ein Wunder vor. Ihre Finger fanden den Weg zu ihrem Gesicht und entfernten die Sauerstoffmaske. Sofort fiel ihr das Atmen deutlich schwerer, aber das spielte keine Rolle. Die einzige Frage, die wirklich von Relevanz war, drehte sich um das Wohl ihrer Schützlinge. Hatten die Kinder überlebt?

Es fiel ihr schwer, sich aufzurichten. Es schien, als hätte sie in dem unterirdischen Bunker all ihre Kraftreserven verbraucht. Ihr Magen rebellierte, und ihre Arme zitterten, doch dann saß sie schließlich gebeugt in ihrem Bett. Durch das Fenster konnte sie die untergehende Sonne beobachten, die das Firmament in rote und violette Farbtöne tauchte.

Ein leises Wimmern und Stöhnen drang an ihre Ohren. Sie drehte sich vorsichtig um. Esra lag neben ihr, in einem Bett nahe der Tür. Sie trug ebenfalls eine Sauerstoffmaske. Ihre Lider waren geschlossen, dennoch konnte Shalhevet deutlich erkennen, wie sich ihre Augen darunter wild bewegten. Ihre

Gliedmaßen zuckten. Shalhevet entledigte sich der Kabel an ihrem Köper, die mit Messinstrumenten verbunden waren, ließ sich langsam auf den Boden hinab und ging barfuß zu ihr hinüber. Dabei stützte sie sich an den breiten Rahmen der Krankenhausbetten ab. Als sie Esra erreichte, griff sie nach ihrer zuckenden Hand und hielt sie ganz fest.

»Alles ist gut, Esra, alles ist gut. Ich bin da. Alles ist gut ...«, flüsterte Shalhevet.

Esra hörte zu stöhnen auf. Ihr Körper wurde ganz ruhig. Eine Träne löste sich aus einem ihrer geschlossenen Augen, dann glitt sie in den Tiefschlaf hinab.

Vorsichtig legte Shalhevet Esras schlaffe Hand auf das Bett und deckte sie zu. Dann schlurfte sie leise aus dem Zimmer hinaus.

Die Kinder ... ich muss die Kinder finden, schoss es ihr durch den Kopf.

Der leere Krankenhausgang schien ihr unendlich lang zu sein. Aus der Ferne hörte sie Stimmen und Geräusche. Eine Krankenschwester kam aus dem nächsten Zimmer, ohne sie wahrzunehmen, und entfernte sich mit schnellen Schritten, bis sie am Ende des Ganges durch eine Glastür verschwand. Vergeblich versuchte Shalhevet, ihr etwas zuzurufen, doch mehr als ein leises Krächzen brachten ihre Stimmbänder nicht hervor.

Nach einer gefühlten Ewigkeit erreichte sie die Glastür. Sie erhaschte einen Blick auf den Raum der Schwestern, die zu zweit gebannt auf einen Fernseher blickten, den Shalhevet aber von ihrer Position aus nur zum Teil sehen konnte. Sie drückte die Glastür einen Spalt weit auf, drückte sich hindurch und stand schließlich hinter den beiden Krankenschwestern.

»Hallo ... ich muss ...«

Sofort drehten sich die beiden Frauen um und stützten sie.

»Um Gottes willen, warum sind Sie nicht im Bett geblieben?

Sie hätten einfach den Rufknopf drücken müssen, dann wären wir gekommen.«

Shalhevet schüttelte den Kopf.

»Nein, nein ... ich muss zu den Kindern ...«

»Das geht nicht, Sie müssen wieder ins Bett!«

»Wie geht es ihnen ... sind sie alle am ...« Shalhevet fehlte der Mut, die Frage zu vollenden.

Eine der beiden Frauen nickte und griff ihr noch stärker unter die Arme, da sie befürchtete, die Frau würde gleich umkippen.

»Ja, sie haben alle überlebt. Sie leben.«

»Wirklich, alle?«

»Ja, alle! Die Eltern der Kinder sind auch hier. Wir kümmern uns um sie. Es geht ihnen den Umständen entsprechend gut«, beteuerte die Frau, während die zweite Schwester Shalhevet einen Stuhl unterschob.

»Aber Sie müssen jetzt wirklich wieder in Ihr Bett.«

Erschöpft und sichtlich erleichtert ließ sich Shalhevet auf dem Stuhl nieder.

»Gudrun, besorg uns einen Rollstuhl, bist du so lieb?«

Die Jüngere eilte sofort los, blieb dann aber stehen und drehte sich mit großen Augen um.

»Frag in der Notaufnahme«, beantwortete die Ältere die ungestellte Frage, woraufhin die junge Schwester hastig im Treppenhaus verschwand. »Sie ist noch nicht lange dabei, und der heutige Tag war wirklich hart für sie.«

Ihr habt gar keine Vorstellung davon, wie hart mein Tag war, dachte Shalhevet.

Ihr Blick fiel auf den Fernseher, der auf einem Holzbrett an der Wand stand. Die Schwester folgte ihrem Blick und kommentierte die Sendung.

»Schrecklich, nicht? Sie ist im Nebel auf ein Baustellenfahrzeug gekracht. Als wenn heute nicht schon genug schlimme Dinge passiert wären.«

Die Kameras zeigten ein vollkommen zerstörtes Auto, dem das Dach abgerissen worden war. Blaulichter verliehen den Aufnahmen in der zunehmenden Dunkelheit ein pulsierendes, gespenstisches Licht. Ein Polizist ging auf die Kamera zu und verdeckte die Linse.

»Haben Sie denn gar keinen Anstand? Los, gehen Sie hinter die Absperrung!«, hörte man eine männliche Stimme, ohne das Gesicht zu sehen.

Ein Bild von Karl Rieger wurde eingeblendet. Shalhevet hielt die Luft an.

»... kam es heute zu einem tragischen Unfall auf der A35 Richtung Karlsruhe. Dabei kam eine Frau mit ihren zwei Töchtern ums Leben. Ersten Erkenntnissen zufolge handelt es sich bei den Unfallopfern um die Familie des ehemaligen Neonazis Karl Rieger, der heute bei dem Geiseldrama von München bei seinem selbstlosen Einsatz lebensgefährlich verletzt wurde ...«

Shalhevet schrie auf. Ihre Stimmbänder fühlten sich an, als würden sie jeden Moment reißen. Dennoch schrie sie so lange weiter, bis die Krankenschwester panisch den Stecker des Fernsehers aus der Dose gezogen hatte. Erst dann beruhigte sie sich wieder.

Die Schwester war kreidebleich. Die schreiende Patientin hatte ihr einen Heidenschreck eingejagt.

»Er lebt ... der Mann, dieser Neonazi, er lebt ...«, stammelte sie und hoffte, dadurch die Frau zu beruhigen.

»Wie können Sie das wissen?«, fragte Shalhevet heiser. Dann schrie sie die Frau schluchzend an: »Wie können Sie das wissen?«

Die Krankenschwester wich ängstlich zurück, fing sich dann aber wieder, beugte sich zu Shalhevet hinunter und nahm sie in die Arme.

»Weil er hier ist. Karl Rieger ist hier in diesem Krankenhaus – also eigentlich Paul Trautmann, das war der Name auf seinem Personalausweis, aber es ist der Mann aus den Nachrichten. Er wurde mehrere Stunden lang operiert und liegt jetzt in der Notaufnahme. Der Chefarzt meinte vorher zu uns, dass er gute Chancen hat zu überleben.«

Shalhevet hörte die Stimme der Krankenschwester, die ohne Unterlass in abgehackten Sätzen weitersprach, ohne deren Sinn zu verstehen. Alles, was am Ende blieb, war die Tatsache, dass Karls Familie tot war, während er leben würde.

Was für ein Leben würde das sein?, fragte sie sich und starrte mit glasigen Augen durch die Krankenschwester hindurch, die endlich aufgehört hatte zu reden.

***

Paul Trautmann öffnete die Augen. Er sah in das weinende Gesicht von Shalhevet, die an seinem Bett saß und seine Hand hielt.

Sie sah fürchterlich aus, aber sie lächelte.

Er versuchte zu sprechen, doch ein Schlauch in seinem Mund hinderte ihn daran. Doch auch ohne dass er ein Wort sagte, konnte sie die Frage, die er stellen wollte, in seinen Augen lesen: *Hat mein Opfer etwas bewirkt, sind die Kinder am Leben?*

Shalhevet nickte.

»Die Kinder ... die Kinder leben. Sie sind alle gerettet worden.«

Shalhevet spürte, wie sich Karls Hand fest um ihre schloss.

Um seine Mundwinkel bildeten sich schmale Falten, und seine Augen nahmen den Ausdruck tiefer Zufriedenheit an.

Endlich hatte er all seine grausamen Taten, die er als Karl Rieger begangen hatte, gesühnt. Nun würde alles gut werden, und schon bald würde er heimkehren zu seiner Familie. Ohne Geheimnisse und ohne Lügen. Nun musste er nicht mehr vorgeben, Paul Trautmann zu sein, nun *war* er Paul Trautmann. Endlich war er frei. Seine Augen füllten sich mit Freudentränen. Er stellte sich vor, wie er seine Töchter und seine Frau in die Arme nehmen und küssen würde. Immer und immer wieder.

EPILOG

Einige Wochen nach der Geiselnahme verunglückte JONAS BEHRENS bei einer Wanderung in den Bergen. Der sonst nicht als Naturfreund bekannte Architekt wurde in einer tiefen Schlucht tot aufgefunden.

BERND HESSEL kooperierte mit der Polizei, um den Überfall auf seine Villa aufzudecken. Er lieferte eine detaillierte Beschreibung des männlichen Täters, der ihn gefoltert und seinen Wachmann erschossen hatte. Die Polizei konnte jedoch keine Spur des Täters finden – und auch die Überwachungskameras waren zum Zeitpunkt der Tat außer Betrieb gewesen.

Es gab nur den vagen Hinweis einer Spaziergängerin, die im Wald eine junge Frau beobachtet hatte, welche unweit der Villa in ihren Wagen gestiegen und mit aufheulendem Motor davongefahren war. Nach der potenziellen Zeugin wurde mit Hochdruck gefahndet.

Bernd Hessel zog sich aus der Politik zurück.

Die Polizei erhielt das Video einer Organisation, die sich Vereinigung Anthropoid Offensive 2020 – oder kurz VAO-20 – nannte. In dem Video bekannte sich die Organisation zum Anschlag auf Hessels Villa und zur Ermordung des Wachmanns.

Im Januar 2021 explodierte das Auto eines hochrangigen AfD-Politikers. Vier Menschen kommen dabei ums Leben. Und wieder bekannte sich die VAO-20 zu dem Anschlag und kündigte weitere Aktionen an.

TORSTEN KUCERA wurde von allen Verdachtsmomenten, an dem Mord an Tuğba Bekele beteiligt gewesen zu sein, freigesprochen. Seine Frau trennte sich von ihm und nahm ihren Mädchennamen wieder an. Nach längerer Auszeit trat Torsten Kucera den Dienst an und ist seitdem ein vehementer Gegner der AfD.

MARIE STRESEMANN ging mit MICHAEL KOCH eine lose Beziehung ein. Über das merkwürdige Telefonat verloren die beiden kein Wort mehr. Dass Marie Stresemann insgeheim eine führende Rolle bei VAO-20 einnahm, blieb ihm lange Zeit verborgen.

KRIMINALHAUPTKOMMISSAR ERDMANN wurde befördert und zu einer neu geschaffenen Dienststelle versetzt. Er wurde Leiter einer Sonderkommission, welche die als Terrororganisation eingestufte VAO-20 zur Strecke bringen soll.

Der Goldschatz und die Kunstwerke im KELLER DES TURMS wurden geborgen und in Sicherheit gebracht. Es begann ein jahrelanger Streit um die Eigentumsrechte.

Die unterirdischen Katakomben des Turms wurden Gegenstand historischer Forschungen. Die Nutzung der Katakomben wurde nach einer Vergütungsregelung mit den Eigentümern ausschließlich dem Freistaat Bayern zugebilligt.

Die jüdische Gemeinde trennte sich von dem Turm und dem dazugehörigen Grundstück. Ein unbekannter Käufer erwarb das Gebäude und vermachte es als Schenkung SHALHEVET EHRENBERG.

PAUL TRAUTMANN nahm nach einem missglückten Suizidversuch wieder seinen alten Namen Karl Rieger an. Shalhevet kümmert sich seitdem um den physisch und psychisch schwerkranken Mann, der schließlich zu ihr in den Turm zog, wo die beiden ein abgeschiedenes Leben führen.

EPHRAIM ZAMIR lebt unter neuer Identität in Deutschland. Akribisch verfasste er ein Dossier über jeden Journalisten, der direkt oder indirekt am Unfalltod von Paul Trautmanns Familie beteiligt war.

DANKSAGUNG

Lee Curtis habe ich es zu verdanken, dass »Turmschatten« eine Fortsetzung erhielt. Er hatte in den Bauplänen des echten Turms einen Hinweis gefunden, der Rückschlüsse auf einen verborgenen Keller zulässt. Einen spannenden Einblick in die Technik des Vergoldens gewährte mir Hans Kellner. Persönliche Erfahrungen bei der täglichen Arbeit von sogenannten Hundertschaften lieferten mir Alex Geith und Antonia Meixner. Bei der Recherche zur Polizeiarbeit während einer »großen Lage« erhielt ich Unterstützung durch die Pressestelle der Polizei Bayern. Wertvolles und ausführliches Feedback zu meiner ersten Fassung bekam ich von Susanne und Uwe Markhof.

An dieser Stelle aber auch ein ganz ganz großes Dankeschön an alle begeisterten Leser:innen von »Turmschatten«, ohne deren lobenden Worte ich nie die Kraft gefunden hätte, eine Fortsetzung zu schreiben. A big hug to you all.

Und natürlich ein ganz großer Dank an meine ganze Familie. You are my life.